本書爲國家社科基金一般項目“朝鮮半島《詩經》
學史研究”(14BZW025)的成果,結題優秀

南京大學域外漢籍研究所專刊

國家“雙一流”建設學科“南京大學
中國語言文學”資助項目

江蘇省2011協同創新中心“中國文學
與東亞文明”資助項目

南京大學文科卓越研究計劃“十層次”資助項目

域外漢籍研究叢書　第四輯

張伯偉 主编

朝鮮時代《詩經》學史

付星星 著

中華書局

圖書在版編目(CIP)數據

朝鮮時代《詩經》學史/付星星著. —北京:中華書局,2023.8
(域外漢籍研究叢書. 第四輯)
ISBN 978-7-101-16273-8

Ⅰ.朝… Ⅱ.付… Ⅲ.《詩經》-詩歌研究-朝鮮
Ⅳ.I207.22

中國國家版本館 CIP 數據核字(2023)第 120353 號

書　　名	朝鮮時代《詩經》學史
著　　者	付星星
叢 書 名	域外漢籍研究叢書　第四輯
責任編輯	陳　喬
責任印製	管　斌
出版發行	中華書局 (北京市豐臺區太平橋西里 38 號　100073) http://www.zhbc.com.cn E-mail:zhbc@zhbc.com.cn
印　　刷	三河市中晟雅豪印務有限公司
版　　次	2023 年 8 月第 1 版 2023 年 8 月第 1 次印刷
規　　格	開本/920×1250 毫米　1/32 印張 12¾　插頁 2　字數 330 千字
國際書號	ISBN 978-7-101-16273-8
定　　價	78.00 元

總　序

張伯偉

十六世紀以來,在一些西方的文獻中,往往提到中國人有這樣的自負:他們認爲惟獨自己纔有兩隻眼睛,歐洲人則只有一隻眼睛。這些記載出自英國人和葡萄牙人,而法國的伏爾泰也曾謙遜地認同這種説法:"他們有兩隻眼,而我們只有一隻眼。"用兩隻眼睛觀察事物,是既要看到自己,也要看到他人。是的,作爲中國文化基本價值的"仁",本來就是著眼於自我和他者,本來就是在"二人"間展開的。不過,當大漢帝國雄峙於東方的時候,儒家"推己及人"的政治理想,即所謂的"仁政",實際上所成就的却不免是以自我爲中心的天下圖像。政治上的册封,貿易上的朝貢,軍事上的羽翼以及文化上的四敷,透過這樣的過濾網,兩隻眼所看到的除了自己,也不過是自己在他者身上的投影。這與用一隻眼睛去理解事物,除了自己以外看不到他人的存在,又有甚麽本質的區别呢?

從十三世紀開始,陸續有歐洲人來到東方,來到中國,並且記録下他們的觀察和印象。於是在歐洲人的心目中,逐漸有了一個不同於自身的他者,也逐漸獲得了第二隻眼睛,用以觀察周邊和遠方。不僅如此,他們還讓中國人擦亮了第二隻眼睛,逐步看到了世界,也漸漸認識了自己。不過,這是在中國人經歷了近代歷史血和泪的淘洗,付出了沉重代價以後的事情。

同樣是承認中國人有兩隻眼,但在德國人萊布尼茨看來,他們還缺少歐洲人的"一隻眼",即用以認識非物質存在並建立精密科學的"隻眼"。推而廣之,在美國人、俄羅斯人、阿拉伯人及周邊各地區人的觀察中,形形色色、林林總總的中國,也必然是色彩各異、修短不齊的形象。我們是還缺少"一隻眼",這就是以異域人觀察中國之眼反觀自身的"第三隻眼"。正如一些國外的中國學家,曾把他們觀察中國的目光稱作"異域之眼",而"異域之眼"常常也就是"獨具隻眼"。

然而就"異域之眼"對中國的觀察而言,其時間最久、方面最廣、透視最細、價值最高的,當首推我們的近鄰,也就是在中國周邊所形成的漢文化圈地區。其觀察記録,除了專門以"朝天"、"燕行"、"北行"及"入唐"、"入宋"、"入明"的記、録爲題者外,現存於朝鮮/韓國、日本、越南等地的漢籍,展現的便是"異域之眼"中的中華世界。這批域外漢籍對中國文化的每一步發展都作出了呼應,對中國古籍所提出的問題,或照著講,或接著講,或對著講。從公元八世紀以降,構成了一幅不間斷而又多變幻的歷史圖景,涉及到制度、法律、經濟、思想、宗教、歷史、教育、文學、藝術、醫藥、民間信仰和習俗等各個方面,系統而且深入。

從學術史的角度看,域外漢籍不僅推開了中國學術的新視野,而且代表了中國學術的"新材料",從一個方面使中國學術在觀念上和資源上都面臨古典學的重建問題。重建的目的,無非是爲了更好地認識中國文化,更好地解釋中國和世界的關係,最終更好地推動中國對人類的貢獻。二十世紀中國學術新貌之獲得,有賴於當時的新材料和新觀念,用陳寅恪先生的著名概括,即"一曰取地下之實物與紙上之遺文互相釋證","二曰取異族之故書與吾國之舊籍互相補正","三曰取外來之觀念與固有之材料互相參證"。域外漢籍可大致歸入"異族之故書"的範圍,但其在今日的價值和意義,已不止是中國典籍的域外延伸,也不限於"吾國之舊籍"的補充增益。它是漢文化之林的獨特品種,是作爲中國文化對話者、比較者和批判者的“異域之眼”。所以，域外漢籍既是古典學重建過程中不可或缺的材料，其本身也應成爲古典學研究的對象。正是本著這一構想，我們編纂了“域外漢籍研究叢書”。其宗旨一如《域外漢籍研究集刊》：推崇嚴謹樸實，力黜虚誕浮華；嚮往學思並進，鄙棄事理相絶；主張多方取徑，避免固執偏狹。總之，我們期待著從“新材料”出發，在不同方面和層面上對漢文化整體的意義作出“新發明”。

“樂意相關禽對語，生香不斷樹交花。”宋儒曾把這兩句詩看作“浩然之氣”的形容；“山川異域，風月同天；寄諸佛子，共結來緣。”唐代鑒真和尚曾因這四句偈而東渡弘法。我願引以爲域外漢籍研究前景和意義的寫照：它是四方仁者的“同天”，是穿越了種種分際的交匯，是智慧的“結緣”和“對語”，因此，它也必然是“生香不斷”的光明事業。

是爲序。

目　次

緒　論

一、朝鮮時代《詩經》學史的研究價值與意義

儒家經典在朝鮮半島具有種子與核心的作用，并成爲朝鮮時代(1392—1910)建構王朝社會秩序、人倫道德、價值判斷的思想資源。朝鮮知識人在對中國經典的接受過程中同時撰著了大量的漢籍，成爲東亞漢文化圈的重要組成部分。《詩經》作爲儒家經典在朝鮮半島有着源遠流長的傳播與接受的歷史。朝鮮知識人用漢字或韓漢相夾的方式撰寫了大量的《詩經》學著作，這些著作承載了朝鮮半島對中國典籍之接受與創新的歷史，同時也承載了朝鮮知識人對於王朝盛衰、歷史際遇、政治理想、學術思潮與人生情感的多重感受。對朝鮮時代《詩經》學史的研究，既能梳理朝鮮時代《詩經》學發展演變歷史，也能呈現出朝鮮知識圖景的發展脉絡，同時也是運用社會史與書籍史的方法研究人類如何溝通和交流學問的學術嘗試。

朝鮮時代《詩經》學史的研究意義如下：

第一，學術意義。目前學術界没有系統、全面研究朝鮮時代《詩經》學史的著作，本書在某種程度上具有填補學術空白的意義。研究朝鮮時代《詩經》學史，是將《詩經》置於漢文化圈這一廣闊的學術背景之下進行研究，有助於拓展《詩經》研究的邊界，呈現中國

文化對異域文化的影響圖景。

第二,方法論意義。朝鮮時代《詩經》學論著從文獻上屬於陳寅恪先生所謂的“異族之故書”,對這些作爲中國《詩經》學比較者的“異域之眼”,需要運用經學的、文學的、比較的、綜合的和跨文化傳播的研究方法。

第三,現實意義。朝鮮時代《詩經》學典籍承載了朝鮮半島對中國傳統文化吸收、繼承與創新的歷史,研究這些文獻可以呈現中國文化與朝鮮半島文化交流與融合的歷史圖像,是全球化背景下跨文化傳播的重要内容。研究朝鮮時代《詩經》學史是通過學術研究的方式去發現中國與朝鮮半島類似的知識結構、價值觀念、道德觀念、人生態度,有利於促進中國與朝鮮半島的文化學術交流,消除對抗,平等對話。

二、朝鮮時代《詩經》學史研究現狀與存在的問題

(一)朝鮮時代《詩經》學史國内研究現狀

目前國内對於朝鮮時代《詩經》學史的研究成果較少,只有少數幾篇期刊論文與碩士學位論文。這些研究主要集中在四個方面:

1. 對朝鮮時代個體《詩經》學家的研究。如鄔國平《柳重教〈詩講義發問〉質疑朱熹〈詩〉説問題研究》[①],該文以朝鮮時代柳重教師徒關於《詩經》的問答爲中心探討柳氏對當時處於尊崇地位之《詩集傳》的態度,這是從學術思想史的層面對朝鮮個體《詩經》學的研究。

2. 中國與朝鮮時代《詩經》學比較研究。如朱贇斌《〈詩集傳〉

① 鄔國平《柳重教〈詩講義發問〉質疑朱熹〈詩〉説問題研究》,《域外漢籍研究集刊》,2005 年總第 1 輯。

與朝鮮李朝時代權近〈詩淺見録〉詩經觀的比較研究》[1]，該文指出權近《詩淺見録》是朝鮮半島較早介紹并主張尊崇《詩集傳》的著作。作者從比較的視域研究了權近與朱熹在《詩經》基本問題上的差異，從而得出朱熹《詩集傳》更爲强調倫理化、道德化與個體的修養，而權近《詩淺見録》則更爲强調聖人教化、政治理想、經世致用之政治教化功能。

3.《詩經》在朝鮮時代的接受研究。如李岩《朝鮮古代〈詩經〉接受史考論》[2]，該文從學術史與文學史的層面深入論述了《詩經》在朝鮮時代的接受歷程，指出朝鮮《詩經》學既是中國漢唐宋《詩經》學的學術性傳承，同時《詩經》還成爲朝鮮文人詩文創作寄託風雅精神的最高文學範本。再如陳國安《韓國〈三宜堂詩〉的〈詩經〉因緣論》[3]，該文是對《詩經》影響下的古代朝鮮女性詩文創作中所呈現的詩教、母教與詩學理論的綜合研究。

4. 朝鮮時代《詩經》詮釋方法研究。劉毓慶、張安琪的《韓國李朝〈詩經〉學以〈禮〉解〈詩〉的文化意義》[4]、《韓國李朝〈詩經〉學以〈易〉解〈詩〉的詮釋模式及其意義》[5]是從詮釋方法的層面研究朝鮮時代《詩經》學的論文。前者指出朝鮮時代以《禮》解《詩》是朱子《禮》學在朝鮮半島傳播接受的《詩》學呈現，同時也是朝鮮王朝推行禮制的學術呈現；後者指出《詩經》在朝鮮時代具有思想史的功能，朝鮮士人通過《周易》的哲學體系進入《詩經》的場域，從而闡發《詩經》中所内藴的人倫秩序、君臣關係，從而爲王朝政治思想秩序

---

① 朱贇斌《〈詩集傳〉與朝鮮李朝時代權近〈詩淺見録〉詩經觀的比較研究》，《遼東學院學報・社會科學版》，2014 年第 1 期。

② 李岩《朝鮮古代〈詩經〉接受史考論》，《文學評論》，2015 年第 5 期。

③ 陳國安《韓國〈三宜堂詩〉的〈詩經〉因緣論》，《社會科學戰綫》，2013 年第 3 期。

④ 劉毓慶、張安琪《韓國李朝〈詩經〉學以〈禮〉解〈詩〉的文化意義》，《河北大學學報・哲學社會科學版》，2014 年第 3 期。

⑤ 劉毓慶、張安琪《韓國李朝〈詩經〉學以〈易〉解〈詩〉的詮釋模式及其意義》，《湖南社會科學》，2015 年第 4 期。

與倫理社會規範提供思想資源。

(二)朝鮮時代《詩經》學史國外研究現狀

韓國當代學者對朝鮮時代《詩經》學史的研究比較重視,并取得了一定的研究成果,主要表現在以下兩個方面:

1. 專人專書的研究。如金興圭《西溪朴世堂的〈詩經〉論》①,指出朴世堂在獨尊《詩集傳》的學術背景下對《詩集傳》的批判,論述了朴世堂獨立的《詩經》解釋特徵。朴明熙《老村林象德的國風論》②從《周南》《召南》之區分,賦比興的定義以及《詩經》之社會功能三個方面來論證林象德遵循《詩集傳》的研究特徵。楊沅錫《茶山丁若鏞對朱熹所定爲"淫詩"詩篇的解釋情況》③主要從丁若鏞指摘《詩集傳》之不足、提出新見、訓詁字詞三個方面來具體論證,指出丁若鏞對朱熹"淫詩"説的反抗及其學術意義。陳在教《對舫山尹廷琦〈詩經〉論的初步研究》④,該文主要分析尹廷琦在"國風""淫詩"等概念以及一些詩篇的理解上與丁若鏞存在差異,指出尹廷琦《詩經》學是對丁若鏞《詩經》學的繼承與創新。崔錫起《星湖李瀷的〈詩經〉學》⑤主要從李瀷善思、善疑、重實用的學問精神出發,研究李瀷對朱熹"淫詩"説的反動,得出李瀷《詩經》研究呈現出經世致用的意識。楊沅錫《研經齋成海應的〈詩經〉學研究》⑥從成海應

---

①[韓]金興圭《西溪朴世堂的〈詩經〉論》,韓國《韓國學報》,1980 年第 6 卷。

②[韓]朴明熙《老村林象德的國風論》,韓國《湖南文化研究》,2002 年總第 31 卷。

③[韓]楊沅錫《茶山丁若鏞對朱熹所定爲"淫詩"詩篇的解釋情況》,韓國《語文研究》,2009 年第 35 卷。

④[韓]陳在教《對舫山尹廷琦〈詩經〉論的初步研究》,韓國《書志學報》,1994 年總第 14 卷。

⑤[韓]崔錫起《星湖李瀷的〈詩經〉學》,成均館大學校大學院,1993 年博士學位論文。

⑥[韓]楊沅錫《研經齋成海應的〈詩經〉學研究》,高麗大學,2000 年碩士學位論文。

博學的治學態度、考證的研究方法、遵從《詩序》的研究態度出發，得出成海應《詩經》研究受到清代學術思想的影響。這些研究成果較爲深入地研究了朝鮮時代個體《詩經》學著作，但并未對朝鮮時代《詩經》學史作整體的研究。

2.《詩經》學史的研究。金興圭《朝鮮後期之〈詩經〉論與詩意識》[①]，重點研究朝鮮時代後期的《詩經》發展脉絡與《詩經》學流變。沈慶昊《漢文學과詩經論》[②]，該書從漢文學的影響層面論述了李滉《詩釋義》、正祖《詩經講義》、丁若鏞《國風論》等所呈現的詩學觀點。金秀炅《韓國朝鮮時期〈詩經〉學研究》[③]，該書主要從語言學、學術思潮和專家個案研究的角度對朝鮮時期《詩經》學作了多層次的研究，對朝鮮半島《詩經》學史研究具有拓宇之功，值得表彰。

（三）朝鮮時代《詩經》學史研究存在的問題

第一，專家、專書的研究較多，系統研究朝鮮時代《詩經》學史的著作較少。因此，有必要對此作深入的研究，以呈現朝鮮時代《詩經》學發展與演變的全景歷程。

第二，目前關於朝鮮時代《詩經》學史的研究，大多數研究都從朱熹《詩集傳》的影響這單一層面加以研究，并未對朱子學以外的學術形態，如陽明學、乾嘉漢學、朝鮮半島學術思潮對朝鮮時代《詩經》學的影響作綜合的研究。

第三，朝鮮時代《詩經》學是作爲主流的中國《詩經》學的重要補充，目前尚未有研究者對朝鮮時代《詩經》學獨特的詩學特點、品格、價值和意義作系統的研究。

第四，朝鮮時代《詩經》學與中國《詩經》學具有同源異流的關

---

① [韓]金興圭《朝鮮後期〈詩經〉論與詩意識》，高麗大學校民族文化研究所1982年版。

② [韓]沈慶昊《漢文學과詩經論》，一志社1999年版。

③ [韓]金秀炅《韓國朝鮮時期〈詩經〉學研究》，臺灣萬卷樓圖書股份有限公司2012年版。

係,《詩經》作爲東亞漢文化圈共同的經典典籍,目前尚未有關於中朝《詩經》學之情感體驗、生命感受、價值判斷等異同的研究。

第五,目前大多數的研究成果都是關於朝鮮時代《詩經》學現象的研究,并未對朝鮮時代爲何呈現出此種詩學樣態作有關歷史、思想與文學相融合的整體性研究。

第六,朝鮮時代知識人通過對《詩經》的不斷詮釋,使《詩經》成爲在特殊的歷史機緣下參與建構王朝政治秩序、實現政治理想、表達人生情感的經典文本。朝鮮時代《詩經》學論著,對構築朝鮮王朝政治思想秩序,規範倫理道德觀念,培養君子人格等方面,都發揮了重要的作用。但是目前學術界對這些領域的關注較少,優秀的研究成果尚不多見。

三、本書的研究方法與創新之處

(一)研究方法

1. 文獻學與文藝學相結合

朝鮮時代《詩經》學典籍大多數都是以抄本、刻本的形態流傳,對這些《詩經》學典籍的研究,首先是文獻學上的收集、整理、校勘與考辨的工作。朝鮮時代《詩經》學史研究在《詩經》文獻學整理的基礎上,還需要運用文藝學的方法對這些文獻所呈現的詩學問題、詩學特徵與詩學意義作深入的研究。本書運用文獻學與文藝學相結合的方法來研究朝鮮時代《詩經》學史。

2. 經學與文學相結合

朝鮮時代《詩經》學呈現出以經學研究爲主,文學研究與哲學研究爲輔的研究態勢,這種研究格調和氛圍影響到朝鮮時代《詩經》學史既是經學詮釋史,又是文學思想詮釋史。本書采用經學與文學相結合的研究方法。

3. 書籍史與詮釋史相結合

“書籍史是一門重要的新學科，是一種用社會史和文化史的方法研究人類如何溝通和交流的學問。”[①]《詩經》在朝鮮時代的傳播與接受首先是表現在書籍的流通上，《詩經》在朝鮮半島的不同時段、不同階層、不同性别間發生多向流動。在《詩經》的傳播過程中，大量的朝鮮知識人基於不同的社會歷史文化環境所産生的閱讀甚至是誤讀，體現在《詩經》詮釋上，則引發了觀念和文化立場的變遷。將書籍史與詮釋史相結合，可以得出書籍與詮釋共同影響下的朝鮮時代《詩經》學發展樣態。

4. 跨文化傳播與比較文學相結合

《詩經》在朝鮮半島的傳播，是漢文化向異域文化傳播的典範。朝鮮時代《詩經》學著作并不是中國文化在朝鮮的一種“地方性呈現”，它是反觀中國《詩經》學的異域之眼，具有獨特的《詩經》學價值，需要運用跨文化傳播與比較文學相結合的研究方法來進行研究。

(二)創新之處

1. 新材料

朝鮮時代現存大量的《詩經》學典籍，這些典籍目前尚是《詩經》研究的邊緣材料，也是屬於陳寅恪先生所謂的“異族之故書”，是“吾國之舊籍”的補充者。韓國成均館大東文化研究院對朝鮮時代《詩經》學要籍做了收集的工作，并將這些典籍匯集於《韓國經學資料集成》中影印出版。朝鮮時代《詩經》學典籍是“是漢文化之林的獨特品種，是作爲中國文化對話者、比較者和批判者的‘異域之眼’”[②]。朝鮮時代《詩經》學典籍是《詩經》學研究的新材料，還需要

---

①[美]羅伯特・達恩頓《書籍史話》，《拉莫萊特之吻：有關文化史的思考》，華東師範大學出版社2011年版，第85頁。

②張伯偉《東亞漢文學研究的方法與實踐》“總序”，中華書局2017年版，第2—3頁。

對這批材料進行文本整理與文獻考辨的工作。通過對朝鮮時代《詩經》學典籍的文獻整理與研究,可以從歷史與地域、政治與經濟、文化與信仰等層面更爲全面地呈現《詩經》在朝鮮的接受與傳播的歷史。

2. 新問題

國內學者對朝鮮時代《詩經》史的研究還比較薄弱,韓國學者對此關注較多,但主要是關於專人專書、《詩經》學基本問題的研究,很少在此新材料的基礎上提出新的問題與詩學觀念。本文在朝鮮時代《詩經》學著作的基礎上發掘《詩經》研究的新問題,如《詩經》在朝鮮時代的傳播形態與接受情況,朝鮮時代《詩經》學與中國《詩經》學同源異流關係,朱熹《詩集傳》爲何在朝鮮半島取得比在中國更爲尊崇的地位,朝鮮時代《詩經》詮釋具有何種政治思想文化特徵,以《詩經》爲代表的中國經典在東亞社會有何功能性特徵等。這些問題可以更爲全面地呈現《詩經》在朝鮮的接受情況、詮釋脈絡與功能特徵。

3. 新方法

本書采用作爲方法的漢文化圈研究朝鮮時代《詩經》學史。其一,《詩經》學研究不能局限於中國,更需要一個超越國家地域的研究視域,將研究的範圍擴大到東亞漢文化圈。其二,《詩經》學研究除了從時間脉絡上作縱向的研究,還需要從地域空間上作横向比較的研究。其三,朝鮮時代現存的以漢字書寫的《詩經》學典籍是作爲主流的中國《詩經》學的重要補充。在漢文化圈視野下,研究朝鮮時代《詩經》學可以得出朝鮮時代《詩經》學總體上呈現出以朱熹《詩集傳》爲中心的研究格局,但是又與本國的學術思潮緊密結合,在實學思潮的影響下朝鮮時代《詩經》研究發生新變化,呈現出豐富的《詩經》學内涵。

第一章　漢文化圈視野下的朝鮮時代《詩經》學綜論

古代中國在東亞處於文化宗主國的地位,“從漢代開始逐步形成了漢文化圈,直到十九世紀中葉,在同一個文化精神的熏陶下,表現出驚人的内聚力”①。日本學者西嶋定生解釋漢文化圈形成的原因及要素云:“‘東亞世界’是以中國文明的發生及發展爲基軸而形成的……隨着中國文明的開發,其影響進而到達周邊諸民族,在那裏形成以中國文明爲中心,而自我完成的文化圈。這就是‘東亞世界’……構成這個歷史的文化圈,即‘東亞世界’的諸要素,大略可歸納爲:一、漢字文化,二、儒教,三、律令制,四、佛教等四項。”②在漢文化圈内部,東亞各國在國家機構、社會秩序、人間道德上亦根據儒家思想爲主要原則而展開,并具有共同的“感受方式、宗教的和道德的觀念、知識的結構”③,形成一個區别於歐洲文明的東亞文明。

朝鮮時代《詩經》研究既深受中國影響,又具有自身特色。朝鮮時代《詩經》研究起步較晚,大部分《詩經》學論著於十七、十八世紀才開始湧現出來。從歷史的進程方面來説,此時已經是朝鮮時

①張伯偉《作爲方法的漢文化圈》,中華書局 2011 年版,第 6 頁。

②[日]西嶋定生《東亞世界的形成》,載劉俊文主編《日本學者研究中國史論著選譯》第 2 卷,中華書局 1993 年版,第 88—92 頁。

③張伯偉《域外漢籍研究論集》,北京大學出版社 2011 年版,第 21 頁。

代中後期,但是此時朝鮮《詩經》學的發展才剛剛起步,所以,對於朝鮮時代《詩經》學的分期,不能單一地與歷史進程相比附,而是要尊重朝鮮《詩經》學發展演變的客觀實際。朝鮮時代《詩經》學的發展興盛與本國學術思潮具有緊密的聯繫,從學術思潮的演變來研究朝鮮時代《詩經》學,即總體上呈現出以朱熹《詩集傳》爲中心的研究格局、實學思潮影響下的朝鮮時代《詩經》學新變、漢代《詩經》學傳統的回歸與延展。另外,朝鮮時代《詩經》學還具有《詩經》啓蒙教育與學術研究相融合的雙重特徵。

第一節　以朱熹《詩集傳》爲中心的朝鮮時代《詩經》學

十三世紀末,朱子學的傳入促進朝鮮半島《詩經》研究的興起。朝鮮半島《詩經》研究的興起與發展主要集中在朝鮮時代(1392—1910),這一時期保存下來的《詩經》學著作有七十餘種,這些著作基本上都呈現出以朱熹《詩集傳》爲中心的研究態勢,《詩集傳》獲得了比在中國更爲尊崇的地位。

《詩集傳》在朝鮮半島獨尊地位的確立與儒學在朝鮮半島的發展與接受有密切的關係。據《三國史記·高句麗本紀》記載:"(小獸林王)二年(372)夏六月,秦王苻堅遣使及浮屠順道送佛像經文。王遣使回謝,以貢方物,立大學,教育子弟。"[①]可知,朝鮮半島系統接受儒家思想當在公元372年左右[②]。新羅統一高句麗與百濟後,

①[韓]金富軾《三國史記》,景仁文化社1977年版,第140頁。

②儒學何時傳入朝鮮半島,至今尚無定論。金忠烈將儒學東傳朝鮮的時間歸納爲四種:一是殷周之際,儒學隨箕子傳入朝鮮。二是春秋戰國時代,儒學從鄒、魯之地傳播到朝鮮。三是秦漢之際,儒學由衛滿入侵、秦(轉下頁注)

積極推進儒學的發展，於神文王二年（682）立國學機構，研習《周易》《尚書》《毛詩》《禮記》《論語》《孝經》等儒家經典[①]。高麗朝奉佛教爲國教，佛教在思想信仰上占據主導地位[②]。儒學在高麗朝的作用主要在於倫理教化與政治實踐方面，重在維護權力階層的勢力，此時朝鮮半島學者對於儒學本身的學術研究甚少[③]。

高麗末朝，佛教逐漸喪失拯救國家，維繫民心的作用，朝鮮社會在思想上需要新的文化資源。排斥佛教的文官安珦（1243—1306）在高麗忠烈王（1236—1308）的支持下於1289年出使元朝，并於次年將《朱子全書》帶回朝鮮，這是朝鮮思想史上具有劃時代意義的大事。朱子學的傳入對朝鮮社會的變革起了決定性作用，“形成了韓國儒學史的新基軸，而且開闢了整個思想史的新紀元”[④]。安珦、白頤正、李齊賢、李穡、鄭夢周等學者將朱子學作爲排佛的思想武器。李氏王朝推翻高麗王朝後，以鄭道傳、權近爲中心的勳舊派大夫擔承起構建新王朝政治制度的歷史性重任；以李退溪、李栗谷爲代表的士林派從倫理、道德、哲學、政治等方面進一步發展了朱子學，將朱子學發展成爲統攝道德倫理與政治理念的宏大思想體系，并實現了朱子學在朝鮮半島本土化的過程。

朱子學在李朝占據思想界之統治地位，朱熹對於經典的闡釋亦成爲學術研究中的權威著作，表現在《詩經》研究上，其《詩集傳》成爲科舉考試的重要參考書，是《詩經》傳播的主要典籍，也是朝鮮王朝經筵講《詩》活動中極爲重要的參考資料。朝鮮學者通過對

（接上頁注）人流亡、漢四郡的設置而傳入朝鮮。四是以公元372年高句麗設立太學的時期作爲儒學在朝鮮傳播的起點。見金忠烈《高麗儒學思想史》，臺灣東大圖書公司1992年版，第15—20頁。

① [韓]金富軾《三國史記》記載神文王二年“六月，立國學”，第71頁。

② 田以麟《朝鮮教育史》，吉林教育出版社2000年版，第66頁。

③ [韓]都賢哲《高麗末期士大夫的政治思想研究》，一潮閣1999年版，第13—16頁。

④ [韓]崔根德《韓國儒學思想研究》，學苑出版社2003年版，第302頁。

《詩集傳》的詮釋與接受,形成了以《詩集傳》爲中心的《詩經》傳播系統,這是朝鮮半島《詩經》學的主流,這些《詩經》學著作主要有兩個特點:一是對朱熹《詩集傳》的極度尊崇與再度闡釋,二是對朱熹《詩集傳》義理化的延續與展開。

一、對朱熹《詩集傳》的極度尊崇與再度闡釋

朝鮮學者主要是通過對《詩集傳》的再度闡釋來傳達《詩經》學觀點,呈現出獨尊《詩集傳》的研究態勢,這種研究態勢的開創者是權近。權近(1352—1409),字可遠,號陽村,是朝鮮時代初期致力於接受、轉化朱子學,并努力建構以朱子學爲主的王朝學術體系的學者,這種學術思想體現在《詩經》研究方面即是尊奉并闡釋朱熹《詩集傳》。《詩淺見録》很少徵引《詩集傳》之外的《詩經》學著作,旨在樹立《詩集傳》在朝鮮《詩經》闡釋上的典範地位。

權近闡釋《詩集傳》,特别是他對《詩集傳》中看似矛盾的釋義的梳通解釋,極可見他確立《詩集傳》權威地位的學術理念。如朱熹在《關雎》《葛覃》及《周南》末的論述有看似矛盾者,權近將其摘出并進行闡釋,其云:

> 朱子《集傳》于《關雎》,以爲后妃性情之正,可見其一端;詩人性情之正,可以見其全體。于《葛覃》引《小序》"以爲后妃之本",則似以《葛覃》爲重。又以爲《關雎》"舉其全體而言",《葛覃》《卷耳》《樛木》《螽斯》"皆指其一事而言",則又以《關雎》爲重。且前則以《關雎》爲后妃性情之一端而詩人之全體,後則以爲后妃之全體,其言前後不同,何也?[①]

權近指出《詩集傳》在《關雎》《葛覃》與《周南》末三處的解釋不同:

---

①權近《詩淺見録》,韓國成均館大學校大東文化研究院編《韓國經學資料集成》第71册,成均館大學出版部1995年版,第7頁。

一是《詩集傳》于《葛覃》篇引《小序》“以爲后妃之本”，與《關雎》相較，則易産生“似以《葛覃》爲重”的理解。二是在《周南》末所言“《關雎》，舉其全體而言也。《葛覃》《卷耳》，言其志行之在己。《樛木》《螽斯》，美其德惠之及人。皆指其一事而言也”①。則“又以《關雎》爲重”。三是《詩集傳》在《關雎》篇言“后妃性情之正固可以見其一端矣。至於寤寐反側，琴瑟鍾鼓，極其哀樂而皆不過其則焉。則詩人性情之正，又可以見其全體也”②。《詩集傳》在《周南》末言《周南》篇首五詩，“皆言后妃之德。《關雎》，舉其全體而言也”③。權近認爲朱熹“以《關雎》爲后妃性情之一端而詩人之全體，後則以爲后妃之全體”，前後表述不同。權近找出《詩集傳》中前後表述不一致處，并對這些地方進行詳細地分析，發掘《詩集傳》的深意云：

> 《關雎》泛言后妃之德，宜配君子。《葛覃》，后妃所自作，可見其德之實，其所以宜配君子者，以其有是德也。故《小序》以爲后妃之本。然《葛覃》勤於修婦職，《卷耳》專於事君子……是皆指其德之一事也。《關雎》不偏主於一事而總言以美之，是舉其德之全體而言之也。若因雎鳩摯而有別，可見后妃性情之一端者，朱子特言本篇之餘意耳。至詩人則極其哀樂而皆不過其則焉，以哀樂之具而可見性情之全體也。《集傳》前後，互相發明，無餘蘊矣。④

權近綜合《詩集傳》前後之言，認爲《葛覃》美后妃勤修婦職，其德之實乃后妃之本，但本篇僅就德之一者而言之。《關雎》不偏於一事，是故舉后妃之德之全體而言之。可見《關雎》較之《葛覃》爲重。又

①朱熹《詩集傳》，上海古籍出版社 1958 年版，第 7—8 頁。
②朱熹《詩集傳》，第 2 頁。
③朱熹《詩集傳》，第 7 頁。
④權近《詩淺見録》，《韓國經學資料集成》第 71 册，第 7—8 頁。

《詩集傳》所謂《關雎》"性情之一端者"是就雎鳩鳥"摯而有别"的特徵而言。《詩集傳》所言"詩人性情之正,又可以見其全體",是就詩人在《關雎》哀樂之中所呈現出來的性情的全體而言。故《關雎》可見后妃性情之一端,后妃之德之全體,詩人性情之全體。權近對《詩集傳》中看似矛盾難以理解的地方加以解釋,讓《詩集傳》的解釋體系更爲清晰,同時凸顯了他尊崇《詩集傳》的解釋傾向,其贊揚《詩集傳》云:"《集傳》前後,互相發明,無餘藴矣。"

其他朝鮮學者研習《詩經》也多以《詩集傳》爲中心。如《渼上經義——詩傳》收録的是金元行與宋焕德、憲柱、廷仁等學者講論《詩經》的言論。金元行等人圍繞《詩集傳》展開討論。如《小雅·車攻》云:"徒御不驚,大庖不盈。"《詩集傳》云:"不驚,言比卒事不喧嘩也……不盈,言取之有度,不極欲也……舊説:不驚,驚也。不盈,盈也。亦通。"[①]廷仁對此提問:"'徒御不驚',此句若從舊説,則是爲徒御之驚也,何以謂文義亦通?"[②]金元行回答:"以舊説則其意若曰'豈不驚乎'?'豈不盈乎'?文義則亦通,然終未若今注(《詩集傳》)耳。"[③]金元行的回答是對《詩集傳》釋義的維護。

二、對朱熹《詩集傳》義理化的延續與展開

朝鮮時代《詩經》學家大多還是理學家,如權近、李滉、林泳、金義淳、李埈等人作爲朱子學者,他們的《詩經》研究不僅延續了朱熹《詩集傳》義理化的闡釋傾向,還從理學的層面挖掘詩篇義理的多樣性。兹舉例如下:

---

① 朱熹《詩集傳》,第118頁。《詩集傳》所云"舊説",指的是《毛傳》的解釋,《毛傳》云:"不驚,驚也。不盈,盈也。"孔穎達《毛詩正義》,北京大學出版社1999年版,第653頁。

② 金元行《渼上經義——詩傳》,《韓國經學資料集成》第71册,第322頁。

③ 金元行《渼上經義——詩傳》,《韓國經學資料集成》第71册,第322頁。

林泳（1649—1696），字德涵，號滄溪，是朝鮮時代著名《詩經》學者、朱子學家。林泳全面接受朱熹《詩集傳》，并從義理層面解釋詩篇。如《鄭風・羔裘》首章"羔裘如濡，洵直且侯。彼其之子，舍命不渝"之"命"字，歷來注家有不同的解釋，《鄭箋》云：

> 舍，猶處也。之子，是子也。是子處命不變，謂守死善道，見危授命之等。[①]

鄭玄對於"命"的認識還是模糊的，没有具體的指涉。孔穎達在鄭玄的基礎上疏之云：

> 言古之君子，在朝廷之上服羔皮爲裘，其色潤澤，如濡濕之。然身服此服，德能稱之，其性行均直，且有人君之度也。彼服羔裘之是子，其自處性命，躬行善道，至死不變。刺今朝廷無此人。[②]

鄭玄對於"命"的解釋，意思不明確，孔穎達以"性命"解之。性，即是性行均直；命，即是德。"彼服羔裘之是子，其自處性命"意謂服羔裘之衣的大夫必須具有與此尊位相匹配的道德與品性。孔穎達以道德品性來解釋"命"，指出"命"的具體内容爲道德品性，但是對於"命"向道德品性的轉化缺乏連接之處，因此顯得有些突兀跳躍。朱熹則以"理"來解釋"命"，《詩集傳》云：

> 舍，處。渝，變也。言此羔裘潤澤，毛順而美，彼服此者當生死之際，又能以身居其所受之理而不可奪。蓋美其大夫之詞，然不知其所指矣。[③]

朱熹在鄭玄、孔穎達的基礎上繼續分梳，以"所受之理"，即以義理來釋"命"，呈現出《詩經》宋學的義理學特徵。朱熹以"理"來解釋

---

①孔穎達《毛詩正義》，第 291 頁。

②孔穎達《毛詩正義》，第 291 頁。

③朱熹《詩集傳》，第 50 頁。

“命”,“理”成爲闢合“命”與“性”的恰當表述。《詩集傳》釋義的一個特點即是簡潔新穎,朱熹并未將其中的深意繼續延伸,但是朱熹此處的解釋包蘊了深刻的思想内涵。林泳强調并挖掘了朱熹以“理”解《詩》的深層内涵,其云:

“舍命不渝”,“命”,《集傳》以所受之理言之,其義甚精。命固有以氣言者。此所謂命,似專指所受義理也。若以氣言,則與安於義理者不同等。①

林泳的解釋是在理解并接受朱子義理學的基礎上産生的,延續了朱熹以“理”解《詩》的哲學基調。“命”在朱子思想中是一個重要的範疇,朱子曰:

然命有兩般:有以氣言者,厚薄清濁之禀不同也,如所謂“道之將行、將廢,命也”,“得之不得曰有命”是也;有以理言者,天道流行,付而在人,則爲仁義禮智之性,如所謂“五十而知天命”,“天命之謂性”,是也;二者皆天所付與,故皆曰命。②

在朱子哲學思想中,“命”兼具“理”與“氣”,具有“命數之命”與“義理之命”的雙重含義。“命數之命”,即是以氣言之命,即氣命。“義理之命”,即是以理言之命,即理命。牟宗三解釋兩者之區别云:

凡以氣言者,皆是命限之命,此可曰氣命。凡以理言者,皆是命令之命,此可曰理命。理命是盡性之事,此是吾所能掌握者,此所謂義不容辭,責無旁貸者,此是性之所命汝必須爲者,故只須盡之而已……理命是積極者,在此言精進不息,言“先天而天弗違”,言“只此便是天地之化”。氣命是消極者,在

①林泳《讀書劄記——詩傳》,《韓國經學資料集成》第71册,第173頁。
②黎靖德編、王星賢點校《朱子語類》卷六一,中華書局1986年版,第1463頁。

此言退一步，言總當撒手。[①]

牟宗三關於"理命""氣命"的解釋可用來解釋此處《詩集傳》的釋義，即服羔裘之大夫能承擔起上天所賦予他的道德上的命令，即義理之命，這種"命"是無容推卸的强制性道德理念與道德責任，是作爲"邦之司直"的道德主體的大夫對天理人倫的自覺擔承。這種"命"非命運上的命限，不能委之於命運之氣命，故朱熹認爲《羔裘》詩的"命"爲義理之命。林泳贊同并評價《詩集傳》爲"其義甚精"，同時，林泳對朱子"命"的理氣分梳，以及此處何爲"理命"的緣由分析，傳遞出他對朱子哲學的熟稔程度及闡揚力度。

《詩經》漢學與宋學是中國《詩經》學的主要學術類别。漢唐是漢學昌明的時代，尤其唐代《毛詩正義》的頒佈，確立了《詩經》漢學的權威地位，終唐之世，罕有非議之聲。宋代是"經學變古時代"[②]，歐陽修、鄭樵等開始懷疑《毛傳》《鄭箋》，朱熹《詩集傳》問世，成爲宋代《詩經》學的集大成之作。元代科舉考試，將《詩集傳》懸爲令甲。明代，胡廣等所編《詩傳大全》，專宗朱熹《詩集傳》。至此宋學壓倒漢學，成爲學術主潮，《詩集傳》風行天下，而《毛詩正義》的影響力鋭減。清代漢學復興，尊漢學者又起來攻擊宋學，争鬥不休，勢同水火。《詩集傳》在中國《詩經》學史上是《詩經》宋學的重要代表，但是朝鮮時代尊崇朱子學，故朱熹《詩集傳》在朝鮮半島獲得了比在中國更爲尊崇的地位，朝鮮半島《詩經》研究以尊奉并闡釋《詩集傳》爲主要特色，并呈現出義理化的研究傾向，此種單一的學術構型與複雜多樣的中國《詩經》學相異。

---

①牟宗三《心體與性體》(下)，吉林出版集團有限責任公司2015年版，第387—388頁。

②皮錫瑞《經學歷史》，中華書局2008年版，第220頁。

第二節　實學思想的興起與朝鮮時代《詩經》學的新變

朝鮮實學思想興盛於十七世紀至十九世紀前期，朝鮮實學家汲取清代經世實學思想、“利用厚生之學”、考據實學等思想資源，建構起朝鮮實學的思想脉絡，以反對朝鮮朱子學家的空疏學風①。朝鮮實學思想産生的重要社會背景是：十六世紀末期，朝鮮國内政治混亂，出現朋黨之争，導致社會綱紀散亂，經濟衰退，民生疾苦。東方的日本在豐臣秀吉的領導下迅速强大起來，北方努爾哈赤統一了女真各部，呈擴張之勢，朝鮮無力應付周邊局勢的變化。壬辰倭亂（1592—1598）與丙子胡亂（1636—1637）給朝鮮王朝帶來了巨大的灾難，引發了王朝政治混亂、綱紀崩壞、農田荒蕪、民生艱難等社會問題。在思想界，以義理闡發爲主的朱子哲學因疏離現實而無法應對現實困境，朱子哲學的局限性由此凸顯出來。國家危亂的時局促使朝鮮部分學者發現朱子學在解決現實問題時所凸顯出來的迂曲無力，因此關注現實、解決現實問題的實學思想應運而生。韓國學者李丙燾論述朝鮮學人思想之轉變云：“歷來朝鮮學者所從事的學問，僅限於中國的經學和文學——尤重朱子學，但自經過倭亂，并受外來文物的刺戟後，才開始覺悟，漸行認清過去之所學實極虛無、缺陷，而應改爲崇尚實利之學——即利用厚生之學。”②

隨着實學思想在朝鮮發展程度的加深，逐漸由零星的學術新聲發展爲一個影響深遠的哲學流派。實學派通常以時間爲序劃分

① 葛榮晋《清代文化與朝鮮實學》，《中國文化研究》，2001 年秋之卷，總第 33 期，第 17—23 頁。

② ［韓］李丙燾《韓國史大觀》，臺灣正中書局 1985 年版，第 365—366 頁。

爲三個階段：從産生至十七世紀中期，是形成實學派的準備期，主要代表人物有韓百謙等；十七世紀中期至十八世紀中期，是實學派的確立期，代表人物有柳馨遠、朴世堂、李瀷等；十八世紀中期至十九世紀，是實學派的全盛期，代表人物有丁若鏞、金正喜、崔漢綺等。實學思想在學術研究上具有如下特徵：反省朱熹的經典注釋，主張回到經典本身；經典解釋的目的在於經世致用；吸收西學，强調學術研究的科學性；重視考證的學術方法，考證的目的仍是追求實用①。

實學思想影響下的主要《詩經》學家及著作有：尹鑴（1617—1680）《古詩經考》、朴世堂（1629—1703）《詩思辨録》、李瀷（1681—1763）《詩經疾書》、丁若鏞（1762—1836）《詩經講義》等。實學思潮給處於《詩集傳》獨尊狀態的朝鮮時代《詩經》學帶來新的變化，具體表現在三個方面：第一，從《詩集傳》到《詩經》文本；第二，從《詩集傳》的"淫詩説"到實學派的經世理想；第三，從《詩集傳》的義理闡釋到實學派的考據品格。

一、從《詩集傳》到《詩經》文本

實學思想家要去除朱子學一統朝鮮半島的思想觀念，表現在《詩經》研究上則是去除朱熹《詩集傳》的獨尊地位。朴世堂《詩思辨録》是朝鮮半島第一本包含實學思想的《詩經》研究著作，代表《詩經》實學研究的多個層面。如《周南・葛覃》末章云：

> 言告師氏，言告言歸。薄污我私，薄澣我衣。害澣害否？歸寧父母。

關於此章，《毛傳》《鄭箋》《詩集傳》的解釋有相異之處，主要集中在

① 韓國哲學會編《韓國哲學史》，社會科學文獻出版社 1996 年版，第 85—87 頁。

“言告師氏”之“言”,“薄污我私”之“私”,“薄澣我衣”之“衣”與“害澣害否”上,兹以表格列出各家的解釋如下：

字詞	《毛傳》	《鄭箋》	《詩集傳》
言	我也。	我	辭也。
私	燕服也。	(未解釋)	燕服也。
衣	(未解釋)	謂褘衣以下至褖衣。	禮服也。
害澣害否	害,何也。私服宜澣,公服宜否?	我之衣服,今者何所當見澣乎?何所當否乎?言常自潔清,以事君子。	何者當澣,而何者可以未澣乎?

朴世堂解釋此詩末章云：

> 《毛傳》:“言,我也。”亦通。《注》(《詩集傳》):“私,燕服也。衣,禮服也。”舊説亦如此。然竊意“私”乃裏衣,“衣”是上衣耳。“薄”猶略也。“害”,毛氏作“曷”,蓋古字通也。鄭氏謂:“何所當澣乎?何所當否乎?言常自潔清。”孔氏解其意云:“衣澣私污,無不澣之事。”與今《注》少異,未知孰是?①

朴世堂的解釋主要是對《毛傳》《鄭箋》《詩集傳》三家釋義的闡釋與比較,他的研究體現了實學家的解釋特徵:第一,回歸《詩經》文本,將《詩經》研究從關注義理的層面轉移到具體的章句訓詁上。第二,消解《詩集傳》在《詩經》研究中的權威地位。朴世堂指出《詩集傳》中的部分訓詁釋義來自《毛傳》《鄭箋》,而并非《詩集傳》的發明,此是從文獻來源處消解《詩集傳》的權威地位。如“薄污我私,薄澣我衣”之“私”與“衣”,朴世堂用“舊説亦如此”評價《詩集傳》的解釋,指出《詩集傳》對《毛傳》《鄭箋》的沿襲。第三,懷疑的精神。如“薄污我私,薄澣我衣”之“私”與“衣”,他在以“舊説亦如此”評價《詩集傳》之後,又云:“然竊意‘私’乃裏衣,‘衣’是上衣耳。”表示對

①朴世堂《詩思辨録》,《韓國經學資料集成》第72册,第68頁。

舊有解釋的懷疑,同時提出自己的見解,呈現出《詩經》研究的懷疑精神。

二、從《詩集傳》的"淫詩説"到實學派的經世理想

實學思想家在《詩經》闡釋中傾注了經世治國的理想,以期達到注《詩》以經世的政治目的。朝鮮實學思想家注《詩》以經世的詩篇大多是《詩集傳》所定爲"淫詩"的詩篇,一方面是他們不能接受《詩集傳》"淫詩説",故極易脱離《詩集傳》的解釋而另尋他解;另一方面,這些被《詩集傳》釋爲"淫詩"的詩篇大多是男女相悦之詞,極容易與屈原《離騷》所開創的以香草美人喻君臣的文學傳統聯繫起來,因此對於這些詩篇,朝鮮實學《詩經》學家大多把它們釋爲賢君良臣抑或求賢治國具有政治意義的詩篇。

如《周南・芣苢》,《詩序》與《詩集傳》的解釋不同,但均將此詩與婦人、室家和平相聯繫。如《詩序》云:"后妃之美也。和平則婦人樂有子矣。"①釋此詩爲后妃德美而有子的詩。《詩集傳》云:"化行俗美,家室和平,婦人無事,相與采此芣苢,而賦其事以相樂也。"②認爲此詩描述的是婦人采取芣苢的歡樂場面。李瀷對此詩的解釋則完全擺脱《詩序》《詩集傳》之婦人、室家和平等傳統解釋,其云:

> 芣苢,菜之卑,生於行道之旁,至賤之地,時過則不可食者也。采采之方,各有其宜,盡心盡力,惟恐不得君子,於是知及時求賢,莫之或遺也。③

李瀷認爲生長在行道之旁、低賤之地的"芣苢"象徵着處於民間的

---

①孔穎達《毛詩正義》,第 50 頁。

②朱熹《詩集傳》,第 5—6 頁。

③李瀷《詩經疾書》,《韓國經學資料集成》第 73 册,第 23 頁。

賢人君子,并以芣苢時過則不可食的節令性隱喻求取賢人的及時性,同時,還將詩中不斷重復的"采采芣苢"解釋爲求取賢人盡心盡力的動態描述。李瀷以"求賢"解釋此詩,表現出他對君王及時求取賢人以治國的期待,傳達出注《詩》以經世的政治願望。

再如《鄭風·有女同車》,《詩集傳》云:"此疑亦淫奔之詩。"[①]李瀷將《詩集傳》中的男女轉換爲君臣,其云:

> 凡詩或悦或怨,而每多君臣之際,託諷之詞也。此篇即君悦臣之作。當時鄭亦多賢,如子皮、子産之屬。此恐是君得賢佐,却以男女託言者也。如二雅亦多天子答臣民之詩,何以異例?[②]

李瀷不贊同《詩集傳》淫詩説,將《有女同車》解釋爲鄭君得賢人輔佐而心有悦焉,故托言男女相悦之辭以美其臣。

再如《鄭風·風雨》,《詩序》云:"思君子也。亂世則思君子,不改其度焉。"[③]孔穎達根據《詩序》解釋首章云:"言風雨且雨,寒凉淒淒然。鷄以守時而鳴,音聲喈喈然。此鷄雖逢風雨,不變其鳴,喻君子雖居亂世,不改其節。今日時世無復有此人。若既得見此不改其度之君子,云何而得不悦?言其必大悦也。"[④]《詩集傳》與《詩序》不同,其云:"淫奔之女言當此之時見其所期之人而心悦也。"[⑤]《詩序》以鷄鳴喻亂世中的君子不改其節度,是對亂世之君子持守自身品格的贊揚,闡揚了此詩的社會現實意義。《詩序》從此詩之社會意義出發,而《詩集傳》則是將詩義從社會意義收縮到個體男女的感情。面對這兩種截然不同的闡釋角度,朝鮮學者大多選擇

---

①朱熹《詩集傳》,第 52 頁。

②李瀷《詩經疾書》,《韓國經學資料集成》第 73 册,第 149 頁。

③孔穎達《毛詩正義》,第 313 頁。

④孔穎達《毛詩正義》,第 313 頁。

⑤朱熹《詩集傳》,第 54 頁。

從社會意義與産生社會功能的層面來解釋。如朴世堂《詩思辨録》云：

> 此詩之義，當以舊説爲得。①

李瀷《詩經疾書》云：

> 此詩其有憂思者乎？風雨如此，則夜之淺深無星月之可占，非晦而如晦也。當此之時，惟鷄可知也。喈喈，有節也。膠膠，連續也。不已，則夜闌也。其坐而待朝乎？非念時悶己，思有以善處者乎？君子乃救世之材具也，既見君子者，反語也，與亦既見之相似，欲見而未得也。若既見之，心胡爲不夷，疾胡爲不瘳，喜胡爲不甚？衣之尚褧，惡其文之著也，淫女豈有此意？思古之引此詩者，莫非君子憂時之作也。如此看自好，何必因《鄭詩》之故，歸之鄙褻之語。每讀此篇，聲節殷勤激昂，不覺感歎，以此益信上數篇，未必皆淫女之作。②

丁若鏞《詩經講義》云：

> 有志之士，每風雨瀟灑，星月晦冥，獨夜無眠，愁思撩亂，慷慨有憂世慕古之志。思與賢豪之士，開懷縱談，以舒暢其壹鬱，此風人之意也。③

朴世堂、李瀷、丁若鏞均否定《詩集傳》將此詩釋爲男女之詩，贊同《詩序》的解釋，而否定《詩集傳》淫詩説，并將詩中男女相悦之情轉换爲有志之士與賢豪之士之間的惺惺相惜，亦是對現實政治求取賢人的期待。

---

①朴世堂《詩思辨録》，《韓國經學資料集成》第72册，第230頁。
②李瀷《詩經疾書》，《韓國經學資料集成》第73册，第152—153頁。
③丁若鏞《詩經講義》，《韓國經學資料集成》第79册，第158頁。

三、從《詩集傳》的義理闡釋到實學派的考據品格

實學派學者反對朱子學者玄談義理不究客觀實際的空疏學風，在學術研究上注重考證方法的運用。實學派《詩經》研究從《詩集傳》的義理闡釋轉向名物制度的考證，具有科學研究的考據品格。如《周南・螽斯》之“螽斯”，《詩集傳》釋爲“蝗屬……一生九十九子”[①]，李瀷根據實際的觀察指出《詩集傳》的解釋不正確，他説：

> 余嘗驗之斯螽之類，以尾尖穴土種子，蟲成而出。余又掘而視之，非卵。伊蟲九十九子，俗之訛傳也，安得至此多乎？[②]

李瀷對《詩經》中的名物作實際考證的工作，不迷信權威言論，其《詩經》研究呈示出考據品格。

丁若鏞運用考據的方法研究《詩經》，如《大雅・文王有聲》云：“鎬京辟廱，自西自東，自南自北，無不思服，皇王烝哉。”正祖問曰：

> 《武成》曰：“散鹿台之財，發巨橋之粟。大賚于四海，而萬姓悦服。”則天下之心服於此已見，何待辟雍之講學行禮而後始皆心服歟？[③]

正祖根據《尚書・武成》所載的使萬民悦服的措施是散鹿台之財、發巨橋之粟，遂認爲作爲國君只要做到散財施糧便可以使百姓心悦誠服，何必如《文王有聲》篇辟雍之禮樂文明耶？對此，丁若鏞對辟雍之禮的社會功能作了具體的考證，其云：

> 辟雍之禮、大賚之政，皆足以服天下，則其先其後有不必論也。曾子於《祭儀篇》引此爲孝道之極致，荀子于《王霸篇》

①朱熹《詩集傳》，第 4 頁。

②李瀷《詩經疾書》，《韓國經學資料集成》第 73 册，第 20 頁。

③丁若鏞《詩經講義》，《韓國經學資料集成》第 79 册，第 395 頁。

引此爲官人之大效,《孝經》引此詩以爲孝悌之極致。孝者,太廟之事也;悌者,太學之事也。又劉向《説苑》曰:"聖王修禮文,設庠序,天子辟雍,諸侯泮宫,所以行德化也。"引此《詩》以證之,則先儒之説皆以辟雍之禮,爲可以服天下也。[①]

丁若鏞疏解曾子、荀子及《孝經》中關於辟雍之禮的記載,得出辟雍之禮乃孝悌之極致,并引劉向《説苑》以證辟雍之禮可以治理天下的社會功能。丁若鏞通過考據古籍記載推論出辟雍之禮是古代中國社會極爲重要的禮制,具有重要的實踐功能。

明末清初的實學思潮是朝鮮實學思想的最初源頭,實學思想在清代也有長足的發展,但是清代學者很少將實學思想運用到《詩經》研究上,影響力較大的實學化《詩經》研究論著幾乎没有,清代《詩經》學實學化特色較弱。

朝鮮實學思想家自覺地將實學思想運用到《詩經》研究之中,撰寫了大量實學化的《詩經》研究論著,這些論著給朝鮮半島《詩經》學帶來了新的變化,朝鮮時代《詩經》學開始呈現出本土化、實學化的特色。

第三節　漢代《詩經》學傳統的回歸與延展

朝鮮時代《詩經》研究深受朱熹《詩集傳》義理闡釋方式的影響,其《詩經》闡釋注重個體内向省悟。此外,朝鮮《詩經》研究至十八、十九世紀以來還呈現出復歸漢代《詩經》學傳統的研究思潮。復歸漢代《詩經》學傳統的主要代表學者及著作有:正祖(1752—1800)《詩經講義》條問、申綽(1760—1828)《詩次故》、成海應

① 丁若鏞《詩經講義》,《韓國經學資料集成》第 79 册,第 395 頁。

(1760—1839)《詩説》等。此外,作爲實學派集大成者的丁若鏞在《詩經》研究上也呈現出回歸漢代《詩經》學傳統的研究趨勢。朝鮮時代《詩經》漢學傳統的回歸與延展主要表現在三個方面:一是打破《詩集傳》爲中心的研究模式,開創宏通多元的《詩經》研究格局;二是復歸《詩序》之美刺傳統;三是對《詩經》政教功能的再度闡發。

一、宏通多元的《詩經》研究格局

實學思潮動摇了《詩集傳》在朝鮮時代的獨尊地位,至十八、十九世紀,朝鮮《詩經》學逐漸打破《詩集傳》爲中心的研究模式,開創了多元宏通的《詩經》研究格局。如《周南・樛木》,《詩序》云:"《樛木》,后妃逮下也。言能逮下,而無嫉妒之心焉。"[①]鄭《箋》、孔《疏》、朱熹《詩集傳》、陳奂《詩毛氏傳疏》都贊同《詩序》的解釋,可見以后妃之德釋《樛木》是傳統解釋。成海應在詩旨上贊同《詩序》,但對詩篇中"樂之君子"之"君子"的具體指代作了解釋,其云:

> 后妃勤儉之德見於《葛覃》,后妃求賢之志見於《卷耳》。内治盛矣,外治裨矣!后妃逮下之化,於是乎著,而福禄萃之也。然以"君子"喻后妃者,可疑。故鄭氏以爲衆妾以禮樂樂其君子,使爲福禄所安。然禮樂實非衆妾之事,是故歐陽公曰:"后妃不嫉妒,下其意以和衆妾,衆妾得附之而并進君子。其云:'樂只君子'者,衆妾愛樂其君子之辭。"此指"君子"爲文王而言,衆妾愛樂之辭,則后妃之德自見。然衆妾之愛樂文王之美,不若愛樂后妃之美。故朱子引小君内子之訓,以明后妃亦可稱"君子",其義甚正。[②]

成海應在詩旨之外,重點探討"樂只君子"之"君子"爲誰的問題。

---

①孔穎達《毛詩正義》,第 41 頁。

②成海應《詩説Ⅲ》,《韓國經學資料集成》第 78 册,第 400—401 頁。

鄭玄、歐陽修以"君子"爲"文王"。成海應贊同《詩集傳》所謂"君子,自衆妾而指后妃,猶言小君内子也"[①],認爲此"君子"應爲后妃,其理由是"衆妾之愛樂文王之美"不如衆妾之愛樂后妃更能彰顯后妃能逮下無嫉妒之德。成海應的研究不再以一家一説爲《詩經》研究的圭臬,呈現出兼采《詩經》漢學與宋學的研究態度。此外,正祖、丁若鏞、成海應、申綽在《詩經》研究中大量徵引漢儒、宋儒、清儒及朝鮮儒者的研究成果,《詩經》研究呈現出宏通多元的研究格局。

二、復歸《詩序》之美刺傳統

《詩序》中的詩教觀念主要通過美刺呈示出來,正如《詩譜序》所云:"論功頌德所以將順其美,刺過譏失所以匡救其惡,各於其黨,則爲法者彰顯,爲戒者著明。"[②]朝鮮《詩經》研究復歸漢代《詩經》學的顯著特徵即爲對《詩序》美刺傳統的異域承繼。

朝鮮時代《詩經》學系統釐定《詩序》的價值最先是正祖在《詩經講義》的條問中提出來的。正祖認爲《詩序》不可廢,并指出朱熹存在既廢《詩序》,又襲用《詩序》釋義的情况[③],正祖對於朱熹陽反而陰從《詩序》的態度的發現與清儒姚際恒異域而同調。[④] 正祖對《詩序》的態度動摇了《詩集傳》在朝鮮半島爲不刊之論的地位,韓國學者金興圭指出:"正祖所代表的官方的開放性釋經態度,對朝

①朱熹《詩集傳》,第 4 頁。

②孔穎達《毛詩正義》,第 6 頁。

③正祖《詩經講義》,《韓國經學資料集成》第 75 册,第 55 頁。

④姚際恒著、顧頡剛點校《詩經通論·詩經論旨》云:"(《詩集傳》)况其從《序》者十之五,又有外示不從而陰合之者,又有意實不然之而終不能出其範圍者,十之二三。故愚謂遵《序》者莫若《集傳》。"姚際恒《詩經通論》,中華書局 1958 年版,第 4 頁。

鮮時代後期的《詩經》解釋具有不可忽略的轉折意義。”①

如《周南・卷耳》,《詩集傳》云:“后妃以君子不在而思念之,故賦此詩。”②《詩序》云:“后妃之志也,又當輔佐君子,求賢審官,知臣下之勤勞。”③丁若鏞贊同《詩序》之説,其云:

> 乘馬、登山,誠非婦人之事。太姒有静淑之德,宜無是也。《序》説之言“求賢審官”,必有所據……求賢審官,誠爲后妃之德,而國之所以廢興存亡,以是也。《詩》之爲戒,不其淵矣乎!④

《詩序》從輔佐君子求賢審官的政治功能意義上贊美后妃,《詩集傳》從后妃君子之感情出發解詩。《詩序》的解釋對於國家政治意義深遠,而《詩集傳》的解釋則偏於個體情感的抒發。丁若鏞在詩意的選擇上則是贊同《詩序》之説,并凸顯后妃對於國家興廢的重要作用,即“誠爲后妃之德,而國之所以廢興存亡”。《詩經・大雅》的一些詩篇記載了后妃失德給國家帶來深重的灾難,如幽王之妻褒姒不德,致使幽王荒廢國政、命喪犬戎,西周滅亡。丁若鏞將后妃之德提升到“國之所以廢興存亡”的高度,可見他對《詩序》頌美之意的贊同蘊含的是他對於王朝命運的深切關懷。

三、闡發《詩經》的政教功能

《詩序》云:“治世之音,安以樂,其政和。亂世之音,怨以怒,其政乖。亡國之音,哀以思,其民困。故正得失,動天地,感鬼神,莫

---

①[韓]金興圭《正祖時代的“詩經講義”》,《韓國學報》1981年第7卷第2號,第107頁。

②朱熹《詩集傳》,第3頁。

③孔穎達《毛詩正義》,第36頁。

④丁若鏞《詩經講義》,《韓國經學資料集成》第79册,第28—30頁。

近於詩。先王以是經夫婦,成孝敬,厚人倫,美教化,移風俗。"[①]《詩經》具有教化與改易風俗的社會功能。朝鮮時代《詩經》研究重視《詩經》政教懲戒功能的闡發,此是對漢代詩教傳統的承繼。

朝鮮經筵講《詩》以正祖時期爲最盛,正祖亦時常從日常人生的角度來闡述《詩經》中的政教思想。正祖在條問中關注夫妻感情中女性的職責、婦德婦功,他關於莊姜的條問即是從日用倫常角度着眼宣揚政治教化的典型例子。

《詩經》中所記載的賢妃很多,"爰及姜女,聿來胥宇"[②]的姜女,是古公亶父的妻子;"自彼殷商,來嫁于周"[③],"思齊大任,文王之母"[④],大任是王季的妻子,文王的母親;"大邦有子,俔天之妹"[⑤]的大姒是文王的妻子。但是,與這些獲得丈夫寵愛的賢妃相比,衛國夫人莊姜却最值得悲憫。《詩經》中《邶風・柏舟》《緑衣》《燕燕》《日月》《終風》《衛風・碩人》記載的都是莊姜的美麗、憂愁和不遇。根據這些詩篇和《左傳・隱公三年》的記載,可知莊姜是齊國嫡夫人之女,地位尊貴,容貌姣好,是衛莊公的正室夫人,但是莊姜無子,衛莊公娶陳女厲嬀,其娣戴嬀生子名完,莊姜以完爲自己的兒子。但是衛莊公寵愛嬖妾,生州吁。莊公薨後,完立,爲桓公。隱公四年州吁弑完而立。正祖以莊姜提問,所要關注的是遭冷遇的妻子該如何對待與丈夫的倫常關係。如正祖二十四年(1789),己酉條問《邶風・燕燕》云:

> 父雖不慈,子不可以不孝。君臣,猶父子也。君使臣,不以禮,臣不可以不忠。夫婦,猶君臣也。夫雖疏棄,婦不可以

①孔穎達《毛詩正義》,第8—10頁。

②《詩經・大雅・緜》,孔穎達《毛詩正義》,第984頁。

③《詩經・大雅・大明》云王季的妻子大任:"摯仲氏任,自彼殷商,來嫁于周,曰嬪於京。乃及王季,維德之行。"孔穎達《毛詩正義》,第967—968頁。

④《詩經・大雅・思齊》,孔穎達《毛詩正義》,第1008頁。

⑤《詩經・大雅・大明》,孔穎達《毛詩正義》,第970頁。

忘夫。莊姜之賢,豈不知此個道理乎?且凡人于先君,忠心易衰,則易致日遠而月忘,甚則或有以爲無能,而倍之者矣。莊姜之賢,又豈有是乎?然而戴嬀必以先君之思,勖勉莊姜,若慮夫莊姜之不足于此,何也?且送人贈之以言,禮也。戴嬀之留别,莊姜勖之,以思先君,而莊姜之于戴嬀,只一味贊歎其德美而無一言勸勉,何歟?[1]

正祖所提問的詩篇是《邶風·燕燕》,《詩序》釋《燕燕》云:"衛莊姜送歸妾也。"[2]《鄭箋》云:"莊姜無子,陳女戴嬀生子名完,莊姜以爲己子。莊公薨,完立,而州吁殺之。戴嬀於是大歸,莊姜遠送之於野,作詩見己志。"[3]《詩集傳》云:"莊姜無子,以陳女戴嬀之子完爲己子。莊公卒,完即位,嬖人之子州吁弑之。故戴嬀大歸于陳,而莊姜送之,作此詩也。"[4]《詩集傳》關於《燕燕》的詩旨與《毛傳》《鄭箋》同,均認爲《燕燕》是叙寫衛莊姜送戴嬀的詩篇。正祖首先以父子、君臣、夫婦的臣服關係引起問題,即父親不慈愛,兒子必須孝敬;國君即使不禮遇大臣,大臣也必須盡忠;丈夫疏離妻子,妻子不可以忘夫。正祖以《燕燕》詩卒章"仲氏任只,其心塞淵。終温且惠,淑慎其身。先君之思,以勖寡人"提問,他認爲充滿賢德的莊姜應該明白妻子服從丈夫的道理,因此不會忘記先君之思,而詩中戴嬀却以先君之思勖勉莊姜。正祖由此懷疑難道是莊姜對待先君的感情還不够深厚,還需要戴嬀的提醒嗎?

正祖以《燕燕》詩的經文提問,這個問題可以朱熹《詩集傳》作答,即"言戴嬀之賢如此,又以先君之思勉我,使我常念之而不失其守也"[5]。詩人以戴嬀用"先君之思"勉勵莊姜,是表彰戴嬀之賢,而

①正祖《詩經講義》,《韓國經學資料集成》第75册,第326—327頁。
②孔穎達《毛詩正義》,第121頁。
③孔穎達《毛詩正義》,第121頁。
④朱熹《詩集傳》,第16頁。
⑤朱熹《詩集傳》,第17頁。

非表示莊姜已經忘記了先君。所以正祖的這一問題有些泥於經文,價值不高,但是從正祖作爲一國之君的立場來看,這樣的發問却是有意將政教意義與日常生活相聯繫。正祖云"父雖不慈,子不可以不孝。君臣,猶父子也。君使臣,不以禮,臣不可以不忠。夫婦,猶君臣也,夫雖疏棄,婦不可以忘夫",其所維護的是"君爲臣綱,父爲子綱,夫爲妻綱"的綱常倫理。正祖以《詩經》中所包蘊的日常人生提問,藉此傳達出濃郁的政教倫理思想。

清代乾嘉兩朝是樸學興盛的時期,乾嘉樸學對中國《詩經》學研究的影響甚大。這一時期的《詩經》學論著幾乎無一不受樸學的影響,呈現出樸學化的特徵,代表性的論著有陳奐《詩毛氏傳疏》、馬瑞辰《毛詩傳箋通釋》、胡承珙《毛詩後箋》。這些《詩經》學論著的成就主要體現在訓詁與名物考證上,思想性的論述較少,與現實的關係也相對疏離。

十八、十九世紀的朝鮮《詩經》學雖然也受到了乾嘉樸學的影響,如成海應運用文獻校勘的方法校勘朝鮮北漢本《詩集傳》,爲朝鮮學者提供了較爲完善的《詩集傳》版本,給朝鮮時代《詩經》研究提供了新的思路與方法①。尹廷琦從習用套語、隱語的角度闡釋《詩經》,也明顯受到乾嘉文字訓詁學的影響。但是這一時期的朝鮮《詩經》學并没有呈現出單一化的樸學特徵,相反,研究方法和研究視角更爲多元,朱熹《詩集傳》的影響依然存在,實學化的研究方法也在延續,乾嘉樸學的新方法也有所借鑒,文學化的解讀方法也時有運用,呈現出宏通多元的研究格局。當然,多元的研究格局之中也有一個主要潮流,即是對漢代《詩經》研究傳統的復歸,以正祖爲核心的經筵講《詩》更加重視《詩經》的美刺傳統,更加重視《詩經》的政教意義,更加關注《詩經》的學術研究與現實政治之間的密

---

①付星星《成海應校勘朝鮮北漢本〈詩集傳〉論析》,《貴州大學學報·社會科學版》,2016年第3期。

切關係，與乾嘉《詩經》學疏離現實政治的純學術化傾向迥然相異。

第四節　《詩經》啓蒙教育與學術研究相融合

公元 372 年，高句麗設立太學研習儒家經典。公元 541 年，梁朝應百濟之請，派《毛詩》博士入百濟①。新羅統一高句麗與百濟以後，大力發展儒學，設立國學機構，研習儒家經典②。《詩經》在朝鮮已成爲學習的重要教材，但此時的朝鮮學者尚處於《詩經》的接受與知識儲備期，很少有《詩經》的研究著作。

高麗朝(918—1392)尊崇佛教，儒家思想處於邊緣化的境地，《詩經》研究在高麗朝幾乎没有獲得發展。高麗末期，朱子學傳入，《詩集傳》成爲《詩經》研究的主體，促進了《詩經》學的發展。

朝鮮時代將朱子學作爲王朝的主導思想，是儒學在朝鮮的發展最爲興盛的時代。儒學的發展促進了《詩經》在朝鮮時代的傳播與研究，《詩經》研究在李朝統治的中期(公元十六世紀)開始正式起步，李滉(1501—1570)《詩釋義》是研究起步的標志，并於十八至十九世紀達到了繁盛的階段。

朝鮮時代《詩經》學的發展與《詩經》在朝鮮之啓蒙教育有密切的關係，擔任啓蒙任務的《詩經》注釋本同時也包含了朝鮮學者對《詩經》的理解與研究。兹以《詩經》諺文注釋爲例。

1443 年，朝鮮世宗大王創造了朝鮮語，即“諺文”。《詩經》諺解

---

①《梁書》卷五十四：“中大通六年(534)、大同七年(541)，(百濟)累遣使獻方物，并請《涅槃》等經義、毛詩博士，并工匠、畫師等，敕造并給之。”姚思廉《梁書》，中華書局 1973 年版，第 805 頁。

②《三國史記·新羅本紀》記載神文王二年(682)“六月，立國學”。金富軾《三國史記》，第 71 頁。

是用朝鮮語夾雜漢字來注釋《詩經》，其初級階段有口訣、釋義兩種形式："口訣"指的是在《詩經》原文語句的主語、謂語、賓語等位置加入表達主謂賓等功能的朝鮮語助詞，是用本國語言模式對《詩經》漢字語句作簡單的句法分析。"釋義"不對《詩經》全文作朝鮮語的翻譯，而是對一些存在不同的口訣、諺解的地方加以解釋，李滉《詩釋義》是此一方面的代表作。《詩經》諺解經過口訣與釋義的發展，諺解日增。《詩經》的發展需要統一、標準的諺解，朝鮮王朝從宣祖朝（1567—1608）設置校正廳開始整理標準的《詩經諺解》，至宣祖二十一年（1588）完成，不幸的是諺解的成果毀於壬辰倭亂之中，故宣祖三十四年，又重新開始諺解工作。《詩經諺解》具體刊行時間缺乏明確的記載，但大約完成於宣祖三十九年（1606）至光海君五年（1613）之間。

《詩經》在朝鮮的諺解過程，是漢文典籍在朝鮮語語系中的轉換與接受過程。《詩經》諺解以朝鮮語來表示漢文詩句的朝鮮讀音，以朝鮮語助詞標注詩句的主要語法成分，用朝鮮語、漢語相夾雜的方式解釋詩句。《詩經》諺解體現出《詩經》之啓蒙研習與研究相融合的特徵，兹舉《詩經諺解》與李滉《詩釋義》爲證。

《周南·關雎》之首章："關關雎鳩，在河之洲。窈窕淑女，君子好逑。"《詩經諺解》云：

> 關관關관雎져鳩구ㅣ在저河하之지洲쥬ㅣ로다窈료窕됴淑숙女녀ㅣ君군子자好호逑구ㅣ로다①

如上漢字後的朝鮮語主要表示該漢字的朝鮮語發音，如"關"的朝鮮語讀爲"관"，"雎鳩"的朝鮮語讀爲"져구"，"在"讀爲"저"，"河"讀爲"하"，"之"讀爲"지"，"洲"讀爲"쥬"。這些標注讀音的朝鮮語有時也具有表意的功能，如"女"，《諺解》注音爲"녀"，"녀"之朝鮮

①《詩經諺解》光海君本，弘文閣 1992 年版，第 15 頁。

語意就爲“女”;再如“君子”,注音爲“군자”,“군자”在朝鮮語中就是君子的意思。

《詩經諺解》在標注讀音之外,還以朝鮮語標注詩句的主要句法成分。如上文中加下劃綫的朝鮮語就起標注語法成分的作用,如“ㅣ”是朝鮮語“이”的省略形式,是朝鮮語中表示主語的助詞。“ㅣ”置於“雎鳩”之下表示“關關雎鳩”是該句子的主語。“ㅣ로다”是動詞語尾,置於“在河之洲”之下,表示動作的發生。《詩經諺解》在標注完詩句的讀音與語法意義之後解釋詩句,如《關雎》首章,《詩經諺解》云:

> 關관關관 하는雎져鳩구 ㅣ在河하之洲쥬 에잇도다窈료窕됴淑 하어진女녀 ㅣ君군子자 의好호 하짝이로다[①]

《詩經諺解》將朝鮮語夾雜在漢字詩句中,使作爲漢字書寫的詩句具有了朝鮮語表達的功能,有利於朝鮮學者對《詩經》的接受與理解。可見作爲漢字文明的《詩經》在朝鮮的接受與傳播首先是表現在語言學上的研究。

官方主持編輯的《詩經諺解》是《詩經》在朝鮮經過漫長諺解之後的成熟表現,在《詩經》諺解走向規範化的過程中還存在以“口訣”與“釋義”爲代表的《詩經》諺解初級形式,這些《詩經》諺解也具有《詩經》啓蒙教育與研究的雙重特徵。兹舉李滉《詩釋義》爲例。

《召南·摽有梅》末章“摽有梅,頃筐塈之”之“塈”,陸德明《毛詩音義》與朱熹《詩集傳》皆云:“許器反。”[②]李滉《詩釋義》云:

> “塈”,生員金繼趙所藏《釋義》并考字音,“塈”字注云:“禮,게,俗同禮,謂禮部韻也,此字今俗,固音게。”然今按《大廣益會》寘部,其冀切,則實音긔,與洎、曁等字同,而俗皆訛

①《詩經諺解》光海君本,第15頁。

②孔穎達《毛詩正義》,第90頁。朱熹《詩集傳》,第12頁。

音게。[①]

以上引文中“金繼趙所藏《釋義》”指的是由朝鮮金繼趙所收藏的一種《詩經》諺解，該本認爲《摽有梅》之“塈”在發音上屬於“禮部韻”，故音“塈”爲“게”。李滉根據《大廣益會玉篇》“塈”歸入寘部，反切爲“其冀切”，其將“其冀切”轉换爲朝鮮語的發音“긔”，并認爲與漢字“洎”“暨”發音相同。李滉認爲“塈”注音“게”錯誤，應讀爲“긔”。可見《詩釋義》辨析諺解，促進《詩經》在朝鮮的正確傳播。李滉關於《詩經》的部分讀音與《毛詩音義》《詩集傳》不同，體現了他對於《詩經》音韻的獨特理解，此亦是屬於《詩經》研究的範疇。

再如《邶風・北風》，此詩爲國家危亂，百姓逃亡之詩。李滉解釋此詩末章“莫赤匪狐，莫黑匪烏”之“莫赤”云：

> “莫赤”이만，赤하니업스니，狐ㅣ아니며，今按此說是，猶言“莫高匪山”之類，言所見皆赤狐，黑烏也。說者因所見無非此物之語，鑿爲曲說，曰：赤디아니라狐ㅣ아니며，其意猶曰雖非赤者而不爲狐乎，言皆狐也，此說巧奈，非本文法。何又有因此爲説者曰：赤디아닌거시狐ㅣ아니며，或云赤거시狐ㅣ아니아니며。皆不成文理。[②]

“莫赤匪狐，莫黑匪烏”，《詩集傳》云：“狐，獸名，似犬，黄赤色。烏，鵶黑色。皆不祥之物，人所惡見者也。所見無非此物，則國將危亂可知。”[③]李滉以“所見皆赤狐、黑烏也”來解釋詩句，是對《詩集傳》釋義的贊同。李滉此條釋義旨在辨析“莫赤匪狐，莫黑匪烏”的正確諺解，他認爲此詩“莫赤匪狐，莫黑匪烏”與《小雅・小弁》“莫高匪山，莫浚匪泉”在表達上相類似，都屬於“莫×匪×”的句型，以雙

①李滉《詩釋義》，《韓國經學資料集成》第71册，第30頁。
②李滉《詩釋義》，《韓國經學資料集成》第71册，第33頁。
③朱熹《詩集傳》，第26頁。

重否定表示肯定，因此，他認爲“莫赤匪狐”的正確諺解應該是：“赤하니업스니，狐ㅣ아니며。”認爲以“赤디아니라狐ㅣ아니며”“赤디아닌거시狐ㅣ아니며”“赤거시狐ㅣ아니아니며”來諺解“莫赤匪狐”都不成文理，指出這些諺解錯誤的原因在於對《詩集傳》“所見無非此物”的錯誤理解。《詩釋義》從《詩經》文本出發，結合《詩集傳》，追求正確的《詩經》諺解，體現了《詩經》在朝鮮時代啓蒙教育與研究相結合的特徵。

結　語

在漢文化圈視野下研究朝鮮時代《詩經》學，可以得出朝鮮時代《詩經》學既深受中國《詩經》學的影響，又具自身特色，是中國《詩經》學的重要補充。朝鮮半島《詩經》學研究主要集中在朝鮮時代，其《詩經》學呈現出如下特點：

第一，以朱熹《詩集傳》爲中心的《詩經》研究。朱子學在朝鮮時代占據政治學術思想領域的統治地位，《詩集傳》成爲朝鮮時代《詩經》研究的重要注本，朝鮮時代以朱熹《詩集傳》爲中心的《詩經》研究主要呈現出兩個方面的特色：一是對朱熹《詩集傳》的極度尊崇與再度闡釋，二是對朱熹《詩集傳》義理化的延續與展開。

第二，實學思想的興起與朝鮮時代《詩經》學的新變。朝鮮時代《詩經》學在本國政治境遇、歷史條件和學術思潮的影響下，將學術研究與經世致用之實學思想相結合，給朝鮮半島《詩經》研究帶來新的變化，具體呈現出三個方面的特色：一是從《詩集傳》到《詩經》文本，二是從《詩集傳》的“淫詩説”到實學派的經世理想，三是從《詩集傳》的義理闡釋到實學派的考據品格。

第三，漢代《詩經》學傳統的回歸與延展。十八、十九世紀朝鮮

《詩經》研究呈現出回歸《詩經》漢學的研究思潮，具體呈現出三個方面的特色：一是開創宏通多元的《詩經》研究格局；二是復歸《詩序》之美刺傳統；三是對《詩經》政教功能的再度闡發。此外，這一時期的《詩經》研究吸收明代、清代《詩經》學成果，《詩經》研究出現考據與文學化的釋讀，這是對《詩經》漢學的適度延展。

第四，啓蒙教育與學術研究相融合。朝鮮時代《詩經》學起步較晚，其《詩經》研究與《詩經》啓蒙教育同步，呈現出啓蒙教育中的字義解釋、諺解轉換與學術觀點辨析相融合的景象。

第二章　十八世紀之前的朝鮮《詩經》學

朝鮮李氏王朝取代高麗王朝在政治上表現爲王朝的更迭，在思想上呈現出以朱子學構建王朝思想體系與價值觀念的儒學政治化形態。十四世紀末，朝鮮半島以朱子學作爲建國理念，在朝鮮王朝社會制度、倫理規範的過程中，也取得了關於朱子學研究的文化上的發展。體現在《詩經》學史上，則是十四世紀以後朝鮮半島《詩經》學的萌生。按照年鑒派史學"長時段"①的研究方法得出：十四至十八世紀的朝鮮半島《詩經》學呈現出以朱熹《詩集傳》爲中心的研究特徵，此一時期産生的大多數《詩經》學著作都是對《詩集傳》的接受與再度詮釋。十七世紀末期，朝鮮半島受到現實政治與外族侵擾，體現在《詩經》學上則是以朴世堂《詩思辨録》爲代表的對以《詩集傳》爲中心的《詩經》義理詮釋的反思。朝鮮半島十八世紀以前的《詩經》學呈現出三個特徵：一是尊崇并再度詮釋《詩集傳》，具有義理化與倫理化特徵。二是研究著作多是關於《詩集傳》的讀書劄記，具有啓蒙與學術研究相融合的特徵。三是對以《詩集傳》爲中心的《詩經》詮釋的反思，《詩經》詮釋具有歷史性特徵。

---

①［美］喬·古爾迪、［英］大衛·阿米蒂奇著、孫岳譯《歷史學宣言》，格致出版社、上海人民出版社 2017 年版，第 15—18 頁。

第一節　義理與倫理：權近《詩淺見録》研究

權近(1352—1409)，字可遠，號陽村，是高麗末年李朝初年著名的學者、哲學家、政治家。權近是高麗大儒權溥的曾孫，師從高麗儒學大師李穡，於高麗恭愍王十七年(1368)中成均館試。李朝立國後，歷任成均館大司成、藝文春秋館大學士、知經筵春秋成均館事，官至大提學，謚號文忠公。著作有《入學圖説》《五經淺見録》《四書五經口訣》《東賢事略》《陽村集》等。

權近《詩淺見録》是保存在《五經淺見録》中關於《詩經》的著作，該書是朝鮮半島現存最早的一部《詩經》學的論著。韓國當代學者關於權近《詩經》學研究目前有一篇博士學位論文：陳亦舒《陽村權近〈詩淺見録〉研究》[①]，一篇碩士學位論文：金尚歡《陽村權近〈詩經淺見録〉研究》[②]。這些論文從權近《詩淺見録》對朱熹《詩集傳》的繼承與創新的層面加以論述。在這些研究成果的基礎上，可從以下三個方面研究權近的《詩經》學特徵：一是《詩經》闡釋遵循朱熹《詩集傳》，開創了朝鮮半島《詩經》學研究尊崇朱熹《詩集傳》的先路；二是探究孔子《詩經》編輯中所寄寓的政治教化功能；三是揭示出《詩經》中包蘊的天理人倫精義。《詩淺見録》不僅確立了朱熹《詩集傳》在朝鮮時代《詩經》學史上的獨尊地位，還透露出朝鮮時代《詩經》研究具有濃郁的政治意味。

---

①[韓]陳亦舒(진예숙)《陽村權近〈詩淺見録〉研究》，公州大學，2009年博士學位論文。

②[韓]金尚歡(김상환)《陽村權近〈詩經淺見録〉研究》，啓明大學，1993年碩士學位論文。

一、尊崇并闡釋朱熹《詩集傳》的解釋基調

權近《詩淺見録》以解釋并接受朱熹《詩集傳》的闡釋方式開創了朝鮮王朝《詩經》研究以《詩集傳》爲中心的研究理念，確立了《詩集傳》在朝鮮時代《詩經》闡釋上的經典地位。

（一）對朱熹《詩集傳》文本的闡釋與推崇

權近通過解釋朱熹《詩集傳》文本，以達到彰顯朱熹解釋的正確性，促進《詩集傳》權威地位的形成。如《周南》，《詩集傳》釋之云：

> 武王崩，子成王誦立。周公相之，制作禮樂，乃采文王之世風化所及民俗之詩，被之筦弦，以爲房中之樂，而又推之以及於鄉党邦國，所以著明先王風俗之盛，而使天下後世之修身齊家治國平天下者，皆得以取法焉。①

朱熹又於《周南》末云：

> 按此篇首五詩皆言后妃之德。《關雎》，舉其全體而言也。《葛覃》《卷耳》，言其志行之在己。《樛木》《螽斯》，美其德惠之及人。皆指其一事而言也。其詞雖主於后妃，然其實則皆所以著明文王身修家齊之效也。至於《桃夭》《兔罝》《芣苢》，則家齊而國治之效。《漢廣》《汝墳》，則以南國之詩附焉，而見天下已有可平之漸矣。若《麟之趾》，則又王者之瑞，非有人力所致而自至者，故復以終焉，而序者以爲《關雎》之應也。②

朱熹認爲《周南》的編輯者是周公，勸誡的對象是踐祚之初的成王，編輯的目的則是彰顯先王風俗之盛大，寄寓周王朝的統治能够延

①朱熹《詩集傳》，第1頁。
②朱熹《詩集傳》，第7—8頁。

祚萬世的祈望，樹立修身齊家治國平天下者所效法的典範。朱熹將《周南》前五首之《關雎》《葛覃》《卷耳》《樛木》《螽斯》總釋爲言后妃之德之詩，這些詩寓含文王身修而家齊的經驗；將《桃夭》《兔罝》《芣苢》釋爲文王齊家而後國治的效應；再將《漢廣》《汝墳》釋爲國治而後天下漸平，而後於《麟之趾》見王者祥瑞的呈現。

權近在《詩淺見録》中尊崇《詩集傳》的釋義，其云：

> 《周南》十一篇，當以家、國、天下分爲三節而看。《關雎》，正家之始。《葛覃》《卷耳》《樛木》，宜家之事。《螽斯》，家齊之極，致福慶及於子孫矣。《桃夭》，國治之事。《兔罝》，國已治而賢材多也。《芣苢》，國治之極，家室和平，婦人無事，相與歌其所事，以形容其胸中之樂，無一毫贊美之辭，益可見文王德化之大。所謂王者之民，皞皞而不知爲之者也。《漢廣》《汝墳》，以南國之詩附焉，天下已有可平之漸。若《麟之趾》，則王者之瑞應焉。齊、治、平之極效，無以復加矣！[①]

以上權近的解釋完全是在朱熹的解釋思路下進行的，是對《詩集傳》的詳細復述，他將朱熹"修身、齊家、治國、平天下"的理念具體到《周南》各詩篇的解釋中。權近《詩淺見録》體現出以朱熹《詩集傳》爲中心的闡釋基調。

（二）對朱熹《詩集傳》釋義次序的闡釋與接受

朱熹《詩集傳》在一些詩篇詩旨的闡釋上時以"或曰"的形式保存兩種解釋，對於這些解釋的先後輕重次序，權近詳加分析，區分主次。如《召南·采蘩》，《詩序》云："夫人不失職也。夫人可以奉祭祀，則不失職矣。"[②]朱熹《詩集傳》云："南國被文王之化，諸侯夫人能盡誠敬以奉祭祀，而其家人叙其事以美之也。或曰：蘩所以生

---

①權近《詩淺見録》，《韓國經學資料集成》第71册，第5頁。

②孔穎達《毛詩正義》，第65頁。

蠶。蓋古者后夫人有親蠶之禮。此詩亦猶《周南》之有《葛覃》也。"[①]朱熹對《采蘩》詩有兩種解釋,一是沿襲《詩序》,爲夫人以誠敬奉祭祀之義;一是認爲此詩猶如《葛覃》,講述的是后妃親蠶製衣之事。權近對朱熹的兩種解釋加以辨析,其云:

> 《召南·采蘩》,《集傳》以爲奉祭祀之事,又引"或曰"爲親蠶之事,猶《周南》之有《葛覃》也。愚按:奉祭祀,成衣服,其事雖異而修婦職則一也。雖主前説,而言亦若《周南》之《葛覃》也,故次《鵲巢》之正始。或謂奉祭之事現於後之《采蘋》,此則似當爲親蠶之事也。然若是爲衣服之事,則當有勤儉澣濯不忍厭棄之意,如《葛覃》勤謹備預;不敢暇逸之意,如《七月》矣。今觀此詩,但見其即事有序,去事有儀,齊肅愛敬之至而已,其爲祭祀之事無疑。此《集傳》所以主前説也,編《詩》但取性情之正,辭氣之和,其事之重復亦何害哉![②]

權近對《詩集傳》中的兩種釋義與釋義的主次加以解釋,他首先以修婦職的實質統攝"祭祀之事"與"親蠶之事"兩種説法,以證明《詩集傳》存兩種釋義是合理的;其次他分析《詩集傳》主祭祀之説的緣由在於詩篇并無親蠶製衣"勤儉澣濯不忍厭棄之意",但於詩中可以見出祭祀時的秩序、禮儀、敬肅與和愛之意。故《詩集傳》將"諸侯夫人能盡誠敬以奉祭祀"的釋義放在首位,而以"或曰"的形式存"蓋古者后夫人有親蠶之禮"的解釋。權近對《詩集傳》釋義的詳細闡釋,傳遞出其《詩經》研究是以朱熹《詩集傳》爲中心的研究態度。

二、抉發孔子《詩經》編輯中的政教觀

"孔子删詩"最早是由司馬遷提出來的,《史記·孔子世家》云:

---

①朱熹《詩集傳》,第 8 頁。

②權近《詩淺見録》,第 8—9 頁。

"古者《詩》三千餘篇，及至孔子，去其重，取可施於禮義，上采契后稷，中述殷周之盛，至幽厲之缺，始於衽席，故曰'《關雎》之亂以爲《風》始，《鹿鳴》爲《小雅》始，《文王》爲《大雅》始，《清廟》爲《頌》始。'三百五篇孔子皆弦歌之，以求合《韶》《武》、雅頌之音。禮樂自此可得而述，以備王道，成六藝。"[①]漢儒對於孔子删詩并無異議，至唐代孔穎達《毛詩正義》開始對司馬遷之説提出懷疑，此後異議紛起。權近贊同司馬遷孔子删詩的説法，多次在《詩淺見録》中提及孔子删詩。權近認爲《詩經》温柔敦厚的品質與孔子編《詩》主"性情之正"有極大的關聯，他説："（聖人）編詩但取性情之正，辭氣之和。"[②]此外，權近還認爲孔子在《詩經》編輯中寄寓了政治期待與政教功能，他説："至於列國之風，則人倫之大變，天下之大亂極矣。聖人傷之，甚懼之，深録其害以感發其善心，著其惡以懲創其逸志。"[③]又云："吾夫子删詩垂戒之意，或幾乎泯矣，故僭及而著之。"[④]孔子系統地總結過《詩經》的政治教化功能，《論語·陽貨》載："《詩》，可以興，可以觀，可以群，可以怨。"[⑤]權近在《史記》孔子删詩的基礎上探究孔子《詩經》編輯中所寄寓的政治教化觀念。

（一）《詩》可以觀：觀風俗之盛衰

《論語·陽貨》云"《詩》可以觀"。"《詩》可以觀"是孔子重要的《詩》學理念，作爲《詩經》學史上關於《詩經》功能的一個重要論斷，有其特定的理論内涵[⑥]，這主要是從政教功能的意義上肯定《詩》的存在價值。《詩》可以觀具有兩層意思：一是"觀風俗之盛衰"，一是

---

①司馬遷《史記》，中華書局 2014 年版，第 2345 頁。

②權近《詩淺見録》，《韓國經學資料集成》第 71 册，第 9 頁。

③權近《詩淺見録》，《韓國經學資料集成》第 71 册，第 18 頁。

④權近《詩淺見録》，《韓國經學資料集成》第 71 册，第 24 頁。

⑤楊伯峻《論語譯注》，中華書局 1980 年版，第 185 頁。

⑥傅道彬《詩可以觀——禮樂文化與周代詩學精神》，中華書局 2010 年版，第 24—28 頁。

“别賢不肖而觀盛衰焉”。“觀風俗之盛衰,指《詩經》是社會現實的反映,因而可通過《詩經》考察社會情況、政治得失與國家盛衰。”[①]别賢不肖而觀盛衰焉,“是指對賦詩言志者的觀察認識”[②]。權近《詩淺見録》中的“詩可以觀”主要是從觀政的角度來論述《詩經》具有反映社會風俗盛衰的功能。

如《齊風·南山》,是諷刺齊襄公淫亂無耻的詩。《春秋·桓公十八年》載:“公會齊侯於濼。公與夫人姜氏遂如齊。……丁酉,公之喪至自齊。”[③]《左傳》云:“十八年春,公將有行,遂與姜氏如齊。申繻曰:‘女有家,男有室,無相瀆也,謂之有禮。易此,必敗。’公會齊侯於濼,遂及文姜如齊,齊侯通焉。公謫之,以告。夏四月丙子,享公。使公子彭生乘公,公薨于車。”[④]《南山》是反映齊襄公兄妹淫亂之詩,詩前二章刺齊襄公,後二章刺魯桓公。權近解釋此詩云:

> 齊襄、文姜鳥獸之行甚于衛宣攘其子婦,詩人鄙之,以狐稱焉,其卒不免無知之弑,不善之報,昭昭明矣。衛之滅在於後世,齊之禍及於其身,其惡甚則其禍愈促,齊不遂滅亦其幸爾。詩可以觀,此亦讀詩者所當先知者也。衛有《定之方中》《載馳》等篇,可知其國之滅,《集傳》又發明之。齊有《南山》《敝笱》甚醜之時,無知之事不現於經,《集傳》亦不及言,但記魯桓薨于彭生之車而已。初學徒見襄公醜惡之行,不知天道禍淫之理如此之明。吾夫子删詩垂戒之意或幾乎泯矣,故僭及而著之。[⑤]

權近在《春秋》《左傳》等史料的基礎上,將齊襄公、文姜亂倫之行與

①張啓成、付星星《詩經研究史論稿新編》,貴州人民出版社 2011 年版,第 20 頁。

②張啓成、付星星《詩經研究史論稿新編》,第 20 頁。

③楊伯峻《春秋左傳注》,中華書局 1995 年版,第 151 頁。

④楊伯峻《春秋左傳注》,第 152 頁。

⑤權近《詩淺見録》,《韓國經學資料集成》第 71 册,第 24 頁。

衛宣公刦其子伋之妻以爲己有的行爲相比較，認爲齊襄公的行爲比衛宣公更爲惡劣，遂導致齊襄公遭到"齊之禍及於其身"的直接後果。權近運用孔子"詩可以觀"的《詩》學理論來考察《南山》詩中齊襄公之醜行并發現齊國興衰寂滅的歷史迹象，以證詩可以觀國家政治風俗之盛衰的可行性與《詩》具有詩意保存史料的功能。

(二)《詩》可以興:興起其好善惡惡之心

《論語·陽貨》云:"《詩》，可以興。""《詩》可以興"是孔子關於《詩經》功能的重要理論。"興"，朱熹《論語集注》解釋云:"感發志意。"[①]又《論語·泰伯》云:"子曰:'興於《詩》，立於禮，成於樂。'"朱熹《論語集注》解釋云:"興，起也。《詩》本性情，有邪有正，其爲言既易知，而吟詠之間，抑揚反覆，其感人又易入。故學者之初，所以興起其好善惡惡之心，而不能自已者，必於此而得之。"[②]可見"《詩》可以興"指的是《詩》具有感發人的意志，興起其好善惡惡之心的功能。權近在《詩淺見録》中發揚孔子"詩可以興"的理論，探究孔子編詩所寄寓的懲創感發的詩教功能與參與政治教化的社會功能。如對於《詩經》十五國風的編排，權近云:"列國之風，則人倫之大變，天下之大亂極矣。聖人傷之，甚懼之，深録其善以感發其善心，著其惡以懲創其逸志。"[③]權近認爲孔子編《詩》，是以其善感發善心，以著録其間的惡來懲創淫逸的心志，與朱熹"所以興起其好善惡惡之心"遥相呼應。權近根據孔子"詩可以興"的觀念反觀孔子在編《詩》中所寄託的感發懲創之意。

鄭衛之詩多淫詩，朱熹云:"鄭衛之樂，皆爲淫聲。"[④]孔子編詩何故存鄭衛之詩是《詩經》學史上聚訟紛紜的話題。權近從孔子

①朱熹《四書章句集注》，中華書局 1983 年版，第 179 頁。
②朱熹《四書章句集注》，第 105 頁。
③權近《詩淺見録》，《韓國經學資料集成》第 71 册，第 18 頁。
④朱熹《詩集傳》，第 56 頁。

“《詩》可以興”的理論出發，發掘鄭衛之詩具有感發懲創人心的力量，以獲得孔子編鄭、衛之詩的目的。權近云：

> 鄭衛之風皆爲淫聲，而鄭聲之淫有甚于衛。故孔子語顏回，以爲邦則曰“放鄭聲”而不及衛，舉其重者也。然衛以淫亂，爲狄所滅，而鄭不亡，何歟？鄭風之淫，民間男女之亂而已。衛則宣公攘其子婦，公子頑通乎君母，世族在位，相竊妻妾，以居民上，不亡何待！又況由此而父子兄弟骨肉相殘，人倫之變，尤甚慘乎。亡而能復，蓋亦幸矣。夫子獨以鄭聲爲戒者。《衛詩》猶多譏刺懲創之意，觀者尚知亡國之由而自省矣。《鄭詩》蕩然無復羞愧悔悟之萌，則聽其音者，其心緩肆，駸駸入於其中，不知其終至於必亡也，故夫子必使放之。以鄭之不亡而無所懲，故尤必戒之也。然則不删而著于國風者，又何歟？爲邦當用禮樂之正詩，則觀俗尚之美惡而垂監戒也。後世觀者必賤惡而醜言之，懲創之心油然而生矣。故被之筦弦，則其音邪靡，易以惑人，所當放而絶之也，書之方册則其惡明著，易以監人，所當存而戒之也，故爲邦則放之，删詩則存之，無非所以教也。①

權近根據“詩可以興”的理論來探究孔子“放鄭聲”與存《鄭詩》的内在合理性：

第一，《論語・衛靈公》只就《鄭風》而言“放鄭聲，遠佞人。鄭聲淫，佞人殆”，并未涉及《衛風》。權近根據“詩可以興”的理論，認爲《衛詩》多呈現出譏諷懲創的意思，讀詩者可以通過詩人於詩篇

---

① 權近《詩淺見録》，《韓國經學資料集成》第71册，第22—24頁。按：鄭、衛之風多淫詩，然《鄭詩》之淫甚於《衛詩》，何故鄭國後亡於衛國，權近從“《詩》可以觀”的理論出發解釋詩篇與社會境況之間的關係，他認爲《衛風》之淫詩反映的是國君世族之淫，與反映民間男女之淫的《鄭風》相比較，衛國國君世族的行爲更直接地導致了國家的滅亡。

中透露的譏諷懲創之意進而觀照衛國的興亡，從而達到内自省焉的目的；《鄭詩》與《衛詩》不同，《鄭詩》大多肆意放蕩并無羞愧悔悟之意，故孔子特别提出"放鄭聲"，以告誡讀詩者在《鄭詩》的接受過程中持警戒懲創之心，不應在《鄭詩》的歌詞與音調中放鬆警惕，從而避免陷入"其心緩肆，駸駸入於其中，不知其終至於必亡也"的後果。

第二，權近還從"《詩》可以興"的詩學理論出發，探究孔子放鄭聲而不删《鄭詩》的原因。孔子一方面對"其音邪靡，易以惑人"的《鄭詩》持"放之"的態度，另一方面，又將這些邪靡之音載於方册。權近指出孔子這種看似矛盾的態度與行爲實是統一在"《詩》可以興"的《詩》學理念之中，即以這種易於惑人的誇張的邪靡之音作爲讀《詩》者日常保持警戒的教材，供讀《詩》者觀俗尚之美惡而垂監戒，體現出《詩經》可以興起好善惡惡之心的社會功能與懲創感召讀者的巨大精神力量。

（三）《詩》可以"治"：包含治亂循環之理

《論語·子罕》篇云："吾自衛反魯，然後樂正，《雅》《頌》各得其所。"[①]可以推斷孔子編《詩》的時間大致在"自衛反魯"之後。"自衛反魯"是孔子政治生涯的終結，至此孔子將"從周"的政治理想寄寓於《詩》《書》的編輯中。孔子在《詩》《書》的編輯中傳達出他的政治理念，并以此來干預國家政治，達到《詩》可以"治"的政治目的。權近深諳孔子的用心，在《詩淺見録》中探析孔子於《詩經》編輯中所包藴的治亂循環之理。

如《召南·何彼襛矣》詩的年代問題是《詩經》學史上争論較大的問題。《何彼襛矣》詩的年代主要有兩種意見：一是《毛傳》將此詩定爲武王時詩。其原因在於《何彼襛矣》居於正風二南之《召南》，故應該是文王、武王之時的詩。故《毛傳》解釋"何彼襛矣，華

---

①楊伯峻《論語譯注》，第 92 頁。

如桃李。平王之孫,齊侯之子"的"平王"爲"文王",其云:"平,正也。武王女,文王孫。"①《鄭箋》無異議。孔穎達亦贊同《毛傳》的解釋,其云:"此文王也。文者,謚之正名也,稱之則隨德不一,故以德能正天下則稱平王。"②一是以此詩爲平王之詩。如朱熹《詩集傳》云:"或曰:平王,即平王宜臼。"③但平王之詩爲何處於《召南》之中,朱熹對該詩是文王抑或是平王時詩未加以評判,以"未知孰是"④存疑。權近在此詩的解釋中提出"詩可以治"的理念,其云:

> 穠李王朝之詩,而在《召南》者,亦以見王化之大行而其終遂有天下也歟?故《汝墳》之稱王者,殷也,周之化猶未洽於天下而有可平之漸。穠李之稱王者,周也,周之化大洽於天下而天下已得而極治矣。《周南》則由閨門而達之天下,《召南》則由天下而本之閨門,其終則各舉王者之瑞,有非人力所致者以終焉。以是而觀,意略通矣。若其時世在雅,則不當爲風。其詩直稱平王,其在《黍離》之後歟?仲尼升於《召南》者,雖其衰亂之時而正始之道猶有不盡變者,故特取而附於正風。一以示文王太姒之化,不唯被於一時而及於天下後世;二以示後世之君,苟能自其身與家而正之,則變者可以復正也。垂訓之意深矣。⑤

權近認爲此詩直稱"平王",判定該詩爲平王東遷之後的詩。他探究孔子將《何彼襛矣》編入《召南》的深意:一是呈現文王太姒之化在時間上不局限於一時的影響,而是長久地影響後世。二是孔子以平王詩入《召南》,旨在彰顯平王在亂政中修身齊家,使國家由亂

①孔穎達《毛詩正義》,第104頁。
②孔穎達《毛詩正義》,第104頁。
③朱熹《詩集傳》,第13頁。
④朱熹《詩集傳》,第13頁。
⑤權近《詩淺見録》,《韓國經學資料集成》第71册,第10—11頁。

轉治，實現了孔子"變者可以復正"的政治期待。

權近根據十五國風的編排次序，揭櫫出孔子《詩經》編輯中所包蘊的亂世可以復正的政治期待。權近云：

> 列國之風……雖甚壞亂之極，而必示循環之理，使知變之可以復正也。故於《邶》《鄘》之後而繫以《淇澳》，以武公望一國也；列國之終而繫以《豳風》，以周公望天下也。非如周公之元聖，豈能復正乎？不唯此也，《風》以周公終，《雅》以召公終矣。昔周之初，周公爲政於内，召公宣化於外。爲政者有如周公，則朝廷之風化美，而變風可正矣；宣化者有如召公，則國之蹙者日辟，而《大雅》復作矣。此仲尼删《詩》以周召始《二南》而終風雅，望天下與後世之深意也。嗚呼，微矣！①

此外，對於《邶風》《鄘風》《衛風》次於《二南》之後，權近解釋云："《衛詩》首尾皆與《周南》相反，可觀其變之驗，又有復而可正之道。"②權近解釋孔子以《檜風》《曹風》《豳風》三風繫於國風之末云："然後繫以《檜》《曹》思治之詩，而終以周公之《豳》，以言亂之可治，變之可正也。"③權近認爲十五國風的編排次序包含了孔子"亂極思治"的苦心與亂可變爲治的政治理想。

三、探求《詩經》中的"人倫"與"天理"之義

（一）"人倫"與十五國風之興衰

《論語·陽貨》云："子曰：'小子！何莫學夫《詩》？《詩》，可以興，可以觀，可以群，可以怨。邇之事父，遠之事君。多識於鳥獸草

①權近《詩淺見録》，《韓國經學資料集成》第71册，第18—19頁。

②權近《詩淺見録》，《韓國經學資料集成》第71册，第16頁。

③權近《詩淺見録》，《韓國經學資料集成》第71册，第18頁。

木之名。'"[①]記載了孔子關於《詩經》興、觀、群、怨社會功能及多識鳥獸草木之名的認知功能的論述。"多識於鳥獸草木之名"説明《詩經》包藴了種類繁多的鳥獸草木蟲魚之名。詩人通過對大自然的親切觀察,通過與鳥獸蟲魚山川草木的觀察與共語,透露出一種感悟生命的智慧。"《詩》中的意象固然有所選擇,但'形而下'者實可能遠多於'形而上'者。密意深情,多半不離尋常日用之間,體物之心未嘗不深細,不過總是就自然萬物本來之象而言之,這也正是《詩》的質樸處和深厚處。"[②]揚之水道出了《詩經》以尋常物尋常事起興的特點,歷代《詩經》學家則在這些平常的事物中尋覓并灌注道德的内容。如《關雎》,《詩序》云:"后妃之德也。"[③]朱熹《詩集傳》云:"漢康衡曰:'窈窕淑女,君子好仇,言能致其貞淑,不貳其操,情欲之感無介乎容儀,宴私之意不形乎動静。夫然後可以配至尊而爲宗廟主。此綱紀之首,王教之端也。'可謂善説詩矣。"[④]漢儒宋儒皆從雎鳩鳥"摯而有别"的特性聯繫到后妃貞静悠閑的德行。漢代《詩經》學開創了《詩經》政治教化的功能,至唐代而鼎盛,漢唐《詩經》學具有濃厚的政治色彩。宋代《詩經》學在研究的方向上改變了漢唐《詩經》學向外生發的政治社會性轉而進入内向研究,即是對於人的本體的關注,着力探求《詩經》中承載的人倫秩序與天地運行規律。朱熹《詩集傳》是從義理角度研究《詩經》的典範。權近《詩淺見録》尊崇《詩集傳》,亦對《詩經》做了從人倫到天理的意義探求。

"'人倫'一詞最早見於《孟子》。"[⑤]《孟子·滕文公上》云:"設爲

---

①朱熹《四書章句集注》,第179頁。

②揚之水《詩經别裁》,中華書局2019年版,第13頁。

③孔穎達《毛詩正義》,第4頁。

④朱熹《詩集傳》,第2頁。

⑤張岱年《人倫與獨立人格》,《北京大學學報·哲學社會科學版》,1990年第4期。

庠序學校以教之：庠者，養也；校者，教也；序者，射也。夏曰校，殷曰序，周曰庠，學則三代共之，皆所以明人倫也。人倫明於上，小民親於下。"[①]《孟子》指出"明五倫"是夏商周三代學校教育的主要目的，其後又提出五倫的具體内容："后稷教民稼穡。樹藝五穀，五穀熟而民人育。人之有道也，飽食、煖衣、逸居而無教，則近於禽獸。聖人有憂之，使契爲司徒，教以人倫：父子有親，君臣有義，夫婦有别，長幼有序，朋友有信。"[②]五倫概括了人處於社會生活中的五種重要關係，五倫的和諧關係着個人行爲的規範、家風的整齊乃至於社會秩序的穩定。

《詩經》所處的時代，還没有關於五倫的系統論述，但是西周初葉至春秋中期的詩人們感受到了夫婦與家庭、宗族、社稷的興盛有密切的關係，故孔子編《詩》將《關雎》這一歌詠貴族男女婚戀最爲恬静温和的詩篇放在《詩經》之首，旨在昭示《關雎》贊美的好婚姻，是日用倫常間的諧美，更是"妃匹之際，生民之始，萬福之原"[③]。故"婚姻之禮正，然後品物遂而天命全。孔子論《詩》，以《關雎》爲始，言大上者民之父母，后夫人之行，不侔乎天地，則無以奉神靈之統而理萬物之宜。自上世以來，三代興廢，未有不由此者也"[④]。《關雎》居《詩經》之首反映了《詩經》時代詩人對於夫婦關係的重視，承載了孔子編《詩》，將家族社稷的興盛寄於一門之内其樂融融的美好夫婦關係上。夫婦關係的重要性亦可在諸多的先秦文獻中可以看到，如：

> 《周易·序卦》："有天地然後有萬物，有萬物然後有男女，有男女然後有夫婦，有夫婦然後有父子，有父子然後有君臣，

①朱熹《四書章句集注》，第258頁。
②朱熹《四書章句集注》，第263頁。
③朱熹《詩集傳》，第2頁。
④朱熹《詩集傳》，第2頁。

有君臣然後有上下,有上下然後禮義有所錯。"①

《荀子·大略》云:"夫婦之道,不可不正也,君臣、父子之本也。"②

《中庸》云:"君子之道,造端乎夫婦;及其至也,察乎天地。"③

《禮記·郊特牲》:"男女有别,然後父子親。父子親,然後義生。義生,然後禮作。禮作,然後萬物安。"④

夫婦關係的諧和是保證父子、君臣等社會關係存在與發展的重要前提,"先秦儒家以'親'、'尊'、'義'爲準則建立了以夫婦一倫爲首的人倫關係網"⑤。《詩經》中存在很多反映夫婦關係的詩篇:有夫婦和則家安國泰者,如《周南》之《關雎》《葛覃》《螽斯》《桃夭》,《大雅》之《思齊》《緜》等;有夫婦不義,家衰國敗者,如《燕燕》《日月》《碩人》《南山》《載驅》《正月》《十月之交》等。

權近深受中國古代文化的影響,他在《詩淺見録》中六次談及"人倫",其中《關雎》一次,《騶虞》兩次,《國風》序説兩次,《鄭風》通論一次。《詩淺見録》中的"人倫"大多指的是夫婦倫常,旨在强調閨門和諧與家國安泰有緊密的關係。如他認爲《周南》是周文王齊家而後治國平天下的寫照,《召南》則是周王經營南土返歸閨門之和的呈現,其云:"《周南》則由閨門而達之天下,《召南》則由天下而本之閨門。"⑥

權近以人倫夫婦之道的得與失爲核心論述《二南》爲正風與十

①孔穎達《周易正義》,北京大學出版社1999年版,第396頁。

②王先謙《荀子集解》,中華書局1988年版,第495頁。

③朱熹《四書章句集注》,第23頁。

④楊天宇《禮記譯注》,上海古籍出版社2004年版,第322頁。

⑤李海超《先秦儒家對人倫次序的安排——以對夫婦一倫的考察爲中心》,《孔子研究》,2014年第4期。

⑥權近《詩淺見録》,《韓國經學資料集成》第71册,第11頁。

三國風爲變風的差異,其云:

> 正風,人道之得其正也;變風,人道之失其正也。人道之正,始自閨門而其終及於天下,王者之瑞應焉;人道之失,亦始於閨門,而其終至於骨肉相殘夷狄滅亡之禍及矣。《黍離》降爲《國風》,然猶王號未替,當爲十三國之首矣,而先邶、鄘、衛者,《衛風》之變始自閨門,而其效皆與《周南》相反,終始之驗最爲詳備,故特舉以爲變風之首,而著其效。故讀《柏舟》《緑衣》諸篇,則莊姜正静而不見答於莊公,正始之道其與《關雎》相反矣。觀《燕燕》,則州吁弑完,其與《螽斯》子孫衆多而和集者相反矣……至讀《二子乘舟》,則骨肉相殘,人道陷於禽獸,而天理滅矣,其與《麟趾》公子振振仁厚爲王者之瑞者不可同世而語矣。始之不謹而其終至於如是之慘,故《邶風》於是而終矣,然後有夷狄之禍,而衛遂滅焉。[①]

《詩序》把十五國風中的《周南》《召南》定爲正風,將其餘十三國風定爲變風。朱熹《詩集傳》贊同《詩序》的説法,其云:"舊説《二南》爲正風,所以用之閨門鄉党邦國而化天下也。十三國爲變風,則亦領在樂官,以時存肄,備觀省而垂監戒耳。合之凡十五國云。"[②]權近在《詩集傳》的影響下,以"正風""變風"爲核心概念來區分《二南》與十三國風。他認爲:人道之正與失是《二南》與十三國風相區别的關鍵。權近將人道的範圍縮小到閨門之内,認爲閨門之内夫婦關係是關涉人倫的核心。權近從國風編排的次序證明《詩經》在編排上有意突出夫婦關係與家國興衰的重要性,并以《二南》之後爲邶、鄘、衛,而非作爲王者之風的《王風》,這樣的編排存有編詩者建構强烈對比的深深用心:《二南》閨門祥和致天下太平王者之瑞生焉,邶、鄘、衛詩夫婦失德致骨肉相殘夷狄滅焉,遂認爲:"《衛詩》

①權近《詩淺見録》,《韓國經學資料集成》第71册,第14—15頁。
②朱熹《詩集傳》,第1頁。

首尾皆與《周南》相反，可觀其變之驗。"[1]權近列舉《邶風》諸詩與《周南》進行比較：《柏舟》《緑衣》與《關雎》；《燕燕》與《螽斯》；《凱風》《匏有苦葉》與《桃夭》；《簡兮》《北門》與《兔罝》，得出《邶風》之變源於閨門夫婦之義失。

權近以人倫之失來概述十三國風政治得失的情況，其云：

> 要而言之，則夫婦之道變於《衛》，父子君臣之義失於《王》，男女之倫亂於《鄭》，鳥獸之行作於《齊》，君民之道乖於《魏》，篡弑之亂成於《唐》，戎翟之俗用於《秦》，而弑逆夷狄之禍極於《陳》矣。然後繫以《檜》《曹》思治之詩，而終以周公之《豳》，以言亂之可治，變之可正也。此變風十三國之次也。嗚呼！夫婦，人倫之本，朝廷風化之源。《柏舟》變而衛國以滅，《黍離》降而王室以微，至於列國之風，則人倫之大變，天下之大亂，極矣！[2]

權近以夫婦作爲人倫的核心來論述十五國風的次序，認爲《二南》是人倫所得之正風，十三國風則是由於夫婦之道失所産生的變風，并指出人倫與天下太平的關係：邶、鄘、衛所繫的衛詩是夫婦之道的異化，《王風》是父子君臣之義的喪失，《鄭風》《齊風》叙男女之倫亂，《魏風》《唐風》呈君臣之道乖離，《秦風》是戎翟之俗的呈現，《陳風》呈遭弑逆夷狄之禍。權近將《邶風》《鄘風》《衛風》《王風》《鄭風》《齊風》《魏風》《唐風》《秦風》《陳風》不復有《二南》"始基之矣"[3]的盛況歸結爲夫婦人倫之失，强調"夫婦，人倫之本，朝廷風化之源"，指出人倫與天下治亂的關係是"人倫之大變，天下之大亂，極

①權近《詩淺見録》，《韓國經學資料集成》第71册，第16頁。
②權近《詩淺見録》，《韓國經學資料集成》第71册，第17—18頁。
③《左傳・襄公二十九年》："吴公子札來聘……請觀於周樂。使工爲之歌《周南》《召南》，曰：'美哉！始基之矣，猶未也，然勤而不怨矣。'"楊伯峻《春秋左傳注》，第1161頁。

矣”。權近對十五國風中人倫的探求旨在對朝鮮王朝君臣、夫婦、父子、男女之正常人倫秩序的建構，實現儒學的王道政治。

(二)“天理”在於“人倫”的思想脉絡

權近是朝鮮半島著名的性理學學者，他一生都致力於性理學的發展，以圖説的研究方法提出“天人心性合一”的宇宙模式，爲朝鮮半島儒學奠定了基礎[①]。韓國學者對權近性理學的研究主要是以《入學圖説》爲中心的考察，如韓國延世大學趙真熙《權近的天人心性論研究》與成均館大學鄭晵静《陽村權近的心性論研究》均是以權近性理學爲研究主題的碩士學位論文，顯示出權近對性理學問題的深入研究及其特色[②]。權近在對天人心性等哲學問題的論述中將人與天并舉，并通過圖示將二者結合起來，呈現出天人合一的哲學觀。同時，權近在《詩經》研究中亦將人倫與天理聯繫起來，其云：

> 此詩(《關雎》)者，不唯不妒，惟欲得淑德以配君子而成其内治。其哀其樂皆爲淑女，而無一毫自私之心，故哀雖切，而不至於傷；樂雖深，而不至於淫。是皆天理、人倫之極也。[③]

又云：

> 至讀《二子乘舟》，則骨肉相殘，人道陷於禽獸，而天理滅矣。[④]

“天理”是朱子哲學的重要概念，與“人欲”相對立。陳來解釋“天理”“人欲”云：“宋明儒者所説的‘存天理、去人欲’，在直接的意義

---

①李甦平《論權近的性理學思想》，《韓國研究論叢》，第 20 輯，第 365 頁。

②[韓]趙真熙《權近의天人心性論研究》，延世大學大學院，2000 年碩士學位論文。鄭晵静《陽村權近의心性論研究》，成均館大學，2016 年碩士學位論文。

③權近《詩淺見録》，《韓國經學資料集成》第 71 册，第 4 頁。

④權近《詩淺見録》，《韓國經學資料集成》第 71 册，第 15 頁。

上,'天理'指社會的普遍道德法則,而'人欲'并不是泛指一切感性欲望,是指與道德法則相衝突的感性欲望。"[①]權近深受朱子哲學影響,他對人倫天理及人心天理的論述是對朱子哲學的繼承與發展。

朱熹認爲"人心"與"天理"相互依存,不存在没有"人心"的"天理",亦不存在没有"天理"的"人心"。他説:"人心如船,道心如柁。任船之所在無所向;若執定柁,則去住在我。"[②]柁不能離開船獨立存在,意謂作爲"道心"的天理不能離開"人心"而獨立存在;船不能離開柁的控制,否則會失去航行的方向,意謂"人心"不能離開"道心"(天理)的引導。權近受到朱子哲學的影響,他關於"人倫"與"天理"關係與朱子哲學中"人心"與"天理"的關係一致,不同的是他將朱子哲學中的"人心"具體到社會關係中的人倫上。朱子哲學的"天理"存在於"人心",權近將此發展爲"天理"存在於"人倫",即存在於父子、君臣、夫婦、長幼、兄弟之中的人倫之理是"天理"在人世間的具體體現。權近從日用倫常之際探究"天理",他説:"人倫日用之間,莫非天命之流行發現,汝在父子則當親,在君臣則當敬,以至一事一物之徵,一動一静之際,莫不各有當行之理,流動充滿,無小欠缺,是孰使之然哉?皆上帝所以開導啓迪於斯民,使之趨善而避惡,以不昧於其所適從也。"權近將天理投注到具體而微的事物之上,具體到人倫日用之父子君臣關係、萬事萬物、一動一静之上[③]。

朱子哲學中"人心"之正是"天理"存滅的關鍵,朱熹云:"人之

①陳來《宋明理學》,生活·讀書·新知三聯書店2011年版,第2—3頁。

②黎靖德《朱子語類》,卷七十八,朱傑人、嚴佐之、劉永翔主編《朱子全書》,上海古籍出版社、安徽教育出版社2002年版,第16册,第2663頁。

③按:權近從日常人倫中探求天理的意義,亦可見於他的《天人心性合一之圖》,該圖在具有天人合一、陰陽互補、太極爲本的特徵外,還將倫理與心性等納入易學體系,呈現出權近從人倫探究天理的研究思路。于春海《權近〈天人心性合一之圖〉研究》,《周易研究》,2010年第5期。

一心，天理存，則人欲亡；人欲勝，則天理滅，未有天理人欲夾雜者。"[①]人心遵循道德法則，戰勝私欲，則天理存在；如果人心違反道德準則，則是私欲興起，天理滅矣。權近在朱子哲學的基礎上提出"人倫"是"天理"存滅的關鍵，他説："人道陷於禽獸，而天理滅矣。"[②]此處"人道"之失指的正是人倫之理的喪失，導致了天理滅亡[③]。

權近以"人倫"爲核心分析十五國風之政治得失，强調五倫之理對國家社稷興亡的重要性，爲朝鮮王朝初期的統治秩序提供了理論根據。他從人倫到天理的意義探求，呈現出天人合一的哲學意味。

第二節　釋義與文本：林泳《詩傳讀書劄記》研究

林泳（1649—1696），字德涵，號滄溪，祖籍羅州，官至副提學、

①黎靖德《朱子語類》卷十三，朱傑人、嚴佐之、劉永翔主編《朱子全書》，第十四册，第388頁。

②權近《詩淺見録》，《韓國經學資料集成》第71册，第15頁。

③按：此外，權近還認爲天理包含在萬物之性中，他説："就人心性上，以明理氣善惡之殊，以示學者……人獸草木，千形萬狀，各正性命者，皆自一太極中流出。故萬物各具一理，萬理同出一源，一草一木各一太極，而天下無性外之物。故《中庸》言：'能盡其性，則能盡人之性；能盡人之性，則能盡萬物之性；能盡萬物之性，則可以贊天地之化育。'可以贊天地之化育，嗚呼！至哉！"權近《三峰集》卷九，《佛氏雜辨》，大韓民國文教部國史編纂委員會編，探求堂1971年版，第258頁。權近認爲萬物各具其性，倘能盡其本然之性，則天理存焉。他還强調盡人性對於萬物之性的彰顯具有重要作用，人性之正能達到正天地之性的功能。權近云："蓋天地萬物，本同一體，故人心之正，則天地之心亦正，人之氣順，則天地之氣亦順。"權近《三峰集》卷十，《心氣理篇》，第292頁。

大司憲。林泳潛心學術，於經學專研甚深，著作結集爲《滄溪集》。收録在《滄溪集》中的《讀書劄記》是林泳的讀書見解，體現了他的治學成就及特徵。《詩傳讀書劄記》是林泳關於《詩傳大全》的讀書劄記，記録了他的《詩經》研究成果。林泳《詩傳讀書劄記》具有豐富的《詩》學内涵。

一、引言

林泳《詩經》研究以《詩傳大全》爲基礎文獻。《詩傳大全》是明永樂年間所編修的《五經大全》之一種。明永樂十二年(1414)十一月，明成祖朱棣在"靖難之役"後爲了平息朝廷内外由殺戮之慘所帶來的憤懣情緒，整治社會秩序，統一思想，命令翰林學士胡廣等儒臣編修《五經大全》。永樂十三年(1415)九月，《五經大全》編撰完成，并於永樂十五年(1417)三月刊刻竣工，後頒佈恩賜給"六部并與兩京國子監及天下郡縣學"。明成祖規定《五經大全》的編纂内容云："五經四書，皆聖賢精義要道，其傳注之外，諸儒議論有發明餘藴者，爾等采其切當之言，增附於下。"①可見，《五經大全》是在宋人經典傳注的基礎上增附諸儒議論闡釋而成的經學集成性著作，是對宋元以來關於五經釋義的整理和彙輯，而非原創之作②。

《詩傳大全》(又名《詩集傳大全》)是《五經大全》之一種。《四庫全書總目》叙《詩傳大全》之成書云：

> 自宋以後，言《詩》者皆宗朱子《集傳》，其薈集衆説，以相闡發者，毋慮數十種，往往得失互見，學者旁參博考亦不能專

---

①楊士奇等《明太宗實録》卷一五八，臺灣"中研院史語所"1962年版，第1803頁。

②周翔宇、周國林在《明代〈五經大全〉編次考辨》中云："其創作的目的不是直接發明經義，而是總結整理宋儒'傳注'，吸收其中已經闡發的經義，對其未盡者，再采元人經説'增附其下'。"周翔宇、周國林《明代〈五經大全〉編次考辨》，《圖書館工作與研究》，總第228期。

主一家。至明成祖始命儒臣輯爲《大全》，以集其成……然其書實本元安城劉瑾所著《詩傳通釋》而稍損益之……然當時頒佈學官，凡士子之習舉子業者，必以此爲準則，乃一代定制所在。①

《詩傳大全》從學術特徵而言是彙聚宋元明以來關於《詩集傳》釋義的一個集注本，其以劉瑾《詩傳通釋》爲底本再彙集羅復、曹居貞、朱善等人的解説以解釋《詩集傳》②。《詩傳大全》在明代被定爲科舉考試的參考書，功令所在，影響甚巨。

明永樂十七年(1419)，明王朝將《詩傳大全》作爲《五經大全》之一種首次賜予朝鮮王朝。朝鮮世宗(1419—1449在位)年間，朝鮮將《詩傳大全》確定爲科舉考試的參考書，《詩傳大全》由此成爲朝鮮時代最重要的《詩經》注本③。《詩傳大全》是朝鮮王朝官方認可的關於《詩經》研究的權威集注本，林泳以《詩傳大全》爲《詩經》研究的基礎文獻，亦是出於歷史政治與現實書籍情況的合理選擇。《詩傳讀書劄記》收録的是林泳關於《詩經》中五十七首詩篇的詩旨與字詞訓詁的讀書劄記，呈現出他在《詩傳大全》基礎之上對《詩經》釋義的深入思考。

林泳《詩經》研究以《詩傳大全》爲基礎文本，通過辨析《詩傳大全》中所録的諸家釋義，提出自己的《詩經》學觀點。林泳的《詩經》研究主要呈現出三個方面的特點：一是《詩經》釋義辨析，二是《詩經》"興"義闡發，三是《詩經》文學闡釋。

---

①紀昀等《四庫全書總目》，中華書局1997年版，第202頁。

②楊晉龍《〈詩傳大全〉來源問題探究》，林慶彰、蔣秋華主編《明代經學國際研討會論文集》，臺灣"中研院"中國文哲研究所籌備處1996年版，第345—346頁。

③[韓]沈慶昊《漢文學과詩經論》，韓國一志社1999年版，第436—438頁。

二、《詩經》釋義辨析

(一)朱熹《詩集傳》釋義發微

林泳《詩傳讀書劄記》以辨析朱熹《詩集傳》釋義爲主要内容，通過對具體詩篇釋義的辨析，可以看出林泳對《詩集傳》的接受情況與過程。

如《召南·江有汜》，《詩集傳》云："是時汜水之旁，媵有待年於國，而嫡不與之偕行者，其後嫡被后妃夫人之化，乃能自悔而迎之。故媵見江水之有汜而因以起興，言江猶有汜，而之子之歸，乃不我以，雖不我以，然其後也亦悔矣。"[①]該詩末章云："江有沱，之子歸，不我過。不我過，其嘯也歌。"其中"其嘯也歌"較難理解，朱熹《詩集傳》云：

> 興也。沱，江之别者。過，謂過我而與俱也。嘯，蹙口出聲以舒憤懣之氣，言其悔時也。歌，則得其所處而樂矣。[②]

朱熹解釋"嘯"爲急蹙出聲以舒泄憤懣之氣，解釋"歌"爲得其所處而樂。朱熹對"嘯"與"歌"這一相反情緒轉變，并無文字説明，導致了"嘯"與"歌"在抒發主體上存在理解上的差異。關於"其嘯也歌"的抒發主體，《鄭箋》與《詩集傳》均認爲是嫡妻[③]。林泳認爲朱熹的釋義存在問題，其云：

> "其嘯也歌"，《傳》(《詩集傳》)謂："言其悔時也。"前嘯後歌，自是一人。若曰"悔時"，嘯則悔是之子非詩人，與得"處所

①朱熹《詩集傳》，第12頁。《江有汜》，《詩序》云："美媵也。勤而無怨，嫡能悔過也。"孔穎達《毛詩正義》，第97頁。

②朱熹《詩集傳》，第12頁。

③"其嘯也歌"，《鄭箋》云："嫡有所思而爲之，既覺自悔而歌。歌者，言其悔過，以自解説也。"孔穎達《毛詩正義》，第98頁。

> 而樂"者不成一人。且悔時,亦何有舒憤懣之事。恐悔字上有"未"字,蓋言未悔之時,詩人之憂如此。然臆説無稽,姑存之以俟更思。①

林泳在《詩傳讀書劄記》中記録了他對《詩集傳》的誤解與理解的過程。如上是他對《詩集傳》的"誤解",他認爲朱熹以"言其悔時"來解釋"其嘯也歌"的"嘯"所生發的境況是不準確的,并指出朱熹此處的解釋不是"言其悔時",而應該是"言其未悔時",其理由是:首先,林泳認爲"其嘯也歌"的抒情主體是一人,而根據《詩集傳》的解釋,則所"嘯"之"之子"即嫡夫人與"歌"者不是一人,林泳認爲朱熹將"其嘯也歌"的抒情主體解釋爲兩人不妥。其次,林泳根據《詩集傳》"言其悔時也"之意,提出"悔時""亦何有舒憤懣之事"的疑問,進而推測《詩集傳》"言其悔時也"應爲"言其未悔時也"。如此理解之下,"其嘯也歌"的抒情主體應爲詩人,是詩人見嫡夫人不與媵妾偕行抒發憂憤之情,而後,嫡夫人被后妃夫人所化,自迎媵妾,詩人見嫡媵皆"得其所處而樂矣",故"歌"之。面對朝鮮時代作爲權威經典的《詩集傳》,林泳對於他的這種理解并不自信,雖以"臆説無稽"來闕疑,但"以俟更思"體現他對此一問題的持續深入思考,他説:

> 更思之,"嘯"是舒憤懣之氣,非全憂也,憂久而發舒之意。夫人悔時,媵妾嘯焉。前嘯後歌,固是一人。悔字上別無他字。②

林泳經過再次思考,否定前面對於《詩集傳》的理解,他指出《詩集傳》釋義下的"其嘯也歌"的發抒主體都是媵妾一人,"嘯"是媵妾在嫡夫人後悔之時所抒發的憤懣之氣,"歌"是媵妾在夫人後悔之後

---

①林泳《詩傳讀書劄録》,《韓國經學資料集成》第71册,第159頁。
②林泳《詩傳讀書劄録》,《韓國經學資料集成》第71册,第160頁。

的歡歌。林泳"更思"之後的解釋較爲接近《詩集傳》的解釋。但是對於"其嘯也歌"的抒情主體,林泳并不贊同朱熹的嫡妻説,而認爲是媵妾,這也呈現出林泳辯證地接受《詩集傳》的研究態度。林泳的解釋與清儒馬瑞辰(1782—1853)遥相呼應,馬瑞辰認爲"其嘯也歌"的發出者是媵妾,其云:"上二章'其後也悔'、'其後也處',皆指嫡言。此章'其嘯也歌',則當爲媵自指,謂其感德而嘯歌也……《箋》以嘯爲蹙口出聲,又以指嫡,失其義矣。"[①]林泳以讀書劄記的方式記録下他理解與接受《詩集傳》的過程,同時呈現出《詩經》研究的獨立精神。

(二)《詩集傳》與諸家釋義論衡

林泳還對《詩傳大全》中所録的諸家釋義與《詩集傳》進行比較。如《王風・兔爰》首章云:"有兔爰爰,雉離于羅。我生之初,尚無爲。我生之後,逢此百罹。尚寐無吪。"對於詩中"兔"與"雉"的解釋,朱熹的解釋與吕祖謙的解釋不同。《詩集傳》云:

> 兔性陰狡。爰爰,緩意。雉性耿介……周室衰微,諸侯背叛,君子不樂其生,而作此詩。言張羅本以取兔,今兔狡得脱,而雉以耿介,反離于羅,以比小人致亂,而以巧計幸免,君子無辜,而以忠直受禍也。[②]

上海博物館藏戰國竹簡《孔子詩論》第二十五簡提到了《君子陽陽》《有兔》《大田》《小明》四篇詩。其中《有兔》指的是《王風・兔爰》詩,《孔子詩論》第二十五簡云:"《有兔(兔爰)》不逢時。"孔子指出《兔爰》詩的思想基調是生不逢時,與詩句"我生之初,尚無爲。我生之後,逢此百罹"相契合。《詩集傳》所謂"君子不樂其生,而作此詩"與《孔子詩論》的理解是一致的。朱熹將《兔爰》解釋爲詩人生

①馬瑞辰撰、陳金生點校《毛詩傳箋通釋》,中華書局1989年版,第96頁。
②朱熹《詩集傳》,第45頁。

不逢時的哀歎，在此基礎上，他以兔性狡黠，將致亂的小人比喻爲"兔"，而認爲雉鳥性耿介，將"雉"比喻爲無辜而受難之君子，傳遞出君子不樂其生的哀怨。吕祖謙對於此詩的解釋與朱熹不同，《詩傳大全》載吕祖謙釋義云：

> 東萊吕氏曰："此因所見爲比也。兔之大，以比諸侯；雉之小，以自比也。言諸侯之背叛者，恣睢自如，而周人反受其禍也。"①

吕祖謙的解釋來源於《詩序》，《詩序》釋《兔爰》詩云："閔周也。桓王失信，諸侯背叛，構怨連禍，王師傷敗，君子不樂其生焉。"②吕祖謙套用《詩序》，以"兔"比喻諸侯，以"雉"比喻詩人，凸顯的是諸侯背叛，周人反受其禍的主旨。但是細觀詩篇原文之"有兔爰爰，雉離于羅。我生之初，尚無爲。我生之後，逢此百罹。尚寐無吪"，《詩經》文本傳達出來的是一種感情的抒發，而非一種史實的呈現，故《詩序》云："閔周也……君子不樂其生焉。"而其間的"桓王失信，諸侯背叛，構怨連禍，王師傷敗"，不過是此種感情所生發的歷史場景。吕祖謙的解釋重在對於歷史事實的構建，而忽略了詩篇中所傳達的"不逢時"的深切哀怨之情，與《孔子詩論》《詩序》《詩集傳》背離，亦是對《國風》詩抒情原則的背離③。吕祖謙將"兔"比喻爲背叛的諸侯，以"雉"比詩人自身。朱熹與吕祖謙關於"兔"與"雉"的釋義不同。林泳指出吕祖謙以具體史實比附詩篇有缺乏證據之弊，他贊同朱熹的解釋，其云：

> 吕氏"兔"以比諸侯，"雉"以自比之説可疑。"雉"以自比則幾矣，"兔"則安知其必指諸侯而言也？《集傳》以"君子""小

①胡廣《詩傳大全》卷四，文淵閣《四庫全書》本。

②孔穎達《毛詩正義》，第 262 頁。

③錢志熙《從歌謡的體制看"〈風〉詩"的藝術特點》，《北京大學學報·哲學社會科學版》，2005 年第 2 期。

人"爲言者,其義至矣。①

林泳認爲呂祖謙的解釋缺乏依據,他贊同朱熹以廣義的"君子""小人"來解釋詩篇。朱熹對"兔"與"雉"的解釋與漢唐諸儒不同,《毛傳》《鄭箋》《毛詩正義》均没有明確指出該詩中的"兔"與"雉"的具體指代,以政事緩急概而言者,如《毛詩正義》云:"言有兔無所拘制,爰爰然而緩。有雉離於羅網之中而急。此二者緩急之不均,以喻王之爲政,有所聽縱者則緩,有所躁蹙者則急。此言王爲政用心之不均也,故君子本而傷之。"②朱熹以"君子""小人"對舉來解釋"兔"與"雉",可謂在《兔爰》詩理解上的進步③。林泳贊同朱熹的解釋,并高度贊揚爲"其義至矣"④。

(三)《詩經》釋義新探

林泳在辨析《詩經》諸家釋義的同時,還存在否定諸家釋義,自創一説的情況。如《小雅·雨無正》,《詩序》云:"大夫刺幽王也。"⑤《詩集傳》云:"或曰:疑此亦東遷後詩也。"⑥朱熹否定《詩序》的解釋,其云:"且其爲幽王詩,亦未有所考也。"⑦《詩傳大全》引録劉瑾

①林泳《詩傳讀書劄記》,《韓國經學資料集成》第 71 册,第 170 頁。

②孔穎達《毛詩正義》,第 263 頁。

③按:《詩集傳》對《兔爰》詩理解的進步,除了以"君子""小人"分别解釋"兔"與"雉"外,在詩篇作者所處的時代也有較之《詩序》更爲穩妥的判斷。《兔爰》詩,《詩序》將此詩的時間定在東周桓王時期。朱熹在《詩序》的基礎上提出該詩創作的時間是西周末年,東周初年,其"周室衰微,諸侯背叛"及"爲此詩者,蓋猶及見西周之盛。故曰:方我生之初,天下尚無事。及我生之後,而逢時之多難如此"等語可以看出爲此詩者是跨越西周宣王與東周平王時代的人。朱熹關於《兔爰》詩創作年代的推斷得到了清代學者崔述的贊同,崔述在朱熹的基礎上推斷詩人生於西周宣王末年,此詩作於平王初年。

④林泳《詩傳讀書劄記》,《韓國經學資料集成》第 71 册,第 156 頁。

⑤孔穎達《毛詩正義》,第 730 頁。

⑥朱熹《詩集傳》,第 134 頁。

⑦朱熹《詩集傳》,第 136 頁。

釋義云:"《詩》言周宗既滅,似亦道已然之事,而非慮其將然之辭,似果作於東遷之後也。"①劉瑾根據詩句"周宗既滅"斷定此詩爲東遷以後之詩,林泳對此表示懷疑,他説:

> 章下《注》安城劉氏言,此數詩皆作於東遷後之意,甚力矣。所謂罔或耆壽,俊在厥服,本是説幽王時事。如《十月之交》"不慭遺一老"者,亦此意也。今以"正大夫離居"爲東遷之作,既未必然。所謂王都,亦安知其果爲東都,而非西都耶?《正月》之"褒姒滅之"不曰"既滅",無以證東遷之前後。《節南山》之"國既卒斬",則其言又微,尤不足爲證。朱子以此只備一説,輯注或反以此爲主,愚未知其果然也。②

林泳不贊同劉瑾將《詩集傳》中的只備一説的解釋作爲此詩的唯一解釋,并認爲《詩集傳》所言之"正大夫離居"與詩句"周宗既滅"均不能證明此詩爲東遷後之詩。林泳贊同《詩序》之説,以此詩爲幽王時詩,但是他没有提出有力的證據。現代學者朱東潤的考證可以補充林泳的説法。朱東潤云:"然必執褒姒滅周之語爲内證,以此詩爲非西周之詩,則亦未當。何則?鎬京雖陷,西周尚未滅亡也。《魯語》:'幽滅於戲。'今陝西臨潼縣有戲亭,其地在鎬京東,蓋西戎陷鎬之後,幽王轉徙兵間,及其死於戲下,而西周真滅矣。雖書闕有間,不能知其轉徙兵間者若干時,然去《史記·周本紀》所謂'西夷、犬戎攻幽王,幽王舉燧火徵兵,兵莫至,遂殺幽王驪山下'者,必有相當時期。"③朱東潤認爲《節南山》《正月》《十月之交》《雨無正》《召旻》等詩是作於鎬京滅亡、幽王驪山被殺的時間段,而非作於東遷之後④。林泳在尊《詩集傳》的學術氛圍中,贊同《詩序》,

①胡廣《詩傳大全》卷十一,文淵閣《四庫全書》本。

②林泳《詩傳讀書劄記》,《韓國經學資料集成》第 71 册,第 191—192 頁。

③朱東潤《詩三百篇探故》,雲南人民出版社 2007 年版,第 59—60 頁。

④朱東潤《詩三百篇探故》,第 59—62 頁。

認爲《雨無正》乃是西周之詩,學術眼光敏鋭。

三、《詩經》"興"義新論

《詩經》六義中最爲晦澀難解的是"興"義。《毛傳》在《詩經》文本中標"興"116處,這些"興"表示興象與所興之事存在寓意關係,故鄭玄以"興者,喻"的表達方式解釋《毛傳》之"興"。鄭玄對《毛傳》所標興的八十多篇詩以"喻"的方式來解釋。孔穎達《毛詩正義》於《周南·螽斯》篇疏解鄭玄的解釋云:"傳言興也,箋言興者喻,言傳所興者欲以喻此事也,興、喻名異而實同。"[①]《毛傳》所標之"興"與《鄭箋》"興者,喻"的闡釋方式不僅是一種解經的方式,還是一種意義轉换機制,他們"以'興'的解讀方式進行意義轉换,便可使詩中大量客觀'物象'具有了人倫道德與政治倫理方面的寓意,使經典的文化内涵獲得極大限度的豐富。《毛傳》所標興的目的,就是要説明這'物象'不是單純的自然物的呈現,而是藏着詩人意圖的"[②]。

"興",《詩集傳》云:"興者,先言他物以引起所詠之詞也。"[③]《詩集傳》從詩篇創作的文學角度闡釋"興",這與《毛傳》《鄭箋》經學化的"興"存在本質的差異。在《詩經》中的一些詩篇中,《毛傳》與《詩集傳》均標注爲"興",但是對於"興"在詩篇中的闡釋功能却存在不同。林泳由於受到《詩傳大全》爲文獻基礎的限制,在"興"義的解釋上雖然呈現的是對朱熹"興"的闡釋,其實質是對《毛傳》經學之"興"的深入思考。

如《周南·樛木》首章云:"南有樛木,葛藟纍之。樂只君子,福

---

①孔穎達《毛詩正義》,第44頁。

②劉毓慶《〈詩〉學之"興"的還原與背離》,《文學評論》,2008年第4期。

③朱熹《詩集傳》,第1頁。

履綏之。”[①]《毛傳》云：“興也。”[②]《詩集傳》與《毛傳》同，云：“興也。”[③]《詩傳大全》在朱熹的釋義下録輔廣《詩説》云：“此詩皆興而比。”[④]林泳就《詩傳大全》中所録朱熹與輔廣的釋義展開了對於“興”的思考，其云：

> 《樛木》首章小注輔氏説謂此詩雖是興體，亦兼比意，與《關雎》同。仍取鄭氏下垂下逮之説證焉。愚謂：凡興詩兼比意者，蓋皆所興之物與下所説之事意思暗合者也，如《關雎》之“摯而有别”，自與下句“窈窕淑女”爲“君子好逑”者意思相合，故謂之興而兼比。此章若如鄭氏説，以樛木葛藟爲下逮上附之意，則與下句福履之意自不相接，而直爲比矣，非所謂兼比者也。詳味詩意，固有比意。所謂比者，木之樛曲而葛藟纍之，君子之德而福履綏之，其意自相近矣。蓋詩中興體有二：有只以言句爲興者，有兼意思以爲興者。兼意之興，即近於比，即謂之興而兼比，《關雎》之類是也。若與下句意不相接，則不可謂興起，而却只成比也。二義不并行如此者，謂之或曰比也，可也，不可謂興而兼比也。且從鄭説，玩味則終有艱深之病，《集傳》不取，豈以是歟？輔氏取證可疑。[⑤]

《樛木》詩，《毛傳》標興，《鄭箋》云：“木枝以下垂之故，故葛也藟也得纍而蔓之，而上下俱盛。興者，喻后妃能以意下逮衆妾，使得其次序，則衆妾上附事之，而禮義亦俱盛。”[⑥]鄭玄根據樛木與葛藟下垂上附之形狀與后妃衆妾下逮上附之情狀相類似，遂認爲“南有樛

---

①朱熹《詩集傳》，第 4 頁。
②孔穎達《毛詩正義》，第 41 頁。
③朱熹《詩集傳》，第 4 頁。
④胡廣《詩傳大全》卷一，文淵閣《四庫全書》本。
⑤林泳《詩傳讀書劄記》，《韓國經學資料集成》第 71 册，第 150—151 頁。
⑥孔穎達《毛詩正義》，第 41 頁。

木，葛藟纍之”是興而喻。輔廣解釋《鄭箋》云：“此詩雖是興體，然亦兼比意，與《關雎》同，故鄭氏以爲木枝以下垂之故，葛藟得纍而蔓之，喻后妃能以惠下逮衆妾，故衆妾得上附而事之也。”[①]林泳否定輔廣以“興而兼比”來解釋此詩，并反對輔廣所依據的《鄭箋》。

林泳認爲《毛傳》在《詩經》中所標之“興”主要有兩種情況：一是“以言句爲興者”，此是具有引起功能的興。二是“有兼意思”之興而比。所謂興而比指的是興句與下面的詩句在意思上有暗合之處。如《關雎》摯而有别與君子好逑之淑女在性格上有相似之處，即物性與人性的相似處。林泳認爲《樛木》詩中的葛藟攀附樛木與福履隨從君子只有比喻之意而無内容意義的相連，故他認爲《樛木》詩之“興”是“比”，指出輔廣“興而兼比”的釋義與本詩不符，進而反對輔廣所依據的《鄭箋》。鄭玄以“興者喻”的解釋方式意謂：樛木彎曲葛藟纍蔓之比喻后妃衆妾下逮上附之意。林泳批評《鄭箋》之意“玩味則終有艱深之病”。

《樛木》詩，林泳反對《毛傳》標“興”以及《鄭箋》、輔廣興而比的解釋，他認爲《樛木》詩純爲比，其理由是：詩人以葛藟纍繫樛木的具體物質形態比喻福禄隨從君子之抽象義理，葛藟纏繞樛木與福禄隨從君子之間存在比附上的外在形貌上的相似性，并不包含《毛傳》所謂“后妃能和諧衆妾，不嫉妒其容貌，恒以善言逮下而安之”[②]的“興”義，故林泳認爲《樛木》詩只是“成比也”。

林泳在《樛木》詩中呈現了他對於“興”“比”“比而興”等詩學概念的理解與誤解，他將《樛木》具有藴含意味的“興而比”單純地解釋爲“比”，削弱了詩句的内涵。《鄭箋》以“比而興”的解釋方式打破純粹的比喻關係，將葛藟纏繞樛木的比義轉向樛木隱蔽葛藟而生發后妃隱蔽衆妾的興義。

---

①胡廣《詩傳大全》卷一，文淵閣《四庫全書》本。

②孔穎達《毛詩正義》，第 41 頁。

陳奂（1786—1863）《詩毛氏傳疏》解釋《毛傳》“興”云：“曰‘若’，曰‘如’，曰‘喻’，曰‘猶’，皆比也。《傳》則皆曰‘興’。比者，比方於物；興者，託事於物。作詩者之意，先以託事於物，繼乃比方於物。蓋言興而比已寓焉矣。”[①]陳奂舉出《毛傳》標“興”，又以“若”“如”“喻”“猶”等來解釋，揭示出《毛傳》標“興”具有“先以託事於物，繼乃比方於物”的雙重内涵。《樛木》詩“比”的闡釋功能不能在詩句自然意象與人事的併置中産生出“美后妃”的意義[②]，故《毛傳》出於意義設置的需要故意弱化甚至打破詩句中“比”的結構權力，以“興”的方式生發出樛木隱蔽葛藟以喻后妃逮下衆妾的意義。此是《毛傳》標興的原因之所在。《毛傳》“興”義的産生又需要依靠“比”的功能，如在葛藟攀援樛木的比義中生發樛木蔭庇葛藟的興義[③]。林泳對於“興”的思考較之《毛傳》《鄭箋》稍顯單薄，但是呈現了他對於“興”在詩篇文本中功能機制的思考，有助於“興”的經學特質的研究。

四、《詩經》文學闡釋

林泳《詩經》研究呈現出文學化的闡釋傾向，主要表現在對詩篇抒情性創作手法的探究與《詩經》文本涵詠之美的體悟上。

如《周南・卷耳》，《詩序》與《詩集傳》分别代表《詩經》漢學與宋學的兩種闡釋面向。《詩序》從經學的角度解釋此詩爲：

> 后妃之志也，又當輔佐君子，求賢審官，知臣下之勤勞。

---

①陳奂《詩毛氏傳疏》，臺灣學生書局 1986 年版，第 193 頁。

②余寶琳《諷喻與〈詩經〉》，莫礪鋒編《神女之探尋：英美學者論中國古典詩歌》，上海古籍出版社 1994 年版，第 3 頁。

③張節末《從〈詩經〉比興循環解釋現象探究“興”的起源》，《浙江大學學報》人文社會科學版網絡版，2016 年 5 月，第 11 頁。

> 内有進賢之志，而無險詖私謁之心，朝夕思念，至於憂勤也。[①]

《詩集傳》與《詩序》不同，是從文學角度闡釋詩篇，强調詩篇中的情感抒發，并提出詩篇在創作上使用了“託言”的創作手法，其云：

> 后妃以君子不在而思念之，故賦此詩。託言方采卷耳，未滿頃筐，而心適念其君子，故不能復采，而寘之大道之旁也……此又託言欲登此崔嵬之山，以望所懷之人而往從之，則馬罷病而不能進。於是且酌金罍之酒，而欲其不至於長以爲念也。[②]

《詩集傳》以“託言”闡釋此詩，是將該詩第二三四章之“陟彼崔嵬”“陟彼高岡”“陟彼砠矣”解釋爲后妃以託言登山飲酒的想象之詞來表達思念之甚。朱熹用託言對《卷耳》詩作了意義上的拓展。

林泳在《卷耳》詩的闡釋上，捨棄《詩序》后妃輔佐君子求賢審官的經學闡釋，贊同《詩集傳》的文學化闡釋方式，其云：

> 《卷耳》，此章大抵皆託言也。託言者，假託之言，託虚事而言實意也。其事雖非真有，而其惻怛之誠心，實托此而宣焉，後世詩詞亦往往有此意。凡無其事而發其辭，以寓其意者，蓋本於此矣，所以知此章之爲託言者。卷耳初非足采之物，且誠欲登陟，亦豈患於僕馬之病而不得遂也，推此則可知其餘之皆爲託言也。[③]

林泳在贊同《詩集傳》的基礎上着力解釋《詩集傳》所提出的“託言”，他認爲《卷耳》全篇皆爲託言之詞，并指出“託言”的創作手法具有以託虚事而宣導惻怛之誠意的功能。《詩集傳》以“託言”的方

①孔穎達《毛詩正義》，第 36 頁。
②朱熹《詩集傳》，第 3—4 頁。
③林泳《詩傳讀書劄記》，《韓國經學資料集成》第 71 册，第 149—150 頁。

式闡釋《卷耳》,并不爲《詩經》學家普遍接受,即便是從文學角度闡釋此詩的研究者們也異議不斷,在對這些異議的列舉中可以彰顯林泳的獨到眼光。如楊慎評此詩云:

> 蓋身在閨門,而思在道途,若後世詩詞所謂"計程應説到梁州""計程應説到常山"之意耳。①

戴震《詩經補注》云:

> 《卷耳》,感念於君子行邁之憂勞而作也。②

楊慎、戴震的解釋影響到當代《詩經》學者的解釋,如程俊英解釋此詩云:"這首詩雖詩旨在表達作者的思念之情,但詩中着重表現的則是被思念對方的勞苦之狀。"③楊慎等人把《卷耳》詩分爲二事:即采卷耳,思婦也;登山飲酒者,所思之人也。這樣的闡釋模式在於認爲婦人思念君子,登高飲酒,有傷大雅,故解釋爲婦人所思念之君子登高飲酒之態。這種將詩意割裂爲二的闡釋不如《詩集傳》託言之釋妥貼,以"託言"的方式寫盡了思婦思念之深,之曲折,於是更加深切。正如沈守正所云:

> 通章采卷耳以下都非實事,所以謂思之變境也。一室之中,無端而采物,忽焉而登高,忽焉而飲酒,忽焉而馬病,忽焉而僕痡,俱意中妄成之,旋妄滅之,繚繞紛紜,息之弭以繁,奪之彌以生,光景卒之,念息而歎曰:云何吁矣。可見懷人之思自真,而境之所設皆假也。④

沈守正對《卷耳》詩的闡釋與《詩集傳》"託言"説一脉相承,對於《卷

①楊慎《升庵全集》,商務印書館 1937 年版,第 407 頁。
②戴震《杲溪詩經補注》,《戴震全集》第 2 册,清華大學出版社 1992 年版,第 1120 頁。
③程俊英《詩經注析》,中華書局 1991 年版,第 9 頁。
④揚之水《詩經别裁》,第 9—10 頁。

耳》的理解“最近詩情”。可見朝鮮學者林泳在《詩傳讀書劄記》中對《詩集傳》“託言”的闡釋具備了極高的文學闡釋眼光,并指出這種創作手法於“後世詩詞亦往往有此意”,是從文學史的角度考量“託言”在文學創作中的承續。

再如《周南・芣苢》,該詩三章章四句,詩篇文字簡潔疏朗,營造了平静而闊遠的境界。詩中没有故事、没有情節、没有心緒,只有“采”這一動作貫穿詩篇首尾。《芣苢》詩“無所指實”[①]的詩句却導致無所約束的闡釋空間,以《詩序》《毛詩正義》爲代表的漢唐《詩經》學將此詩與社會政治相聯繫,認爲是天下和平,則婦人樂有子之詩[②],宣揚的是國泰而後民安的政教思想,經學闡釋的穿鑿可見一斑。朱熹《詩集傳》在《詩序》的基礎上,揭示出詩篇所包韞的情感,其云:“化行俗美,家室和平,婦人無事,相與采此芣苢,而賦其事以相樂也。”[③]朱熹對詩篇中所包韞的婦女無事采摘芣苢的和樂情感的揭示開啓了《芣苢》文學闡釋的先路。

林泳在《詩集傳》的啓示下,從文學的角度研究《芣苢》詩,其云:

> 《芣苢》,或疑此詩無味。余謂退溪有言,作歇後看則歇後,作非歇後看則非歇後。今此詩亦然,作無味看則無味,作非無味看則非無味。蓋婦人無事相與采此芣苢以相樂,其辭從容詳復而有和平之氣,其意一於所事而有專静之象。若變風婦人行游之作,必不能如此。比下章喬木之詞,尤爲精粹。學者善讀之,則勿忘勿助之間,自有行其無事之意矣。[④]

①方玉潤《詩經原始》,中華書局 1986 年版,第 85 頁。

②《詩序》云:“《芣苢》,后妃之美也。和平則婦人樂有子矣。”《鄭箋》云:“天下和,政教平也。”孔穎達《毛詩正義》云:“若天下亂離,兵役不息,則我躬不閲,於此之時,豈思子也? 今天下和平,於是婦人始樂有子矣。經三章,皆樂有子之事也。”孔穎達《毛詩正義》,第 50—51 頁。

③朱熹《詩集傳》,第 5—6 頁。

④林泳《詩傳讀書劄記》,第 153—154 頁。

《詩集傳》以後，中國古代《詩經》學家從文學角度闡釋《芣苢》詩主要集中在明清兩代[①]。如明鍾惺評點《詩經》云：

> 此篇作者不添一事，讀者亦不添一言，斯得之矣。[②]

明徐奮鵬《毛詩捷渡》云：

> 此章是和平無事景象。但自人視之，見爲相樂，婦人實不知其樂也。通詩内若寓情，又若忘情，若有事實，無滯事。[③]

清陳繼揆《讀風臆補》云：

> 采芣苢似無事矣，無事近古。薄言采似寡欲矣，寡欲近道。諷詠此詩，恍若身逢懷葛焉，尤妙在詞句重復，止换六字，而叙情婉曲，從事始終，與夫道途儔侣招邀容與之意，藹然可掬。儼山陸氏所以歎爲天下之至文也。試取而誦之，三百篇中有能若斯之春風太和猶夷自得者乎？[④]

清劉大櫆《詩經讀本》云：

> 中有人又有景，通首只"采""有""掇""捋""袺""襭"六字，變化招邀儔侣從事，始終一一如繪，天下之至文也。[⑤]

---

①按：明清兩代《詩經》文學研究的興起，一方面是明代、清代的科舉考試以八股文取士，由八股文評點所引起的《詩經》文學評點的興起；另一方面是由《詩經》學發展的内在理路所決定的，即《詩經》研究由文學而經學，由經學而文學的循環演進過程。

②鍾惺評點《詩經》，明泰昌元年吴興閔刻三色套印本。轉引自黄霖、陳維昭、周興陸主編、張洪海輯著《詩經彙評》上册，鳳凰出版社2016年版，第24頁。

③徐奮鵬《毛詩捷渡》，全稱《新鐫筆洞山房批點詩經捷渡大文》，明天啓中金陵王荆岑刻本。轉引自黄霖、陳維昭、周興陸主編、張洪海輯著《詩經彙評》上册，第22頁。

④陳繼揆補輯《讀風臆補》，光緒寧郡述古堂刊本。轉引自黄霖、陳維昭、周興陸主編、張洪海輯著《詩經彙評》上册，第25頁。

⑤劉大櫆《詩經讀本》，清抄本。轉引自黄霖、陳維昭、周興陸主編、張洪海輯著《詩經彙評》上册，第22—23頁。

清方苞云：

《易》曰“聖人感人心而天下和平”。“和平”二字，是此詩真解，其味淡以永，其氣安以舒，如春光漸暖，勝景初開。黄實夫云：太羹玄酒，淡乎無味而有遺味；朱弦疏越，廖乎希聲而有遺音。治世安以樂，其民和，於此詩見之矣。①

清徐與喬云：

《芣苢》《葛覃》之感，志和而音平……詩詠化國之日，不言士庶而言婦人，不及織紝而詠芣苢。終篇變换才六字，恍然見庶女于原野，聞其歌聲。《詩》所以善于言也。言樂不露一“樂”字，而從容閒適之意可想。《萇楚》《苕華》能得此景象否？②

清方玉潤《詩經原始》云：

殊知此詩之妙，正在其無所指實而愈佳也。夫佳詩不必盡皆徵實，自鳴天籟，一片好音，尤足令人低回無限。若實而按之，興會索然矣。讀者試平心静氣，涵泳此詩，恍聽田家婦女，三三五五，於平原繡野、風和日麗中群歌互答，餘音裊裊，若遠若近，忽斷忽續，不知其情之何以移而神之何以曠。則此詩可不必細繹而自得其妙焉。③

可見，對於《芣苢》詩的文學闡釋，林泳與明清時代諸家的闡釋具有相同之處，又具有自身的特點。相同之處主要體現在從以意逆志向讀詩者之志的轉化。林泳與明清時代的《詩經》研究者逐漸從傳統運用“以意逆志”的《詩》學方法探求詩人之志轉向探求讀詩者所

①姚鼐、曾國藩、吴汝綸、吴闓生評點《詩經》，清末都門印書局鉛印本。轉引自黄霖、陳維昭、周興陸主編、張洪海輯著《詩經彙評》上册，第24頁。

②徐與喬《增訂詩經輯評》，乾隆乙未友于堂刻巾箱本。轉引自黄霖、陳維昭、周興陸主編、張洪海輯著《詩經彙評》上册，第25頁。

③方玉潤《詩經原始》，第85頁。

感受到的旨意。林泳"作無味看則無味,作非無味看則非無味"即是强調讀詩者對詩旨的裁判功能。戴君恩《詩經臆評》、萬時華《詩經偶箋》、鍾惺評點《詩經》、陳繼揆《詩經臆補》等都注重讀詩者的感受。從以意逆志向讀詩者之志的轉化,這種詩學方法的轉變導致研究者從經學研究的框架轉向對詩篇文辭、意境、形象等文學化樣態的關注。在探究讀詩者的感受與領悟中,明清時代的《詩經》學家從文辭、音韻、圖像、意境、涵泳品評等角度對《芣苢》詩作了文學性的闡釋,朝鮮林泳從體悟詩篇文辭之美上對《芣苢》詩作了文學性的闡釋。此外,林泳在文學闡釋中提出"勿忘勿助"的辯證理念,豐富了《芣苢》詩闡釋的理論方法。

將林泳與久負盛名的方玉潤關於《芣苢》詩的文學闡釋加以比較,可以發現兩家存在三個方面的不同:第一是闡釋方法之不同。方玉潤闡釋《芣苢》詩的方法是"平心静氣,涵泳此詩",從詩篇的涵泳中體味出詩篇的音樂之美,即"餘音裊裊,若遠若近,忽斷忽續"。林泳闡釋《芣苢》詩的方法是"勿忘勿助之間"。林泳指出《芣苢》詩的解讀存在兩種錯誤傾向,一是以《詩序》爲代表的"助"之弊端,即對此詩的解讀存在穿鑿附會之弊;二是有些學者有"忘"之弊端,認爲此詩寡淡無味,可以擱置不理。林泳則認爲對於此詩的解讀應該本着孟子所言"勿忘勿助"的方法,立足文本,尋繹文意,以平常之心釋讀。方玉潤的文學闡釋在於對詩篇形式之美的把握,林泳的文學闡釋則是在詩篇文本基礎上的體之於心的詩義探求。第二是對待《芣苢》詩旨的態度不同。方玉潤對《芣苢》詩旨持逃避的態度,其云:"殊知此詩之妙,正在其無所指實而愈佳也。夫佳詩不必盡皆徵實。"在詩旨上無所徵實而轉向對詩篇形式之音樂曲調的追求上。林泳立足詩篇文本,重點拈出詩篇中的"采"字,在重章叠句的"采"字之中,感受到婦人相與采摘之樂,在詩篇流動的調律中體會出女性從容和平之氣與專静之美德。第三是對《芣苢》詩篇中女性身份問題之不同處理。方玉潤以"田家婦女"指代采擷芣苢的女子，以田家婦女相與采摘芣苢看似空靈高妙，實則是確定了詩中的女性身份，但是這樣的身份確定是没有依據的，同時限制了對於采摘芣苢之女的身份想象。林泳以婦人指代《芣苢》詩中的女性，這種模糊化的處理較之方玉潤更爲客觀。可見朝鮮學者林泳對《芣苢》所作的文學闡釋較之明清《詩經》文學闡釋亦是毫不遜色，亦可見朝鮮《詩經》文學闡釋之一隅。

第三節　尊朱與政教：林象德《詩傳讀書劄録》研究

林象德(1683—1719)，字潤甫，號老村，祖籍羅州。文科及第，官至弘文館修撰校理，曾在朝鮮王朝經筵講經活動中講論經史。林象德在學術上涉及經學、史學、文學等諸領域，著作有《老村集》《東史會綱》。《老村集》所收録的《讀書劄録》記載了林象德關於《周易》《詩傳大全》《皇極經世書》《心經》等典籍的認識與思考。《詩傳讀書劄録》收録了林象德關於《詩經·國風》三十首詩的讀書劄記。韓國當代學者對林象德《詩經》學研究甚少。《詩傳讀書劄録》呈現林象德多元的《詩經》闡釋特徵，是朝鮮時代重要的《詩經》學著作。

一、多維度視域下的《周南》《召南》闡釋

《周南》與《召南》在命名上與其他十三國風相異，《二南》以正風的屬性與其他十三國風之變風屬性相區别。關於《周南》《召南》的稱謂問題、《二南》詩篇所涉之時間範圍與地理範疇問題、《二南》的功能問題都是《詩經》學史上聚訟紛紜的話題。林象德在《詩傳

讀書劄録》中記録了他關於《周南》《召南》的思考，其研究主要體現在兩個方面：一是《周南》《召南》稱謂釐定；二是《周南》之獨特地位分析。

(一)地域、歷史與政教維度下的《二南》稱謂釐定

《周南》《召南》的稱謂問題是《詩經》學上争論較多的話題，關於《二南》稱謂的解釋主要有三種[①]：一是《詩序》從道德教化的角度提出的"南化"説。如《詩序》云："然則《關雎》《麟趾》之化，王者之風，故繫之周公。南，言化自北而南也。《鵲巢》《騶虞》之德，諸侯之風也，先王之所以教，故繫之召公。"[②]陸德明、鄭玄、孔穎達等人贊成《詩序》的説法[③]。二是從音樂的角度指出《二南》是區别於十三國風的"南音説"，贊同此種説法的有王質、程大昌、顧炎武、崔述、郭沫若、馮沅君等。三是從地理區域的角度所提出的"南方諸國説"，持這種説法的有朱熹《詩集傳》等。林象德綜合諸家説法并解釋《二南》稱謂云：

> 周、召并地名。周地本太王所都，王迹之所由興，至文王作豐，始爲周公之采邑。召地，召公奭之采邑。周公之撰次樂詩也，取其得之國中而雜以南國之詩，凡繫乎王者之風者，名曰《周南》，謂自周地以南之風也。其得之南國純乎諸侯之風

①張啓成《論〈周南〉和〈召南〉》，《貴州社會科學》，1985年第2期。

②孔穎達《毛詩正義》，第19頁。

③陸德明《音義》云："《周南》，周者，代名，其地在《禹貢》雍州之域，岐山之陽，於漢屬扶風美陽縣；南者，言周之德化自岐陽而先被南方，故《序》云'化自北而南也'。"孔穎達《毛詩正義》，第1頁。《鄭箋》解釋《詩序》云："自，從也。從北而南，謂其化從岐周被江漢之域也。先王，斥大王、王季。"孔穎達《毛詩正義》，第19頁。孔穎達疏云："然則《關雎》《麟趾》之化，是王者之風，文王之所以教民也。王者必聖，周公聖人，故繫之周公。不直名爲'周'，而連言'南'者，言此文王之化，自北土而行於南方故也。《鵲巢》《騶虞》之德，是諸侯之風，先王大王、王季所以教化民也。諸侯必賢，召公賢人，故繫之召公。"孔穎達《毛詩正義》，第20頁。

者,名曰《召南》,謂自召邑以南之風也。王者之風,繫之周者,周爲王迹肇基之地也。諸侯之風,繫之召者,召爲列國宣化之地也。若以周爲文王之國,則文王之國不宜與召公之邑等列而對稱之也;若以爲周公之采邑,則周公撰樂詩而不應以己之邑號主太姒之詩也。《小序》所謂"《關雎》《麟趾》之化,王者之風",繫之周公者,不敢直繫之文王也。《傳》(《詩集傳》)所云"自天子之國而被于諸侯"者,又不敢專屬之周公也。參互詳看,其意亦可見矣。①

林象德提出解決《二南》稱謂問題的方法是"參互詳看",即參考并綜合《詩序》與《詩集傳》的觀點"則其意亦可見矣"。他將《詩序》"王者之風""諸侯之風"與《詩集傳》南方諸侯國之詩的觀點相結合,從地域、歷史與政教三個面向來解釋《二南》稱謂:1. 作爲地域的《二南》。林象德認爲《周南》《召南》之"周"與"召"是地名。"周"原爲王迹興起之地,文王遷豐之後封爲周公的采邑。"召"爲召公奭的采邑。《周南》爲周公所編輯的周地及周以南的詩歌,《召南》是召邑及召以南的詩歌。2. 歷史維度中的《二南》。林象德從歷史維度梳理《二南》的編輯情況,他認爲《周南》非分封爲周公采邑此一時段的詩,它包含了周王朝王迹興起至王朝建立之後的詩,周公將代表了周朝王者之風的詩篇編輯到《周南》中,故爲"王者之風"。《召南》也非分封爲召公奭之采邑此一時段的詩,它包含的是召地及召地以南澤被周朝王化的詩,因爲記録的是各諸侯列國的詩,故爲"諸侯之風"。3. 具有政教意義的《二南》。林象德指出《二南》是周公在"撰次樂詩"的政教活動中編輯的,《二南》的編輯具有政治教化的意義。周公將周地具有王化之風的詩歌編入《周南》,將周王朝政教所及的召邑及召以南的諸侯之詩編入《召南》,故《二南》具有宣佈政治教化的功能。

①林象德《詩傳讀書劄録》,《韓國經學資料集成》第71册,第266—267頁。

林象德從地域、歷史、政教的維度對《二南》的稱謂作了深入的闡釋，他的解釋使得《二南》稱謂闡釋避免了從單一的“南化”“南國”的解釋中所産生的疑義，是對《二南》稱謂較爲合理的闡釋。

（二）《周南》在《國風》中的獨特地位分析

《周南》在十五國風中具有重要的地位。如《左傳・襄公二十九年》，季札觀魯樂後贊歎《二南》云：“美哉！始基之矣，猶未也，然勤而不怨矣。”[①]《論語・陽貨》云：“人而不爲《周南》《召南》，其猶正墻面而立也與？”[②]季札與孔子對《二南》獨特價值的認定與建構在漢代《詩經》學中得到進一步的深化與强調，如毛詩學派的《毛詩序》云：

> 《周南》《召南》，正始之道，王化之基。[③]

魯詩學派的司馬遷云：

> 《詩》始《關雎》，《書》美釐降，《春秋》譏不親迎。夫婦之際，人道之大倫也。[④]

齊詩學派匡衡云：

> 臣又聞室家之道修，則天下之理得，故《詩》始《國風》，《禮》本《冠婚》。始乎《國風》，原情性而明人倫也。[⑤]

韓詩學派的《韓詩外傳》云：

> 孔子曰：“《關雎》至矣乎！夫《關雎》之人，仰則天，俯則地，幽幽冥冥，德之所藏，紛紛沸沸，道之所行，如神龍變化，斐

①楊伯峻《春秋左傳注》，第 1161 頁。
②楊伯峻《論語譯注》，第 183 頁。
③孔穎達《毛詩正義》，第 20 頁。
④司馬遷《史記》，第 1967 頁。
⑤班固《漢書・匡衡傳》，中華書局 1964 年版，第 3340 頁。

> 斐文章。大哉！《關雎》之道也。萬物之所繫，群生之所懸命也……天地之間，生民之屬，王道之原，不外此矣。”①

漢代《詩經》學對《二南》地位的確定，影響到了漢以降《詩經》學對《二南》地位的認識②。張啓成教授在《論〈周南〉和〈召南〉》一文中通過對漢代《詩經》學經典文獻的研究，揭櫫出漢代四家詩對《二南》獨特地位的確認，認爲《二南》詩篇具有兩個重要的特徵：“一、多婚禮之歌。……由於婚禮是家庭和立國的根本，因而多婚禮之歌的‘二南’也被古代社會所重視。二、‘二南’的詩歌體現了文王、周公、召公所謂聖賢的德化，體現了周初盛世的風貌，因而被譽爲‘正風’，而列爲國風之始。”③可見，中國傳統《詩經》學對《二南》地位的確立主要以《二南》的詩歌内容爲依據。林象德在此基礎上還運用比較的視角來分析《周南》的獨特地位，其云：

> 《周南》其風則王者之風，其事則列國之事。《兔罝》之詩稱“公侯好仇”，則指文王爲公侯矣。《汝墳》之詩稱“王室如燬”，則指殷爲王矣。以一國之事繫一人之本謂之風，言天下之事形天下之風謂之雅，故王國有雅而無風。《周南》以列國之事而有王者之風，故興；《王風》以王者之制而爲列國之風，

①韓嬰撰，許維遹校釋《韓詩外傳集釋》，中華書局1980年版，第164—165頁。

②孔穎達《毛詩正義》云：“既言繫之周、召，又總舉二《南》要義。《周南》《召南》二十五篇之詩，皆是正其初始之大道，王業風化之基本也。高以下爲基，遠以近爲始。文王正其家而後及其國，是正其始也。化南土以成王業，是王化之基也。”孔穎達《毛詩正義》，第20頁。朱熹《詩集傳》云：“《小序》曰：‘《關雎》《麟趾》之化，王者之風，故繫之周公。南，言化自北而南也。《鵲巢》《騶虞》之德，諸侯之風也。先王之所以教，故繫之召公。’斯言得之矣。”朱熹《詩集傳》，第1頁。清儒陳奐《詩毛氏傳疏》云：“總論二南文王受命爲西伯，三分天下有其二，以服事殷，雖行王者之事，猶循諸侯之職，二南同風也。”陳奐《詩毛氏傳疏》，第12頁。

③張啓成《論〈周南〉和〈召南〉》，《貴州社會科學》，1985年第2期。

故亡。[①]

林象德從三個方面的比較來凸顯《周南》的獨特地位：

第一,《周南》在命名上與其他十三國風的比較。《周南》是"列國之事"與"王者之風"的統一,林象德指出《周南》在内容上非殷王朝和某一諸侯王國的詩,而是包含了"列國之事",如《兔罝》是文王爲諸侯之詩,《汝墳》是殷商王朝之詩。這些没有統一王國歸屬的詩篇不像其他十三國風以某一區域地名來具體指稱,而以"周南"作爲統攝諸詩的依據在於這些詩篇所反映的"王者之風",即投射出周王朝建立之前,文王爲諸侯之時教化列國的情形,以及周王朝建立之後濡染周南地區的教化情形。《周南》獨特地位的建立,在於它是"列國之事"與"王者之風"的統一。

第二,《周南》與"雅"的比較。作爲"王者之風"的《周南》何不入於"雅"。林象德根據《毛詩大序》"是以一國之事,繫一人之本,謂之風,言天下之事,形四方之風,謂之雅"[②]來區分"風"與"雅",他指出:"雅"呈現出"言天下之事形天下之風"的叙事風格,是國家統一時期所産生的詩篇。"風"則是各個獨立諸侯王國的詩篇,故"以一國之事繫一人之本謂之風"。作爲"王者之風"的《周南》在内容上包含周王朝建立前與建立之後具有王者氣象的詩,它區别於雅與其他國風在政體與時間上的一致性,故不屬於某一具體區域的風詩,也不能入於具有統一王國屬性的"雅"詩範圍[③]。

第三,作爲"王者之風"的《周南》與《王風》的比較。《周南》以

---

①林象德《詩傳讀書劄録》,《韓國經學資料集成》第71册,第265頁。

②孔穎達《毛詩正義》,第16頁。

③按:此處林象德的闡釋與鄭玄對於張逸"王者之風,王者當在雅,在風何"的回答大致相同。孔穎達《毛詩正義》云:"《志》張逸問:'王者之風,王者當在雅,在風何?'答曰:'文王以諸侯而有王者之化,述其本宜爲風。'逸以文王稱王,則詩當在雅,故問之。鄭以此詩所述,述文王爲諸侯時事,以有王者之化,故稱王者之風,于時實是諸侯,詩人不爲作雅。"孔穎達《毛詩正義》,第20頁。

列國之事,呈現出周王朝肇興之初與立國之後的王者氣象,顯示出王朝興起之勢,林象德用"故興"評論之。林象德認爲《王風》中的周王徒有天子之名,此時的周王喪失了天子的權威與地位,王室衰微,淪爲與諸侯無異的權力結構中。《王風》只是周王所居的王畿範圍内的詩,與列國之詩并無本質差異,林象德用"故亡"評論之。可見,林象德從比較的視角,對《周南》獨特地位的原因作了較爲深入的研究。

二、《詩經》之女性的政教功能闡發

《詩經》中有很多詩篇都是關於女性的詩意書寫,如《邶風·緑衣》《燕燕》《日月》《終風》記録的是衛莊姜的不遇與哀愁,《邶風·谷風》記録的是婦人爲夫所棄的悲怨,《邶風·泉水》叙寫衛女嫁於諸侯思歸寧父母而不得的憂思,《鄘風·墻有茨》是對衛宣姜之醜行的揭露,《衛風·氓》是婦人遭棄而自叙其悔恨之詩,《小雅·正月》是周幽王寵溺褒姒而至滅國之詩,《大雅·思齊》是美文王之母大任與文王之妻太姒之美好德行的詩。

《詩經》中的女性與宗族、社稷緊密相連,傳統《詩經》學彰顯了女性詩篇中所藴含的女德具有重要的社會政治教化功能。如關於《詩經》首篇《關雎》的解釋,《詩序》云:"后妃之德也。"①孔穎達解釋《詩序》云:

> 諸序皆一篇之義,但《詩》理深廣,此爲篇端,故以《詩》之大綱并舉於此……此篇言后妃性行和諧,貞專化下,寤寐求賢,供奉職事,是后妃之德也。《二南》之風,實文王之化,而美后妃之德者,以夫婦之性,人倫之重,故夫婦正則父子親,父子親則君臣敬,是以《詩》者歌其性情。陰陽爲重,所以《詩》之爲

①孔穎達《毛詩正義》,第4頁。

體，多序男女之事。[1]

孔穎達認爲《詩序》所云“后妃之德”不僅概括了《關雎》一篇的詩義，還張舉出《詩經》之總綱，并具體指出“后妃之德”的內涵在於“性行和諧，貞專化下，寤寐求賢，供奉職事”，强調“后妃之德”的重要性體現在人倫的關鍵即夫婦之性上，延伸出夫婦關係影響到父子與君臣所指涉的家族與社會倫常。孔穎達從女性對宗族社會的功能角度解釋了《詩經》多女性詩篇的原因。

朱熹《詩集傳》録齊詩學者匡衡語評論《關雎》詩之女德功能云：

> 妃匹之際，生民之始，萬福之原。婚姻之禮正，然後品物遂而天命全。孔子論詩，以《關雎》爲始。言太上者民之父母。后夫人之行，不侔乎天地，則無以奉神靈之統而理萬物之宜。[2]

可見，女性不僅是人之自然生命的孕育者，還是婚姻禮俗等社會禮儀文化的踐行者，承擔起奉神靈之統與理萬物之宜的重要功能，并關乎國脉之興衰。遺憾的是中國《詩經》學史上缺乏對《詩經》中的女性作全面、系統的研究實踐[3]。朝鮮學者林象德洞察到《詩經》中的女性所承擔的重要社會功能，在其關於《詩經》中三十首詩的劄記里有七篇是關於女性詩篇的探討，對於研究《詩經》中女性所包藴的社會功能有重要價值。

林象德對於《詩經》中女性的社會功能的闡發主要體現在兩個

---

①孔穎達《毛詩正義》，第 5 頁。

②朱熹《詩集傳》，第 2 頁。

③謝晋青《詩經之女性的研究》，商務印書館 1930 年版。按：該書是中國第一部系統研究《詩經》中女性詩篇的著作。該著受五四新文化思潮的影響，從反對傳統《詩經》學的角度出發，從文學的角度闡釋了《詩經》中的女性作品，并未從經學、歷史與思想等維度探析《詩經》中的女性詩篇。

方面:一是女性的忠貞情懷對於男性君臣關係的借鑒功能,二是女性在移風易俗上的勸導功能。

《鄘風·載馳》爲許穆夫人閔衛國之亡,欲歸唁其兄而不得之詩[①]。《載馳》詩末章云:"我行其野,芃芃其麥。控于大邦,誰因誰極。大夫君子,無我有尤。百爾所思,不如我所之。"林象德闡釋"控于大邦,誰因誰極"云:

> 一婦人而志慮能如此,古今亡國之君臣讀此詩以小愧矣。如黎人瑣尾寄寓,終不能建立,不但衛無齊桓之德,抑亦黎之君臣無許穆夫人之賢矣![②]

林象德以《載馳》中的許穆夫人與《邶風·式微》《旄丘》中的男性君臣相對比,他所謂"黎人瑣尾寄寓"指的是《式微》《旄丘》詩中所記載的黎侯遭狄人迫逐寄寓衛國之事[③]。林象德此處存在兩種對比:一是黎侯君臣不思復國之志與許穆夫人拯救衛國的決心相對比,二是作爲男性亡國之君臣的消極行爲與作爲女性的許穆夫人在國破家亡中的積極表現相對比。通過這樣的對比,彰顯出女性在家國滅亡之際的志節與堅守可以成爲男性反思家國責任的思想資源。

---

①《詩序》云:"《載馳》,許穆夫人作也。閔其宗國顛覆,自傷不能救也。衛懿公爲狄人所滅,國人分散,露於漕邑。許穆夫人閔衛之亡,傷許之小,力不能救,思歸唁其兄,又義不得,故賦是詩也。"孔穎達《毛詩正義》,第210—211。朱熹《詩集傳》云:"宣姜之女爲許穆公夫人,閔衛之亡,馳驅而歸,將以唁衛侯於漕邑。未至,而許之大夫有奔走跋涉而來者。夫人知其必將以不可歸之義來告,故心以爲憂也。既而終不果歸,乃作此詩以自言其意爾。"朱熹《詩集傳》,第33頁。

②林象德《詩傳讀書劄録》,《韓國經學資料集成》第71册,第278頁。

③《邶風·式微》,《詩序》云:"黎侯寓於衛,其臣勸以歸也。"孔穎達《毛詩正義》,第153頁。《旄丘》,《詩序》云:"責衛伯也。狄人迫逐黎侯,黎侯寓於衛。衛不能修方伯連率之職,黎之臣子以責於衛也。"孔穎達《毛詩正義》,第153—154頁。

林象德還指出國君夫人對國家習俗有重要的感化與導向作用，其云：

> 齊哀公好畋遊，而《還》《盧令》興于齊；陳大姬喜巫覡，而《宛丘》《東門之枌》作于陳。上之所好，不可不慎，而又不但國君爲然，雖后夫人亦當深存此意也。①

林象德認爲一國之君的行爲會影響到國家的風俗，如《齊風・還》是齊哀公好獵無度，致使“國人化之，遂成風俗，習於田獵謂之賢，閑於馳逐謂之好焉”②。《盧令》是齊襄公“好田獵畢弋而不修民事，百姓苦之，故陳古以風焉”③之詩。林象德指出齊君好田獵是《齊風》出現《還》《盧令》詩的根本原因，也是齊人好田獵風俗得以形成的關鍵。林象德指出不僅國君可以影響到國家風俗之盛衰，同時國君夫人在喜好上的偏向也會影響到國家的政治社會風氣，如《陳風・宛丘》《東門之枌》等歌舞遊蕩之作則是源於陳大姬喜巫覡所致④。

再如《衛風・河廣》，《詩序》云：“宋襄公母歸於衛，思而不止，故作是詩也。”⑤《詩集傳》綜合《詩序》與《毛詩正義》的釋義云：“宣姜之女爲宋桓公夫人，生襄公而出歸於衛。襄公即位，夫人思之而義不可往。蓋嗣君承父之重，與祖爲體，母出與廟絶，不可以私反，

①林象德《詩傳讀書劄録》，《韓國經學資料集成》第71册，第289—290頁。

②孔穎達《毛詩正義》，第331頁。

③孔穎達《毛詩正義》，第348頁。

④《詩譜》云：“大姬無子，好巫覡禱祈鬼神歌舞之樂，民俗化而爲之。”孔穎達疏：“《地理志》云：‘周武王封嬀滿于陳，是爲胡公，妻以元女大姬。婦人尊貴，好祭祀，用巫，故其俗好巫鬼者也。’詩稱擊鼓于宛丘之上，婆娑於枌栩之下，是有大姬歌舞之遺風也。《志》又云‘婦人尊貴，好祭祀’，不言無子。鄭知無子者，以其好巫好祭，明爲無子禱求，故言無子。若大姬無子，而《左傳》子産云：‘我周之自出。’杜預曰：‘陳，周之出者。’蓋大姬于後生子。以禱而得子，故彌信巫覡也。”孔穎達《毛詩正義》，第437頁。

⑤孔穎達《毛詩正義》，第239頁。

故作此詩。"[1]林象德在《詩序》《詩集傳》的基礎上萃取出女性德行可爲後世之法則,其云:

> 婦人褊性而知禮畏義如此,可以爲後世法矣。蒯聵而苟知此義,則靈公既薨,必不敢歸國矣。[2]

宋桓夫人在宋桓公時歸於衛國,在其子宋襄公即位後,思念宋國却不能歸,所以吟詠出"誰謂宋遠,跂予望之""誰謂宋遠,曾不容刀"的哀歎。宋桓公夫人"爲先君所出,其子承父之重,與祖爲一體,母出與廟絶,不可以私反,故義不得也"[3]。林象德認爲宋桓夫人在私情與禮義的選擇上能够克制私情而遵守禮義的規定,這種知禮畏義的行爲可以成爲後世遵循并踐行禮義法則的典範。林象德以婦人本有偏重情感的"褊性"之弊,但尚能自持禮義,突出遵守禮義的典範女性可以成爲男性效法的對象,并以衛太子蒯聵歸衛的歷史事件爲例,指出蒯聵以己之私情、私欲在與禮義不相符的情況下歸國,與其子争奪國家權力的思想根源即在於禮義的缺失,强調男性歷史人物對於知禮畏義之行爲法則的遵循可以避免個人與國家悲劇的發生,凸顯了知禮畏義的行爲法則具有重要的社會功用。

三、朱熹《詩集傳》賦比興標注原則探析

《毛傳》最早對《詩經》116 篇詩標"興",朱熹《詩集傳》在《毛傳》標"興"的基礎上重新對《詩經》章句作賦比興的標注。《詩集傳》共標《詩經》章句 1141 條,標"賦"者 726 章,標"比"者 110 章,標"興"

---

①朱熹《詩集傳》,第 39 頁。
②林象德《詩傳讀書劄録》,《韓國經學資料集成》第 71 册,第 281 頁。
③孔穎達《毛詩正義》,第 240 頁。

者 274 章，標比而興等兼類者 31 章[①]。《詩集傳》解釋賦比興的標注原則云："賦者，敷陳其事而直言之者也。"[②]"比者，以彼物比此物也。"[③]"興者，先言他物以引起所詠之詞也。"[④]朱熹關於賦比興的標注及其在《詩集傳》中具體標示引起了古今研究者的不少批評，如清儒姚際恒《詩經通論》云：

> 《集傳》之言曰："興者，先言他物，以引起所詠之辭也。比者，以彼物比此物也。"語鄰鶻突，未爲定論。故郝仲輿駁之，謂"先言他物"與"彼物比此物"有何差别？是也。[⑤]

清儒陳啓源《毛詩稽古編》云：

> 毛公獨標興體，朱子兼明比賦，然朱子所判爲比者多是興耳……興比皆喻，而體不同。興者，興會所至，非即非離，言在此意在彼，其詞微，其旨遠。比者，一正一喻，兩相譬况，其詞决，其旨顯，且與賦交錯而成文，不著興語之用，以發端多在首章也。如"我心匪石""螓首蛾眉""毳衣如菼""如山如阜""金玉爾音""如跂斯翼""儇人維藩""敦琢其旅"之類皆"比"也，而《集傳》概以爲"賦"。[⑥]

朱自清《詩言志辨·比興》云：

> 賦比興的意義，特别是比興的意義，却似乎纏夾得多；《詩集傳》以後，纏夾得更加厲害，説《詩》的人你説你的，我説我

---

①魯洪生《關於朱熹賦比興理論的幾點考辨》，中國詩經學會編《第四屆詩經國際學術研討會論文集》，學苑出版社 2000 年版，第 1278 頁。

②朱熹《詩集傳》，第 3 頁。

③朱熹《詩集傳》，第 4 頁。

④朱熹《詩集傳》，第 1 頁。

⑤姚際恒《詩經通論》，第 1 頁。

⑥陳啓源《毛詩稽古編》卷二十五，文淵閣《四庫全書》本。

的,越來越糊塗。[①]

學界對朱熹賦比興的標注疑義紛起。林象德是朝鮮時代首位證明朱熹賦比興標注原則合理的學者,他的研究是對朱熹賦比興標注原則合理性證實的一個範例,在《詩經》學史上具有重要的意義。林象德主要通過比較内容叙寫相近,而《詩集傳》賦比興標注相異的詩篇來探究朱熹的賦比興標注原則。

如《周南・桃夭》是一首祝賀女子婚姻以時,宜室宜家的詩;《召南・摽有梅》是女子見婚時將過,求庶士速娶之詩。這兩首詩是《詩經》中關於女性與婚姻的美麗詩篇,一爲見桃花之繁盛美婚姻之及時,一爲見梅之隕落傷婚姻之過時,兩篇詩以自然界之"桃"與"梅"引起,《毛傳》將此二詩均標注爲"興也"[②],而《詩集傳》却將此皆因所見之物而引起主題的詩篇分别標爲"興"與"賦"。林象德分析《詩集傳》區别標注的原因云:

> 《桃夭》美昏姻以時,正當桃華之月。《摽梅》傷昏姻過時,已及梅落之節。"桃"與"梅"皆因所見也,而一爲"興"一爲"賦",何也?事則類而義自别也。"桃之夭夭"與"之子於歸"一句,非一串説來,但興彼以形所詠之事也。"摽有梅"與"求我庶士"一句,是一串説來,直賦,彼以見所感之實也。此所以因所見一也,而"興"與"賦"别也。[③]

林象德指出《詩集傳》在以所見之物引起主題的詩篇上存在賦比興標注的不同,并認爲這種不同是由詩篇"事則類而義自别"的深層内涵所決定的。林象德從文本的角度分析《詩集傳》對《桃夭》《摽有梅》詩"因所見一也,而'興'與'賦'别也"的原因。他指出:《桃

①朱自清《詩言志辨》,古籍出版社1956年版,第45頁。
②孔穎達《毛詩正義》,第46頁、第92頁。
③林象德《詩傳讀書劄録》,《韓國經學資料集成》第71册,第270—271頁。

夭》詩中“桃之夭夭，灼灼其華”與“之子於歸，宜其室家”，在句意上是不連貫的，詩人先言桃花盛開以引起對新嫁娘宜室宜家的美好祝願，二者在意思上具有轉折，是上句起興以引起下句的關係，即爲“非一串説來，但興彼以形所詠之事”，故《詩集傳》標注爲“興”。《摽有梅》詩中的“摽有梅，其實七兮”與“求我庶士，迨其吉兮”在句意上是連續的，在時間的脉絡中，詩人見梅隕落而在樹者少，生發出婚姻過時之女對年華如梅般零落的焦慮，與“求我庶士”速娶的希冀，即“是一串説來，直賦”，所以《詩集傳》標定爲“賦”。林象德認爲《詩集傳》將《桃夭》與《摽有梅》分别標注爲“興”與“賦”的解釋是合理的，他闡釋出《詩集傳》言簡而義豐的深刻内涵。

再如《王風・黍離》是東周大夫行役至西周故地，見宗廟宫室盡爲禾黍，閔周室衰微彷徨不忍去之之詩。《中谷有蓷》是婦人見本應生於陸地的蓷草長於谷中傷於水而將病死之態，抒發凶年饑饉室家相棄之怨恨。這兩首詩均是覽物以抒胸次之詩，《詩集傳》將此二詩分别標注爲“賦而興也”“興也”①。林象德指出《詩集傳》對《黍離》《中谷有蓷》賦比興的標注不同，并分析其原因云：

> “彼黍離離”，賦所見以起興故爲“賦而興”。“中谷有蓷”亦只是賦所見，而專屬“興”，何也？事雖相近，而義實自别也。凡詩中因所見以起興者最多，而皆屬興，其爲“賦而興”者甚少，不獨《穀蓷》爲然，第仔細看來，體制自各有屬，非待安排也。大抵“賦”者，上句説出重實，下句皆自上句中一串抽出來，而情境已都在上句。“興”者上句説得輕虚，只以引起下句實事接續來，而情境都在下句。如《黍離》見古宫荒廢，鞠爲禾稼，彷徨不去，呼天而傷之，情境都在黍稷上，行遲心憂皆從黍稷出來。“谷蓷”，歲暵時饑，室家分散，見物之遇旱枯瘁而傷人之遭艱流離。以有蓷而暵其幹矣，引起有女而慨其歎矣，情

①朱熹《詩集傳》，第42頁、第44頁。

境都在"有女仳離上","歎""嘯""啜""泣"非從暵草出來。蓋《黍離》元是賦所以兼興者,以字句有相接應耳,無此則當純爲賦也。[①]

林象德在《中谷有蓷》詩中繼續分析《詩集傳》關於"賦"與"興"的標注原則,并從詩篇上下詩句的關係來區分"賦"與"興"的差異。他認爲:上句詩重在寫實,且是下句詩中情感抒發的主體,上句與下句在句意上相連貫,則爲賦。上句輕虛,重在引起下句,下句的詩意與上句無關,則爲興。林象德認爲《黍離》詩中所見的"彼黍離離,彼稷之苗"是詩篇的重要情景,因爲詩人閔傷周室顛墜覆敗不忍速去之情是在先王宫室易爲禾田的"彼黍離離"的情景中産生的,故林象德云:"大抵'賦'者,上句説出重實,下句皆自上句中一串抽出來,而情境已都在上句。"林象德認爲《中谷有蓷》詩中陸草生於谷中的情景,觸發詩人見蓷草之遇旱枯瘁而傷人之流離多艱,"中谷有蓷"只是起到了感發詩人意志的功能,而詩人所抒發的"慨其歎矣""條其歗矣""啜其泣矣"的慨歎歗泣的情景依據則是"有女仳離"而不是"中谷有蓷",故林象德云:"'興'者上句説得輕虛,只以引起下句實事接續來,而情境都在下句。"林象德還指出"賦"與"賦而興"的區别:"彼黍離離"是《黍離》詩悲憫宗室顛覆的情景依據,故爲賦,又由於"彼黍離離,彼稷之苗""彼黍離離,彼稷之穗""彼黍離離,彼稷之實"在詩篇中還具有感發詩人行之靡靡,心之摇摇、心之如醉、心之如噎的功能,并具"字句有相接"的關係,故《詩集傳》將此詩標注爲"賦而興"。

林象德對於《詩集傳》賦比興標注原則的闡釋具有三個方面的《詩》學意義:第一,指出《詩集傳》的賦比興是有"一以貫之"的標注原則的。第二,《詩集傳》賦比興標注具有文學特徵。《詩集傳》對於賦比興的標注原則與《毛傳》"興"的標注原則存在本質的差異:

---

① 林象德《詩傳讀書劄録》,《韓國經學資料集成》第 71 册,第 282—283 頁。

《毛傳》標"興",是將"興"作爲一種解經方式,"以'興'的解讀方式進行意義轉換,便可使詩中大量客觀'物象'具有了人倫道德與政治倫理方面的寓意,使經典的文化内涵獲得了極大限度的豐富"①。《毛傳》的"興"是經學闡釋系統的"興"。朱熹《詩集傳》在《毛傳》"興"的基礎上對詩篇一一標注賦、比、興,他對賦、比、興的界定是從詩篇文本與文學創作經驗相結合的角度來進行的,是作爲文學的賦比興在詩篇闡釋中的具體運用。第三,對《詩集傳》賦比興標注原則的研究是對朱熹《詩經》闡釋内在理路的梳理,這種梳理不僅可以得出宋儒賦予"賦比興"意義與漢儒的差異,同時還可以得出以《詩集傳》爲代表的宋代《詩經》學文學化發展脉絡的興起。

第四節　詮釋與反思:朴世堂《詩思辨録》研究

儒家經典詮釋是古代東亞文學思想史上的重要内容,以朝鮮儒者朴世堂《詩思辨録》爲個案,可以從實證與理論兩個方面研究朝鮮時代《詩經》詮釋的特質。《詩思辨録》是古代朝鮮半島第一部系統詮釋《詩經》的著作,該著破除朝鮮時代以朱熹《詩集傳》爲中心的《詩經》接受史論,呈現出《詩經》詮釋與歷史、政治、學術思潮之間的關係。《詩思辨録》的特殊意義:其一,詮釋者以學術的方式對歷史現實困境的反思,體現了《詩經》詮釋的歷史性特徵。其二,詮釋者通過文本回歸與章句字詞的訓詁考證來反對性理學之空疏學風,呈現出《詩經》詮釋的實踐性特徵。其三,詮釋者以《詩經》詮釋的方式參與人倫日用與理想政治模式的構建,呈現出《詩經》詮釋的政治性特徵。

①劉毓慶《〈詩〉學之"興"的還原與背離》,《文學評論》,2008年第4期。

一、引言

朴世堂(1629—1703),字季肯,潘南人,少號潛叟,晚年退居東門之外水落山西谷中,遂又號西溪樵叟。朴世堂少問學於姑父鄭思武①,他在少年時期對經典的解釋旨趣亦表現出不同凡俗的識見②。顯宗元年(1660),朴世堂"秋魁生員初試,舉會試二等第一名"③,十一月例受成均館典籍。朴世堂的仕宦生涯主要集中在顯宗元年(1660)至顯宗八年(1667)這一時間段,自顯宗九年(1668)歸隱於揚州水落山石泉洞,後對王室的官職任命偶有出任,但大多皆不赴,呈現出入仕與出仕交融的人生形態。朴氏將人生的大多數時間和精力投注到學問的養成與經典詮釋之中。其著作《四書思辨録》《南華經注解删補》《尚書思辨録》《詩思辨録》,都是他關於儒家與道家經典的詮釋之作。這些著作謂之"思辨録","蓋取慎思明辨之義也"④。朴氏在其經典詮釋中灌注了他對朝鮮性理學經典闡釋體系的反思,呈現出反理學的詮釋傾向,并賦予經典詮釋參與國家政治、思想變革的重任,具有濃郁的經世意識。《詩思辨録》是朝鮮王朝主流性理學思想意識形態轉折時期的《詩經》學詮釋著

---

①按:李坦《(西溪先生)年譜》記載云:"壬午,崇禎十五年,仁祖大王二十年,先生十四歲。先生十三四歲之際,就學于姑夫鄭教官思武。先生挽人詩云:'服事鄭先生,十數同門子。'"李坦《(西溪先生)年譜》,朴世堂《西溪先生集》卷二十二附録,《韓國文集叢刊》第134册,景仁文化社1996年版,第435頁。

②李坦《(西溪先生)年譜》云:"先生童年初學,未及淹博諸書,文理未甚融貫,而發解義趣,時能透得他人見不到處。長老驚異,以爲兒時見識超詣如此,他日成就未可量也。"李坦《(西溪先生)年譜》,《韓國文集叢刊》第134册,第435頁。

③朴世堂《西溪先生集》卷二十二附録,《韓國文集叢刊》第134册,第437頁。

④崔錫恒《(西溪先生)諡狀》,《西溪集》卷二十一,《韓國文集叢刊》第134册,第431頁。

作，該書透露出朴世堂與主流《詩經》詮釋方法相異的詮釋理念，呈現出朴氏以經典詮釋作爲媒介參與王朝社會思想意識形態變革的理想，彰顯出經典詮釋寓開來於繼往的當代價值意義。經典詮釋成爲儒者文化生命延續的"生命的學問"，綻放出百折不回、生死以之的儒家人文精神特質[①]。

壬辰倭亂給朝鮮王朝帶來了巨大的災難，朝鮮知識人用文字的方式記録下他們對於這場戰爭的觀察、感受、評判與反思，有以《宣祖實録》爲代表的歷史記載，有以文學創作的方式所撰寫的關於"倭亂"題材的歷史小説[②]。此外還有以學術的方式表達對戰爭的反省，從學術的層面思考如何拯救現實世界。

朴世堂《詩思辨録》是此一時期政治困境下的學術反思著作。朴世堂所生活的17世紀之朝鮮王朝的統治思想是性理學，并呈現出"教條"的性質。性理學給朝鮮社會帶來了外族侵略、生民塗炭、社會政治秩序混亂的現實危機[③]。作爲朝鮮反對性理學并開啓實學思潮代表人物的朴世堂[④]，其從思想理念的層面認識到性理學在面對現實問題上的缺陷，并從思想層面上對造成朝鮮思想意識形態内向發展而無法應對現實困境的性理學進行批判[⑤]。他通過回歸儒學原典，重新詮釋《詩經》，"與當時教條的接受性理學思想的

① 黄俊傑《中國孟學詮釋史論》，社會科學文獻出版社2004年版，第422頁。
② 朝鮮人將對戰爭的感受、記憶、想象、評判熔鑄在漢文小説的創造中，并通過倭亂小説來承載朝鮮人的歷史評判、反省精神與民族精神。參看孫遜《朝鮮"倭亂"小説的歷史蘊含與當代價值——以漢文小説爲考察中心》，《文學評論》，2015年第6期。萬晴川《中朝日三國明清小説戲曲中的"壬辰倭亂"》，《文學遺産》，2017年第2期。
③ [韓]尹絲淳著，邢麗菊、唐艷譯《韓國儒學史——韓國儒學的特殊性》，第226—227頁。
④ 韓國哲學會编《韓國哲學史》，社會科學文獻出版社1996年版，第90頁。
⑤ [韓]金興圭《西溪朴世堂의詩經論》，《韓國學報》，1980年第3期。

大多數學者不同，以自主的態度勇敢地提出'脱性理學的儒學説'"①。通過經典的再度詮釋消解性理學獨尊的學術構型，以期達到動摇朝鮮半島政治思想界性理學的獨尊地位。朴世堂的《詩經》詮釋與其所處的歷史時空與學術思想場域有密切的關係，現實的困境刺激他在"言言而皆是者，朱子也。事事而皆當者，朱子也"②的思想牢籠中大膽否定并補正朱子之説，而又在年邁之時甘願爲之承受"斯文亂賊"之誣，呈現出朝鮮半島《詩經》詮釋具有濃郁的歷史性特徵。

二、《詩經》詮釋的實踐性：反性理學《詩經》詮釋模式的生成

以朱熹《詩集傳》爲中心的《詩經》詮釋模式是朝鮮時代性理學爲主導的政治思想在學術研究上的具體呈現，同時也凸顯了此一時期較爲單一的學術構型與僵化的思維模式。朴世堂《詩思辨録》與朝鮮《詩經》性理化詮釋不同，其《詩經》詮釋呈現出實踐性的品格，主要表現在兩個方面：一是由對《詩集傳》趨於認知活動的接受詮釋轉向對《詩經》文本體驗的實踐詮釋。二是由性理詮釋轉向對章句字詞的實證詮釋。

（一）由《詩集傳》之接受詮釋轉向《詩經》文本的實踐詮釋

朝鮮時代主流《詩經》學以接受與再度詮釋《詩集傳》爲主要特徵，朴世堂突破了《詩集傳》在朝鮮時代《詩經》學史上的中心地位，恢復以《詩經》原典研究的主體地位，具體運用"以今人之意逆古人

---

①［韓］尹絲淳著，邢麗菊、唐艷譯《韓國儒學史——韓國儒學的特殊性》，第227頁。

②宋時烈《宋子大全·語録四》卷十七，斯文學會1971年版。

之志”[1]的詮釋方法來體驗《詩經》文本所涉之具體場景，呈現出詮釋的實踐性特徵。

如《魏風・伐檀》，《詩序》云：“刺貪也。在位貪鄙，無功而受禄，君子不得進仕爾。”[2]《詩集傳》云：“詩人言有人于此，用力伐檀，將以爲車而行陸也。今乃寘之河干，則河水清漣而無所用，雖欲自食其力而不可得矣。然其志則自以爲不耕則不可以得禾，不獵則不可以得獸，是以甘心窮餓而不悔也。詩人述其事而歎之，以爲是真能不空食者。後世若徐穉之流，非其力不食，其厲志蓋如此。”[3]朴世堂不贊同《詩序》與《詩集傳》的解釋，其云：

> 此詩之指，蓋傷君子之不遇時，而又美其能修身蓄德，不以其不見用而或自沮也……此詩舊説屈曲，取義亦自能通，但未必其真得詩人之指，且可存之以備一義。至《今傳》則專以自食其力爲義，雖無屈曲之病，其失詩意則反有甚於舊。蓋此詩本爲比體，而今傳以爲賦者，由其失於此故也。然所不審者，伐檀而寘河幹，將以爲其人實有此事耶。以爲實有，則有車不知行于陸乃寘之河側，而患不能得其用。雖天下之愚人，苟非守株刻舟之惑，則必不至於是。如其不然，又何以謂之賦也？[4]

朴世堂對《詩序》與《詩集傳》的解釋持不同的態度，他認爲《詩序》屈曲，但取義亦自能通，雖未必得詩人之旨意，但可存之以備一義。他批評《詩集傳》“專以自食其力爲義，雖無屈曲之病，其失詩意則反有甚於舊”。朴世堂進入《詩經》文本的體驗場域，認爲《伐檀》詩傷懷君子不遇於時，贊美君子修身蓄德不因無用而獨自沮喪的堅

---

[1] 張伯偉《中國古代文學批評方法研究》，中華書局 2002 年版，第 80 頁。
[2] 孔穎達《毛詩正義》，第 369 頁。
[3] 朱熹《詩集傳》，第 66 頁。
[4] 朴世堂《詩思辨録》，《韓國經學資料集成》第 72 册，第 254—255 頁。

韌品格。朴世堂從"坎坎伐檀兮"中體會出君子爲善修行的不倦努力;從"寘之河干兮,河水清漣猗"中感受到君子懷才而不遇的無奈;從"不稼不狩,胡取胡瞻"中感受到君子勤修天爵而獲得人爵的執着追求。在朴世堂的《詩經》詮釋中,《詩》不是與其生命互不相干的客觀存在,他以個人不遇的生活體驗與在野的生命感受融入到《詩經》的詮釋中,感受君子遭無道之世而不變其志節的堅守,同時也是他自身心路歷程與精神體驗的深情傳達。朴世堂對詩篇中君子人格的贊揚,亦是他企慕并體驗君子人格的實踐過程,其《詩經》詮釋具有實踐性的特徵。

再如《小雅·采薇》,《詩序》解釋云:"遣戍役也。文王之時,西有昆夷之患,北有玁狁之難。以天子之命,命將率遣戍役,以守衛中國。"①《詩集傳》因循《詩序》的釋義云:

> 此遣戍役之詩。以其出戍之時采薇以食,而念歸期之遠也,故爲其自言,而以采薇起興曰:采薇采薇,則薇亦作止矣。曰歸曰歸,則歲亦莫止矣。然凡此所以使我舍其室家而不暇啓居者,非上之人固爲是以苦我也,直以玁狁侵陵之故,有所不得已而然耳。蓋敘其勤苦悲傷之情,而又風以義也。②

《詩集傳》所謂"此遣戍役之詩"是因循《詩序》而來的,是從編《詩》與用《詩》上來考慮詩旨的。朝鮮性理學《詩經》研究者對《采薇》詩解釋大多是圍繞《詩集傳》而言的,如金鍾正云:"朱子曰:'文武以《天保》以上治内,《采薇》以下治外,始於憂勤,終於逸樂。'這四句即《小序》説,盡説得好。"③再如金龜柱云:"'我戍未定,靡使歸聘',蓋謂我之戍期未滿,既無由得歸,而其前又無人可使歸問安否也?《傳》(《詩集傳》)意恐亦如此。《小注》慶源輔氏以爲'我行猶未至

①孔穎達《毛詩正義》,第587—588頁。
②朱熹《詩集傳》,第105頁。
③金鍾正《詩傳劄録》,《韓國經學資料集成》第71册,第716頁。

成所'云云，有欠事情。"[1]可見二家均是對《詩集傳》的接受與再度詮釋。朴世堂回歸詩篇原文，從對《詩集傳》釋義的知識接受活動轉向對文本深層意蘊的體驗，是一種詮釋的實踐活動。如《采薇》詩，朴世堂云：

> 愚謂此詩實戍役之人所自作，以述其情。而其作之時，則在於歸而在道。故先叙其方戍而采薇，從薇始生而至於老，則見征役之不以時得歸，而傷節候之漸改也。卒章又總叙始行之時，今歸之日所見所遇時物之不同，所以抒其勞苦悲傷之思也……今舊説皆以此詩爲遣戍之作。詩中固不見其有慰勞送行之意，則何以遽斷之爲如此也。[2]

朴世堂解釋此詩是"戍役之人所自作，以述其情"之詩，他的解釋與《詩序》《詩集傳》相異。朴世堂以詩篇文本爲依據，即其所謂"以詩中所言而論之"的解釋方法，回到《采薇》詩的文本，以詩中所云"靡室靡家，玁狁之故。不遑啓居，玁狁之故"，"我戍未定，靡使歸聘"，"憂心孔疚，我行不來"，"豈敢定居，一月三捷"，"昔我往矣，楊柳依依，今我來思，雨雪霏霏"爲依據，進入詩人所描述的文本場景之中，判定此詩非親歷戰爭之曠日持久與殘酷無情者不能言之，遂得出是戍役之人所自作，非《詩序》《詩集傳》所謂遣戍役之詩。朴世堂深入詩篇章句，溯回并體驗詩人的創作場景，以己意逆詩人之意，指出該詩創作的場景是戍役之人在歸途中所賦，征人以野生的薇菜作爲時令漸變的象徵，先叙戍役之始而薇菜始生，在薇菜始生而柔而剛的時間的流逝中，戍役之人一面飽受戰爭中的飢寒交迫、輾轉遷徙、戒備緊張，於詩則曰"憂心烈烈，載飢載渴""王室靡盬，不遑起處""豈敢定居，一月三捷""豈不日戒，玁狁孔棘"；一面則是對於歸的無限渴慕與嚮往。末章一曲"昔我往矣，楊柳依依。今我

---

①金龜柱《詩傳劄録》，《韓國經學資料集成》第 74 册，第 77 頁。

②朴世堂《詩思辨録》，《韓國經學資料集成》第 72 册，第 372—381 頁。

來思,雨雪霏霏。行道遲遲,載渴載飢。我心傷悲,莫知我哀”,以始發之日的楊柳依依與回歸之時的雨雪霏霏相對比,透視出征人無比勞苦悲傷與無奈的心境。朴世堂以詩篇文本與以意逆志的方法相結合來解釋詩篇,他得出的解釋是合理的,并與中國當代《詩經》研究者遥相呼應,如程俊英先生將此詩解釋爲:“是一位守邊兵士在歸途中賦的詩。”①可見朴世堂的《詩經》詮釋不是對《詩集傳》的接受詮釋,而是以文本爲中心的一種精神體驗,詮釋者通過以意逆志的方法進入文本,繼而進入詩人的情感體驗之中,這是一種體驗式的《詩經》實踐詮釋②。

(二)由性理詮釋轉向章句字詞的實證詮釋

朱熹《詩集傳》吸收以《毛傳》《鄭箋》《毛詩正義》爲代表的漢唐訓詁成就,却又不爲漢唐《詩經》學的研究範式所限,其在方法上區别於《詩經》漢學的最大的地方即是以理注詩,通過對詩篇文本的釋讀達到發掘詩文中所藴涵的天理,“前漢今文説,專明大義微言;後漢雜古文,多詳章句訓詁。章句訓詁不能盡饜學者之心,於是宋儒起而言義理”③。《詩集傳》則是區别於漢唐儒者經學詮釋的典範之作,以《詩經》涵詠爲方法,由漢唐學術之訓詁考證進入義理研究的思想史的場域。如《關雎》篇末,《詩集傳》云“然學者姑即其詞而玩其理以養心焉,則亦可以得學詩之本矣”④。“即其詞而玩其理以養心焉”,是通過玩味詩篇文詞以體悟其中所包藴的天理,這是朱熹《詩經》詮釋的根本方法與終極目標的凝練表述。

朝鮮性理學者以接受并詮釋《詩集傳》來建立《詩經》性理學思

①程俊英《詩經譯注》,上海古籍出版社 2004 年版,第 258 頁。

②按:朴世堂根據樂官歌《采薇》詩,詮釋出該詩具有强烈的現實意義,一是使上之人得乎臣下之情,二是使下之人見上人之關懷而愈思感奮。其對於《采薇》詩的詮釋,呈現出詩篇對於現實社會的實踐意義。

③皮錫瑞《經學歷史》,中華書局 1982 年版,第 90 頁。

④朱熹《詩集傳》,第 2 頁。

想體系。“十七世紀以後，東亞世界却興起了綿延不斷一波又一波的批判朱子學的聲浪。朱子苦心孤詣所建構以‘理’作爲基礎的形上學世界，遭受到來自清代中國、德川時代日本以及朝鮮朝等東亞儒者無情的攻擊與批判。”[①]朴世堂是早期反對朝鮮性理學體系的學者，他通過章句字詞的訓詁考證來反對朝鮮《詩經》研究的義理化傾向，并賦予朝鮮《詩經》詮釋以實證的品格。

如《鄭風·緇衣》，《詩集傳》解釋云：“舊説鄭桓公武公相繼爲周司徒，善於其職，周人愛之，故作是詩。言子之服緇衣也甚宜，敝則我將爲子更爲之。且將適子之館，既還而又授子以粲，言好之無已也。”[②]朱熹又於篇末補充云：“《記》曰：‘好賢如《緇衣》。’又曰：‘於《緇衣》見好賢之至。’”[③]作爲朝鮮性理學代表的權近在其《詩淺見録》中對於《緇衣》詩的闡釋就是以《詩集傳》爲中心的義理詮釋，其云：

> 《衛》之《淇澳》，《鄭》之《緇衣》，皆美其君爲王卿士善於其職之詩也……《緇衣》三章，但言其服之稱而愛好之意而已。《記》以緇衣爲好賢之至，何也？《淇澳》能言在彼之德，《緇衣》能盡在我之誠，此《緇衣》所以爲至也。至以他詩考之，人相贈遺以結殷勤之意者，小則雜佩瓊琚。大則幣帛車馬，若夫衣食，則家人父子夫婦至親者之所事也。今曰“適子之館”，則非其家人之親者也，以非家人之親者，而謂衣之敝則我將爲子而更爲之，“適子之館”以待子，“自公而還”則我將授子以粲矣，是其親愛無已之誠。若同家人父子之出於其天者然。非但雜佩幣帛贈遺之交而已，又况與之不以其義，則私惠不歸德，君

① 黄俊傑《德川時代日本儒家經典詮釋傳統的特質——兼論“實學”的日本脉絡》，《日語學習與研究》，2007 年第 5 期。

② 朱熹《詩集傳》，第 47 頁。

③ 朱熹《詩集傳》，第 48 頁。

> 子不自留矣。今曰緇衣之宜，則見其德之稱而非私惠也，合於義而盡其誠，豈非好賢之至乎！①

權近對《緇衣》的理解以《詩集傳》爲基礎。《詩集傳》篇末所附《禮記》"好賢之至"是權近羽翼延伸《詩集傳》的重要命題。他認爲《詩集傳》所引《禮記》之語具有深意，并提出《緇衣》詩篇所呈現的君臣之"誠"是《禮記》解釋此詩爲"好賢之至"的關鍵。權近用朱子學"誠"的概念來探究君臣理想的上下關係，即是對"若同家人父子之出於其天者然"的自然和諧之相處模式的期待。權近將宋學"誠"的理念與"公義""道德""私惠"等命題相綰合，得出"緇衣之宜兮"是"合於義而盡其誠"的詩意表達，是君臣關係之最高境界的呈現。可見權近圍繞《詩集傳》所做的《詩經》詮釋側重於人的内面心性的討論。

朴世堂的《詩經》詮釋與權近等作爲主流的朱子《詩經》學詮釋存在本質的差異。《緇衣》詩，《詩思辨録》云：

> 《序》："美武公也。父子并爲周司徒，善於其職，國人宜之，故美其德。"鄭云："父，謂桓公。"孔云："此與《淇澳》（國人）美君有德，能仕王朝，是其一國之事，故爲風。蘇公之刺暴公，吉甫之美申伯，同僚之相刺美，乃所以刺美時王，故爲雅。作者主意有異，故所繫不同。"《毛傳》："緇衣，卿士聽朝之正服。"鄭云："緇衣，居私朝之服也……愚謂舊説皆以此詩爲鄭國之人美武公之作。而改衣授粲，《毛》《鄭》異義，《鄭》説似於長。至《今傳》則乃以此爲周人之作，而猶稱其出於舊説，恐不可也。改衣授粲以爲是周人之意者，合於好賢如緇衣之指。較鄭説又勝，然其曰"適"曰"還"不以爲武公之事，而以爲作詩者之事，又不知視舊説果孰得也。②

① 權近《詩淺見録》，《韓國經學資料集成》第71册，第21—22頁。
② 朴世堂《詩思辨録》，《韓國經學資料集成》第72册，第214—217頁。

朴世堂大量徵引《毛傳》《鄭箋》與《毛詩正義》的訓詁成果，并對諸家之意進行比較。《緇衣》詩中關於“緇衣”的屬性與製作者爲誰，因爲《毛傳》與《鄭箋》的差異性注釋，成爲《詩經》學史上論争較多的論題。《毛傳》認爲“緇衣”是卿士聽朝之正服，“緇衣”是王者授予諸侯之服。《鄭箋》認爲“緇衣”是居私朝之服也，是國人爲諸侯所製之衣。朴世堂指出《毛傳》與《鄭箋》兩家對《緇衣》詩之“改衣授粲”的理解存在差異，并詳細列舉兩家對於緇衣的訓詁，以及孔穎達《毛詩正義》對毛鄭二家詩説的評判，并得出《鄭箋》的訓詁較之《毛傳》爲勝的結論，此是以訓詁的方法探究詩旨。朴世堂《詩思辨録》大量引用漢唐及宋代《詩》學訓詁成果，通過《詩經》章句字詞的訓詁來探究詩旨，呈現出《詩經》詮釋由性理闡發轉向章句字詞的考證詮釋。

再如《邶風・擊鼓》，《詩序》云：“怨州吁也。衛州吁用兵暴亂，使公孫文仲將而平陳與宋，國人怨其勇而無禮也。”①《詩集傳》録《詩序》釋義云：“舊説以此爲春秋隱公四年，州吁自立之時，宋衛陳蔡伐鄭之事，恐或然也。”②朝鮮性理學者朴文鎬解釋《詩集傳》云：

> 《序》蓋據詩文“平陳與宋”而引此爲説，“恐或然也”，然《傳》(《左傳》)記魯衆仲之言曰：“州吁，阻兵而安忍，阻兵無衆，安忍無親，衆叛親離，難以濟矣。兵猶火也，弗戢，將自焚也。夫州吁弑其君而虐用其民，於是乎不務令德，而欲以亂成，必不免矣(朴文鎬按：言必死亡)。”按州吁簒弑之賊，此《序》但譏其勇而無禮，固爲淺陋，而衆仲之言亦止於此。蓋君臣之義不明於天下久矣，《春秋》其得不作乎。③

朴文鎬解釋《詩集傳》以“恐或然也”評價《詩序》的緣由，《詩序》對

①孔穎達《毛詩正義》，第128頁。
②朱熹《詩集傳》，第18頁。
③朴文鎬《詩集傳詳説》，《韓國經學資料集成》第85册，第400—401頁。

於州吁的批評只在於其"勇而無禮"的層面,并未涉及其弑君簒逆之罪,有淺陋之弊,故《詩集傳》以"恐或然也"評價之。朴文鎬在《詩集傳》的基礎上,作出由州吁之亂而延伸到君臣之禮義的解釋。朴文鎬對《擊鼓》詩作了義理層面的闡發。

朴世堂對於《擊鼓》詩的詮釋與朝鮮性理學者義理化詮釋不同,他根據詩篇字詞釋義的考證來詮釋詩篇,認爲這是一首從軍之士訣别家人之詩,與君臣之義無涉。詩之第四章"死生契闊,與子成説。執子之手,與子偕老"是全詩當中最動人的地方,寫盡征人對於室家的繾綣留戀與百般叮囑之貌。朴世堂根據"死生契闊"之"契闊"的訓詁來詮釋詩篇,其云:

> 《毛傳》:"契闊,勤苦也。"《鄭》云:"相與處勤苦之中。"《今傳》:"契闊,隔遠之意。恐皆失之。契闊,猶曰離合。契者,契合;闊者,離闊。謂於平日與其室家嘗成誓言。期以死生離合,不相背棄也。若云死生隔遠,亦不成語耳。"①

朴世堂首先列出《毛傳》《詩集傳》關於"契闊"的解釋,他認爲《毛傳》以"勤苦"與《詩集傳》以"隔遠"來解釋"契闊"均與詩句不相符合,他以"契者,契合;闊者,離闊"來解釋"契闊"。回歸詩篇章句,朴世堂的解釋有其合理性。詩第一章言"擊鼓其鏜,踴躍用兵。土國城漕,我獨南行",第二章言"從孫子仲,平陳與宋。不我以歸,憂心有忡",交代了從軍的背景與緣故,姜炳璋云:"前二章與家人訣别而叙其故也。"②"土國城漕"是在本國修築道路與城墻,而下句"我獨南行"的征人却是要離開故國,向南面而征伐鄭國③,一個"獨"字顯示出征人煢煢孑立的凄苦之姿。詩第三章,嚴粲《詩緝》云:"士卒將行,知其必敗,與其室家訣别曰:汝在家居處矣,我必死

---

①朴世堂《詩思辨録》,《韓國經學資料集成》第72册,第118頁。

②姜炳璋《詩序補義》卷三,文淵閣《四庫全書》本。

③楊伯峻《春秋左傳注》,第36頁。

於是行,而喪其馬矣。身死則馬非我所有,唐人詩所謂'去時鞍馬別人騎'也。汝若求我,其於林下乎。言死于林下也。"[①]如此不歸背景之下的征人道出"死生契闊,與子成説。執子之手,與子偕老"之言,這既是辭别室家,也是與室家"死生離合,不相背棄"的永久眷戀。可見,朴世堂以"契合""離闊"之離合的人生際遇來解釋"契闊"是符合詩旨的。在生離死别之際,"執子之手,與子偕老",既顯示出征人於死生之際無法把握人生命運的深深悲歎,又顯示出征人對於生的無限依戀。朴世堂對於"契闊"的解釋較之《毛傳》與《詩集傳》更符合詩意。朴世堂對於"契闊"的解釋與中國儒者的解釋遥相契合,如宋儒孫奕《履齋示兒編》"死生契闊"條云:

> "死生契闊,與子成説","契",舊音挈,非。當作"契合"之"契",説如字。契,合也。闊,離也。謂死生離合,與汝成誓言矣。[②]

明儒何楷《詩經世本古義》云:

> "契",《説文》云:"大約也,合以爲信。"故其義爲合也。"闊",《説文》云:"疏也。"猶言離也。死生契闊,蓋言夫婦之情,死生以之,雖時之所遇,有合有離,而終於不相忘棄,此是約誓渾成語……蓋欲其有合無離,而白首同歸也。[③]

清儒黄生《字詁義府合按》云:

> "契闊",今人謂久别曰契闊。本詩"死生契闊"之語。按《詩》意,"死生"與"契闊"并對言。契,合也;闊,離也。"死生契闊,與子成説。執子之手,與子偕老。"言有生必有死,有契必有闊,此人事之不可保者,然我與子必誓相偕老。此初時執

---

①嚴粲《詩輯》卷三,文淵閣《四庫全書》本。
②孫奕《履齋示兒編》卷三,文淵閣《四庫全書》本。
③何楷《詩經世本古義》卷二十,文淵閣《四庫全書》本。

子之手而言，既有成説矣，詎意今之不然也……今人通以契闊爲隔遠之意，又讀契爲挈，皆承《詩注》之誤。[①]

現代《詩經》譯注本，如程俊英先生的《詩經譯注》亦訓釋“契闊”爲“合離”，其云：“契，合。闊，離。”[②]朴世堂從訓詁考證的角度來詮釋詩篇，從而更準確地詮釋出詩旨。

朴世堂《詩思辨録》是朝鮮實學派反對性理學《詩經》研究的先聲，并形成了反性理學《詩經》詮釋的基本模式，具體體現在由《詩集傳》回歸《詩經》文本，呈現出由《詩集傳》的接受詮釋轉向詩篇文本的體驗式實踐詮釋，還呈現出由朝鮮主流《詩經》義理詮釋轉向詩文本訓詁的實證詮釋，呈現出《詩經》詮釋的實踐性特徵。

三、《詩經》詮釋的政治性：《詩經》詮釋與經世意識

詮釋者通過經典詮釋來宣佈新知，同時亦期待書籍在閲讀與傳播中來改變人們的思維方式、學術觀念，進而改變國家的政治、歷史與命運。處於朝鮮社會變革期的朴世堂雖長期隱逸於山林，但是却以經典詮釋的方式參與王朝思想意識形態的重建。朴世堂通過對《詩經》的詮釋，旨在反思王朝當下思想意識形態，并建構理想之社會形態，發掘出《詩經》中所内藴的現實質素，關注人倫日用與現實政治。《詩思辨録》具有濃郁的經世意識，呈現出《詩經》詮釋的政治性特徵。

（一）《詩經》詮釋與人倫日用

朴世堂《詩思辨録》斂輯以《詩序》《毛傳》《鄭箋》《毛詩注疏》爲代表的漢唐《詩經》學成果，并將這些釋義與《詩集傳》相比較，同時以《詩經》文本作爲取捨諸家釋義的依據。《詩思辨録》既反對《詩

---

①黄生《義府》卷上，文淵閣《四庫全書》本。

②程俊英《詩經譯注》，第 46 頁。

序》爲代表的《詩經》漢學對於歷史政治的過度穿鑿附會，又反對《詩集傳》爲代表的《詩經》宋學空疏不實之弊。朴世堂回歸《詩經》原典，挖掘出《詩經》中所包蘊的儒學原初之實用精神，并從日常淺近處詮釋《詩經》與當下人生的關係，充滿了對於現世人倫日用的深切關照，開啓了一種更爲貼切日用人生的《詩經》詮釋的思想世界。

韓國當代研究者亦關注到朴世堂的經典詮釋具有回歸儒學原典實用精神的詮釋傾向，如尹絲淳指出："他（朴世堂）主張須及早排除性理學沉溺於無用無效、高遠深奥之學理的作風，恢復原初儒學的精神，以'日常而淺近的實際'爲研究對象。朴世堂曾基於追求日常而實際的觀點，全面批判并修訂了四書、毛詩、尚書等的程朱注解。這就是被當時性理學者評爲'斯文亂賊'的《思辨録》。他在斯文亂賊的强烈譴責中，不懼殺身之禍，爲建立'脱性理學'，向性理學挑戰，展開了積極的活動。"[①]體現在《詩經》詮釋上，則是反對《詩經》詮釋之過度義理化與神聖化，力求詮釋出《詩經》中所蘊涵的"日常"而"淺近"的觀點，并運用這些觀點來觀照人倫日用與日常人生。

如《小雅・天保》，《詩序》《毛傳》《鄭箋》《詩集傳》大都從天賜福禄於臣民的角度加以解釋。《詩集傳》云："人君以《鹿鳴》以下五詩燕其臣，臣受賜者歌此詩以答其君。言天之安定我君，使之獲福如此也。"[②]該詩第二章云："天保定爾，俾爾戩穀。罄無不宜，受天百禄。降爾遐福，維日不足。"此章，《毛傳》云："戩，福。穀，禄。罄，盡也。"《鄭箋》云："天使女所福禄之人，謂群臣也。其舉事盡得其宜，受天之多禄。遐，遠也。天又下予女以廣遠之福，使天下溥蒙之，汲汲然如日且不足也。"[③]朴世堂在《詩思辨録》中詳細摘録

①[韓]尹絲淳《實學意蘊及其嬗變》，《當代韓國》，1997年第1期。
②朱熹《詩集傳》，第104頁。
③孔穎達《毛詩正義》，第584頁。

《毛傳》與《鄭箋》的解釋,其云:

> 《毛》云:"戩,福。穀,禄。"《鄭》云:"其舉事盡得其宜,受天之多福……天又下予女以廣遠之福,使天下溥蒙,日且不足也。"愚謂:遐者,永遠之謂也,猶云無疆。舊説以此章爲言臣民受天禄,其言甚舛。[①]

朴世堂不贊同《毛傳》《鄭箋》對於此章超越現世社會的闡釋傾向,反對《毛傳》《鄭箋》將此章解釋爲"天"與"人"的關係,即臣民受天之禄,蒙天降爾以福,"言天人之際,交相與也"[②]。他認爲"受天之禄"非爲臣民受天之禄,而是受君之禄。朴世堂的詮釋將《毛傳》所代表的天人關係轉向君臣關係。再如此詩第五章云:"神之吊矣,詒爾多福。民之質矣,日用飲食,群黎百姓,徧爲爾德。"朴世堂摘録《毛傳》《鄭箋》釋義,并加以評價云:

> 《毛》云:"質,成也……百姓,百官族姓也。"《鄭》云:"神至者,宗廟致敬,鬼神著矣,此之謂也……成,平也。民事平,飲食相燕樂而已……黎,衆也,徧爲女之德,言則而象之。"愚謂:民俗質厚,安居無事,飲食而已。徧爲爾德,言民皆以是爲君德之所及也。今舊諸説恐非本指。[③]

《詩集傳》解釋《天保》詩第五章云:"吊,至也。神之至矣,猶言'祖考來格'也。詒,遺。質,實也。言其質實無僞,日用飲食而已。群,衆也,黎,黑也。猶秦言黔首也。百姓,庶民也。爲爾德者,言則而象之,猶助爾而爲德也。"[④]《毛傳》《鄭箋》《詩集傳》均將此章之"徧爲爾德"解釋爲蒙受上天之德。朴世堂認爲"今舊諸説恐非本

①朴世堂《詩思辨録》,《韓國經學資料集成》第 72 册,第 366 頁。
②朱熹《詩集傳》,第 104 頁。
③朴世堂《詩思辨録》,《韓國經學資料集成》第 72 册,第 368 頁。
④朱熹《詩集傳》,第 105 頁。

指”，他指出此章“徧爲爾德，言民皆以是爲君德之所及也”，强調的是“君德”而非具有神秘色彩的神性的上天之德。可見，朴世堂對於《天保》詩的詮釋，立足於現實世界中的君臣關係而言，他摒棄天賜福禄的超現實主義觀點，是由天德向君德的轉化，由神向人的轉化。朴世堂從詩篇文本中發掘出具有普世價值意義的君臣關係。雖然《詩》從遠古而來，但是由《詩》中所展現出來的人文精神則是一貫的。

(二)《詩經》詮釋與理想政治模式的建構

朴世堂一生隱逸多於仕宦，他將人生的大多數時間用來詮釋儒家和道家的經典，以經典詮釋來反對朱子學獨尊的學術與政治思想意識形態，通過經典詮釋來參與現實政治思想意識形態的鬥争。朴世堂在經典詮釋中寄寓了他對於國家政治的關懷，以及深切的“救世”願望，他通過思想界由性理學而經世致用之“實學”的轉變，進而渴求改變國力衰弱、民不聊生、賢人棄置的現實處境。

朴世堂的《詩經》詮釋通過賦古典以新義的方式參與王朝政治活動，如黄俊傑所云：“東亞儒家經典詮釋傳統的重大特徵之一，在於經典詮釋與政治權力之間，具有極端密切的互動關係。從經典解釋者的目的而言，他們希望經由賦古典以新義，而馴化王權，并完成濟世、經世、救世的目標。所以，經典解釋者常常從政治角度進入經典的思想世界……東亞儒家經典詮釋傳統之所以與政治權力以及權力結構的變動互有千絲萬縷的毛細孔般的滲透關係，最主要原因乃在於傳統東亞的思想家不僅致力於解釋世界，更有心於改變世界，東亞儒家經典尤其以經世爲其根本精神。”①朴世堂亦常常從政治的角度進入《詩經》的思想世界，構建君明臣賢、賢人治世的理想政治模式。

---

①黄俊傑《論東亞儒家經典詮釋與政治權力之關係》，《臺大歷史學報》，2007年總第40期。

《詩經》中常有寫男女思慕之情態的詩,《詩序》與《詩集傳》對於這類詩篇的解釋存在本質的差異。《詩序》常從政治教化與歷史的面向加以詮釋,《詩集傳》則大多以男女之私情加以詮釋。對於這類詩篇的詮釋,朴世堂大多贊同《詩序》從政治角度的詮釋并加以肯定與延伸。如《王風·丘中有麻》,《詩序》與《詩集傳》的解釋不同,《詩序》從思賢人的角度來詮釋詩篇,《詩集傳》從男女之私情來解釋。朴世堂於這類詩篇通常贊同《詩序》的政治詮釋,而反對《詩集傳》的"淫詩説"。《丘中有麻》,朴世堂録《詩序》《毛傳》《鄭箋》《詩集傳》釋義云:

> 《序》:"思賢也。莊王不明,賢人放逐,國人思之,而作是詩也。"《毛傳》:"留,大夫氏。施施,難進之貌。""來食",《毛》云:"(子國)復來,我乃得食。"《鄭》云:"庶其親已,已得厚待之。"愚謂:《今傳》以此詩爲婦人望其所與私者之作。蓋不用《序》説,與毛鄭異。然求之於義,婦人雖淫泆之甚,而無所忌憚,不應一詩之中期會指望者如是之廣。恐當從《序》爲長。但毛鄭以留爲氏,以子國爲子嗟之父。鄭又以彼留之子爲朋友之子義,皆迂。甚不足取也。孔氏間爲分解者,亦以覺其拘强故爾。而終不能正其失也。"丘",猶言山也。"留",猶言住也。"將",期望之意。"施施",委遲貌。此篇見賢人之隱遯者多,末章至曰彼留之子,則雖不言其名,而蓋不止上所稱二人而已。主昏國亂,賢人隱處,而其慕之之深,望之之切如此。則詩人憫世惜賢之意又可見矣。《今傳》又謂"之子"并指前二人,尤可疑。一婦人而其一時所望至二男子,此二男子者又共聚一樹之下,爲他婦人所留,果可謂有此事乎?[①]

①朴世堂《詩思辨録》,《韓國經學資料集成》第72册,第213—214頁。按:此詩之"留""將""施施",朴世堂的解釋與《毛傳》不同。朴世堂以"住"釋"留",以"期望之意"釋"將",以"威委遲貌"釋"施施"。

可見,《丘中有麻》詩,朴世堂贊同《詩序》思賢人的解釋,而否定《詩集傳》之婦人望其所私者之詩的解釋[1]。他從詩中所言之“彼留子嗟”“彼留子國”“彼留之子”,而得出“婦人雖淫泆之甚,而無所忌憚,不應一詩之中期會指望者如是之廣。恐當從《序》爲長”的判斷。朴世堂贊同《詩序》,其所謂“主昏國亂,賢人隱處,而其慕之之深,望之之切如此。則詩人憫世惜賢之意又可見矣”,意謂賢人雖隱遁山林之中,但内心充滿了參與朝政的渴慕與希望,又可見詩人哀閔世事憐惜賢人的心意。朴世堂將《丘中有麻》詮釋爲賢人被放逐的群體悲歎,他在“彼留子嗟,將其來施施”“彼留子國,將其來食”“彼留之子,貽我佩玖”中詮釋出在野之賢人對於現實政治的守望與期待,在“慕之之深,望之之切如此”的深情表述中,亦可見常處於隱逸之人生狀態的朴世堂在《詩經》詮釋中對當時朝鮮社會賢人在野的哀閔與歎息。朴世堂在《詩思辨録》中對賢人政治的反復詮釋,企圖建構君明臣賢,賢人出仕的理想世界。朴世堂詮釋并挖掘出《詩經》中所包蘊的一以貫之的現世精神,這種精神千百年來讓詩人與詮釋者在精神的世界惺惺相惜,互爲勉勵,即成就一個有所悲有所歎,有所信有所望的《詩》的世界。

《詩經》中有諸多敘寫男女渴慕之思之外在形貌的詩,《詩序》與《詩集傳》常從歷史與淫詩的角度加以詮釋。對於此類詩篇,朴世堂的詮釋區别於《詩序》與《詩集傳》,他從賢人政治的維度加以詮釋。如《鄭風・蘀兮》,朴世堂《詩思辨録》云:

> 《序》:“刺忽。君弱臣强,不倡而和。”《鄭》云:“君臣不相倡和。”“倡予和女”,《毛》以爲君倡臣和,《鄭》以爲群臣無其

---

[1]《詩序》云:“思賢也。莊王不明,賢人放逐,國人思之,而作是詩也。”孔穎達《毛詩正義》,第 270 頁。《詩集傳》云:“婦人望其所與私者而不來,故疑丘中有麻之處,復有與之私而留之者,今安得其施施然而來乎。”朱熹《詩集傳》,第 47 頁。

君，自相女倡我和。此詩之義，《序》説出於傅會，而毛鄭從而爲穿鑿之辭，詩意未嘗仿佛於其所謂也。然《今傳》易之以爲淫女之詞，則終又未有可證之端，但不至如舊説之傅會穿鑿耳。至其取興之義，則猶用前説也。愚謂：此詩有懼夫時過而事不及，欲早謀之之意。若非如《唐風》"今我不樂，日月其除"之指，則必是大夫憂國之危，而禍之將及，欲與諸大夫同心共力以早圖之也。[①]

《蘀兮》，《詩序》以鄭國忽與群臣的關係穿鑿其間，得出"刺忽也。君弱臣强，不倡而和也"[②]的詮釋。《詩集傳》認爲《詩序》無據，從男女之辭解釋爲"此淫女之詞，言蘀兮蘀兮，則風將吹女矣。叔兮伯兮，則蓋倡予，而予將和女矣"[③]。朴世堂一方面指出《詩序》《毛傳》《鄭箋》對於此詩的穿鑿附會，即其所言"詩意未嘗仿佛於其所謂也"；另一方面也指出《詩集傳》之"淫女之辭"於詩篇未有可證之端。朴世堂否定今舊説的詮釋，他根據詩篇文本之"蘀兮蘀兮，風其吹女""蘀兮蘀兮，風其漂女"，在秋風剪斷生意的悲凉中，他詮釋出詩篇中所藴涵的時間、生命與政治的意識，認爲此詩乃大夫感時傷世之詩，具有"懼夫時過而事不及，欲早謀之之意"，有如《唐風·蟋蟀》"今我不樂，日月其除。無已大康，職思其居。好樂無荒，良士瞿瞿"之意。大夫賢人在自然界的風物變化中感受到政治社會生活的變化，感傷國家即將處於危難之中，於是在"叔兮伯兮，倡予和女""叔兮伯兮，倡予要女"的聲聲呼唤中，希冀與國之諸大夫同心共力振興家國。朴世堂的詮釋與今舊説相異，其所謂"懼夫時過而事不及""憂國之危"與"禍之將及"未嘗不是他對於正處於風雨飄零中却仍然沉浸在空疏無爲性理學研究場域中的王朝歷史命運

①朴世堂《詩思辨録》，《韓國經學資料集成》第 72 册，第 224—225 頁。
②孔穎達《毛詩正義》，第 303 頁。
③朱熹《詩集傳》，第 52 頁。

的深切憂慮。朴世堂通過詩篇的詮釋建構君明臣賢的理想政治模式，其《詩經》詮釋具有政治性的特徵。

四、結語

古代東亞世界是從漢代開始逐漸形成的以漢字爲中心的漢文化圈，作爲漢文化圈重要組成部分的儒家經典在東亞地區的傳播、接受與詮釋，是構建東亞思想世界的重要内容。儒家經典詮釋是東亞文學史、思想史、政治史上的重要命題。《詩思辨録》的《詩經》詮釋特徵主要體現在以下三個方面：

第一，朝鮮時代《詩經》詮釋具有歷史性特徵。詮釋者將自己所處的時代背景與歷史際遇帶入經典的詮釋中。朴世堂將性理學所導致的民不聊生、國力衰敗的歷史境遇帶進《詩經》詮釋中，通過《詩經》文本的詮釋以反思并打破性理學獨尊所導致的思想束縛。朴世堂的《詩經》詮釋呈現了具體歷史時空對於詮釋的影響，體現出《詩經》詮釋的歷史性特徵。

第二，朝鮮時代《詩經》詮釋具有實踐性特徵。詮釋者在經典詮釋中，不僅是知識的接受者，同時還是知識的體驗者與實踐者。朴世堂在《詩經》詮釋中，將以往對《詩集傳》的知識接受詮釋轉化爲對於詩篇文本的體驗式實踐詮釋，將朝鮮儒者的性理學詮釋轉向訓詁的實證詮釋。

第三，朝鮮時代《詩經》詮釋具有政治性特徵。詮釋者將經典詮釋與現實人生、現實政治相融合，凸顯出經世致用的詮釋目的。朴世堂以在野的身份，通過《詩經》詮釋關注日用倫常之現實人生，并希冀構建理想之政治模式，呈現出知識對於王朝政治的張力關係。

第三章　十八世紀朝鮮《詩經》學

十八世紀的朝鮮半島是"儒學思想諸多流派出現并發展的思想史多元時代"①,朱子學作爲朝鮮時代的統治思想得到繼續保持與强調,但是遭受了來自歷史與現實政治的挑戰。如外族侵臨之壬辰倭亂、丙子胡亂,戰争給朝鮮王朝帶來了巨大的灾難,以義理闡發爲主的朱子哲學因疏離現實而無法應對現實困境,朱子哲學的局限性由此凸顯出來。這種社會局勢促成多元學術思潮興起,如實學思潮的誕生、韓國江華陽明學的興起、北學派的産生、西學擴散等。體現在《詩經》學史上,則是朱熹《詩集傳》影響下的《詩經》研究多樣化與複雜化形態的形成。本章以朝鮮實學大家李瀷之《詩經疾書》、朝鮮王朝正祖君臣之《詩經講義》、北學派代表成海應之《詩説》《詩類》、江華陽明學者申綽之《詩次故》爲主系統闡釋此一時段朝鮮半島豐富的《詩經》學樣態。

第一節　經典詮釋與經世致用:李瀷《詩經疾書》研究

一、引言

李瀷(1681—1763),字子新,號星湖,祖籍驪州。其家族是科

①[韓]琴章泰著、韓梅譯《韓國儒學思想史》,中國社會科學出版社 2011 年版,第 147 頁。

舉人才輩出的南人名門，曾祖父李尚毅是議政府左贊成，祖父李志安爲司憲府持平，父親李夏鎮曾任司憲府大司憲。肅宗六年(1680)，宗室福善君、福昌君、福平君勾結南人領袖許積之子許堅篡位事泄，南人盡罷，以宋時烈爲首的西人重新掌權，史稱“庚申大黜陟”。其父李夏鎮在“庚申大黜陟”中被削奪官職，流放至平安道雲山[①]。李瀷於第二年(1681)出生於父親的貶謫之地，翌年(1682)其父去世，李瀷隨母親權氏移居京畿道廣州瞻星里星湖莊。

李瀷“天資穎悟，挺拔絶人，稍長知學，不待課督，刻意自奮，群居講學，衆或在旁喧戲，而常默坐手卷，終日不撤”[②]。自幼跟隨仲兄李潛學習。肅宗三十一年，李瀷應試增廣文科，初試合格，但不符合録名的形式要求，以致不能復試。次年，仲兄李潛上書忤旨，慘遭杖殺之禍。李瀷在《答息山李先生》書中云：“瀷念昔年迫有立，未嘗知有此邊一事。只奔走於應俗求名，中罹禍難，隕穫失圖。便無意於舉業文字，則其勢將杜門跧伏，日與世齟齬，家有藏書數千，以時繙閲，爲消遣之資。”[③]遂決意於仕途，隱居草野，專研學問。李瀷所研習的書籍是其父於肅宗四年(康熙十七年，1678)作爲燕行使自清朝購買的數千卷藏書[④]。

李瀷學問的根本在性理學，在學統上屬於李滉(1501—1570)一脉的南人系統。李瀷常自言：“退翁(1501—1570)，吾師也。”[⑤]李

①李瀷《先考司憲府大司憲府君行狀》，《韓國文集叢刊》第200册，第152—153頁。

②尹東奎《星湖先生行狀》，《星湖先生全集附録》卷一《行狀》，《韓國文集叢刊》第200册，第187頁。

③李瀷《答息山李先生》，《星湖先生全集》卷九《書》，《韓國文集叢刊》第198册，第199頁。

④李瀷《先考司憲府大司憲府君行狀》載：“(戊午康熙十七年，1678)三月始辭朝赴燕……及將還，例有饋賜銀段，乃舉以買古書數千卷以歸。”《韓國文集叢刊》第200册，第152—153頁。

⑤蔡濟恭《星湖先生墓碣銘》，《星湖全集》，景仁文化社1999年版，第194頁。

瀷在性理學上的著作主要有收録李退溪言行的《李子粹語》，爲李滉四端七情論辯護的《四七新編》，并編撰了《李先生禮説類編》。李瀷在吸收與繼承李滉性理學説的基礎上，還接受了自中國而傳入的西學，研讀了西學書籍如《職方外紀》《天問略》《天主實義》等[①]。李瀷研究并吸收了西學中的天文、曆算、地理、醫藥。此外，李瀷還接受了朝鮮17世紀以李睟光、柳馨遠爲代表的實學思想的影響。在中西學術思想與本國學術思潮的影響下，李瀷創立了以經世致用爲本的星湖學派，培養了安鼎福、蔡濟恭、尹東奎、李秉休、權哲身等實學思想家，成爲朝鮮實學思想鼎盛期的重要代表[②]。

李瀷將其學問主張與思想新見熔鑄於著述當中，著有《星湖全集》《藿憂録》《星湖僿説》，涵括經史子集四部之學，涉及典章制度、天文曆法、地理、人事、軍事、農工、醫藥等諸領域，研究經世致用之術與經濟及時弊。李瀷還著有《諸經疾書》，如其侄李秉休《家狀》云："其於經學則志學之初。先讀《孟子》，是歲子正郎生，命名曰孟休，以志喜，因撰《孟子疾書》。次讀《大學》，次讀《小學》，次讀《論語》，次讀《中庸》，次讀《近思録》及《心經》，次讀《易》，次讀《書》，次讀《詩》，各撰《疾書》。而《易》與《詩》，晚年棄其前本而改撰。《家禮疾書》，隨閲輒録，積十數年而成。其曰《疾書》，取《横渠畫像贊》妙契疾書之義也。先生之學，不喜依樣，要以自得，經文注説之間，有疑必思，思而得之則疾書之，不得則後復思之，必得乃已。故《疾書》中概多前儒未發之旨。"[③]李瀷著有以《孟子疾書》爲首的《四書疾書》[④]、《家禮疾書》《近思録疾書》《心經疾書》《易經疾書》《尚書疾

①李元淳《星湖李瀷的西學世界》，《教會史研究》第1集，1973年版。
②邢麗菊《韓國儒學思想史》，人民出版社2015年版，第317頁。
③李秉休《家狀》，《星湖先生全集附録》卷一，《韓國文集叢刊》第200册，景仁文化社1999年版，第180頁。
④按：李瀷首先著《孟子疾書》，次著《大學疾書》《小學疾書》《論語疾書》《中庸疾書》。

書》,最後著《詩經疾書》。"疾書"者,蓋取朱熹《横渠畫像贊》之"妙契疾書"之意,李瀷曾自謙語學者曰:"妙契,則吾豈敢,疾其書之義,則吾竊有取焉。"[①]又李瀷序《孟子疾書》曰:"疾書者何?思起便書,蓋恐其旋忘也。不熟則忘,忘則思不復起,是以熟之爲貴,疾書其次也。亦所以待乎熟也。"[②]"疾書"乃快速記録當下的讀書心得,多爲先儒未發之旨。

韓國當代學者關於李瀷《詩經疾書》的研究有崔錫起的博士學位論文《星湖李瀷의詩經學》[③]。李瀷《詩經疾書》與同時代獨尊朱熹《詩集傳》的研究態勢相區別,他破除朱子學獨尊的觀念,但并不全盤否定朱子學説,試圖以文本爲依據,從關注現實的立場上來解釋《詩經》,呈現出三個方面的《詩》學特徵:一是被開拓的《詩》學世界,主要表現在以《詩》解《詩》與本經内證、以《孟》解《詩》與人性探索、以《春秋》解《詩》與懲戒功能、以禮解《詩》與禮樂規範、經學與文學的互動;二是學術與政治的糾葛,主要表現在考據、科技與實學傾向、鄭風新闡與理想政治模式的建構;三是儒家身份與倫理建構,主要表現在修身與個人倫理建構,父子、兄弟、夫婦與家庭倫理建構,安人與社會倫理建構。

二、被開拓的《詩》學世界

李瀷在《詩經疾書》中引用經、史、子、集四部之書五十餘種[④],融會貫通,包羅群言,而不囿於一家之言,開拓了朝鮮《詩經》研究

①尹東奎《星湖先生行狀》,《星湖全集附録》卷一,《韓國文集叢刊》第 200 册,第 189 頁。

②尹東奎《星湖先生行狀》,《星湖全集附録》卷一,《韓國文集叢刊》第 200 册,第 189 頁。

③[韓]崔錫起《星湖李瀷의詩經學》,成均館大學校,1993 年博士學位論文。

④李瀷著、白承錫校注《詩經疾書校注》,江蘇教育出版社 1999 年版,第 11 頁。

的方法。李瀷大量引用《詩經》内證闡釋詩旨,訓詁字詞,使《詩經》各篇成爲相互貫通又内在統一的詩篇文本。此外,李瀷還大量引用《孟子》,以《孟》解《詩》的具體運用促進《詩經》研究與朝鮮人性論的聯繫與相互印證;李瀷引用《春秋》,以《春秋》解《詩》,闡發出《詩經》與歷史、現實的關係,從而生發内藴在《詩經》中的强烈的懲戒精神;李瀷以《禮》解《詩》,以詩禮互證的方式促進朝鮮禮樂規範的建立。此外,李瀷還在《詩經》詮釋中時常關注《詩經》與後世文學創作的關係,詮釋出《詩經》所内藴的抒情傳統,呈現出經學與文學的互動。兹分述如下:

(一)以《詩》解《詩》與本經内證

李瀷運用本經内證的方法闡釋《詩經》,是朝鮮以《詩》解《詩》的開創者,他通過詩篇的互相訓釋來獲得詩旨與訓詁釋義。如《周南·卷耳》與《葛覃》,李瀷通過詩篇互釋的方法得出了區别於傳統解釋的新釋義。

《周南·卷耳》,《詩序》以后妃輔佐君子求賢審官的角度加以解釋[①]。李瀷《詩經疾書》解釋云:

> 《卷耳》或謂求賢之作者近是,非后妃之作也。卷耳生於道旁,宜若易求猶不能多得,况賢人在遠者耶?……兕觥、金罍,非賤者之器,富貴如此,寧有躬自采拾之理?此與《葛覃》相照,宫闈之内,必有時出親取之規,欲知物物皆因勞苦而得也……《卷耳》之詩,其義遠矣。[②]

李瀷認爲《卷耳》乃是國君求賢之詩,非后妃求賢之詩。原因在於《詩》中所言之器具,如"金罍"者,"后妃豈有飲用金罍之理?謂我若酌彼,則猶可以免其懷傷也,非真有是事,金罍取酒多也"[③]。他

①孔穎達《毛詩正義》,第36頁。
②李瀷著、白承錫校注《詩經疾書校注》,第9—10頁。
③李瀷著、白承錫校注《詩經疾書校注》,第10頁。

認爲此詩乃是國君躬親采摘卷耳之詩，在采摘道旁易求而猶不能多得之卷耳時反思遠方的賢人獲得之艱難。李瀷於此運用《葛覃》詩來印證國君有躬自采拾之事，指出國君在躬親實踐中感受物物皆因勞苦而得之理。在此意義上，《詩經疾書》中關於《卷耳》與《葛覃》的理解是一致的，均是國君與后妃躬親辛苦之詩，一爲求賢，一爲親織。此外，李瀷對於《葛覃》詩的解釋與傳統《詩經》學的解釋不同，他强調具體的實踐勞作對於國君與后妃固本的重要性。李瀷將《卷耳》詩中采擷卷耳與《葛覃》詩中的製衣澣濯相聯繫，認爲“凡人情久則必厭，厭則必廢”的原因“皆由於不自勞苦故也”，并從詩篇文本中萃取出更直接、更易於把握的政治經驗，將詩篇的教化精神重新安置在國君與后妃的躬親實踐之中。

（二）以《孟》解《詩》與人性政治探索

李瀷以《孟》解《詩》，充分發揮了《孟子》以意逆志的闡釋傳統，在《詩經》詮釋中探索理想的人性政治。

如《小雅・大田》，這是一首祭祀田祖以祈求來年穀物豐收的詩。《詩序》解釋云：“刺幽王也。言矜寡不能自存焉。”[①]李瀷在《大田》“大田多稼，既種既戒，既備乃事。以我覃耜，俶載南畝，播厥百穀。既庭且碩，曾孫是若。既方既皁，既堅既好，不稂不莠”[②]之播種的欣欣向榮之景與收穫時的一片繁盛景致中，提出了他對於此詩的思考與闡釋，其云：

> 雨未有先於公田之理，民之望之也。欲其爲公田而雨，得被其餘澤也。聖人之政，不過鰥寡孤獨有養也。倉廪雖實，何可人人而贍之？必使風淳俗厚，使天下交相養也。然己若不饒，未可以及人，故其要又不過不奪農時，輕徭薄賦，使人人樂業而財用自裕矣。《孟子》曰：“昏暮叩人之門户求水火，無不

①孔穎達《毛詩正義》，第846頁。
②朱熹《詩集傳》，第157頁。

與者,至足矣。使菽粟如水火,而民焉有不仁者?”[①]

李瀷根據詩中所包蘊的年谷豐登之意與“彼有不穫稚,此有不斂穧;彼有遺秉,此有滯穗”之惠及矜寡之利,提出“聖人之政,不過鰥寡孤獨有養也”的政治社會理想。李瀷以充裕的物質生活條件作爲風俗淳厚的基礎與保證,以不奪農時、輕傜薄賦,使人人樂業而財用自裕作爲人性論的基礎。李瀷所引用的《孟子·盡心上》原文爲“孟子曰:‘易其田疇,薄其税斂,民可使富也。食之以時,用之以禮,財不可勝用也。民非水火不生活,昏暮叩人之門户求水火,無弗與者,至足矣。聖人治天下,使有菽粟如水火。菽粟如水火,而民焉有不仁者乎?’”[②]孟子認爲昏暮叩人之門户求水火而没有不給予的,原因在於水火之多。假使百姓生活所必需的菽粟如水火一樣的多,百姓就會有仁之心了。孟子關於道德與人性的構建是立足於物質基礎的,《孟子·滕文公上》:“孟子曰:民事不可緩也。詩云:‘晝爾于茅,宵爾索綯;亟其乘屋,其始播百穀。’民之爲道也,有恒産者有恒心,無恒産者無恒心。苟無恒心,放辟邪侈,無不爲已。”[③]“有恒産”即是有恒定的物質基礎,“有恒心”則是有恒定的道德操守。《孟子》將“有恒心”建立在“有恒産”的基礎上。李瀷運用《孟子》的這一思想闡釋《大田》詩所包含的聖人之政,即理想的社會政治要素包含了:不奪農時、輕傜薄賦、鰥寡孤獨有養、倉廩充實天下交相養,遂以達到風淳俗厚的理想形態。李瀷將人性道德建立在百姓生活所必需的物質條件之上,這是他實學思想與《孟子》交相影響的一個典型。朝鮮時代占主流的朱子《詩經》學由義理而義理、由道德而道德的抽象研究方式,此種思維方式是將道德、義理抽離於日常生活的道德嚴苛主義,李瀷將詩篇的闡釋歸結到日

---

①李瀷著、白承錫校注《詩經疾書校注》,第347—348頁。

②楊伯峻《孟子譯注》,第287—288頁。

③楊伯峻《孟子譯注》,第107頁。

用生活之基本物質保障上。李瀷通過以《孟》解《詩》呈現出他關於現實人性政治建構的思考，顯示出他區別於朱子學由内在義理闡發建立理想政治秩序的途徑，轉向以外在物質基礎爲條件的社會政治形態建構。

再如《魏風·十畝之間》，李瀷的解釋與《詩序》《詩集傳》不同，其云：

> 《孟子》曰："五畝之宅，樹墻下以桑。"今云與子偕行，必有同志而共行者。十畝者，合二夫之廛也。十畝之外者，指山桑也。其仕焉而已者，憂畦之賤既非所堪，則所當勉力者，惟蠶桑爲最。始取十畝之間，終取十畝之外，猶足以治生也。還則歸農，逝則遠避，此非年老退閑，則必有可以去而去矣。其介石不終日者乎？"五畝"解詳在《孟子》(《孟子疾書》)。《詩》言草木惟桑偏多，至於三十有三。蓋古人務實，實莫如農蠶，故所樹不及於無用也。如十畝内外閑閑、泄泄，其多可想。[①]

李瀷援引《孟子》原文爲："五畝之宅，樹之以桑，五十者可以衣帛矣。鷄豚狗彘之畜，無失其時，七十者可以食肉矣。百畝之田，勿奪其時，數口之家可以無飢矣。謹庠序之教，申之以孝悌之義，頒白者不負戴於道路矣。七十者衣帛食肉，黎民不飢不寒，然而不王者，未之有也。"[②]此爲孟子民本與王道思想的重要體現，强調百姓擁有固定的土地資産，在不違農時的情況下，實現五十歲的人可以衣帛，七十歲的人可以食肉的社會理想。在衣帛食肉的基本物質保障下，再設置庠序之教，教之以孝悌之義，使百姓知曉倫理道德規範，這是孟子以民爲本而達到天下有王道的重要方法。李瀷"始取十畝之間，終取十畝之外，猶足以治生也"，是將以十畝之宅作爲百姓得以生存的物質基礎，是百姓還則歸農，逝則遠避，"必有可以

①李瀷著、白承錫校注《詩經疾書校注》，第 167 頁。
②楊伯峻《孟子譯注》，第 5 頁。

去而去矣”的場所保證。李瀷對《十畝之間》詩的解釋突破了《詩序》的“刺時”説與朱熹《詩集傳》之賢者歸隱之説，他從十畝之間與十畝之外的土地空間的持有作爲論詩的基礎，突出了朝鮮實學家注重實際生活的面向，即如其所謂“《詩》言草木惟桑偏多，至於三十有三。蓋古人務實，實莫如農蠶，故所樹不及於無用也”。

（三）以《春秋》解《詩》與懲戒功能

李瀷運用《春秋》解釋《詩經》，通過詩篇與歷史相互印證以探究詩旨，突出《詩經》的懲戒功能，以《齊風》爲例：

《詩序》《詩集傳》將《齊風・敝笱》《載驅》《南山》《猗嗟》四首詩解釋爲諷刺齊襄公與魯桓夫人私通的詩。《春秋・桓公十八年》載：“十有八年春，王正月，公會齊侯於濼。公與夫人姜氏遂如齊。夏四月丙子，公薨於齊。”[①]又《左傳》：“十八年春，公將有行，遂與姜氏如齊。申繻曰：‘女有家，男有室，無相瀆也。謂之有禮，易此，必敗。’公會齊侯於濼，遂及文姜如齊。齊侯通焉。夏四月丙子，享公。使公子彭生乘公，公薨於車。”[②]可知魯桓公與姜氏如齊，姜氏與齊侯私通，後以力士彭生乘齊侯，齊侯薨於車内。李瀷根據《春秋》的記載，闡釋《還》詩云：

> 此詩恐齊人刺文姜也。猺山恐濼水旁山名。其行也，申繻曰：“女有家，男有室，無相瀆也，謂之有禮，易此必敗。”其言果驗。我者，齊人指其君也，所遭者文姜也。齊侯之通文姜非一日，魯桓猶不覺，載而如齊。於是文姜以一女身從兩夫而行。狼者狽之牡，與下雄狐相照，狼是牡狼，肩者如數獸曰首也。儇、好、臧皆歡悦之意，即文姜謂齊侯也。[③]

《還》，《詩序》云：“刺荒也。哀公好田獵，從禽獸而無厭。國人化

①楊伯峻編著《春秋左傳注》修訂本，中華書局 1995 年版，第 151 頁。
②楊伯峻編著《春秋左傳注》修訂本，第 152—153 頁。
③李瀷著、白承錫校注《詩經疾書校注》，第 149 頁。

之,遂成風俗,習於田獵謂之賢,閑於馳逐謂之好焉。”[①]《詩集傳》:“獵者交錯於道路,且以便捷輕利相稱譽如此,而不自知其非也,則其俗之不美可見,而其來亦必有所自矣。”[②]李瀷的解釋與《詩序》《詩集傳》不同,他從《春秋》魯桓公十八年的歷史背景來解釋此詩,認爲《還》是齊人諷刺文姜的詩。

(四)以《禮》解《詩》與禮樂規範

《詩經》代表了中國早期社會禮樂文化的根本精神[③],正如聞一多先生所云:“《詩》似乎也没有在第二國度里,像它在這裏發揮過的那樣大的社會功能。在我們這裏,一出世,它就是宗教,是政治,是教育,是社交,它是全面的生活。維繫封建精神的是禮樂,闡發禮樂意義的是詩,所以詩支持了那整個封建時代的文化。”[④]《詩》是周代禮樂社會的重要内容,呈現出“詩禮相成,哀樂相生”[⑤]的共生文學與思想的觀念。同時《詩》又是生長在周代禮樂文化的土壤里的,以“《詩》可以觀”“賦詩言志”的方式傳達出對禮樂精神與價值的遵循,“周代詩學精神是生長在禮樂文化土壤上的,因此對周代詩學理論和詩學精神的分析,離不開對禮樂文化的理解與闡釋。周代詩歌是結合周代禮典活動在社會生活中傳播的,風雅精神也在詩樂活動中浸入周人的精神世界,形成了周代君子人格的基本内容……觀禮就是觀詩,詩包含了周代社會生活的各個方面,‘詩可以觀’本身就是禮樂文化背景下的詩學命題。”[⑥]《詩》與作爲禮樂文明載體的《禮》具有密切的聯繫。自鄭玄、孔穎達便大量徵引《周禮》《儀禮》《禮記》來解釋《詩經》,中國歷代《詩經》研究者亦從禮樂

①孔穎達《毛詩正義》,第 331 頁。
②朱熹《詩集傳》,第 58 頁。
③傅道彬《詩可以觀:禮樂文化與周代詩學精神》,中華書局 2010 年版,第 22 頁。
④聞一多《神話與詩》,古籍出版社 1957 年版,第 202 頁。
⑤楊朝明、宋立林《孔子家語通解》,齊魯書社 2013 年版,第 324 頁。
⑥傅道彬《詩可以觀:禮樂文化與周代詩學精神》,第 23 頁。

文明與禮樂精神的角度對《詩經》做了多面向的研究。

朱子學自高麗末期傳入,在朝鮮時代得到了深入的發展,朱子學的發展也促進了朱子《禮》學在朝鮮的發展,《禮》成爲朝鮮王朝重要的禮儀規範。儒學在朝鮮王朝的制度化,《禮》在朝鮮王朝整秩倫理綱常、規範行爲標準上都起到了重要的作用。在這樣的文化思想背景下,李瀷在《詩經疾書》中使用以《禮》解《詩》的研究方法,運用燕禮、婚禮、祭禮、喪禮來解釋《詩經》。

燕禮與宴飲相關,是古代天子諸侯與群臣宴飲之禮。在宴飲的"分享中,血緣的親疏遠近,化爲等級的高低貴賤,原始的自然關係,化爲制度的倫理綱常"[①]。故燕禮具有極强的政治性。李瀷以燕禮解釋《詩經》,如《小雅·鹿鳴》,這是一首君臣燕饗的詩。《詩序》從王權的角度指出國君以宴飲恩賜於群臣,群臣并以衷心回報國君,突出了宴飲的政治意義。朱熹《詩集傳》以"嚴""敬"之狀態概括君臣之分、朝廷之禮,"嚴""敬"一方面可以確定君臣的等級關係,另一方面也阻礙了君臣情感的交流與"忠告之益"的上達。燕饗之禮可以調和處於嚴敬狀態無法進行情感溝通的君臣關係,通上下之情,賦予了燕饗以政治倫理、政治道德以飲食的馨香及人情的温度。李瀷在此基礎上解釋《鹿鳴》云:

> 《鹿鳴》興於獸而君子大之,取其得食而相呼,此蓋飲食燕享之事,故取以爲喻。燕以至於旅酬,無黨爵則易以怠荒,故旅也而語者,振別其無節也。示之以周行,乃所以好我,即愛人以德之義……子曰:"私惠不歸德,君子不自留焉。"……鼓瑟吹笙,樂既和矣,承筐是將,禮既誠矣……先王之禮,事事求益,雖燕樂之間,非無端而爲此也。故群樂以通其和,忠告以盡其情,旨酒以馨其歡,於《鹿鳴》可見。[②]

①李山《詩經的文化精神》,東方出版社 1997 年版,第 79 頁。
②李瀷著、白承錫校注《詩經疾書校注》,第 248—249 頁。

李瀷以《儀禮·燕禮》《禮記·緇衣》來解釋《鹿鳴》詩。李瀷雖然以《禮》的規則來解釋宴飲詩,但是却不局限在禮的規定下作詩篇的詮釋,他極力顯揚詩篇中所包蘊的由禮而樂而和的禮樂精神,兹分述如下:

第一,李瀷指出《鹿鳴》詩是自然與人倫的統一。以宴飲方式促進君王與大臣的交流與溝通是呦鹿得食而相呼的自然情感、自然原則在人類社會中的呈現。

第二,李瀷根據《儀禮·燕禮》"與卿燕,則大夫爲賓。與大夫燕,亦大夫爲賓"[①]的記載,指出《鹿鳴》詩中的宴飲上下有序,其云"雖燕群臣而所謂賓者,有大夫在爲賓,降再拜,稽首升成拜,明臣禮也",旨在表示在禮的强制規定下,君臣不得違禮。

第三,李瀷運用《禮記·緇衣》"子曰:私惠不歸德,君子不自留焉"[②]的記載,指出《鹿鳴》詩是公德與私惠的統一。"人之好我,示我周行",有宴飲之私惠,而這私惠全由德來統攝,如李瀷所云"此言愛人以德,不以姑息,故惠而不德,非好我者也,周行無所往而不爲善,天下之公也。公之反則私,私則惠於我而不周於人人也"。

第四,作爲燕饗詩代表的《鹿鳴》是禮與樂的統一。《鹿鳴》詩超越了普通宴飲詩,如《小雅·伐木》《常棣》《彤弓》《蓼蕭》等宴飲詩具有具體的燕禮形式,《鹿鳴》没有具體的燕禮規範。"在《鹿鳴》一詩中,我們已看不到任何具體綱紀的内容表現了,雖然《詩序》稱其爲'燕群臣、嘉賓'之詩,但從詩歌内容本身已經看不出它具體出現在何種禮儀上,也看不出它是在對某種具體原則的申述與誡命。"[③]《鹿鳴》詩所有的禮儀都融合在"我有嘉賓,鼓瑟吹笙""我有旨酒,嘉賓式燕以敖""鼓瑟鼓琴,合樂且湛""我有旨酒,以燕樂嘉賓之心"之中,統一在禮樂的精神里。李瀷以《禮》解詩,但是突破

---

①楊天宇《儀禮譯注》,上海古籍出版社 2004 年版,第 165 頁。
②楊天宇《禮記譯注》,上海古籍出版社 2004 年版,第 743 頁。
③李山《詩經的文化精神》,第 90 頁。

了禮儀規範的束縛,將《鹿鳴》詩中君臣宴飲的精神追求呈現出來,即《鹿鳴》詩突破了早期宴飲詩"坎坎鼓我,蹲蹲舞我""一朝饗之""酌以大斗""無醉無歸""曰既醉止,威儀幡幡。舍其坐遷,屢舞仙仙""載號載呶"的酒後狂歡,這種突破君臣等級禮制限制的宴飲,其上下合和的交流狀態是通過酒精的麻醉來實現的,"這是一種缺少文明價值的'酒徒'似的'合好',顯示不出飲酒燕享的精神意義"[①]。李瀷指出《鹿鳴》詩中的"鼓瑟吹笙"包蘊了禮樂合一的精神,"在'鼓瑟吹笙'的音樂對人的精神的振奮中,在適度的酒液對神經的松緩釋放中,與會的人們消除了平日等級的隔閡,感受着精神的同一;個人融解於群體,和諧使人沉醉在精神的共鳴之中"[②]。李瀷的詮釋是對《鹿鳴》詩中禮樂合和精神的揭示,由禮的規範性上升到禮的自由精神層面的追求。

第五,《鹿鳴》是燕禮功能的集中體現。李瀷一方面强調《鹿鳴》突破禮儀的具體規範、對君臣之間同根共命的同一精神世界的追求,但同時,他也强調燕禮的功能性。李瀷指出《鹿鳴》所代表的燕禮是樂以和、忠以情、酒以歡的禮樂情三者合一的最佳呈現樣態。李瀷以燕禮解《詩》,將君臣等級秩序、人倫道德、禮樂精神消融在宴飲的馨香里。

再如喪禮。《周禮·春官·大宗伯》云:"大宗伯之職,掌建邦之天神、人鬼、地示之禮,以佐王建保邦國。以吉禮事邦國之鬼神示……以凶禮哀邦國之憂,以喪禮哀死亡,以荒禮哀凶劄,以吊禮哀禍灾,以禬禮哀圍敗,以恤禮哀寇亂。"[③]喪禮在古代禮儀當中具有重要的地位,起着慎終追遠的作用。"喪禮慎終追遠,在與自身親疏關係不同的人死亡后,通過時間長短不一的服喪過程來表達

①李山《詩經的文化精神》,第 90 頁。
②李山《詩經的文化精神》,第 91 頁。
③賈公彦《周禮注疏》,第 450—464 頁。

不同程度的哀痛。"[①]《詩經》中有諸多詩篇都是關於喪禮的表現。喪禮在朝鮮社會影響深遠,注重社會現實的李瀷在《詩經疾書》中常用喪禮來解釋詩篇。如《邶風·泉水》《鄘風·載馳》《檜風·素冠》詩,李瀷以三年之喪的禮儀規定加以解釋。

《鄘風·載馳》,此是許穆夫人歸唁衛侯失國而不得之詩。李瀷從喪禮的角度對此詩加以闡釋,着重强調此詩中許穆夫人不得歸的原因在於喪禮的規定,其云:

> 夫人賢媛也,三從之義必不敢不告,而擅行不告,雖欲行,得乎?《雜記》云:婦人非三年之喪不踰封而吊,如三年之喪,則君夫人歸。《疏》云:出適爲父母期而云三年者,以本親言也。禮所謂不百里而奔喪者,凡奔喪者日行百里,故婦人及日而入,不可日暮而行,與男子異也。父母之喪可以踰封,况百里乎?此云者本國喪亡,控于大國,非婦人之所處,其君不量而輕許,其臣秉義而諫止也,故以穉狂誚之。[②]

李瀷根據《禮記·雜記》"婦人非三年之喪,不踰封而弔。如三年之喪,則君夫人歸"[③]的記載,認爲束縛許穆夫人在衛君失國的境況下不能歸唁衛侯的原因在於禮制的限制,雖然他從情感的角度指出"然自是女子,善懷至情有難遏者,則亦各有當行者"[④]。李瀷的解釋是對詩意完整性與禮制情景的補充。

此外,李瀷還從喪禮與政教風俗的關係角度解釋詩篇,如《檜風·素冠》,《詩序》云:"刺不能三年也。"[⑤]《鄭箋》解釋云:"喪禮:子

---

①江林《〈詩經〉與宗周禮樂文明》,第 162 頁。

②李瀷著、白承錫校注《詩經疾書校注》,第 87—88 頁。

③孔穎達《禮記正義》,第 1421 頁。

④李瀷著、白承錫校注《詩經疾書校注》,第 88 頁。

⑤孔穎達《毛詩正義》,第 461 頁。

爲父，父卒爲母，皆三年。時人恩薄禮廢，不能行也。"[①]《詩集傳》繼承《詩序》的解釋云："今人皆不能行三年之喪矣，安得見此服乎？當時賢者庶幾見之，至於憂勞也。"[②]《齊詩》《魯詩》《韓詩》對於《素冠》詩的詩旨與《詩序》相同，可見《詩序》以三年之喪解釋《素冠》是傳統《詩經》學的代表。清儒姚際恒《詩經通論》否定以三年之喪的禮制來解釋《素冠》，他指出："《小序》'刺不能三年'，舊皆從之，無異説。今按之，其不可信者十。"[③]姚際恒舉出十條證據否定《詩序》爲代表的禮制與經學角度的闡釋，他從文學的角度闡釋《素冠》詩云："此詩本不知指何事何人，但'勞心'、'傷悲'之詞，'同歸'、'如一'之語，或如諸篇以爲思君子可，以爲婦人思男亦可；何必泥'素'之一字，遂迂其説以爲'刺不能三年'乎！"[④]學界對於《素冠》詩旨歧義迭起：程俊英《詩經譯注》解釋爲悼亡的詩[⑤]，高亨《詩經今注》解釋爲贊美孝子之詩[⑥]，藍菊蓀《詩經國風今譯》認爲是女子與情人私奔的誓言[⑦]。李瀷從喪禮的角度闡釋云：

> 今觀此篇，一則曰"庶見"，二則曰"庶見"，蓋謂絶無故也。然自有特立君子，守道秉禮於衆咻之間，竊竊焉猶庶幾俗之可變。禮之歸正，殆聖人之心也。夫其賢知如此，而時君不能登庸施措，只使之悲傷蘊結於草澤之中。檜之無譏，蓋自取也已。有父子而後有君臣。父子者，人倫之本也，未有不孝於父而能忠於君者也。故治莫尚於崇孝，孝之大事莫尚乎送死。父死而不悲者，其能存而敬養乎？是以聖人立教，斷以中制，

①孔穎達《毛詩正義》，第461頁。
②朱熹《詩集傳》，第85頁。
③姚際恒《詩經通論》，第151頁。
④姚際恒《詩經通論》，第153頁。
⑤程俊英《詩經譯注》，第216頁。
⑥高亨《詩經今注》，上海古籍出版社2009年版，第189頁。
⑦藍菊蓀《詩經國風今譯》，四川人民出版社1982年版，第404頁。

使賢不肖不敢有過不及焉，斯乃齊民之大防也。此而毁壞，教爲無本，百度無章，以至子不子，臣不臣，有粟而不得食矣。此君子所以慨然於喪之不卒而歎傷之不已也。不然，我自行之足矣，何至於藴結若是哉？爲此詩者其知道乎？[①]

李瀷贊同《詩序》"三年之喪"的解釋，并從《素冠》中見出"三年之喪"的個體操守、個人倫理、社會風俗與國家政治的關係：

第一，以詩篇中反復出現的"庶見"，斷定檜國有真正踐行三年之喪禮制的君子。

第二，三年喪禮之制保存在檜地的民間，而不爲統治者所踐行，於是"悲傷蕴結於草澤之中"。

第三，"有父子而後有君臣。父子者，人倫之本也，未有不孝於父而能忠於君者也。故治莫尚於崇孝，孝之大事莫尚乎送死"。李瀷將君臣關係建立在父慈子孝上，進而將爲父母守喪三年的親情情感上升到對國君對國家的情感上，正如李澤厚所説，這是"將'禮'建立在心理情感原則上"[②]，將等級森嚴的君臣秩序、君臣倫理關係建立在父子以親、以慈孝爲核心的心理情感基礎之上，這顯示出古代中國禮樂制度與宗族倫理相互聯繫的政治性内涵與特質。在禮崩樂壞，禮樂征伐不再自天子出的時代，有一在野的賢人持守着三年之喪的古禮，他"形貌欒欒然膄瘠也"[③]，沉浸在三年之喪的哀傷之中，致使見之者生發出"今無此人可見，使我勤勞其心，慱慱然而憂之"[④]的無限哀傷，亦如李瀷所言"此君子所以慨然於喪之不卒而歎傷之不已也"。李瀷以喪禮解釋《素冠》詩，豐富了詩篇的經學内涵與政教意涵。

①李瀷著、白承錫校注《詩經疾書校注》，第219頁。
②李澤厚《論語今讀》，生活·讀書·新知三聯書店2008年版，第523頁。
③孔穎達《毛詩正義》，第463頁。
④孔穎達《毛詩正義》，第463頁。

(五)經學與文學的互動

1.《詩》作爲後世文學的濫觴

《小雅・魚麗》是一首叙寫貴族宴饗賓客的詩。"魚"與"酒"作爲詩中燕饗的主要食物,如首章云:"魚麗于罶,鱨鯊。君子有酒,旨且多。"李瀷解釋云:

> 偕,據上三章,乃魚與酒偕有也。蘇氏得之爲《赤壁賦》,其所謂"有客無酒,有酒無肴"及"携酒與魚"者,一出於此。[①]

《魚麗》詩回環往復地吟唱着"魚麗于罶,鱨鯊。君子有酒,旨且多。魚麗于罶,魴鱧。君子有酒,多且旨。魚麗于罶,鰋鯉。君子有酒,旨且有"的美好。《魚麗》詩以魚與酒所組合的宴飲之歡是後世燕饗類詩歌創作的典範。李瀷指出《魚麗》詩對後世的影響,他認爲蘇軾《後赤壁賦》"有客無酒,有酒無肴,月白風清,如此良夜何"是對《魚麗》詩"魚麗于罶","君子有酒"的詩意想象與期待。"携酒與魚"是對《魚麗》詩"魚麗于罶","君子有酒","物其多矣,維其嘉矣"的詩意踐行。李瀷指出《後赤壁賦》中所呈現的酒食之樂在文化精神上與《詩經》一脉相續。所不同的是,《魚麗》詩是貴族宗族之間的宴飲,故常成爲宴飲禮儀中歌唱的名篇,具有宗族主義與實用主義的功能,而《後赤壁賦》則將此局限在貴族階層的具有實用理性的酒魚之樂轉换爲文人與山水相融合的自然之樂。

再如《大雅・蕩》是"詩人哀傷厲王無道,周室將亡的詩"[②]。《蕩》末章云:"文王曰咨,咨女殷商!人亦有言:'顛沛之揭,枝葉未有害,本實先撥。'殷鑒不遠,在夏后之世。"詩篇稱引夏代賢者之遺語,以揭然將蹶的大木於顛僕傾拔之時,枝葉雖未有折傷,然根實先絶,乃相隨俱顛拔,以喻王位將欲傾覆喪亡[③]。李瀷從詩篇描述

---

①李瀷著、白承錫校注《詩經疾書校注》,第 265 頁。

②程俊英《詩經譯注》,第 464 頁。

③孔穎達《毛詩正義》,第 1161 頁。

大樹顛沛之揭在創作上的影響云：

> 自"人亦有言"以下四句，乃夏諺也。杜甫得之爲《楠木歎》，發揮亦好。①

《楠樹爲風雨所拔歎》是唐肅宗二年(761)，杜甫於成都，親見草堂前的一棵相傳二百年的老楠樹爲狂風所拔起而寫的一首詩。杜甫在詩里描述了狂風吹襲老樹的情景："東南飄風動地至，江翻石走流云气。干排雷雨猶力争，根斷泉源豈天意!"李瀷認爲杜甫於《楠樹爲風雨所拔歎》詩中對楠樹顛僕之狀的描寫，在創作淵源上是來自於《蕩》詩。雖然二詩在詩旨上不同，但李瀷還是從詩歌創作與文學影響的角度揭示出兩首詩的聯繫，可謂眼光獨到，亦可見李瀷將作爲經學的《詩經》與作爲文學典範的杜詩②相融貫的闡釋特徵與思想樣態③。

2.《詩》言志與《詩》言情的和融論述

---

①李瀷著、白承錫校注《詩經疾書校注》，第435頁。

②張伯偉《典範之形成：東亞文學中的杜詩》，《中國社會科學》，2012年第9期。

③李瀷從文學創作與影響的角度闡釋《詩經》與後世文學的關係，再如《邶風·谷風》，李瀷云："德既阻矣，則平生勤苦不復可以爲功，難以言喻，如行道之賈。本非恩愛，不過一時之相與爲利，利既不在，則掉臂邁往莫肯顧，雖欲售得乎？其所以厚其生者，到此反成讐毒，如彌子之進桃，始取忘口終咎食餘也。李白詩云：'蕭蕭長門宫，昔是今已非，'得其旨矣。"按：此處所引李白詩爲《古風五十九首》其二。李瀷著、白承錫校注《詩經疾書校注》，第58頁。再如《小雅·我行其野》，李瀷云："《黄鳥》《我行其野》二詩，不過草野有如此者，何與於政治之得失？此如後世詩人宫怨、閨怨之類，陳之欲諷人主之察民疾苦也。世衰民困，仳儷失所，始求樂鄉而反遭啄害，又就婚姻而不肯庇蓄，於是思復故土。"李瀷著、白承錫校注《詩經疾書校注》，第291頁。《小雅·湛露》首章云："湛湛露斯，匪陽不晞。厭厭夜飲，不醉無歸。"李瀷解釋："湛露則夜之深也，'匪暘不晞'喻夜飲不曙不休也。唐人詩云：'吴姬緩舞留君醉，隨意青楓白露寒。'亦此意也。"按：此詩爲王昌齡《重别李評事》："莫道秋江離别難，舟船明日是長安。吴姬緩舞留君醉，隨意青楓白露寒。"李瀷著、白承錫校注《詩經疾書校注》，第270頁。

詩言志與詩言情,是對《詩經》功能的論述。張伯偉教授曾從宋人寫詩"言用勿言體"的方法推導出:"而在對某種現象、某一事物作概括、下定義時,中國人似乎也傾向於使用這一方式,不言其本體,而言其作用。"[①]《尚書·堯典》所言"詩言志",《論語·陽貨》載《詩》可以"興觀群怨","'詩言志'没有説詩是什麽,而是從詩有何用的角度來回答——詩是用來表達志意的"。《詩大序》論述《詩經》的"言志""言情"功能。張伯偉教授在《中國文學批評的抒情性傳統》中有關於《詩》與"志""情"的精闢論述:

> 這裏,"詩"既是"志"的停蓄("在心爲志"),又是"志"的表現("發言爲詩")……從"志"到"詩",其基本動力和相伴相隨者則爲"情"("情動於中而形於言")。同時,詩還是和音樂、舞蹈同源的藝術形式。這段話,既展示了詩的觀念的演變痕迹,又標誌着中國早期詩歌概念的成熟,更重要的是,它奠定了中國文學批評抒情性傳統的基礎。從本體論意義上説,情是文學的本質之所在;從創作論的角度看,情是文學發生的動因;從作品論的方面看,情又是文學内容的基本構成。

可見"情"與"志"是《詩經》的基本要素。"情"從本體論意義上説是《詩經》作爲文學性之詩的本質,是詩得以生成的動因,同時是詩的基本元素。但是《詩經》作爲經學的特徵和功能在《詩經》學史上占主導地位,傳統經典《詩經》學論著大多從經學意義的層面加以闡發,而忽略其文學抒情功能的闡釋。故陳世驤、高友工先生在中國文學的經學傳統基礎上,提出中國文學的抒情傳統,均將中國文學的抒情性特徵上溯到《詩經》[②]。海東李瀷在《詩經》詮釋的時候注

---

① 張伯偉《中國文學批評的抒情性傳統》,《文學評論》,2009 年第 1 期。

② 陳世驤《陳世驤文存·中國的抒情傳統》,遼寧教育出版社 1998 年版。高友工《中國抒情美學》,收録於樂黛雲編選《北美中國古典文學研究名家十年文選》,江蘇人民出版社 1996 年版。

重《詩經》文本的文學性特徵，亦常常從經學與文學互動的角度來闡釋詩篇。

如《檜風·隰有萇楚》是詩人於亂離之際，生發出人不如物的悲思，寧願如夭沃之萇楚之無知、無家與無室狀態，如《詩序》所謂"思無情欲者也"[①]。李瀷從古今人情一致處體貼詩人的真情云：

> 家室非屋宅之謂也，屋宅非繫於困窮，此蓋指家累而言也。夫人有妻妾子女，樂莫大焉。若在憂苦喪亂之際，則又未嘗不以此爲深患，或反羡其無有，蓋力窮勢迫而無如何也。俗諺云：推命當以僧徒爲上，無後次之，謂其無家室之累也。人情至處，古今一串，寧不悲哉。[②]

李瀷指出此處的"家室"非是作爲物質的房宅，而是作爲充盈着親情的家。人有妻子兒女是一件非常快樂的事情，但是這只是在太平盛世的年代里可以感受的快樂。對於處憂苦喪亂之際的人來説，家室成爲了他最深的掛慮，故詩人反而羨慕那些生長在野外的有着繁茂枝葉、繁花俊俏與繁盛果實的萇楚，羨慕其無知、無家亦無室的獨生狀態。此是人對於其所身處環境的無奈悲歎。李瀷從詩人於亂離死喪之際對家人的牽掛憂慮之情出發來闡釋詩篇，將詩人蘊藉於詩篇的"情"作爲永恒的主題加以揭示，并抒發"人情至處，古今一串"的悲歎。於是看似無情無累的《隰有萇楚》詩，"情"成了詩的全部，即詩的本質之所在。

再如《王風·君子于役》，此是妻子思念久役於外的丈夫的詩。李瀷從人情深處解釋此詩云：

> 以文勢求之，恐是戍申大夫之妻所作……塒鷄牛羊放散于山野，至期莫不完歸無失，此不獨日夕爲驗，見物益有感懷

①孔穎達《毛詩正義》，第464頁。

②李瀷著、白承錫校注《詩經疾書校注》，第221頁。

也。讀詩至此,心爲之不怡者良久。①

李瀷以詩中徐徐而來的情感爲依據,判定該詩爲婦人思念久役於外的丈夫的詩,與《詩集傳》同,與《詩序》"刺平王也。君子行役無期度,大夫思其危難以風焉",判然不同。可見李瀷重視詩篇中"情"的表達與功用,他亦將"情"作爲詩篇内容的基本構成要素。《君子于役》末章"君子于役,不日不月,曷其有佸。鷄棲于桀,日之夕矣,羊牛下括。君子于役,苟無飢渴"②,李瀷以"見物益有感懷也"之睹物思情的角度感受詩中亘古而邈遠的思念之情。"夕陽銜山,羊牛銜尾的恒常中原來是無常,於是一片暖色的親切中泛起無限傷心。"③至"苟無飢渴",乃不忍舉那實有的關於疾疫、關於死亡的焦慮,而仍以那最平常的"苟無飢渴"着眼,此是最家常之處,亦是關於生存的最根本之處,道出了深深的憂思與懷念。李瀷將讀者之情帶入詩中,遂有了"讀詩至此,心爲之不怡者良久"的悲傷情懷。讀詩與解詩至此,均是以情入詩的情感體驗與和融境界。

三、學術與政治的糾葛

《鄭風》二十一篇,詩篇多涉男女之情,《詩序》多以美刺釋之,《詩集傳》多以淫詩戀歌釋之。以男女之情爲書寫對象的《鄭風》給後世《詩經》詮釋留下了多重的闡釋空間。李瀷是朝鮮王朝實學派鼎盛時期的代表人物,他以在野的身份著述、講學,并建立了一個以經世致用爲理論體系的星湖學派④。李瀷以經世致用的實學思

①李瀷著、白承錫校注《詩經疾書校注》,第109—110頁。

②按:朱熹《詩集傳》解釋云:"君子行役之久,不可計以日月,而又不知其何時可以來會也。亦庶幾其免於飢渴而已矣。此憂之深而思之切也。"朱熹《詩集傳》,第43頁。

③揚之水《詩經別裁》,第83頁。

④葛榮晋主編《韓國實學思想史》,195頁。

想對《鄭風》做了創造性的闡釋，顯示出在野之士人對於政治的參與與對抗、理想君臣關係的建構、君子之道的堅守，呈現出極爲豐富的《詩經》學内涵。兹從求賢與規諫、治道與治世、君臣之際遇三個方面加以論述。

（一）求賢與規諫

李瀷將《鄭風》中的諸多詩篇，如《緇衣》《有女同車》《豐》《東門之墠》《子衿》等詩解釋爲求賢人以治國的詩。如《東門之墠》詩，《詩序》和《詩集傳》都解釋爲男女之思，不同的是：一釋爲"男女有不待禮而相奔者也"[①]，一釋爲"室邇人遠者，思之而未得見之詞也"[②]。詩中室邇人遠成爲一種象征，《詩序》《詩集傳》將其理解爲男女之思，久處草野之中的李瀷却將它看作賢人與朝臣的距離，其云：

> "東門之墠"，賢者所居也。君大夫欲見而遠避，故識其所居之地，庶幾其或還也。愛之之至，不但其人，至於所居之地，草木之微，耿耿不忘，則豈無可致之道？玉帛可走也，威尊可屈也，如是而不諧者，蓋寡矣。[③]

李瀷將此詩理解爲君大夫求取賢人，而賢人遠而避之之詩。君大夫面對賢人所居之所，吟唱出"其室則邇，其人甚遠"的惋惜，并具"愛之之至，不但其人，至於所居之地，草木之微，耿耿不忘"之姿，於是吟唱出"東門之栗，有踐家室。豈不爾思，子不我即"的渴望。李瀷將傳統作爲男女之思的《東門之墠》詩轉换爲朝臣求取賢人之詩，他以注《詩》的方式傳達出隱者的政治理念，即求取賢人以治國，以"玉帛可走也，威尊可屈也"的尊賢態度與實踐促進王朝的和諧昌盛，也是久處草野之際的李瀷對於愛賢、求賢之朝臣的深深

---

①孔穎達《毛詩正義》，第 310 頁。
②朱熹《詩集傳》，第 54 頁。
③李瀷著、白承錫校注《詩經疾書校注》，第 139 頁。

期待。

規諫是中國早期政治文化的重要元素，如陳來先生所云："西周開始，在政治文化中出現一種制度化的'規諫'傳統，既使得'規諫'成爲統治者正己、防民的重要理念，也構成士大夫規諫君主、疏導民情的正當資源。這也是政德的一個重要方面。"①《詩經》作爲西周文化智慧的詩意呈現，具有重要的規諫功能，故漢代王式以《詩》三百篇爲諫書②。李瀷從"規諫"的角度來闡釋《叔于田》《大叔于田》《山有扶蘇》，發掘《鄭風》托言男女之情所包含的規諷勸諫功能。

如《鄭風·叔于田》，《詩序》云："刺莊公也。叔處於京，繕甲治兵，以出於田，國人説而歸之。"③《詩序》的解釋是根據《左傳·隱公三年》的記載而來的。李瀷同意《詩序》以《左傳》所記載的鄭莊公與共叔段的歷史解釋該詩，但其對於詩篇的旨意與《詩序》刺莊公不同，而是發掘出詩中所蘊涵的多重規諫内涵，其云：

> 叔段恣胸黨與排布，不復知有君，故以飲酒爲姱好，以服馬爲武毅，則可見無賴之聚謀，而非國人之公頌也。又謂有人而不如叔，則可見無君之萌也。人情大抵古今皆同。段有才智，濟之以武姜之威勢，時人皆知鄭國將爲段之有，而莊公特一寄公耳。當時必有貴剛大夫，趨勢希旨倡説爲圖利者，故其俗之奔波如此，聖人取此詩者，即垂戒之義也。君子處世或不能擇義獨立，因循乎衆口之所附，以至失身喪節者，甚可懼也。子曰：爲人臣不識《春秋》之義，必陷簒弑之名。於鄭詩可鑒。④

李瀷從"於鄭詩可鑒"的立場闡釋出《叔于田》詩中的規諫内涵：一

①陳來《古代思想文化的世界》，生活·讀書·新知三聯書店2009年版，第297頁。
②班固《漢書·儒林傳》，第3610頁。
③孔穎達《毛詩正義》，第282頁。
④李瀷著、白承錫校注《詩經疾書校注》，第124頁。

是規諫公叔段不復知有君，以飲酒服馬作無賴之聚謀，國人規諷之。二是從垂戒的層面諷諫圖利趨勢的大夫。三是規諫不能擇義獨立、因循衆口之附以致失身喪節的君子。李瀷從規諫的角度闡釋《叔于田》，突破了傳統《詩經》學局限於鄭莊公與共叔段的歷史評價，闡釋出《叔于田》所藴涵的多重規諫内涵。

(二)治道與治世

李瀷上承李滉所開啓的朝鮮性理學，下啓朝鮮經世致用的實學[①]。李瀷的學術研究體現出治道與治世相融合的特點，他提出窮經將以致用的主張，開啓了朝鮮通經致用的先河[②]。

如《羔裘》，這是一首贊美大夫正直不阿的詩。《詩序》從美刺角度云："刺朝也。言古之君子，以風其朝焉。"[③]《詩集傳》從義理的角度解釋云："言此羔裘潤澤，毛順而美，彼服此者當生死之際，又能以身居其所受之理而不可奪。蓋美其大夫之詞，然不知其所指矣。"[④]李瀷的解釋與《詩序》《詩集傳》所代表的傳統闡釋不同，其云：

> 夫人養身者忘家，養心者忘身。家要富厚，身便不好。心主於理，身要完全，心便不直。時平人和，直道何難？苟在危難險阻，若不先以死生置在度外，臨事必有回互逃避而失其正。故君子常自矜持而預待之，所以能不渝者，以素定言也。所謂直兵推之，曲兵鉤之而不革。鄭國雖衰，賢者在位，守正不諱，如公孫僑之類是也。[⑤]

---

①［韓］崔錫起《星湖李瀷의詩經學》，成均館大學校大學院，1993 年博士學位論文。

②葛榮晋主編《韓國實學思想史》，第 198 頁。

③孔穎達《毛詩正義》，第 291 頁。

④朱熹《詩集傳》，第 50 頁。

⑤李瀷著、白承錫校注《詩經疾書校注》，第 129 頁。

李瀷認爲《羔裘》詩是君子治道與治世的典範結合。他闡釋《羔裘》詩中君子治道是通過養身以忘家、養心以忘身與矜持自守之心的方式而達到的，强調這種内治其道的修養是應對困窘危難之境的心理基礎，對内在之道的持守可以呈現出"洵直且侯""舍命不渝"的君子品格與治世效果。李瀷據"如濡""豹飾""晏兮"之羔裘，闡釋出衣着羔裘的大夫所包含的洵直柔和、孔武有力與三英如粲的美好品格，這種品格是大夫内修其道的具體體現，是大夫處亂世可以"舍命不渝"，成爲邦之司直的基礎。李瀷從經世的角度，詮釋出《羔裘》詩所内藴的治道與治世相融合的精神，具有現實意義。

（三）明良遇合的君臣理想

李瀷所處的朝鮮時代，性理學盛行，儒者們固守朱熹的學説體系，强調思辨的形而上學化，導致了空疏的學風，并逐漸脱離現實世界。李瀷從經世致用的角度出發希冀打破學術與現實相區隔的二元對立局面，提出窮經以致用的觀點，通過闡釋經典以參與并解決現實問題，其云：

> 窮經將以致用也，説經而不措于天下萬事，是徒能讀耳。子所雅言，《詩》《書》、執《禮》。《詩》以道志，《書》以道事，《禮》以道行，皆相爲用而不可闕者也。①

李瀷認爲以《詩經》爲代表的經典著作是與現實世界、天下萬物密切相關的，即"皆相爲用而不可闕者也"，他在此理論基礎上從經世的角度詮釋經典。如《詩經・鄭風》多言男女之思，他將此男女之思轉化爲關於政治的、現世的、明良遇合的理想君臣關係，具體體現爲君臣遇合的期盼與君臣不遇的哀怨。

"'君主'、'君臣'是士大夫的'傳統論題'。士夫在這一題目下，通常表達的，是他們關於'明君'的想象，對'明良遇合'的期待；

① 李瀷《星湖僿説類選》，卷六上，韓國慶熙出版社 1967 年版。

也借諸這一題目爲時政批評，直接的或隱蔽的當代君主批評。”[①]深受中國傳統文化影響的李瀷亦通過經典闡釋的方式來參與此一“傳統論題”的討論，傳達出深處草澤之中的他對理想君臣關係的期盼與嚮往。

如《有女同車》，這是一首贊美同車之女子具有美好容顏與品德的詩[②]。李瀷對《有女同車》詩的解釋不同於《詩序》刺忽之説與《詩集傳》淫詩之説，其云：

> 此以下，惟《出其東門》一篇之外，《集傳》皆謂淫奔之詩。然“佩玉瓊琚”，非倡冶遊女之飾。而孟姜，貴族也。德音，善言也，義亦不着。《丰》之褧衣，分明是惡其文著，彼艷妝麗服，寧有尚褧之心？又況《野有蔓草》，聖人嘗引以自況，君子口吻，此可忍耶？以此推之，鄭六卿所賦，亦皆非淫褻之詞也。凡詩或悦或怨，而每多君臣之際，託諷之詞也。此篇即君悦臣之作。當時鄭亦多賢，如子皮、子産之屬。此恐是君得賢佐，却以男女託言者也。如二雅亦多天子答臣民之詩，何以異例？[③]

李瀷否定《詩集傳》將《鄭風》中的諸多詩篇解釋爲淫奔之詩，如《有女同車》，他從三個方面否定《詩集傳》：第一，詩中女子之配飾是“佩玉瓊琚”，此非倡冶遊女之配飾。第二，詩中女子的稱謂是“孟姜”，此是貴族之女。第三，詩中稱贊女子的品行爲德音，此是貴族女子所具有的修養。故李瀷認爲《有女同車》非爲淫奔之詩。李瀷

---

①趙園《原君・君臣——明清之際士人關於君主、君臣的論述》，《中國文化研究》，2006 年夏之卷。

②按：張啓成《試論〈鄭風〉的情歌》一文指出：“就詩的原意來看，《有女同車》應是貴族階級迎親的歌辭。一位貴族男子以驚喜的口吻贊歎新娘貌美如花，并贊揚她一舉一動從容閒雅，衣裙上的佩玉發出和鳴動聽的聲響。美貌、閒雅、有德，是鄭國貴族理想化的情偶標準。”載《文學評論》，1982 年第6 期。

③李瀷著、白承錫校注《詩經疾書校注》，第 133 頁。

認爲《鄭風》詩或有所悦、有所怨、有所愛，但均是託諷之詞，主旨均在述説君臣之際遇。他將《有女同車》詩解釋爲託言男女以言國君得賢人輔佐，將詩篇之美人之喻轉化爲君臣之喻，賦予詩篇更爲豐富的闡釋内涵。同時，這種詮釋方式也是對《離騷》所開創的以香草美人喻男女君臣、以求女喻求賢的思維方式的創造性運用，即將《離騷》所開創的借男女喻君臣、借求女喻求賢的典範性創作方式，轉化爲以男女、夫婦喻君臣的新的詮釋方式[①]。李瀷將《鄭風》詩所藴涵的男女、夫婦與君臣相關合，形成新的解釋意涵。

李瀷對《鄭風》的詮釋投注了他自身生存經驗的思考，他將《鄭風》詩篇中的男女相棄轉换爲國家政治層面之君臣不遇，將棄婦的深深怨情轉换爲忠臣渴求賢君的深深無奈。如《鄭風・遵大路》，這是一首叙寫大路之上男女棄别的詩。《詩序》解釋此詩云："思君子也。莊公失道，君子去之，國人思望焉。"[②]《詩集傳》解釋爲："淫婦爲人所棄。"[③]李瀷的解釋與《詩序》《詩集傳》不同，他以男女喻君臣，對詩篇做了創造性的解釋，其云：

> 按《集傳》自《遵大路》以下，莫非淫醜之語，惟《女曰鷄鳴》一篇爲賢夫婦之作。何故此一篇，獨間於其間？其序列之義，恐不如是。朱子雖以宋玉賦爲證，然孔子嘗引《野有蔓草》爲邂逅賢者之證，此又何也？且鄭六卿餞韓宣子，《褰裳》《風雨》《(有女)同車》《蘀兮》之類，皆在賦詩之中而不聞有譏何也？韓起之言曰：皆昵燕好也。二三君子，數世之主也。恐是燕好親昵之義，而非奔女之語也。何謂燕好？凡燕好莫如男女之昵，故作詩者必托言之，於《離騷》可證。若以言而已，則原亦不得免亂行之歸矣。孔子嘗删詩矣，若存惡以爲戒，則所删何

①尚永亮《〈離騷〉的象喻範式與文化内藴》，《文學遺産》，2014 年第 2 期。
②孔穎達《毛詩正義》，第 292 頁。
③朱熹《詩集傳》，第 51 頁。

> 物？此皆可疑。此篇疑亦是直道見黜者，託女爲喻也。其曰"遵大路"者，所行光明無愧，如《羔裘》之洵直也。意者二篇即一人事。既有《羔裘》之忠，而非罪棄廢，故以大路自況而訴其衷也。如屈原、賈誼之徒，始信際遇之盛，秉直盡忠，卒被放逐，其此之謂歟！[①]

李瀷認爲《遵大路》非爲言男女私情之詩，乃是藉男女以言忠君而遭棄之情，其理由有三：一是孔子嘗引《鄭風・野有蔓草》作爲邂逅賢者之詩。二是《左傳・昭公十六年》鄭六卿餞韓宣子於郊，賦《野有蔓草》《褰裳》《風雨》《有女同車》《蘀兮》詩，以外交賦詩，非爲言男女私情之情景，非爲淫奔之言語，而是托言男女以言君臣之義。三是以《離騷》托言男女之燕好以喻君臣之義。在此基礎上，李瀷得出《遵大路》是光明無愧、洵直忠貞之遵大路者無辜而見逐，遂以大路自況而訴其忠誠的悲歎。李瀷的解釋不僅將詩篇所内藴的男女符號轉化爲君臣的象徵，同時突出了《詩》以言志，《詩》以言情的功能，詩篇既是對賢臣明君的渴望，也是賢臣不遇於君的悲歎。此外，他還將個體的生存經驗、人生境遇投入到詩的理解之中，通過詩篇詮釋，抒發出獨居草野之賢人對光明仕途的渴望，對賢明國君的期盼，體現了中國文學經典文本（text）與中國文學經典詮釋（interpretation）的抒情傳統[②]。

再如《褰裳》，這是一首女子渴慕男子之詩。《褰裳》詩以男女言情，此一情感是"一種共通的專一與真誠的精神質素"[③]，此種專一的對象可以是戀人，是夫妻，是朋友，亦或是君臣。此種專一與真誠的精神質素賦予詩篇以無限制的闡釋張力。故《詩序》將詩篇解釋爲具體的歷史政治人物，其云："思見正也。狂童恣行，國人思

---

①李瀷著、白承錫校注《詩經疾書校注》，第130—131頁。

②張伯偉《中國文學批評的抒情性傳統》，《文學評論》，2009年第1期。

③揚之水《詩經別裁》，第94頁。

大國之正己也。"[①]《詩集傳》將詩篇解釋爲男女,即"淫女語其所私者"[②]之詩。李瀷與《詩序》《詩集傳》的解釋不同,其云:

> 此詩怨其不遇之作也。子指君也,乃託男女而言,子若不棄,當不憚而遠涉從之,不然則將去之他國。雖狂而又狂者,未必不逾於居此而無恩也。其人之賢否不足言,上之不能善處,而失群下之心則可戒。故聖人取之。蓋魯之臧紇之徒乎?[③]

李瀷將詩篇中的男女轉换爲君臣,以"子"指代國君,以"我"指代賢臣,將《褰裳》詩解釋爲君臣不遇之作。李瀷藉助《褰裳》詩之男女表達君臣不遇的情感。同時,李瀷還傳遞出他對於君臣不遇的態度,其所謂"子若不棄,當不憚而遠涉從之,不然則將去之他國",即:國君禮遇賢臣,賢臣當超越外在形勢的險峻與空間上的阻隔輔佐國君;國君棄絶賢人,賢人則具有去之他國的自由選擇。這一方面是對君臣際遇的期待,另一方面也呈現出不遇之士人對於理想政治與自由人格的選擇與姿態。

四、儒家身份與倫理建構

李瀷處草野之際,以在野的身份讀書、治學、教育,并始終關注王朝之政治、經濟與民生,提出并建立了經世致用的理論體系。李瀷否定并批判朝鮮王朝經術與事務相區隔判爲二道的研究狀態,提出窮經以致用的詮釋經典原則。李瀷以經典詮釋作爲媒介,呈現出他對於儒家身份與倫理體系的自覺建構,體現出經學與經典詮釋的實踐性品格。

---

①孔穎達《毛詩正義》,第304頁。

②朱熹《詩集傳》,第53頁。

③李瀷著、白承錫校注《詩經疾書校注》,第137頁。

(一)修身與個人倫理

李瀷以《詩經》詮釋的方式呈現出對個體身心修養的重視，并傳遞出個人在社會際遇中的倫理實踐與持守。

如《邶風·緑衣》，詩篇以作爲正色的黄色與間色的緑色起興，以此寓意以間色爲衣，以正色爲裳，具有顛倒尊卑、主次的意義内涵。解釋者藉此賦予了詩篇多樣的闡釋，傳統《詩經》學將此詩與歷史人物衛莊公與莊姜相聯繫。如《詩序》云："衛莊姜傷己也。妾上僭，夫人失位而作是詩也。"①《詩序》從國君夫人的情感與倫理世界加以解釋。清儒方玉潤云：

> 衛莊姜傷嫡妾失位也……莊姜之賢，詩之怨而不怒，諸家皆能言之，故不復贅，但擇其當者録之而已。其解首二章，則孔穎達之言最善：首章曰間色之緑，不當爲衣，猶不正之妾，不宜嬖寵。今間色爲衣，而見正色反爲裏，而隱以興妾蒙寵而顯，夫人反見疏而微。緑衣以邪干正，猶妾以賤陵貴，故心之憂矣，何時其可以正也。二章曰間色之緑今爲衣，緑而在上，正色之黄反爲裳而處下，以興妾蒙寵而尊，夫人反見疏而卑。前以表里興幽顯，此以上下喻尊卑，雖嫡妾之位不易，而莊公禮遇有薄厚也。②

可見傳統《詩經》學將此詩與《左傳·隱公三年》所記載的衛莊姜不見答於莊公的歷史相聯繫起來，强調的是國君與君婦的倫理關係。李瀷在此基礎上，將國君夫婦之倫理，延伸到君臣倫理之上，即是將莊姜所代表的國君夫人之不遇延伸到士人之不遇，其云：

> 此云"緑衣黄裳"，謂君昏而后賢也。詳見《易經疾書》。治絲而織成，然後爲衣。此本其始而歸咎於莊公也……婦人

①孔穎達《毛詩正義》，第117頁。
②方玉潤《詩經原始》，第123—124頁。

> 之色衰,愛弛者似之也。女之所治者,謂女方遇時,亦含戒在中也。莊姜非因古人而始有所處也。其實我之所存曠與古合也。其所存奈何?《柏舟》三章,即其節度也。我既無奈彼何,則只内守者確而正,外見者婉而中,有以自靖焉,庶幾免於訧耳。子曰:"貧與賤是人之所惡,不以其道得之則不去也。"此謂不當得而得者,莊姜是也。莊姜善得其方,故必思古人。君子取之則凡有不安處,以聖賢爲準,思孔子之不得位,則天下之賤士可以安矣。思顔淵之屢空,則天下之貧士可以安矣。莊姜可謂百世師。①

李瀷將傳統《詩經》學對國君夫婦倫理的關懷轉入個體生命的觀照之中,具體表現在四個方面:一是李瀷將夫婦之情延伸到世俗的情感世界,他贊同傳統《詩經》學以緑衣黄裳寓尊卑失序之意,進而將緑衣黄裳的根源歸咎於莊公,并以此延伸出世俗的情感世界貪前而遺後的一般規則,如女子之色衰而愛弛者。二是李瀷將不遇之個體融入歷史的潮流之中,以變化的歷史消解了個體的不遇、無奈與哀愁,達到個體"之所存曠與古合"的程度。三是李瀷由《緑衣》詩莊姜之行闡發出不遇之士人所應持守的節度,即達到"内守者確而正,外見者婉而中"的内外兼修的理想狀態。四是"尚友古人",以古人爲則。李瀷將《緑衣》詩"我思古人,俾無訧兮"之"古人"解釋爲歷史上的道德楷模,以莊姜思古人爲"善得其方"的處事態度。"在中國文化精神中,具有'尚友古人'的傳統。"②李瀷運用"尚友古人"的處世原則,引申到處不遇之境的君子,則應以古之聖賢作爲準則,以此尋找到心靈棲息的故鄉,從而在精神境界與情理容量上與孔子、顔淵、莊姜等古人遥相呼應。李瀷從《緑衣》詩中詮釋出不

---

①李瀷著、白承錫校注《詩經疾書校注》,第46—47頁。

②曹虹《略論中國賦的感春傳統及其在朝鮮的流衍》,《南京大學學報·哲學人文科學社會科學》,2000年第1期。

遇之個體雖處亂世,仍然要有內外兼修的道德修養,并在尚友古人的原則中持守士人的精神境界。李瀷的解釋豐富了《緑衣》詩的情感内核,擴大了該詩的外延。

再如《鄭風·出其東門》,描述的是雖則有如雲、如荼之美女,亦"匪我思存",詩人執着之思仍然是那位"聊樂我員""聊可與娱"的女子。朱熹解釋爲:"男女相遇於野田草露之間,故賦其所在以起興。"[①]李瀷不從男女之思的角度解釋詩篇,他將詩人對縞衣綦巾之女的忠貞轉化爲處草野之士人對貧賤生活的持守,其云:

> 女無巾飾,或指纚緫之屬,又或有巾幗之制,以巾爲卷幘,貧女服也。喻之於士,則凡世之美儀華飾,衆之歆悦者何限,而所取獨在於貧賤自守者,是可姱矣。[②]

李瀷將"縞衣綦巾"解釋爲貧女之服飾,并以服"縞衣綦巾""縞衣茹藘"的貧女比喻不遇之士人,以貧女衣着縞衣綦巾喻在野之士人自守其貧賤,并以"是可姱矣"表現出對此種人生態度的贊揚,他關於士人處貧賤的態度與《論語·里仁》"貧與賤是人之所惡也,不以其道得之,不去也"[③]相一致。李瀷將詩篇中的男女之思轉化爲士人處草野而自守貧賤的人格修養:一方面,深刻地傳遞出他自身的生存體驗與人生思考;另一方面,他亦如明末清初的士人,如黄宗羲、王夫之等人"在君臣關係中,强調士人道德的自我完善,確也包含了對士的某種自主性的提示、重申。王夫之及黄宗羲有關臣道的議論,目標首在士的人格、精神的修復,士的某種獨立地位的恢復或營造"[④]。在君權絶對權威的古代朝鮮王朝,李瀷在詩篇詮釋中

①朱熹《詩集傳》,第56頁。

②李瀷著、白承錫校注《詩經疾書校注》,第143頁。

③楊伯峻《論語譯注》,第35頁。

④趙園《原君·君臣——明清之際士人關於君主、君臣的論述》,《中國文化研究》,2006年夏之卷。

委婉曲折地傳遞出他對於士人自我道德完善、獨立人格養成與精神修復的關注。

(二)夫婦、父子、兄弟與家庭倫理新論

李瀷在《詩經疾書》中透露出他對以夫婦、父子、兄弟爲主體的家庭倫理的關注,呈現出他由家而國的儒家倫理價值觀念。

如《王風·中谷有蓷》,此是棄婦於荒年遭丈夫遺棄的悲怨之詩。《詩集傳》解釋此詩云:"凶年饑饉,室家相棄,婦人覽物起興,而自述其悲歎之詞也。"[①]李瀷於此詩論述了他關於五倫的認識,其云:

> 五倫之中,惟父子、夫婦利害同者也。悠悠俗情,莫親於夫婦。至亂離饑荒,或相遺棄,力有所不及也。《有蓷》之詩,舉一而包其餘,親戚朋友不論也。至此蓋無所不棄。此讀詩之要詮也……兵戈創殘,夫婦不相保,各自流離,其丈夫猶苟矣,其婦女窘辱痛苦尤可悲憐。始也害在閭里微賤,次及於富室,終及於卿大夫。閨房景象慘惻,由淺及深,宛如目擊。此乃王政失宜,禍亂還至,生靈不相保,其家室至於如此,寧不哀哉!女者,婦人自謂也,人即其夫也。夫而棄妻,猶不以怨咎,以夫之艱難爲己之艱難,卒乃歸之於無如之何也……國不崇仁義,尊賢臣未必亡。有非常之變,禍必先方其無事。惟見其安,不見其危,順之則喜,逆之則怒,及其人趍馬馳,變出意慮之外,始乃乾喉焦唇,仰天而歎,庶幾乎望其安,不亦晚乎?或云:此王室艱難,遭時不淑,又處事失宜,以致禍亂,君臣不得恩終。古棄廢之臣,怨慕而興嘆,以女之仳離自況也。[②]

李瀷在《中谷有蓷》詩中闡述了他關於五倫的理解:首先,他將五倫

①朱熹《詩集傳》,第44頁。

②李瀷著、白承錫校注《詩經疾書校注》,第113—114頁。

從情感與利害關係上做了區别，强調夫婦、父子在五倫中的重要地位，這在古代朝鮮的君權社會是難能可貴與眼光獨到的；其次，彰顯詩教與倫常的功能。他將夫婦倫常作爲反映社會現狀的真實鏡子，以夫婦倫常作爲反觀萬物的窗口，由尋常宫闈之夫婦而觀貴族、宫廷之夫婦關係與社會關係。最後，他以夫婦倫常省觀世俗社會之盛衰，呈現出他窮經致用、經世致用的詩學觀，强調以夫婦爲代表的家庭倫理是社會倫理的基礎和核心。李瀷對於《中谷有蓷》詩的解釋具有詩教與現實意義。

再如《小雅・常棣》，這是一首宴飲兄弟的詩。《詩序》解釋此詩云："燕兄弟也。閔管、蔡之失道，故作《常棣》焉。"[①]《鄭箋》云："周公吊二叔之不咸，而使兄弟之恩疏。召公爲作此詩，而歌之以親之。"[②]《詩序》的解釋依附了西周的一段歷史，但是釋義與指向性較爲模糊。《鄭箋》根據《左傳》的記載將此詩定爲召公述周公閔兄弟之恩疏的詩。李瀷在此基礎上提出兄弟倫理是父子、夫婦、朋友和融倫理秩序的基礎，其云：

> 死喪之威、原隰之裒，事變之至難也。其在兄弟必也懷之，甚而求之急，不可以其艱險而但已也。若朋友則非不爲之悲憫，只永歎而止。至於骨肉則不然，必躬親任之而無所辭難也，故以"脊令"喻急難，其危急罔措之情可見……喪亂既平，既安且寧，包下人生妻子而言，蓋謂當平時或有視友生勝於兄弟，而籩豆宴樂者焉？視妻子勝於兄弟，而如鼓瑟琴者焉？皆悖理之甚也。孰知夫兄弟之既具且翕，然後方可得和樂之且孺、且湛哉！[③]

李瀷從政治、家族與倫理的關係來闡釋此詩：

①孔穎達《毛詩正義》，第 568 頁。
②孔穎達《毛詩正義》，第 568 頁。
③李瀷著、白承錫校注《詩經疾書校注》，第 253—254 頁。

第一,李瀷認爲此詩是邵穆公叙周公之意的詩。楊樹達先生根據金文資料斷定此詩確如《左傳》所記載,爲西周末年之詩,可見李瀷對《常棣》詩旨的把握是準確的。他將《常棣》詩篇由普通的兄弟宴飲植入到西周末年周王室兄弟互相猜忌鬥爭的歷史場景之中,賦予兄弟倫理以政治與政權的色彩。

第二,李瀷强調兄弟關係較之朋友關係更爲重要。這是從周代分封制與宗法制的社會背景來詮釋詩篇的,"分封制對王朝各級貴族而言是以血親關係爲尺度,所實行的是對既得利益的分享制。在這'分享'中,血緣的親疏遠近,化爲等級的高低貴賤,原始的自然關係,化爲制度的倫理綱常"[①]。宗法封建社會,兄弟既是宗族利益的分享者,也是宗族利益的守衛者。故詩云"常棣之華,鄂不韡韡。凡今之人,莫如兄弟",强調兄弟倫理較之其他社會倫理的獨特性,也反映出詩篇强烈的危亡意識與對抗異族的憂患意識,"詩人所以如此强調兄弟血親之誼的絶對性,實際上是想在對宗親意識的警醒中,汲取抗拒危亡的精神資源"[②]。可見封建制與宗法制是處於共同命運的宗法兄弟能够"死喪之威,兄弟孔懷。原隰裒矣,兄弟求矣"與"脊令在原,兄弟急難。每有良朋,況也永嘆"的制度保障。李瀷認識到兄弟倫理在古代宗法社會的特殊性與價值意義,遂得出"其在兄弟必也懷之,甚而求之急,不可以其艱險而但已也。若朋友則非不爲之悲憫,只永歎而止",揭示出宗族社會背景下宗族兄弟倫理的本質,即他們既是命運與利益的共同體,同時也是共同命運與利益的捍衛者。

第三,以血親爲基礎的兄弟倫理是實現夫婦爲代表的家庭人倫和解的紐帶。李瀷認爲"兄弟既具,和樂且孺""兄弟既翕,合樂且湛"的美好狀態是"妻子好合,如鼓琴瑟"與"宜爾室家,樂爾妻

①李山《詩經的文化精神》,第 79 頁。
②李山《詩經的文化精神》,第 86 頁。

帑"的重要保證。

(三)安人與社會倫理

李瀷的《詩經》詮釋體現了他經世致用、窮經以致用的經學觀。他以詮釋的方式安頓處於風雨飄搖中的士人心靈,這既體現出他《詩經》闡釋的特色,又呈現出濃郁的人文關懷。兹舉例説明,如《王風·君子陽陽》,這是描寫舞師樂工歌舞的詩[①]。以《詩序》爲代表的漢唐《詩經》詮釋與以《詩集傳》爲代表的宋代《詩經》詮釋迥然相異。《詩序》解釋此詩云:"閔周也。君子遭亂,相招爲禄仕,全身遠害而已。"[②]《詩集傳》解釋爲夫婦歌舞的詩,其云:"此詩疑亦前篇婦人所作。蓋其夫既歸,不以行役爲勞,而安於貧賤以自樂,其家人又識其意而深歎美之,皆可謂賢矣。豈非先王之澤哉。或曰《序》説亦通,宜更詳之。"[③]李瀷否定《詩集傳》的釋義,從《詩序》的角度加以闡釋,其云:

> 君子處乎世,無往而不自得焉。賤爲樂工,可耻之甚也。然既不遇於時,軀命無以保也。内自商量,寧辭尊居卑,優遊卒歲之爲可則,於是篤然行之。樂亦在其中,與得意者無别。此貧士之節度也,與世之嘆老嗟卑、愁悒以終身者有别。[④]

李瀷否定《君子陽陽》詩爲夫婦歌舞之辭。他引用《詩序》的解釋,并從君子不遇驅身保命的角度加以闡釋,并進而將君子辭尊居卑、安貧樂道的處事原則提升爲貧士之節度,指出此種處事態度與嘆

---

①程俊英《詩經譯注》,第105頁。

②孔穎達《毛詩正義》,第256頁。《鄭箋》解釋《詩序》云:"禄仕者,苟得禄而已,不求道行。"孔穎達《毛詩正義》,第256頁。孔穎達疏云:"作《君子陽陽》之詩者,閔周也。君子之人,遭此亂世,皆畏懼罪辜,招呼爲禄仕,冀安全己身,遠離禍害,已不復更求道行,故作詩以閔傷之。"孔穎達《毛詩正義》,第256頁。

③朱熹《詩集傳》,第43頁。

④李瀷著、白承錫校注《詩經疾書校注》,第110—111頁。

老嗟卑、愁悒以終身者有别，揭示出君子雖處境卑微，但始終以積極的樂觀態度面對現實人生，體現出東亞儒學精神核心之"樂感文化"①。李瀷的解釋給予處貧賤之位的君子以道德性的生存空間，是對不遇士人心靈的慰藉與安頓，同時也構建了和諧的社會倫理關係。

再如《鄭風·野有蔓草》，此是一首邂逅清揚婉兮之美女的詩。《詩序》從政教的角度解釋此詩云："思遇時也。君之澤不下流，民窮於兵革，男女失時，思不期而會焉。"②《詩序》將詩篇中"有美一人，婉如清揚。邂逅相遇，與子偕臧"之不期而遇的美好邂逅置之於窮兵黷武的亂世之中，賦予了詩篇强烈的視覺反差與政教意識。《詩集傳》從文學的角度解釋此詩云："男女相遇於野田草露之間，故賦其所在以起興。言野有蔓草，則零露漙矣，有美一人，則清揚婉矣，邂逅相遇，則得以適我願矣。"③李瀷的解釋與《詩序》《詩集傳》相異，其云：

> 蔓草，野外也；零露，暴露也。於此邂逅，非貴勢之交也，况適願則素所欽悦也。孔子遇程子於郯之途，引此自况。聖人必不屑言淫醜之辭，可以此爲斷也。其終云："與子偕臧。"男女竊從，豈有以善相勉之理？此尤可信天下有道，取友於朝廷紳佩之間；天下無道，取友於草澤漁獵之下。④

李瀷對於《野有蔓草》詩的解釋突破了《詩序》之兵革不息的社會背景與《詩集傳》純粹的男女之思。他將詩篇中所期待邂逅清揚婉兮、婉如清揚的有美一人轉换爲賢人君子之間非權貴政治的際遇，并進而將此種際遇詮釋爲士君子處事的準則，即"天下有道，取友

①李澤厚《論語今讀》，第 29 頁。
②孔穎達《毛詩正義》，第 320 頁。
③朱熹《詩集傳》，第 56 頁。
④李瀷著、白承錫校注《詩經疾書校注》，第 144 頁。

於朝廷紳佩之間；天下無道，取友於草澤漁獵之下"。一方面傳達出作爲朝鮮知識人的李瀷充滿了對美好政治理想的渴望，另一方面亦體現出朝鮮知識人在政治權勢之外的獨立意識，即强調"仕"的條件，强調士君子的獨立地位、個人意志與自主選擇。於此，趙園關於明清之際士人、君主、君臣的論述亦適合作爲朝鮮儒者的李瀷，"即如王夫之對臣的、士的自主選擇的一再闡説，以易代之際的政治實踐作爲經驗背景，在一個士大夫的倫理處境極其嚴峻的時期，包含了複雜的歷史内容及論者本人的心理内容，令人可以感知亡國之際士大夫所承擔的道義責任的沉重"①。可見李瀷對於《野有蔓草》詩的解釋擔負了安頓士人不遇心靈的任務，同時具有思想史的意義。

第二節　《詩經》詮釋與王權政治：正祖《詩經講義》研究

經筵《詩經》是朝鮮君臣關於《詩經》的講習與詮釋活動，它既是古代中國經筵制度的異域再現，又是中國單向經筵教化制度向朝鮮君臣學術對話體系的轉化，呈現出朝鮮君臣深微豐富的學術心態、政治理想與歷史想象，具有文學史、學術史與政治思想史的意義。韓國當代學者關於朝鮮經筵《詩經》研究主要體現在經筵講《詩》制度、君臣講《詩》的特徵及其與清代學術的關係上②。兹從經

① 趙園《原君・君臣——明清之際士人關於君主、君臣的論述》，《中國文化研究》，2006 年夏之卷。

② [韓]千基哲《正祖朝詩經講義對毛奇齡説的批評與受用》，釜山大學，2004 年博士學位論文。[韓]金興圭《正祖時代의詩經講義》，《韓國學報》，1981 年第 2 期。

筵制度與《詩》學對話、中國之禮的想象與禮樂規範、道統與政統之間、詮釋的内驅力、《詩經》女性的政教詮釋五個方面來研究正祖《詩經講義》。

一、經筵制度與《詩》學對話

(一)經筵制度在朝鮮半島的移植與流衍

經筵是漢唐以來爲帝王講論儒家經史而專設的御前講席,在宋代開始制度化,具有固定的講官官職、經筵日期與經筵場所,此一制度爲元明清三代所沿襲①。經筵制度是中國古代專制皇權政治下一種關於皇帝的教育制度,同時也是君臣講論經史議論古今史事的政治制度,還是有關經典傳播的文化制度②。

經筵制度隨儒學傳入朝鮮、越南等周邊國家。朝鮮新羅時期已開始模仿中國將經筵作爲御前講學方式。高麗王朝統一朝鮮半島實行經筵制度,最早的文字記載爲高麗睿宗(1105—1122 在位)十一年置寶文閣作爲經筵場所,并設置經筵官員。高麗朝經筵的書籍主要有《詩經》《尚書》《禮記》《周易》《論語》等儒家經典,此外還有《貞觀政要》《通鑒綱目》與《老子》。睿宗朝的經筵講義只記載講義時間、場域、講義人、經典篇名。高麗朝以佛教立國,并受到元朝的侵凌,經筵制度在該朝没有得到實質性的開展③。朝鮮李氏王朝(1392—1910)自太祖李成桂(1392—1398 在位)開國,便以儒教作爲立國之根本,重視經筵制度,設立經筵官職。

韓國學者金秀炅將朝鮮時代的經筵分爲四個時期:世宗、成宗

①朱瑞熙《宋代經筵制度研究》,《中華文史論叢》第 55 輯,上海古籍出版社 1996 年版,第 1 頁。

②陳東《中國古代經筵概論》,《齊魯學刊》,2008 年第 1 期。

③權延雄《高麗時代的經筵》,《慶北學報》第 6 輯,第 20—25 頁。

朝爲朝鮮經筵制度的確立期，宣祖、孝宗、肅宗朝爲朝鮮經筵制度的坎坷期，英祖朝爲朝鮮經筵制度的成熟期，正祖朝爲朝鮮經筵制度的集大成時期[①]。正祖（1752—1800 在位），名祘，字亨運，號弘齋，是朝鮮時代後期的賢明君主。正祖朝經筵制度是朝鮮經筵制度的繁盛時期。正祖將朝鮮經筵制度之帝王教育功能轉向國君對於大臣的知識考察與君臣之政治互動上。正祖在經筵活動中努力實現道統與政統的合一，此是正祖受到康熙朝“帝王通過學統，集道統與治統於一身”的經筵制度的影響[②]。正祖朝經筵制度所涉及的典籍有：《四書》《周易》《尚書》《詩經》《春秋左傳》《通鑑綱目》《近思録》與《心經》。正祖就經典中的問題向抄啓文臣提問，正祖的提問稱爲“御制條問”，抄啓文臣的回答稱爲“條對”。《經史講義》是將“御制條問”與“條對”合編而成的[③]。

（二）經筵講《詩》與詩學對話

經筵講《詩》是李朝正祖君臣研習經典的實踐活動之一，也是正祖君臣就中國早期經典文本所開展的詩學對話，真實地反映了正祖君臣的學術理想與政治觀念。朝鮮君臣以《詩經》爲媒介展開學問、思想與政治的對話，在東亞學術思想史上有其獨特性。

正祖朝朱子學居學術思想界之統治地位，朱熹《詩集傳》在《詩經》的詮釋與接受上占據權威地位。正祖力求破除王朝獨尊朱子學説所帶來的趨於僵化的性理學術風尚，在《詩經》條問中突破《詩集傳》趨於“詮釋的暴力”[④]的影響，展開了關於《詩經》文本的對話，呈現權威詮釋與《詩經》文本之間的張力。正祖君臣關於《詩經》文

①［韓］金秀炅《韓國朝鮮時期〈詩經〉學研究》，第 41—66 頁。

②張宗友《“表章聖經”“治統所繫”：清初御定經解之經典化與學術影響》，《古典文獻研究》第 17 輯上卷，2014 年。

③［韓］金興圭《正祖時代의詩經講義》，《韓國學報》，Vol. 7，1981 年。

④張隆溪《詮釋的暴力：論傳統的政治倫理批評》，《中國經典詮釋傳統（三）：文學與道家經典篇》，華東師範大學出版社 2008 年版，第 1 頁。

本的對話，主要表現在對經文異體字、訓詁、文辭深意的理解上，具有豐富的《詩經》學内涵。如《邶風・雄雉》，正祖條問云：

> 此章"實勞我心"之"實"字有深意之可言者耶？與《燕燕》章"實勞我心"之"實"字，《白華》章"實勞我心"之"實"字亦有輕重淺深之不同者耶？①

"實勞我心"見於《詩經》者三：《邶風・雄雉》第二章"雄雉於飛，下上其音。展矣君子，實勞我心"；《邶風・燕燕》第三章"燕燕于飛，下上其音。之子于歸，遠送于南。瞻望弗及，實勞我心"；《白華》第四章"樵彼桑薪，卬烘於煁。維彼碩人，實勞我心"。正祖以三首詩中相同的詩句是否具有語義輕重深淺之不同條問，對此文臣金啓洛條對云：

> "實"是真實底意，而上句既曰"展矣君子"，"展，誠也"。既"言誠又言實"，所以甚言其勞心也，與他章之單言"實"字，深淺不同矣。②

以上金啓洛關於《雄雉》詩"實勞我心"之"實"的解釋是根據朱熹《詩集傳》而來的，《詩集傳》解釋"展矣君子，實勞我心"云："展，誠也。言誠又言實，所以甚言此君子之勞我心也。"③可見朝鮮王朝尊崇朱子學，對《詩集傳》的詮釋予以全面接受。

正祖對《詩經》文本的關注實則是希望在思想上打破朱子學的獨尊態勢，他關於《雄雉》《燕燕》《白華》詩文本的條問涉及到早期文本的産生、固定成語使用及其意義生成等問題。《詩經》中存在諸多重復或相似的詩句，如《召南・草蟲》首章云"喓喓草蟲，趯趯阜螽。未見君子，憂心忡忡。亦既見止，亦既覯止，我心則降"，與

①正祖《詩經講義》，《韓國經學資料集成》第 75 册，第 155 頁。
②正祖《詩經講義》，《韓國經學資料集成》第 75 册，第 155 頁。
③朱熹《詩集傳》，第 20 頁。

《小雅·出車》第五章"喓喓草蟲,趯趯阜螽。未見君子,憂心忡忡。既見君子,我心則降"相近似。又如"春日遲遲","采蘩祁祁",一見於《豳風·七月》第二章"春日遲遲,采蘩祁祁,女心傷悲,殆及公子同歸",一見於《小雅·出車》第六章"春日遲遲,卉木萋萋。倉庚喈喈,采蘩祁祁。執訊獲醜,薄言還歸"。關於這些習語的形成與使用涉及到早期文本的形成問題,如葛蘭言(Marcel Granet)認爲《詩經》國風中詩句的重復、相似、對稱與并列,在於詩是初民在農業活動和節日中即興唱出的歌謡,故《詩經》許多詩篇保留了先民唱和的語言形式特徵[①]。王靖獻(C. H. Wang)運用比較的方法研究得出《詩經》中慣用表達模式是詩歌口頭表達的自發呈現[②]。西方漢學家從民俗學、社會學的角度論述了《詩經》文本的產生及其民歌屬性,但是這種結論遭到了中國當代研究者的反對,如陳致認爲,《詩經》中相同語言模式的使用及其兩周金文的記載與周人祭祀活動中重復使用的祭祀語詞有關[③],并指出"在西周中期,伴隨着音樂的使用和祭祀禮辭的發展,中國的四言體詩開始逐漸形成,并且格式化"[④]。陸威儀(Mark Edward Lewis)指出:"源於崇拜及宫廷娱樂活動的早期詩歌僅只在由少數人構成的社會群體中形成并傳播,也進而只呈現這一人群共同遵循的價值。"[⑤]據此,我們似乎可以對正祖的條問作如下呼應:《雄雉》《燕燕》《白華》三首詩共同使

---

①[法]葛蘭言《古代中國的節慶與歌謡》,廣西師範大學出版社 2005 年版,第 10—15 頁。

②[美]王靖獻著、謝謙譯《鐘與鼓:詩經的套語及其創作方式》,四川人民出版社 1990 年版,第 25—40 頁。

③陳致《"日居月諸"與"日就月將":早期四言詩與祭祀禮辭釋例》,《北京論壇(2012):文明的和諧與共同繁榮》國際會議論文集,2012 年,第 37—62 頁。

④陳致《從〈周頌〉與金文中成語的運用來看古歌詩之用韻及四言詩體的形成》,《跨學科視野下的詩經研究》,上海古籍出版社 2010 年版,第 21 頁。

⑤[美]陸威儀《早期中國的寫作與權威》(*Writing and Authority in Early China*), State University of New York Press, 1999. p147.

用“實勞我心”是女性相似情感的詩意表達，此與西周禮樂文明、祭祀活動、音樂的産生與發展密切相關，相類情感的固定語言表達模式在王朝集體性的祭祀與燕饗活動中一次次地得以傳播與再現。《詩經·國風》和《小雅》中存在相同的詩句，是一種集體的原始情感迭加與語詞再現，這些相同的詩句根據各自詩篇的内容呈現出不同的情感和文字的力量。在《詩經》的世界里，這些携帶相類情感符號的慣用成語則具有情感迭加的功能，可見正祖君臣關於《詩經》文本的對話與討論具有豐富的詩學内涵。

再如《邶風·柏舟》，漢、宋《詩經》學對此解釋各異。正祖對此詩條問云：

> 《集傳》以爲婦人之詩，蓋據《列女傳》之説，而《孔叢子》載：“孔子讀《柏舟》，見匹夫執志之不可易。”既曰“匹夫”，非婦人也。傳記所載不一，則恐未足爲據也。後儒有謂“泛彼柏舟”，毛注(《毛詩注疏》)謂泛泛然流水中，似與經文合，初不見所謂堅守之義。當依古注，以仁人不遇爲主。此説果得之耶？①

正祖指出《柏舟》詩存在兩種解釋：一是《詩集傳》據《列女傳》解釋爲婦人之詩，一是《詩序》解釋爲仁人不遇之詩。正祖於條問之中對兩種詩旨作出了判斷，他認爲傳記中關於《柏舟》爲女性與男性之詩的記載不一致，《孔叢子》所載爲男性之“匹夫”，故不能根據《列女傳》一家之言而認爲《柏舟》爲女性之詩。同時，他還認爲孔穎達《毛詩注疏》解釋《毛傳》所云“言汎然而流者，是彼柏木之舟。此柏木之舟宜用濟渡，今而不用，以汎汎然其與衆物俱流水中而已”②，與詩句“汎彼柏舟，亦汎其流”相符，并提出“當依古注，以仁人不遇爲主”的判斷。文臣洪履健條對云：

---

①正祖《詩經講義》，《韓國經學資料集成》第75册，第24頁。
②孔穎達《毛詩正義》，第114頁。

> 此章或以爲婦人之詩，或以爲康叔之詩，傳記所載未詳孰是。然試以《鄘・柏舟》觀之，其爲婦人詩明矣。蓋婦人之從於人，如舟之用於人，故先儒所謂以柏舟比其可用乘載者，此也。松柏皆爲舟，而木之堅致不朽惟柏爲最，故婦人必以柏舟自比，然婦人之見棄於其夫，亦與舟之不以乘載，泛泛然流水中無異，其取義恐如此。若以爲仁人不遇之作，則恐與經文本義相舛矣。①

洪履健否定正祖以"當依古注，以仁人不遇爲主"的判斷，其理由是：一，與《鄘風・柏舟》相比較，兩詩均爲婦人之詩。二，"汎彼柏舟"乃婦人以柏舟自比，不見答於其夫，汎汎然流於水中，而并無仁人不遇之意。可見洪履健關於此詩的解釋完全來源於《詩集傳》，條對亦步亦趨。

再如《衛風・淇奥》，此是美衛武公之詩，如《詩序》云："《淇奥》，美武公之德也。有文章，又能聽其規諫，以禮自防，故能入相於周，美而作是詩也。"②正祖對詩篇中的字詞訓詁進行條問云：

> "淇澳"之"澳"，自《毛傳》已以"隈"爲釋，而陸璣以爲"澳"非隈，即水名。《正義》雖引《爾雅》明其説之非，而《博物志》云"澳水流入于淇"，却似可證。"綠竹"，《毛傳》云："綠，王芻也。竹，篇竹也。"作二草解，而《集傳》以綠爲竹之色夫，以色釋綠於文似順，而二章云綠竹句之中再言色，得無意叠乎？若綠之爲草，則《小雅》所云"終朝采綠"固可證也。且綠與菉通用，故

①正祖《詩經講義》，《韓國經學資料集成》第75册，第24—25頁。

②孔穎達《毛詩正義》，第214頁。《詩集傳》贊同《詩序》的解釋，并從詩句"綠竹猗猗""有匪君子，如切如磋，如琢如磨""瑟兮僩兮，赫兮咺兮"中萃取出武公自修之德云："衛人美武公之德，而以綠竹始生之美盛，興其學問自脩之進益也。《大學》傳曰：如切如磋者，道學也。如琢如磨者，自修也。瑟兮僩兮者，恂慄也。赫兮喧兮者，威儀也。有斐君子終不可喧兮者，道盛德至善，民之不能忘也。"朱熹《詩集傳》，第34—35頁。

> 齊魯韓三家及《大學》引此詩皆作"菉"。采綠之綠,《楚辭》注引之作采綠,然則王芻之釋無乃爲優耶?[①]

正祖提出兩個問題:一是"淇澳"之"澳"具有兩種争議性的解釋:即《毛傳》釋之以"隈",《詩集傳》同《毛傳》,亦解釋爲"隈";陸璣釋之以水名,并以《博物志》所載"澳水流入于淇"作爲解釋爲水名的證據。二是"綠竹猗猗"之"綠"具有兩種代表性的解釋,即《毛傳》所釋爲"王芻"之草,《詩集傳》以"綠"爲竹之顔色。抄啓文臣李魯春條對云:

> "淇"爲衛地之紀,故詩稱衛地者必稱淇水,曰"亦流于淇"(《邶風·泉水》)、曰"送子涉淇"(《衛風·氓》)、曰"淇則有岸"(《衛風·氓》)、曰"淇水在右"(《衛風·竹竿》)、曰"在彼淇梁"(《衛風·有狐》)是耳。《博物志》所謂"澳",未知别有水名爲澳,而衛國許多詩稱淇,不稱澳,則此不可以爲證矣。"奥"與"澳"字雖通用,而厓内近水爲奥,詩之"淇奥"是水内之奥,而非水名之澳,則亦不可以奥與澳字同而爲證矣,且奥有幽深之意,可以興君子寬綽宏遠之德,則明是水隈而非水名也。以綠竹之美盛堅剛茂密興君子之盛德至善,則是武公之德。惟"綠竹"可以興之也,此豈菉蓐篇蓄所可興者哉。"青青"是堅剛茂盛之貌,而非謂竹之色也,則"綠"與青青初無意叠之嫌矣。然則"奥"與"澳","綠"與"菉"恐不可以字之通用而强爲附會以反害本旨矣。[②]

首先,李魯春對正祖所提出的"淇奥"之"奥"的兩種釋義進行辨析,他肯定《毛傳》以"隈"釋"奥",否定陸璣以"奥"爲水名,理由如次:一是,淇水是衛地的象征,魏國許多詩篇稱淇不稱澳,并舉

①正祖《詩經講義》,《韓國經學資料集成》第75册,第40—41頁。
②正祖《詩經講義》,《韓國經學資料集成》第75册,第41—42頁。

《邶風・泉水》《衛風・氓》《衛風・竹竿》爲例，故他認爲《博物志》所謂“澳水流入于淇”非指衛國的水名。二是，“奥”與“澳”有别，“奥”乃厓内近水之域，有幽深之意，并可以“奥”興衛武公寬綽宏遠之德，若爲水名之“澳”則無此深意。可見，正祖“《博物志》云‘澳水流入于淇’却似可證”遭到了文臣“《博物志》所謂‘澳’，未知别有水名爲澳，而衛國許多詩稱淇，不稱澳，則此不可以爲證矣”的辯駁。

其次，李魯春對“緑竹猗猗”之“緑”字訓詁進行回答。《淇奥》“緑竹猗猗”之“緑”字釋義是《詩經》學史上聚訟紛紜的話題：一是以“緑”爲草，即《淇奥》無竹之説。以《毛傳》“緑，王芻也”爲代表，從之者如《鄭箋》、陸璣《毛詩草木鳥獸蟲魚疏》[①]、陸德明《經典釋文》、孔穎達《毛詩正義》。一是以“緑”爲顔色之緑，即《淇奥》有竹之説。倡之者有李樗、黄櫄之《毛詩李黄集解》[②]，從之者如朱熹《詩集傳》、吕祖謙《吕氏家塾讀詩記》、王質《詩總聞》、范處義《詩補傳》、方玉潤《詩經原始》、錢鍾書《管錐編》[③]。正祖在條問中指出將“緑竹”之“緑”解釋爲顔色之緑，則會導致詩句“緑竹青青”“緑竹如簀”在語義上的重復，若將此“緑”釋爲“菉”，爲王芻之草，一可以《小雅・采緑》爲證，二可以用齊魯韓三家詩與《大學》引詩皆作“菉”爲證。正祖提出“緑”爲“王芻之釋無乃爲優耶”的判斷，并以此提問文臣。李魯春否定“緑”爲王芻的釋義，其理由在於：一，以王芻解釋緑，去除了詩篇的興義。二，“緑竹”之“緑”作爲顔色之“緑”與“緑竹青青”語義并不重復，原因在於“青青”乃緑竹之貌而非緑竹之色。正祖“然則王芻之釋無乃爲優耶”遭到了抄啓文臣李魯春的否定：“‘緑’與‘菉’，恐不可以字之通用而强爲附會以反害

---

①陸璣云：“緑、竹一，草名，其莖葉似竹，青緑色，高數尺。今淇隩傍生此，人謂此爲緑竹。”孔穎達《毛詩正義》，第 216 頁。

②李樗、黄櫄之《毛詩李黄集解》，上海古籍出版社 2003 年版，第 160—162 頁。

③王人恩《〈管錐編〉對“淇奥之竹”學術陳案的破解》，《中國文化研究》，2015 年秋之卷。

本旨矣。”

據上可知,正祖君臣在經筵活動中的詩學對話具有如下特徵:第一,由《詩集傳》轉向《詩經》文本。第二,《詩經》詮釋的一與多的問題。正祖在《詩經》講義活動中大量援引漢唐《詩經》學説補充《詩集傳》,抄啓文臣在正祖諸種釋義的辨析中不斷維護《詩集傳》的權威地位,呈現出《詩經》詮釋一與多的對立。

二、中國之禮的想象與禮樂規範

中國經典包蘊豐富的禮樂精神,如皮錫瑞《經學通論》云:“六經之文,皆有禮在其中。”[①]古代朝鮮半島作爲東亞漢文化圈的重要組成部分,其在文化上深受古代中國禮樂文明的影響。《詩經》是古代中國早期禮樂文明的産品,是禮與人生生活化交匯的詩意記載。正祖君臣在《詩經講義》中常常涉及禮的問題,呈現出他們對中國古代禮制的認識、考辨與想象。

如《衛風·氓》,這是一首女性遭丈夫棄逐的詩,記載了女子由“桑之未落,其葉沃若”到“桑之落矣,其黄而隕”的由愛而棄的過程。《詩集傳》云:“此淫婦爲人所棄,而自叙其事以道其悔恨之意也。夫既與之謀而不遂往,又責所無以難其事,再爲之約以堅其志,此其計亦狡矣。以御蚩蚩之氓,宜其有餘,而不免於見棄。蓋一失其身,人所賤惡,始雖以欲而迷,後必以時而悟,是以無往而不困耳。士君子立身一敗,而萬事瓦裂者,何以異此。可不戒哉。”[②]正祖在甲辰年(1784)與己酉年(1789)的經筵講詩活動中分别條問此詩。甲辰年正祖條問云:

> 《曲禮》曰:“非有行媒不相知名。”此特言昏姻之正禮耳。

①皮錫瑞《經學通論》,中華書局1982年版,第81頁。
②朱熹《詩集傳》,第37頁。

至於《氓》之婦人既自言"送子涉淇，至于頓丘"，則必已有謀昏之事，亦何待於媒妁之往來道達而必以是爲言耶？且《序》以此詩爲刺時，而《集傳》則謂淫婦之自叙其事，此果有據耶？①

又，己酉年，正祖就該詩繼續條問云：

　　朱子以此棄婦比之於士君子，立身一敗，萬事瓦裂。蓋人臣進不以道，則終必擯。斥婦女嫁不以禮，則終必棄逐，爲人所賤惡故也。人君進其臣，男子取其婦，皆愛之也，而終乃斥棄之者，何也？愛而知其惡，即此心之本然，始雖迷惑，而終必覺悟故歟。②

正祖根據《禮記·曲禮》"男女非有行媒，不相知名"的記載，認爲《氓》詩中女子被棄逐的根本原因乃是其對於禮樂規範的違背，全然不顧"自我徂爾，三歲食貧"與"三歲爲婦，靡室勞矣；夙興夜寐，靡有朝夕"的辛勞。《詩集傳》以士君子比喻棄婦，强調君子人格的修省與養成是立身之關鍵，否則萬事瓦裂。正祖將《詩集傳》中的君子轉化爲大臣，將君子人格的内在修省轉化爲大臣侍君之道，將男女之禮引申到君臣之禮，并直接指出人臣不以道進君，則終遭國君擯棄的命運。《氓》詩成了正祖建構政治秩序與禮樂規範的載體，是一種詮釋即運用的政治論述。

正祖在諸多詩篇中展開了關於婚姻之禮的條問，如《召南·摽有梅》，此是"以梅實之落喻女子青春之易逝，婚嫁宜及時也"之

① 正祖《詩經講義》，《韓國經學資料集成》第 75 册，第 214 頁。按：文臣義浩條對云："既與之約又托以無良媒，所以難其事，而固其心也。《序》説雖以爲刺時，而其下文又有困而自悔，故序其事以風焉之語，則《序》説、《集傳》固無所異矣。"正祖《詩經講義》，《韓國經學資料集成》第 75 册，第 214 頁。

② 正祖《詩經講義》，《韓國經學資料集成》第 75 册，第 380 頁。按：文臣有榘條對云："始雖以欲而迷，終必以時而悟，既有朱子明訓，臣無容更贅矣。"正祖《詩經講義》，《韓國經學資料集成》第 75 册，第 381 頁。

詩[1]。正祖從禮法的角度云：

> 處子之自言求婿，非閨門静拙之法也，古人以此爲女父擇婿之詩，未知是否？一禮不備則不行，而請期，六禮之一也。不待吉日而欲迨今之日，則不但汲汲之爲可嫌，其爲失禮也大矣，此詩何爲而入於正風，比之《桃夭》歟？[2]

正祖就《摽有梅》"求我庶士"之"我"與"迨其今兮"之"今"進行條問。《摽有梅》詩云："摽有梅，其實七兮。求我庶士，迨其吉兮。"歷代解詩者常常將詩篇中的"我"解釋爲待嫁之女子。正祖從禮的角度解釋詩篇，他認爲《摽有梅》不應爲女子自言求婿，此與閨門之禮法相違背，故認爲是女父擇婿之詩。正祖認爲婚姻六禮之納彩、問名、納吉、納徵、請期、親迎是婚姻過程中缺一不可的環節，一禮不備，則請期。詩句"迨其今兮"與納吉相違背，故此正祖提出"待吉日而欲迨今之日，則不但汲汲之爲可嫌，其爲失禮也大矣"的疑問。文臣金羲淳與徐有榘分别回答上述問題：

> 金羲淳條對：朱子答或人問曰以爲女子自作，亦不害。觀於"亦"之一字，則微意可知擇婿之説，恐不必斥。[3]
>
> 徐有榘條對：過時已遠矣，而猶欲媒妁通言昏姻以正，此所以爲難也。其編在正風與《桃夭》并稱，不亦宜乎？[4]

朱熹解釋《摽有梅》詩云："發乎情止乎禮義之説甚善，感切人之父母，却恐未必有此意。或是女子自作，亦不害。蓋里巷之詩，但如此已爲不失正矣。"[5]金羲淳根據朱熹釋義"女子自作，亦不害"之"亦"非爲全部絶對之意，故認爲正祖女父擇婿之説爲"恐不必斥"。

---

①袁行霈、徐建委、程蘇東撰《詩經國風新注》，中華書局 2018 年版，第 67 頁。
②正祖《詩經講義》，《韓國經學資料集成》第 75 册，第 309 頁。
③正祖《詩經講義》，《韓國經學資料集成》第 75 册，第 309 頁。
④正祖《詩經講義》，《韓國經學資料集成》第 75 册，第 310 頁。
⑤朱熹《晦庵集》卷五十，文淵閣《四庫全書》本。

徐有榘認爲《摽有梅》詩在"摽有梅,其實七兮","摽有梅,其實三兮"的時間的流逝中,女子"猶欲媒約通言昏姻以正,此所以爲難",以此認爲《摽有梅》詩爲合乎婚姻之禮的詩。以上正祖君臣關於詩篇所涉婚禮的問答,可見正祖君臣對於中國婚姻之禮的想象與禮義的執着堅守。

再如《周南·漢廣》,此是思慕漢水游女之詩。正祖就《漢廣》"漢有游女,不可求思"之游女不符合禮的規範而提問:

> 女子不窺中門,婦人送迎不下堂,禮也。女之未嫁者,其可出游乎?江漢之女能變淫爲貞,而其好游之舊風猶未變,何也?文王之化民,以禮而化之也,游女之觀,感淫可爲貞,而禮節之大者,獨不免出入何也?古人云:江漢是聞文王之化,而未被其澤者[①]。其此之謂歟?[②]

正祖認爲以禮感化的女子應是遵守禮制,不窺中門,活動範圍固定的女子,而非《漢廣》詩中的游冶無度之女,遂認爲此詩不是文王之化澤被的區域,而只是聞得文王之化的地域。文臣如下回答:

> 尹寅基條對:漢之游女,即《七月》"執筐"之類,而禮不下庶人,則恐不必責以不下堂之禮節矣。[③]
>
> 丁若鏞條對:"不窺中門",恐非賤者之禮。"同我婦子,饁彼南畝。""女執懿筐,遵彼微行。"不獨豳俗爲然,則江漢出游之女,此亦賤者也。出遊之女亦不可求,則德化尤盛矣。[④]
>
> 趙得永條對:"不窺中門","送迎不下堂"之禮,只可責之

①王應麟《詩地理考·漢廣》卷一"江漢之域"條載:"陳氏曰:汝墳是已被文王之化者,江漢是聞文王之化而未被其澤者。"

②正祖《詩經講義》,《韓國經學資料集成》第75册,第289—290頁。

③正祖《詩經講義》,《韓國經學資料集成》第75册,第290頁。

④丁若鏞《詩經講義》,《韓國經學資料集成》第79册,第41—42頁。

> 士大夫之夫人可也……此篇出遊之女，必是閭巷間農商之子而已，雖以文王之化而何能以禮律之也。[①]

文臣尹寅基、丁若鏞、趙得永均從禮不下庶人的角度回答正祖，認爲江漢之女類同《豳風・七月》詩中的"同我婦子，饁彼南畝"之女，是巷閭間農商之子，她們雖受文王之化却不能以禮約之。而正祖所言女子"不窺中門"乃是貴族女性的禮節。於此，可以看到正祖對於詩篇中所涉之禮的條問，一方面是他對於中國禮樂的刻板想象，另一方面也是他建立禮樂規範，實踐詩教傳統的政治訴求。

三、道統與政統之間：以《詩集傳》爲中心的對話

朝鮮時代《詩經》講義是以朱熹《詩集傳》爲中心的對話。正祖大量徵引漢唐注疏質疑《詩集傳》，此與朝鮮王朝尊崇《詩集傳》的態度構成鮮明對比。正祖基於質疑《詩集傳》的立場所提出的關於《詩經》基本問題、釋義、訓詁、名物、制度等方面的條問，張寶三認爲此是由《詩集傳》在朝鮮時代作爲科舉考試標準的重要地位所致[②]。正祖君臣以《詩集傳》爲中心的對話，實際上體現出朝鮮君王政統與士大夫道統之間的緊張關係。

朝鮮王朝道統的建立與朱子學傳入有着密切的關係。朱熹所建構的以儒家文獻爲依據、以仁義中正爲核心思想、以堯舜孔孟程朱爲接受譜係的道統論，是朝鮮王朝道統的核心內容。朝鮮王朝繼高麗王朝而起，其在政治文化思想脉絡上與高麗王朝相迥異。高麗王朝以佛教爲國教，佛教在王朝各方面發揮重要功能。高麗朝末期隨着佛教的貴族化、保守化發展，僧侣階層的集體墮落，導

---

①趙得永《詩經講義》，《韓國經學資料集成》第80册，第46頁。

②張寶三《朝鮮正祖〈詩經講義〉論考》，載於《東亞〈詩經〉學論集》，臺大出版中心2009年版，第457—458頁。

致了王朝經濟的衰退，民生慘淡，致使佛教的社會功能逐漸縮小。1392年，朝鮮王朝太祖李成桂立國，并以朱子學爲代表的儒學作爲國教，將朱子學作爲王朝的統治思想與建立新的社會倫理秩序的基礎。

儒學在朝鮮王朝的興起是在排斥佛教的背景下進行的，這與中國唐宋之際儒學復興具有歷史的相似性。佛教傳入中國并產生了深遠的社會影響，佛教思想對儒學産生了巨大的挑戰，導致了中國文化思想界長期的儒佛之争。作爲唐代古文運動領袖的韓愈首先在其《原道》中倡導儒學復興，并提出"文以載道"的古文運動理念，明確提出以儒學爲中心的道統思想，至宋代逐漸形成了復興儒學、批判佛教，建立道統的思想傳統。儒學内部諸多學術流派在儒學復興的過程中得到充分的發展，如以地域命名的濂溪學、關學、閩學、浙學、洛學、蜀學等，各派均以復興儒學爲主張，但其思想觀念與價值體系存在極大的差别。"於是宋學内部的不同學派與學者開始强調自己認同的儒家核心價值、代表人物以及相關的典籍文獻，并提出了與這些内容相關的各自的道統論。"朱熹在繼承早期儒家所確立的道統的基礎上，繼承并完善二程的理學思想體系，建構由堯舜而孔孟而程朱的道統譜系。程朱學派的道統理論被學界普遍承認，成爲中國道統論的標準①。朝鮮王朝儒學的興起是在對抗佛教的思想場域中進行的，已經趨於成熟的朱子學體系於元朝末年傳入朝鮮，朱子學是朝鮮王朝儒學的主要内核，朱熹道統理論亦成爲朝鮮王朝的理論綱要②。朱子學著作成爲朝鮮經典詮釋的標準，爲朝鮮儒者所學習、接受與詮釋。

在朱子學一統的學術政治思想環境之中，《詩集傳》成爲朝鮮時代儒者《詩經》詮釋的標準。作爲君王的正祖在《詩經》講義活動

①朱漢民《宋儒道統論與士大夫的主體意識》，《哲學研究》，2018年第10期。
②李炳燦(이병찬)《正祖朝의詩經講義研究》，忠南大學校，1994年碩士學位論文。

中一反朝鮮時代尊崇朱子學的學術思潮,質疑《詩集傳》,而大臣却是屢屢回護《詩集傳》的解釋權威。正祖君臣在《詩經》講義活動中圍繞《詩集傳》所展開的問答,從學術思想史的角度來看是中國《詩經》學漢宋相争的異域呈現,從朝鮮政治歷史的角度來看則是正祖君臣王權與相權、政統與道統相争的學術呈現。

如《周南・卷耳》,關於此詩的解釋,主要有兩種:以《詩序》爲代表的漢代《詩經》學從經學角度將此詩解釋爲求賢思賢之詩。《詩序》云:"《卷耳》,后妃之志也,又當輔佐君子,求賢審官,知臣下之勤勞。内有進賢之志,而無險詖私謁之心,朝夕思念,至於憂勤也。"[①]以《詩集傳》爲代表的宋代《詩經》學從文學層面將此詩解釋爲思人之詩。如《詩集傳》云:"后妃以君子不在而思念之,故賦此詩。託言方采卷耳,未滿頃筐,而心適念其君子,故不能復采,而寘之大道之旁也。"[②]對於《卷耳》詩"周行"的不同解釋是漢宋《詩》學歧義的關鍵。正祖否定《詩集傳》的釋義云:

> "嗟我懷人,置彼周行。"《毛傳》曰:"思君子官賢人,置周之行列。"《鄭箋》曰:"周之列位,謂朝廷臣也。"其爲説固若齟

---

①孔穎達《毛詩正義》,第 36 頁。

②朱熹《詩集傳》,第 3 頁。按:《卷耳》詩旨,反對《詩序》之解釋者,如歐陽修云:"夫人無外事,求賢審官非后妃之職也,臣下出使,歸而宴勞之。此庸君之所能也,國君不能官人于列位,使后妃越職而深憂至勞心而廢事,又不知臣下之勤勞。闕宴勞之常禮,重貽后妃之憂傷如此,則文王之志荒矣。"歐陽修《詩本義》卷一,文淵閣《四庫全書》本。崔述云:"言太親狎,非别男女,遠嫌疑之道。況'牝鷄司晨,維家之索'人君之職而夫人侵之如是,豈可以爲訓哉!官人之説,雖本之《春秋傳》,然古人引詩,多斷章取義,不可執也……朱子以爲婦人念其君子者得之。"崔述《讀風偶識》卷一。程俊英云:"這是一位婦女想念她遠行的丈夫的詩。"程俊英《詩經譯注》,第 6 頁。此外關於《卷耳》詩的解釋還有靈魂感應古俗之説(白川静《詩經的世界》,臺北東大圖書股份有限公司 2002 年版,第 40—46 頁)、上古陟神禮的描叙(于茀《〈詩經・卷耳〉與上古陟神禮》,《北方論叢》,2002 年第 1 期)。

齬，而《集傳》以爲置之大道，則置筐於大道之上云者，亦涉如何？《春秋·襄十五年傳》引《詩》曰："'嗟我懷人，置彼周行'，能官人也。王及公、侯、伯、子、男、采、衛、大夫各居其列，所謂周行。"然則毛鄭之說其來久矣，或未可遽改耶？[①]

正祖首先指出漢宋《詩經》學對於《卷耳》詩旨的不同理解在於對"周行"的不同解釋，他指出《毛傳》《鄭箋》均將"周行"解釋爲"周之列位"與朱熹《詩集傳》解釋爲"周行，大道也"存在本質的差異。正祖引《春秋左氏傳》襄公十五年傳作爲《詩序》解釋的證據。《左傳·襄公十五年》云："君子謂'楚於是乎能官人。官人，國之急也。能官人，則民無覦心。《詩》云嗟我懷人，寘彼周行，能官人也。王及公、侯、伯、子、男，甸、采、衛、大夫，各居其列，所謂周行也'。"[②]此是楚康王任命令尹、右尹、司馬、莫敖、箴尹等官職時，君子所發表的一番評論。《左傳》的記載代表了春秋時人對"周行"最早的理解，即作爲周之列（官）位，這一解釋爲《毛傳》《鄭箋》所沿襲。如《毛傳》云："懷，思。寘，置。行，列也。思君子官賢人，置周之列位。"[③]《鄭箋》云："周之列位，謂朝廷臣也。"[④]正祖認爲《毛傳》《鄭箋》釋義久遠，不可隨意更改。正祖以漢代《詩經》學成果來反對《詩集傳》的解釋。文臣李錫夏維護《詩集傳》云：

　　此章之旨，以官賢論之者，蓋自《小序》之說，而朱子嘗以其傳會鑿說而辨之甚詳。蓋"嗟我懷人"其言親暱，非后妃施於使臣之言也……然則諸家置列位之說，在所當改。《集傳》置傾筐之義，恐當不易矣。[⑤]

①正祖《詩經講義》，《韓國經學資料集成》第75册，第10—11頁。
②楊伯峻編著《春秋左傳注》，第1022頁。
③孔穎達《毛詩正義》，第37頁。
④孔穎達《毛詩正義》，第37頁。
⑤正祖《詩經講義》，《韓國經學資料集成》第75册，第11—12頁。

文臣李錫夏贊同《詩集傳》的解釋，從而否定正祖贊同《毛傳》《鄭箋》未可遽改的意見。他指出《毛傳》《鄭箋》以“官賢”解釋《卷耳》是來源於《詩序》，并以朱熹批評《詩序》爲證，朱熹云：“《卷耳》之《序》以‘求賢審官，知臣下之勤勞’爲后妃之志事，固不倫矣，况詩中所謂‘嗟我懷人’其言親暱，太甚，寧后妃所得施於使臣者哉！”①李錫夏根據朱熹的解釋否定正祖的意見，并提出朱熹《詩集傳》釋義“恐當不易矣”的判斷。

再如《大雅・文王》第六章之“永言配命，自求多福”之“命”，《詩集傳》解釋云：“命，天理也。”正祖就《詩集傳》釋義提問云：

> “永言配命”，《注》曰：“命，天理也。”此篇内凡八“命”字，宜無不同，皆是“其命維新”之“命”，而於“配命”别爲訓詁，何歟？“配命”之“命”亦“受命”之“命”，蓋言修德而永配所受之天命，恐非以長合天理而言，未知如何？或言以永配所受之天命看，則已得福矣，何以更言“自求多福”，此恐未然，蓋永有歷年之意，能永歷年，然後可享諸福，故云爾，如是看，得無悖於經旨否？②

大臣徐有榘維護《詩集傳》云：

> 諸章“命”字，皆兼理氣言，而獨配命之命，專以理言。故朱子特於此以“天理”釋之，蓋慮其混而無别也。且“永言配命”，即求福之事，自求多福，即配命之效。若以配命之命爲受命之命，則是將曰受命而求福，臣恐其失於言也。③

正祖援引《詩序》《毛傳》《鄭箋》來質疑《詩集傳》的《詩》學現象，一方面顯示正祖在朱子學獨尊的朝鮮時代回歸漢代《詩經》學

①黎靖德主編《朱子語類》，卷八十。
②正祖《詩經講義》，《韓國經學資料集成》第75册，第564—565頁。
③正祖《詩經講義》，《韓國經學資料集成》第75册，第565頁。

的學術取向，另一方面正祖對於《詩經》漢學的回歸與大臣對《詩集傳》的維護形成强大的張力，此一張力正是朝鮮王朝政統與道統相鬥争的具體體現。以《詩序》爲代表的漢代《詩經》學與以《詩集傳》爲代表的宋代《詩經》學，從思想史的角度看，二者都致力於"内聖人格與外王事功、價值理想與國家治理、心性修養與禮法制度"[①]的建設，所不同的則是内聖與外王何者處於更爲核心與根本的地位。漢代《詩經》學在總體闡釋上傾向於外在政治，如"輔佐君臣""求賢審官""懼讒""刺時"等，强調《詩經》詮釋對於王化事功的影響。以《詩集傳》爲代表的宋代《詩經》學則强調内聖人格的建立，如《卷耳》"貞静專一"之性；强調價值理想，如《十畝之間》"政亂國危，賢者不樂仕於其朝，而思與其友歸於農圃"之志；重視心性修養，如《采葛》"故因以指其人，而言思念之深"。可見以《詩序》爲代表的漢代《詩經》學在人的内向心性面前，更爲强調國家治理、禮法制度與外王事功的重要地位。而以《詩集傳》爲代表的宋代《詩經》學則强調内聖人格、德治理想與心性修養則是國家治理、政治事功與禮法制度的關鍵。正祖對漢代《詩》學的贊同，從王政的角度來解析詩篇，可見其對漢代道統譜系的認可。漢代道統譜系具有"教""治"一體的特徵，以"治"統"教"，"君""師"一體，以"君"爲"師"的特點。正祖對以《詩序》爲代表的漢代《詩》學的維護與闡揚旨在剥離朝鮮臣教君受的經筵傳統[②]，將王權作爲政統與道統的合一體。正祖通過對《詩經》的條問呈現出他對於經典的理解，并將此作爲訓導群臣的學理依據，以約束朝鮮王朝自太宗以來逐漸形成并完

---

①朱漢民《宋儒道統論與士大夫的主體意識》，《哲學研究》，2018 年第 10 期。

②按：朝鮮王朝經筵是一項政治運行機制，經筵官通過每日爲國君講授儒家經典，討論學問，商議王朝政治，以達到規諫國君與限制王權集中的政治目的，所以朝鮮經筵具有政治經筵的屬性。高麗大學校韓國史研究室著，孫科志譯《新編韓國史》，第 114 頁。

善的“言論三司”的權力功能①,同時也極爲鮮明地呈示出正祖對於朝鮮政統與道統的雙重把控,恢復君王一人專制的傾向。而漢代《詩經》學所代表的思想體系則是“以‘治’統‘教’、以‘君’爲‘師’,先王治理天下的政治活動同時也是教化天下的道統傳遞”②,這符合正祖既爲人君也爲人師之政治主體與文化主體合一的雙重祈向。

文臣在正祖的條問中百般回護《詩集傳》,既是朝鮮王朝尊崇朱子學的學術思想呈現,同時也鮮明地體現出在朱子學滋養下的朝鮮士大夫對於朱熹所構建的道統理論的堅守與具體實踐。朱子學道學體系是宋代集大成的思想,表現出儒家士大夫既是文化主體,又是道統的傳承者。朱子道學體系强調儒家知識人是知識權力的掌握者,又是道統的主體,道統高於政統,呈現在國家政治思想的領域則是以“教”統“治”,以“師”教“君”的君臣共治的國家秩序。朝鮮文臣百般維護《詩集傳》在《詩經》詮釋中的權威地位,繼承并發展朱子道學體系,將天理作爲控制君權的至高權力,以“道”抗“勢”,以“教”統“治”。這既是對朱熹理學體系的繼承,也是以經典詮釋之方式維護朝鮮士人作爲獨立群體參與國家政治、引導國君的社會職責。此是以學術的方式展開的君臣之間的政治分權活動。

四、詮釋的内驅力:義理與秩序

《詩經》在朝鮮時代的傳播既是朝鮮知識人對中國經典與儒家思想體系的學習過程,同時也是他們結合自身的歷史、地域與文化對儒家經典的再度詮釋過程。正祖君臣在《詩經》講義活動中對中

①按:“言論三司”即爲:承政院、司憲府與司諫院。三司通過彈劾與諫諍活動對王權的政治權力加以牽制與制衡,使得君王表面擁有絶對權力,但却時常處於教育與諫諍的境地。[韓]高麗大學校韓國史研究室著,孫科志譯《新編韓國史》,第112頁。

②朱漢民《宋儒道統論與士大夫的主體意識》,《哲學研究》,2018年第10期。

國傳統《詩經》學的接受、維護與創新，都呈現出闡釋的内驅力[①]，在詩篇義理與知識獲取的同時尋求現實社會秩序的建構，這既是作爲中國經典的《詩經》在朝鮮的知識傳播，也是作爲儒家思想體系的《詩》學對朝鮮時代政治社會思想的現實影響。

如《邶風·谷風》，此爲“棄婦哀怨憤懣之辭”[②]。詩首章“習習谷風，以陰以雨”之“谷風”，《毛傳》釋云：“東風謂之谷風。陰陽和而谷風至，夫婦和則室家成，室家成而繼嗣生。”[③]嚴粲《詩輯》與《毛傳》不同，其云：“來自大谷之風，大風也，盛怒之風也，又習習然連續不斷……舊説谷風爲生長之風，以谷爲穀，固已不安。”[④]正祖就“谷風”的不同釋義提問云：

> 《毛注》云：“東風謂之和風，陰陽和而雨澤降。”《集傳》從之。而《小雅》曰：“習習谷風，維風及頹。”頹者，焚輪也。夫焚而豈和風也哉？故華谷嚴氏以爲谷風“來自大谷之風，又習習然連續不斷。所謂終風也，又陰又雨。所謂曀曀其陰也，皆喻其夫暴怒無息”。此説恐有理，未知如何？[⑤]

可見，正祖贊同嚴粲關於“谷風”是來自大谷之風的解釋。文臣李東稷條對云：

> 《谷風》詩，《邶風》則爲夫婦作也，《小雅》則爲朋友作也。夫婦、朋友之際，固有恩義輕重之不同。故同一“谷風”，而《邶

---

①按：宇文所安在《他山的石頭記》中對《左傳》的叙事提出“叙事的内驅力”，他指出：“有很多探討上古中國叙事的角度與方式。這裏，我想專門論述叙事的内驅力：是誰或者是什麽，對事件的發生負責？這又如何結構和定型整個叙事？”[美]宇文所安著，田曉菲譯《他山的石頭記》，江蘇人民出版社 2017 年版，第 54 頁。

②袁行霈、徐建委、程蘇東撰《詩經國風新注》，第 124 頁。

③孔穎達《毛詩正義》，第 145 頁。

④嚴粲《詩輯》卷四，文淵閣《四庫全書》本。

⑤正祖《詩經講義》，《韓國經學資料集成》第 75 册，第 29 頁。

> 詩》則取其陰陽和而雨澤降,以冀夫婦和而家道成也;《小雅》則取其習習谷風,反以爲焚輪。頹風以喻其友道乖而交分疏也。則知《邶詩》之《谷風》則取比於習習也。《小雅》之《谷風》則起興於頹風也。嚴華谷之以終風爲谷風之連續不斷,以陰雨爲終風之曀曀其陰,以喻其夫之暴怒者,恐未襯當。誠如此説,《谷風》,婦人怨其夫深矣。如詩人所興,遡風飄風,有隧有谷之類,取而爲不平之鳴,何所不可,而乃反以習習和舒之風而爲暴怒之喻耶?大抵婦之於夫所天在焉,夫雖見絶,婦不可以自絶。《谷風》婦人之"黽勉同心""不宜有怒""毋逝我梁""毋發我笱"等語,皆不欲自絶之意也,其以和風時雨冀望於所天之悔悟者,自異於朋友不合而止。嚴氏之論非不精切,而若施此詩,"谷風"則終涉深晦,恐不如《毛注》"和風之説"之爲無病矣。①

《詩經》有兩首"谷風",一爲《邶風·谷風》,一爲《小雅·谷風》。元儒劉玉汝云:"風雅皆有《谷風》篇,意者曲名同而音調異,用'風'之曲調則爲《風》,用'雅'之曲調,則爲《雅》。"②兩詩中共同的"習習谷風"成爲理解詩篇的關鍵。正祖認爲《邶風·谷風》與《小雅·谷風》之"習習谷風"意思相類,他根據《小雅·谷風》第二章之"習習谷風,維風及頹",認爲"谷風"以至於"焚輪者",可見風之大也、暴也,非爲《毛傳》所謂和舒之東風。正祖并引嚴粲以"大谷之風"解釋"谷風"爲證。文臣李東稷反對正祖贊同嚴粲將"谷風"解釋爲大谷之風的意見。李東稷主要從兩首詩比興之不同運用、人倫世界的分疏、愛有差等的角度加以闡釋:

第一,東稷認爲《邶風·谷風》之"谷風"取比於習習和舒之貌,《小雅·谷風》起興於"習習谷風,維風及頹"。在詩篇創作的"比"

①正祖《詩經講義》,《韓國經學資料集成》第75册,第29—31頁。

②劉玉汝《詩纘緒》卷三,文淵閣《四庫全書》本。

"興"問題上，風詩《谷風》與雅詩《谷風》取向各有不同。

第二，李東稷從詩篇所涉對象上加以詮釋，他指出《邶風·谷風》叙寫夫婦相棄，而《小雅·谷風》叙寫朋友相棄。夫婦與朋友在五倫中的差異性導致了詩篇"谷風"的不同理解。夫婦同體，故雖然在貧賤相依富貴相忘的境況之下，仍然呈現出女子對於"黽勉同心""不宜有怒"之和美家庭婚姻關係的嚮往。正如清儒陳僅所云"谷風之婦，賢婦也，故其詩語哀憤而心鄭重，怨而不失其正，結語'不念昔者，伊余來塈'，人生到此，真覺不堪回首，然猶望其夫垂念舊情，回心於萬一……千古棄婦逐臣當同此一哭"[①]。在古代東亞漢籍的思想世界里，"夫"之於"婦"，則是"天"的地位，婦可以控訴於天，却不能自絶於天。這與《小雅·谷風》朋友倫理中友道乖而交分疏之相對自由的聚合關係具有本質的不同。故李東稷不贊同正祖以《小雅》之谷風解釋《邶風》之谷風。此外，李東稷不贊同正祖引嚴粲"來自大谷之風"來解釋谷風，則是出於儒家倫理的分疏，强調"愛有差等"。"愛有差等"出自《孟子·盡心》，《孟子》云："君子之於物也，愛之而弗仁；於民也，仁之而弗親。親親而仁民，仁民而愛物。"孟子提出"親親""仁民""愛物"的差别，"這是根據仁的對象的不同而表現出來的具體差别……所謂差異性，即'愛有差等'，這是根據仁的對象與自身的生命關係的遠近和親疏程度而産生的"[②]。在儒家"君臣""父子""兄弟""夫婦""朋友"的倫理觀念中，"君臣"關係與"夫婦"關係最爲相近。在"君子作歌，維以告哀"（語出《詩經·小雅·四月》）的"詩可以怨"的觀念背景下，對和諧夫婦關係的渴求亦是對良好君臣關係的嚮往，故《邶風·谷風》之女子在"燕爾新婚，如兄如弟""燕爾新婚，以我御窮"的控訴中并未棄絶於夫。李東稷的條對寄寓着作爲大臣的知識人對於君道的匡正與

①陳僅《詩誦》卷二，清光緒十一年四明文則樓木活字本。

②蒙培元《蒙培元講孟子》，北京大學出版社 2006 年版，第 126—127 頁。

良好君臣政治秩序的建構與不懈追求。正祖君臣關於“谷風”的條問與條對,既是有關詩旨的、義理的,同時也是秩序的、政治的[①]。

再如《衛風・氓》,此詩與《邶風・谷風》相似,爲棄婦之詩,抒發了女性遭棄的悲怨心境。揚之水云:“兩詩都是寫情、寫怨。這情與怨乃各依附了自己的故事,或曰‘境遇’,且憑借了這境遇而沉潛浮蕩,於是它可以從那麽邈遠的地方,遞送過來觸手可温的情思。”[②]關於此詩的解釋,漢宋《詩經》學看法不同,如《詩序》從政教與“詩可以觀”的角度闡釋云:“《氓》,刺時也。宣公之時,禮義消亡,淫風大行,男女無别,遂相奔誘。華落色衰,復相棄背。或乃困而自悔,喪其妃耦,故序其事以風焉。美反正,刺淫泆也。”[③]朱熹從理學的層面解釋爲淫詩,其云:

> 此淫婦爲人所棄,而自叙其事以道其悔恨之意也。夫既與之謀而不遂往,又責所無以難其事,再爲之約以堅其志,此其計亦狡矣。以御蚩蚩之氓,宜其有餘,而不免於見棄。蓋一失其身,人所賤惡,始雖以欲而迷,後必有時而悟,是以無往而不困耳。士君子立身一敗,而萬事瓦裂者,何以異此。可不戒哉。[④]

---

①按:中國學者亦從《邶風・谷風》詩之夫婦情愫聯繫到家國政治,如劉玉汝《詩纘緒》云:“谷風之婦人,有德之婦人也。其始夫婦和,而閨門治,故能以貧而致富。今既富而見棄,是前貧後富。無去之意而能反身省德,述己勤家之素,不忍遽去而有望夫之情,以遂其同死之義,不賢而能是乎?其夫所以棄之者,徒以好色不好德之故,則其不能正身以齊家,可知矣。夫者,家之主也,爲家之主而不好德,則今雖富也,豈可保乎?其家之衰,必自兹始矣。夫衛國之風,其初本非不美也,上則莊公有賢妻,而不見答。下則《谷風》有賢妻而見棄。上者下之效。家者,國之本。君臣上下之間,皆無以正其家,則一國之風,安得而不衰乎?其卒至淫風大行,而《静女》作其所由來者漸矣。有國有家者,可不於此而監之哉?”劉玉汝《詩纘緒》卷三,文淵閣《四庫全書》本。

②揚之水《詩經别裁》,第70頁。

③孔穎達《毛詩正義》,第228頁。

④朱熹《詩集傳》,第37頁。

正祖據朱熹的釋義條問云：

> 朱子以此"棄婦"比之於"士君子"立身一敗，萬事瓦裂。蓋人臣進不以道，則終必擯斥。婦女嫁不以禮，則終必棄逐，爲人所賤惡故也。人君進其臣，男子取其婦，皆愛之也，而終乃斥棄之者，何也？愛而知其惡，即此心之本然。始雖迷惑，而終必覺悟故歟？①

朱熹從"送子涉淇，至于頓丘。匪我愆期，子無良媒。將子無怒，秋以爲期"中解讀出女子與"嗤嗤"之氓周旋於婚姻之事，并從性理的角度批評氓婦爲"此其計亦狡矣"。并以氓婦嫁不以禮，一失其身終將遭棄，以此來警戒士君子立身一敗則萬事瓦裂的後果。正祖就朱熹釋義中"棄婦"與"士君子"的對舉，其以氓婦嫁不以禮，終必棄逐，爲夫所賤惡的命運與人臣進不以道，則終遭國君擯斥的結果相類比。《氓》詩中的夫婦均被朱熹、正祖從君臣的角度加以闡揚，所不同的是朱熹從理學的角度强調士君子立身之誠、之正的重要性，而正祖則從大臣侍君之道的角度加以詮解。在"蓋人臣進不以道，則終必擯斥"的文辭中，是正祖以《詩經》詮釋的方式所呈現出來的不可撼動的君主專制與權威，亦是他通過詩篇義理的詮釋尋求現世政治模式的構建②。

再如《王風・大車》，此是"東周大夫與人相慕而不能奔，女子怨之"之詩③。《詩集傳》云："周衰，大夫猶有能以刑政治其私邑者，

---

①正祖《詩經講義》，《韓國經學資料集成》第 75 册，第 380 頁。

②按：正祖在朱熹釋義的基礎上對政治權力中臣道的發揮，是對道統與政統的縮合。文臣在被正祖擠壓的學術空間中只能以維護朱熹爲托詞，如徐有榘條對云："始雖以欲而迷，終必以時而悟。既有朱子明訓，臣無容更贅矣。"正祖《詩經講義》，《韓國經學資料集成》第 75 册，第 381 頁。徐有榘的回答是對朱熹《詩集傳》的贊同，并未對正祖以臣隸屬於君的政治釋義作出正面回答。

③袁行霈、徐建委、程蘇東《詩經國風新注》，第 266 頁。

故淫奔者畏而歌之如此。然其去二南之化則遠矣。此可以觀世變也。"[①]朱熹在"周衰"的歷史背景之下,贊揚大夫以刑政治國之功效,以至於淫奔者相畏而不敢奔。正祖根據《詩集傳》條問云:

> 齊以刑,不如齊以禮。革其面,不如革其心。《大車》之大夫只以"刑政"而不能以教化,只使民畏而不犯,而不能使有耻且格,則是德學不足者歟?抑當時淫俗已痼,不可以粱肉治病,故遂用刑亂,國用重典之道歟?[②]

正祖對朱熹《詩集傳》中提出的大夫以"刑政治理私邑"的政治方式進行提問,其提問的根據是《論語·爲政》所載"子曰:'道之以政,齊之以刑,民勉而無耻;道之以德,齊之以禮,有耻且格。'"正祖强調"齊之以刑"是以刑法來管治、規範民衆,只約束了人外在的、表面的行爲活動,并未達及人的内心世界。故正祖認爲"齊以刑,不如齊以禮。革其面,不如革其心",這在一定程度上强調了"心理悦服"的重要性[③]。對於《大車》之詩旨,正祖由此提出大夫以刑法治世而不以禮樂教化,是德學之不足,還是淫俗已痼所致?同時,正祖也是對大臣政治治理觀念的提問。文臣金明淵條對云:

> 《大車》之大夫未必不知以德化民之爲第一義,而當淫俗已痼之時,殆無異乎,粱肉治病,則其勢不得不以刑政爲先矣。[④]

文臣金明淵的條對,一方面維護《詩集傳》確立的《大車》詩所涉及之"周衰"的歷史背景,故大夫不能以"德"、以"禮"治國,而只能以

---

①朱熹《詩集傳》,第46頁。
②正祖《詩經講義》,《韓國經學資料集成》第75册,第389頁。
③李澤厚《論語今讀》,第56頁。
④正祖《詩經講義》,《韓國經學資料集成》第75册,第389頁。

刑政治理私邑的原因在於淫俗之固結，不得已則用刑政之法治理國家。另一方面大臣所云“大夫未必不知以德化民之爲第一義”，既是對大臣具備德學與才能是治理私邑的必備條件的肯定，也是對士大夫德性尊嚴的維護。

以上正祖君臣關於《大車》詩的討論，其實質是刑政法規與禮樂教化的問題。詩篇成了正祖君臣討論國家治理、政治教化與大臣職責的媒介。在社會治理中，“刑政”與“德禮”孰爲輕重的問題，孔子以“民勉而無耻”與“有耻且格”的不同結果做出了價值判斷。孟子將孔子重道德與禮樂的内在規定性發展爲“仁義禮智”之“四端”，即：“惻隱之心，仁之端也；羞惡之心，義之端也；辭讓之心，禮之端也；是非之心，智之端也。”[①]孟子發展了儒學内在心理面向，努力建構宗教性道德社會；荀子發展了“刑政”，强調制度規範之政治法律的建構。李澤厚先生根據古代中國思想的特點指出：“正因爲中國的‘政教合一’的特徵是這種泛道德主義，它比非理性的宗教信仰、教義更難與世俗性的政治事務相分離。”[②]於是在《詩經》詮釋的知識的、義理的世界里，正祖君臣就大夫治理私邑的問題展開問答，這既關乎詩篇“豈不爾思，畏子不敢”的詩義理解，同時也是詩篇與政教合一的具體呈現，并折射出朝鮮《詩經》詮釋的政治屬性。

再如《秦風·蒹葭》，此詩描寫秋水長天之際追尋在水一方、在水之湄、在水之涘之“伊人”，“遡洄從之，道阻且長。遡游從之，宛在水中央”，“遡洄從之，道阻且躋。遡游從之，宛在水中坻”，“遡洄從之，道阻且右。遡游從之，宛在水中沚”，將追慕伊人的道路叙寫得委婉曲折，於是詩義在此意境與詩語中歧義迭出。《詩序》以“刺襄公”解釋之，其云：“刺襄公也。未能用周禮，將無以固其國焉。”[③]

---

①金良年撰《孟子譯注》，第 72 頁。

②李澤厚《論語今讀》，第 57 頁。

③孔穎達《毛詩正義》，第 422 頁。

至宋歐陽修、王安石、蘇轍、吕祖謙都遵循《詩序》之説。至朱熹《詩集傳》提出“不知其何所指”，并解釋云：“言秋水方盛之時，所謂彼人者，乃在水之一方，上下求之而皆不可得。然不知其何所指也。”①

《蒹葭》詩旨自宋之後歧義紛出。如《申培詩説》云：“《蒹葭》，君子隱於河上，秦人慕之，而作是詩。”朱謀㙔曰：“是故老之遁迹在秦者，襄公不能招致之也。”②明儒陸化熙云：“通詩反復詠歎，無非想象其人所在，而形容得見之難耳。一篇俱就水説，故以蒹葭二句爲叙秋水盛時景色，而蕭索凄凉，增人感傷之意，亦恍然見矣，兼可想秦人悲歌意氣。‘所謂’二字有味，正是意中之人難向人説，懸虛説個‘一方’，政照下求之不得。若果有一定之方，即是人迹可至，何以上下求之而皆不可得哉。會得此意，則連水亦是借話。”③清儒賀貽孫《詩觸》：“秋水淼茫，已傳幽人之神，‘蒹葭’二句又傳秋水之神矣。繪秋水者不能繪百川灌河爲何狀，但作蘆洲荻渚出没霜天烟江之間而已。所謂伊人，何人也？可思而不可見，可望而不可親。目前，意中，脉脉難言，但一望蒹葭，秋波無際，露氣水光，空明相擊，則以爲在水一方而已。而一方果何在乎？遡洄、遡游而皆不可從也。雖不可從而遥指中央，又未嘗不在也。此其人何人哉？‘宛在’二字意象深穆，光景孤澹……‘道阻且長’，‘宛在水中央’皆可意會而不可言求，知其解者并在水一方，亦但付之想象可也。”④日本學者白川静、家井真等認爲此詩是祭祀漢水女神之詩，此種説法得到了當代學者吴從祥、韓高年的認同與發展。如韓高年根據清華大學出土文獻研究中心《清華大學藏戰國竹簡(壹)》之《楚居》

①朱熹《詩集傳》，第76頁。
②范家相《詩瀋》卷九，文淵閣《四庫全書》本。
③陸化熙《詩通》卷一，明書林李少泉刻本。
④賀貽孫《詩觸》卷二，清咸豐敕書樓刻本。

推斷《蒹葭》之"伊人"應爲漢水之女神[①]。中國當代學者大多將此詩之"伊人"解釋爲女性,如程俊英先生云:"這是一首描寫追求意中人而不得的詩。"[②]正祖就此詩之"伊人"與詩旨條問云:

> "蒹葭",固未詳其何指,而毛鄭則以蒹葭成材爲用夏變夷之喻,而謂是刺穆公之作。許謙則以"白露爲霜"爲良時易邁之詞,而看作求至道之言,未知何説爲長?抑但以爲求賢不見,願言從之之辭,則覺更平易耶![③]

正祖首先指出"蒹葭"之義,在後世未詳其何所指的意義背景之下,《毛傳》與《鄭箋》均寄寓"蒹葭"以遇白露而成材之興義。如《毛傳》云:"蒹,薕。葭,蘆也。蒼蒼,盛也。白露凝戾爲霜,然後歲事成;國家待禮,然後興。"[④]《鄭箋》云:蒹葭在衆草之中蒼蒼然强盛,至白露凝戾爲霜則成而黄。興者,喻衆民之不從襄公政令者,得周禮以教之則服。"[⑤]此外,正祖還舉出許謙以《蒹葭》詩之"遡游""遡洄"的

---

①韓高年《清華簡〈楚居〉所見"求女"發微——兼及〈漢廣〉〈蒹葭〉二詩的主題》,《詩經研究叢刊》第 29 輯。吴從祥《〈蒹葭〉本義探微》,《河北師範大學學報·哲學社會科學版》,2019 年第 1 期。

②程俊英《詩經譯注》,第 192 頁。

③正祖《詩經講義》,《韓國經學資料集成》第 75 册,第 75—76 頁。

④孔穎達《毛詩正義》,第 422 頁。孔穎達疏《毛傳》云:"毛以爲,蒹葭之草蒼蒼然雖盛,未堪家用,必待白露凝戾爲霜,然後堅實中用,歲事得成,以興秦國之民雖衆,而未順德教,必待周禮以教之,然後服從上命,國乃得興。今襄公未能用周禮,其國未得興也。由未能用周禮,故未得人服也。所謂維是得人之道,乃遠在大水一邊,大水喻禮樂,言得人之道乃在禮樂之一邊。"孔穎達《毛詩正義》,第 422 頁。

⑤孔穎達《毛詩正義》,第 422 頁。孔穎達疏《鄭箋》云:鄭以爲,蒹葭在衆草之中,蒼蒼然强盛,雖似不可彫傷,至白露凝戾爲霜,則成而爲黄矣。以興衆民之强者,不從襄公教令,雖似不可屈服,若得周禮以教,則衆民自然服矣。欲求周禮,當得知周禮之人。所謂是知周禮之人在於何處?在大水之一邊,假喻以言遠。既言此人在水一邊,因以水行爲喻。"孔穎達《毛詩正義》,第 422—423 頁。

曲折追尋爲對於"至道"的追求。對照《毛傳》《鄭箋》與許謙的解釋，正祖在毛鄭求掌周禮之賢人的基礎上强調此詩求賢的主旨，并將此種觀念詢問於文臣。文臣李東稷條對：

張耒《與人書》以"蒹葭""白露"喻人之成材。蘇轍《古史論》以"蒹葭"迎霜喻秦之强盛。諸説皆有根據。而《集傳》并不取，斷之以不知所指者，何也？其以諸説難於取捨而然耶，抑别有他義而然耶？凡此四五見解之外，苟求其説，則莫如聖教中求賢，願從詩人之意。蓋謂此秋水時至，百川灌河之際，蒹葭未敗，而白露將道。"所謂伊人"或"考槃寤歌"於澗，或"棲遲樂飢"於泌，其灑落之形神，依微之蹤迹，如可覯於汀蘭岸芷，水月江雲之際，而場駒無可縶之道，谷鳥閟相和之音，所謂可望而不可見，可見而不可親者也，必是周秦際隱君子避世於汧渭灞滻之間，君不得臣，人不得友。而上既有五羖買士之君，則下必有干旄訪賢之臣，求之不見，而爲此詩也歟？聖教中"求賢不見，願言從之"之爲平易，深得詩人之本旨。臣何敢贅言也。①

文臣李東稷在正祖所舉《毛傳》《鄭箋》、許謙之説外，增加了張耒、蘇轍之説。在諸家釋義的比較之中，李東稷贊同正祖將此詩的中心放在"求賢"上。李東稷將《蒹葭》詩之"伊人"類比於"考槃在澗，碩人之寬。獨寐寤言，永矢弗諼"②之考槃寤歌於澗之中的碩人；類比於"衡門之下，可以棲遲。泌之洋洋，可以樂飢"③之棲遲樂飢於泌水的隱居君子；類比於"皎皎白駒，食我場苗。縶之維之，以永今朝"④之美如玉的賢人。對於"所謂伊人，於焉逍遥"的賢人，李東稷以"五羖買士之君"秦穆公來凸顯求賢之誠之難。王質《詩總聞》

①正祖《詩經講義》，《韓國經學資料集成》第 75 册，第 76—77 頁。
②《衛風・考槃》，朱熹《詩集傳》，第 35 頁。
③《陳風・衡門》，朱熹《詩集傳》，第 82 頁。
④《小雅・白駒》，朱熹《詩集傳》，第 122 頁。

云:"秦興,其賢人有二人焉,百里奚、蹇叔是也。秦穆初聞虞人百里奚之賢,自晋落楚以五羖羊皮贖之。因百里奚而知蹇叔,曰蹇叔之賢而世莫知。使人厚幣迎之。所謂伊人,豈此流也耶?"[①]李東稷贊譽正祖"求賢不見,願言從之"之爲平易,深得詩人之本旨。可見以上正祖與李東稷關於《蒹葭》的詩義問答,既是關於詩篇的詮釋,同時又是君臣二人關於求賢以治國的唱和之作。李東稷云:"凡此四五見解之外,苟求其説,則莫如聖教中求賢,願從詩人之意。"於此甚至可以看出正祖君臣在詩之外尋求更加永恒的現實政治意義,着重於政治理念的建構與表達。

正祖君臣將《蒹葭》詩之"伊人"轉化爲"求賢"的象征、"賢人治世"的理想與觀念,超越了此詩爲一時一地求掌周禮之賢人的具體束縛,使《蒹葭》詩中的"伊人"具有永恒的意義。正如揚之水先生所云:"詩人只是倔强於自己這一份思的執着,讀詩者也果然覺得這執着之思是這樣的可珍貴。若一定要爲'伊人'派定身份,怕是要損掉泰半詩思,雖然詩人之所思原是很具體的,但他既然把這'具體'化在茫茫的一片興象中,而使它有了無限的'可能',則我們又何必再去追索那曾經有過的唯一呢。"[②]此外袁行霈先生《詩經國風新注》亦不以"伊人"爲實體的個人,而是將"伊人"解釋爲"理想之象征",他説:"然指實'伊人'爲賢人、爲周禮,實在有損詩之妙趣,且無佐證。如欲加以引申,不如加之爲理想之象征耳。"[③]李東稷所言正祖"願從詩人之意""深得詩人之本旨",正是與千百年前的詩人在精神的、觀念的、理想的世界相逢。

再如《大雅·烝民》,此是尹吉甫送别仲山甫的詩。《詩序》云:"尹吉甫美宣王也。任賢使能,周室中興焉。"[④]此詩首章之"天生烝

①王質《詩總聞》,卷六,清武英殿聚珍版叢書本。
②揚之水《詩經别裁》,第130—131頁。
③袁行霈、徐建委、程蘇東《詩經國風新注》,第440頁。
④孔穎達《毛詩正義》,第1218頁。

民,有物有則。民之秉彝,好是懿德”[①]是中國儒家早期思想得以建構的理論支撑。如牟宗三先生云:“儒家的學問由孔孟開出,後來經宋明儒的發展,理論十分豐富。儘管如此,儒家傳統源遠流長,在《詩經》的兩首詩已表露出來,這兩首詩是儒家全部義理的綱領。第一便是孟子在本章所引的那首,是《詩・大雅・烝民》:‘天生烝民,有物有則,民之秉彝,好是懿德。’這首詩表現人的好善惡惡的善性。第二首是《詩・周頌・維天之命》:‘維天之命,於穆不已。於乎不顯,文王之德之純。’”[②]正祖君臣問答的依據是《孟子》與《詩集傳》,兹引如下。孟子引此詩以證性善之説云:

> 乃若其情則可以爲善矣,乃所謂善也。若夫爲不善,非才之罪也。惻隱之心人皆有之,羞惡之心人皆有之,恭敬之心人皆有之,是非之心人皆有之。惻隱之心仁也,羞惡之心義也,恭敬之心禮也,是非之心智也。仁、義、禮、智非由外鑠我也,我固有之也,弗思耳矣。故曰求則得之,舍則失之,或相倍蓰而無算者,不能盡其才者也。《詩》曰:“天生烝民,有物有則。民之秉彝,好是懿德。”孔子曰:“爲此詩者,其知道乎!故有物必有則,民之秉彝也,故好是懿德。”[③]

又朱熹《詩集傳》云:

> 宣王命樊侯仲山甫築城于齊,而尹吉甫作詩以送之。言天生衆民,有是物必有是則。蓋自百骸九竅五藏而達之君臣父子夫婦長幼朋友,無非物也。而莫不有法焉,如視之明,聽

①《鄭箋》云:“秉,執也。天之生衆民,其性有物象,謂五行仁、義、禮、智、信也。其情有所法,謂喜、怒、哀、樂、好、惡也。然而民所執持有常道,莫不好有美德之人。”孔穎達《毛詩正義》,第1218頁。

②牟宗三《牟宗三先生全集》,第22册,臺灣聯經出版事業股份有限公司2003年版,第357頁。

③朱熹《四書章句集注》,第334—335頁。

之聽，貌之恭，言之順，君臣有義，父子有親之類是也。是乃民所執之常性，故其情無不好此美德者。而况天之監視有周，能以昭明之德感格于下，故保祐之，而爲之生此賢佐曰仲山甫焉。則所以鍾其秀氣，而全其美德者，又非特如凡民而已也。昔孔子讀詩至此而贊之曰，爲此詩者，其知道乎。故有物必有則，民之秉彝也，故好是懿德。而孟子引之，以證性善之説。其指深矣，讀者其致思焉。①

於此可見孟子將《烝民》詩"天生烝民，有物有則"作爲建立性善論的思想資源，以此證明人天生就包含了性善的根據，即牟宗三先生所謂："性善表示人有表現善的根據，人是可以表現善的。但將善表現出來，需要一番磨煉的工夫。"②孟子曰："若夫爲不善，非才之罪也"，"才"非是才能之才，而是指初始、本能之性。孟子將此種具有客觀性原則的"性"與主觀能動性之"心"聯繫起來，呈現爲惻隱之心、羞惡之心、恭敬之心、是非之心。此心即是道德之心、義理之心。此性即是内在道德之性。這種道德之心，道德之性是自我建立的，由内在仁義之心發出來的，與西方他律的外在的道德有本質的區别。朱熹從"天生烝民，有物有則"中詮釋出"天"對民衆自然秩序、社會秩序與政治秩序的先天賦予，强調一物與一則之對應關係，即人道是對天道的踐行③。正祖在此意義上提問云：

①朱熹《詩集傳》，第214頁。

②牟宗三《牟宗三先生全集》第22册，第353頁。

③按：牟宗三云："可見此時的作者認爲天生的人類（烝民可以代表一切人），絶不是漆黑一團，而是'有物有則'的。'物'即'事'，不是物體。天生人類的個體，具有耳目口鼻觸等感官，此等感官使人與外界的人與物發生關係，這便是事。又如人與人的關係，便有所謂五倫：即是君臣、父子、夫婦、長幼（兄弟）、朋友五種人與人間最基本的關係，這些關係的本身亦是'事'的物。所謂'則'就是行事之一定的道理或原則，如父子之間有孝與慈的原則，即朱注所説的'父子有親'。當然，朱子説'有是物必有是則'很對，因爲對應着每一件'事'物，都存在着一種行事的法則。"牟宗三《中國哲學的特質》，《牟宗三先生全集》第28册，第25頁。

“天生烝民，有物有則，民之秉彝，好是懿德。”子曰：“爲此詩者，其知道乎！”夫所謂道者，何道？而此詩所以知道者，何故歟？好德民之性也，則未見好德如好色者，何歟？凡今之民不惟不能好德，乃反狃於爲惡，不耻不仁，不畏不義，見善則妒，見賢則嫉者，抑何歟？於其爲惡之中，猶有好善之端歟？若然，則當於何等處驗之歟？先儒傳注之外，其各有以發明之。①

正祖條問是圍繞《孟子》人性論的觀點來進行的，大概可歸結爲六個問題：一，《烝民》詩所言之“道”爲何？二，詩何以能够知“道”？三，未何“未見好德如好色者”？四，民不好德而好惡，此何故？五，民之好惡亦有善之端乎？六，好善之端於何處驗之？文臣洪仁浩條對云：

形而上爲道，形而下爲器。此章所云“物”者，器之謂也。“則”者，道之謂也。道之得於心者，謂之德；則於其方寸虚明之中，萬理俱備，一氣常明，而蓋無物不有，無時不然矣。故君向臣，則那仁出來。臣向君，則那敬出來。父向子，則那慈出來。子向父，則那孝出來。以至夫婦之别，長幼之序，朋友之信，皆所以有物。斯有則也，形而上者，固無聲臭之可言，而冲漠之中，衆理燦然。語其妙，則周子所謂“無極而太極”。子思所謂“君子之道費而隱”。夫子所謂性與天道，儘爲達天下亘萬古而平常不易者也。爲此詩者，有見於此，則聖人之贊其知道，不亦宜乎。民莫不得此道於心，以爲德，則好是德者，乃民之常情也。其所以好之者，當如好色之好。而或多有不能然者。氣稟拘之也，物欲蔽之也。何謂氣稟，五氣雜糅，剛柔善惡之不齊也。如稟木多者過於巽，弱而不能剛决；稟金多者，過於剛猛而不能温柔之類也。何謂物欲，知誘物化智竇心機之所誤也。如

①正祖《詩經講義》，《韓國經學資料集成》第75册，第136頁。

目之欲色，耳之欲聲，口之欲味，鼻之欲臭，四肢之欲安逸也。噫！拘蔽之極，不能自反，則輾轉沈痼，愈往愈迷。汩其良心，賊失本性，有爲不仁而不耻者，有爲不義而不畏者。見善而妒之者有焉，見賢而嫉之者有焉。其反常性而甘爲惡，一至此哉！然雖其氣稟之拘，而就其所拘，實有所資者。巽弱者有時乎，予諒而易於爲仁，剛猛者有時乎奮發而敢於爲義，是也。雖其物欲之蔽，而因其所蔽亦有可發者。耽聲色者，或推己之所樂，思與人同其視聽；嗜臭味者，或因己之所好，思與人同其甘薰，是也。凡若此類，皆其善端之發見，而愚者之所不能，無惡者之所不能，啻故也。然則矯揉其氣稟之偏，消瀜其物欲之汩，然後愚可使知，暗可使明，不肖者可使賢，而有教則真可以無類矣。[①]

文臣洪仁浩從六個方面進行條對：

第一，"道"爲何？洪仁浩認爲"天生烝民，有物有則"之"物"乃形而下之器，"則"乃是形而上之"道"。他説"'則'者，道之謂也"，即"有物有則"之"則"即爲"道"，此"道"爲天所生，即是宋儒所謂天道、天理。洪仁浩所云"道（天道）之得於心者，謂之德"，即是牟宗三先生"天命下貫而爲'性'"之義[②]。具有客觀規律、原則的"道"與

①正祖《詩經講義》，《韓國經學資料集成》第 75 册，第 137—140 頁。

②牟宗三解釋《詩・烝民》"天生烝民，有物有則。民之秉彝，好是懿德"與《詩・維天之命》云："孔子以前最富代表性的傳統老觀念。它們都表示天命天道在敬的作用中，步步下貫而爲人的性這一趨勢。這裏開啓了性命天道相貫通的大門。'維天之命，於穆不已'是一個重要的觀念，它把人格神的天轉化而爲'形而上的實體'（Metaphysical reality）。只有這一轉化，才能下貫而爲性，才能打通性命與天道的隔閡。如此，才有'民受天地之中以生，所謂命也'的觀念，才有'民之秉彝，好是懿德'的觀念。這是中國從古以來所自然共契的一個意識傾向。這一意識傾向决定了中國思想的中點與重點不落在天道本身，而落在性命天道相貫通上。如是自不能不重視'主體性'，自不能不重視如何通過自己之覺悟以體現天道——性命天道相貫通的天道。"牟宗三《中國哲學的特質》，《牟宗三先生全集》第 28 册，第 26 頁。

具有主觀能動性之"心"的結合,便是道德性的産生。仁浩認爲"天道"是通過人事來反映的,即"天之所以爲創造的具體而真實的意義,必須通過主觀的道德創造來呈現,脱離主觀的道德創造,天道的創造意義遂不能得到保證。主觀地講是性善,客觀地講是宇宙的創造,這兩者是合一的"①。

第二,文臣仁浩認爲"道"雖然無聲無臭,却是"無物不有,無時不然"。即"儒家的'天'是一個創造性原則(principle of creativity),天命流行到那裏,就有存在。天是一個既深遠(profound),又神秘(mystery)的存在。從天來講,是本體宇宙論的創造;從文王來講,是道德的創造"②。此種道流向詩人則是語言的道德創造(moral creativity)與詩義的存在(poetic being)。

第三,"好德民之性也,則未見好德如好色者",此是宋儒所謂"氣質之性"與"義理之性"的張力。"氣質之性"易於受到氣稟之影響,物慾的蒙蔽,於此需要對道德之性加以不斷的磨煉。牟宗三先生云:"'民之秉彝',就是人民具有恒常的性之意,'好是懿德'便是'好善惡惡'的德行。由此,可知中國在孔子之前已有講'好善惡惡'的道德觀念,這觀念由孔孟發展,一直下貫至王陽明的思想。還須一説的,是所謂'好善'的好,不是如嗜酒吃烟或飲茶之類的嗜好之好,而是發於常性,有道德判斷意義的好善惡惡之'好'。"③可見"好德"之"好"與"好色"等物慾之"好"具有本質的差異。

第四,民不好德而好惡,此何故?文臣認爲民不好德而好惡則是"汩其良心,賊失本性",是其原初之性的喪失與遮蔽,故"其反常性而甘爲惡"。此亦是對孟子性善理論的持守。

第五,民之好惡亦有善之端的問題。文臣認爲"子諒而易於爲

①牟宗三《牟宗三先生全集》第22册,第357頁。
②牟宗三《牟宗三先生全集》第22册,第357頁。
③牟宗三《中國哲學的特質》,《牟宗三先生全集》第28册,第25頁。

仁，剛猛者有時乎奮發而敢於爲義”。“雖其物欲之蔽，而因其所蔽亦有可發者”，原初向善的性即便遭到外界的遮蔽也是可以呈示出來的。這是“民之秉彝、好是懿德”之義理之性對氣質之性的對抗，呈現出亘古的生命力。

第六，好善之端於何處驗之的問題。文臣云：“耽聲色者，或推己之所樂，思與人同其視聽；嗜臭味者，或因己之所好，思與人同其甘薰，是也。凡若此類，皆其善端之發見。”

可見正祖君臣就《烝民》詩討論了儒學之前的中國“好善惡惡”觀念的詩意存在與儒學之天道、天道貫之性、氣質之性、義理之性諸問題，同時貫之以社會秩序的建構。

朝鮮君臣經筵講《詩經》，在探究詩旨與訓詁的同時亦將自身所處的政治境遇帶入經典詮釋之中，呈現出“詮釋即使用”的二維經典詮釋的特徵。這種詮釋風格形成的緣由亦如黄俊傑教授所云：“這主要是因爲儒家經典皆以平治天下爲其鵠的，有其强烈的經世取向；而歷代東亞儒者大多同時身兼儒者與官員的雙重身份，他們在王權至上的東亞各國權力網絡之中，‘政治自我’特别彰顯，他們的經典詮釋事業遂不能免於權力巨靈的糾葛。”[①]正祖君臣在《詩經》經筵中由《衛風·氓》《邶風·燕燕》《日月》之夫婦關係進入君臣關係，强調君臣之間的權力關係；《邶風·谷風》强調五倫的親疏關係；《王風·大車》探究國家治理與禮樂教化之關係；《秦風·蒹葭》嚮往賢人政治的理想；《大雅·烝民》從“民之秉彝，好是懿德”的根本上探究天理與道德的貫徹問題，即由宇宙之天道而進入具有實踐性與操作性之道德，强調衆民氣質之性向義理之性的提升。可見《詩經》成爲正祖君臣進入古代中國歷史、思想、政治與價值體系的媒介，正祖君臣經由《詩經》具有無限伸縮包容的語言探

① 黄俊傑《朝鮮經筵對話中的〈論語〉：論述脉絡與政治作用（14—19世紀）》，載於張伯偉編《域外漢籍研究集刊》第7輯，中華書局2011年版，第7、5、13頁。

究詩義,同時更加側重於探究天賦的宇宙秩序與王朝道德、政治、倫理秩序的建立。

五、《詩經》女性的政教詮釋

《詩經》中有許多叙寫女性的詩篇,或爲"相與和樂而恭敬"之詩[①],如《周南·關雎》《召南·鵲巢》;或貧賤相依富貴相忘,如《衛風·氓》《邶風·谷風》;或思念之詩,如《王風·君子于役》《豳風·東山》;或爲女性勸警之詩,如《鄭風·女曰鷄鳴》《齊風·鷄鳴》;或不遇於君的憂愁與哀怨,如《邶風·柏舟》《緑衣》《燕燕》《日月》《終風》《小雅·白華》。這些詩篇寫情、寫境都展現了先民細微真切的情感、倫理與生活的世界,於是"它可以從那麽邈遠的地方,遞送過來觸手可温的情思"[②],千百年之下,令人感懷不已。

在深微豐富却又情理相融的《詩經》藝術世界里,正祖就《詩經》中有關女性的詩篇進行提問。正祖君臣從世俗的、功利的層面詮釋女性價值與家庭社會職能。如《周南·芣苢》,此是"婦女采摘芣苢時所唱之歌"[③]。"《詩》言'采'者不一,'采'的後面,通常總有事、有情,如《唐風》之《采苓》,如《小雅》之《采菽》《采薇》《采緑》。唯獨《芣苢》,'采'的本身,就是故事,也就是詩的全部。"[④]於是對於此詩的解釋衆説紛紜。《詩序》從"詩可以觀"風俗的角度詮釋云:"《芣苢》,后妃之美也。和平則婦人樂有子矣。"[⑤]《詩集傳》:"化行俗美,家室和平,婦人無事,相與采此芣苢,而賦其

---

①朱熹《詩集傳》,第 2 頁。

②揚之水《詩經别裁》,中華書局 2007 年版,第 70 頁。

③袁行霈、徐建委、程蘇東《詩經國風新注》,第 32 頁。

④揚之水《詩經别裁》,第 15 頁。

⑤孔穎達《毛詩正義》,第 50 頁。

事以相樂也。"[①]正祖根據《詩集傳》的釋義條問云：

> 此章大旨(《詩集傳》)言："化行俗，美室家和平，婦人無事，相與采此芣苢，而賦其事以相樂也。"所謂"婦人無事"者，是言婦人無憂愁勞苦之事歟？若曰無可爲之事？則雖室家和平爲婦人者，豈無紡績織紝籩豆酒醬之事，而暇及於微物之采取歟？且此詩只是一婦人之言，而謂之相與采以相樂者何歟？[②]

文臣宋知濂條對云：

> 明儒黄佐云："門庭之内幸無繫累，機杼之外尚有餘閑。""婦人無事"之義，即此可知。而若以爲一婦人之事，則恐失之偏矣。[③]

正祖對《詩集傳》關於《芣苢》詩的解釋提出三個問題：一是朱熹所謂"婦人無事"是心境之無"憂愁勞苦之事"，還是無具體可做之事？二是在《詩集傳》"室家和平"而"婦人無事"的邏輯下提問，雖室家平和之婦人，宜應有紡績織紝籩豆酒醬之事，而爲何采摘如此細微之芣苢？三是《芣苢》言一婦人，爲何《詩集傳》謂之"相與采以相樂"？文臣宋知濂引用黄佐"門庭之内幸無繫累，機杼之外尚有餘閑"來條對正祖，并否定正祖以《芣苢》詩爲一婦人采摘芣苢之詩，文臣認爲《芣苢》若是一婦人采摘之詩，則失去了詩的韻致，即"恐

---

①朱熹《詩集傳》，第5—6頁。按：清方玉潤關於《芣苢》的解釋亦負盛名，其云："殊知此詩之妙，正在其無所指實而愈佳也。夫佳詩不必盡皆徵實，自鳴天籟，一片好音，尤足令人低回無限。若實而按之，興會索然矣。讀者試平心静氣，涵泳此詩，恍聽田家婦女，三三五五，於平原繡野、風和日麗中群歌互答，餘音裊裊，若遠若近，忽斷忽續，不知其情之何以移而神之何以曠。則此詩可不必細繹而自得其妙焉。"方玉潤撰，李先耕點校《詩經原始》，第85頁。

②正祖《詩經講義》，《韓國經學資料集成》第75册，第286—287頁。

③正祖《詩經講義》，《韓國經學資料集成》第75册，第287頁。

失之偏矣”。根據正祖對《詩集傳》的提問,可知正祖將《芣苢》詩的理解置於功利的訓誡的層面,他對於詩篇中的女性的價值是從婦功的角度評價的,其理解是具體而微的。

將正祖的理解與中國傳統詩學之《詩序》《詩集傳》相比較,可以得出正祖關於《芣苢》詩的理解是具體的、功能的與拘束的,《詩序》《詩集傳》關於《芣苢》詩的理解則是教化的、移風易俗的、平和的與樂感的。正祖在詩篇的詮釋上局限於具體具象的闡釋,缺乏“詩”之所以爲詩、爲經的永恒的意義。漢宋詩學所揭櫫的《芣苢》詩中的樂與《論語》“學而時習之,不亦説乎?有朋自遠方來,不亦樂乎”之“悦”“樂”的精神是相通的,此是由《詩》可以觀所體現出來的中國文化精神的“樂感文化”,即“此世間的快樂:它不離人世、不離感性而又超出它們……這種文化精神以‘即世間又超世間’的情感爲根源、爲基礎、爲實在、爲本體。因人的生存意義即在此‘生’的世間關係中,此道德責任所在,亦人生歸依所在”①。可見正祖關於《芣苢》詩的詮釋是關於事功的、具體的,而《詩序》《詩集傳》的詮釋是寓教於樂的、詩意的②。此亦可見朝鮮半島《詩經》學與中國《詩經》學的區别。

正祖君臣還就婦女在夫婦倫理生活中的職責進行提問,如《鄭風·女曰鷄鳴》,此是夫婦繾綣相警戒之詞。《詩序》云:“《女曰鷄鳴》,刺不説德也。陳古義以刺今,不説德而好色也。”③《詩集傳》解釋云:“此詩人述賢夫婦相警戒之詞。言女曰鷄鳴,以警其夫,而士曰昧旦,則不止於鷄鳴矣。婦人又語其夫曰,若是則子可以起而視夜之如何,意者明星已出而爛然,則當翱翔而往,弋取鳬鴈而歸矣。其相與警戒之言如此,則不留於宴昵之私可知矣。”④《女曰鷄鳴》,

①李澤厚《論語今讀》,第 29—31 頁。
②揚之水《詩經别裁》,第 15—16 頁。
③孔穎達《毛詩正義》,第 294 頁。
④朱熹《詩集傳》,第 51 頁。

正祖據《詩集傳》條問云：

> "女曰鷄鳴"即賢婦人告其夫之辭也。然而士曰昧朝，則其惕然警動之意又不止於鷄鳴也。抑士之賢尤有過於女之賢而然耶？①

文臣申馥條對云：

> 不狃於宴昵，不惰於生業，是男子之所難，而婦人能之。雖以葩經②一書言之，里巷歌謡間多有碩人君子之語。而至於婦人之賢者，惟此"女曰鷄鳴"而已。况於零露蔓草之間，風雨鷄鳴之中，乃有此知禮義之女子。是尤卓異處也，當與蠅聲月光并稱矣。③

正祖認爲《女曰鷄鳴》詩中的男子賢於女子。文臣申馥不同意正祖的觀點，他認爲從情性的角度出發，男子更容易狃於宴昵、惰於生業，而女子可以更爲理性地脱離聲色之所。《女曰鷄鳴》是《詩經》在碩人、君子之外，賢婦所發出的禮義之聲，凸顯了賢婦警戒丈夫的女性職能與美德。根據文臣的回答，可見在朝鮮士大夫看來具有禮義與德行的婦人可以在道德、社會，甚至是文學史的地位上與男性相提并論。張伯偉指出朝鮮半島運用漢字書寫的女性具有與男性同樣的權力與社會地位，"在朝鮮半島歷史上，漢字寫作本是男性的行爲，女性一旦擁有這種能力，就同時擁有了與男性平等對話的場域。她們并不僅僅滿足於詩歌唱和或文字遊戲，而是試圖深入到讀史、論學、講經等更爲莊重、嚴肅的層面，與男性有時相互討論，有時代爲發言，有時予以指點。即便在詩歌領域，她們心中的典範也是陶淵明、杜甫等人，而古體詩的寫作，在文字風格上也

---

①正祖《詩經講義》，《韓國經學資料集成》第 75 册，第 159 頁。

②按：韓愈《進學解》云："《詩》正而葩。"

③正祖《詩經講義》，《韓國經學資料集成》第 75 册，第 159 頁。

具有了‘鬚眉氣’。與此同時,當她們用漢字與男性交往之際,其家庭地位和社會地位也獲得了空前的提高。”[①]據此,根據文臣的回答可見在朝鮮半島知識界具有漢文化儒學道德的女性具有較高的社會地位,她們是男性道德的重要補充者與監督者。朝鮮文臣强調《女曰鷄鳴》詩中女性之警畏心,此種警畏之心的内涵是程朱理學所强調的敬畏,它是男性知識體系在女性媒介上的呈示,成爲女性區别於男性的重要功能。

又《齊風·鷄鳴》,此是“妻催夫早起的詩”[②]。《詩序》云:“《鷄鳴》,思賢妃也。哀公荒淫怠慢,故陳賢妃貞女夙夜警戒相成之道焉。”[③]《詩序》以陳古之賢妃以諷今的方式釋詩。《詩集傳》在《詩序》的基礎上將賢妃相夫之道轉化爲内在敬畏之心。其云:“言古之賢妃御於君所,至於將旦之時,必告君曰,鷄既鳴矣,會朝之臣既已盈矣。欲令君早起而視朝也。然其實非鷄之鳴也,乃蒼蠅之聲也。蓋賢妃當夙興之時,心常恐晚,故聞其似者而以爲真,非其心存警畏,而不留於逸欲,何以能此。故詩人叙其事而美之也。”[④]

《鷄鳴》詩於婦勸君早起的日常生活中點染了夫婦倫常之光。它既是國君夫婦,亦成爲普通夫婦相與警戒以相成之益之道的代表。在古代中國以陰陽建構宇宙與道德秩序的思想世界裏,以“君爲臣綱,父爲子綱,夫爲妻綱”作爲國家社會運行的準則,女性在現實的、世俗的世界是男性附屬。但是在經典詮釋的世界裏,如古代中國與朝鮮的詮釋之作中,常可見女性不僅是作爲男性的附庸,她

---

①張伯偉《漢字的魔力——朝鮮時代女性詩文新考察》,《中國社會科學》,2018年第3期。

②程俊英《詩經譯注》,第142頁。袁行霈解釋爲:“賢妃勸君早起視朝之辭。”袁行霈、徐建委、程蘇東撰《詩經國風新注》,第331頁。

③孔穎達《毛詩正義》,第328頁。

④朱熹《詩集傳》,第58頁。

們還具有獨立於男性的思想的、行動的能力，此種能力是對男性的重要補充。如上《鷄鳴》詩，孔穎達疏云：

> 作《鷄鳴》詩者，思賢妃也。所以思之者，以哀公荒淫女色，怠慢朝政。此由内無賢妃以相警戒故也。君子見其如此，故作此詩，陳古之賢妃貞女，夙夜警戒於夫，以相成益之道焉。二章章首上二句陳夫婦可起之禮，下二句述諸侯夫人之言，卒章皆陳夫人之辭。以哀公荒淫，無夫人興戒，君子使不留色怠慢，故陳夫人早朝，戒君子使不惰於政事，皆是與夫相警相成之事也……相成者，以夫妻爲耦，義在交益，妻能成夫，則妻亦成矣，故以相成言之。《車舝》思得賢女，乃思得其人以配王。此思賢妃，直思其相成之道，不言思得其人，作者之意異也。①

宋儒彭龜年《止堂集》解釋"《鷄鳴》第三章"亦從賢妃之功能上展開，其云：

> 凡子之事父，臣之事君，君子之聽朝，皆於是節焉。蓋其日夜之所息，平旦之氣，清明湛然，以觀理則理明，以理事則事治。至蟲飛薨薨之時，而猶留連衽席之欲，則其昏可知矣。此賢妃正女所以必於是時致其警戒之意歟？毛氏曰："古之夫人配其君子，亦不忘其敬。"語雖近而意遠，真得此詩之大指也。②

孔穎達疏呈現出賢妃具有輔佐、警戒國君的功能，具體表現在賢妃可使君子不留色怠慢，不惰於政事。其"相成者，以夫妻爲耦，義在交益，妻能成夫，則妻亦成矣，故以相成言之"，突出女性在内在道德性上對男性的勉勵與規勸，是男性職能得以發揮的重要監督者與補充者。彭龜年則直接指出男性在蟲飛薨薨之際，猶留連衽席

①孔穎達《毛詩正義》，第328頁。

②彭龜年《止堂集》卷八，文淵閣《四庫全書》本。

之慾,其出於自然的物慾需要賢妃以理相則,以理相勸,此是《詩經》每以賢妃配賢君的初衷。唐宋儒者均對賢妃的勸誡功能加以闡揚。

《鷄鳴》詩亦成爲正祖君臣《詩經》條問的主要話題,正祖在《詩經》講義中時常條問《鷄鳴》,正祖君臣問答如下。

辛丑(1781 年),正祖條問云:

> 《鷄鳴》,《毛傳》作哀公時詩,而朱子則只曰詩人叙賢妃之事,不定其爲何時也,疑固當闕。而按《子貢詩傳》曰:"桓公好内,衛姬箴之。"而《列女傳》云:"桓公好淫樂,衛姬爲之不聽鄭衛之音,桓公乃立衛姬爲夫人。"張華《女史箴》亦曰:"衛女矯桓耳忘和音。"據此則《詩傳》之説無乃得之耶?①

文臣曹允大條對云:

> 此詩之旨若從毛説謂是哀公之時,則此乃刺其荒淫之作也。詩人何不直諫明君哲辟宵旰憂勤之事,而但説賢妃貞女夙夜警戒之道,自不免於逶迤迂回之歸乎?若謂之刺后妃則猶可也,乃謂之刺哀公,則太不襯切。朱子之不取,恐或以是。②

癸卯(1783 年),正祖條問云:

> 此是賢妃告君之辭,則其戰兢警惕之心宜不間於晝夜。而曰蒼蠅之聲,曰月出之光,曰蟲飛薨薨,於夜則重言復言,於晝則不少概見,何也?③

文臣金啓洛條對云:

---

①正祖《詩經講義》,《韓國經學資料集成》第 75 册,第 60—61 頁。
②正祖《詩經講義》,《韓國經學資料集成》第 75 册,第 61—62 頁。
③正祖《詩經講義》,《韓國經學資料集成》第 75 册,第 160 頁。

賢妃之心常存警畏，雖一息之頃，未嘗暫弛。至於深夜燕私之時，尚不留心於逸欲，則其朝晝之間，常存警畏可推而知矣。①

甲辰(1784年)，正祖條問云：

此云"會且歸矣"，苟使齊君晏起而不早朝，則既會之群臣，其將不待而徑歸耶？②

文臣洪義浩條對云：

明儒姚舜牧之言曰："朝無會歸之理，特甚言起，不早，臣子之心將厭倦，欲歸耳。"此說得之。③

己酉(1789年)，正祖條問云：

或以"匪鷄則鳴，蒼蠅之聲"爲其君之答語，此似不然。是乃詩人斷之之辭。大旨得之，而《語類》所訓又有如或說處，可疑。④

丁若鏞條對云：

《語類》所謂如此說，亦可者，不過備一義之意。恐當以《集傳》爲正解。⑤

同年，正祖又條問云：

以蠅聲蟲飛觀之夏夜也，我東先儒言夏夜苦短，而能自早興爲尤難，然則夏夜苦短，故尤恐其或晚歟？⑥

---

①正祖《詩經講義》，《韓國經學資料集成》第75册，第160—161頁。
②正祖《詩經講義》，《韓國經學資料集成》第75册，第222頁。
③正祖《詩經講義》，《韓國經學資料集成》第75册，第222頁。
④正祖《詩經講義》，《韓國經學資料集成》第75册，第401頁。
⑤正祖《詩經講義》，《韓國經學資料集成》第75册，第401頁。
⑥正祖《詩經講義》，《韓國經學資料集成》第75册，第401頁。

文臣徐有榘條對云：

> 此詩之義，只當觀賢妃警畏之誠而已。夜之短長亦不須論，蠅聲蟲飛，亦安知非詩人之設言如此耶？①

要之，以上是正祖君臣就《毛傳》《詩集傳》《子貢詩傳》諸家釋義探討《鷄鳴》之賢妃警戒之心與勸誡國君的關係進行問答。如癸卯條問，正祖認爲賢妃警戒應該不間於白天和黑夜，爲何詩篇僅選擇“蒼蠅之聲”“月出之光”“蟲飛薨薨”來叙寫賢妃之賢，并就此進行提問。文臣贊同正祖賢妃之心應長存警惕晝夜不息之説，但就詩篇的表達則是於“深夜燕私之時，尚不留心於逸欲”以襯托后妃晝夜長存警畏之心。參之朝鮮時代女性詩文集，可見這種女性自警與警戒的傳統亦保留在朝鮮時代女性詩文之中，如朝鮮金氏(1681—1722)在《浩然齋集・自警篇跋》中云：“夙夜憂懼，不能一日而安。”②可見，此種精神狀態正是《鷄鳴》詩旨的文學樣態呈現。③

再如《大雅・緜》，此詩乃“追述太王始遷岐周，以開王業，而文王因之以受天命”④之詩。詩中提及太王之妻大姜⑤，詩第二章云：

---

①正祖《詩經講義》，《韓國經學資料集成》第75册，第401頁。

②張伯偉主編《朝鮮時代女性詩文集全編》上册，鳳凰出版社2011年版，第468頁。

③按：金浩然《自警篇》有“正心章、夫婦章、孝親章、自修章、慎言章、戒妒章”。張伯偉推溯“自警”觀念與朝鮮金氏此種“自警”觀念的形成云：“‘自警’概念，始於《周易》乾卦的‘君子終日乾乾，夕惕若厲，無咎’，以及《論語》所説的‘吾日三省吾身’。‘自警’傳統的建立，始於宋儒，以趙善璙《自警編》九卷爲標誌。至明清理學家，崇尚正心誠意之學。”張伯偉《漢字的魔力——朝鮮時代女性詩文新考察》，《中國社會科學》，2018年第3期。

④朱熹《詩集傳》，第179頁。

⑤按：太姜見於典籍有《列女傳・母儀傳》《史記・周本紀》《孟子・梁惠王下》。揚之水云：“姜女見於詩與史傳的事迹有三，一曰貌美，二曰生子而賢，三曰與大王共同謀事，而遷徙尤事之大者，則詩中的‘爰及姜女，聿來胥宇’，絶非閒筆——伊以謀劃有功，而深深留在時人記憶中。”揚之水《詩經名物新證》，人民美術出版社2016年版，第111頁。

“古公亶父，來朝走馬，率西水滸，至于岐下。爰及姜女，聿來胥宇。”正祖於此條問云：

> 此云“爰及姜女，聿來胥宇”，婦人不與外事，則營邑營室，何必與姜女同之耶？①

文臣徐瀅修對：

> 《皇矣》之詩曰：“天立厥配，受命既固。”營邑相宅是家國之大事，則夫以姜女之賢獨不可以與聞之耶？蓋周家之治，多賴內助。此章之“聿來胥宇”即其一也，亂臣十人，邑姜與焉者，有自來矣。②

正祖從倫常之社會分工提問，認爲婦人不與外事，爲何《緜》詩在營邑營室之時，要“爰及姜女”。文臣徐瀅修首先引證《皇矣》詩“天立厥配，受命既固”，以證賢妃是天命得以降臨的重要原因。其次又舉周朝家國之治多賴女性，如《大雅・大明》“摯仲氏任，自彼殷商，來嫁于周，曰嬪于京。乃及王季，維德之行”，寫的是王季的妻子大任；《大雅・思齊》所載“思齊大任，文王之母”之大任是王季的妻子；《大雅・大明》所載“大邦有子，俔天之妹”之大姒是文王的妻子，還以《論語・泰伯》篇所載亂臣十人有婦人焉加以證明。《論語・泰伯》云：“舜有臣五人而天下治。武王曰：‘予有亂臣十人。’孔子曰：‘才難，不其然乎？唐虞之際，於斯爲盛。有婦人焉，九人而已。三分天下有其二，以服事殷。周之德，其可謂至德也已矣。’”③可見在朝鮮時代文臣的思想世界裏，賢妃是處理國家事務的重要成員。

又《大雅・大明》，此詩叙述王季與太任、文王與太姒的婚姻，

① 正祖《詩經講義》，《韓國經學資料集成》第 75 册，第 171 頁。
② 正祖《詩經講義》，《韓國經學資料集成》第 75 册，第 171 頁。
③ 朱熹《四書章句集注》，第 107—108 頁。

并及武王伐紂。詩第二章云:"摯仲氏任,自比殷商,來嫁于周,曰嬪于京。乃及王季,維德之行。"正祖就詩中摯國任氏女子王季的妻子太任提問云:

> 此曰"來嫁于周,曰嬪于京,乃及王季,維德之行"。太任既有聖德則何必於嬪京之後,及王季而始行之耶?①

文臣李翼晋對:

> 乾坤合而萬化成,陰陽交而庶物生。太任雖有聖德,必待配聖人而後與之共行其德,以成内助之治矣。乃及者相與之辭也,此"及"字當與"爰及姜女"之"及"字參看矣。②

正祖就太任既有聖德則何必嫁於王季提問。文臣李翼晋從《周易》乾坤、陰陽的觀念出發,認爲具有聖德的太任必須依賴具有聖德的王季,才能成内助之治,并認爲《大明》詩之"乃及王季"之"及"與《緜》詩"爰及姜女"之"及"義相類。

正祖君臣於《芣苢》中萃取出女性宜勤勞不以嬉戲的婦功原則,從《女曰鷄鳴》《鷄鳴》詩的問答中强調女性日夜警戒與勸導的功能是男性職能的重要補充,從《緜》中提煉出女性是王朝與家族成其内治的重要成員。正祖君臣强調詩篇中女性某一具體職能的賦予,并作了具體化、窄化詮釋,但忽略了《詩》作爲"經"具有普世意義的道德命題,即常常遺漏《詩經》具有超越性與普遍性意義之思想内涵。亦如黄俊傑研究朝鮮時代經筵《論語》所得出的結論:"在東亞儒家經典解釋學中這種'詮釋即運用'的傳統之下,朝鮮儒臣在爲國君講解《論語》時,除了講解經典中的'言内之意'(locutionary intention)外,更特别用心開發經典文句中的'言外之意'(illocutionary intention)以及'言後之意'(prelocutionary inten-

①正祖《詩經講義》,《韓國經學資料集成》第75册,第170頁。
②正祖《詩經講義》,《韓國經學資料集成》第75册,第170頁。

tion)。只有闡明經典中文句的'言外之意'與'言後之意',朝鮮儒臣才能將《論語》這部經典拉向他們自己的時代來理解,在政治脉絡中解明孔子話語的現代意義。他們的《論語》解讀確是一種政治行動,爲政治目的而解讀經典,本質上是一種政治的解讀。這種解經法的優點是觀書不徒爲章句,而能從經典中開發其現實意義。但是,就朝鮮君臣約五百年間讀《論語》的經驗看來,他們的政治性讀經方法,常常障蔽了他們的視域,使他們忽略了孔學思想世界中超越性的意涵。"[1]朝鮮時代經筵《詩經》是中國經典在朝鮮半島的傳播、接受與轉化的歷史呈現,是古代朝鮮依托於中國經典、經典詮釋以建構禮樂文明體係與政治文化認同思想世界的文化實踐。

第三節　從理學到樸學:成海應《詩經》學研究

一、引言

朝鮮成海應(1760—1839),字龍汝,號研經齋,祖籍昌寧,成長於其父成大中(1732—1812)所在的五代文學家輩出的家庭之中。成海應29歲出任奎章閣檢書官,歷任通禮院引義、金井察訪、陰城縣監等官職。成氏得到正祖大王的寵愛,雖一生所任多爲六品以下官職,但仕宦生涯平穩,且在仕宦的25年歲月裏有充裕的時間研究學術。成海應受李德懋(1741—1793)、柳得恭(1749—1807)、朴齊家(1750—1805)、李書九(1754—1825)等北學派學者的影響,

---

① 黄俊傑《朝鮮經筵對話中的〈論語〉:論述脉絡與政治作用(14—19世紀)》,載張伯偉編《域外漢籍研究集刊》第7輯,第14頁。

主張學習清朝,改變了朝鮮時代以朱子學爲主導的性理學思想體系,使朝鮮學術有了清代樸學的特徵。純祖十五年(1815),56歲的成海應回歸故里,潛心學問,著作集爲《研經齋集》,内容涵括經、史、子、集四部,顯示出淵博的知識。

成海應的《詩經》研究主要保存在《研經齋集》的《本集》《外集》與《别集》中。韓國學者關於成海應《詩經》學研究主要有:楊沅錫《研經齋成海應的〈詩經〉學研究》①、金秀炅《成海應〈詩〉學》②與李炳燦《成海應與申綽의考證的〈詩經〉學研究》③。成海應《詩經》學研究是朝鮮時代《詩經》性理學、實學研究之後的新典範,是清代漢學東傳影響下的《詩經》智識主義詮釋傾向的展現。

二、作爲漢學方法的《詩》學劄記

朝鮮燕行使與通信使促使了朝鮮學習清朝學術思潮的興起,體現在學術研究上則是代表清代學術樣態的學術劄記在朝鮮半島的興起。

成海應《詩經》研究由《詩説》與《詩類》組成,其中《詩説》後人輯爲《詩説Ⅰ》《詩説Ⅱ》與《詩説Ⅲ》。《詩説Ⅰ》《詩説Ⅱ》由四十六則詩學劄記組成,《詩説Ⅲ》則是關於《詩經》各篇的闡釋。《詩説Ⅰ》由十七則《詩經》劄記組成:詩周召分聖賢説、毛許異訓説、鄭箋注異義説、四家説、分陜説、《鹿鳴》之什、《邶風》説、《商頌》《毛傳》用《孟子》説、楚無風説、太王剪商説、詩三緯説、頌一章説、《狸首》章説、《豳風》説、《檜風》説、《邶風》説、《北山》之什説。《詩説Ⅱ》由

①[韓]楊沅錫《研經齋成海應的〈詩經〉學研究》,韓國高麗大學校大學院國語國文學科,2000年碩士學位論文。

②[韓]金秀炅《韓國朝鮮時期〈詩經〉學研究》,臺灣萬卷樓2012年版。

③[韓]李炳燦《成海應申綽의考證的〈詩經〉學研究》,《韓國漢文學研究》,2002年總第30輯。

《詩經》劄記組成：風、十五國風、國風、《二南》爲正風、邶鄘衛風、《唐風》《豳風》、《秦風》《南雅》、風雅、小雅、《十月之交》《六月》之序、《魯頌》《商頌》《魯詩》《齊詩》、正變、删詩、四始、六義、詩樂、桑間、《鄭箋》《集傳》、周公東征、孔門論詩。下以成海應《詩説》劄記研究其《詩經》學特色。

如"詩周召分聖賢説"，成海應云：

> 鄭氏曰："得聖人之化者謂之《周南》，得賢人之化者謂之《召南》。"遂以爲"分繫二公，優劣爲次"。異哉，是言也。化出自文王，而彼得之者有深淺：近則其薰陶浸液者爲深，故其詩出乎正，而皆純乎純，乃周公之所主也；遠則其薰陶浸液者爲淺，故其詩出乎正，而或有未純，乃召公之所主也。太師之所分屬者，豈有意於其間哉？苟分而爲聖爲賢。則其化之所自出，將不由於文王一人，謂之誰哉？……孔穎達乃以爲聖人宜爲天子，賢人宜作諸侯。然則周公當天子，而召公當諸侯耶，又何其乖繆也？蓋文王之化自宫壼而之邦國，自邦國而及南國，其涵泳而發於詩久矣。周召分主之後，乃采而播諸詩謂之周召者，表其所采之地也。①

關於"周南""召南"的解釋，歷代研究者衆説紛紜，莫衷一是。張啓成教授將衆説歸納爲五种：一南化説、二南音説、三南國説、四南土説、五南區説②。成海應以劄記的方式對漢唐《詩經》學史上關於"周南""召南"的稱謂提出異議。他否定鄭玄與孔穎達關於"周南""召南"的解釋。鄭玄《詩譜》云：

> 文王受命，作邑于豐，乃分岐邦。周、召之地，爲周公旦、召公奭之采地，施先公之教于己所職之國。武王伐紂，定天

①成海應《詩説》，《韓國經學資料集成》第78册，第3—5頁。
②張啓成《論〈周南〉和〈召南〉》，《貴州社會科學》，1985年第2期。

> 下,巡守述職,陳誦諸國之詩,以觀民風俗。六州者得二公之德教尤純,故獨録之,屬之大師,分而國之。其得聖人之化者謂之《周南》,得賢人之化者謂之《召南》,言二公之德教自岐而行於南國也。乃棄其餘謂此爲風之正經。[①]

鄭玄指出文王之時周邑、召邑是作爲周公旦與召公奭的封地,周公、召公擔任了教化所職之國的責任。武王定天下,陳詩以觀民風,將六州之内得聖人之教化的詩歸爲《周南》,得賢人之化的詩歸爲《召南》。同時,"南"又指周召二公之德化行於南方之國。可見鄭玄認爲"周南""召南"并非采自周召之地,而是德化之程度不同的詩篇。孔穎達對《鄭箋》進行了系統的疏解[②]。孔穎達認爲周公、召公是周王朝德業的傳播者,在德化的過程中,由於六州之民稟賦之不同導致得聖人之化與得賢人之化的區别。周太師將周邑與召邑得聖人之化的詩稱爲《周南》,得賢人之化的詩稱爲《召南》。孔穎達將聖人、賢人作爲不同層級之政治身份的代表:周公爲聖人,其風得聖人之教化,是王者之風;召公爲賢人,其風得賢人之教化,是諸侯之風。將《周南》《召南》由所承教化之不同延伸到周召二南功能地位之不同,即其所云"以優劣爲次,先聖後賢,故先周後召也"。

成海應否定鄭玄、孔穎達關於《周南》《召南》的解釋,理由如次:

第一,成海應反對鄭玄"其得聖人之化者謂之《周南》,得賢人之化者謂之《召南》"的説法,并否定孔穎達"既分繫二公,以優劣爲次,先聖後賢,故先周後召也"的説法。成海應認爲王化均自文王出,非爲得周公(聖人—天子)之化爲《周南》,得召公(賢人—諸侯)之化爲《召南》。關於"周南""召南",成海應認爲始於岐山的王化

①孔穎達《毛詩正義》,第11—12頁。

②孔穎達《毛詩正義》,第12頁。

由周王室之宫壼而邦國，由邦國而南國。周公、召公主政周召區邑之後，采詩者將采於周邑之詩稱爲《周南》，將采於召邑之詩稱爲《召南》。

第二，《詩序》解釋《關雎》《麟之趾》爲王者之風，故繫之周公采邑之"周南"。《鵲巢》《騶虞》爲諸侯之風，故繫之召公采邑之"召南"。成海應解釋爲：此是由岐山作爲根基的王化在南方諸侯國的流佈，非孔穎達所謂周公聖人、召公賢人的解釋。

第三，成海應從作詩與編詩的角度，論述《周南》《召南》不爲"頌"不爲"風"的原因，他説："考作詩之時，則文王未離乎諸侯，不可爲頌。考編詩之時，則文王已追尊爲王，不可爲風，故分屬於周召。"

成海應否認鄭玄、孔穎達以聖人之化與賢人之化來解釋《二南》，認爲《二南》爲采自周公與召公采邑的詩，其對於《二南》由宫壼而邦國，由邦國而南國的形成過程亦獲得當代《詩經》研究的印證。如馬銀琴認爲："(《二南》)本是周初周、召二公岐南采地的鄉樂，周公制禮作樂時取之以爲王室房中之樂、燕居之樂，被稱爲'陰聲'，具有'雜聲合樂'的特點，與雅頌儀式之樂不同。東周以後，'二南'地位上升，成爲王室正樂的組成部分，被用於正式的儀式場合，配樂之歌就是現存的'二南'諸詩；隨着這種轉變的發生，'二南'之樂的産地亦由岐南轉移到了東周畿内。"[①]可見成海應以劄記的方式研究"周南召南"的稱謂，既是清代樸學在朝鮮半島的異域呈現，又是成海應對中國漢唐《詩經》學觀念的反思，豐富了朝鮮時代《詩經》研究的内涵。

再如"燕燕詩解"，成海應云：

> 余讀《燕燕》詩之卒章曰"仲氏任只，其心塞淵。終温且惠，淑慎其身。先君之思，以勗寡人"，益知莊姜之賢，而州吁

① 馬銀琴《論"二南"音樂的社會性質與〈詩經〉"二南"的時代》，《文學前沿》，2005年第1期。

之歸于討也。是時,石碏謀誅州吁,而石厚問定君於碏,碏曰:“王覲爲可……陳桓公方有寵于王,陳衛方睦。若朝陳,使請必可得也。”厚從州吁如陳,石碏告于陳而誅之。夫陳衛方睦,而得以一介之使絶其好而殺之者。無密謀而爲之主者得乎,此戴嬀爲之主,而莊姜爲之謀也。方戴嬀之歸也,送于野中無人之地,相與圖議而恐其泄也。且勉之曰“其心塞淵”,又曰“先君之思,以勗寡人”者,亦知戴嬀之戒莊姜也。夫石碏之誅州吁也,其子不能知莊姜之謀州吁也。如戴嬀之塞淵而後始得知之,其密如此,而賊不可討乎?莊姜之爲謀不著于史,而千載之下,獨賴此詩而始得知之,不亦賢乎?[①]

《邶風·燕燕》,《詩序》《詩集傳》根據《左傳·隱公三年》[②]的歷史記載將此詩解釋爲衛莊姜送戴嬀之詩。《詩序》解釋云:“衛莊姜送歸妾也。”[③]《詩集傳》解釋云:“莊姜無子,以陳女戴嬀之子完爲已子。莊公卒,完即位,嬖人之子州吁弑之。故戴嬀大歸于陳,而莊姜送之,作此詩也。”[④]成海應在此基礎上發掘《燕燕》詩的新意,他根據《左傳·隱公四年》石碏謀誅州吁的歷史記載[⑤],并認爲戴嬀、莊姜

①成海應《詩説》,《韓國經學資料集成》第 78 册,第 40—41 頁。

②《左傳·隱公三年》:“衛莊公娶于齊東宫得臣之妹,曰莊姜,美而無子,衛人所爲賦《碩人》也。又娶于陳,曰厲嬀,生孝伯,早死。其娣戴嬀生桓公,莊姜以爲已子。公子州吁,嬖人之子也,有寵而好兵。公弗禁,莊姜惡之。”李夢生撰《左傳譯注》,上海古籍出版社 2004 年版,第 13 頁。

③孔穎達《毛詩正義》,第 121 頁。

④朱熹《詩集傳》,第 16 頁。

⑤《左傳·隱公四年》云:“州吁未能和其民,厚問定君於石子。石子曰:‘王覲爲可。’曰:‘何以得覲?’曰:‘陳桓公方有寵於王,陳、衛方睦,若朝陳使請,必可得也。’厚從州吁如陳。石碏使告于陳曰:‘衛國褊小,老夫耄矣,無能爲也。此二人者,實弑寡君,敢即圖之。’陳人執之而請涖於衛。九月,衛人使右宰醜涖殺州吁于濮,石碏使其宰獳羊肩涖殺石厚于陳。君子曰:‘石碏,純臣也,惡州吁而厚與焉。“大義滅親”,其是之謂乎!’”李夢生撰《左傳譯注》,第 18—19 頁。

參與了密謀誅殺州吁之事，并將《燕燕》"終温且惠，淑慎其身。先君之思，以勗寡人"引申爲野外送别之際相與圖議而恐密謀之泄也。成海應認爲"莊姜之爲謀不著于史，而千載之下，獨賴此詩而始得知之"，一方面可見莊姜之賢，另一方面則可見《燕燕》的語言符號給予了後世研究者以豐富的遐想。成海應"《燕燕》詩解"是關於《燕燕》詩的新解，并没有確鑿的歷史文獻證據，故具有主觀臆測的傾向，亦呈現了朝鮮時代《詩經》學研究藉助詩篇的歷史構建特點。

再如"删詩"，成海應云：

> 太史公謂：古詩三千餘篇，孔子存删三百。彼誠見敕天之歌，康衢之謡皆不得載，斷自《商頌》，故謂自唐堯以來，歌謡爲孔子所删。而孔穎達之説以爲："書傳所引之詩，見在者多，亡逸者少，則孔子所録不容十分去九，遷言未可信。"歐陽子之言以爲："遷説然也，以《詩譜》推之，有更十君而取一篇者；有二十餘君而取一篇者。由是言之，何啻三千余？"竊以爲唐虞之時，其所歌詠，詩義已備。其應律合節者入於韶濩之樂。至若《二南》則始興，於商季而天下旋歸于周，俗美而不殊，風淳而不分。武王既受命，而至于成康之際，刑措不用，禮樂征伐，自天子出，故美刺不興。及懿夷政乖，變風始興，然不至於甚也。至厲王時，變雅繼作，而文武之政未墜於地，且共和爲政不至於蕩析。故宣王遂以中興，及至幽平之世，王室既卑，變雅無得以復正，而家殊俗，國異風，變詩交作。王國采詩之使，猶能舉其職而采十三國之風載之國史。然苟非善之可法，惡之可懲，直置之耳。觀乎季札所觀，則詩之止此可知也。蓋古詩之采，無緣得至三千，且班固云："孔子純取周詩，上采殷，下取魯，凡三百五篇。"然孔子不過取魯之所藏詩樂而正之而已。何嘗删之哉。孔子曰："詩三百，一言以蔽之，曰：思無邪。"

《詩》之三百已在孔子之前,固不待孔子之删也。[①]

"孔子删詩"是《詩經》學史上聚訟紛紜的議題之一。成海應從《詩經》學史的角度梳理了贊同與反對孔子删詩的不同意見,他從學術史的脉絡對此一問題進行了研究。關於孔子删詩,首先提出此一觀點的是司馬遷。《史記·孔子世家》:"古者《詩》三千餘篇,及至孔子,去其重,取可施於禮義,上采契、后稷,中述殷、周之盛,至幽、厲之缺,始於衽席……三百五篇孔子皆弦歌之,以求和《韶》《武》《雅》《頌》之音。"[②]其後王充《論衡·正説》、鄭玄《詩譜序》、陸璣《毛詩草木鳥獸蟲魚疏》《隋書·經籍志》均贊同司馬遷的觀點。

成海應反對孔子删詩的説法,其理由主要在於《左傳·襄公二十九年》季札觀詩與孔子自言"詩三百"的記載,遂認爲"《詩》之三百已在孔子之前,固不待孔子之删也"。至唐以後,質疑孔子删詩説主要有三種面向[③],一是通過書傳所引《詩》與現在的《詩經》文本比較,古詩見在者多,亡逸者少,不可能十去其九。如孔穎達《毛詩正義·詩譜序疏》:"《史記》之言,則孔子之前,詩篇多矣。案《書傳》所引之詩,見在者多,亡逸者少,則孔子所録,不容十分去九。馬遷言古詩三千余篇,未可信也。"[④]二是孔子并未删詩,只是做了

---

①成海應《詩説》,《韓國經學資料集成》第 78 册,第 79—81 頁。

②司馬遷《史記》,第 1936 頁。

③按:馬銀琴將否定"孔子删詩"的説法歸納爲六個方面:"第一,古詩三千不可信。第二,孔子僅説'正樂',未説'删詩';'正樂'與'删詩'不同。第三,孔子八歲時,吴公子季札已觀樂於魯,所奏樂次已與今本《詩經》次第相去不多。第四,孔子無位於王朝,以其影響不足以删《詩》。第五,孔子若'删詩',不當存'淫詩'。第六,孔子若删詩,不當删其盛、存其衰。"馬銀琴《再議孔子删〈詩〉》,《文學遺産》,2014 年第 5 期。

④孔穎達《毛詩正義》,第 8 頁。

正樂的工作。《論語》記載孔子自言"詩三百"[①]，以證孔子之時已經有了一個確定數量的《詩經》本子。如王士禛云："孔子但正樂，使各得其所而已，未嘗删《詩》。觀'自衛返魯'云云可見。且一則曰'詩三百'，再則曰'誦詩三百'，《家語》對哀公問郊，亦曰：'臣聞誦詩三百，不可以一獻。'知古詩本來有三百篇，非孔氏自删定也。"[②]三是《左傳・襄公二十九年》所記載季札觀樂，與今本《詩經》的内容大致相同。而這年孔子八歲，不可能删詩。如日本學者仁井田好古云："季札觀樂於魯，其《國風》《雅》《頌》，與今正同，此皆先于孔子之時，則其篇數次叙，非孔子之所創造者，章章而明矣。"[③]成海應持有的證據也是詩學史上反對孔子删詩的主要意見。對"孔子删詩"的思考是對《詩經》編訂及其功能機制的討論，這與之前朝鮮儒者贊同夫子删詩的《詩經》學論調存在本質的不同。如權近(1352—1409)認爲孔子經由删詩而寄寓了政治理想，其云：

> 《河廣》雖非爲衛而作，亦可見衛女之知禮也。故夫子皆存於衛風，以見衛俗淫僻之餘而王化之猶存，秉彝之不泯，爲後世勸也。[④]

又韓汝愈(1642—1709)云：

> 大雅不作，詩人哀怨時，則有若吾夫子之聖，而不得君師之位以行其政……於是乎删古詩之三千爲三百十一篇，以傳後世。首以國風之正變，次以小、大雅之正變，次以周魯之頌，

---

①按：《論語・爲政》："子曰：'《詩》三百，一言以蔽之，曰思無邪。'"金良年《論語譯注》，上海古籍出版社 2004 年版，第 9 頁。《論語・子路》："子曰：'誦《詩》三百，授之以政，不達；使於四方，不能專對。雖多，亦奚以爲？'"金良年《論語譯注》，第 148 頁。

②王士禛《池北偶談》，中華書局 1982 年版，第 440 頁。

③[日]仁井田好古《毛詩補傳》卷首，日本斯文會藏版。

④權近《詩淺見録・通論》，《韓國經學資料集成》第 71 册，第 20 頁。

而終於商頌。①

成海應"删詩"詩説呈現了他對在朝鮮成接受慣例的詩學常識的反叛,同時呈現出他根據文獻進行考證的研究特色。目前中國學者大致認可司馬遷"孔子删詩"説。如劉毓慶從劉向、劉歆父子校《荀子》十去其九,校《晏子》十去其七,校《管子》十去其八的校書實例,論證孔子删詩十去其九的可行性②。馬銀琴在《再議孔子删〈詩〉》中通過對現存於《詩經》中的屬於春秋中後期的十首《國風》詩(即《秦風·黄鳥》《渭陽》《晨風》《權輿》《無衣》《陳風·株林》《澤陂》《月出》《曹風·鳲鳩》《下泉》)的研究,得出這些詩篇是經由孔子之手編入《詩經》的,"正是由於孔子的選擇,這十首作品整體地表現出了與春秋前期詩歌明顯不同的政治倫理傾向"③。徐正英與劉麗文通過對清華簡《周公之琴舞》文本結構的分析,認爲《周公之琴舞》組詩的結構形式是孔子删詩的明證。如徐正英指出:"未經孔子删定的《周公之琴舞》所存成王詩篇是一組九首,而經孔子删定流傳至今的《詩經》文本僅保留了《敬之》一首,九去其八,不就相當於十去其九嗎?它就是孔子删《詩》'十分去九'的經典個案和實證,具有示範意義。"④劉麗文指出:"今天我們看到的三十一篇《周頌》,幾乎篇篇都那麽短,失去了《周公之琴舞》所昭示的頌詩應有的磅礴氣勢,其根源就是'周室微而禮樂廢'導致了'《詩》《書》缺';而罹'禮樂廢'之最大灾難的必然是《周頌》。無法還原《周頌》原貌的孔子,只好在他所收集到的舛亂殘缺的簡牘中爬梳鈎沉,儘可能使'雅頌各得其所';甚至采用對原詩'一分爲二'、'一分爲三'等形

①韓汝愈《詩經記疑》,《韓國經學資料集成》第71册,第134—145頁。

②劉毓慶《〈詩〉的編訂及其文化使命》,《文史哲》,2008年第6期。

③馬銀琴《再議孔子删〈詩〉》,《文學遺産》,2014年第5期。

④徐正英《清華簡〈周公之琴舞〉與孔子删〈詩〉相關問題》,《文學遺産》,2014年第5期。

式，在頌詩的篇數上，找回周天子的尊嚴。"[①]成海應對朝鮮時代普遍接受的"孔子删詩"進行質疑，反映了他從學術史的角度對中國傳統詩學難題[②]的研究與反思。同時他所提出的問題也是當代《詩經》研究"孔子删詩"的主要議題。

再如"彤管説"，成海應云：

> 案：《毛傳》既不言規誨，杜氏何從得之夫。王官所用，毛氏固不可知，況杜氏之後出乎？意古者逸禮或有此語，而爲後儒所傳述歟？又毛杜二説，不相合。据毛則既不見其規誨，据杜則又不見其禮御。箋注家只得推本古序刺時之訓，以爲譜承，然殊無陳古諷今之意……爲漢學者多引《傳》《箋》以攻《集注》，然《傳》《箋》亦涉强梗，不宜以一二區區之見妄議也。第女史之不記過，罪豈至於殺而必殺之哉？此先王所以深慮也。宫中幽隱之地，或致漫漶，國本易亂，如春申華陽之徒，不無其變矣，所以重其法也。[③]

《邶風・静女》之詩旨歧義較多，莫衷一是[④]。詩篇中名物的不同解釋是導致不同詩旨的重要因素。《静女》之"彤管"，自漢以來新義

① 劉麗文《清華簡〈周公之琴舞〉與孔子删〈詩〉説》，《文學遺産》，2014 年第 5 期。

② 按：孔子删詩、《國風》作者與民歌、《商頌》時代、《毛詩序》是《詩經》學史上的四大公案。夏傳才《詩經學四大公案的現代進展》，《河北學刊》，1998 年第 1 期。

③ 成海應《詩説》，《韓國經學資料集成》第 78 册，第 24—26 頁。

④ 關於《静女》詩旨的界定，徐雁平從《静女》接受史的角度梳理爲六種釋義：一是《詩序》"刺時也。衛君無道，夫無德"。二是朱熹《詩集傳》淫奔期會之詩。三是王質思婦之詩。四是朱朝瑛認爲《静女》是感俗囂而思貞士之詩。五是方玉潤認爲《静女》爲刺衛宣公娶伋妻之詩。六是五四以來郭沫若等將此詩解釋爲愛情詩。徐雁平《〈邶風・静女〉的閲讀史》，《古典文獻研究》，2003 年總第 6 輯。

迭出[①]。成海應“彤管”詩説劄記呈現了研究者詮釋史與學術史相結合的研究思路。他首先從詮釋史的角度梳理了《邶風·静女》之“彤管”釋義：舉《毛傳》女史彤管之法的解釋；列《春秋左傳·定公九年》杜預注彤管爲規諫之意；歐陽修言彤管爲男女傳情之物；朱熹遵循歐陽修的解釋，但終以未詳何物解釋彤管。此是從詮釋史的維度梳理“彤管”釋義，并明確指出宋以後關於“彤管”的解釋，多由女史之法而轉向男女傳情之細物上。

成海應對“彤管”釋義的梳理與中國當代研究者的思路異曲同工，如徐雁平在《〈邶風·静女〉的閲讀史》中歸納“彤管”釋義爲五種：一是女史所執之赤管，二是紅色針管，三是樂器，四是定情之物，五是香嫩的荑茅[②]。此外，成海應還從學術史的角度對《詩經》漢學與宋學關於“彤管”釋義的分歧加以評析。對於漢代《詩》學，他認爲《毛傳》女史彤管之法并無規諫之意，只是宫壼細瑣之事，不足爲后夫人所盛法哉。《毛傳》《鄭箋》[③]以古史御君之法附會《詩序》“刺時也。衛君無道，夫人無德”[④]之旨，是“只得推本古序刺時之訓，以爲譜承，然殊無陳古諷今之意”。再如《詩經》宋學，歐陽修是宋代疑古思潮導夫先路的人，四庫館臣云：“自唐以來，説《詩》者莫敢議毛鄭，遂老師宿儒，亦謹守《小序》。至宋而新義日增，舊説幾廢，推原所始，實發於修。”[⑤]就“彤管”釋義，成海應從學術史的角

① 《毛傳》：“女史彤管之法。”《鄭箋》：“彤管，筆赤管也。”孔穎達《毛詩正義》，第174頁。歐陽修《詩本義》：“若彤管是王宫女史之筆，静女從何得以遺人，使静女家自有彤管用以遺人，則因彤管自媒，何名静女……古者針筆皆有管，樂器亦有管，不知此彤管是何物也，但彤是色之美者，蓋男女相悦，用此美色之管相遺，以通情結好爾。”歐陽修《詩本義》卷三，文淵閣《四庫全書》本。

② 徐雁平《〈邶風·静女〉的閲讀史》，《古典文獻研究》，2003年總第6輯。

③ 按：《鄭箋》云：“以君及夫人無道德，故陳静女遺我以彤管之法德，如是可以易之爲人君之配。”孔穎達《毛詩正義》，第173頁。

④ 孔穎達《毛詩正義》，第173頁。

⑤ 紀昀等《四庫全書總目》，中華書局1965年版，第121頁。

度指出：首先否定《毛傳》女史彤管之法的是歐陽修，而後是朱熹。終朝鮮時代五百年的《詩經》研究史中，由於科舉與王朝崇尚朱子學的原因，《詩經》學總體呈現出尊朱熹《詩集傳》的研究傾向。成海應作爲學習清代樸學的倡導者，他在《詩》學理念上與性理學家的《詩經》研究存在本質的區别。但是在《詩經》漢學與宋學的分疏過程中，他能就具體的釋義有較爲客觀的評價，如其云"爲漢學者多引《傳》《箋》以攻《集注》，然《傳》《箋》亦涉强梗，不宜以一二區區之見妄議也"，則是較爲公正地指出漢學亦有其强梗附會之處。

再如"六義"，成海應云：

> 《周官》太師所掌"六詩"："曰風、曰賦、曰比、曰興、曰雅、曰頌。"此言詩之爲義止於六，蓋以"賦""比""興"綜其法，"風""雅""頌"定其體。法之不一，而賦比興各爲之標，然其實則三者，合而後爲詩體之不同，而風雅頌互爲之名，然其實則三者，亦合而爲詩。蓋始起以興，而終之以賦。始起以比，而終之以興者有之。又其所解賦比興者，諸説錯陳，而賦則雖無異辭，而至興比則往往相錯。以《集傳》觀之則先言地物引起所詠之謂興，以彼物比此物之謂比。然舊説則《關雎》之興，言后妃悦樂君子之德若《關雎》之有别，則是興帶比義也。《螽斯》之比，言其生子衆多，后妃之德能如是，則宜。然是比帶興義也。是故曰三者畢舉，而後可以爲詩也。又"風""雅""頌"者，其體各殊。如民俗歌謡之謂風，燕饗會朝受釐陳戒之謂雅，美盛德之形容以其成功告于神明之謂頌。風主乎優遊以勸善，雅主乎歡欣以盡情齊莊以敦禮，頌主乎簡嚴以尊德。其所用雖殊，其詞氣未嘗不相通……故曰三者俱備而後可以爲詩也。程子曰"詩之六體，隨篇求之，有兼備者，有偏得其一二者"，誠爲學《詩》之指南也。[①]

---

①成海應《詩説》，《韓國經學資料集成》第 78 册，第 84—87 頁。

《周禮·春官》云:"大師教六詩:曰風、曰賦、曰比、曰興、曰雅、曰頌。"至漢《毛詩序》將《周禮》"六詩"轉换爲"六義"以詮釋《詩經》云:"故詩有六義焉:一曰風,二曰賦,三曰比,四曰興,五曰雅,六曰頌。"[①]孔穎達疏《毛詩序》云:"然則風、雅、頌者,詩篇之異體;賦、比、興者,詩文之異辭耳,大小不同,而得并爲六義者,賦、比、興是詩之所用,風、雅、頌是詩之成形,用彼三事,成此三事,是故同稱爲義,非别有篇卷也。"[②]由漢而唐,體現了"漢儒'風'、'雅'、'頌'、'賦'、'比'、'興'并列不分,所表現出的絶不僅僅是類别劃分標準的進一步細化問題,而是反映兩者《詩》學觀念上的深層次差别。可以説,孔穎達對'六義'的細緻疏解已經凸顯出了明顯的文體意識和對文學藝術表現技巧的清醒認識,這些對後人更加深入地認識《詩經》'六義'的體用關係以及全面建構《詩經》文學性研究體系都産生了深遠影響。"[③]成海應從賦比興相融合的觀點出發,指出詩篇的呈現是"賦""比""興"多種創作手法的融合,并非單一的呈現。

如《周南·關雎》,《毛傳》標"興"[④];《詩集傳》標"興",朱熹云:"興者,先言他物以引起所詠之詞也。"[⑤]成海應認爲《關雎》是興與比的合一,"關關雎鳩"既是"興",也是"比"。詩篇以"關關雎鳩"起興,同時"關關雎鳩"亦具有比喻義,即"雎鳩"鳥之"生有定偶而不相亂,偶常并遊而不相狎"的特徵與"窈窕淑女"淑善幽閑之意相類。故成海應認爲《關雎》"言后妃悦樂君子之德若《關雎》之有别,則是興帶比義也"。成海應還舉《螽斯》是比帶興義。關於"風"

①孔穎達《毛詩正義》,第 11 頁。

②孔穎達《毛詩正義》,第 12—13 頁。

③王長華、易衛華《孔穎達〈詩〉學觀論略》,《河北師範大學學報·哲學社會科學版》,2007 年第 1 期。

④孔穎達《毛詩正義》,第 22 頁。按:如《關雎》詩之"興",魏耕原云:"先言觸物起興,即觸景生情式即興起興。《關雎》見雎鳩而聞關關鳴聲,引發男求女之思。"魏耕原《毛公標興分類普查與取義特徵》,《文學遺産》,2017 年第 5 期。

⑤朱熹《詩集傳》,第 1 頁。

“雅”“頌”類别之不同，成海應贊同《詩大序》從詩體的角度指出“風”具有民俗歌謡的特徵，“雅”具有燕饗會朝的功用，“頌”有美盛德之形容的功能。同時，他提出“風”“雅”“頌”雖然詩體有别，但是從文辭的角度看，“風”“雅”“頌”的“詞氣未嘗不相通”。成海應舉《周南・麟之趾》之“于嗟麟兮”，在重章叠句的祝禱聲中升騰起頌詩的雍容静穆。成海應還舉《小雅・伐木》《鹿鳴》“雅”中存“風”詩的神韻，又舉《周頌・振鷺》《良耜》是“頌”詩中的“雅”。成海應關於“六義”的理解，是對程子“詩之六體，隨篇求之，有兼備者，有偏得其一二者”的闡發，同時也是對孔穎達“六義”論的發展，是從文學與文體的角度對六義的綜合研究。

再如“桑間”，成海應云：

> 《樂記》云：“鄭衛之音，亂世之音。桑間濮上之音，亡國之音。”《詩小序》摘衛“采唐”（《鄘風・桑中》）一詩以實“桑間”。鄭玄又謂：“濮水之上，地有桑間，合桑間於濮上。”然《路史》云桀作東音操北里大合樂。桑林，孔疏亦云桑林之間，是桑間桀樂，濮上紂樂。竊疑：如《小序》及鄭氏所言，則桑間濮上皆在衛詩。《樂記》何爲分言鄭衛亂世之音，桑間濮上亡國之音也。且若孔疏以桑林之間爲桑間，則指桑林之樂爲桑間之樂。然桑林實殷天子之樂。《春秋左氏傳・襄公十年》：“宋公享晋侯于楚邱，請以《桑林》。荀偃曰：‘諸侯，宋、魯觀禮。魯有禘樂，賓祭用之。宋以《桑林》享君，不亦可乎？’舞師題以旌夏，晋侯懼而退入于房。”然則桑間非桑林，明甚。豈如《路史》桑間，即桀樂；濮上，即紂樂。故皆稱亡國之音，不比鄭衛之只歸于亂而慢矣乎？[①]

成海應通過文獻梳理指出“桑間”非“桑林”。“桑間”，《禮記・樂記》：“鄭、衛之音，亂世之音也，比於慢矣。桑間濮上之音，亡國之

①成海應《詩説》，《韓國經學資料集成》第78册，第91—92頁。

音也，其政散，其民流，誣上行私而不可止也。"[①]傳統《詩經》詮釋常常根據《禮記・樂記》的記載將《鄘風・桑中》解釋爲《樂記》中的桑間濮上之詩[②]。如《詩集傳》云："《樂記》曰：鄭衛之音，亂世之音也，比於慢矣。桑間濮上之音，亡國之音也。其政散，其民流，誣上行私而不可止也。按桑間即此篇，故《小序》亦用《樂記》之語。"[③]成海應指出以"桑間"解釋"桑中"的邏輯錯誤，他根據《禮記・樂記》將鄭衛之音繫之"亂世之音"，桑間濮上之音繫之"亡國之音"，遂認爲"鄭衛之音"與"桑間濮上之音"分繫兩端。而《鄘風・桑中》屬於"衛風"，不應屬於《禮記・樂記》之"桑間濮上之音"。成海應又據孔穎達疏注"桑林"爲桑林之間，遂推導出桑林之樂則爲桑間之樂。據《左傳・襄公十年》的記載，則"桑林"是殷天子之樂。故成海應提出"桑間濮上"之"桑間"亡國之音非是"桑林"殷天子之樂，也不屬於《衛風》的"桑中"之詩。

成海應將《桑中》之詩區別於《禮記・樂記》桑間濮上之亡國之音有助於詩篇本義的探求，《桑中》詩在朝鮮脱離"桑間"的藩籬，這與中國清代《詩經》學、現當代《詩經》學遥相呼應。如姚際恒云：

> 按《樂記》云，"鄭、衛之音，亂世之音也，比于慢矣。桑間、濮上之音，亡國之音也，其政散，其民流，誣上、行私而不可止也。""桑間"亦指此詩。"濮上"，用《史記》衛靈公至濮水，聞琴

① 孔穎達《禮記正義》，第 1258 頁。按：鄭玄《注》云："濮水之上，地有桑間者，亡國之音，於此之水出也。昔殷紂使師延作靡靡之樂，已而自沈於濮水。後師涓過焉，夜聞而寫之，爲晋平公鼓之，詩之謂也。桑間在濮陽南。誣，罔也。"孔穎達《禮記正義》，第 1258 頁。

② 按：《鄘風・桑中》，《詩序》："《桑中》，刺奔也。衛之公室淫亂，男女相奔，至于世族在位，相竊妻妾，期於幽遠，政散民流而不可止。"孔穎達《毛詩正義》，第 190 頁。《詩集傳》在《詩序》的基礎上提出詩人自叙其與所思之人相期會之情狀，其云："衛俗淫亂，世族在位，相竊妻妾。故此人自言將采唐於沬，而與其所思之人相期會迎送如此也。"朱熹《詩集傳》，第 30 頁。

③ 朱熹《詩集傳》，第 30 頁。

> 聲，師曠謂紂亡國之音事，故以爲“亡國之音”。其實此詩在宣、惠之世，國未嘗亡也，故曰“其政散”云云。《樂記》之文紐合二者爲一處，本屬亂拈，不可爲據。今《大序》又用《樂記》，尤不可據。朱仲晦但知執《序》用《樂記》之説，便謂“桑間”即此詩，并不詳其源委若何，故及之。[①]

姚際恒指出《詩序》與《詩集傳》用《禮記·樂記》之不妥處。又孫作雲先生將此詩解釋爲“在舉行桑林之社的祭祀時唱的”[②]。當代研究者黄維華《桑·桑中·桑女——〈詩經〉與上古文化系列研究》指出“桑”在遠古社會具有衣物原料來源的屬性，爲女性采摘的特點，故“桑林作爲采桑、社祭活動及桑中之會的自然場所，爲這種美感的合理生成與充分展示，提供了融合着全部自然美質的人文環境和氛圍。在隆重而熱烈的桑社祭祀之後，緊接着的是大規模開始的群體性桑蠶之事，以及此間幽幽隱隱活動着的個體性桑中之會……質而言之，桑樹的自然機理中的生育本質，桑間活動的人文機制中的生殖與生育原理，通過桑女角色參與，得到了最爲合理和自然的宣揚。而被附着、藴潤了這樣的文化特質，桑女形象因而既具自然之美，又有着文化内涵上的可伸展性。”[③]於是由《詩經》中諸多與采桑有關的詩篇滋生出繁盛的采桑詩與采桑圖，於是由《詩》而來的采桑觀桑成了中國文學中獨特的文學母題，産生出經久不衰的文學創作與影響。

三、清代校勘學的異域呈現：成海應之詩學校勘

朝鮮時代後期，清代樸學著作東傳至朝鮮半島。成海應歷任

①姚際恒《詩經通論》，第73頁。

②孫作雲《詩經與周代社會研究》，第305頁。

③黄維華《桑·桑中·桑女——〈詩經〉與上古文化系列研究》，《詩經研究叢刊》，2013年總第25輯。

奎章閣檢書官，使得他有機會接觸由清朝東傳至朝鮮的學術思想，其中最爲突出的是成海應在清朝校勘學影響下開創了朝鮮《詩經》文本校勘的先路。他在《詩集傳板本識誤》中云：

> 朱子《詩集傳》不見其善本。今之行於世所稱奎璧本者，襲監本也，監本謬訛極多。蓋六經善本最難求，鴻都石經已刓缺不可得，開成石經固精，然不能無訛，况後出之本乎？夫偏傍缺落，則字隨以變；音韻互换，則訓以之異，可不慎乎？安成劉瑾取《集傳》而注釋焉，胡廣等取以爲藍本，屢經點竄，雖曰譜承，不能不保其無謬。而東儒奉若金石，又於翻刻之際，校對不精。今之北漢板本，公私之所即用，粗劣尤甚。學子輩以訛音謬義汨亂於入門之初，寡陋甚矣。余用中國諸本參考，正其大訛，而所未知者亦多闕焉。①

成海應是朝鮮半島第一位對《詩集傳》版本提出問題的儒者。他指出在朝鮮流傳的《詩集傳》刻本主要有兩種：一是因襲藍監本而成的奎璧本《詩集傳》，一是以胡廣等所編之《詩傳大全》爲底本進行翻刻的北漢版本《詩集傳》。北漢版本《詩集傳》是韓國北漢山太古寺刊印的“三經四書”中的一種，是朝鮮時代傳播最爲廣泛的《詩集傳》版本②。

胡廣等所編之《詩傳大全》是在元儒劉瑾《詩集傳通釋》爲藍本的基礎上進行改編的。《詩傳大全》非《詩集傳》的善本。《詩傳大全》爲朝鮮時代的官方刻本，“東儒奉若金石”，進行翻刻傳播，又於翻刻之際，校對不精，故出現很多的訛誤。同時，成海應還指出其校勘方法爲對校法，即用中國本爲校勘别本，以朝鮮北漢本爲底本進行校勘。成海應對《詩集傳》的校勘，亦可見朝鮮本《詩集傳》的

① 成海應《詩説》，《韓國經學資料集成》第 78 册，第 189—190 頁。
② [韓]安賢洙《朝鮮時代〈四書〉板本研究》，韓國全南大學校，2007 年學位論文，第 40 頁。

存在形態，兹舉例如下。

例 1.《周南·樛木》，成海應云：

> "南有樛木"經，"樛，居剉反"。"剉"本誤，當作"蚪"。[①]

在《詩集傳》的傳世刻本中，《四部叢刊三編》影宋本《詩集傳》（下簡稱四部本《詩集傳》）是版本價值較高的本子[②]，兹以該本爲參考來分析成海應的校勘情況。以上引文是成海應對朝鮮本《詩集傳》傳文的校勘。成海應指出"樛"，朝鮮本《詩集傳》的傳文"居剉反"之"剉"應爲"蚪"，没有舉出校勘依據。四部本《詩集傳》爲"居蚪反"，可證成海應的校勘是正確的。

例 2.《周南·桃夭》，成海應云：

> 《桃夭》經"華，乎瓜反"。"乎"當作"呼"，《玉篇》："花，呼瓜切。"今爲華萼字。[③]

"桃之夭夭，灼灼其華"之"華"，成海應根據《玉篇》"花"爲"呼瓜切"，認爲朝鮮本《詩集傳》"乎瓜反"之"乎"應爲"呼"。屬於同聲相近所致誤。四部本《詩集傳》爲"呼瓜"，可證成海應的校勘是正確的。音韻學上的"呼瓜反"與"乎瓜反"是屬於兩個不同的音。"呼瓜反"讀爲"花"，"灼灼其華"的"華"讀音是"花"，所以用"呼瓜反"。"華"應讀爲"花"，從這個意義上"華"寫成"乎瓜反"則是錯誤的，因爲"呼"是清喉擦音，"乎"是濁喉擦音[④]。

例 3.《周南·汝墳》，成海應云：

> 《汝墳》經"伐其條肄"本誤，當作"肄"。[⑤]

---

①成海應《詩説》，《韓國經學資料集成》第 78 册，第 191 頁。

②包麗虹《朱熹〈詩集傳〉文獻學研究》，浙江大學，2004 年博士學位論文，第 34—35 頁。

③成海應《詩説》，《韓國經學資料集成》第 78 册，第 191 頁。

④按：此處關於"呼瓜反"與"乎瓜反"的區别，感謝安徽大學楊軍教授的指教。

⑤成海應《詩説》，《韓國經學資料集成》第 78 册，第 191 頁。

朝鮮本《汝墳》第二章經文爲“遵彼汝墳,伐其條隸”,成海應認爲“隸”應爲“肄”,但并未指出校勘依據。四部本《詩集傳》爲“肄”,可證成海應的校勘是正確的。

例 4.《召南・何彼穠矣》,成海應云:

《何彼穠矣》經“穠”,石經作“襛”。陸德明曰:“襛,《韓詩》作莪。”①

成海應指出朝鮮本“何彼穠矣”之“穠”應爲“襛”,其根據是《石經》,但并未指出是哪一種石經。四部本《詩集傳》作“襛”,可證成海應的校勘是正確的。

例 5.《召南・騶虞》,成海應云:

《騶虞》,《傳》(《詩集傳》):“豝,牡豕也。”陳埴曰:“《毛傳》云豕牝曰豝。”恐:牡字當從牝。季本曰:《毛傳》本《爾雅》。釋獸文觀《駟鐵》詩,“奉時辰牡”則將爲乾豆之用,用牝者非。案《小雅・吉日》《傳》曰:“豕牝曰豝,訓又從牝。”何楷曰:“《廣雅》凡獸二歲,通名爲豝。”當從之。②

《召南・騶虞》“彼茁者葭,壹發五豝”,《詩集傳》解釋“豝”云:“牡豕也。”③成海應根據《毛傳》“豕牝曰豝”的釋義,認爲《騶虞》之朝鮮本《詩集傳》云“豝,牡豕也”之“牡”應爲“牝”。并舉《毛傳》《廣雅》爲證。四部本《詩集傳》爲“豝,牡豕也”,可證成海應的校勘不確。

例 6.《邶風・緑衣》,成海應云:

《緑衣》經“凄其以風”,“叶,爲愔反”。“爲”,《詩經彙纂》作“符”。又《字彙》從敷,符敷同音。④

①成海應《詩説》,《韓國經學資料集成》第 78 册,第 191 頁。
②成海應《詩説》,《韓國經學資料集成》第 78 册,第 192 頁。
③朱熹《詩集傳》,第 14 頁。
④成海應《詩説》,《韓國經學資料集成》第 78 册,第 2 頁。

《緑衣》“悽其以風”的“風”，成海應根據清王鴻緒等編撰的《欽定詩經傳説彙纂》(簡稱《詩經彙纂》)之“符愔反”判斷朝鮮本“爲愔反”之“爲”應爲“符”。四部本《詩集傳》爲“孚”，“孚”與“符”音同，可見成海應據《詩經彙纂》之“符愔反”指出朝鮮本“爲愔反”之“爲”應爲“符”是有依據的。但是由於其所依據的校勘别本《詩經彙纂》非《詩集傳》的校勘善本，故没有達到與善本《詩集傳》相同的結論。

例 7.《邶風・燕燕》，成海應云：

> 《燕燕》經“遠送于南”，“叶民心反”，“民”本誤，當作“尼”。①

《燕燕》詩第三章“燕燕于飛，下上其音。之子于歸，遠送于南”之“南”，朝鮮本《詩集傳》爲“叶民心反”，成海應認爲朝鮮本“叶民心反”之“叶”應爲“尼”，但并未指出校勘依據。四部本《詩集傳》爲“叶尼心反”，可證成海應的校勘是正確的。

例 8.《邶風・終風》，成海應云：

> 《終風》，《傳》“霾，雨土蒙霧”，“霧”本誤當作“露”。②

《終風》第二章“終風且霾，惠然肯來。莫忘莫來，悠悠我思”之“霾”，朝鮮本《詩集傳》云：“霾，雨土蒙霧。”成海應認爲朝鮮本“雨土蒙霧”之“霧”應爲“露”，但并未指出校勘依據。四部本《詩集傳》云：“霾，雨土蒙霿也。”③可見成海應指出朝鮮本《詩集傳》“霾雨土蒙霧”之“霧”存在錯誤，但其校勘朝鮮本“霧”當作“露”却是不準確的。

例 9.《邶風・旄丘》，成海應云：

---

①成海應《詩説》，《韓國經學資料集成》第 78 册，第 192 頁。
②成海應《詩説》，《韓國經學資料集成》第 78 册，第 192 頁。
③按：四部本《詩集傳》與上海古籍出版社 1958 年版《詩集傳》同。參朱熹《詩集傳》，第 18 頁。

《旄丘》,《傳》憒亂之意。憒音會。《詩經彙纂》"會"作"潰"。[①]

四部本《詩集傳》云:"或曰'狐裘蒙戎',指衛大夫而譏其憒亂之意。"朝鮮本《詩集傳》"憒"音"會"。成海應依據《詩經彙纂》"會"作"潰",認爲朝鮮本"憒音會"之"會"誤,應爲"潰"。按:王逸《九思》"心煩憒兮意無聊"之"憒",洪興祖云:"憒音潰。"可證成海應根據《詩經彙纂》的校勘是正確的。

例 10.《邶風・北門》,成海應云:

《北門》,《傳》:"衛之忠信。""信"本誤,當作臣。[②]

成海應指出《北門》詩,朝鮮本《詩集傳》"衛之忠信"之"信"應爲"臣",未指出校勘依據,屬於理校法。四部本《詩集傳》云:"忠信重禄,所以勸士也。衛之忠臣,至於屢貧而莫知其艱。"可見朝鮮本將"忠臣"誤寫爲"忠信"。據四部本《詩集傳》,可知成海應的校勘是正確的。

例 11.《邶風・北風》,成海應云:

《北風》,《傳》"彼其禍亂"。《詩經彙纂》"其"字衍。[③]

成海應校勘朝鮮本《詩集傳》"彼其禍亂",他根據《詩經彙纂》,認爲"彼其禍亂"之"其"爲衍文。四部本《詩集傳》爲"彼其禍亂",可見"其"非衍文,此處《詩經彙纂》的校勘是錯誤的。

例 12.《邶風・静女》,成海應云:

《静女》經"静女其姝","亦朱反",《毛詩音義》作"赤朱反"。[④]

---

①成海應《詩説》,《韓國經學資料集成》第 78 册,第 193 頁。

②成海應《詩説》,《韓國經學資料集成》第 78 册,第 193 頁。

③成海應《詩説》,《韓國經學資料集成》第 78 册,第 193 頁。

④成海應《詩説》,《韓國經學資料集成》第 78 册,第 193 頁。

“静女其姝”之“姝”字，朝鮮本《詩集傳》爲“亦朱反”。成海應據《毛詩音義》之“赤朱反”，認爲朝鮮本《詩集傳》“亦朱反”之“亦”應該爲“赤”，此屬於形近所致誤。四部本《詩集傳》爲“赤朱反”，可證成海應的校勘是正確的。

例 13.《鄘風・君子偕老》，成海應云：

> 《君子偕老》，《傳》：“髢，髮髢也。”下“髢”當作“鬄”。《儀禮・少牢饋食禮》：“主婦被錫。”賈公彦《注》：“被錫，讀爲髮鬄。”古者或剔賤者刑者之髮，以被婦人之紒爲飾，因名髮鬄，又傳邦之媛于卷反。《毛詩音義》作于眷反。①

成海應根據賈公彦《禮儀注疏》“被錫，讀爲髮鬄”，遂認爲《君子偕老》，朝鮮本《詩集傳》“髮髢也”之“髢”當作“鬄”。四部本《詩集傳》作“髢，髮髢也”。可證成海應的校勘是錯誤的。

例 14.《鄘風・定之方中》，成海應云：

> 《定之方中》，經“終焉允臧”，馮嗣京校正本“焉”作“然”。今中國本皆從。②

成海應運用清儒馮嗣京的校勘成果，指出朝鮮本《定之方中》經文“終焉允臧”應爲“終然允臧”。四部本《詩集傳》爲“終然允臧”，可證成海應運用馮嗣京的校勘成果是正確的。

例 15.《鄘風・相鼠》，成海應云：

> 《相鼠》經，“人而無儀”，“叶于何反”。《字彙》作“牛何切，音俄”。③

成海應根據《字彙》作“牛何切”，認爲朝鮮本《詩集傳》“于何反”之“于”應爲“牛”。四部本《詩集傳》爲“叶吾禾反”，可證成海應的校

---

①成海應《詩説》，《韓國經學資料集成》第 78 册，第 193 頁。

②成海應《詩説》，《韓國經學資料集成》第 78 册，第 193 頁。

③成海應《詩説》，《韓國經學資料集成》第 78 册，第 193 頁。

勘不正確,原因在於《字彙》非《詩集傳》的校勘善本。

例 16.《衛風·竹竿》,成海應云:

> 《竹竿》,經第二章"遠父母兄弟",陳啓源校正本作"遠兄弟父母"。[①]

成海應運用陳啓源的校勘成果,指出《竹竿》詩的經文"遠父母兄弟"應爲"遠兄弟父母"。四部本《詩集傳》爲"遠兄弟父母"。可證成海應對陳啓源校勘成果的采用是有學術眼光的。

例 17.《衛風·河廣》,成海應云:

> 《河廣》,《傳》"自共姜至於宣公之母","宣"本誤,當作"襄"。[②]

成海應指出朝鮮本《詩集傳》"自共姜至於宣公之母"之"宣"應爲"襄",未提供校勘證據。四部本《詩集傳》爲"自共姜至於襄公之母",可證成海應的校勘是正確的。

例 18.《衛風·伯兮》,成海應云:

> 《伯兮》,《傳》"女爲悦己容"。史榮校正本"悦己"下脱"者"字。[③]

成海應采用史榮的校勘成果,認爲《伯兮》,《詩集傳》"女爲悦己容"之"悦己"下脱"者"字。四部本《詩集傳》爲"女爲悦己容",可證成海應對史榮校勘的采用是值得商榷的。

例 19.《衛風·木瓜》,成海應云:

> 《木瓜》經,"投我以木瓜","叶攻呼反",呼本誤,《字彙》作

---

①成海應《詩説》,《韓國經學資料集成》第 78 册,第 194 頁。
②成海應《詩説》,《韓國經學資料集成》第 78 册,第 194 頁。
③成海應《詩説》,《韓國經學資料集成》第 78 册,第 194 頁。

"攻乎反,音孤"。按:攻呼反即菰,音菰,即雕胡名。①

《衛風·木瓜》,朝鮮本《詩集傳》爲"叶攻呼反",成海應根據《字彙》"攻乎反",認爲朝鮮本《詩集傳》"叶攻呼反"之"呼"應爲"乎"。四部本《詩集傳》爲"叶攻乎反",可證成海應的校勘是正確的。

例 20.《王風·采葛》,成海應云:

《采葛》,《傳》"蕭,萩也"。史榮校正本"萩"作"荻"。接《説文》曰:"荻,蕭也。"《字彙》:"荻,蘆屬。"孔穎達曰:"李巡曰:'萩,一名蕭。'陸璣云:'今人所謂萩蒿者是也。'""萩"或"荻"通。②

《采葛》詩第二章經文"彼采蕭兮"之"蕭",《詩集傳》云:"蕭,萩也。"成海應根據史榮的校勘認爲"萩"應爲"荻"。四部本《詩集傳》亦爲"蕭,萩也"。可證史榮的校勘不確,成海應對史榮校勘成果的吸收缺乏考證。

例 21.《鄭風·有女同車》,成海應云:

"有女同行"經,"顔如舜英","叶於郎反","郎"本誤,當作"良"。③

《鄭風·有女同車》第二章"有女同行,顔如舜英"之"英",朝鮮本《詩集傳》注釋爲"叶於郎反",成海應認爲"郎"誤,應爲"良",但并未提供校勘證據,屬於理校法。四部本《詩集傳》爲"叶於良反",可證成海應的校勘是正確的。

例 22.《齊風·東方未明》,成海應云:

《東方未明》經"不能晨夜","晨",《毛詩》汲古閣本作

①成海應《詩説》,《韓國經學資料集成》第 78 册,第 194 頁。
②成海應《詩説》,《韓國經學資料集成》第 78 册,第 195 頁。
③成海應《詩説》,《韓國經學資料集成》第 78 册,第 195 頁。

"辰"。《毛傳》:"辰,時也。"又"夜","叶羊始反","始"本誤,當作"茹"。①

《東方未明》詩第三章,朝鮮本爲"不能晨夜"。成海應根據汲古閣本《毛詩》認爲朝鮮本"不能晨夜"之"晨"應爲"辰"。四部本《詩集傳》爲"不能辰夜",可證成海應的校勘是正確的。又成海應校勘朝鮮本《詩集傳》"夜"的注音"叶羊始反"之"始"應爲"茹",此屬於形近所致誤。四部本《詩集傳》爲"叶羊茹反",可證成海應的校勘是正確的。

例 23.《齊風·載驅》,成海應云:

《載驅》經,"齊子發夕","叶胖龠反","胖",《字彙》作"祥"。②

《載驅》詩首章之"魯道有蕩,齊子發夕",朝鮮本《詩集傳》注云:"叶胖龠反。"成海應根據《字彙》,認爲朝鮮本《詩集傳》"叶胖龠反"之"胖"應爲"祥",此屬於形近所致誤。四部本《詩集傳》作"叶祥龠反",可證成海應據《字彙》對朝鮮本《詩集傳》的校勘是正確的。

例 24.《魏風·伐檀》,成海應云:

《伐檀》經,"胡取禾三百廛","直漣反","漣"本誤,當作"連"。《傳》:"干,涯也。""涯"本誤,當作"厓"。又《傳》"鶉鷂屬","鷂"本誤當作鵪。③

《伐檀》經,"胡取禾三百廛",朝鮮本《詩集傳》注音"廛"爲"直漣反",成海應認爲朝鮮本"直漣反"之"漣"應爲"連",屬於同音形近所致誤。四部本《詩集傳》爲"直連反",可證成海應的校勘是正確的。又"寘之河之干兮"之"干",朝鮮本《詩集傳》解釋爲"干,涯

①成海應《詩説》,《韓國經學資料集成》第 78 册,第 195 頁。
②成海應《詩説》,《韓國經學資料集成》第 78 册,第 195 頁。
③成海應《詩説》,《韓國經學資料集成》第 78 册,第 196 頁。

也”，成海應認爲“涯”應爲“厓”。四部本《詩集傳》爲“干，厓也”，可證成海應的校勘是正確的。又朝鮮本《詩集傳》解釋“胡瞻爾庭有縣鶉兮”之“鶉”爲“鶉鷂屬”。成海應認爲朝鮮本“鶉鷂屬”之“鷂”本誤當作“鵪”。四部本《詩集傳》爲“鶉鵪屬”，可證成海應的校勘是正確的。

例 25.《魏風・碩鼠》，成海應云：

> 《碩鼠》經，“適彼樂國”，“叶于適反”，“適”本誤，當作“逼”。

《魏風・碩鼠》“適彼樂國”，朝鮮本《詩集傳》注音爲“叶于適反”，成海應認爲朝鮮本“叶于適反”之“適”應爲“逼”，此詩屬於形近致誤。四部本《詩集傳》爲“叶于逼反”，可證成海應的校勘是正確的。

例 26.《唐風・蟋蟀》，成海應云：

> 《蟋蟀》，《傳》“蓋亦顧念其職”，“蓋”本誤，當作“盍”。①

《唐風・蟋蟀》第一章之“日月其除，無已大康。職思其居，好樂無荒”，朝鮮本《詩集傳》解釋爲：“蓋亦顧念其職之所居者，使其雖好樂而無荒。”成海應認爲朝鮮本《詩集傳》“蓋亦顧念其職”之“蓋”應爲“盍”。《四部本》詩集傳爲“盍亦顧念其職”，可證成海應的校勘是正確的。

例 27.《唐風・鴇羽》，成海應云：

> 《鴇羽》經，“肅肅鴇行”，“户自反”，“自”本誤，當作“瞥”。②

《唐風・鴇羽》末章之“肅肅鴇行”，朝鮮本《詩集傳》解釋爲“户自反”，成海應認爲朝鮮本《詩集傳》“户自反”之“自”應爲“瞥”，未指出校勘證據。四部本《詩集傳》爲“户郎反”，可證成海應的校勘

①成海應《詩説》，《韓國經學資料集成》第 78 册，第 196 頁。
②成海應《詩説》，《韓國經學資料集成》第 78 册，第 96 頁。

錯誤。

例 28.《唐風・葛生》,成海應云:

> 《葛生》,《傳》“域,塋域也”。“塋”,《毛傳》作“營”。

《唐風・葛生》第二章之“葛生蒙棘,蘞蔓于域”,《詩集傳》解釋云:“域,塋域也。”成海應指出《詩集傳》“域,塋域也”之“塋”《毛傳》作“營”,但并没有校勘證據。四部本《詩集傳》作“域,塋域也”,可證成海應的校勘錯誤。

例 29.《秦風・小戎》,成海應云:

> 《小戎》,《傳》“横衡於輈下”,“横衡”,《詩經彙纂》作“衡横”。①

《秦風・小戎》之首章“小戎俴收,五楘梁輈”之“梁輈”,朝鮮本《詩集傳》解釋爲“横衡於輈下”,成海應據《詩經彙纂》“横衡”作“衡横”,認爲朝鮮本《詩集傳》“横衡於輈下”之“横衡”文字顛倒,屬於倒文,應爲“衡横於輈下”。四部本《詩集傳》爲“衡横於輈下”,可證成海應的校勘是正確的。

例 30.《秦風・終南》,成海應云:

> 《終南》經,“其君也哉”,“叶將黎反”,“黎”本誤當作“棃”。②

《秦風・終南》首章“終南何有?有條有梅。君子至止,錦衣狐裘。顔如渥丹,其君也哉”,《詩集傳》云:“叶將黎反。”成海應認爲《詩集傳》“叶將黎反”之“黎”應爲“棃”,并未有校勘依據。四部本《詩集傳》爲“叶將黎反”,可證成海應的校勘是錯誤的。

例 31.《秦風・權輿》,成海應云:

---

①成海應《詩説》,《韓國經學資料集成》第 78 册,第 197 頁。
②成海應《詩説》,《韓國經學資料集成》第 78 册,第 197 頁。

> 《權輿》,《傳》"斗二升","升"作"勝"。王逢曰:"勝"孔疏作"升"。①

《秦風·權輿》之末章"於我乎每食四簋"之"簋",朝鮮本《詩集傳》解釋云"簋,瓦器,容斗二升"。成海應認爲朝鮮本《詩集傳》"容斗二升"之"升"應爲"勝"。四部本《詩集傳》爲"容斗二升",可證成海應的校勘是錯誤的。

例 32.《檜風·匪風》,成海應云:

> 《匪風》,《傳》"回風謂之飄","謂之"二字《詩經彙纂》作"曰"字,又《傳》"有則我願慰以好音","願慰"下脱"之"字。②

《檜風·匪風》第二章"匪風飄兮"之"飄",朝鮮本《詩集傳》爲"回風謂之飄"。成海應據《詩經彙纂》"回風曰飄",認爲朝鮮本《詩集傳》"回風謂之飄"之"謂之"誤,應爲"曰"。四部本《詩集傳》爲"回風曰飄",可證成海應的校勘是正確的。又,《檜風·匪風》末章"誰能烹魚,溉之釜鬵。誰將西歸?懷之好音",朝鮮本《詩集傳》解釋爲"有則我願慰以好音",成海應認爲朝鮮本《詩集傳》"有則我願慰以好音"之"願慰"下脱"之"字。四部本《詩集傳》"願慰"下有"之"字,可證成海應對朝鮮本《詩集傳》此處脱文的校勘是正確的。

例 33.《曹風·蜉蝣》,成海應云:

> 《蜉蝣》,《傳》"身狹而長角,黄黑色","長"下脱"有"字。又《傳》"於我歸處其","其"本誤,當作"耳"。③

《曹風·蜉蝣》首章"蜉蝣之羽,衣裳楚楚"之"蜉蝣",《詩集傳》解釋爲"身狹而長角,黄黑色,朝生暮死",成海應認爲《詩集傳》"狹而長角"之"長"下脱"有"字,但没有提供校勘依據。按:四部本《詩集

---

①成海應《詩説》,《韓國經學資料集成》第 78 册,第 197 頁。
②成海應《詩説》,《韓國經學資料集成》第 78 册,第 197 頁。
③成海應《詩説》,《韓國經學資料集成》第 78 册,第 198 頁。

傳》爲“狹而長角”,“長”下未有“有”字,可證成海應的校勘缺乏依據,是錯誤的。又,《蜉蝣》詩首章,朝鮮本《詩集傳》云“故我心憂之,而欲其於我歸處其”,成海應認爲朝鮮本“於我歸處其”之“其”誤,應爲“耳”。按:四部本《詩集傳》爲“於我歸處耳”,可證成海應的校勘是正確的。

例 34.《豳風·七月》,成海應云:

> 《七月》經,“穹窒”,“除悉反”,“除”本誤,當作“珍”。又經“以介眉壽”,“叶直留反”,“直留”本誤,當作“殖酉”。又經“稱彼兕觥”,“虢彭反”,“虢”,諸本多從“䝞”。①

《豳風·七月》第五章“穹窒熏鼠,塞向墐户”之“窒”,朝鮮本《詩集傳》解釋爲“除悉反”,成海應認爲朝鮮本《詩集傳》“除悉反”之“除”誤,應爲“珍”。按四部本《詩集傳》爲“珍悉反”,可證成海應的校勘是正確的。又,《七月》詩第六章“爲此春酒,以介眉壽”之“壽”,朝鮮本《詩集傳》注音爲“叶直留反”,成海應認爲朝鮮本《詩集傳》“叶直留反”之“直留”誤,應爲“殖酉”。四部本《詩集傳》爲“叶殖酉反”,可證成海應的校勘是正確的。又,《七月》末章“躋彼公堂,稱彼兕觥”之“觥”,朝鮮本《詩集傳》注音爲“虢彭反”。成海應認爲朝鮮本《詩集傳》“虢彭反”之“虢”誤,應爲“䝞”。四部本《詩集傳》爲“䝞彭反”,可證成海應的校勘是正確的。

例 35.《豳風·東山》,成海應云:

> 《東山》經,“鸛鳴于垤”,“曲節反”,“曲”本誤,當作“田”。②

《豳風·東山》第三章“鸛鳴于垤,婦歎于室”之“垤”,朝鮮本《詩集傳》解釋爲“曲節反”。成海應認爲朝鮮本《詩集傳》“曲節反”之“曲”誤,應爲“田”,屬於形近所致誤。四部本《詩集傳》爲“田節

---

①成海應《詩説》,《韓國經學資料集成》第 78 册,第 198 頁。
②成海應《詩説》,《韓國經學資料集成》第 78 册,第 198 頁。

反”，可證成海應的校勘是正確的。

例 36.《小雅・四牡》，成海應云：

> 《四牡》，《傳》“令[①]鵓鳩也”。“鵓”，史榮校正本作“鵓”，音浮，即離也。[②]

《小雅・四牡》第三章“翩翩者鵻，載飛載下”之“鵻”。《詩集傳》解釋爲：“鵻，夫不也，今鵓鳩也。”史榮認爲《詩集傳》“今鵓鳩也”之“鵓”，應爲“鵓”。此處成海應引用史榮的校勘成果，并未指出優劣之分。四部本《詩集傳》爲“今鵓鳩也”，可證史榮的校勘不正確。

例 37.《小雅・蓼蕭》，成海應云：

> 《蓼蕭》，《傳》“在鑣曰鸞”，劉瑾曰：“《集傳》於駟鐵以爲乘車之鸞在衡。”則此《傳》“鑣”字恐當從“衡”字。[③]

《小雅・蓼蕭》末章“蓼彼蕭斯，零露濃濃。既見君子，鞗革忡忡。和鸞雝雝，萬福攸同”之“鸞”，《詩集傳》解釋爲“在鑣曰鸞”。成海應根據劉瑾“《集傳》於駟鐵以爲乘車之鸞在衡”的判斷，遂認爲此處《詩集傳》“在鑣曰鸞”之“鑣”誤，應爲“衡”。成海應此處校勘屬於理校法。四部本《詩集傳》爲“在鑣曰鸞”，可證成海應的校勘錯誤。

例 38.《大雅・文王》，成海應云：

> 《文王》，《傳》，“左右，傍則”，“則”本誤，當作“側”。[④]

《大雅・文王》首章“文王陟降，在帝左右”，朝鮮本《詩集傳》解釋爲“左右，傍則”。成海應認爲，朝鮮本《詩集傳》“左右，傍則”之“則”應爲“側”。四部本《詩集傳》爲“左右，傍側”，可證成海應的校勘是

---

①按：此處“令”應爲“今”。

②成海應《詩説》，《韓國經學資料集成》第 78 册，第 199 頁。

③成海應《詩説》，《韓國經學資料集成》第 78 册，第 200 頁。

④成海應《詩説》，《韓國經學資料集成》第 78 册，第 206 頁。

正確的。

例 39.《大雅・大明》,成海應云:

> 《大明》,《傳》"以爲天子之禮也"。《詩經彙纂》"禮也"下有"不顯,顯也"四字。①

《大雅・大明》第五章"大邦有子,俔天之妹。文定厥祥,親迎于渭。造舟爲梁,不顯其光"之"造舟爲梁",朝鮮本《詩集傳》解釋爲"以爲天子之禮也"。成海應根據《詩經彙纂》,認爲朝鮮本《詩集傳》"天子之禮也"下脱"不顯,顯也"四字。四部本《詩集傳》爲"張子曰:'造舟爲梁,文王所製,而周世遂以爲天子之禮也。'不顯,顯也",可證成海應的校勘是正確的。

例 40.《大雅・韓奕》,成海應云:

> 《瞻仰》四章,《傳》"婦寺能以智辯害人之言,其心忮窮"。《詩經彙纂》上"害"作"窮",下"窮"作"害"。七章,《傳》"言泉水瀵涌上出","水"本誤當作"之"。②

《大雅・瞻昂》第四章,朝鮮本《詩集傳》爲"婦寺能以智辯害人之言,其心忮窮"。成海應據《詩經彙纂》指出朝鮮本《詩集傳》"婦寺能以智辯害人之言,其心忮窮"之上"害"作"窮",下"窮"作"害"。四部本《詩集傳》爲"言婦寺能以其知辨窮人之言,其心忮害",可證成海應的校勘是正確的。又《瞻昂》詩第七章,朝鮮本《詩集傳》爲"言泉水瀵涌上出"。成海應認爲朝鮮本《詩集傳》"言泉水瀵涌上出"之"水"應爲"之"。四部本《詩集傳》爲"言泉之瀵涌上出",可證成海應的校勘是正確的。

例 41.《周頌・賚》,成海應云:

> 《賚》,《傳》"此頌文武之功","武"當作"王"。朱公遷曰:

① 成海應《詩説》,《韓國經學資料集成》第 78 册,第 206 頁。
② 成海應《詩説》,《韓國經學資料集成》第 78 册,第 209 頁。

> "諸本'王'字作'武'字誤。"蓋首句是頌文王之功。[①]

《周頌・賚》詩云:"文王既勤止,我應受之。敷時繹思,我徂維求定。時周之命,於繹思。"《詩集傳》解釋云:"此頌文武之功。"成海應據朱公遷的判斷,認爲《詩集傳》"此頌文武之功"之"武"應爲"王"。四部本《詩集傳》爲"此頌文武之功",可證成海應的校勘是錯誤的。

例 42.《周頌・載芟》,成海應云:

> 《周頌・載芟》經,驛驛其達,"叶佗梲反","梲"本誤,當作"悦"。[②]

《周頌・載芟》詩"驛驛其達,有厭其傑"之"達",朝鮮本《詩集傳》解釋爲"叶佗梲反"。成海應認爲朝鮮本《詩集傳》"叶佗梲反"之"梲"應爲"悦"。四部本《詩集傳》爲"叶佗悦反",可證成海應的校勘是正確的。

成海應校勘朝鮮本《詩集傳》共計 122 條,其中 81 條是對朝鮮北漢本翻刻訛誤的校勘。成氏指出朝鮮北漢本《詩集傳》存在由形近、音近所致之訛誤,文字脱落與衍文等情況,成海應對朝鮮北漢本《詩集傳》的校勘大多是正確的。成海應的校勘開啓了朝鮮半島校勘《詩經》文本的先例,促進了朝鮮半島《詩集傳》善本的形成。

成海應還對朝鮮北漢本所依中國底本的訛誤進行校勘,共計 41 例。需要指出的是,成海應關於中國本《詩集傳》的 41 則校勘,其中原創性的校勘成果 14 條,吸收清代學者校勘學成果 27 條,其中 24 條采自《四庫全書總目》,1 條來自輔廣《詩童子問》,2 條來自劉瑾《詩集傳通釋》。成海應在引用清代校勘學成果時呈現出複雜的學術心態,他在采取《四庫全書總目・詩集傳》提要所涉及的史

---

①成海應《詩説》,《韓國經學資料集成》第 78 册,第 210 頁。

②成海應《詩説》,《韓國經學資料集成》第 78 册,第 210 頁。

榮、陳啓源、馮嗣京等人的校勘成果時,有時標注成果來源,有時并未標注,以致很多朝鮮學者認爲這些校勘成果是成海應的發明①。

成海應校勘朝鮮北漢本《詩集傳》,既促成了朝鮮善本《詩集傳》的形成,又開啓了朝鮮半島經典校勘的研究風氣,在朝鮮半島義理學《詩經》詮釋與接受的傳統中形塑了新的研究典範。成海應自覺運用文獻校勘的研究方法,顯示出朝鮮半島《詩經》學研究路徑的轉變,以朱熹《詩集傳》爲中心的義理學研究轉向清代樸學研究,是朝鮮時代從理學到樸學的《詩》學呈現,在朝鮮半島學術史上具有重要意義。

四、結語

成海應校勘朝鮮北漢本《詩集傳》,在朝鮮時代《詩經》學發展史上具有重要的學術史意義:

第一,糾正了朝鮮北漢本《詩集傳》的諸多錯誤,努力爲朝鮮半島提供善本《詩集傳》,帶動了朝鮮時代文獻校勘研究學風的興起。

第二,引入清代乾嘉學術成果,促進朝鮮時代學術的發展。明亡之後,朝鮮王朝以"小中華"自居,蔑視以異族身份入主中原的清王朝,學術方面亦不采納清代學術成果。此一學術心態直至 1764 年才有所改變,張伯偉在《漢文學史上的 1764 年》中指出:"1764 年朝鮮通信使在日本的唱酬筆談活動是漢文學史上的一個轉捩點。表現在朝鮮方面,是使臣對日本文壇整體的全新認識和高度評價,在日本方面,則是對朝鮮詩文的貶抑……1764 年朝日間的唱酬筆談具有重要的文學史意義,它促使朝鮮人從日本文明的進步中轉變了其對清代文章學術的認識,并刺激他們形成了漢文學圈整體

①按:成海應引用史榮校勘成果 6 條,標注出處者 5 條,1 條未標注;引陳啓源校勘成果 14 條,標注出處者 1 條,另外 13 條則未標注出處;引用馮嗣京校勘成果 4 條,未標注者 1 條。

視野的雛形。"[1]成海應的父親成大中(1732—1812)恰好是1764年唱酬筆談活動的通信使書記,他親眼見證了日本文章學術的空前繁榮,并將此次酬唱的詩文材料帶回朝鮮,與李德懋(1741—1793)、柳得恭(1749—1807)、朴齊家(1750—1805)、李書九(1754—1825)等人探究日本文學能够快速提升的原因在於清代學術文章的大量引入,如李德懋在《蜻蛉國志·藝文》中説:"近者江南書籍,輻湊於長崎,家家讀書,人人操觚,夷風漸變。"(《青莊館全書》卷六十四)柳得恭在《古芸堂筆記》中云:"倭子慧竅日開,非復舊時之倭。蓋緣長崎海舶委輸江南書籍故也。"(《古芸堂筆記》卷五)李德懋、柳得恭、朴齊家、李書九後來成爲朝鮮時代自覺向清代學習的先覺者。成海應在其父成大中和李德懋等人的影響下自覺接受清代學術,校勘北漢本《詩集傳》,引入清代樸學研究方法,爲朝鮮時代尊崇朱子義理學的單一學術形態帶來新的元素,也是1764年朝日唱酬之後朝鮮學者引入清代學術的最初實踐。

第三,揚棄清代學術,探求新的學術發展模式。成海應在面對清代學者的校勘成就時,學術心態較爲複雜。例如他在《詩集傳版本識誤》中稱馮嗣京、陳啓源、史榮等人的校勘是"以苛摘爲事",他説:"余用中國諸本參考,正其大訛,而所未知者亦多闕焉。如馮嗣京、陳啓源、史榮之徒,又紛紛然以苛摘爲事,'朔日辛卯'固善矣,改作'朔月辛卯'。'亞,從兩已相背'之説固古矣,改作'兩弓相背'。'爰其適歸',《家語》作'奚其適歸',不妨兩存之矣,改作'爰'。如此之類,乃考證家之紕謬也。且於、與、乎,詞與辭,古文多通用。又如'惟'字,《尚書》作'維',《春秋左氏傳》作'唯',此則不須辨也。"[2]成海應認爲馮嗣京等人的校勘是屬於考證家的校勘,

---

①張伯偉《漢文學史上的1764年》,《文學遺産》,2008年第4期。

②成海應《詩説》,《韓國經學資料集成》第78册,第190頁。

有過於瑣碎嚴苛之弊，無關乎《詩經》大義，在校勘過程中也有疑古過勇之失。成海應宣揚自己的校勘是正其大訛，有不符合學術研究之實，但是他在徵引借鑒清儒校勘成果的同時，能够以懷疑的態度，指出清儒校勘學的弊端，探求義理與校勘相結合的學術發展模式，在朝鮮時代《詩經》學發展史上具有重要的地位。

第四節　江華陽明學的詩學呈現：申綽《詩次故》研究

一、申綽《詩次故》成書的艱難歷程與學術堅守

朝鮮時代儒者申綽（1760—1828），字在中，號石泉，祖籍平山。申綽出生於朝鮮時代一個仕宦家庭。"曾祖承政院右承旨，諱宅夏。祖義盈，庫直長，贈吏曹參判，諱暕。考，户曹参判，贈吏曹判書，諱大羽。"① 申綽父申大羽，號宛丘先生，其名取自《詩經·陳風·宛丘》。外曾祖父爲朝鮮陽明學集大成者、江華學派鼻祖鄭齊斗（號霞谷）。外祖父爲陽明學者鄭厚一。可見申綽在門户上屬於"少論派"，在"血統承繼學統是江華學派的傳統"②中很好地繼承了

① 申縉《石泉申君墓銘》，《韓國經學資料集成》第 77 册，第 621 頁。按：申綽《自叙傳》云："初綽與兄縉，弟絢，承歡闈庭。兄綱紀家範，弟身致禄養，而綽才既不長於榮利，性又淡，只以文墨杖几，周旋膝下，執隸子弟之事。運履奉帶，斂枕衾，泛掃室堂，兼以筆劄稱旨。"申綽《自叙傳》，《韓國經學資料集成》第 77 册，第 615—616 頁。

② 鄭仁在、黄俊傑編《韓國江華陽明學研究論集》，華東師範大學出版社 2008 年版，第 337 頁。

陽明學思想。申綽少年時問學於鄭齊斗、鄭厚一父子。霞谷先生去世後,申綽與其父共同編輯了《霞谷遺集》。

申綽事親之餘,致力於儒家經典的研習,其弟申絢云:“時仲侍先人不離側,然於席衽應對之暇,得容膝地,輒手一卷書,飢寒之逼不知也,事務之擾不省也。”[①]純祖九年(1809),申綽在父親的勸告下應試增廣文科,以《辟雍策》試策第一。但未及出榜,其父病重,申綽兼程疾馳歸家,却未能見到父親。申綽抱憾不已,遂絶意於仕途,居於安置其父親之地的光州社村,一心讀書治學。申綽絶意於仕途,一生致力於孝親與著述,這與陽明先生十一歲時所發出的“人生第一等事”極爲契合。《陽明先生年譜》載:“(陽明)嘗問塾師曰:何爲第一等事?塾師曰:惟讀書登第耳。先生疑曰:登第恐未爲第一等事。或讀書學聖賢耳。龍山公聞之,笑曰:汝欲做聖賢耶?”[②]在陽明學的影響下,申綽堅守棄絶科舉之志,專心侍親與著述,是陽明先生“登第恐未爲第一等事,或讀書學聖賢耳”的異域呈現。申綽屢次以“遺逸”薦舉,曾拜成均館典籍、弘文館修撰校理、承政院同副右副承旨、敦寧府都正、禮曹參議等職,均未赴職[③]。申綽性淡然,以逸民終生,著作有《詩次故》《易次故》《書次故》《石泉遺稿》《石泉日乘》。

《詩次故》是凝聚申綽學問精神的著述之一,成書極爲艱難。申絢《詩次故·後叙》云:

---

①申絢《詩次故後叙》,《韓國經學資料集成》第77册,第610—611頁。

②王守仁撰、吴光等編校《王陽明全集》,上海古籍出版社2015年版,第1346—1347頁。

③李忠翊在《詩次故序》中描述申綽侍奉父親的情景云:“自有識養其親宛丘先生,至老白首,未嘗須臾不在側,飲饍衣脱灑掃供給,以至箱篋刀尺,無不經其手。”李忠翊《詩次故序》,《韓國經學資料集成》第76册,第9頁。又申綽《自叙傳》云:“銓曹隨牒,推遷至弘文館應教,前後召命,凡十餘降。而皆不行。”《韓國經學資料集成》第77册,第617—618頁。

> (綍)仍祟眼眚,幾廢明者數年,賴良醫獲已,則探索又如初。積二十年覩止録訖,依經第次,易數稿而斷手。歲戊午,家人失火,燼滅無迹,先人惜其功,以爲關於性命,諸長者致其慰。筵臣有以聞者,上爲之垂愍嗟惜。仲氏復抖擻神精,日月重理,疏於前者密於後,毦於始者節於今。碎籤殘劄,彖積寸得,更十七霜而書又成,凡二十有二卷。[①]

申縉《石泉申君墓銘》、李忠翊《詩次故序》皆極言《詩次故》成書之艱難。申綽性純孝,其在孝親之時已開始撰著《詩次故》,他用二十年的時間輯録材料,其間幾近失明,撰著中的堅持與毅力可以想見。但不幸的是這本彙聚申綽學術追求與精神寄託的著作却毁於火灾。《詩次故》凝聚的是申綽二十年來的心血,是維繫學人的性命之所在。《詩次故》毁於火中,朝鮮大王亦爲之垂愍嗟惜。親友爲之惋惜不已,"知在中者皆曰'在中雖見在,其神精所寄者亡矣'"[②]。但是申綽不因此而沮喪,徐復尋理,又經過十七年,《詩次故》重新纂輯而成,且比毁於火灾中的稿子更爲精密完善。

鄭齊斗(爲申綽外曾祖父,號霞谷)是朝鮮陽明學集大成者、江華學派始創者。申綽在學術思想上師承鄭齊斗,并與父親在鄭齊斗去世後移居江華島翁逸里編輯《霞谷遺集》。申綽是朝鮮半島陽明學的傳承者。中國陽明學於朝鮮中宗十六年(1521)左右傳入朝鮮[③]。傳入之初,也曾經獲得一些學者的認同,但是至1566年,朝鮮朱子學派著名學者李退溪編著《傳習録辯》排斥陽明學爲異端,

① 申絢《詩次故後叙》,《韓國經學資料集成》第77册,第611頁。

② 李忠翊《詩次故序》,《韓國經學資料集成》第76册,第9頁。

③ 吴鍾逸認爲陽明學傳入朝鮮的時間是1521年,根據朴祥(1472—1530)《訥齋集·年譜》"陽明文字東來,東儒莫知其爲何等語,先生見其《傳習録》,斥謂禪學","辨王陽明守仁《傳習録》於辛巳"的記載時間正爲朝鮮中宗十六年。參見樓宇烈主編《東方哲學概論》,北京大學出版社1997年版,第221頁。

自此，陽明學在朝鮮王朝尊奉朱子學爲官方正統思想的社會環境下，一直被視爲異端邪説①。陽明學在與朱子學的對抗中謀求自身的發展，經南彦經（1528—1594）、李瑶（生卒年不詳）、張維（1587—1638）等的提倡，至鄭齊斗（1649—1736）創立了江華陽明學派，凸顯出極爲頑强的學術生命力②。王陽明釋《大學》"明明德"爲"誠意"，認爲求諸己的誠意工夫是格物致知的必備途徑，這與通過專研知識學問以達到格物致知的朱子學存在本質的差異。江華學派學者在學術主張上與王陽明哲學思想之"誠意"相聯繫，講求重視本源工夫的誠意，并據此提出"真實無僞"的人格，極力反對當時流行的朱子學③。鄭齊斗批評朝鮮日漸教條主義的朱子末學爲虚假道學，他説："後來學之者，奪失其本。至於今日之説者，則不是學朱子，直是假朱子，不是假朱子，直是附會朱子以就其意，挾朱子而作之威、濟其私。"④

申綽作爲江華學人，儘管在學術著作上没有闡釋陽明學説的具體研究，但是在江華學術的滋養下，他在經學研究上摒棄朱子學説，運用以古訂古的文獻研究方法，恢復漢唐學説，走出一條與知識論相結合的批判朱子學的研究途徑，在朝鮮半島陽明學與樸學研究史上具有重要影響。

《詩次故》，乃是"次列衆故以羽翼夫《詩》者"⑤，以"故"命名，是

---

①［韓］宋錫準《韓國陽明學的形成和霞谷鄭齊斗》，鄭仁在、黄俊傑編《韓國江華陽明學研究論集》，第 3 頁。

②鄭齊斗晚年移居江華道晚霞絢麗的溪谷傳授陽明學，被稱爲"霞谷先生"，他所創立的學派被稱爲江華陽明學。［日］中純夫《朝鮮の陽明學——初期江華學派の研究》，汲古書院 2013 年版。

③［韓］沈慶昊《江華學派的僞學批判》，鄭仁在、黄俊傑編《韓國江華陽明學研究論集》，第 255 頁。

④［韓］鄭齊斗《霞谷集》卷九，《韓國文集叢刊》，韓國景仁文化社 1997 年版，第 160 册。

⑤李忠翊《詩次故序》，《韓國經學資料集成》第 76 册，第 7 頁。

仿漢代《詩經》學著作《魯故》《齊后氏故》《齊孫氏故》《韓故》《毛詩故訓傳》等訓詁之書,旨在表達此書是節次排列《詩經》訓詁材料的著作。

《詩次故》卷首有江華學者李忠翊(1744—1816)《詩次故序》,卷末有申綽《自叙傳》、申絢《詩次故後序》。《詩次故》第一卷至第十六卷爲《詩經》風雅頌各篇的訓詁釋義,此外還包含《詩經異文》《詩次故外雜》。《詩次故》按照《詩經》的篇目順序,以大字書《詩經》篇名、章句數及經文,以雙行小字録入相關的訓詁材料。《詩次故》主要是對訓詁材料的臚列,也有對詩旨材料的輯録,其輯録的方式是在詩篇章句數之下以雙行小字録入。也有少數詩篇,只録經文,并無輯録材料的情况①。申綽以"綽按""綽謂"的按語形式發表學術觀點,注釋體例與《毛詩注疏》極爲相似。《詩次故》二十二卷,後附《詩經異文》《詩經外雜》各一卷。

《詩次故》初刊於1934年,此時朝鮮處於日本占領時期。朝鮮總督府將鄭寅普所藏的申綽手抄本《詩次故》以彩板影印刊行了兩百部。《韓國經學資料集成》所收録的《詩次故》是據原抄本縮版影印的。

目前學術界關於申綽《詩次故》的研究還比較少,主要成果有:韓國學者金興圭《朝鮮後期詩經論與詩意識》②,金秀炅《韓國朝鮮時期〈詩經〉學研究》③,日本學者内野熊一郎《李朝申綽〈詩次故〉の

---

①如《鄭風・狡童》《鄭風・揚之水》等詩,《詩次故》只録經文,并無輯録的材料。

②[韓]金興圭《朝鮮後期詩經論與詩意識》,高麗大學校民族文化研究所1982年版。金興圭是較早研究《詩次故》的現代學者,他指出《詩次故》反對朱熹《詩集傳》的《詩》學特色。

③[韓]金秀炅《韓國朝鮮時期〈詩經〉學研究》,臺灣萬卷樓圖書股份有限公司2012年版。金秀炅博士論述《詩次故》之編撰,并從四家詩説異同、十五國風的觀點、逸詩論、《詩經》異文産生原因論證申綽的《詩》學觀,總結出申綽主於詁而略於義、以古訂古的《詩經》學特色。

〈詩經〉學説考》[①]，中國學者程蘇東《申綽〈詩次故〉述論——兼論 18 世紀後期朝鮮考據學的興起》[②]。以上研究成果在地域上跨越中日韓三國，研究成果主要表現在梳理《詩次故》之成書，總結《詩次故》之解釋方法，探究《詩次故》與宋代、清代《詩》學之關係。申綽《詩次故》是朝鮮時代江華陽明學思想在《詩》學形態上的呈現，在《詩經》學史具有重要的價值意義。

二、從《古本大學》到《詩經》舊注：陽明學視域下《詩經》詮釋的思想轉變

申綽作爲江華學人，奉行江華學派批判朱子性理學的宗旨，但與大多數江華學人不同的是，他并不立足於陽明心學的研究，而是將研究的重心從朱子所倡導的義理之學轉移到長期被宋儒所遮蔽的漢唐訓詁文獻上，試圖從文獻訓詁的角度來對抗宋學。這種從文獻訓詁的角度動摇朱熹學術權威的做法，在王陽明對《大學》文獻的重新整理與闡釋方面有比較集中的反映。

王陽明反對朱熹修改的新本《大學》，作《古本大學》與《大學古

①［日］内野熊一郎《内野熊一郎博士白壽紀念——東洋學論文集》，此文是内野熊一郎在 1936 年發表於《東方學報》之《申綽詩次故の詩經説史上に占める地位》的基礎上增補修改而成，汲古書院平成十二年(2000)6 月版。内野熊一郎主要從八個方面詳細地論述了《詩次故》之《詩》學特色：一、《詩次故》的成書與當時學界；二、《詩次故》與申綽家學的傳承與展開；三、《詩次故》之《詩經》成書説對宋代詩學的攝取；四、《詩次故》之"今古文詩四家分歧説"與"《毛傳》成書及傳承説"；五、《詩次故》關於今古文四家詩的系統性論定及其地位與價值；六、申綽的先秦《詩經》系統説；七、從申綽的《詩經》一般訓説見其態度與價值地位；八、申綽的逸詩學及其地位與價值。

②程蘇東《申綽〈詩次故〉述論——兼論 18 世紀後期朝鮮考據學的興起》，北京論壇(2017)《文明的和諧與共同繁榮——變化中的價值與秩序：中華文明的國際傳播論文與摘要集》。

本旁釋》。《陽明先生年譜》"正德十有三年戊寅,先生四十七歲,在贛"條下載:

> 七月,刻《古本大學》……先生在龍場時,疑朱子《大學章句》非聖門本旨,手録古本,伏讀精思,始信聖人之學本簡易明白。其書止爲一篇,原無經傳之分。格致本于誠意,原無缺傳可補。以誠意爲主,而爲致知格物之功,故不必增一敬字。以良知指示善之本體,故不必假于見聞。至是録刻成書,旁爲之釋,而引以序。①

可見王陽明編撰的《古本大學》與《大學古本旁釋》是對朱熹《大學章句》經典文本體系的反對。"《大學》是與陽明關係最爲密切的一部經典,陽明思想的發展與成熟皆圍繞《大學》展開,陽明盡其聖哲之一生,從義理與人格兩面對《大學》作出了新的詮釋和體證,構造了一個别開生面的思想體系和經典詮釋範式。"②《古本大學》的編撰承擔了動摇朱子學權威地位的文化使命。陳來教授指出:

> 他(王陽明)所企圖解决的問題及編織體系的網絡也從來没有脱離過《大學》。他的《大學古本旁釋》和《大學問》既充分表現了他自己的基本思想,也代表了朱子《大學章句》《大學或問》之後對《大學》的一個新的重要的詮釋方向,從而使心學的思想也獲得了某種經典詮釋的形態。③

可見王陽明一方面通過《古本大學》的編撰來否定朱熹《大學章句》的權威性地位,另一方面也將其對於心學建構的基本思想立場通過《大學》這一經典文本載體得以呈現。申綽《詩次故》的編撰是王

① 王陽明《王陽明全集》,第1383—1384頁。
② 許家星《王陽明〈大學古本旁釋〉之重思》,《學術界》,2019年第1期。
③ 陳來《有無之境:王陽明的哲學精神》,北京大學出版社2013年版,第110頁。

陽明《古本大學》編撰形態與思想的異域呈現,也是在朝鮮江華陽明學的學術傳統下進行的,主要表現在以漢唐古注消解朱熹《詩集傳》。

申綽崇尚古文經學[1],其《自叙傳》云:

> 尚異好古,愛樂書林,涉獵經典,多所觀覽。嘗治《毛詩》學,兼綜諸家。著《詩次故》廿二卷,外雜一卷,異文一卷,傳于家。初綽與兄縉,弟絢,承歡闈庭。兄綱紀家範,弟身致禄養,而綽才既不長於榮利,性又淡,只以文墨杖几,周旋膝下,執隸子弟之事。運履奉帶,斂枕衾,泛掃室堂,兼以筆劄稱旨。鑒賞契襟,齠歲以至白鬚……家藏墳籍屢千卷,多秘典逸牒。閑居繙閱,參差經謨,跌宕史藝,綜詠名理,談討先往異迹,不知世間有枯菀榮辱者……綽既委懷林丘,或終年不入城闉。竹杖糾笠,弄水挑菜,清川茂林,釣磯漁艇,時以衍漾,風塵所不到也。曰:目我以爵禄不入於心,斯無愧於古人矣。[2]

申綽性淡然,不長於世俗榮利之事,在"兄綱紀家範,弟身致禄養"的外部條件下,自由地徜徉於中國漢唐典籍之中,於其間忘却了世間之枯菀榮辱。申綽所處的朝鮮時代朱子學是科舉與通往仕途的重要參考書,他以治《毛詩》的獨立之姿與不觀唐以後書的態度,阻隔宋代學術典籍,既是他對朝鮮朱子學獨尊地位的反思,也是他自絶於仕途的生活實踐。申綽自言其"委懷林丘,或終年不入城闉。竹杖糾笠,弄水挑菜,清川茂林,釣磯漁艇,時以衍漾,風塵所不到也",他近乎隱逸的生活是"脱俗、悠閑、隱逸"[3]的代表,這與朝鮮時

[1] 按:純祖二年,申綽父親將家中所藏之諸子、經史類書籍分給三子,與長子申縉二十三史,與申綽《十三經注疏》,與申絢四書三經。

[2] 申綽《自叙傳》,《韓國經學資料集成》第77册,第615—619頁。

[3] 按:張伯偉在《騎驢與騎牛》中云:"在詩人看來,騎牛是脱俗、悠閑、隱逸的象徵,而騎馬則是代表了入世、躁進和名利場。"張伯偉《域外漢籍研究論集》,北京大學出版社2011年版,第35頁。

代朱子學所代表的"入世和名利場"形成鮮明的對比。申綽在先秦漢唐的典籍中上接古人之思,以"爵禄不入於心"突破人生利禄,以求達到"斯無愧於古人"的學術旨趣。申綽由外而入内進行自身的省察,"身有百體,莫貴於心。勞心以役物,賢者之所不爲也",是陽明心學的自覺呈現。

洪憙在《景印詩次故序》中指出申綽重振朝鮮漢唐古學之風,開朝鮮樸學之源,其云:

> 東士之治《詩》者,三國尚矣。自新羅統一以後,即寘國學,教以《毛詩》。高麗繼起,亦置經學博士,以《毛詩》列選,舉之目,又於國學置七齋,而所謂經德之齋者,專講《毛詩》之義,以應舉焉。然當時講詩之制今,未可考矣。降自李朝,迭宗《集傳》,則漢唐古典之邃,無復問津者。故雖運際右文,而碩學輩出,然好古守樸之士,未之或見。及乎正祖踐祚,學風稍稍變,而時則有若石泉申公綽用能闢出古逕,閲前後三十星霜,而《詩次故》之書,二十二卷,并異文外雜,諸篇儼然成矣。蓋其忘情榮途,抱殘守缺,而獨倡樸學之門者,鴨水以東,惟公一人而已……竊惟總督自莅此土,振淹蘇殘,惟日不給,而乃以公之遺書,翳然不章,積百年者,一朝昭著,使知槿域有此樸學之原。其崇奬學術,闡明幽潛之功,誠可以垂耀于無疆也。遂書之以爲《序》。①

洪憙從儒學發展的歷程指出朝鮮由學《毛詩》爾後獨尊《詩集傳》的發展歷程,并認爲申綽《詩次故》的出現打破了朝鮮《詩集傳》獨尊的單一學術形態,是對漢唐《詩經》學的承繼,同時也是朝鮮《詩經》樸學研究之源。洪熹稱贊申綽"忘情榮途,抱殘守缺,而獨倡樸學之門者,鴨水以東,惟公一人而已"是公允的。

---

①洪憙《景印詩次故序》,《韓國經學資料集成》第76册,第3—6頁。

申綽以漢唐古學反動宋學，并提出"愈古者爲愈貴"的詩學詮釋原則，如申絢《詩次故後叙》云：

> 《次》止於唐，爲其近古也。古曰在昔，昔曰先民，一寸之句，吾必舉三重根據，珍重其言也。以古訂古，寄理在古。古之有也，非吾有也。美者自美，吾不與於其美。惡者自惡，吾不與於其惡。唯知其愈古者爲愈貴，愈徵而已。①

又其兄申縉所撰《石泉申君墓銘》云：

> 作《詩次故》，自春秋秦漢以來，至于唐有言詩者，片句隻章，操觚牘細，書掊抄積二十年，連累貫統爲書。②

申綽《詩次故》輯録春秋秦漢至唐的文獻材料來解釋《詩經》。他認爲愈古的材料更接近《詩經》的本義，此是從文獻上捨棄宋代《詩經》學材料。

申綽排列漢唐文獻以訓釋詩篇，如《周南·芣苢》之"采采芣苢"，申綽云：

> 《爾雅》："芣苢，馬舄。馬舄，車前。"郭璞曰："今車前草，大葉長穗，好生道邊，江東呼爲蝦蟆衣。"《草木疏》："車前一名當道，喜在牛迹中生，故曰車前當道也，今藥草中車前子是也，幽州人謂之牛舌草，可鬻作茹，大滑。其子治婦人産難。"《説文》："芣苢一名馬舄，其實如李。令人宜子，周書所説。"綽：按《周書·王會》，康民以桴苡。其實若李，食之宜子。《注》孔晁曰：康，西戎之别名，食桴苡即有子。《釋文》《山海經》及《衛氏傳》同。王肅詩注引《周書》云："芣苡如李，出於西戎。"王基駁云："《王會》所記，雜物奇獸，皆四夷遠國，各賫土地異物，以爲貢贄，非《周南》婦人所得采。是'芣苢'，爲馬舄之草，非西戎

① 申絢《詩次故後叙》，《韓國經學資料集成》第77册，第612頁。
② 申縉《石泉申君墓銘》，《韓國經學資料集成》第77册，第622頁。

> 之木也。”又按《文選》注，李善引《韓詩章句》曰：“芣苢，澤寫也。”吕延濟引《韓詩》曰：“芣苢，臭悪草。”《釋文》引《韓詩》曰：“直曰車前，瞿曰芣苢。”所引《韓詩》，雖各不同，其實皆指澤寫而言也。《韓詩章句》曰：“芣苢，澤寫也。以事興芣苢雖臭悪乎，我猶采之不已者。以興君子，雖有悪疾，猶守而不離去也。”①

《詩次故》呈現了關於“芣苢”的諸多訓詁，大致有四類：1. 訓詁爲“車前”，代表有：《爾雅》《爾雅注》《草木疏》、王基釋義。2. 芣苢宜子，代表有：《説文》《周書・王會》《周書注》。3. 芣苢來自西戎之地，代表有：王肅詩注引《周書》。4. 芣苢澤寫也，代表有：李善引《韓詩章句》。《爾雅》屬於《魯詩》，可見申綽采擷了《魯詩》與《韓詩》關於“芣苢”的解釋。此外，《芣苢》詩旨，《詩次故》還羅列《魯詩》之《列女傳》與《韓詩》之《韓詩薛君章句》，在詩旨上認可《魯詩》與《韓詩》的解釋。

再如《邶風・匏有苦葉》第三章之“士如歸妻，迨冰未泮”。申綽《詩次故》就所涉婚嫁之禮云：

> “士如歸妻，迨冰未泮”，《地官媒氏疏》引《韓詩傳》曰：“古者霜降逆女，冰泮殺止。”綽按：《韓》《毛詩》，以秋冬爲嫁娶之時，冰泮則農桑起，故云迨未泮也。馬、鄭説，以仲春爲嫁娶之時，迨未泮而請期，然後二月可昏。各有所據。其曰：“秋冬爲昏時者。”《家語》：“霜降而婦功成，嫁娶者行焉。冰泮而農桑起，昏禮殺於此。”又曰：“冬合男女，春班爵位。”荀卿亦云：“霜降逆女，冰泮殺止。”《毛》學於《荀》，故於《東門之楊》傳曰：“男女失時，不逮秋冬。”《綢繆》傳曰：“參星十日見東方，可以嫁娶。”《韓詩》亦同於荀。其曰：“中春爲昏時者。”《地官媒氏》：

①申綽《詩次故》，《韓國經學資料集成》第76册，第42—43頁。

"中春之令會男女。"《夏小正》傳:"二月,冠子娶婦之時。"馬融已從其説,而鄭學於馬,故於《易泰》六五注:"五爻辰在卯,春爲陽仲萬物生育,嫁娶大吉。"又《箋》此云:"匏有苦葉,濟有深涉,謂八月時,陰陽交會,始可爲昏禮納采問名也。""士如歸妻","使之來歸於己,謂請期也。"冰未散,正月中以前也,二月可以昏矣。王肅難鄭曰:"來歸之言,非請期之名。《周官》:'令會男女之無夫家者,於是時,奔者不禁。則婚姻之期,非此月也。'且詩曰'將子無怒,秋以爲期',《韓詩》曰'冰泮殺止',是秋冬昏候之驗也。"…… 束皙曰:"春秋二百四十年,魯女出嫁,夫人來歸,大夫逆(迎)女,天王娶后。自正月至十二月,悉不以得時失時爲褒貶,何限於仲春、季秋。"①

申綽排列漢唐關於婚姻時節的重要文獻對《匏有苦葉》詩之"士如歸妻,迨冰未泮"進行解釋。申綽將婚姻的時節分爲秋冬與仲春,他排列漢唐關於婚姻正時之材料:贊同"秋冬爲昏時者"的有《韓詩》《毛詩》,并舉《韓詩傳》《孔子家語》、荀卿爲證;贊同"仲春爲昏時者"的有馬融與鄭玄,并舉《地官媒氏》《夏小正》《毛傳》《鄭箋》爲例。此外,申綽還列出學術史上關於婚姻之正時有争論的文獻,如王肅對鄭玄婚姻以仲春時節的質疑,馬昭非難王肅以婚姻爲秋冬時節。最後申綽舉束皙以婚姻何限於仲春季秋的觀點調和中國古代婚姻之正時的争論。

申綽不録唐以後朱熹《詩集傳》的文獻。朱熹在《周南·桃夭》的注釋中贊同古代婚姻之正時爲仲春時節。《桃夭》首章云:"桃之夭夭,灼灼其華。之子於歸,宜其室家。"朱熹解釋云:"《周禮》:'仲春令會男女.'然則桃之有華,正婚姻之時也。宜者,和順之意。室,謂夫婦所居。家,謂一門之内。文王之化,自家而國,男女以正,婚姻以時。故詩人因所見以起興,而歎其女子之賢,知其必有

① 申綽《詩次故》,《韓國經學資料集成》第 76 册,第 96—98 頁。

以宜其室家也。"[①]可見朱熹認爲桃之有花的仲春時節是"正婚姻之時"。"桃之夭夭,灼灼其華"是詩人"因所見而起興"的仲春場域,以灼灼之桃花比喻新嫁娘之美艷。《桃夭》詩首章言桃花之盛,二章言有蕡其實,三章言其葉蓁蓁,按照朱熹以詩人"因所見以起興"的觀點,詩人不可能同時看到紛繁美艷之桃花、有蕡其實之桃實與其葉蓁蓁之桃葉,可見申綽所舉束晳婚姻之正時"何限於仲春、季秋"之合理性。申綽以次列漢唐相關詩學文獻的方式給我們提供了客觀研究詩學問題的方法。

再如《王風·君子于役》,申綽云:

> "君子于役,不知其期。曷至哉,鷄棲于塒。"《爾雅》:"鑿垣而棲爲塒。"郭璞曰:"今寒鄉,鑿墻棲鷄。"見詩。《説文》:"鷄棲垣爲塒。""日之夕矣。羊牛下來。"《文選·班彪賦》:"日晻晻其將暮兮,覩牛羊之下來。寤怨曠之傷情兮,哀詩人之歎時。"李善引此云:"大夫久役,男女怨曠。""君子于役。如之何勿思。""君子于役。不日不月。曷其有佸。"《説文》:"會也"。《詩》曰:"曷其有。"《玉篇》同《釋文》。佸,《韓詩》至也。"鷄棲于桀",《爾雅》:"鷄棲於弋爲榤。"李巡曰:"弋,橜也。"郭璞曰見詩。"日之夕矣,羊牛下括",《文選》劉琨詩注,李善引《韓詩薛君章句》曰:"括,約束也。"[②]

《君子于役》詩,《詩集傳》解釋云:"君子,婦人目其夫之辭。鑿墻而棲曰塒。日夕則羊先歸而牛次之。大夫久役于外,其室家思而賦之曰:君子行役,不知其反還之期,且今亦何所至哉。鷄則棲于塒矣,日則夕矣,羊牛則下來矣。是則畜産出入,尚有旦暮之節,而行役之君子乃無休息之時,使我如何而不思也哉。"[③]申綽以愈古愈貴

①朱熹《詩集傳》,第5頁。
②申綽《詩次故》,《韓國經學資料集成》第76册,第181頁。
③朱熹《詩集傳》,第43頁。

的原則摒棄《詩集傳》釋義，次列《爾雅》《説文》《經典釋文》《韓詩》的訓詁來解釋詩篇，這些訓詁材料多來源於小學類書籍。申綽以古訂古的詩學詮釋方式與朝鮮時代以朱熹《詩集傳》爲中心的義理詮釋存在本質的不同，是韓國江華學派《詩經》詮釋的代表。

三、以復古爲革新：對朝鮮時代朱熹《詩集傳》權威學術地位的消解

宋代《詩經》學與漢唐《詩經》學相較，呈現出由訓詁向義理闡發的轉向，由外在事功向内在心性的轉化。申綽作爲江華學人，其在陽明學思想的浸染下，以復古爲革新，衆次排列諸家訓詁，呈現出漢唐訓詁與宋代義理的張力。

《詩次故序》解釋“詩次故”標題云：

> 詩次故者，次列衆故以羽翼夫《詩》者也。①

可見申綽《詩次故》的纂述目的是次列衆故以見詩旨，他摒棄對詩旨的隨意發揮，反對《詩經》闡釋以己意逆詩人之意的解釋方法。如《邶風・静女》，《詩次故》云：

> “俟我於城隅”。《隱五年左傳疏》孔穎達曰：“諸侯城隅，高七丈，城高五丈，城隅之崇，每高於城二丈。”“愛而不見”，《説文》引此“愛”作“僾”，云：“仿佛也。”《方言》：“掩，翳薆也。”郭璞引此作“薆”，云：“謂蔽薆也。”《祭義》：“僾然必有見乎其位。”……“搔首踟蹰”，《文選》王延壽賦注張銑曰：“踟蹰緩步不進也。”又張衡賦注，李善引《韓詩》作“躊躇”。薛君曰：“躊躇，躑躅也。”“静女其孌，貽我彤管。”崔豹《古今注》：“牛亨問彤管何也？答曰：彤者赤漆耳。史官載事，故以彤管。用赤心

①李忠翊《詩次故序》，《韓國經學資料集成》第76册，第7頁。

> 記事也。"《後漢書后紀序》:"女史彤管,記功書過。"注章懷曰:"《周禮》云,女史掌王后之禮,書内令凡后之事,以禮從也。"鄭玄曰:"亦如太史之於王也。"定九年《左傳》:"君子曰:《静女》之三章,取彤管焉。"杜預曰:"言《静女》三章之詩,雖説美女,義在彤管。彤管,赤管筆,女史記事規誨之所執。"[①]

《静女》詩,《詩序》從政治教化的角度解釋云:"刺時也。衛君無道,夫人無德。"[②]《鄭箋》解釋《詩序》云:"以君及夫人無道德,故陳静女遺我以彤管之法德,如是可以易之爲人君之配。"[③]朱熹《詩集傳》從男女情感的角度解釋云:"静者,閑雅之意。姝,美色也。城隅,幽僻之處。不見者,期而不至也。踟蹰,猶躑躅也。此淫奔期會之詩也。"[④]申綽不贊同《詩集傳》的解釋,他引《韓詩》《説文》《方言》《禮記正義》《文選注》《古今注》《後漢書後紀序》《周禮》《左傳》等關於《静女》詩的文獻,旨在證明此詩是關於女史執彤管記功書過以示規悔垂戒之意。"貽我彤管"之"彤管",申綽根據《古今注》《後漢書后紀序》《周禮》《左傳》的記載,將其解釋爲國家政治秩序中女史所執之彤管,而非朱熹所詮釋的"相贈以結殷勤之意"的定情之物。申綽雖不引《詩序》《鄭箋》《毛詩正義》等《詩經》漢學的典範性文本,但是其所采擷的詩學材料與朱熹《詩集傳》相對立。申綽通過訓詁的方式復歸漢代《詩經》學,消解了朱熹《詩集傳》在朝鮮時代的權威地位,給朝鮮時代《詩經》研究帶來新的關注視角。

再如,《小雅·鹿鳴》,此是燕饗之詩。申綽解釋此詩云:

> 《孔叢子》:"孔子曰:吾於《鹿鳴》,見君臣之有禮也。"《鄉飲酒禮》"工歌《鹿鳴》"注,鄭玄曰:"《鹿鳴》,君與臣下及四方

---

①申綽《詩次故》,《韓國經學資料集成》第76册,第117—119頁。
②孔穎達《毛詩正義》,第173頁。
③孔穎達《毛詩正義》,第173頁。
④朱熹《詩集傳》,第26頁。

> 之賓燕，講道修政之樂歌也。"綽按：《史記年表序》云："仁義陵遲，《鹿鳴》刺焉。"《潛夫論》云："忽養賢而《鹿鳴》思。"《文選》嵇康賦注，李善引蔡邕《琴操》曰："《鹿鳴》者，周大臣之所作。王道衰，大臣知賢者幽隱，故彈絃風諫。"并以此詩爲譏刺，雖未知見於何詩，然蔡邕嘗以《魯詩》書石經，則其意以魯爲是也。《琴操》所引，蓋《魯詩》説也。①

《鹿鳴》以自然界相呼而食的呦呦鹿鳴起興，象徵共處同一社會結構中的人們以宴飲方式實現對既得利益的分享。《詩序》從君臣政治分享結構的層面解釋云："燕群臣嘉賓也。既飲食之，又實幣帛筐篚，以將其厚意，然後忠臣嘉賓得盡其心矣。"②孔穎達《毛詩正義》云："忠臣嘉賓得盡其心者，序者因言君有恩惠，可以得臣之心，總美燕樂之事，於經無所當也。《序》上言群臣，後言忠臣者，見臣蒙燕賜，乃能盡忠，故變文以見義。"③孔穎達認爲《鹿鳴》既是國君以燕饗的方式恩賜大臣，又是以燕饗的方式維繫君臣之等級政治身份。朱熹《詩集傳》與以《詩序》《毛詩正義》爲代表的漢唐《詩經》學之政治詮釋不同，他强調君臣之間内在心性的誠摯，其云：

> 此燕饗賓客之詩也。蓋君臣之分以嚴爲主，朝廷之禮，以敬爲主。然一於嚴敬，則情或不通，而無以盡其忠告之益。故先王因其飲食聚會，而制爲燕饗之禮，以通上下之情。而其樂歌又以鹿鳴起興，而言其禮意之厚如此，庶乎人之好我，而示我以大道也。《記》曰："私惠不歸德，君子不自留焉。"蓋其所望於群臣嘉賓者，唯在於示我以大道，則必不以私惠爲德而自留矣。嗚呼，此其所以和樂而不淫也與。④

①申綽《詩次故》，《韓國經學資料集成》第76册，第351頁。
②孔穎達《毛詩正義》，第555頁。
③孔穎達《毛詩正義》，第555頁。
④朱熹《詩集傳》，第99頁。

朱熹《詩集傳》强調《鹿鳴》溝通君臣之情的作用，以精神上的君臣和合之道代替了宴飲中充滿馨香的酒食享受，以德的概念泯滅了由禮樂與制度所帶來的君臣嚴苛的等級規範，君臣在宴飲以和的歌唱中實現的是對"示我以周行"之"大道"的追求。申綽對《鹿鳴》詩的解釋與毛詩學派不同，他首先舉出與《毛詩》學派相近釋義的《孔叢子》、鄭玄《鄉飲酒禮》注，然後以"綽按"的形式指出此詩在頌美之外的"譏刺"之意，并舉《魯詩》學派司馬遷、蔡邕等關於此詩的解釋。《魯詩》學派認爲《鹿鳴》非頌美君臣上下禮義和融之詩，而是王道衰弱、仁義凌遲、賢人不舉的諷刺之詩。申綽《詩次故》次列漢唐訓詁，朝鮮時代較少呈現作爲《詩經》漢學的毛詩訓詁與釋義，其對稀見的三家詩文獻加以采擷，可以補《毛詩》政教與宋代詩學義理之不足。申綽《詩次故》輯録三家詩釋義解釋《鹿鳴》，給《鹿鳴》詩詮釋提供了一個不同的思考立場，在詩篇"吹笙鼓簧，承筐是將。人之好我，示我周行"的歌唱中寄寓了衰周之世賢人不舉的悲哀。《詩次故》呈現了同異之端悉陳的文獻輯録態度。

再如《秦風・小戎》，該詩三章章十句，前六句言戎車，後四句言閨婦之情。有"尚氣概，先勇力"之勢，亦有"温其如玉，在其板屋"之兒女情深。《小戎》詩首章云：

> 小戎俴收，五楘梁輈。游環脅驅，陰靷鋈續。文茵暢轂，駕我騏馵。言念君子，温其如玉。在其板屋，亂我心曲。[①]

申綽以次列訓詁的方式解釋《小戎》詩中的戰車形態與名物意蕴，《詩次故》云：

> 《秦本紀》："犬戎殺幽王襄公將兵救周。""小戎俴收。"《釋文》："王云：小戎駕兩馬者。"《爾雅》："俴，淺也。"郭璞引此。《考工記》："兵車之深，四尺四寸也。""五楘梁輈。"《説文》引此

①朱熹《詩集傳》，第74頁。

云："綮，車歷録交束也。"《方言》："轅，楚衛之間謂之輈。"《後漢・輿服志》："聖人視斗杓曲，(應爲：聖人觀於天，視斗周旋，魅方杓曲，以攜龍、角爲帝車，於是)廼曲其輈。"《周禮・冬官・輈人》"國馬之輈，深四尺七寸"注，鄭玄曰："輈，車轅也。《詩》云五綮梁輈。""游環脅驅。"《釋名》："游環在服馬背上，驂馬之外，轡貫之，游移前却，無常處也。脅驅，在服馬外脅也。""陰靷鋈續。"《釋名》："陰，蔭也，横側車前，以陰笭也。"《博雅》："陰靷，伏兔也。"《説文》："靷引，軸也。"《釋名》："靷，所以引車也。"《左傳注》杜預曰："在胸曰靷。"《釋名》："鋈，金，塗沃也。冶白金，以沃灌靷環也，續續靷端也。""文茵暢轂。"《釋名》："文鞇，車中所坐者也，用虎皮有文采。因與下舉相連著也。"《文選》王融詩序注，李善引此："劉良曰：暢，長也。兵車也。"《昭五年左傳》"長轂九百"，杜預曰："長轂，戎車也。"彼《疏》孔穎達曰："《考工記》：兵車，三尺三寸，大車半柯，長尺半，是短於兵車也。""駕我騏馵。"《説文》："騏馬青驪，文如博棋也。"《爾雅》："馬膝上皆白惟馵。左白馵。樊光白。後左足白曰馵。"郭璞同云。《易》曰："震爲馵足。"《説文》作"馽"，義亦同。①

申綽《詩次故》輯録衆家訓詁以解釋詩篇中的名物，并勾勒出一幅先秦戰車的鮮活形制。如"小戎俴收"，申綽引《釋文》小戎爲駕兩者之車，以證明"小戎"是比"大戎""元戎"相對低級的群臣之兵車。"俴"，申綽引《爾雅》《考工記》證明小戎車形與車厢狹小。"五綮梁輈"之"綮"，申綽引《説文》解釋"綮"爲"歷録交束"，纏繞之意。"輈"，申綽引《方言》《後漢書・輿服志》《周禮》解釋爲車轅。根據《詩次故》訓詁，可知"五綮梁輈"是五根皮條纏繞車轅。"游環脅驅，陰靷鋈續"，申綽引《釋名》解釋游環在服馬之背上，驂馬之外，

① 申綽《詩次故》，《韓國經學資料集成》第 76 册，第 272—274 頁。

以轡貫之,前後游移,并未固定,是屬於馬車繫駕的方式。申綽對"游環脅驅"的理解與當代《詩經》名物考證學者揚之水先生的考證結果相近,揚之水云:"在秦始皇陵銅車馬出土之前,這兩句詩總没有確解,在此之後,才得到完全的印證。從二號銅車可知,兩匹驂馬曳的是偏套,套繩分别沿着兩匹馬的内側向後,通過前軫左右的吊環,結在輿底的桄即横木上。套繩名靳,是驂馬套繩的專指。靳在驂馬的背上接出一截短短的帶子,帶端繫一環,驂馬的外轡正從環中間穿過,這環,便是游環。"[①]揚之水根據地下出土的秦始皇陵銅車馬的形致來解釋《小戎》詩之"游環脅驅"。申綽對漢唐訓詁文獻的羅列所得出的"游環脅驅"釋義與揚之水基本一致,可見漢唐訓詁文獻對《詩經》名物形態的解釋意義。

"陰靷鋈續"之"鋈續",申綽引《釋名》"鋈,金,塗沃也。冶白金,以沃灌靷環也,續續靷端也"亦與揚之水考證相近,揚之水云:"所謂'鋈續',即指兩段靷交合,續作一條,然後繫在一個鍍了錫的環上。'鋈續'的目的,即在於把兩匹服馬的分力在這裏聚成爲一個合力,然後集中在車軸的正中間,車於是可以平穩受力。這便是先秦古車所獨有的軛靷式駕馭法,也是當時世界上最爲先進的馬車駕馭方式——此所以中國有戰車,更有車戰,而它的秘密,就保存在'陰靷鋈續'這一句詩中。"[②]再如"文茵暢轂",申綽引《釋名》解釋"文茵"爲有文采的虎皮座墊。"暢轂",申綽引《左傳》注解釋爲戎車。"駕我騏馵",申綽引《説文》解釋"騏"與"馵"爲不同花色的馬。

申綽次列諸家訓詁呈現了漢唐文獻對於《小戎》詩車制的理解,他對這些訓詁釋義的輯録與當代《詩經》學者據考古發現所得出的結論部分相近。《小戎》詩的文字在今天讀來雖是古奥難解,但是於先秦時代則是活躍於生活中的語言,利用漢唐文獻可以恢

①揚之水《詩經名物新證》,第 208 頁。

②揚之水《詩經名物新證》,第 210 頁。

復我們對於先秦車制的理解與想象。申綽以古解古的詮釋思路展現了朝鮮時代儒者對漢唐訓詁文獻的接受與重視。

四、申綽《詩經》學之不足

《詩次故》排列《詩經》之訓詁與詩旨文獻，輯録《詩經》異文及逸詩，是朝鮮時代《詩經》漢學的重要著作。但是由於申綽心中存有以漢學攻宋學的傾向，故其研究不能呈現出開闊恢宏的研究氣象，其不足主要表現在兩個方面：

首先，《詩次故》重在輯録《詩經》研究文獻，却未能從義理的層面將這些文獻加以整合，所以其所輯録的文獻呈現出繁雜支離的狀態。

其次，静止的《詩經》發展觀。《詩次故》將所録文獻的範圍限定在唐及唐以前的文獻領域中。這既是出於其尚古的態度，也是由於唐以後文獻紛繁，難以次列的緣故。因此《詩次故》展現的只是《詩經》研究史中一個斷層的研究材料，并没有呈現出《詩經》發展的過程。《詩次故》的這種文獻取捨態度也失去了諸多有價值的文獻。如《魯頌・閟宫》"犧尊將將"之"犧尊"。"尊"，《説文》云："尊，酒器也，從酋，廾以奉之。"周禮六尊：犧尊、象尊、箸尊、壺尊、大尊、山尊，以待祭祀賓客之禮。可知"尊"是用來盛酒的酒器。"犧尊"，《毛傳》云："犧尊，有沙飾也。"[①]《毛詩正義》云：

> "犧尊"之字，《春官・司尊彝》作"獻尊"，鄭司農云："獻讀爲犧。犧尊飾以翡翠，象尊以象鳳凰，或曰以象骨飾尊。"此傳言犧尊者，沙羽飾，與司農飾以翡翠意同，則皆讀爲娑。傳言沙，即娑之字也。阮諶《禮圖》云："犧尊飾以牛，象尊飾以象。於尊腹之上，畫爲牛象之形。"王肅云："將將，盛美也。大和

①孔穎達《毛詩正義》，第1413頁。

中,魯郡於地中得齊大夫子尾送女器,有犧尊,以犧牛爲尊。然則象尊,尊爲象形也。"王肅此言,以二尊形如牛象,而背上負尊,皆讀犧爲羲,與毛、鄭義異,未知孰是。"①

對於犧尊是飾以翡翠還是以犧牛爲尊,《毛詩正義》没有作出裁奪。《詩次故》云:"《春官》司尊彝,鄭司農云:'犧尊飾以翡翠。'阮諶《禮圖》:'犧尊飾以牛。'王肅曰:'大和中,魯郡於地中,得齊大夫子尾,送女器,有犧尊,以犧牛爲尊。'"②《詩次故》同《毛詩正義》一樣,只是保存了兩種不同的解釋。朱熹《詩集傳》解釋"犧尊"云:"畫牛於尊腹也。或曰尊作牛形,鑿其背以受酒也。"③朱熹摒棄《毛傳》和鄭司農的説法,采取阮諶《禮圖》和王肅的説法。阮諶、王肅已將犧尊與牛聯繫起來,不同之處在於是在尊腹畫牛,還是把尊作成牛的形狀。李樗、黄櫄《毛詩集解》云:"犧尊之字,《春官》司尊彝作獻尊,鄭司農云:獻讀爲犧,犧尊飾以翡翠。王肅云:大和中,魯郡於地中,得齊大夫子尾,送女器,有犧尊,以犧牛爲尊。一則以爲飾以翡翠,一則以爲犧牛爲尊,其説不同。然鄭司農之説則以犧讀爲娑字,王肅之説但以爲犧尊,王肅之議爲優。"④王肅認爲犧尊是將尊作成牛的模樣,此種解釋得到《毛詩集解》的肯定。關於犧尊的解釋,現代器物研究者亦認爲是牛形的尊,如陳温菊考釋器物云:"其形制與觶、觚二者很難分别,三器基本上都是口部開闊、腹部鼓張、底部圈形的酒器,通常是將其中較大者定名爲'尊'。此外,有的尊是圓口方足,或有鋬、有蓋,或爲方形、闊肩,或者斂腹,形制不一。還有一類尊器被製成鳥形、鴟鴞形、象行、羊形、牛形、虎形、鴨形……等各種動物形態,這種獸形尊就是《詩·閟宫》所謂:'犧尊

①孔穎達《毛詩正義》,第1416—1417頁。
②申綽《詩次故》,《韓國經學資料集成》第77册,第290頁。
③朱熹《詩集傳》,第241頁。
④李樗、黄櫄《毛詩李黄集解》卷四十一,文淵閣《四庫全書》本。

將將'的'犧尊',狹義的犧尊也可專指牛形尊。"[①]可見李樗、黄櫄《毛詩集解》所推崇的王肅解釋與現代研究成果大體一致,值得重視。申綽以静止的《詩經》發展觀,只采擷唐以前的文獻,擯棄唐以後《詩經》發展成果,是不通達的研究態度。

五、結語

申綽《詩次故》表面上看起來是一部漢唐《詩經》學訓詁材料彙編,這種材料彙編似乎不太像是一部嚴格的學術考證著作,單就訓詁的成就而言,《詩次故》與同時代相近的清代學者陳奂、胡承珙相比,也仍然顯得遜色。但是如果將《詩次故》置於獨尊朱熹《詩集傳》的朝鮮時代學術背景下考量,那麽這部著作,却有着不容小視的學術價值。首先,敢於質疑《詩集傳》,本身就體現出過人的學術勇氣。其次,該書輯録出有價值的《詩經》先唐文獻資料,不僅試圖擺脱《詩集傳》的籠罩,同時也在《毛詩》一家之外,兼采三家詩學。最後,通過文獻訓詁材料的臚列,用强有力的證據證明了《詩集傳》訓詁方面的偏頗乃至空疏,對於糾正程朱理學影響下朝鮮時代《詩經》研究義理闡發與訓詁考據之間的失衡狀態,有一定的貢獻。另

---

① 陳温菊《詩經器物考釋》,第47—48頁。按:清代學者黄中松《詩疑辨證》"犧尊"條云:"犧尊之義有三:《周禮》'獻尊',先鄭謂犧尊飾以翡翠,後鄭謂刻爲鳳羽,莎莎然,與此詩《毛傳》云犧尊有沙飾者相同。固説之最先者,而人鮮從之。以讀犧爲莎,不若讀犧爲羲之直捷耳。阮諶《禮圖》云:'犧尊飾以牛,象尊飾以象,於尊腹之上,畫爲牛象之形。'聶崇義、蘇轍從之。王肅以《禮》犧尊象尊,形如牛象,而背上負尊。李迂仲、馮嗣宗從之。夫古人製器尚象,命名取義,必有深意,名尊曰犧,必有類乎犧者。阮氏之説與犧字之義合矣。體制如此,亦覺文雅。但今去古已遠,先民制度,未可以意爲揣度也。蔡條謂尚方所貯,犧尊全作牛形,開背受酒,其言與王説合,此蓋得之目見,不同耳聞,當爲可據,不得以其制之異而疑之矣。"黄中松《詩疑辨證》卷六,文淵閣《四庫全書》本。

外,該書在《詩經》異文與逸詩輯考方面也有不俗的表現。當然,該書也存在重視漢唐、輕鄙宋明《詩經》學的問題,以至於没有更好地汲取同一時代中國《詩經》學研究的相關成果,一些論斷顯得有些滯後。作爲異域學者,出現這種缺憾,除了學術研究思路的限制之外,圖書資料的欠缺也是重要的制約因素。

第四章　十九世紀朝鮮《詩經》學

十九世紀的朝鮮充滿了危機與挑戰，“朝鮮的傳統秩序在急劇動摇之中遭遇重大危機”①。朝鮮王朝内部遭受了 1801 年自純主登基後幾乎延續到二十世紀初的黑暗的外戚專政，導致王朝政治混亂，民衆流離失所，王朝呈將墜之境。朝鮮王朝外部先後遭受了英國、法國、俄羅斯、德國、美國、日本等國家在朝鮮半島南海與西海海域的侵略②。此外，朝鮮半島在思想層面還遭受了與西方勢力相關的天主教的侵襲。“社會的混亂和國家自主性的喪失帶來的危機日益嚴重，對此，提倡驅逐外國勢力、恢復自主性的道學斥邪衛正論强力興起，成爲民族主義的一種表現。另一方面，開化論主張接受西方文明，促進社會發展，增强國力，追求國家的近代化。”③内憂外患的現實處境與歷史形態體現在《詩經》學史上，則是以尹廷琦爲代表的儒者希冀通過經典的詮釋尋找傳統思想與世俗社會發展的契機；以朴文鎬爲代表的儒者則是試圖通過回歸朱子學以尋找斥邪衛正的理論資源。朴文鎬以朱子學抵抗内外激蕩的多種異端思想，呈現出經典詮釋之護教的功能性特徵。

---

①［韓］琴章泰著、韓梅譯《韓國儒學思想史》，第 188 頁。
②［韓］尹絲淳著、邢麗菊、唐艷譯《韓國儒學史》，第 418—420 頁。
③［韓］琴章泰著、韓梅譯《韓國儒學思想史》，第 189 頁。

第一節　山林之野與詩學表達：尹廷琦《詩經講義續集》研究

一、引言

尹廷琦（1814—1879），字奇玉，號舫山，又號塞琴，祖籍海南，是朝鮮時代著名詩人尹善道（1587—1671）的後代，朝鮮大儒丁若鏞（1762—1836）的外孫。尹廷琦所處的政治環境是老論派掌權，作爲南人身份的尹廷琦不能出仕，故其終身不應科舉考試，遊覽山水，作詩遣懷，以抒發懷才不遇的心境，有文集《舫山先生遺集》傳世。韓國當代學者關於尹廷琦《詩經》學的研究主要有洪偉炳《舫山尹廷琦〈詩經講義續集〉研究》①、《舫山尹廷琦〈詩經講義續集〉國風論研究》②、陳在教《舫山尹廷琦〈詩經講義續集〉研究》③。這些研究重點從尹廷琦之外祖父丁若鏞與尹廷琦之《詩經》學比較的層面進行，凸顯了尹廷琦對丁若鏞詩學的繼承與創新維度。

尹廷琦一生學問的養成與其外祖父丁若鏞有極大的關係。尹氏五歲之時，丁若鏞從康津貶謫之地解配回到故鄉京畿道，尹廷琦自此受學於外祖父丁若鏞。丁若鏞將其所經歷的政治的繁華與貶

① [韓]洪偉炳《舫山尹廷琦〈詩經講義續集〉研究》，高麗大學，2018年博士學位論文。

② [韓]洪偉炳《舫山尹廷琦〈詩經講義續集〉國風論研究》，高麗大學，2010年碩士學位論文。

③ [韓]陳在教《舫山尹廷琦〈詩經講義續集〉研究》，《문헌과 해석》，Vol. 16，2010年。

謫的痛苦融匯於學問精神之中，并以此濡染尹廷琦。尹氏自叙《詩經講義續集》成書的緣由云：

> 《詩經講義》十二編，《補遺》三編，茶山公所述也。余自孩提，周旋公之膝下，親受誘掖訓導。余年二十三，而公歿，伊後虹橋永斷，學業無由琢磨，至此滅裂。同治戊辰，僑居南充，偶閱《講義》，怳若謦欬之復承，千古遂邈，不覺涕洟之交也。《講義》之體，唯問是對，問所不及，不敢旁濫。則遺秉滯穗，不無掇拾者，故謹效管見。又是年公年三十時所對也，晚年雖有所悔。一者仰對不可追改，此則間附己意，合爲十一卷，名之曰《續集》。極知余僭妄，然此亦可爲紹述公之緒餘耶否？[①]

尹廷琦年幼跟隨丁若鏞學習，直至丁若鏞逝死，亦如尹氏所云："余自孩提，周旋公之膝下，親受誘掖訓導。余年二十三，而公歿，伊後虹橋永斷，學業無由琢磨，至此滅裂。"同治戊辰，此時距丁若鏞逝世已有三十多年，尹廷琦再次讀到丁若鏞《詩經講義》，在"怳若謦欬之復承，千古遂邈，不覺涕洟之交也"之餘，深深感受到丁若鏞晚年學問的變化。他認爲《詩經講義》不能完全代表丁若鏞的《詩經》學思想，原因在於《詩經講義》作於丁若鏞三十歲之時，且受到君臣問答、經史講義體例的限制，唯問是對，問所不及，不敢旁濫。尹廷琦對"彼有遺秉，此有滯穗"[②]之四處散落的丁若鏞晚年《詩經》學思想進行重新整理，并間附己意，撰成《詩經講義續集》(本文簡稱《續集》)十一卷。

二、漢代詩教傳統的異域傳承

在尹廷琦的《詩經》學觀念里，《詩經》具有濃郁的政治教化功

---

①尹廷琦《詩經講義續集》，《韓國經學資料集成》第83册，第3—4頁。

②《詩經·小雅·大田》，朱熹《詩集傳》，第157頁。

能,非如朱熹《詩集傳》所謂"出於里巷歌謡之作"[1]之詩。尹廷琦《續集·總論》云:

> 《詩》之作也,以其教也。教之道有二:其一使之感發而自喻也,其一導之振作而成人也。風、雅、頌三百編,無一無緣而作者。國風之作,蓋爲風刺也,微言而諷諫也。或述善事,使自喻之;或述惡事使自喻之。無非諷諫其直,筆嚴於春秋,不諱國惡,不吐疆禦,凡弑君淫妹薄妻殺子之罪,貪虐狂蕩之咎,無所回護。彰癉唯意,使亂臣賊子暴君污吏有足以懲懼。其所以扶人彝而關世教,誠大矣。此所云《詩》亡而《春秋》作也。雅所以陳善閉邪,使有勸勉也。頌以追述先生之德,揄揚贊歎無非可法可師,此皆以感發自喻之妙而爲教也。及其被之筦弦,而用之郊廟,用之朝廷,用之鄉人,遂立樂官以之教人。《樂記》曰弦歌詩頌,此之謂德音,德音之謂樂,又曰聽雅頌之聲志意得廣焉。師乙曰:寬而静,柔而正者歌頌;廣大而静,疏達而信者宜歌大雅,恭儉而好禮者宜歌小雅;正直而静廉而謙者宜歌風。姦聲亂色不留聰明,淫樂慝禮不接心術,惰慢邪僻之氣,不設於身體。此其道之作,成而爲教也。經解曰:温柔敦厚,詩之教也。即以是也。帝典命夔之言曰:"教胄子,直而温,寬而栗,剛而無虐,簡而無傲,詩言志,歌永言,聲依永,律和聲。"此乃千古詩教之第一綱領也。故孔子曰:"興於詩,立於禮,成於樂。"興於詩者,誦詩而喻於心,以之懲創感發而有所興起也。成於樂者,弦歌德音,如帝舜之命夔師乙之論樂,皆有作成之妙。此詩之爲教也。[2]

以上尹廷琦關於詩教的論述是朝鮮《詩經》學史上第一篇詳細闡述詩教理論的文獻,在朝鮮半島《詩經》學史上具有重要的理論意義。

---

①朱熹《詩集傳》,第 2 頁。

②尹廷琦《詩經講義續集》,《韓國經學資料集成》第 83 册,第 4—6 頁。

尹廷琦在《續集·總叙》中對詩教理論作了精要的論述:第一,他指出《詩經》之所作的目的在於詩教。具體表現在感發自喻與振作成人。第二,尹廷琦指出《詩經》皆是有所爲而作,無一無緣而作者。尹氏指出《詩經》的創作、結集與國家政治風俗有密切的關係。《詩經》所具有的扶人彝而關世教的功能主要體現在懲戒、勸勉、贊頌、感發上。第三,尹廷琦指出在賦詩、頌詩的詩樂傳統中,風雅頌的不同特點導致了聲音形態的不同,不同的用詩場域導致音樂風格與歌詩内容的差異性,但是差異性中却始終貫穿了"温柔敦厚,詩之教也"的核心理念。第四,尹廷琦指出《尚書》"詩言志,歌永言,聲依永,律和聲"是千古詩教之第一綱領也,并結合孔子"興於詩,立於禮,成於樂"的主張,提出《詩經》是内在純净情感狀態的詩意表達,無論是創作者還是誦詩者都可以在感發起興中達到懲創感發的内化功能。可見尹廷琦的詩教理論是對漢代詩教的異域承繼。以下舉例論證。

如《周南·關雎》,尹廷琦將傳統作爲贊美后妃之德的《關雎》[①]詩解釋爲諷諫之詩,其云:

> 據《家語》:"孔子曰:《關雎》興于鳥而君子美之,取其雌雄之有别。"匹偶有分别。陸賈《新語》云:"《鹿鳴》以仁求其群,《關雎》以義鳴其雄。"然則"關關"者,雌聲也,以興淑女也。"荇菜",是水菜。則因取河水有菜而起興也。《祭禮》后夫人薦蘋蘩薀藻之豆,實荇菜,是其類也。賢配以承祭祀,故所求者,荇菜也……余嘗讀張衡《思玄賦》關雎戒女之句,竊自有疑。今讀《補義》披雲覩青,《關雎》誠刺詩也。司馬遷《儒林傳》又云:"周室衰而《關雎》作。"[②]

《關雎》詩第二章"參差荇菜,左右流之",毛詩學派强調后妃能協和

---

①按:《詩序》云:"《關雎》,后妃之德也。"見孔穎達《毛詩正義》,第4頁。

②尹廷琦《詩經講義續集》,《韓國經學資料集成》第83册,第14—16頁。

衆嬪妃之德行，以后妃采摘荇菜解釋“參差荇菜”，以嬪妃協助后妃采摘來解釋“左右流之”。如《鄭箋》解云：“言后妃既得荇菜，必有助而采之者。”[①]孔穎達《疏》解釋《鄭箋》云：“鄭以爲后妃化感群下，既求得之，又樂助采之。言參差之荇菜求之既得，諸嬪御之等皆樂左右助而采之，既化后妃，莫不和親，故當共荇菜之時，作此琴瑟之樂，樂此窈窕之淑女。其情性之和，上下相親，與琴瑟之音宫商相應無異，若與琴瑟爲友然，共心同志，故云琴瑟友之。”[②]朱熹《詩集傳》從起興的角度解釋云：“興也。參差，長短不齊之貌。荇，接余也，根生水底，莖如釵股，上青下白，葉紫赤，圓徑寸餘，浮在水面。或左或右，言無方也。流，順水之流而取之也……此章本其未得而言。彼參差之荇菜，則當左右無方以流之矣。此窈窕之淑女，則當寤寐不忘以求之矣。蓋此人此德，世不常有，求之不得，則無以配君子而成其内治之美，故其憂思之深，不能自已，至於如此也。”[③]朱熹的解釋是以自然界左右流之的荇菜起興君子所思之窈窕淑女。尹廷琦與《詩序》《詩集傳》所代表的漢宋《詩經》傳統詮釋不同，他從禮制的角度解釋“參差荇菜”，認爲這是賢妃承擔祭祀而采摘荇菜。采摘荇菜成了此詩的主要實踐活動，他將傳統解釋没有實際意義的“參差荇菜”賦予了禮制與禮儀的功能，使得《關雎》詩從抒情的層面擴大到叙事的結構，將“參差荇菜，左右流之”，“參差荇菜，左右采之”，“參差荇菜，左右芼之”詮釋爲祭祀前的采摘活動與祭祀活動。在尹廷琦的解釋里“參差荇菜”不是感物起興的虚寫，是主持宗廟祭祀的后妃所必備的禮儀修養與行爲實踐。“參差荇菜，左右芼之。窈窕淑女，鐘鼓樂之”，尹廷琦引《韓詩外傳》證明“鐘鼓”非爲大臣、民衆所用之樂，應是天子諸侯所用之盛禮之樂，是《詩經》中的身份語，可見《關雎》詩非爲里巷歌謡之辭。又尹廷

①孔穎達《毛詩正義》，第 26 頁。

②孔穎達《毛詩正義》，第 26—27 頁。

③朱熹《詩集傳》，第 2 頁。

琦根據文王娶太姒之時尚爲世子，非爲天子，亦不能用“鐘鼓”天子之樂之屬，遂提出《關雎》非爲文王時之詩，乃是後世追詠文王以諷今的諷諫詩。在此基礎上，尹廷琦提出朱熹《小序辨説》、張衡《思玄賦》與司馬遷《儒林傳》以《關雎》詩爲諷刺之詩的合理性。

再如《召南·草蟲》，《詩序》從夫婦之禮的層面解釋云：“大夫妻能以禮自防也。”①湛若水贊同并詮解《詩序》云：“《草蟲》，婦人感時草蟲、阜螽、蕨薇之生而思夫，既見則止乎禮義。《小序》云‘大夫妻以禮自防’是也。”②朱熹《詩集傳》從夫婦之情的角度解釋云：“南國被文王之化，諸侯大夫行役在外，其妻獨居，感時物之變，而思其君子如此。亦若《周南》之《卷耳》。”③尹廷琦認爲《草蟲》詩爲諷刺之詩，乃是戰亂所引起的夫婦離别的悲哀，其云：

> 覯者，遘也。媾也，《易》之卦爻，凡男女交合謂之婚媾。媾、遘、構、覯皆交合之義，字皆從冓，冓即交合也。《墻茨》云“中冓”既覯者，會合而相見也。較緊於既見也。此非南國之詩，乃周之征婦也，從役以紂命，而其君子之從役在南，故陟南山而望之也。蟲喓螽趯，夏秋之時也。“五月斯螽動股”，采蕨采薇，春也。夏秋而又至春，則經歲矣。所以思望之情，轉切惙惙，甚於忡忡，傷悲甚於惙惙也。《汝墳》《草蟲》《殷雷》蓋刺征役之煩興，而延陵季子所云勤而不怨也。④

尹廷琦認爲《草蟲》《汝墳》《殷其雷》等詩均是諷刺征役煩重的詩篇。詩人將未見與既見的兩種複雜心態融合於詩篇“未見君子，我心傷悲。亦既見止，亦既覯止，我心則降”之中，呈現出勤而不怨，哀而不傷的詩旨内涵。尹廷琦首先指出“亦既見止，亦既覯止”之

①孔穎達《毛詩正義》，第 69 頁。

②湛若水《湛甘泉先生文集》卷二十三，清康熙二十年黄楷刻本。

③朱熹《詩集傳》，第 9 頁。

④尹廷琦《詩經講義續集》，《韓國經學資料集成》第 83 册，第 36 頁。

"覯"應爲夫婦婚媾之意,并舉《鄘風·墻有茨》"中冓之言"之"冓"爲證。尹廷琦指出此詩爲征人之婦所作,征婦在"喓喓草蟲,趯趯阜螽","陟彼南山,言采其蕨","陟彼南山,言采其薇"的由夏而秋而春的季節輪回中傾訴的是憂心忡忡、轉切惙惙的思夫之情。尹廷琦認爲《草蟲》詩是刺征役煩重的詩,非大夫妻自防之詩,亦非《詩集傳》所云大夫之妻被文王之化感時節而思君子的閑情,而是戰争環境下夫婦聚合離别的哀傷,賦予了《草蟲》詩以新的解釋,并驗證了詩"無一無緣而作者"之語。

再如《鄭風·出其東門》,《詩序》解釋爲閔戰亂之詩,其云:"《出其東門》,閔亂也。公子五争,兵革不息,男女相棄,民人思保其室家焉。"[①]漢唐《詩經》學大多贊同《詩序》之説[②]。宋以後歧義迭增,以《詩集傳》男女相守之情爲代表的文學闡釋逐漸代替了《詩序》政治諷刺之旨。如《詩集傳》解釋云:"人見淫奔之女而作此詩。以爲此女雖美且衆,而非我思之所存,不如已之室家,雖貧且陋,而聊可以自樂也。是時淫風大行,而其間乃有如此之人,亦可謂能自好而不爲習俗所移矣。羞惡之心,人皆有之,豈不信哉。"[③]當代學者多沿襲《詩集傳》的釋義,如程俊英先生云:"這是一位男子表示對妻忠貞不二的詩。"[④]陳子展先生解釋云:"詩人自述安於其耐勤

①孔穎達《毛詩正義》,第 316 頁。

②孔穎達《毛詩正義》云:"作《出其東門》詩者,閔亂也。以忽立之後,公子五度争國,兵革不得休息,下民窮困,男女相棄,民人迫於兵革,室家相離,思得保其室家也。兵謂弓矢干戈之屬,革謂甲胄之屬,以皮革爲之。保者,安守之義。男以女爲室,女以男爲家,若散則通。民人分散乖離,故思得保有室家,正謂保有其妻,以妻爲室家。經二章皆陳男思保妻之辭,是思保室家也。其公子五争,兵革不息,叙其相棄之由,於經無所當也。"孔穎達《毛詩正義》,第 317 頁。

③朱熹《詩集傳》,第 55 頁。

④程俊英《詩經譯注》,第 137 頁。

守儉之室家。"[①]袁行霈先生等所撰之《詩經國風新注》云:"男子出遊東門之外,見女子熙熙如雲,而凡此皆非其心之所繫,其心所樂者,唯彼著縞衣、綦巾、茹藘染衣之一人耳。專貞之心,令人動容。"[②]尹廷琦不贊同《詩集傳》文學性的解釋,他繼承漢代美刺傳統,從政治諷刺的層面解釋此詩,其云:

> 高克棄師,既在河上,則河上即鄭國之東。師潰軍訃之日,婦女之聞訃者不知誰生誰死,宜其一齊出東門,以迎其還也。"如荼"既是喪服之素白,則如雲亦是白,且衆也。"匪我思存,聊樂我員",既是生還者之各尋其匹。則此詩蓋爲生還者之語致也。然則出其東門是屬誰邊語乎,蓋師潰而生還者,自河上而西到鄭之國郊,遠而望之,則出東門之闉闍者,如雲如荼之女也,所以曰"出其"也,"其"字即彼字之意也。《邶風》則云"出自北門",然此非生還之軍所自作也,乃詩人所以刺棄師致喪也。[③]

尹廷琦認爲《出其東門》詩表面的男女守望之情所包蘊的本義則是對戰爭的怨刺與摒棄。尹氏接續漢代《詩》學美刺傳統,但是并未從五公子争國的歷史背景加以詮釋,而是以《鄭風・清人》作爲此詩的叙事背景,賦予了《出其東門》以一種新的解釋。《清人》,《詩序》揭示此詩的歷史政治内涵云:"刺文公也。高克好利而不顧其君,文公惡而欲遠之不能。使高克將兵而禦狄於竟,陳其師旅,翱翔河上。久而不召,衆散而歸,高克奔陳。公子素惡高克進之不以禮,文公退之不以道,危國亡師之本,故作是詩也。"[④]尹廷琦以高克師衆散而歸的歷史作爲"出其東門"的場域背景,他從戰争的背景

①陳子展《詩經直解》,第 279 頁。

②袁行霈、徐建委、程蘇東《詩經國風新注》,第 323 頁。

③尹廷琦《詩經講義續集》,《韓國經學資料集成》第 83 册,第 161 頁。

④孔穎達《毛詩正義》,第 286 頁。

來詮釋“出其東門,有女如雲。雖則如雲,匪我思存。縞衣綦巾,聊樂我員”,認爲從戰争中歸來之人面對東門如雲的美女,心中熱烈盼望的是心中的“縞衣綦巾”,是戰争離合狀態下征夫平安歸來對於室家的熱切期盼,於是“匪我思存,聊樂我員”,則是戰争之後生還者各尋其匹偶的詩意展現。

尹廷琦以《清人》爲脉絡,將《出其東門》詩解釋爲軍隊潰散之際,經歷戰争的生還者回到故國,自河上向西看到鄭國國郊東門之外如雲如荼之女,想見縞衣茹藘,聊可與娱的妻子。尹廷琦認爲詩篇以征人還歸,迫切想見室家,以告安好之意,包藴了詩人對君臣不和所導致的師棄軍敗的諷刺。尹廷琦將《出其東門》解釋爲諷刺之詩,是對“無法把握自己命運的死生之際,於生的至深之依戀”①,是戰争歸來,想念家人的急切情感,而不僅僅是表現男女情感忠貞不二之單一意涵。尹廷琦從諷刺時事與戰争的層面解釋《出其東門》詩,擴大了此詩的解釋維度,在中韓《詩經》學史上具有新意。

三、布衣與求賢的糾葛

尹廷琦因爲南人的身份終身未仕,其作詩以詠其不遇之志②。尹廷琦在《詩經》詮釋中傾訴了他布衣境遇與求賢理想的糾葛,呈現出朝鮮時代儒家知識人在嚴酷的黨争環境中如何以經典詮釋的方式達到内在心靈的釋懷與外在政治理想的綰合。既可見朝鮮知識人對《孟子》以意逆志之詩學精神的發揮,又可見中國儒家經典在朝鮮知識人的學脉傳遞中充當極爲重要的文化角色與價值引導。

如《召南·摽有梅》,《詩序》從文王教化的角度解釋云:“《摽有

①揚之水《詩經别裁》,第 32 頁。

②[韓]陳在教(진재교)《舫山尹廷琦〈詩經講義續集〉研究》,《문헌과해석》,Vol. 16,2010 年。

梅》，男女及時也。召南之國，被文王之化，男女得以及時也。”[①]朱熹《詩集傳》與《詩序》相近，并從女性倫理的角度解釋云：“南國被文王之化，女子知以貞信自守，懼其嫁不及時，而有强暴之辱也，故言梅落而在樹者少，以見時過而大晚矣，求我之衆士，其必有及此吉日而來者乎。”[②]尹廷琦的解釋與漢宋傳統《詩經》詮釋不同，其云：

> 摽之爲落，見於《爾雅》，而寤擗有摽，是椎擊之意，則訓摽爲落，非自落，乃擊落也。“摽”字從“扌”，按《字書》訓“摽”爲“擊”，遂繼之云又摽落也。摽落，是擊落也。梅實既熟所以擊落之，是之謂摽有梅也。梅之落則當云梅摽，不可曰摽有梅也。此賢人待時者，託詞男女而爲詩也。君臣際會，如夫婦之合。事情相類，士必待招而往，女必待男而行，則士生王國，待明君而興者。風期晼晚，其猶女子之待時，桃夭灼華已過其期，摽梅七三又此無多，則側席求賢之君，庶乎迨此，而禮招矣。此則求我之庶士也，未娶曰士，摽取之實不過七三，則在樹者無多，所以摽擊而盡落之，遂乃頃筐塈之也，摽與頃塈兩相對勘，則摽非自落也，謂者媒妁之言也，迨此媒妁之相謂，可以成婚矣。媒已謂之，則求賢之君已聞知矣。[③]

《摽有梅》詩，尹廷琦與《詩序》《詩集傳》男女相求的釋義相異。他認爲此詩以梅實摽落象征歲月易逝，“摽有梅，其實七兮”，“摽有梅，其實三兮”，“摽有梅，頃筐塈之”是以自然界具體的梅實隕落指代時光流走猶如白駒過隙。詩篇以男女相求、夫婦之合比喻君臣際會，即以“求我庶士，迨其吉兮”之男女相求的表象指代期盼君臣相遇的深層意涵。尹廷琦認爲《摽有梅》詩以“求我庶士”之女求男

---

①孔穎達《毛詩正義》，第90頁。

②朱熹《詩集傳》，第11頁。

③尹廷琦《詩經講義續集》，《韓國經學資料集成》第83册，第42—43頁。

的表象寄託了臣求君的渴望，是在野之賢人在時間的焦慮里對明君及時求賢的渴求。《摽有梅》詩，中國明清時代亦有將此詩解釋爲求賢之詩者[①]，如清儒姚際恒云：

> 《小序》謂"男女及時"。《毛傳》解首章爲"當盛不嫁，至于始衰"；二章爲"急辭"；三章爲"不待備禮"。鄭氏説不辨。歐陽氏以爲"終篇無一人得及時者"是也。《集傳》且以爲女子自作。或因其太不雅，以爲擇壻之辭。嗟乎！天下乎地，男求乎女，此天地之大義。乃以爲女求男，此"求"字必不可通。而且憂煩急迫至于如此，廉耻道喪，尚謂之二南之風，文王之化，可乎！……愚意，此篇乃卿、大夫爲君求庶士之詩。《書大誥》曰："肆予告我友邦君越尹氏、庶士、御事。"《酒誥》曰："厥誥毖庶邦、庶士。"《立政》曰："庶常吉士。"是"庶士"爲周家衆職之通稱，則庶士者乃國家之所宜亟求者也。[②]

姚際恒以獨立思考之姿對漢宋詩學加以抨擊，并從詩篇與《尚書》《月令》所引文獻相結合來證明作爲《二南》詩篇的《摽有梅》，非是女求男之大不倫之詩，且詩中"庶士"不是泛指男性，而是"周家衆職之通稱，則庶士者乃國家之所宜亟求者也"[③]的官爵。姚際恒等人的著作在尹廷琦的時代并未傳播到朝鮮半島，可見尹廷琦結合身世之感在"摽有梅，其實七兮。求我庶士，迨其吉兮"中深切體味

---

①按：明代儒者亦有將此詩解釋爲求賢之詩，如明儒李元吉云："《摽梅》固婚嫁之期，但女子而言庶士當早求己，恐非女子所宜然也。愚謂此迨在位者感佳實之漸落，慮賢者之易老，故欲早求之耳。"李元吉《讀書囈語》卷四，明崇禎十六年刻本。又如明儒朱謀㙔《詩故》云："摽有梅，男女之及時也。非實男女也，處士樂及明時效用也。《月令》：'孟夏，贊桀俊，遂賢良。行爵出禄，必當其位。'故徵聘之典行焉。梅實隕落，正其候矣。此時束帛之典不及，必且後時矣。故託士女相求以明志。"朱謀㙔《詩故》卷一，民國豫章叢書本。

②姚際恒《詩經通論》，第42頁。

③姚際恒《詩經通論》，第42頁。

到在野之布衣對於明君的渴望,此與姚際恒對此詩的解釋可謂異域同調。

再如《衛風·考槃》是"隱居自樂之辭"[①],尹廷琦以身世之感,對《考槃》詩作了别樣的詮釋,其云:

> 考槃之澗、阿、陸,不一其地,則非隱處之室,乃成其槃桓之志也。溪澗而暢叙幽情以寬鬱懷,此謂碩人之寬也。"薖",恐是止憩之意,登丘阿而舒懷,暫所止憩也。"軸"者,車軸也。車以行陸,所以於陸而曰軸也。陸者,平地也。時或逍遥於澗,時或止憩於阿,若其所居之室,則在於平地也。軸是入轂中可抽出者也,行則横貫於車,止則抽出,而獨自是出也。澗而阿而則巾車而行矣。還而陸,則居室也。遂乃懸車而抽出其軸,故曰"碩人之軸"也。"獨寐寤"謂無論寤寐而獨處也,蓋此賢者寤寐獨處矣,時或至澗而晤言,時或登阿而嘯歌,皆槃桓自適之意,還室而在陸,則軸也,遂乃止宿也。宿者,信宿也。《爾雅》宿,宿再宿也。信,信四宿也。止居之意。詩凡言眠寢則用"寐"字,止居則用"宿"字。爲此詩者,即《隰桑》賢者之同類也。《隰桑》之卒章曰:"心乎愛矣,遐不謂矣。中心藏之,何日忘之。"《孝經》引之云"進思盡忠者","遐不謂矣"之謂也。"退思補過者","中心藏之"之謂也。《表記》孔子又引之云:"事君欲諫不欲陳。"陳,《注》曰:"諫者止君之失。陳者,揚君之失也。"我有愛君之心,欲諫其過,胡不言乎"心乎愛矣,遐不謂矣"。事君欲諫,縱未得進諫,亦藏於心而不忘,但不以語他人耳,不欲陳。今此詩旨旁照可驗也。其曰"永矢弗諼"者,退思補過,藏心而不忘其君也。"永矢弗過"者,進思盡忠,必欲進諫而止君之失,自誓以納君無過也。"永矢弗告"者,"中心藏之"不以語人而揚君之失也。蓋賢者雖有愛君欲諫之心。

①袁行霈、徐建委、程蘇東《詩經國風新注》,第203頁。

疏而在野，無由見君王之面，進諫無路，故終乃永矢以不告也。然則三章皆上三句獨樂其樂也，下一句愛君之意也。①

尹廷琦首先指出"考槃在澗""考槃在阿""考槃在陸"之"澗""阿""陸"不是一個確定的地方，非爲朱熹《詩集傳》所解釋爲"成其隱處之室"，而是賢人"成其槃桓之志也"的地方。尹廷琦也不贊同《詩序》從政治諷刺的層面將此詩解釋爲衛莊公不好賢而使賢者退而窮處之詩。尹廷琦於《考槃》詩詮釋出在野之布衣對國君深深的嚮往。他認爲《考槃》與《小雅・隰桑》中的賢人相類，詩人雖然處"獨寐寤言""獨寐寤歌""獨寐寤宿"之隱居出世之境，但是由於深愛國君，以致并不言及國君之惡，於是他"永矢弗諼""永矢弗過""永矢弗告"，并指出此是由於"心乎愛矣，遐不謂矣。中心藏之，何日忘之"所致。他始終懷藏"事君欲諫不欲陳"的諷諫理想，於是在"永矢弗過"的吟詠中盡思盡忠，欲進諫而止君之失，自誓以勸君無過也。"永矢弗告"，則是賢人不以語人而揚君之失也，蓋賢者雖有愛君欲諫之心，而不陳君之過，體現了温柔敦厚的《詩經》旨意。尹廷琦"疏而在野，無由見君王之面，進諫無路，故終乃永矢以不告也"，這既是對《考槃》詩"獨寤寐宿，永矢弗告"的詮解，也是他久處草野之中，無由見君王之面，進諫無路之現實處境的揭示。尹廷琦對於《考槃》詩的理解與程頤相近，程頤《伊川經説》"考槃"條云：

賢者之退，窮處澗谷間，雖德體寬裕，而心在朝廷，寤寐不能忘懷，深念其不得以善道告君，故陳其由也。②

這種獨樂其樂與愛君的交織，讓後世讀詩者分明看到作爲布衣的尹廷琦對於君臣遇合的格外眷戀，於是尹廷琦詮釋出來的别樣《考

①尹廷琦《詩經講義續集》，《韓國經學資料集成》第83册，第115—117頁。
②程頤《程氏經説》卷三，文淵閣《四庫全書》本。

槃》講述了"《考槃》之隱，與其説是放逸，毋寧説是憂思深而悽托遠——仍是處世，而非忘情於世的出世。它有孤獨的痛苦，却没有獨立於世的清高"①。

再如《野有蔓草》，此是男女邂逅之詩。漢宋《詩經》學大多從男女相遇的層面加以解釋，如《詩序》從男女遇合相及時的角度解釋云："《野有蔓草》，思遇時也。君之澤不下流，民窮於兵革，男女失時，思不期而會焉。"②朱熹《詩集傳》從男女相遇的角度解釋云："男女相遇於野田草露之間，故賦其所在以起興。言野有蔓草，則零露漙矣，有美一人，則清揚婉矣，邂逅相遇，則得以適我願矣。"③尹廷琦從男女遇合之情聯繫到君臣際遇，其云：

> 詩之取興，率各以類，而皆有規例。凡喻聯屬相糾之義，則必用草之蔓者，如"緜緜葛藟"，"蘞蔓于域"。喻欣喜浹洽之義，則必用露之零者，如"蓼蕭露湑"，"野有蔓草"，即託詞取義，非真野田草露間之相遇也。"蓼蕭零霜"，何當於王侯宴享之席乎？"河洲雎鳩"何與於后妃友樂之筵乎？此蓋見賢人而託設男女爲詞也。草之蔓延者，人之會遇而聯屬親糾之意也。露之漙瀼者，心焉瀉之，浹洽沾足之意也。清揚婉兮者，愛之而託詞男女之相慕容貌也。朋友之道，相勸以善，故曰與子偕臧也。"臧"，善也。《左傳》鄭享趙孟于垂隴，子大叔賦《野有蔓草》，趙孟曰："吾子之惠也"。此若野田草露犬彘之相從，則安敢誦於他國使臣乎，受之者寧云惠乎？④

尹廷琦指出詩篇中的興是按照以類取義的方式進行的，以露之零落比喻欣喜浹洽之義。如此意義下的"野有蔓草，零露漙兮"是真

---

①揚之水《詩經别裁》，第60頁。
②孔穎達《毛詩正義》，第320頁。
③朱熹《詩集傳》，第56頁。
④尹廷琦《詩經講義續集》，《韓國經學資料集成》第83册，第162—163頁。

實的場域呈現，是詩人托詞"野有蔓草，零露漙兮"以取邂逅遇合義，非真爲野田草露間的相遇。勞孝輿《春秋詩話》云："大抵詩人取興，多托男女綢繆之辭以言其情。王平仲云：'《蔓草》一詩，子太叔賦於垂隴，子善以餞韓宣，孔子與程木子傾蓋而賦。古人於君臣朋友之間，每托言配偶，至流連想慕之際，多言美人。其非淫奔之詩也，明矣。此佳人芳草，《騷》之所以托始也歟？'"①尹廷琦與勞孝輿之所論異域同調。尹廷琦將《野有蔓草》詩解釋爲求賢之詩，寄寓他期盼君王求取在野田草露之賢人，如自然界"野有蔓草，零露漙兮"不期而會的欣喜，是他長處草澤中懷持求賢理想的詩學呈現。此外，清代儒者方玉潤也將此詩解釋爲士君子相遇之詩。尹廷琦關於《野有蔓草》詩的詮釋與清儒方玉潤異曲同工。②

此外，再如《小雅・谷風》，尹廷琦將自然界的"習習谷風，維風及雨"解釋爲夫婦關係的合和，并將此夫婦關係的合和轉化爲合和之理想君臣關係。他將"習習谷風，維風及頽"解釋爲陰陽拂怒，夫婦乖離。"習習谷風，維山崔嵬"則是飄發凜烈、頽風怒揚，其所導致的結果是"無草不死，無木不萎"③的巨大灾難。尹廷琦

---

①勞孝輿《春秋詩話》，廣東高等教育出版社 1996 年版，第 13 頁。

②按：方玉潤解釋《野有蔓草》云："《小序》曰'思遇時也'，庶幾得之。《大序》又衍爲'君之澤不下流，民窮於兵革，男女失時，思不期而會焉'，則明明附會説矣。迨至《集傳》，則言野田草露之間，男女邂逅，私相苟合以適己願，愈解愈紛，愈不成語。然循文按義，男女邂逅，固似苟合，而'與子偕臧'，又豈苟合者所能言哉？況其詩兩見於《左傳》，鄭享趙孟，而子太叔賦此，趙孟以爲'受其惠'；鄭餞韓起，而子齹又賦此，宣子以爲'孺子善哉，吾有望矣'。一見於《韓詩外傳》，孔子遭程木子於郯，傾蓋而語，顧子路束帛以贈，子路對曰：'士不中道相見。'孔子乃詠此詩以曉之。是皆取士君子邂逅相遇爲義。'有美'云者，猶《簡兮》之稱'彼美'，《干旄》之咏'彼姝'云爾。若如晦翁所言，縱不爲鄭卿地，獨不爲孔子地乎？是知此詩必爲朋友期會之詩無疑。士固有一見傾心，終身莫解，片言相投，生死不渝者，此類是也。又何必男女相逢始適願哉？"方玉潤《詩經原始》，第 224—225 頁。

③尹廷琦《詩經講義續集》，《韓國經學資料集成》第 83 册，第 421—422 頁。

以《小雅·谷風》的家庭生活中女子遭夫棄逐的命運比擬政治社會中大臣儒者爲小人離間慘遭國君棄逐的悲哀。尹廷琦在《詩經》詮釋中綰合布衣身份與求賢理想，如《鄭風·狡童》，尹廷琦云："非指其君爲狡童，古者君臣之間，每以男女而託辭。"[①]又《邶風·静女》，尹廷琦云："《静女》以喻君也。賢人居於荒野，待時畹晚，無由見君公之面，終焉明君聘招，則賢人始乃就之，此時之所以作也。"[②]又《魏風·園有桃》，尹廷琦云："蓋此時魏君信用近習，不求草野之賢。則小人之惡而猶用之，即桃棘之實而爲殺，爲食此其

①按：尹廷琦釋《狡童》云："《狡童》非指淫者，乃諷刺其君也。麥秀歌曰：'彼狡童兮，不與我好兮。'非指其君爲狡童，古者君臣之間，每以男女而託辭。故箕子不忍斥言其君，遂借男女之語而謂之狡童。蓋詩人之忠厚而所以爲風體也。此詩首二句與麥秀相同，君暗而言不用，故曰不與我言也。食君之禄曰餐，《魏風》之不素餐，棄賢如遺賢者不食其禄，故曰不能餐，不與食也。維子之故，則歸咎其君之詞也。役使頻數，莫或遑息，即賢人遭亂邦之故也。《小雅·北山》詩之'或盡瘁事國'，'或不已于行'是也。"尹廷琦《詩經講義續集》，《韓國經學資料集成》第83册，第155—156頁。

②按：《邶風·静女》，尹廷琦云："静女不可曰淫奔也，古人君臣之間多男女託詠，故屈原《離騷》專是此義。《簡兮》之美人亦此義也。《静女》以喻君也。賢人居於荒野，待時畹晚，無由見君公之面，終焉明君聘招，則賢人始乃就之，此時之所以作也。'城隅'非可謂幽僻，凡人迎送每在城隅。唐人詩云'城隅一分手'，司馬相如《長門賦》云：'奉虚言而望誠兮，期城南之離宫。修薄具而自設兮，君(脱：曾)不肯兮(此處"兮"應爲"乎")幸臨。廓獨潜而專精兮，天飄飄而疾風。'即'俟我城隅，愛而不見，搔首踟蹰'之意，暗襲此詩者也……蓋言之幽静之女，不當俟男於城隅，且俟我之女，我何爲'愛而不見'乎？又不當以女而悦男，先貽彤管而結情，此蓋詩人之援譬立詞也。《静女》既喻之君，則静女之俟城隅者，人君之不先聘賢，徒然坐俟於城闕之内也，賢人未嘗輕身而先就，故雖有愛君之心，君門如海，無由覲耿光，所以愛不見而踟蹰也。君臣遭遇如男女成婚。《静女》'彤管'即人君聘招之帛幣也。彤光有煒，則誠心好賢，推赤心而相待也。賢者所以悦豫也，自牧之荑，即賢者之自草野而至示之以潔素之德也，誠以荑是潔素之物也。"尹廷琦《詩經講義續集》，《韓國經學資料集成》第83册，第84—88頁。

取比也。”①再如《秦風・蒹葭》,尹廷琦云:“蒹葭之葉,望秋先凋而露之已霜,則歲又晚矣,所以取比賢人惜歲華之衰暮也。”②尹廷琦以其世俗的觀感即“心象”投射於《詩經》比興之物象中,透過詩伸縮包容、具有無限潛能與張力的語言,在詩篇的詮釋中完美地呈現出其布衣身份與求賢理想的糾合,呈現出儒家知識人雖在山野之中,始終懷藏着對入仕的深深守望,正如《小雅・隰桑》所云“心乎愛矣,遐不謂矣!中心藏之,何日忘之”。

四、義理、考據與詞章

尹廷琦《詩經》詮釋不同於朝鮮時代占主流的《詩經》義理闡釋,并與朝鮮時代後期《詩經》漢學研究相異,其《詩經》研究呈現出義理、考據與詞章相融合的特徵。

義理、考據、詞章三者的關係及其合流“是清代學術思想史上獨特的新問題”③,是研究清代中葉以來學術思想分野的重要問題。學術史上的義理、考據與詞章分爲三途,首先由程頤發端,其云:“古之學者一,今之學者三,異端不與焉。一曰文章之學,二曰訓詁之學,三曰儒者之學。欲趨道,舍儒者之學不可。”④此是從三者之區別與地位之高低層面而言。章學誠調和義理、考據、詞章云:“學問之途有流有别。尚考證者薄詞章,索義理者略徵實,隨其性之所近而各標獨得,則服、鄭訓詁,韓、歐文章,程、朱語録,固已角犄鼎

①按:《魏風・園有桃》,尹廷琦云:“桃,匪果之美品。棘之實又不足以食,皆不如五穀,特以園圃近而田疇遠,故但貴其近而易致,遂乃桃實而猶充籩豆之殽,核棘實而猶且食之。蓋此時魏君信用近習,不求草野之賢。則小人之惡而猶用之,即桃棘之實而爲殽,爲食此其取比也。”尹廷琦《詩經講義續集》,《韓國經學資料集成》第83册,第182—183頁。

②尹廷琦《詩經講義續集》,《韓國經學資料集成》第83册,第219頁。

③余英時《中國思想傳統的現代詮釋》,江蘇人民出版社2006年版,第225頁。

④程頤《二程語録》,卷十一。

峙，而不能相下。必欲各分門户，交相譏議，則義理入於虚無，考證徒爲糟粕，文章只爲玩物……惟自通人論之則不然，考證即以實此義理，而文章乃所以達之之具。”[①]爾後章學誠又再次强調三者合一的關係，其云：“義理不可空言也，博學以實之，文章以達之，三者合於一，庶幾哉！周、孔之道雖遠，不啻累譯而通矣。”[②]朝鮮時代後期尹廷琦并未從學術的角度討論義理、考據、詞章三者的關係，但是其《詩經》詮釋明顯呈現了對此三家的融合，是清代義理、考據、詞章相合理論的異域呈現。兹舉例證明。

如《豳風・東山》，此是“遠征士卒在歸途中思家的詩”[③]。尹廷琦關於《東山》詩的詮釋是義理、考據與詞章的融合，其云：

> 東山者，東征之地也。周公東征，非單爲誅管蔡也……“慆慆”，即《唐風》之“日月其慆”，《蟋蟀》篇，“慆慆者，滔滔也”。日月如水，滔滔而逝。“慆”義，見《補義》。菀柳已爲三年，我猶不歸也……“敦”，聚也。獨宿者不得耦居之謂，即《唐風》之“誰與獨宿”也，宿是信宿之宿，止居也。東征將士相聚而在車下，無非離室家而獨宿之人，此之謂“敦彼獨宿”也，爲歸士之言，而憫其同儕，故曰“敦彼”也。言獨宿之苦，而見其淹久，故曰“亦在”也。“亦在”即猶在之義。《采薇》詩曰“戎車既駕，君子所依，小人所腓”。蓋戎車者，君子乘在其上，而軍士聚在其下也。“烝”者，衆也。若“烝然罩罩”[④]，“烝然來思”[⑤]，“烝烝皇皇”[⑥]，皆是也。蠋之烝在，與獨宿相對照，蠋在桑野，則烝衆而得所也，哀彼將士則離家獨宿至今，猶在車下

①章學誠《章學誠遺書》，文物出版社 1985 年版，第 224 頁。
②章學誠《文史通義》上册，中華書局 1994 年版，第 140 頁。
③程俊英《詩經譯注》，第 235 頁。
④按：《南有嘉魚》：“南有嘉魚，烝然罩罩。”
⑤按：《南有嘉魚》：“翩翩者鵻，烝然來思。”
⑥按：《魯頌・泮水》：“烝烝皇皇，不吴不揚。”

而敦聚也……苦瓜則不可食矣，瓜宜在田，今在栗薪，則失其所也。此喻未歸之時，婦之獨處，生業不遂，如瓜苦之不可食也。獨在空室，失其所依，如瓜之在栗薪也。曰敦曰烝，與首章同一取義。桑野之烝在，則乃曰"敦彼之宿"；栗薪之烝在，則實以有敦之瓜。然則敦烝相貫爲并聚衆多之義，而蜎蠋瓜苦以比征夫征婦之衆多也。桑野之蠋，則悲獨宿而羡微物之得所也。栗薪之瓜，則喜新歸而追往時之獨處也……"之子于歸"乃自東之路所見也。東土曾染商紂之淫酗，餘風未殄，民多淫合，不以婚禮之正也。周公東征而革化三年之間，一變其俗，男女以正婚姻以時。①

尹廷琦從義理、考據與詞章相結合的層面來闡釋詩篇：

第一，義理層面。《東山》詩，《詩序》解釋云："周公東征也。周公東征，三年而歸，勞歸士，大夫美之，故作是詩也。一章言其完也，二章言其思也，三章言其室家之望女也，四章樂男女之得及時也。君子之於人，序其情而閔其勞，所以説也。'説以使民，民忘其死'，其唯《東山》乎？"②尹廷琦在《詩序》周公東征的基礎上更爲强調周公東征而居東土宣佈德化，改易沈酗淫醜陋俗的社會功能。末章所言之婚禮，"倉庚于飛，熠耀其羽。之子於歸，皇駁其馬。親結其縭，九十其儀。其新孔嘉，其舊如之何"，尹廷琦在周公東征移風易俗的義理之下，考證詩句所包蘊的婚姻禮儀。如"倉庚于飛"，

①尹廷琦《詩經講義續集》，《韓國經學資料集成》第83册，第274—281頁。

②孔穎達《毛詩正義》，第518頁。按：《詩集傳》關於《東山》詩解與《詩序》相近，其云："成王既得鴟鴞之詩，又感雷風之變，始悟而迎周公。於是周公東征已三年矣，既歸，因作此詩以勞歸士。蓋爲之述其意而言曰：我之東征既久，而歸塗又有遇雨之勞，因追言其在東而言歸之時，心已西嚮而悲。於是制其平居之服，而以爲自今可以勿爲行陳銜枚之事矣。及其在塗，則又覩物起興而自歎曰，彼蜎蜎者蠋，則在彼桑野矣，此敦然而獨宿者，則亦在此車下矣。"朱熹《詩集傳》，第94頁。

尹廷琦認爲此是男女婚姻以時的標誌，即禮月也。“皇駁其馬”，則是婚姻之嘉禮，不用純白與純黑之馬。此是義理與考據的融合。

第二，考據層面。尹廷琦在《東山》詩字詞考據中融合義理與詞章。如“我徂東山，慆慆不歸”之“慆慆”，尹廷琦以《唐風・蟋蟀》詩之“今我不樂，日月其慆”釋之，以日月如水，滔滔而逝解釋“慆慆”，比喻東征時日之久，是考據與詞章的結合。又將“敦彼獨宿，亦在車下”之“敦”解釋爲“聚也”，指出東征將士相聚休息於車下，而不能與其室家偶宿而成獨宿之人。尹廷琦認爲詩篇以一“敦”一“獨”傳遞出將士獨宿之苦。“亦在車下”，尹廷琦引《小雅・采薇》詩“戎車既駕，君子所依，小人所腓”以證軍士聚於戰車之下，是考據與詞章的結合。又“蜎蜎者蠋，烝在桑野”之“烝”爲“衆”，并引《南有嘉魚》“南有嘉魚，烝然罩罩”，《南有嘉魚》“翩翩者鵻，烝然來思”與《魯頌・泮水》“烝烝皇皇，不吳不揚”詩之“烝”以證之。尹廷琦認爲此是以桑野之間烝烝然多之蠋對照離家獨宿車下的將士，此是考據與詞章的結合。又“熠耀宵行”之“熠耀”，《詩集傳》解釋爲“明不定貌”，尹廷琦解釋爲“恐是蟲名”，并舉蘇武《詩》“晨風鳴北林，熠耀東南飛”證之，此是考據與詞章的結合。

第三，詞章層面。尹廷琦以經學詮釋的方式進入《詩經》文本層面，深入剖析詩篇的詞章之美，是義理、考據與詞章的結合。如“有敦瓜苦，烝在栗薪。自我不見，至今三年”，尹廷琦認爲詩句表達了征夫未至、征婦獨處、生業不達的生存狀態，如苦瓜之不可食。征婦獨處空室，尤失去所依靠者，如“有敦瓜苦，烝在栗薪”之苦瓜。尹廷琦又進一步闡釋，“有敦瓜苦，烝在栗薪”之苦瓜與“蜎蜎者蠋，烝在桑野”之桑蠋呈“敦”“烝”之衆多貌，此與“敦彼獨宿”“婦歎於室”之孤獨的征夫征婦形成衆與寡的鮮明對比，進而引申出戰爭中不能控制死生命運的生命個體對於桑野自由之蜎蠋的羡慕。又尹廷琦以《東山》詩首章之“敦彼獨宿，亦在車下”與第二章之“不可畏也，伊可懷也”，第三章之“自我不見，于今三年”，第四章之“其新孔嘉，其舊如之何"相聯繫，以征夫對於室家之情的想念作爲貫通全詩四章的主要脉絡，是"義相貫通也"在不同時空的别樣呈現。尹廷琦從東征三年而不歸的脈胳中論述詩句所藴涵的多重文學意涵。

再如《衛風・淇奥》，此是美衛武公之詩。尹廷琦解釋云：

> "綠"與"菉"通，菉者，王芻也。王芻者，綠竹也。綠竹之"綠"，《大學》及齊魯韓三家并作"菉"。"菉"是綠竹也，綠亦草名。《小雅》之"終朝采綠"是也。"綠"即菉也。竹則生纔出地挺直粗勁。旬餘，已長齊母，初無漸次進益之序，無可取比於學修也。故二章曰"綠竹青青"，若以竹則綠，青青意叠矣，此蓋菉竹之青青也。菉之始生，卷曲嫩美。《采綠》詩以綠喻髮之曲局。"猗猗"然漸抽以至青茂而剛盛，所以喻學問之始修而漸進也。《爾雅》"骨"謂之切，"象"謂之磋，"玉"謂之琢，"石"謂之磨，皆所以攻治也。切磋琢磨之始而學修也。瑟僩赫咺之著於威儀也。有非不諼之，終以盛德也。若菉之始而猗嫩漸而青茂，終而剛盛也。首章而雖統言之，若其條理則三章各有分屬。首章則以始茁之猗猗而託義，故切磋琢磨，實屬於猗猗。而首章爲學問之始修也，所以自二章更不言切磋琢磨也。菉之猗猗者，今而青青則光色之外著也，其猶人之德修於内而外儀宣著也。君子之切磋琢磨，既盡自修，而瑟僩赫咺爲恂慄之威儀也。故二章而言瑟僩赫咺也，琇瑩會弁，即其整衣冠，尊瞻視之威儀也。有匪不諼，因次言之所以承上起下也。[①]

《淇奥》詩，尹廷琦贊同《詩集傳》以此詩爲頌美衛武公德行的解釋，"以綠竹始生之美盛，興其學問自修之進益也"[②]，不同的是尹廷琦

①尹廷琦《詩經講義續集》，《韓國經學資料集成》第 83 册，第 111—113 頁。
②朱熹《詩集傳》，第 34—35 頁。

在詩旨的詮釋中融合了考據與詞章的分析。尹廷琦認爲"緑竹猗猗"之"緑竹"非爲竹,他首先引《大學》、齊魯韓三家詩以證明"緑竹猗猗"之"緑"爲"菉"。其次,他認爲如果"緑竹"爲竹,竹本爲青色,則此詩第二章所云"緑竹青青"會造成語意重叠之誤。據《經典釋文》所引《韓詩》《漢石經》"緑竹猗猗"之"竹"音"du"。陸璣《草木疏》云:"有草似竹,高五六尺,淇水側人謂之菉竹也。"[①]可見尹廷琦考證"緑竹"非竹是合理的。又詩篇首章"如切如磋,如琢如磨",尹廷琦根據《爾雅》,"骨"謂之切,"象"謂之磋,"玉"謂之琢,"石"謂之磨,以證切磋琢磨之始而學修也,闡釋學業研習的次序。此外,尹廷琦對詩篇義理的揭示注重詩篇内部結構的闡發,他還從《淇奥》詩結構的層面分析詩句與詩旨的關係,他認爲首章"緑竹猗猗"爲學問伊始,故以如切如磋,如琢如磨加以形容。第二章"緑竹青青",以緑竹青青之光外著,暗喻君子之德修於内而外儀宣扬,故第二章在"如切如磋,如琢如磨"的基礎上言君子"充耳琇瑩,會弁如星"之整飭衣冠與威儀。尹廷琦將義理、考據與詞章之學相綰合以詮釋詩篇,在詩旨上時有創建,在闡釋方法上亦有新的突破。

再如《邶風·擊鼓》,此是衛國士卒遠戍,思歸不得之詩。《擊鼓》詩與《左傳·隱公五年》《史記·衛世家》所載衛州吁之事相符,是一首有具體歷史可考的本事詩。《詩序》云:"《擊鼓》,怨州吁也。衛州吁用兵暴亂,使公孫文仲將而平陳與宋,國人怨其勇而無禮也。"[②]關於此詩,解釋者大多從詩史互證的角度加以闡明。姚際恒《詩經通論》認爲此詩與歷史記載有一定的出入[③],但是《擊鼓》畢竟

①孔穎達《毛詩正義》,第215頁。

②孔穎達《毛詩正義》,第128頁。

③按:姚際恒舉出六重證據證明此詩非爲州吁伐鄭之詩,其云:"《小序》謂:'怨州吁。'鄭氏以隱四年州吁伐鄭之事實之。《左傳》曰:'衛州吁立,將修先君之怨于鄭,而求寵于諸侯以和其民,使告于宋曰,'君若伐鄭以除君害,君爲主,敝邑以賦與陳、蔡從,則衛國之願也',宋人許之。于是陳、蔡(轉下頁注)

不是歷史,而是歷史的詩意書寫。尹廷琦在《詩序》釋義的基礎上,對詩篇的史實與詩篇所涉之先秦制度進行考證,同時結合詩篇章句與結構進行詮釋,其云:

> "擊鼓"以作氣,揮戈以踊躍者意氣得,得於戰鬬也。"爰居爰處,爰喪其馬"者,垂頭沮氣散無紀律也。且云"我獨南行"則怨之苦之之辭非樂赴也,如是之軍情顧安得踊躍用兵乎?"踊躍用兵"恐指在軍之將帥衛既伐鄭而還兵,氣方驕又欲俟秋再舉留而練兵,故將帥得意臨兵踊躍,而伐鄭之舉只出於州吁之凶暴構怨,衆志不愜,所以軍人疾視其將帥而言踊躍用兵也。擊鼓用兵原是將帥車上之事,兵車之制,御者居左,執轡而御馬,甲士居右,執兵以擊刺,將在鼓下,居車之中,而主擊鼓而制全軍之進退,然則"擊鼓其鏜"者,將帥也。"踊躍用兵"者,車上之甲士也。軍士則在於車下,隨其節制而進退也。《鄭風・清人》之"左旋右抽,中軍作好"亦與此一例語。致此詩之作於州吁時,無疑也。按《春秋・隱二年》鄭

(接上頁注)方睦于衛,故宋人、陳侯、蔡人衛人伐鄭',是也。按此事與經不合者六。當時以伐鄭爲主,經何以不言鄭而言陳、宋?一也。又衛本要宋伐鄭,而陳蔡亦以睦衛而助之,何爲以陳、宋并言,主、客無分?二也。且何以但言陳而遺蔡?三也。未有同陳、宋伐鄭而謂之'平陳與宋者'。平者,因其亂而平之,即伐也。若是乃伐陳、宋矣。四也。隱四年夏,衛伐鄭,《左傳》云,'圍其東門,五日而還',可謂至速矣。經何以云'不我以歸',及爲此'居、處、喪馬'之辭,與'死生莫保'之嘆乎?絶不相類,五也。閔二年,衛懿公爲狄所滅,宋立戴公以廬于曹。(漕同)其後僖十二年《左傳》曰,'諸侯城衛楚丘之郛'。《定之方中》詩,文公始徙楚丘,'升虚望楚'。《毛》《鄭》謂升漕墟,望楚丘。楚丘與漕不遠,皆在河南。夫《左傳》曰'廬'者,野處也,其非城明矣。州吁之時不獨漕未城,即楚丘亦未城,安得有'城漕'之語乎?六也。鄭氏屈經以就己説,種種不合如此,而千餘年以來,人亦必知其不合,直是無可奈何,只得且依他説耳。無怪乎季明德求其説而不得,又以《左傳》爲誤也。按:此乃衛穆公背清丘之盟救陳,爲宋所伐,平陳、宋之難,數興軍旅,其下怨之而作此詩也。"姚際恒《詩經通論》,第54—55頁。

> 人伐衛，討公孫滑之亂也。四年衛州吁立，將報二年之怨，使告于宋，又合陳蔡伐鄭，圍其東門，五日而還。其年秋，宋、陳、蔡、衛又伐鄭。蓋自衛伐鄭，則衛漕在北，而鄭國在南，故曰"南行"也。國者，衛之邑都。"平陳與宋"者，使告伐鄭之事也。只舉陳宋者，蓋以公侯之親來也。《春秋》曰：宋公陳侯蔡人衛人伐鄭。子仲既合陳宋，遂乃伐鄭，五日而還。更擬秋伐，故大兵雖還，而猶使次將領兵相距於境上留滯經時，此其從軍者怨其"不我以歸"也。誠以既歸而已獨留滯也。"喪馬求林"固是失伍離次之狀，而詩人立詞每有兼取之記義。公孫滑之亂起於中國，而鄭人伐衛，衛有喪師喪地之患，故曰"爰居爰處"者，在國而召亂也，"爰喪其馬"者，致寇而喪地也，欲酬見喪之怨而勞師伐鄭，遠求他國之境，此謂喪馬而求林下也。①

尹廷琦贊同此詩是諷刺州吁伐鄭之詩，他首先從詩篇文辭的角度加以考證，指出詩篇首章"擊鼓其鏜，踊躍用兵"的揮戈踊躍之氣與末章"爰居爰處，爰喪其馬"的沮喪衰敗之氣形成鮮明對比，并從詩篇詞章、結構的層面指出"擊鼓其鏜"是將帥者所爲，"爰居爰處，爰喪其馬"是士卒怨恨州吁，不願作戰的詩意流露。其次，尹廷琦考證先秦兵車之制，證明將帥居車之中，主擊鼓而制約全軍的進退，故"擊鼓其鏜，踊躍用兵"是指將帥與車上的甲士而言，而普通士卒則在車下，此可以《小雅・采薇》"駕彼四牡，四牡騤騤。君子所依，小人所腓"爲證。第三，尹廷琦還從歷史的層面加以考證。《左傳・隱公四年》，衛州吁伐鄭，鄭國在衛國的南邊，可與詩句"土國城漕，我獨南行"相印證。此外，尹廷琦還據《春秋・隱公三年》"宋公、陳侯、蔡人、衛人伐鄭，圍其東門，五日而還"的記載，認爲《擊鼓》詩第二章"從孫子仲，平陳與宋。不我以歸，憂心有忡"之"不我

①尹廷琦《詩經講義續集》，《韓國經學資料集成》第 83 册，第 56—58 頁。

以歸”乃是大兵已還,而猶使次將率兵滯留於國境之上,故士卒怨其“不我以歸”。尹廷琦運用史料考證詩旨,可見他對於運用歷史文獻考證詩旨的積極探索。

第二節 理學回歸與詩學詮釋:朴文鎬《詩經》學研究

朴文鎬(1846—1918),字景模,號壺山,祖籍寧海,生於忠清道懷仁郡。朴文鎬少時專心研習科舉之時文,二十歲受學於峿堂李象秀,於科舉時文之外研習文章與義理心性之學,三十七歲棄絶科舉致力於學術研究。朴文鎬著作有:《七書諺解剳疑》《七書注詳説》《四禮集儀》《續集儀》《集學語篇》《經注同異考》《東史略》《女小學》《考亭人物性考》《古詩類考》《楓山記聞録》等。其中《七書注詳説》包含《論語集注詳説》《孟子集注詳説》《大學章句詳説》《中庸章句詳説》《詩集傳詳説》《周易本義詳解》《書集傳詳説》。玆以《詩集傳詳説》《楓山記聞録・經説・毛詩》爲主研究朴文鎬《詩經》學特色。

《詩集傳詳説》是對朱熹《詩集傳》的詳細詮釋之書,該書由《詩集傳序詳説》《詩綱領詳説》《詩集傳詳説》《詩序辨説詳説》組成。《詩集傳詳説》疏解《詩集傳》原文并糾正朝鮮《詩集傳》刻本的諺解釋義,是朝鮮時代末期恢復朱子學之學術權威的《詩經》學著作,同時又是一部《詩經》啓蒙之書,兼具學術與啓蒙的功能。韓國當代研究者關於朴文鎬《詩經》學的研究較少,金秀炅《〈詩集傳詳説〉中所見〈詩經諺解〉的解釋學考察》[①]是韓國學者關於《詩集傳詳説》研

①[韓]金秀炅《시집전상설(詩集傳詳說)에보이는시경언해에대한번역학적고찰》,《語文論集》,2011 年。

究的代表。該論文從《詩集傳》版本考察、《詩經》諺解漢字注音研究、《詩經》諺解語法分析等層面較爲全面地論述了朴文鎬《詩集傳詳説》在《詩經》諺解與翻譯學上的價值。本文從思想史的層面研究該書在朝鮮王朝晚期重返朱熹《詩集傳》所具有的護教學意義。

一、詮釋與重塑

朴文鎬所處的朝鮮時代末期，朝鮮《詩經》學經歷了作爲主流學術即朱子學之《詩經》義理與政治倫理研究，以尹鑴、李瀷、朴世堂等爲代表的《詩經》實學研究，以申綽爲代表的江華學派《詩經》研究，以成海應、尹廷琦、丁若鏞等爲代表的《詩經》漢學研究。朝鮮時代末期，朝鮮半島學術思潮呈現出多元而分散的學術思想形態。十九世紀，朝鮮遭到西方列强的入侵，國内黨争複雜，戰争的狀態造成朝鮮思想界的混亂。1801 年，年僅十一歲的純祖登基。純祖年幼，導致了外戚專政。外戚安東金氏、豐陽趙氏、驪興閔氏獨霸專權，不可一世，將朝鮮王朝引向了風雨飄零之境，并導致了王朝爆發了大規模的戰争，如壬戌民亂、晋州民亂，民生疾苦，生靈塗炭。十九世紀中期，西方以武力與天主教并舉侵略朝鮮半島。由於朝鮮與西方列强在政治、經濟與軍事上的實力相差懸殊，故朝鮮掌權派的大院君於 1871 年實行鎖國政策，當時以儒學爲代表的性理學者以鎖國爲基礎，主張“斥邪衛正”，“正”爲性理學，“邪”爲西方學説，“斥邪衛正”維護儒者特别是朱子學爲正統的價值理念[①]。韓國學者尹絲淳指出：“性理學者的斥邪衛正思想根本上是爲了守護深陷危機的國權。出於守護國權的目的，他們建立了堅守性理學的統治理念和道德價值觀及風俗等‘全部性理學文化’，

---

①[韓]尹絲淳著，邢麗菊譯《韓國儒學史》，第 418—420 頁。

甚至强調'性理學本身重要性'的認識。"[①]可見曾經作爲朝鮮主流思想意識形態的朱子學在王朝正值存亡之境的歷史形勢面前,在儒家知識人的推舉下再度成爲凝聚民族思想的核心精神。

尹廷琦是十九世紀末期朝鮮闡揚朱子學的代表,其《七書注詳説》是對朱子學著作的再度詮釋與彰顯。朴文鎬於五十五歲著《論語集注詳説》,五十七歲著《孟子集注詳説》《大學章句詳説》《中庸章句詳説》,五十八歲著《詩集傳詳説》《周易本義詳解》,五十九歲著《書集傳詳説》,旨在闡揚朱子學義理與當代價值。尹廷琦《詩集傳詳説》是在王朝存亡之境的歷史時段中出現的,他呈現了與西學之科技、理性的對立,彰顯以朱子學爲代表的儒學倫理、道德、秩序與情感。從大時段的歷史主義方法出發可見朴文鎬以詮釋《詩集傳》爲中心的《詩經》學是朝鮮王朝末期衛道的學術,也是中西方學術碰撞後所産生的對於自身學術體系的繼承與反思。朴文鎬《詩經》詮釋是朝鮮時代後期《詩經》學發展内在邏輯理路的呈現,是儒家知識人以經典詮釋的方式對現實政治歷史的精神反思,是東亞知識人以經典詮釋的方式建構精神世界的具體呈現。朴文鎬《詩經》詮釋具有學術史與思想史的多重意義,兹舉例論證。

《邶風·柏舟》詩五章章六句。漢宋《詩經》學於此詩的解釋差異較大。漢代《詩經》學解釋《柏舟》爲君臣不遇之詩,如《詩序》云:"言仁而不遇也。衛頃公之時,仁人不遇,小人在側。"[②]《鄭箋》云:

①[韓]尹絲淳著,邢麗菊譯《韓國儒學史》,第 422 頁。按尹絲淳又云:"主張斥邪衛正思想并參與運動中的學者衆多甚至形成了學派。他們的活動就是當時性理學者的救國運動及思想運動,其中有代表性的學者有李恒老(1792—1868)及門下金平默(1819—1891)、柳重教(1832—1893)、柳麟錫(1842—1915)等,還有奇正鎮(1798—1876),奇宇方(1846—1916)、奇參衍(1851—1908)、李震相(1818—1886)、崔益鉉(1833—1906)、郭鍾錫(1846—1919)等衆多學者。"

②孔穎達《毛詩正義》,第 113 頁。

"不遇者,君不受己之志也。君近小人,則賢者見侵害。"[①]又上海博物館藏《孔子詩論》第 26 號簡的開頭部分是關於《邶風・柏舟》詩的評析,簡文載:"《北(邶風)。白(柏)舟》,悶。"[②]晁福林先生認爲《孔子詩論》的發現可以爲《詩序》的解釋提供新的證據,他説:"《詩論》以'悶'字來評析《柏舟》,字意爲憂愁。這個評價,是孔子政治思想以及他對於隱士看法的表現。在孔子看來,《柏舟》詩的作者,爲國事孜孜以求而不遂其志并被小人排擠的時候,是何等的憂愁,然而這又是非常美麗而無奈的憂愁。"[③]朱熹《詩集傳》從夫婦人倫道德層面解釋此詩,其云:"婦人不得於其夫,故以柏舟自比。言以柏爲舟,堅緻牢實,而不以乘載,無所依薄,但汎然於水中而已。故其隱憂之深如此,非爲無酒可以敖遊而解之也。《列女傳》以此爲婦人之詩。今考其辭氣卑順柔弱,且居變風之首,而與下篇相類,豈亦莊姜之詩也歟。"[④]朴文鎬尊崇朱子學,其《詩集傳詳説》以詮釋《詩集傳》的方式來塑造朱子學爲朝鮮時代末期支撑王朝命運的精神支柱,其云:

---

①孔穎達《毛詩正義》,第 113 頁。按:孔穎達解釋《鄭箋》云:"《箋》以仁人不遇,嫌其不得進仕,故言'不遇者,君不受己之志',以言'亦汎其流',明與小人并列也。言'不能奮飛',是在位不忍去也。《穀梁傳》曰:'遇者何?志相得。'是不得君志亦爲不遇也。二章云'薄言往訴,逢彼之怒',是君不受己之志也。四章云'覯閔既多,受侮不少',是賢者見侵害也。"

②馬承源主編《上海博物館藏戰國楚竹書(一)》,上海古籍出版社 2001 年版,第 156 頁。

③晁福林《贊美憂愁:論上博簡〈詩論〉——關於〈詩・柏舟〉的評析》,《北京師範大學學報・社會科學版》,2008 年第 4 期。按:晁福林據《孔子詩論》得出關於《柏舟》詩的詩旨云:"首先,《邶風・柏舟》并非如宋儒以來不少學者所肯定的那樣是婦人之詩。它應當如《詩序》所言是一首述'仁人不遇'情懷的作品。其次,上博簡《詩論》用'悶'字來評析此詩,其意非指煩悶,而是指憂傷。再次,孔子常用表示憂傷的'悶'來評析隱士的生活道路,評《柏舟》詩亦與此相關。"

④朱熹《詩集傳》,第 15 頁。

"汎(孚梵反)彼柏舟,亦汎其流。耿耿(古幸反)不寐,如有隱憂。微我無酒,以敖(五羔反)以遊。"比也(兼賦)。汎,流貌。柏,木名。耿耿,小明,憂之貌也。(慶源輔氏曰:人有憂,惟於憂之一路分明耳。)隱,痛也,微,猶非也。婦人不得於其夫,故以柏舟自比。(安成劉氏曰:全章皆比,固專屬比,亦有比意之外繼陳其事,如此章之類,可以爲比而賦也。)言以柏爲舟堅。緻,音稚,牢實,而不以乘載(失職)無所依薄(必各反附也,失所),但汎然於水中(流)而已,故其隱憂之深如此(隱憂深矣而止曰如有者,詞不迫也)非爲無酒可以敖遊而解之也(添解字)。《列女傳》(去聲)以此爲婦人之詩(以爲衛宣夫人之詩)。今考其辭氣卑順柔弱(婦人詩之一證),且居變風之首(新安胡氏曰:二南與邶鄘皆首婦人,亦是一證),而與下篇相類(憂意相類也,此亦爲一證),豈(猶或也)亦莊姜之詩也歟?無明考,故別著此説于注末。①

以上所引《詩集傳詳説》文獻,其中括號内的部分是朴文鎬的詮釋,未加括號的是朱熹《詩集傳》的原文,於此可見《詩集傳詳説》是對《詩集傳》的解釋之作,它所包含的反切、諺解與釋義具有啓蒙與學術研究相結合的特徵。玆分而論之。

第一,關於注音。朴文鎬《詩集傳詳説》注音内容包括《詩經》經文與《詩集傳》的傳文。如其所云"孚梵反"是對經文"汎彼柏舟"之"汎"的注音。"古幸反"是對"耿耿不寐,如有隱憂"之"耿"的注音。"五羔反"是對"以敖以遊"之"敖"的注音。"我心匪鑒,不可以茹"之"茹",朴文鎬云:"如預反。""我心匪席,不可卷也"之"卷",朴文鎬注音云:"音捲。"朴文鎬注音《詩集傳》傳文,如《詩集傳》所云"《列女傳》以此爲婦人之詩"之"傳",朴文鎬標注讀音云:"去聲。"《詩集傳》解釋"不可以茹"之"茹"云"度",朴文鎬標注讀音云:"入

①朴文鎬《詩集傳詳説》,《韓國經學資料集成》第84册,第113—114頁。

聲,下同。"又《詩集傳》云"又不可得而簡擇取舍"之"舍",朴文鎬云:"上聲。"朴文鎬從反切、音同、音調的角度對《詩經》經文與《詩集傳》傳文進行注音。朴文鎬所注音的文字簡單易讀,可見《詩集傳詳説》本身具有啓蒙的性質。需要指出的是朴文鎬的注音也有錯誤的,如"静言思之,寤辟有摽"之"摽",朴文鎬注:"音殍。"但"摽"的讀音并不是"殍"的讀音。

第二,訓詁與義理。朴文鎬與朝鮮時代中後期《詩經》詮釋博采漢宋諸家釋義不同,他在詩篇訓詁與義理上專宗朱熹《詩集傳》,多引羽翼《詩集傳》者,如胡廣《詩傳大全》、輔廣《詩童子問》等著作,很少引用漢唐與元明清《詩經》學學説。朴文鎬在學術思潮上處於逐漸多元的朝鮮時代後期,他極力規避多元學派所帶來的紛擾,企圖在朱子學的單一思想世界中尋找凝聚民族精神的支點。朴文鎬所處的朝鮮時代後期,高宗八年實行"鎖國政策",此是王朝從政治、經濟、貿易、戰争的層面由外而内轉向,朱子學强調道德倫理意義的探求與此一時期性理學者思想的要求是一致的。朴文鎬《詩集傳詳説》既是對《詩集傳》的詳細解釋,同時也承擔了重塑朝鮮朱子學權威地位的重任。

如《柏舟》詩,朴文鎬不從外在求賢治國的《詩經》漢學的角度加以詮解,而是在《詩集傳》之夫婦倫常的關係里尋求解决現實問題的方法。朱熹等宋儒强調由家而國的治理模式,如關於《詩經》之正風與變風的問題,《詩集傳》從國君夫婦的倫常關係來理解《周南》《召南》爲正風,以《邶風》爲首的十三國風爲變風,此是將夫婦和則王朝昌盛作爲《詩經》正變問題的核心要素。

如《關雎》詩末,《詩集傳》云:"匡衡曰:妃匹之際,生民之始,萬福之原。婚姻之禮正,然後品物遂而天命全。孔子論詩,以《關雎》爲始。言太上者民之父母。后夫人之行,不侔乎天地,則無以奉神靈之統而理萬物之宜。自上世以來,三代興廢,未有不由此者也。"[1]又於

①朱熹《詩集傳》,第2頁。

《召南》篇末,《詩集傳》云:"程子曰:天下之治,正家爲先。天下之家正,則天下治矣。《二南》,正家之道也。陳后妃夫人大夫妻之德,推之士庶人之家一也。故使邦國至於鄉黨皆用之。自朝廷至於委巷,莫不謳吟諷誦,所以風化天下。"①

朴文鎬從朱熹《詩集傳》的思想脈絡來理解與接受《詩經》,其《詩集傳詳説》與《詩集傳》在思想觀念與解釋體系上一脉相承。如《柏舟》詩末章"日居月諸,胡迭而微。心之憂矣,如匪澣衣。静言思之,不能奮飛"。孔穎達《毛詩正義》從君臣外在事功的層面解釋云:"日當常明,月即有虧,今日何爲與月更迭而虧傷乎?猶君何爲與臣更迭而屈伸乎。日實無虧傷。但以日比君。假以言之耳。君既失道,小人縱恣,仁人不遇,故心之憂矣,如不浣之衣。衣不浣,憒辱無照察,似已之憂,煩憒無容樂。仁人憂不自勝,言我安静而思,君惡如是,意欲逃亡,但以君臣之故,不能如鳥奮翼而飛去,鳥能擇木,故取譬焉。"②《詩集傳》則從夫婦倫常的層面解釋,其云:"言日當常明,月則有時而虧,猶正嫡當尊,衆妾當卑。今衆妾反勝正嫡,是日月更迭而虧。是以憂之至於煩冤憒眊,如衣不澣之衣,恨其不能奮起而飛去也。"③漢宋《詩經》學對《柏舟》詩呈現了不同的價值觀念,亦如謝謙所云:"漢儒之言《詩》,以'美刺君臣國政'爲説,以'温柔敦厚'爲'詩教',以'經夫婦,成孝敬,厚人倫,美教化,移風俗'爲其經學目的。鄭玄説:'論功頌德,所以將順其美;刺過譏失,所以匡救其惡。各於其黨,則爲法者彰顯,爲戒者著明。'(《詩譜序》)此即漢儒所謂《詩》之所以爲經的'義理'。宋儒之言《詩》,則偏重於'修辭立誠,涵養德性'之道德意義,認爲《詩》之所以爲經的'義理'即在於孔子以此教人'存天理,滅人欲'而已……漢儒言《詩》意主於'君臣國政',其《詩》學爲社會的、政治的;宋代

①朱熹《詩集傳》,第 14 頁。
②孔穎達《毛詩正義》,第 116 頁。
③朱熹《詩集傳》,第 16 頁。

理學家言《詩》主於‘修辭立誠’，其《詩》學爲個人的、倫理的。此即漢宋《詩》學之總體差異，而這個差異正體現了漢宋經學體現之不同，也反映了漢宋‘時代精神’。”①朴文鎬對《詩集傳》的解釋，是與朝鮮王朝此時羸弱的政治經濟實力所導致的鎖國以向内之政治外交形勢相關聯的。鎖國以向内的政治外交形態體現在思想上則呈現出以性理學爲代表，由内治而向外治突破的精神祈向，此是《詩集傳詳説》在朝鮮時代後期産生的根本原因。

再如《衛風·氓》，此是女子被棄自悔之辭。漢宋《詩經》學分别從政教風俗與性情道德的層面詮釋此詩。如《詩序》解釋此詩云：

> 刺時也。宣公之時，禮義消亡，淫風大行，男女無别，遂相奔誘。華落色衰，復相棄背。或乃困而自悔，喪其妃耦，故序其事以風焉。美反正，刺淫泆也。②

《詩序》作爲漢唐《詩經》學的代表，其從諷諫、禮儀、政治教化、風俗等層面解釋此詩。《詩序》以詩篇中所叙之夫婦乃是在禮儀消亡、淫風大行的社會風俗中上演的男女無别、遂相奔誘，待華落色衰而轉向棄絶的人間悲歡離合。《詩序》從《氓》詩之氓夫氓婦上升到淫風盛行所致互相背棄的一國之風俗。由氓婦自悔之辭而引申至“美反正，刺淫泆”的美刺傳統③。朱熹《詩集傳》的解釋與《詩序》迥

---

①謝謙《論朱熹〈詩〉説與毛鄭之學的異同及歷史意義》，《四川師院學報》，1985年第3期。

②孔穎達《毛詩正義》，第228頁。

③孔穎達《毛詩正義》云：“言男女無别者，若‘外言不入於閫，内言不出於閫’，是有别也。今交見往來，是無别也。奔誘者，謂男子誘之，婦人奔之也。華落、色衰，一也，言顔色之衰，如華之落也。或乃困而自悔者，言當時皆相誘，色衰乃相棄，其中或有困而自悔棄喪其妃耦者，故叙此自悔之事，以風刺其時焉。美者，美此婦人反正自悔，所以刺當時之淫泆也。‘復相棄背’以上，總言當時一國之事。‘或乃困而自悔’以下，叙此經所陳者，是困而自悔之辭也。上二章説女初奔男之事，下四章言困而自悔也。‘言既遂矣，至於暴矣’，是其困也。‘躬自悼矣’，盡‘亦已焉哉’，是自悔也。”孔穎達《毛詩正義》，第228頁。

異,《詩集傳》釋《氓》詩云:

> 此淫婦爲人所棄,而自叙其事以道其悔恨之意也。夫既與之謀而不遂往,又責所無以難其事,再爲之約以堅其志,此其計亦狡矣。以御蚩蚩之氓,宜其有餘,而不免於見棄。蓋一失其身,人所賤惡,始雖以欲而迷,後必以時而悟,是以無往而不困耳。士君子立身一敗,而萬事瓦裂者,何以異此?可不戒哉。①

朱熹以淫婦自悔解釋此詩,是從女性個體層面對遭夫所棄之命運的反省,這種反省與《詩序》由夫婦之人倫轉向反思社會國家風俗不同。朱熹認爲氓婦遭夫所棄的根本原因在於其心性的狡黠,朱熹以"匪來貿絲,來即我謀。送子涉淇,至於頓丘"爲"夫既與之謀而不遂往",又以"匪我愆期,子無良媒"爲"又責所無以難其事",又以"將子無怒,秋以爲期"爲"再爲之約以堅其志",以詩篇首章之詩句證明氓婦"此其計亦狡矣"。朱熹認爲氓婦以狡黠不正之心御嗤嗤之氓,待時以證,却不免於被棄的命運。朱熹以《氓》詩之氓婦引申到士君子心性之正乃其立身之正,心性之狡黠則亦如"士君子立身一敗,而萬事瓦裂者"。朱熹以氓婦與士君子相類比,以修身之道"何以異此"。朱熹認爲《氓》中的棄婦是由其本心爲欲望所遮蔽,是個體之生物性的體現,并非爲道德與理想的呈現,具體呈現在社會生活中則是立身之不正。此是宋學之注重道德人格理想在《詩經》詮釋中的自覺呈現,亦如陳來所云:"所謂以道心主宰人心實際上也是指以良心、以人在社會生活中形成的穩定道德觀念制約情欲。以理節情,以理節欲,本是孔子以來儒家哲學的固有思想,宋儒尤其注重培養理想人格,要求提高道德自覺。"②所以《詩集傳》更爲凸顯《詩經》的道德理想與懲戒功能。

---

①朱熹《詩集傳》,第 37 頁。

②陳來《朱子哲學研究》,華東師範大學出版社 2000 年版,第 231 頁。

朝鮮儒者朴文鎬關於《氓》詩解釋與漢唐《詩經》學迥異，他完全尊崇朱熹《詩集傳》從内在心性層面的解釋，將《詩集傳》作爲詩篇闡釋的核心要素。如《詩集傳詳説》解釋《氓》詩首章云：

> "氓之蚩蚩（音癡），抱布貿（音茂）絲（叶新齋反）。匪來貿絲，來即我謀（叶謨悲反）。送子涉淇，至于頓丘（叶祛奇反）。匪我愆期，子無良媒（叶謨悲反）。將（音搶）子無怒，秋以爲期。"賦也。氓，民也。蓋男子而不知其誰何之稱也（朱子曰：始見莫知其爲誰也）。蚩蚩，無知之貌，蓋怨而鄙之也（被棄後追鄙之）。布，幣（孔氏曰幣者，布帛之名。按古者錢亦謂之布）。貿，買也。貿絲，蓋初夏之時也（繭，始出）。頓丘，地名（華谷嚴氏曰在朝歌之東）。愆，過也。將，願也，請也。此淫婦爲人所棄，而自叙其事以道其悔恨之意也（一無也字。此詩中多自寫其妖惡之情狀，遠不及《谷風》之正，故均是棄婦，而朱子於彼則汎以婦人稱之，此直斷之曰淫婦，其義嚴矣）。夫（音扶）既與之謀，而不遂往（送至淇而止），又責所無（媒）以難其事（補此句），再爲之約，以堅其志（補此句）。此其計亦狡矣。以御（猶事也）蚩蚩之氓，宜其有餘，而不免於見棄。蓋一失其身，人所賤惡（去聲），始雖以欲而迷，後必以時而悟（主氓而言），是以無往而不困耳（此其以下論也）。士君子立身一敗，而萬事瓦裂者，何以異此（如明末錢謙益之輩）？可不戒哉！（士君以下，推説也。於本文雖曰賓意在注，實爲重意。慶源輔氏曰："讀先生之説，令人惕然。"）①

朴文鎬完全贊同《詩集傳》以《氓》詩爲淫婦自悔之辭，并舉朱熹對《衛風・氓》與《邶風・谷風》二詩之女性稱"淫婦"與"婦女"爲證，他説："此詩中多自寫其妖惡之情狀，遠不及《谷風》之正，故均是

①朴文鎬《詩集傳詳説》，《韓國經學資料集成》第84册，第212—213頁。

棄婦，而朱子於彼則汎以婦人稱之，此直斷之曰淫婦，其義嚴矣。”朱熹以淫女性情之狡黠而導致遭夫所棄的命運，并以此勸誡士君子立身之重。朱熹云“士君子立身一敗，而萬事瓦裂者，何以異此”，朴文鎬以“如明末錢謙益之輩”作爲其注脚。可見在朴文鎬看來投降清朝的錢謙益乃是立身一敗、萬事瓦裂的代表。亦由此可見朴文鎬注釋《詩集傳》的深意，他企圖通過《詩集傳》所包涵的義理與德性之知重新塑造朝鮮人面對西方列强所持守的精神，此與朱子學是密切相通的。氓婦在朱熹哲學思想體系里是物色的情欲的放縱的而非理性的道德主體。如朱熹弟子黄商伯問曰：“既發之情是心之用，審察於此，未免以心觀心。”朱熹回答云：“已發之處，以心之本體權制，審其心之所發，恐有輕重短長之差耳。所謂物皆然心爲甚，是也。若欲以所發之心别求心之本體，則無此理矣。”[①]陳來指出：“從朱熹的人心道心思想來看，他并不是一概排斥或否定人的自然屬性及由此產生的感性欲念，但是，他的哲學的總傾向是突出要求人用道德理性克制、壓抑自然的需要、欲望和願望，要求個人利益降低到最低程度以服從社會對個體的要求。”[②]於此可以延伸的是東亞知識人在面臨社會困境的時候常常致力於道德與立身修養之必然性選擇，余英時揭櫫出其中的原因云：

> 在“禮崩樂壞”之余，人間性格的“道”是以重建政治社會秩序爲其最主要的任務。但是“道”的存在并不能通過具體的、客觀的形式來掌握。它既不化身爲人格性的上帝（Personal God），也不表現於教會組織，而只有靠以“道”自任的個人——知識分子——來彰顯。這就是孔子所説的“人能弘道，非道弘人”（《論語·衛靈公》）……爲了確保士的個體足以挑

①朱熹《答黄商伯四》，《文集》四十六。
②陳來《朱子哲學研究》，第231—232頁。

> 此重擔，走此遠路，精神修養於是成爲關鍵性的活動。試想士之所以自任如此之大，而客觀的憑藉又如此薄弱，則他們除了精神修養以外，還有什麽可靠的保證足以肯定自己對於"道"的信持？所以從孔子開始，"修身"即成爲知識分子的一個必要條件。"修身"最初源於古代"禮"的傳統，是外在的修飾，但孔子以後已轉化爲一種内在的道德實踐，其目的和效用則與重建政治社會秩序密不可分。①

可見在面臨西方列强的侵略與國内繁雜社會思潮之時，朴文鎬重新回到朱子學，在《詩經》詮釋上回到《詩集傳》，旨在禮崩樂壞的朝鮮社會，重塑作爲儒學核心的道學思想，不過他的"道"主要體現在朱子學上，并以此來重塑朝鮮社會之理想人格，重建朝鮮政治經濟秩序，此是《詩集傳詳説》之深層目的。朴文鎬《詩集傳詳説》在朝鮮時代末期重新推崇朱熹《詩集傳》，從學術史的角度而言是詩學詮釋，從思想史的維度而言則是以朱子學爲代表的價值體系的重塑。

二、理學與詩學

朴文鎬作爲朝鮮時代晚期的性理學者，其學術研究深受理學思想的影響，體現在《詩經》詮釋上則是理學與詩學的融合。朴文鎬《詩集傳詳説》既是對《詩集傳》的再度詮釋，又對其中所包藴的義理做了理學與經學雙向維度的闡釋。

如《大雅·烝民》此詩首章包含了豐富的義理思想，其云：

> 天生烝民，有物有則。民之秉彝，好是懿德。天監有周，昭假于下，保兹天子，生仲山甫。

---

①余英時《中國知識人之史的考察》，廣西師範大學出版社 2004 年版，第 107—108 頁。

漢唐《詩經》學從五行六情的層面加以詮釋，如《鄭箋》云："秉，執也。天之生衆民，其性有物象，謂五行仁、義、禮、智、信也。其情有所法，謂喜、怒、哀、樂、好、惡也。然而民所執持有常道，莫不好有美德之人。"①"有物有則"之"物"與"則"，孔穎達認爲："物者，身外之物，有象於己。則者，己之所有，法象外物，其實是一，從内外而異言之耳。因經物、則異文，故箋分性、情爲二。性爲五性，情爲六情以充之。五性本於五行，六情本於六氣。"②"物"與"則"分指"性"與"情"，二者處於平行的關係。朱熹關於《烝民》詩"有物有則"的理解與漢唐儒學不同，他從理學的層面解釋云：

> 宣王命樊侯仲山甫築城于齊，而尹吉甫作詩以送之。言天生衆民，有是物必有是則。蓋自百骸九竅五藏而達之君臣父子夫婦長幼朋友，無非物也。而莫不有法焉，如視之明，聽之聰，貌之恭，言之順，君臣有義，父子有親之類是也。是乃民所執之常性，故其情無不好此美德者。而况天之監視有周，能以昭明之德感格于下，故保佑之，而爲之生此賢佐曰仲山甫焉。則所以鍾其秀氣，而全其美德者，又非特如凡民而已也。昔孔子讀詩至此而贊之曰："爲此詩者，其知道乎。"故有物必有則，民之秉彝也，故好是懿德。而孟子引之，以證性善之説。其指深矣，讀者其致思焉。③

可見朱熹認爲，"有物有則"之"物"爲"百骸九竅五藏"之個體，通過眼耳口鼻等感官與外界建立的人與物、人與人的社會關係，其可爲《詩集傳》强調的五倫"君臣、父子、夫婦、長幼、朋友"。而"有物有則"之"則"即是處理這些關係的法則，朱熹所言"有是物必有是

①孔穎達《毛詩正義》，第1218頁。按：《毛傳》云："烝，衆。物，事。則，法。彝，常。懿，美也。"孔穎達《毛詩正義》，第1218頁。

②孔穎達《毛詩正義》，第1219頁。

③朱熹《詩集傳》，第214頁。

則”，如對應與君臣關係這一“物”的“則”即是“君臣有義”。朱熹通過“有物有則”的詮釋，强調社會倫理秩序的建立。如孔穎達所云：“天生其衆民，使之心性有事物之象，情志有去就之法，既稟此靈氣而有所依憑，故民之所執持者有常道，莫不愛好是美德之人以爲君也。”[①]可見漢唐《詩經》學在“有物有則”的詮釋體系里强調的是“漢儒的仁説思想，以仁者愛人爲出發點，而更重視仁的政治實踐意義；强調仁是對他人的愛，突出了他者德治重要性”[②]。以朱子學爲代表的理學將漢唐之君臣博愛而行仁政的觀念改變爲知識人的内在修養，即博愛之境。宋學與漢學相比較，更爲强調内在道德觀念的修養，即“道德重内在義”[③]。

朴文鎬關於《烝民》的理解是在《詩集傳》的詮釋理路中進行的，并做了適度的擴展，其云：

> 賦也。烝，衆。則，法。秉，執。彝，常。懿，美。監，視。昭，明。假，至。保，祐也。仲山甫，樊侯之字也。（孔氏曰：《周語》稱樊仲山甫，樊邑在東都畿内。）宣王命樊侯仲山甫築城于齊，而尹吉甫作詩以送之。言天生衆民，有是物必有是則（添必字）。蓋自百骸九竅（苦弔反）五臟（以一身言）而達之君臣父子夫婦長（上聲）幼朋友（以萬民言），無非物也。而莫不有法焉，（物氣而則，理也。西山真氏曰：盈天地之間，莫非物也。人亦物也，事亦物也。有此物則具此理。）如視之明，聽之聰，貌之恭，言之順，君臣有義，父子有親之類是也。（蓋以下申釋也。）是乃民所執之常性，故其情無不好此美德者。（添故字。西山真氏曰：仁義忠孝所謂美德也。）而况天之監視有周，（添况字，以接續上下文義。有周諺讀更商。）能以昭明之德感

①孔穎達《毛詩正義》，第 1218 頁。
②陳來《漢代儒學對“仁”的理解及其貢獻》，《船山學刊》，2014 年第 3 期。
③牟宗三《中國哲學的特質》，《牟宗三先生全集》第 28 册，第 22 頁。

格于下，(豐城朱氏曰：昭假于下謂宣王之明德有以格于天也)故保祐之，而爲之生此賢佐曰仲山甫焉。則所以鍾其秀氣，而全其美德者，又非特如凡民而已也。(添三句以終首四句之義，此下則論也。)昔孔子讀詩至此而贊之曰："爲此詩者，其知道乎。"故有物必有則，民之秉彝也，故好是懿德。而《孟子》(《告子》)引之，以證性善之説。其旨深矣，讀者其致思焉。(定宇陳氏曰：自性之確然有定者，謂之則；自性之秩然有常者，謂之彝。自其行道而得此性理於心者，謂之德。好以情言也，惟其有此，則是以秉此彝。惟其性秉此彝，是以情好此德，情之所發好善如此，則性之本善，可知矣。此言賦受性情至精至微之理，三百篇第一義也。)①

朴文鎬在《詩集傳》的基礎上詮釋《烝民》詩首章，既是詩學的詮釋，又體現了他的理學思想。

第一，物氣而則，理也。"有物有則"，朴文鎬尊崇《詩集傳》有是物必有是則的觀點，認爲君臣、父子、夫婦、長幼、朋友均是"物"的表現，於此物(關係)必有相對應的相處法則。朴文鎬由此推導出"物氣而則，理也"的主張，充盈天地間的人與事均是物的存在，且這由物氣所組成的具體存在具有必然之理加以主宰。

第二，賦受性情至精至微之理。《詩集傳》舉《孟子》引《烝民》以證其性善説②。陳來認爲孟子將惻隱之心(仁)、羞惡之心(義)，

---

①朴文鎬《詩集傳詳説》，《韓國經學資料集成》第85册，第198—200頁。

②按：孟子引此詩以證性善之説，《孟子・告子》章載："乃若其情則可以爲善矣，乃所謂善也。若夫爲不善，非才之罪也。惻隱之心人皆有之，羞惡之心人皆有之，恭敬之心人皆有之，是非之心人皆有之。惻隱之心仁也，羞惡之心義也，恭敬之心禮也，是非之心智也。仁、義、禮、智非由外鑠我也，我固有之也，弗思耳矣。故曰求則得之，舍則失之，或相倍蓰而無算者，不能盡其才者也。《詩》曰：'天生蒸民，有物有則。民之秉彝，好是懿德。'孔子曰：'爲此詩者，其知道乎！故有物必有則，民之秉彝也，故好是懿德。'"朱熹《四書章句集注》，第328—329頁。

恭敬之心(禮),是非之心(智)均創造性、理論性地轉化爲人性固有的内容,他説:"這種德性論更明確地以一種人性論爲其基礎,這就是著名的性善論。孟子一方面把仁、義、禮、智連通爲惻隱之心、羞惡之心、恭敬之心、是非之心,這是很特殊的;以前的人從未把義歸結爲羞惡之心,把禮歸結爲辭讓之心,所認爲義是外在的原則,禮是外在的規範。另一方面,孟子又把人的惻隱之心、羞惡之心、辭讓之心、是非之心都認定爲先驗的道德本心,它們不是得自習慣和經驗,而是人生而具有的本性。因此,如果説仁義禮智是德性,則仁義禮智也是本性和本心,這意味着德性是天賦的、先驗的,而不是得自經驗和習慣。"[①]朴文鎬認爲"天生烝民,有物有則。民之秉彝,好是懿德"是人性天賦的先驗能力,它體現在詩篇上則是自然之確然有定者之"則"、自然之秩然有常者之"彝"、自其行道而得此性理於心者之"德"。衆民性秉此彝,是情好此德的表現。而情好此德的情則由好善之性所管轄。於此朴文鎬認爲《烝民》詩承載了人好善惡惡的善性。

朴文鎬的《詩經》詮釋既是關於詩篇的解釋,同時也包含了理學問題的探討,是綰合理學與詩學的具體呈現。再如《周頌·維天之命》,此是祭祀文王之詩。該詩贊美文王,首先贊美天道、天命,極具哲學意味[②]。《詩集傳》解釋此詩云:

> 賦也。天命,即天道也。不已,言無窮也。純,不雜也。此亦祭文王之詩。言天道無窮,而文王之德純一不雜,與天無間,以贊文王之德之盛也。子思子曰:"維天之命,於穆不已,蓋曰天之所以爲天也。於乎不顯,文王之德之純,蓋曰文王之所以爲文也,純亦不已。"程子曰:"天道不已,文王純於天道亦

①陳來《孟子的德性論》,《哲學研究》,2010 年第 5 期,第 47 頁。
②牟宗三《中國哲學的特質》,《牟宗三先生全集》第 28 册,第 24 頁。

不已。純則無二無雜,不已則無間斷先後。"①

《詩集傳》解釋"天命"爲天道。"天命維新"則是指天道無窮,天道生生不息,如此意義上的天道是"創造性本身"(creativity itself)。天命貫於人,則成爲人性,文王純一不雜之德正是這人性的呈現。故《中庸》云"蓋曰天之所以爲天也","文王之所以爲文也,純亦不已",天之所以成爲天,"就是天的本質,换句話説,便是天的德。同樣,'文王之所以爲文',等於文王的德。'文'字本身便是很高的贊美了"②。可見朱熹從天道下貫而爲與文王之德的層面詮釋此詩,具有理學與哲學的意藴。朴文鎬《詩集傳詳説》解釋《詩集傳》云:

> 賦也。天命,即天道也(程子曰:"言天之自然者曰天道,言天之賦予萬物者曰天命")。不已,言無窮也(程子曰:無爲故不息)。純,不雜也。此亦祭文王之詩。言天道無窮,而文王之德純一不雜,與天無間(去聲,下同,補四字),以贊文王之德之盛也(此句以下論也)。子思子(《中庸》)曰:維天之命,於穆不已,蓋曰天之所以爲天也。於乎不顯,文王之德之純,蓋曰文王之所以爲文也,純亦不已(華谷嚴氏曰:凡言聖人如天者,以此擬彼,猶爲二也。此詩但以天命、文德對言之,蓋有不容擬議者)。程子(叔子)曰:"天道不已,文王純於天道亦不已。純則無二無雜,不已則無間斷(徒玩反)先後。"(西山真氏曰:純是至誠無一毫人僞。)③

朴文鎬在《詩集傳》的基礎上引用程頤與嚴粲的釋義來進一步闡釋《詩集傳》的哲理,主要表現在三個方面:

第一,天道與天命的區别。朴文鎬引程頤"言天之自然者曰天

①朱熹《詩集傳》,第223—224頁。

②牟宗三《中國哲學的特質》,《牟宗三先生全集》第28册,第24頁。

③朴文鎬《詩集傳詳説》,《韓國經學資料集成》第85册,第243—244頁。

道，言天之賦予萬物者曰天命”，此是將天作爲創造性主體，它表現於自然則是“天道”，即自然運行的規律；“天”賦予萬物則是天命，即社會運行的規律。

第二，天道無窮。“維天之命，於穆不已”之“不已”，朴文鎬據程頤“無爲故不息”，指的是深奥之天命具有“不已”的屬性，“不已”則是生生不息之意，如《乾卦・象》曰“天行健，君子以自强不息”，《周易・繫辭》云“日往則月倆，暑往則寒來”，天道不停止之意。

第三，天命與文王之德的關係。《維天之命》首章將“維天之命，於穆不已”與“於乎不顯，文王之德之純”相聯繫起來。朴文鎬舉嚴粲“此詩但以天命、文德對言之，蓋有不容擬議者”，以證該詩以“天命”與“文德”對舉而不容擬議。朴文鎬指出“天命”與“文王之德”具有内在轉化的關係。如牟宗三先生所云：

> 這首詩的形上學意味較重。於穆，深遠貌。“維天之命，於穆不已”，後來引申成易乾卦象傳“天行健，君子以自强不息”。天行健，指天道創造不息。儒家的“天”是一個創造性原則(principle of creativity)，天命流行到那裏，就有存在。天是一個既深遠(profound)，又神秘(mystery)的存在。從天來講，是本體宇宙的創造；從文王來講，是道德的創造。天之所以爲創造的具體而真實的意義，必須通過主觀的道德創造來呈現，脱離主觀的道德創造，天道的創造意義遂不能得到保證。主觀地講是性善，客觀地講是宇宙的創造，這兩者是合一的。所以在儒家來説，道德秩序即宇宙秩序，宇宙秩序即道德秩序。這便是儒家的“道德形上學”。①

可見《維天之命》詩以“天命”與“文王之德”對舉，旨在揭示宇宙秩序與人間秩序，揭櫫出天道如何呈現的問題，即天道必須通過主觀

①牟宗三《〈孟子・告子篇上〉第六章釋義》，《牟宗三先生全集》第 22 册，第 357 頁。

個體之道德創造來呈現來彰顯，這是主觀層面之道德創造與客觀層面之宇宙創造的統一。《維天之命》以詩意的語言詮釋了儒家哲學與天道人倫的關係，即道德秩序與宇宙秩序的關係。朴文鎬對於《維天之命》詩的解釋是詩學與理學的融合，具有學術史與思想史的意義。

三、經學與文學

在中國傳統思想社會中，《詩》《書》《禮》《樂》《易》《春秋》被尊稱爲"六經"。六經長久地影響并塑造了中國乃至東亞之社會政治經濟形態。《詩經》以"詩"的文本傳達了"經"的屬性，她是中國文明之初文學與經學、感性與理性相互交織而呈現出來的優美且深邃的精神産品。《詩經》在朝鮮半島的傳播與接受亦反映出文學性特徵與經學性質的融合。如朴文鎬《詩經》闡釋常常探究詩篇情理相融的特質。

如《周南·葛覃》，《詩序》《詩集傳》從政治教化的層面加以解釋。如《詩序》云："后妃之本也。后妃在父母家，則志在於女功之事，躬儉節用，服澣濯之衣，尊敬師傅，則可以歸安父母，化天下以婦道也。"①《詩集傳》以此詩之作者爲后妃，表達了后妃勤、儉、孝之美德，其云："此詩后妃所自作，故無贊美之詞。然於此可以見其已貴而能勤，已富而能儉，已長而敬不弛於師傅，已嫁而孝不衰於父母，是皆德之厚而人所難也。《小序》以爲后妃之本，庶幾近之。"②朴文鎬在此基礎上闡發《葛覃》詩文學與經學之内涵，其《楓山記聞録》云：

> 昔唔堂先生於三百篇中最好《葛覃》首章，曰其咨嗟咏歎

①孔穎達《毛詩正義》，第30頁。
②朱熹《詩集傳》，第3頁。

之間，尤可以見温柔敦厚之意，蓋其詩性於此章相近云。（洵衡）

《禮記》云：温柔敦厚，詩之教也。三百篇莫不皆然，而《二南》多婦人所作，故辭意之温柔敦厚，比他加深，讀者當自驗之。（泳河）

首章只賦其物，次章正賦其事，末章又賦事後，其秩然有序如此。《詩》中多用叠語，如"關關""萋萋""莫莫"皆是也。而音節之間，咏歎之餘，其妙用多在叠語云。凡《詩》之爲韻或隔二三句而爲韻，此章之谷、木二字是也，或與下章之字相望爲韻，此詩之上下二谷字是也，是皆韻法之一例也。（相弼）

賦者，《詩》之正也，而《毛傳》惟有興，無賦比，此不足以盡《詩》之義也。（洵衡）

親執稼穡之事，而愛惜穀物，此周家之所由以興。后妃衣服之事亦猶此云。（豐求）

問寧而曰寧，亦猶去污而曰污，古人之言多有此法，蓋省文言之也。（豐求）

后妃之本，本謂本業，指績葛之事也，績事自后夫人以下皆所當務，故謂之本。（泳河）

勤儉敬孝，婦德之本，故以《小序》爲近之。（顯喆）①

朴文鎬從温柔敦厚之詩教與詩篇文詞之美來理解《葛覃》詩。

首先，作爲經學的《葛覃》。朴文鎬認爲《葛覃》最能體現《詩》温柔敦厚之美，它既是吟詠后妃之美的頌歌，又是理想后妃情感品質的詩意呈現。朴文鎬與弟子論學，於《詩》三百，最好《葛覃》，其於《葛覃》"葛之覃兮，施于中谷，維葉萋萋。黄鳥于飛，集于灌木，其鳴喈喈"的諮嗟咏歎，感受到温柔敦厚之詩情與詩性。此是基於詩篇文詞、音節所産生的情感體驗。朴文鎬强調讀詩者對詩篇所

---

①朴文鎬《楓山記聞録》，《韓國經學資料集成》第 85 册，第 516—518 頁。

内蘊之志的體驗，其云"《二南》多婦人所作，故辭意之温柔敦厚比他加深，讀者當自驗之"，則是對"詩言志"作反向的探求。朴文鎬以勤儉敬孝來解釋后妃、婦德之本，還具體指出此詩温柔敦厚的内涵是后妃"親執稼穡之事，而愛惜穀物"，并以此可見周家興起之由。

其次，作爲文學的《葛覃》。第一，朴文鎬解釋《葛覃》詩在結構上秩然有序。如首章鋪叙葛覃施於中谷，有黄鳥鳴焉的美好景象。第二章陳述后妃"是刈是濩，爲絺爲綌"的製衣過程。三章言勞作之後歸寧父母之孝與言告師氏之誡。第二，朴文鎬認爲詩篇多用叠語，如《關雎》詩之"關關雎鳩"之"關關"，《葛覃》詩"維葉萋萋"之"萋萋"，"維葉莫莫"之"莫莫"。這些叠語的使用，調節了詩篇語調急促之感，於是在音節之間形成詠歎有餘的音樂之美。

第三，朴文鎬還探究了《葛覃》詩之用韻情況，指出《詩經》詩篇大多是隔二三句爲韻的特點。朴氏認爲《葛覃》詩是隔兩句用韻，在用韻上具有上章與下章之字相望爲韻的特點。韻律决定詩篇的用字與音律，朴氏指出《葛覃》詩是後世規範詩學的濫觴，又是詩本身作爲音樂性的文字呈現。此是從音韻與文學的層面來闡釋詩篇。

再如《魏風・園有桃》，此是賢者憂國之詩。此詩是《詩經》中叙寫憂思與憂國之情相結合的佳構，其於"心之憂矣"反復詠歎，亦如姚際恒云："詩如行文，極縱横排宕之致。"[①]朴文鎬以朱熹《詩集傳》爲基礎探究此詩所包藴之情與理，其《詩集傳詳説》云：

> 興也（兼賦）。殽，食也。合曲曰歌，徒歌曰謡（孔氏曰：對文如此，散則歌，未必合樂也）。其，語辭。詩人憂其國小而無政，故作是詩。言園有桃，則其實之殽矣（亦儉嗇之俗也）。心有憂，則我歌且謡矣（程子曰：憂思之深，至歌且謡）。然不知

①姚際恒《詩經通論》，第125頁。

> 我之心者，見其歌謡而反以爲驕。且曰，彼（爲政者）之所爲已是矣，而子之言獨何爲哉。蓋舉國之人莫覺其非，而反以憂之者爲驕也（二句重釋也）。於是憂者（重去聲）嗟歎之，以爲此之可憂，初不難知（反釋誰知二句之文），彼之非我（正釋誰知二句之意），特未（勿）之思耳。誠思之，則將不暇非我而自憂矣……興也。棘，棗之短者（《本草注》曰：花葉莖實俱似棗。《埤雅》曰：棗性喬棘則低，故於文重朿爲棗，并朿爲棘。按朿音次，木芒也與束不同）。聊，且略之辭。歌謡之不足，（照上章）則出遊於國中而寫憂也（如《泉水》《竹竿》之女）。極，至也。罔極，言其心縱恣無所至極猶（言無狀。《園有桃》二章章十二句。慶源輔氏曰："《黍離》，憂王室之已覆，而不我知則亦已矣。此憂魏國之將亡而不我知，則欲其思之"）。[①]

朴文鎬認爲《園有桃》是魏國賢者憂心魏地王政將亡的悲歌。他在《詩集傳》"言園有桃，則其實之殽矣"下補充云"亦儉嗇之俗也"，據清儒汪梧鳳所云"桃爲果之下品，棘爲棗之小者，均非美材"[②]。朴文鎬據"桃"與"棗"而觀魏國風俗之儉嗇，并以此推導出詩篇"心之憂矣"正是在如此儉嗇褊急的社會背景下所生發的。《詩大序》云："詩者，志之所之也，在心爲志，發言爲詩。情動於中而形於言，言之不足，故嗟歎之，嗟歎之不足，故永歌之，永歌之不足，不知手之舞之、足之蹈之也。"[③]王夫之云："詩達情。"[④]在"心之憂矣，我歌且謡"不足以表達憂思之情感狀態下，詩人於是"心之憂矣，聊以行

---

①朴文鎬《詩集傳詳説》，《韓國經學資料集成》第 84 册，第 320—322 頁。

②汪梧鳳《詩學女爲》，清乾隆不疏園刻本，卷二十六。按：汪梧鳳又云："實殽登俎喻所用之非人也。魏小而偪於晋，又以下材當國，危亡在旦夕。君相不知憂，而士憂之，忽而歌謡，忽而行國，悲歌往復。"汪梧鳳《詩學女爲》卷二十六，清乾隆不疏園刻本。

③孔穎達《毛詩正義》，第 6 頁。

④王夫之《詩廣傳》卷一，《船山全書》第三册，嶽麓書社 1996 年版，第 325 頁。

國”,《詩集傳》解釋爲“歌謡之不足,則出遊於國中而寫憂也”。朴文鎬指出《邶風·泉水》與《衛風·竹竿》相同詩句之“駕言出遊,以寫我憂”均是詩人出遊以寫憂的情感表達。可見朴文鎬將賢人憂國之思建立在“心之憂矣,我歌且謡”“心之憂矣,聊以行國”的情感體驗之中。朴文鎬以《詩集傳》爲解釋基調,并在此基礎上進一步闡發《園有桃》詩所包藴的以詩觀政、以詩爲諫的理性精神與以詩達情的情感表達。

朴文鎬的《詩經》闡釋以朱熹《詩集傳》爲中心,旨在通過經典詮釋的方式重塑朱子學在朝鮮半島的權威地位。朴文鎬在《詩經》闡釋中將朱子理學與《詩經》學相聯繫,揭示出詩篇所藴含的義理内涵。此外,朴文鎬還從經學之倫理、政教與詩篇文辭、音韻相聯繫,以經學與文學相融合的層面解釋詩篇。朴文鎬《詩集傳詳説》呈現了朝鮮時代末期政治、思想與學術思潮的轉變,具有重要的學術史意義。

結　語

《詩經》是産生於中國西周初年至春秋中葉的一部詩歌總集,其以詩的内容與經的屬性成爲源遠流長的中國傳統文化之根源性典籍之一,深深地影響并形塑了中華民族的民族性格與民族精神。儒家經典是東亞近世儒學發展的原點[①],《詩經》作爲重要的儒家經典,在公元四世紀東傳至朝鮮,成爲東亞文明的偉大載體。《詩經》東傳朝鮮,雖然是在東亞漢文化圈内同質文化間的傳播,但是,中國、朝鮮在文化風土與社會習俗上存在巨大的差異,故《詩經》在朝

①黄俊傑《德川日本〈論語〉詮釋史論》,第 35 頁。

鮮半島的傳播其實是在跨文化的情境與語境中實現的與本國思想文化相契合的經典詮釋，故《詩經》在朝鮮半島的傳播歷史既是經典流佈的歷史，同時也是經典詮釋的歷史。朝鮮知識人在外向與内向的雙重空間中，在歷史與現實的時間中遥契經典作者之心，運用以意逆志的解經方法，開拓出詩篇所具有的無限涵容力，同時洋溢着自由的解經精神。

朝鮮時代《詩經》學與中國《詩經》學同源異流，其在詮釋方法、詩學特點上與中國相較呈現出"共相"與"殊相"之間的張力，具有豐富的《詩經》學内涵。

一、朝鮮時代《詩經》學詮釋方法

(一)以意逆志

"以意逆志"最先由孟子提出來。《孟子·萬章上》云："故説《詩》者，不以文害辭，不以辭害志。以意逆志，是爲得之。"[①]趙岐注云："人情不遠，以己之意逆詩人之志，是爲得其實矣。"[②]可見"'以意逆志'説提出的哲學基礎，是以孟子爲代表的儒家人性論"[③]。閲讀者或是詮釋者在人情不遠即人性本善的基礎上藉助文本以己意逆千百年前的詩人之志。

朝鮮儒者常常運用以意逆志的方法來詮釋《詩經》。朝鮮文臣徐有榘在《詩經》經筵講義活動中云："善讀《詩》者，必主之《集傳》，以求義理；本之《序》説，以考實迹。驗之於詞氣，參之以比興，而以意逆志，不泥不虚，則自可以融然怡然，而《序》者之名字時世雖不

①朱熹《四書章句集注》，第311頁。

②趙岐注、孫奭疏《孟子注疏》，第298頁。

③張伯偉《中國古代文學批評方法研究》，第3頁。

論可也,何必如毛奇齡之徒,徒規規於傳授來歷爲哉!"[①]在《詩序》與《詩集傳》的糾葛中,他主張運用以意逆志的解釋方法調和折中《詩經》漢學與《詩經》宋學,而非僅取一途的偏頗研究路徑。再如《秦風·蒹葭》,朴世堂運用以意逆志的方法詮釋此詩云:"愚謂此詩蓋歎賢人值衰世而隱伏,思見之而不可得。求之苟不以道,則其人甚遠,爲難致。能求之以道,則亦但宛在目前,而致之無難也。見賢者之去就不苟如此。三章首二句以歲寒草腓喻世之衰亂也,未晞、未已皆言白露之濃而且重也。"[②]朴世堂以深處貶謫之境的人生際遇詮釋詩篇爲求賢之難的詩,他運用以意逆志的詮釋方法,詮釋出詩篇"遡洄從之,道阻且長"與"遡遊從之,宛在水中央"是求賢以道的詩意表達;强調詩篇作者對於伊人之無限執着的追求,而他將此追求轉化爲國君以道求取在野之賢人的執着理想。

朝鮮時代儒者朴文鎬《詩經》詮釋也自覺利用中國古代文學批評方法之"以意逆志"法。"以意逆志"要求讀者或文學批評者以追求詩人之"志"爲指歸[③]。作爲傳統儒家知識人的朴文鎬自覺地將這種人心相同的哲學理論運用到《詩經》批評和教學中,朴氏運用親身經歷和情感體驗來溝通讀者的世界與詩人的世界,并將這種讀《詩》經驗與情感體驗傳授給弟子。

如《豳風·東山》,此詩首章言征夫歸途中思家之可悲,二章想象家園荒蕪之可畏,三章想象初歸到家之情景,四章想象室家重聚之欣幸。此詩詩筆真實細膩,如二章之"果羸之實,亦施于宇。伊威在室,蠨蛸在户。町畽鹿場,熠燿宵行。不可畏也,伊可懷也",講述征人久不歸家,家園荒廢,果羸之實蔓延於宇下,鼠婦蜘蛛盈室,庭院變成鹿場,夜晚飛舞着忽明忽暗的螢火蟲,但是征人并不

①正祖《詩經講義》,《韓國經學資料集成》第75册,第260—261頁。
②朴世堂《詩思辨録》,《韓國經學資料集成》第72册,第277—278頁。
③張伯偉《中國古代文學批評方法研究》,第17—19頁。

因此感到畏懼而放棄歸家的思念，征人的心裏始終充滿了懷念家園的情感。詩句字字都落實到最細微的地方，讓後世讀詩者久久回味。朴文鎬對此詩也深有感觸，他説："余平生讀《詩》，於《國風》中最好《東山》詩。蓋此詩字字句句無一不切實，而就其中'有敦瓜苦'四句，此於言外尤有含蓄未盡之意，非聖人不能如是言之矣！自念少時多作客，動至半年乃歸家，故特知此四句之爲逼切人情也。"[①]朴氏細緻品味《東山》詩語，想象詩人當時之情景，并結合自身作客他鄉歸來時的個人經歷，認爲《東山》詩"字字句句，無一不切實"，并認爲"有敦瓜苦"是此詩最逼切人情之處。"有敦瓜苦，烝在栗薪。自我不見，於今三年"，描述的是征夫出行已久，歸來看到庭院中最爲平常的苦瓜，依舊安然繫於栗薪之上，寓意家園如故，心裏充滿了喜悦與感慨。朴文鎬體會到了詩人筆墨所及的真情，所以最喜歡這最是平常的一句"有敦瓜苦"。海東朴氏運用以意逆志的方法，憑藉《詩》與中國上古詩人之心遥遥相通。這既可見《詩經》所具有的歷千百年而彌新之感召力與凝聚力，亦可見在以意逆志的基礎上東亞漢文化圈中知識人所共同擁有的知識結構、情感體驗、價值觀念和人生態度。

(二)以經解經

朝鮮儒者從《詩》《書》《禮》《易》《春秋》五經相通的思想觀念出發，運用以經解經的方式詮釋《詩經》。以經解經的詮釋方法：一方面擴展了《詩經》的意義外延世界，另一方面呈現出不同屬性的經典相互詮釋相互構建的意義功能。朝鮮儒者常常運用以《禮》解《詩》、以《詩》解《詩》、以《尚書》解《詩》、以《易》解《詩》、以《春秋》解《詩》的詮釋方法。

"詩是中國文化的基本元素，也是周代禮樂文化的根本精神。周代詩歌是結合周代禮典活動在社會生活中傳播的，風雅精神也

---

①朴文鎬《楓山記聞録》，《韓國經學資料集成》第85册，第638頁。

在詩樂活動中浸入周人的精神世界,形成了周代君子人格的基本內容。"[①]《詩經》是周代禮樂文明的産物與載體,朝鮮儒者以《禮》解《詩》,既是對《詩經》所承載的周代禮樂文明的想象與再現,同時也是對以《詩經》爲媒介的禮樂文明制度的創建。如《召南·摽有梅》,此是"以梅實之落喻女子青春之易逝,婚嫁宜及時"之詩[②],正祖在諸多詩篇中展開了關於婚姻之禮的條問,正祖從禮法的角度云:"處子之自言求婿,非閨門静拙之法也,古人以此爲女父擇婿之詩,未知是否?"[③]又云:"一禮不備則不行,而請期,六禮之一也。不待吉日而欲迨今之日,則不但汲汲之爲可嫌,其爲失禮也大矣,此詩何爲而入於正風比之《桃夭》歟?"[④]正祖從婚禮的層面條問此詩,既是對古代中國傳統婚禮制度性與典禮性的强調,也是對朝鮮婚禮制度規範性的訴求。

李瀷在《詩經疾書》中大量以燕禮、婚禮、祭禮、喪禮來解詩。如《鹿鳴》詩,他一方面强調《鹿鳴》突破具體禮儀的規範,是對君臣之間同根共命之合和精神世界的追求,同時,他也强調燕禮的功能性,如其所謂"先王之禮,事事求益,雖燕樂之間,非無端而爲此也。故聲樂以通其和,忠告以盡其情,旨酒以儘其歡,於《鹿鳴》可見"[⑤],指出《鹿鳴》所代表的燕禮是樂以和、忠以情、酒以歡的禮樂情合一的最佳呈現樣態。李瀷以燕禮解《詩》,將君臣等級秩序、人倫道德、禮樂精神消融在宴飲的馨香里,是對以《詩經》爲代表的禮樂規範性社會秩序的嚮往。

朝鮮儒者以《易》解《詩》。如《邶風·谷風》,此是婦人爲夫所棄,以叙其悲怨之詩。尹廷琦解釋云:"夫婦之合,多取陰雨。以其

①傅道彬《詩可以觀——禮樂文化與周代詩學精神》,第 22—23 頁。
②袁行霈、徐建委、程蘇東撰《詩經國風新注》,第 67 頁。
③正祖《詩經講義》,《韓國經學資料集成》第 75 册,第 309 頁。
④正祖《詩經講義》,《韓國經學資料集成》第 75 册,第 309 頁。
⑤李瀷著、白承錫校注《詩經疾書校注》,第 249 頁。

陰陽和而爲雨，夫婦和而家道成也。《易・小畜》上九取夫婦之象，則曰：'既雨既處'；《睽》上九之婚媾曰：'遇雨，吉。'即是也。"[①]尹廷琦以《周易・小蓄》和《周易・睽》兩卦來解釋《谷風》也是很恰當的。《小蓄》卦上九爻辭曰："既雨既處，尚德載。婦貞厲，月幾望，君子征凶。"[②]上九爲陽爻，六四爲陰爻，陰陽相合則爲雨，呈現出既雨既處的吉祥狀態。作爲陰爻的六四爻在《小蓄》卦中處於統治地位，有陰爻壓迫陽爻之象，故朱熹解釋爲"陰加於陽，故雖正亦厲"。程頤《周易程氏傳》曰："婦貞厲，婦謂陰。以陰而畜陽，以柔而制剛，婦若貞固守此，危厲之道也。安有婦制其夫，臣制其君，而能安者乎？"[③]《谷風》詩中的妻子雖有黽勉治家的功勞，但却有怒訴丈夫不良的過激行爲，這對於妻子和丈夫的勸誡極爲深刻。尹廷琦以《周易・睽》來解釋此詩，其云："上九之婚媾曰：'遇雨，吉。'"《睽》上九爻辭云："睽孤，見豕負塗，載鬼一車。先張之弧，後説之弧，匪寇，婚媾。往遇雨則吉。"[④]上九與六三爲正應，本應不孤，但是六三被初九、九三兩個陽爻牽制，不能與上九順利呼應，致使上九短時間出現孤獨之狀。另外，上九居《睽卦》之終，以陽爻居上位，又在離卦之上，離爲火，説明上九過於暴躁苛察，以至於多疑煩憂，難與六三形成正應，反而懷疑六三，鄙視厭惡六三爲負泥之豕，并無中生有猜測六三如載滿一車之鬼。鬼本無形之物，喻示上九不宜妄生事端。好在物極必反，睽極必合，上九疑六三爲寇仇，先是開弓欲射，後來發現六三非寇仇，乃爲己之正應，如男性之配偶，乃婚配

---

①尹廷琦《詩經講義續集》，《韓國經學資料集成》第 83 册，第 70 頁。

②朱熹注釋此爻曰："蓄極而成，陰陽和矣，故爲既雨既止之象。蓋尊尚陰德，至於積滿而然也。陰加於陽，故雖正亦厲。然陰既盛而亢陽，則君子不可以有行矣。其占如此，爲戒深矣。"朱熹撰，嚴佐之、劉永翔主編《朱子全書》，第 1 册，第 40 頁。

③程頤《周易程氏傳》，中華書局 2011 年版，第 57—58 頁。

④朱熹撰，嚴佐之、劉永翔主編《朱子全書》，第 1 册，第 65 頁。

之好逑,所以放下弓矢。消除猜疑,陰陽相應,而降甘雨,呈現出夫婦和諧的美好狀態。《谷風》首章曰:“習習谷風,以陰以雨。”正是“陰陽和而後雨澤降,如夫婦和而後家道成”[①]的形象表述,蘊含夫妻之間應該消除猜忌之意,如《睽卦》之上九與六三的相合,而後方見一門之内其樂融融的景象。可見,尹廷琦以《周易》來解釋詩篇,不僅指出“雨”是詩人表達夫婦和合的隱語,還以《周易》的哲學思想揭示出《谷風》詩篇所蘊含的夫婦之道。尹廷琦運用《周易》詮釋出《詩經》所蘊含的哲思與智慧。

朝鮮儒者以《詩》解《詩》。如《小雅·沔水》是勸兄弟朋友自持以免禍之詩,尹廷琦解釋此詩云:“此戒宗族朋友以免禍之詩。世亂讒勝,禍患將迫賢者,所以憂也。《小宛》之戒及禍則曰:‘有懷二人’、‘無忝爾所生’。君子之當亂世,不能明哲保身,横罹讒禍,則忝辱所生,誠能思父母,則當念亂而慎之也。小人不迹,讒構轉劇而禍色迫至,所以‘載起載行’,而不可忘慮也。《小宛》曰:‘各敬爾儀’,此詩之‘我友敬矣,讒言其興’即一意也。”[②]《小雅·小宛》是兄弟相戒以免禍之詩。尹廷琦根據《沔水》與《小宛》在詩旨上有相同之處,在《沔水》詩的闡釋中采用了《小宛》詩中相應的詩句作爲解釋的證據。同時,尹廷琦在釋《小宛》的時候,也引用《沔水》詩中相應的詩句,如他說:“‘有懷二人’,懼或忝辱於父母也。《沔水》以鴥隼比小人而遂云:‘嗟我兄弟,邦人諸友,莫肯念亂,誰無父母?’即同其旨義也……‘各敬爾儀’是相戒免禍之言也……‘各敬爾儀’即《沔水》卒章‘我友敬矣,讒言其興’之意。”[③]尹廷琦運用具有相同主題意義的詩篇及詩句來互相參證,溝通詩篇之間的内在聯繫,讓單一的詩篇處於詩篇意義群之中,以達到舉一反三的釋《詩》效果,可以更準確地探明詩篇的主旨。

①朱熹《詩集傳》,第 21 頁。
②尹廷琦《詩經講義續集》,《韓國經學資料集成》第 83 册,第 361—362 頁。
③尹廷琦《詩經講義續集》,《韓國經學資料集成》第 83 册,第 407—408 頁。

(三)文學與經學互證

《詩經》具有"感物道情,吟詠性情"[①]的特質,其在深微豐富的情感世界里叙寫從日常生活到社會政治領域、從世俗的追求到終極的關切[②]。朝鮮儒者《詩經》詮釋常常運用文學與經學互證的方法進入這充盈着文學與思想的世界。

如《小雅·蓼莪》,這是一首在外服役的士人感念父母養育而不能報答之詩。李瀷一方面贊同《詩序》以此詩諷諫王政[③]的政治功能,同時又大力闡發此詩與後世憂國憂民之詩在文學創作與精神旨趣上的内在聯繫。《蓼莪》詩云:"南山烈烈,飄風發發。民莫不穀,我獨何害?南山律律,飄風弗弗。民莫不穀,我獨不卒。"李瀷解釋云:"山則烈烈、律律,風則發發、弗弗,常人而見之,原非凄傷之境也。惟哀怨者遇之,莫非觸目增懷,以助我悲思。杜詩云:'感時花濺淚,恨别鳥驚心。'凡興體概多此類。"[④]詩人由"父兮生我,母兮鞠我。拊我畜我,長我育我,顧我復我,出入腹我",生發出"欲報之德,昊天罔極"的無奈與悲傷。在此情景之下,由"南山烈烈,飄風發發","南山律律,飄風弗弗"産生出"民莫不穀,我獨何害"與"民莫不穀,我獨不卒"的深深哀歎。李瀷指出詩人所遇之"山則烈烈、律律,風則發發、弗弗",若常人而見之,原非凄傷之境也,正是因爲士人有不能終養父母的悲怨,故觸目增懷,以助其無限悲思。李瀷指出《蓼莪》詩中"南山烈烈""南山律律"與杜甫《春望》所云"國破山河在,城春草木深。感時花濺淚,恨别鳥驚心"在心理情感上相類似,即那些平常的景致,在不同的環境下産生出不同的心理情感,這是從文藝心理學的角度探討《詩經》對後世文學

①朱熹《朱子語類》,《朱子全書》,第 2748 頁。

②楊國榮《哲學的視域》,第 228 頁。

③按:《詩序》云:"《蓼莪》,刺幽王也。民勞苦,孝子不得終養爾。"孔穎達《毛詩正義》,第 776 頁。

④李瀷著、白承錫校注《詩經疾書校注》,第 328 頁。

創作的影響，也呈現出《詩經》作爲中國文學的源頭如何在意義與功能的層面形塑中國文學之精神。

二、朝鮮時代《詩經》學特徵

（一）政治性

《文心雕龍・物色》篇云"物色之動，心亦摇焉"，《詩經》便是詩人在心靈與自然之間相互感應相互融合，然後用比興之體所傳達出來的藝術作品。《詩經》中大量比興手法的運用逐漸形成了比興寄託的傳統。"在中國文學史上興寄總是被强調被堅持的一種文學精神，正是這樣的精神保持了中國文學始終走在現實主義的道路上，保持了關心社會關懷蒼生的入世精神。"①《詩經》之比興傳統成爲後世解釋者干預政治現實的媒介。朝鮮時代儒者常常將詩篇中的興寄作賢能政治的轉换，將詩篇中的男女之情態轉换爲君臣之倫常。朝鮮時代《詩經》詮釋具有濃郁的政治性特徵②，朝鮮知識人以經典詮釋的方法關注現世政治秩序的建構，最爲明顯的是對君明臣賢之理想政治社會形態孜孜不倦的追求。

如《小雅・苕之華》，此詩末章云："牂羊墳首，三星在罶。人可以食，鮮可以飽。""三星在罶"，《詩集傳》云："罶中無魚而水静，但見三星之光而已。"③正祖以"三星在罶"發問④，他認爲竭澤而漁固然是導致罶中無魚的直接原因，但衰亂之世氣運衰薄更是罶中無

① 傅道彬《詩可以觀》，第185頁。
② [日]鈴木修次《日本文學の脱政治性》，《中國文學と日本文學》，東京書籍1978年版。
③ 朱熹《詩集傳》，第174頁。
④ 正祖問曰："'三星在罶'，罶中無魚，以竭澤而漁故歟？非必竭澤而漁，叔季運氣衰薄，天地之産自然不富歟？"丁若鏞《詩經講義》，《韓國經學資料集成》第79册，第363頁。

魚的根本原因。對此，丁若鏞條對云："於物魚躍，則岐周之旺氣可見；三星在罶，則衰周之末運可驗。此先儒所謂氣數之説也。臣則以爲，天地之間本無氣數，盛衰興亡，唯德所召。致中和，天地位焉，萬物育焉。德之所孚，草木、鳥獸、魚鼈咸若感應之。理捷於影響，豈可歸之於氣數乎？誠使衰周之君奮發振作，德化洋溢，則天地萬物其不同歸於位育之化乎？伏願聖上深留意焉！"[①]正祖以氣運之盛衰來論定物産之盛衰，認爲衰世之人只能以無可奈何的消極態度處之。丁若鏞反對正祖的悲觀主義論調，主張氣運之盛衰關鍵在於君王是否以"德"施政，强調國君奮發振作、以德化育萬物對於國家命運的重要作用。一句"伏願聖上深留意焉"，凝結的是丁若鏞對王朝社稷的關懷，對王朝之君正祖的政治期待。

再如在朝鮮《詩經》講義活動中，朝鮮君臣在探究詩旨與訓詁的同時亦將自身所處的政治境遇帶入經典詮釋之中，呈現出"詮釋即運用"的二維經典詮釋的特徵，這種詮釋風格形成的緣由亦如黄俊傑所云："這主要是因爲儒家經典皆以平治天下爲其鵠的，有其强烈的經世取向；而歷代東亞儒者大多同時身兼儒者與官員的雙重身份，他們在王權至上的東亞各國權力網絡之中，'政治自我'特别彰顯，他們的經典詮釋事業遂不能免於權力巨靈的糾葛。"[②]正祖君臣在《詩經》經筵中由《衛風·氓》《邶風·燕燕》《日月》之夫婦關係進入君臣關係，强調君臣之間的權力關係；於《邶風·谷風》强調五倫的親疏關係；於《王風·大車》探究國家治理與禮樂教化之關係；於《秦風·蒹葭》嚮往賢人政治的理想；於《大雅·烝民》"民之秉彝，好是懿德"的根本上探究天理與道德的貫徹問題，即由宇宙之天道而進入具有實踐性與操作性之道德，强調衆民氣質之性向義理之性的提升。可見《詩經》成爲正祖君臣進入古代中國歷史、

---

① 丁若鏞《詩經講義》，《韓國經學資料集成》第 79 册，第 364 頁。

② 黄俊傑《朝鮮經筵對話中的〈論語〉：論述脉絡與政治作用（14—19 世紀）》，載於張伯偉編《域外漢籍研究集刊》第 7 輯，中華書局 2011 年版，第 7、5、13 頁。

思想、政治與價值體系的媒介，正祖君臣經由《詩經》的語言體系探究詩義的同時，更加側重於探究天賦的宇宙秩序、王朝政治秩序與道德倫理規範的建立。如《衛風・氓》，正祖云："朱子以此棄婦比之於'士君子立身一敗，萬事瓦裂'，蓋人臣進不以道，則終必擯斥；婦女嫁不以禮，則終必棄逐，爲人所賤惡，故也。人君進其臣，男子取其婦，皆愛之也，而終乃斥棄之者，何也？愛而知其惡，即此心之本然，始雖迷惑，而終必覺悟，故歟？"①此是正祖以《詩集傳》關於《衛風・氓》的解釋向大臣提問②。《詩集傳》認爲此詩是女子以計謀迷惑蚩蚩之氓，待蚩氓悔悟之後，此女子不免有遭遺棄的命運。《詩集傳》以女子之心術不正，導致了被拋棄的命運，由此聯想到士君子在價值觀上必須要處理好"立身"，即安身立命的問題，并且需時時警戒，否則就會萬事俱敗。這是《詩集傳》"即其辭而玩其理以養心焉"的讀《詩》方式，其"'玩理'實際上是體味、尋求《詩》中的道德戒律，而'養心'則是從心中接受這些道德戒律，滌除與這些道德戒律相悖的東西，并以之指導自己立身處事"③。而正祖則將《詩集傳》從道德戒律的問題直接轉移到大臣出仕國君的道德倫理與君臣秩序上來，認爲如果大臣迷惑欺瞞國君，不以道侍奉國君，即便暫時被録用，國君最終也會幡然覺悟，并棄逐大臣。正祖將臣以道侍君的道理與夫妻聚散離合的日常人生相結合，以獨特的方式告誡大臣，政治意味非常濃厚。

---

①徐有榘條對正祖云："始雖以欲而迷，終必以時而悟。既有朱子明訓，臣無容更贅矣。"正祖《詩經講義》，《韓國經學資料集成》第75册，第381頁。

②按：《詩集傳》釋《氓》云："此淫婦爲人所棄，而自叙其事以道其悔恨之意也。夫既與之謀而不遂往，又責所無以難其事，再爲之約以堅其志，此其計義狡矣。以御蚩蚩之氓，宜其有餘，而不免於見棄。蓋一失其身，人所賤惡，始雖以欲而迷，後必以時而悟，是以無往而不困耳。士君子立身一敗，而萬事瓦裂者，何以異此？可不戒哉！"朱熹《詩集傳》，第37頁。

③褚斌傑、常森《朱子〈詩〉學特徵論略》，《河北師範大學學報・哲學社會科學版》，1998年第2期。

(二)義理性

“朱子學在李朝建國的同時被官學化,此後五百年的時間里一直處於絶對權威的地位,在這權威的基礎上,朝鮮王朝君主統治體制建立起來。”[①]朱子性理學成爲建構朝鮮王朝價值體系的重要思想資源,體現在《詩經》學上則是對《詩集傳》所内涵之性理學的闡發。如《鄭風·羔裘》,林泳强調并挖掘了朱熹以“理”解《詩》的深層内涵,其云:“‘舍命不渝’,‘命’,《集傳》以所受之理言之,其義甚精。命固有以氣言者。此所謂命,似專指所受義理也。若以氣言,則與安於義理者不同等。”[②]林泳的解釋是在理解并接受朱子義理學的基礎上産生的,延續了朱熹以“理”解《詩》的哲學基調。“命”在朱子思想中是一個重要的範疇。在朱子哲學思想中,“命”兼具“理”與“氣”,具有“命數之命”與“義理之命”的雙重含義。“命數之命”,即是以氣言之命,即氣命。“義理之命”,即是以理言之命,即理命。牟宗三關於“理命”“氣命”的解釋可用來理解此處《詩集傳》的釋義[③],即服羔裘之大夫能承擔起天所賦予他的道德上的命令,即義理之命,這種“命”是無容推卸的强制性道德理念與道德責任,是作爲“邦之司直”之道德主體的大夫對天理人倫的自覺擔承。這種“命”非命運上的命限,不能委之於命運之氣命,故朱熹認爲《羔裘》詩的“命”爲義理之命。林泳贊同并評價《詩集傳》爲“其義甚精”,同時,他認爲“命固有以氣言者。此所謂命,似專指所受義理也。若以氣言,則與安於義理者不同等”。林泳對朱子“命”的理氣分梳,以及此處何爲“理命”的緣由分析,傳遞出他對性理哲學的熟稔程度及闡揚力度。

---

①李佑成著,李學堂譯《韓國的歷史肖像》,山東大學出版社 2015 年版,第 201 頁。

②林泳《讀書劄記》,《韓國經學資料集成》第 71 册,第 173 頁。

③牟宗三《心體與性體》(下),第 387—388 頁。

再如《大雅・文王》,《詩集傳》解釋此詩云:"周公追述文王之德,明周家所以受命而代商者,皆由於此,以戒成王。"[①]詩篇之末,《詩集傳》又以附注的形式云:"然此詩之首章言文王之昭於天,而不言其所以昭;次章言其令聞不已,而不言其所以聞。至於四章,然後所以昭明而不已者乃可得而見焉。然亦多詠歎之言,而語其所以爲德之實,則不越乎'敬'之一字而已。"[②]朱熹認爲此詩言文王之德重心在"敬"字上,朝鮮儒者朴文鎬對此進行評價云:"與天同德之爲始終,'敬'一字之爲綱領。此朱子所以善説《詩》也,皆從道學中出來矣。"[③]"敬"是程朱理學的重要範疇,如程頤云:"涵養須用敬。"[④]朱熹云:"學者工夫,唯在居敬、窮理二事。"[⑤]朴文鎬指出《詩集傳》以"敬"爲綱領釋《文王》是出於道學理念,這様的理解合乎朱熹原意。朴文鎬所云"此朱子所以善説《詩》也,皆從道學中出來矣",可見,朴文鎬《詩經》研究具有性理學的特徵。

(三)歷史性

朝鮮時代《詩經》學的演進與朝鮮歷史學術思潮大致重合,在以朱熹《詩集傳》爲中心的發展脉絡中,先後出現了實學思潮影響下的《詩經》學、清代樸學影響下的《詩經》學、陽明學影響下的《詩經》學發展樣態,此是學術思潮與《詩經》學發展的重合,也是朝鮮時代《詩經》學歷史性特徵的呈現。

十六世紀末期,朝鮮國内政治混亂,出現朋黨之争,導致社會綱紀散亂,經濟衰退,民生疾苦。而處於朝鮮南方的日本在豐臣秀吉的領導下迅速强大起來,北方努爾哈赤統一了女真各部,呈擴張之勢,朝鮮無力應付周邊局勢的變化,慘遭壬辰倭亂、丙子胡亂。

①朱熹《詩集傳》,第 175 頁。
②朱熹《詩集傳》,第 177 頁。
③朴文鎬《楓山記聞録・毛詩》,《韓國經學資料集成》第 85 册,第 731 頁。
④朱熹《朱子語類》,朱傑人等主編《朱子全書》第 14 册,第 299 頁。
⑤朱熹《朱子語類》,朱傑人等主編《朱子全書》第 14 册,第 301 頁。

在内憂外患的沉痛打擊下，處於朝鮮正統地位的朱子學學者繼續維持傳統，并從義理的角度分析外族入侵在理論上屬於“不義”的行爲，在這關乎國家存亡的緊要時刻，朱子學者所思考的是本國將采取何種態度才算合乎義理要求，其中的迂腐與道學氣息甚爲濃厚[①]。國家危亂的時局促使朝鮮部分知識人發現朱子學在解決現實問題時所凸顯出的迂曲無力，因此關注現實、解決現實問題的實學思想應運而生。李丙燾描述朝鮮學人思想之轉變云：“歷來朝鮮學者所從事的學問，僅限於中國的經學和文學——尤重朱子學，但自經過倭亂，并受外來文物的刺戟後，才開始覺悟，漸行認清過去之所學實極虚無、缺陷，而應改爲崇尚實利之學——即利用厚生之學。”[②]體現在《詩經》學上則是以朴世堂、李瀷等實學派思想家在批判朱子性理學的基礎上提出的經世致用之《詩經》研究。如《陳風・澤陂》，《詩集傳》解釋爲：“此詩大旨與《月出》相類。”[③]即同爲“男女相悦而相念之辭”[④]。朴世堂《詩思辨録》云：“《序》：‘男女相悦，憂思感傷焉。’《毛》云：‘儼，矜莊貌。’《鄭》云：‘傷，思也。我思此美人，當如之何而得見之。……蕑當作蓮。芙蕖實也。’又云：‘荷，以喻女之容體……蓮以喻女之言信……菡萏喻女之顔色。’此詩之義，今舊説亦略同，竊獨疑其未然也。詳玩詩中所言，多感慨憫惜之意，絶邪淫流蕩之思，則恐不宜遽歸之以男女相悦之作。其所指雖不知竟爲何人，必賢而不遇於時者歟。”[⑤]朴世堂録《詩序》《毛傳》《鄭箋》等關於此詩的釋義與訓詁，并與《詩集傳》相比較，得出此詩“今舊説亦略同”的結論。朴世堂不贊同將此詩解釋爲男女

---

①［韓］高麗大學校韓國史研究室著，孫科志譯《新編韓國歷史》，第182—183頁。

②［韓］李丙燾《韓國史大綱》，臺灣正中書局1985年版，第365—366頁。

③朱熹《詩集傳》，第84頁。

④朱熹《詩集傳》，第83頁。

⑤朴世堂《詩思辨録》，《韓國經學資料集成》第72册，第301—302頁。

相悦之詩,他認爲此詩傷賢人之不遇。朴世堂認爲詩句“彼澤之陂,有蒲與荷。有美一人,傷如之何”充盈着“感慨惋惜之意”,而無男女爾汝之私的“邪淫流蕩之思”。以“彼澤之陂”上的蒲與荷、蒲與蕳、蒲與菡萏來比喻賢人君子的清雅與美好,而如此“碩大且卷”“碩大且儼”的賢人君子孤立於朝政,不遇於國君則是“傷如之何”的直接緣由。朴世堂因爲反對作爲主流思想意識形態的朱子學而不見容於當世王朝,多以隱逸著述加以抗争。當他詮釋“有美一人,傷如之何”之時,將自己所有的人生感慨與哀閔之情熔鑄其中,賦予詩篇以賢人不遇的新義。賢人因被逐而無法救世,在“寤寐無爲,涕泗滂沱”“中心悁悁”“輾轉伏枕”的聲聲悲歎中,朴世堂遠遠地與詩人相通了。此是他以《詩經》詮釋的方式所傳達的干預與建構現世政治的理想。

明亡之後,朝鮮王朝以“小中華”自居,蔑視以異族身份入主中原的清王朝,學術方面亦不采納清代學術成果。此一學術心態直至1764年才有所改變,張伯偉在《漢文學史上的1764年》中指出:“1764年朝鮮通信使在日本的唱酬筆談活動是漢文學史上的一個轉捩點。表現在朝鮮方面,是使臣對日本文壇整體的全新認識和高度評價,在日本方面,則是對朝鮮詩文的貶抑……1764年朝日間的唱酬筆談具有重要的文學史意義,它促使朝鮮人從日本文明的進步中轉變了其對清代文章學術的認識,并刺激他們形成了漢文學圈整體視野的雛形。”[①]成大中(1732—1812)是1764年唱酬筆談活動的通信使書記,他親眼見證了日本文章學術的空前繁榮,并將此次酬唱的詩文材料帶回朝鮮,與李德懋(1741—1793)、柳得恭(1749—1807)、朴齊家(1750—1805)、李書九(1754—1825)等人探究日本文學能够快速提升的原因在於清代學術文章的大量引入。如李德懋在《蜻蛉國志・藝文》中説:“近者江南書籍,輻湊於長崎,

①張伯偉《漢文學史上的1764年》,《文學遺産》,2008年第4期。

家家讀書,人人操觚,夷風漸變。"(《青莊館全書》卷六十四)柳得恭在《古芸堂筆記》中云:"倭子慧竅日開,非復舊時之倭。蓋緣長崎海舶委輸江南書籍故也。"李德懋、柳得恭、朴齊家、李書九後來成爲朝鮮時代自覺向清代學習的先覺者。成海應等朝鮮儒者在成大中和李德懋等人的影響下自覺接受清代學術,爲朝鮮半島尊崇朱子義理學的單一學術構型帶來新的元素,也是 1764 年唱酬之後朝鮮學者引入清代學術的最初實踐。

(四)抒情性

"詩是由生發於内的情感意志和表現於外的語言文字的高度融合。"[①]《詩大序》云"詩者,志之所之也。在心爲志,發言爲詩。情動於中而形於言,言之不足故嗟歎之,嗟歎之不足故永歌之,永歌之不足,不知手之舞之、足之蹈之也",揭示了中國文學批評的抒情傳統。《詩經》在朝鮮時代的詮釋常常傾注了詮釋者的生命體驗與人生感受,朝鮮時代《詩經》詮釋具有抒情性特徵。如《鄭風・風雨》,這是一首叙寫際遇君子的詩。李瀷與《詩序》的解釋相類,均從君子與時政的角度加以解釋,但更透露出其對救世之君子的惺惺相惜之情,其云:"此詩其有憂思者乎?風雨如此,則夜之淺深,無星月之可占,非晦而如晦也。當此之時,惟鷄可知也。喈喈,有節也,膠膠,連續也。不已,則夜闌也,其坐而待朝乎?非念時閔,已思有以善處者乎?君子,乃救世之材具也。既見君子者,反語也,與亦既見之相似,欲見而未得也。若既見之,心胡爲不夷?疾胡爲不瘳?喜胡爲不甚?衣之尚褧,惡其文之著也。淫女豈有此意思?古之引此詩者,莫非君子憂時之作也。如此看自好,何必因《鄭詩》之故,歸之鄙褻之語?每讀此篇,聲節殷勤激昂,不覺感歎。"[②]李瀷認爲《風雨》詩乃君子憂時之作。作爲代表道德理想與

①張伯偉《中國文學批評的抒情性傳統》,《文學評論》,2009 年第 1 期。
②李瀷著、白承錫校注《詩經疾書校注》,第 139—140 頁。

德性政治理想的君子是“風雨淒淒”“風雨瀟瀟”“風雨如晦”境况中救世之材,但君子不仕與小人居高位的歷史與現實境况却是君子時常面對的問題,以消極或積極的態度處事,是道家隱逸之人與儒家君子的區隔,故處風雨之君子不畏風雨始終懷藏着永遠的光明去觀照現實世界與人生。李瀷所言“古之引此詩者,莫非君子憂時之作也”,是對君子憂時處世情懷的贊許,亦是對獨立不遷之君子人格的贊歎。李瀷對《風雨》詩的詮釋體現了儒學所具有的修己與治人功能,既安頓了朝鮮位卑而憂懷世事的君子,也傾訴了李瀷終身懷才不遇却始終堅持君子人格的生命情感,故其云:“每讀此篇,聲節殷勤激昂,不覺感歎。”

再如《鄭風·揚之水》,朴世堂云:“愚謂:此詩之義,今舊説皆未有可指據,而信其爲然者。恐只是朋友親戚之素有恩者,爲人所間,中更乖踈,故傷怨之而作也。揚者,水之盛也,而不能流漂一束楚之輕,則實非平昔之所意也。夫以素親有恩之人,而不能通達其情私,亦豈是平昔之所自意者也。此其托興之端歟?舊説雖牽强,尚有意致之可言。《今傳》直以爲淫者之相謂,則不憂夫,或失詩人之指而爲輕,歸人以惡乎?”[①]以《詩序》爲代表的舊説將《揚之水》與《有女同車》均解釋爲刺忽不與大國齊聯姻以致無大國援助的詩。朴世堂解釋《揚之水》,詳細列出《詩序》《毛傳》《鄭箋》《毛詩正義》《詩集傳》等諸家釋義,并指出這些釋義“皆未有可指據”。他認爲以《詩序》爲代表的舊説過於穿鑿附會歷史,而以《詩集傳》爲代表的淫詩説則又使詩人的旨意顯得輕浮不實。他以詩篇中明言“兄弟”,遂認爲此詩乃“朋友親戚之素有恩者,爲人所間,中更乖踈,故傷怨之而作也”。朴世堂將《揚之水》詩從舊説所附會的没有確切根據的歷史與政治人物中剥離出來,以詩文本爲根據,回歸《詩經》所生發的原始情感,并揭示出這種情感古今相通,它與詩人和讀者

①朴世堂《詩思辨録》,《韓國經學資料集成》第72册,第232—233頁。

千百年來不曾斷裂，是人們對於朋友故舊無間無傷之真摯情感的渴求，此時《詩經》成了聯繫古人與今人最親切的憑證。朴世堂《詩經》詮釋具有去聖教王功的色彩，他力求探究詩中最切近日常人生的一面，將經典詮釋與現世人生相聯繫，凸顯出《詩經》詮釋的抒情性特徵。

朝鮮時代《詩經》學是古代東亞《詩經》學之林的獨特品種，是作爲主流的中國《詩經》學的對話者、比較者、補充者的"異域之眼"，具有豐富的詩學內涵與思想史意義。朝鮮儒者通過《詩經》詮釋傳達了企慕聖人境遇的心路歷程，他們將《詩經》詮釋與個體之生命相交織，在經典詮釋中安身立命。同時朝鮮時代儒者還通過《詩經》詮釋的方式觀照社會人生、現實政治，他們試圖通過經典詮釋的方式建構君明臣賢的理想社會秩序與道德人倫形態。朝鮮時代《詩經》學還具有護教學的意義，在朝鮮遭受各種非正統思想的影響時，部分朝鮮儒者通過《詩經》詮釋的方式回歸正統思想，抵抗各種思潮强烈震蕩的社會思想意識形態。朝鮮時代《詩經》學是一種"體常而盡變"的思想與智慧的創造事業，對朝鮮時代《詩經》學史的研究也是"樂意相關禽對語，生香不斷樹交花"的美好事業。

附録　朝鮮時代《詩經》學要籍解題

一、權近《詩淺見録》

權近(1352—1409),字可遠,號陽村,祖籍安東,高麗末朝李朝初年的著名學者。著作有《陽村集》《五經淺見録》《東賢事略》《霜臺别曲》等。《詩淺見録》屬於《五經淺見録》之一種。

《詩淺見録》的研究範圍僅限於國風,内容甚少,僅五千餘字,其《詩經》學特色主要體現在三個方面:

第一,信奉并尊崇朱熹《詩集傳》,以解釋《詩集傳》來表示自己對《詩經》的理解,首開朝鮮《詩經》研究以《詩集傳》爲中心的風氣,并且透露出朝鮮《詩經》研究從一開始就帶有啓蒙與研究并重的雙重特色。

第二,《詩淺見録》充滿了天理、人倫、性情等理學意味,此亦是對《詩集傳》的進一步發揮。朱熹將理學中有關性情、天理、人倫的哲學思考與智慧投注到《詩經》研究中,將理學與《詩經》研究作了適當的融合。權近將天理、人倫等作爲解釋《詩經》的重要信條,使《詩經》研究的目的由解釋《詩經》轉向天理、人倫等理學概念的詮釋,一定程度上把《詩經》作爲理學概念的材料。

第三,《詩淺見録》强調《詩經》的政治教化功用。權近認爲:《詩經》的編訂凝結了孔子感發善心、懲創逸志的良苦用心;《詩經》

各篇的次序包含了治世之教化、亂世之懲戒，以及變亂世爲治世的期待。

二、李滉《詩釋義》

李滉（1501—1570），字景浩，號退溪，安東人。朝鮮時代著名儒學思想家，著作有《退溪集》《朱子書節要》《啓蒙傳疑》《心經釋録》《四端七情論》《三經釋義》等。《詩釋義》是《三經釋義》之一種。《詩釋義》的《詩經》研究具有四個方面的内容：

第一，《詩釋義》促進了《詩經》在朝鮮的傳播與接受。《詩釋義》對《詩經》在朝鮮傳播中所形成的一些"口訣"與"諺解"作辨析與糾正，主要從字詞訓詁、注音、釋義等方面來規範《詩經》諺解，便於朝鮮學者更加準確地理解《詩經》，同時促進了規範的《詩經諺解》的形成。

第二，《詩釋義》具有《詩經》啓蒙教育的特徵。

第三，《詩釋義》遵循朱熹《詩集傳》，但也時有與《詩集傳》相左之處，體現了李滉《詩經》研究的客觀態度。

第四，《詩釋義》保存了同時代朝鮮學者對《詩經》的見解，具有資料保存的意義，呈現了朝鮮學者在《詩經》接受過程中的豐富細節。

三、許穆《詩説》

許穆（1595—1682），字文甫，號眉叟，陽川人，官至吏曹參判，謚號文正。朝鮮時代著名的政治家、思想家。許穆的著作有：《東事》《邦國王朝禮》《經説經禮類纂》《眉叟記言》等。

《詩説》是保存在《眉叟記言》中的一篇關於《詩經》的文獻，全篇一千五百字左右，由十九則詩説組成，其中十六則詩説采自《詩序》《詩集傳》、季札、孔子論《詩》的言論。另外三則，一則闡明《詩經》具有“上明三綱，下達五常，徵存亡，辨得失”[①]的教化功用；另兩則列出齊、魯、韓、毛四家詩的主要傳授者。

許穆引用文獻不注明文獻來源，且不按照原始文獻逐字摘録，而是節録部分章句重新組合成論詩文字。如《詩説》論“風雅頌”云：“風，出於里巷歌謡之作。雅、頌，朝廷郊廟之樂。而二雅之變，亦出於賢人君子，憂時慨世之作也。其忠厚惻怛，聖人取焉。”[②]此則詩説本自朱熹《詩集傳序》，《詩集傳序》云：“凡《詩》之所謂風者，多出於里巷歌謡之作……若夫雅頌之篇，則皆成周之世，朝廷郊廟樂歌之辭……至於雅之變者，亦皆一時賢人君子，閔時病俗之所爲，而聖人取之，其忠厚惻怛之心，陳善閉邪之意，尤非後世能言之士所能及之。”[③]許穆只是輯録《詩集傳》，未作闡發。

《詩説》的主要内容與特點在於引用《詩序》《詩集傳》等文獻來表達《詩經》見解，處於中國《詩》學的接受階段。

四、尹鑴《古詩經考》

尹鑴(1617—1680)，字希仲，號白湖，南原人，官至吏曹判書，爲朝鮮時代具有懷疑精神的學者。他在朱子學作爲統治思想的氛圍中公然反對朱子學，宣揚中國漢代學術思想，慘遭政治迫害而死。其著作有《論語注解》《中庸大學解説》等，收集在《白湖全書》中，并於 1974 年由慶北大學校出版部首次以鉛印的方式正式出版。尹鑴在學術思想上的開拓影響了李瀷等實學思想家。

《古詩經考》是載於《白湖全書・雜著・讀書記》中的一篇論《詩》文字，主要討論了《詩經》的篇次、《詩大序》《周南》與《關雎》。

尹鑴的《詩經》研究主要表現出三個方面的特徵：

①許穆《詩説》，《韓國經學資料集成》第 71 册，第 89 頁。
②許穆《詩説》，第 84 頁。
③朱熹《詩集傳》，第 2 頁。

第一,懷疑的精神。如尹鐫在參考《詩序》《周禮》《春秋》《魯詩》等各家釋義的基礎上,對《周頌》各篇的順序進行重新編排,他的編排與今本《詩經》差異較大[①]。

第二,尊《詩序》的研究態度。尹鐫《詩經》研究與當時尊《詩集傳》的研究狀態不同,他更多地贊同《詩序》,并提出自己的《詩經》研究方法是:"以《大序》爲主,而間參考以申序、《集傳》,以爲一家之言。"[②]

第三,輯録《詩經》文獻較多,發表見解較少。如關於《詩大序》:尹鐫首先録程頤、朱熹、鄭玄關於《詩大序》之作者的不同看法,其次録"《關雎》,后妃之德也,風之始也"至"是《關雎》之義也"間的《詩大序》原文,以雙行小字插入《鄭箋》《詩集傳》對《詩序》的解釋,以"今按"的方式表達自己的見解。再次,尹鐫録朱熹等人關於《詩序》之"大序"與"小序"的劃分。最後,尹鐫表達對《詩序》的看法云:"《詩》之有序,自仲尼删詩之前而有之。或作者爲之識,或當時知其説者追爲之志以相傳授也。"[③]如,關於"周南":尹鐫首先録朱熹《詩集傳》對"國風"的解釋;次録鄭玄《詩譜》之《周召南譜》,以及《詩集傳》對"周南"的解釋。最後尹鐫以按語的方式提出"周南"之"南"非《詩譜》《詩集傳》所釋爲南方之國,他認爲"南"應該爲"正樂之名"[④]。關於"《關雎》",尹鐫在詩旨上録《詩序》

---

①尹鐫所排列的《周頌》各篇次序是:"清廟之什":《清廟》《維天之命》《維清》《烈文》《天作》《我將》《時邁》《思文》《雝》《執競》;"臣工之什":《臣工》《有瞽》《載芟》《良耜》《武》《昊天有成命》《賚》《般》《酌》《桓》;"閔予小子之什":《閔予小子》《訪落》《敬之》《小毖》《振鷺》《有容》《潛》《絲衣》《豐年》《噫嘻》《載見》。尹鐫《古詩經考》,《韓國經學資料集成》第71册,第99—103頁。

②尹鐫《古詩經考》,第108頁。

③尹鐫《古詩經考》,第107頁。

④尹鐫《古詩經考》,第111頁。

《申序》[1]、《詩集傳》《韓詩序》的解釋,在訓詁上録《毛傳》《鄭箋》《詩集傳》,最後尹鐫表示贊同《詩序》與《申序》的解釋。

五、洪汝河《詩傳》

洪汝河(1621—1678),字百源,號木齋,缶溪人。著作有《木齋集》《麗史提綱》。《詩傳》是保存在《木齋集》中的一篇論《詩》文字,内容甚少,約五百字左右。

《詩傳》記録了洪汝河兩則研《詩》心得,一是"男女爲風化之本"。洪汝河認爲孔子删定《詩經》,并在《詩經》中保存了大量有關女性的詩篇,是要達到勸善懲惡的政教功用,他説:"以彰其善惡,而風於萬世,其勸懲之意,豈不深切而著明也哉!"[2]希冀後世之人能够深察《詩經》所呈現的女性的賢良淑惠是社會興廢變遷的關鍵。二是關於《詩經》中所描寫的賢人君子。洪汝河認爲《衛風·簡兮》《北門》《北風》《考槃》《鄭風·羔裘》《魏風·十畝之間》《伐檀》《唐風·杕杜》《秦風·蒹葭》《權輿》《陳風·衡門》《曹風·鳲鳩》等詩記載了《詩經》時代的賢人君子。洪汝河關注《詩經》中所描寫的賢人君子,并云:"嗚呼!此數君子,高風大節,凛烈如此,而姓名不見於經傳,行己本末,無由而考,可爲千古一慨也!"[3]傳達出對賢人君子之姓名不著於經傳的悲歎。

---

①關於"申序",尹鐫云:"按此《申公序傳》,今見於近世明人所集《古逸叢書》者,而於古無見焉。不知集逸書者從何得之?亦不知古今説者何故無一言及此也?且與漢人所謂《魯詩》者不同,其曰'申公'者,亦未可知也。抑竊考其書,即此《關雎》之《序》,既正得經義,足以破千載因循之謬見。"尹鐫《古詩經考》,第112頁。按:尹鐫所談之《申公序傳》實是豐紡僞作的《申培詩説》。此書收集在明代《古逸叢書》之中,尹鐫缺乏辨别僞書的能力,對此書大加贊揚。

②洪汝河《詩傳》,《韓國經學資料集成》第71册,第119頁。

③洪汝河《詩傳》,第121頁。

《詩傳》强調《詩經》對於社會人心的教化與感召作用。

六、韓汝愈《詩經記疑》

韓汝愈(1642—1709),字尚甫,號遁翁,清州人。韓氏爲朝鮮時代的平民學者,精通聲律、象數之學,著作有《遁翁集》。

《詩經記疑》載於《遁翁文集》"經史記疑"之中,全篇約兩千四百字左右,主要論述了《詩經》的篇次編排。韓汝愈認爲《詩經》乃孔子所編,强調孔子通過《詩經》各篇之順序來呈現周王朝的興衰更迭,寄寓了政治教化的深意。如韓汝愈云:"詩篇之次,可以見吾夫子之深意。首以《周南》《召南》者,所以著明文王風化之盛,而使後世之修身、齊家、治國、平天下者得以取法焉。"①又云:"吾夫子編次之意,章章明著。大抵生民之被化而和樂者爲正風,失所而哀怨者爲變風。君臣之常處而契合者爲正雅,不得於君而怨誹遭國之亂而幽憂者爲變雅。相維辟公,天子穆穆,誠格神明,福禄來反者爲正頌;以諸侯而僭天子之禮樂,俾周公其哀者爲變頌。"②

此外,韓汝愈認爲《詩經》具有感發與懲創人心的功用,他引用朱熹之語云:"《詩》之言,善者可以感發人之善心,惡者可以懲創人之逸志,其用歸於使人得其性情之正。"③

①韓汝愈《詩經記疑》,《韓國經學資料集成》第71册,第128頁。

②韓汝愈《詩經記疑》,第133頁。

③韓汝愈《詩經記疑》,第135頁。韓汝愈徵引文獻大都不標注文獻出處,如此處直接引用朱熹《論語集注》之原文,不加以注明,這樣的論述極容易使讀者將引文當作韓汝愈的獨立研究。《論語・爲政》:"子曰:'《詩》三百,一言以蔽之,曰思無邪。'"朱熹注云:"'思無邪',《魯頌・駉》篇之辭。凡《詩》之言,善者可以感發人之善心,惡者可以懲創人之逸志,其用歸於使人得其情性之正而已。"朱熹《四書章句集注》,第53頁。

七、林泳《讀書劄記——詩傳》

林泳(1649—1696),字德涵,號滄溪,羅州人。官至副提學大司憲,著作有《滄溪先生集》。

《讀書劄記——詩傳》(以下簡稱《詩傳》)以朝鮮刊刻的《詩傳大全》爲基礎,對《周南·關雎》至《小雅·楚茨》中的五十八篇詩作詩旨、文字訓詁、釋義以及校勘方面的研究。《詩傳》參考《詩集傳》與其他諸説,表現出融通的研究方法,其《詩經》學特徵表現在四個方面:

第一,林泳《詩經》解釋大量地吸收與發揮《詩集傳》,但也時有懷疑之處。

第二,林泳《詩經》研究具有懷疑的精神。林泳除了懷疑《詩集傳》之外,還對《詩傳大全》中所録的諸家釋義表示懷疑。如《小雅·雨無正》,他不同意劉瑾將《正月》《十月之交》《雨無正》等詩界定爲周室東遷以後的詩,他認爲《正月》中的"褒姒滅之"不是西周滅亡遷往東都的證據①。林泳的研究與現代學者朱東潤先生有共識②,林泳能覺察這幾首詩是西周之詩,眼光敏鋭。

---

①林泳云:"章下注安城劉氏言:此數詩皆作於東遷後之意,甚力矣。但所謂罔或耆壽,後在厥服,本是説幽王時事……今以'正大夫離居'爲東遷之作,既未必然,所謂王都,亦安知其果爲東都而非西都耶?《正月》之'褒姒滅之'不曰'既滅',無以證明東遷之前後。"林泳《詩傳》,《韓國經學資料集成》第71册,第191—192頁。

②朱東潤《詩大小雅臆説》云:"然必執褒姒滅周之語爲内證,以此詩爲非西周之詩,則亦未當。何則?鎬京雖陷,西周尚未滅亡也。《魯語》:'幽滅于戲。'今陝西臨潼縣有戲亭,其地在鎬京東,蓋西戎陷鎬之後,幽王轉徙兵間,及其死於戲下,而西周真滅矣。雖書闕有間,不能知其轉徙兵間者若干時,然去《史記·周本紀》所謂'西夷、犬戎攻幽王,幽王舉燧火征兵,兵莫至,遂殺幽王驪山下'者,必有相當時期。"朱東潤《詩三百篇探故》,第59—60頁。

第三,注重《詩經》文獻學研究。林泳對《詩傳大全》中所收録的各家注釋作了文字校勘,如《周南·桃夭》,他説:"首章小注,慶源輔氏説'二家之人','二'當作'一'。"①

第四,《詩經》研究闕疑的態度。林泳對一些自己不能解釋,但又不滿意諸家解釋的問題加以存疑。如《召南·草蟲》篇之"言采其薇"之"薇",林泳云:"'薇'字訓詁小注各異,未委的是何物?"②表現出謹慎的研究態度。

八、李喜朝《詩傳劄疑》

李喜朝(1655—1724),字同甫,號芝村,延安人。官至參判祭酒,著作有《芝村集》。

《詩傳劄疑》記載的是李喜朝關於《詩傳大全》的十五則疑問,這些疑問主要針對朱熹《詩集傳》而發,體現了獨立思考的研究精神。如《邶風·北門》之首章:"出自北門,憂心殷殷。終窶且貧,莫知我艱。已焉哉!天實爲之,謂之何哉!"《詩集傳》云:"比也……衛之賢者處亂世,事暗君,不得其志,故因出北門而賦以自比。"③李喜朝對此不解,并質疑朱熹曰:"朱子既曰:'因出北門賦以自比。'則《集傳》注釋處亦當曰賦而比,而此只作比,何也?"④

九、李萬白《魯頌論》

李萬白(1657—1717),字汝自,號自濡軒,驪州人,著作有《自濡軒集》。《魯頌論》是李萬白關於《詩經·魯頌》的一篇文字,約一

①林泳《詩傳》,第153頁。

②林泳《詩傳》,第157頁。

③朱熹《詩集傳》,第25頁。

④李喜朝《詩傳劄疑》,《韓國經學資料集成》第71册,第209頁。

千一百字左右。

《魯頌論》以兩個問題來探討諸侯用君王之禮與僭越的問題：

第一，李萬白云："或問於余曰：上之禮，下不可用，而魯於是用之而有頌；上之樂，下不可奏，而魯於是奏之而有頌，則禮雖美矣，而其用也，非僭？樂雖善矣，而其奏也，非亂歟？余曰：子之言誠然，而子不知夫《魯頌》之意者矣。"[①]對於這一問題，李萬白認爲周公對周室的功勞卓著，成王賜伯禽以天子之禮樂，魯於是乎有頌，故《魯頌》不屬於僭越。

第二，李萬白云："况乎天子之禮，非小節也。天子之樂，非細務也。及其末也，僭而用之於室家，遂及群公之廟，而以至於八佾於季氏，雍徹於三家，是《魯頌》有以啓之也。余曰不然。"[②]對於這一問題，李萬白認爲季氏等人的行爲是在周道衰落之社會背景中作出的僭越行爲，并非由《魯頌》所啓。

《魯頌論》通過《魯頌》探討了周室與諸侯國之間的禮樂政治關係。

十、李栽《讀詩》

李栽（1657—1730），字幼材，號密菴，載寧人，著作有《密菴集》《朱書講録刊補》。

《讀詩》是一篇四百字左右的論《詩》文字，其内容主要有兩個方面：

第一，强調《詩經》具有感發懲創的詩教功用。如李栽云："夫《詩》之爲教，蓋要人感發懲創，得其情性之正而已。其間善惡邪正，何所不有。至治之世，君子樂得其道，小人樂得其利。其語莊

①李萬白《魯頌論》，《韓國經學資料集成》第71册，第219頁。
②李萬白《魯頌論》，第222—223頁。

而爲和平中正之音者，美哉淵乎，固無以議。爲無道之國，上慢而下淫，政散而民流，其言蕩而爲邪散滌濫之音者，聖人奚取焉？蓋亦只是備監戒爾。”①

第二，認爲讀者之生活閱歷能够加深對《詩經》的理解，强調《詩經》具有撫慰心靈的功效。李栽云：“余於所謂三百篇者，少嘗受讀而誦數之矣。自遭禍難來，憂愁奔走之餘，不免有《小雅》之怨，而間詠其所謂發憤之作者，未嘗不三復流涕。有味乎，其言之也。至其忠厚惻怛，無怨懟激發之意，則又有以融查滓，滌憤懣，爲性情心術之助，殆非他書所及。迺以暇日取風雅之變，有憂思之感者，置座右而時諷誦之，要以忘寵辱，去係吝，而不辭其失之愚云爾。”②李栽熔鑄個人感情的《詩經》研究心得，真實地道出了作品與讀者之間的互相感發，具有文學批評的性質。

十一、姜碩慶《論〈詩經〉劉注主右旋之非》

姜碩慶(1666—1731)，字吉甫，號喫眠窩，晋州人，著作有《喫眠窩集》。姜碩慶關於《詩經》的文字有《論〈詩經〉劉注主右旋之非》，全篇約一千字左右。

《論〈詩經〉劉注主右旋之非》辯證劉瑾解釋《小雅・十月之交》力主日月皆右行的錯誤。劉瑾主日月右行的解釋與朱熹《詩集傳》有關。朱熹認爲日月向左運行，朱熹認爲日月與天一起向左運行，但是由於日月運行的速度比天慢，以天的運行爲參照，日月顯示出右行的迹象。日月運行前進的方向爲左，與天的運行相較所呈現出後退的方向爲右，曆學家因爲計算日月後退的度數較爲容易，因

①李栽《讀詩》，《韓國經學資料集成》第71册，第227頁。
②李栽《讀詩》，第227—229頁。

此云日月右行[①]。朱熹《詩集傳》解釋《十月之交》云:"曆法:周天三百六十五度四分度之一。左旋於地,一晝一夜,則其行一周而又一度。日月皆右行於天,一晝一夜,則日行一度,月行十三度十九分度之七。故日一歲而一周天,月二十九日有奇而一周天,又逐及於日而與之會。一歲凡十二會。"[②]《詩集傳》根據曆法的説法云"日月皆右行",但是在"日月皆右行"之後加上"於天"二字,準確地表達出日月右行是相對於天的運行而言的,而非日月實際運行的方向。

劉瑾認爲日月實際的旋轉方向是向右,他將《詩集傳》"日月皆右行於天"解釋爲日月右行,將《詩集傳》中的"於天"二字去掉,并云:"先儒以爲日月皆左行,以每夜月躔之宿度驗之,則知月實右行。"[③]

姜碩慶指出劉瑾以日月右旋的錯誤,他説:"就地面而順觀,則

①《朱子語類・理氣下》云:"天最健,一日一周而過一度。日之健次於天,一日恰好行三百六十五度四分度之一,但比天爲退一度。月比日大,故緩,比天爲退十三度有奇。但曆家只算所退之度,却云日行一度,月行十三度有奇。此乃截法,故有日月五星右行之説,其實非右行也。横渠曰:'天左旋,處其中者順之,少遲則反右矣。'此説最好。"《朱子全書》第 14 册,第 130 頁。又《朱子語類》:"問:'天道左旋,自西而東,日月右行,則如何?'曰:'横渠説日月皆是左旋,説得好。蓋天行甚健,一日一夜周三百六十五度四分度之一,又進過一度。日行速,健次於天,一日一夜周三百六十五度四分度之一,正恰好。比天進一度,則日爲退一度。二日天進二度,則日爲退二度。積至三百六十五日四分日之一,則天所進過之度,又恰周得本數;而日所退之度,亦恰退盡本數,遂與天會而成一年。月行遲,一日一夜三百六十五度四分度之一行不盡,比天爲退了十三度有奇。進數爲順天而左,退數爲逆天而右。曆家以進數難算,只以退數算之,故謂之右行,且曰:'日行遲,月行速。'然則日行却得其正,故揚子《太玄》首便説日云云。向來久不曉此,因讀《月令》'日窮於次',《疏》中有天行過一度之説,推之乃知其然。又如《書》'齊七政'《疏》中二三百字,説得天之大體亦好,《後漢曆志》亦説得好。"《朱子全書》第 14 册,第 131 頁。

②朱熹《詩集傳》,第 132 頁。

③胡廣《詩傳大全》卷十一。

七政真是左旋。考天盤而推步，則七政似若右行。其實非右行也，只以趕天不及而有退度，故有若右行然耳。姑以太陽之行言之，終日趕天而不及一度，故儒家謂之左旋，而曆家反以不及一度爲退去一度，此乃右旋之説也。雖然無論左旋右旋，而只言距天之度，則一日一度，百日百度。順數逆數，途雖殊而究其終到歸則同。此朱子所以只用舊説，明其日月交會之數而已，非真以右旋爲是也。安成之劉見其然，不知其所以然，而真以右旋爲是。屈指二五，而昧其同歸於十，顛倒三四，而不知無變於七。"[①]

姜碩慶指出劉瑾對《詩集傳》的錯誤解釋，呈現了《詩經》研究之思辨精神。

十二、李縡《詩傳疑義問解——詩傳》

李縡(1680—1746)，字熙卿，號陶庵，牛峰人。官至吏曹参判大提學，通性理之學，著作有《陶庵集》《三官記》。

《詩傳疑義問解——詩傳》輯録的是李縡門人任聖周、李仁矩、趙益章研習《詩集傳》所產生的疑問，以及李縡的回答。這些問答共計八則，六百餘字，涉及的詩篇有《周南・關雎》《召南・行露》《何彼襛矣》《大雅・抑》《既醉》《江漢》《烝民》《執競》《周頌・酌》。李縡均按照《詩集傳》加以回答。

《詩傳疑義問解——詩傳》呈現了朝鮮學人研習《詩集傳》的具體形態，同時呈現了他們對於《詩集傳》的一些疑惑難解之處。

十三、李光庭《秦無衣》

李光庭(1674—1756)，字天祥，號訥翁，原州人，著有《訥隱集》。

---

①姜碩慶《論詩經劉注主右旋之非》，第 233—234 頁。

《秦無衣》是李光庭對《秦風·無衣》詩的讀後感，全篇七百餘字。李光庭認爲《無衣》是遺留在秦地的周民“閔其身之漸淪於夷俗，而思王師之復興光復舊物”[①]的詩。李光庭藉此抒發對周室衰落無力“恢復文武舊業”[②]的悲歎，他説：“余讀至此，不覺擊節而流涕。”[③]

十四、李顯益《詩傳説》

李顯益(1678—1717)，字仲謙，號正庵，全州人，著作有《正庵集》。

《詩傳説》是李顯益關於《詩經》的研究。《詩傳説》以評析朱熹《詩集傳》關於《周南·關雎》《邶風·泉水》《王風·君子于役》《鄭風·揚之水》《齊風·鷄鳴》《甫田》《唐風·綢繆》《葛生》《曹風·下泉》《豳風·七月》詩的解釋爲主要内容。《詩傳説》之《詩經》學研究具有兩個特徵：

第一，《詩傳説》以《詩集傳》爲研究之主要内容，且在很多詩篇的解釋上與《詩集傳》相同。如《邶風·泉水》《王風·君子于役》《唐風·綢繆》等。

第二，《詩傳説》不完全遵循《詩集傳》。如《周南·關雎》，《詩集傳》云：“周之文王生有聖德，又得聖女姒氏以爲之配。宫中之人，於其始至，見其有幽閒貞静之德，故作是詩。”[④]李顯益反對《詩集傳》，贊成《朱子語類》的解釋，他説：“作宫人之事，則推之似太過。求以文字語意，亦‘寤寐反側’襯切於思得賢匹而爲君子求妃則較泛。琴瑟友、鍾鼓樂，顯是夫婦相樂之辭，未見有尊奉之意。《注》説可疑也。然《語類》有一説，曰《關雎》是妾媵做，所以形容得寤寐反側之事，外人做不到，此是，則以‘寤寐反側’爲文王事也。

①李光庭《秦無衣》，《韓國經學資料集成》第71册，第249頁。

②李光庭《秦無衣》，第248頁。

③李光庭《秦無衣》，第250頁。

④朱熹《詩集傳》，第1頁。

恐當以此爲正。”①

十五、林象德《詩傳》

林象德(1683—1719),字潤甫,號老村,羅州人。文科及第,官至弘文館修撰校理,著作有《老村集》《東史會綱》。《詩傳》是林象德關於《國風》的研究,表現出三個方面的《詩經》研究特徵:

第一,解釋朱熹《詩集傳》。《詩傳》以解釋《詩集傳》爲主要内容,如《詩傳》之《行露》《摽有梅》《有女同車》《鄭風·揚之水》等條,均是對《詩集傳》的解釋。

第二,不主《詩集傳》一家的解釋特徵。《詩傳》不獨尊《詩集傳》,對《詩集傳》時有懷疑與反對之處。如《衛風·河廣》,林象德反對《詩集傳》以襄公即位解釋此詩。林象德云:“華谷嚴氏曰:‘《箋》謂宋襄即位,其母思之,而作《河廣》之詩。孔氏因以爲衛文時,非也。衛都朝歌在河北,宋都睢陽在河南,自衛適宋必涉河。衛自魯閔二年狄入之後,戴公始渡河而南。《河廣》之詩言‘誰謂河廣,一葦杭之’,則是作於衛未遷之前矣。時宋桓公猶在,襄公方爲世子,衛戴文俱未立也。舊説誤矣。’按朱子作《集傳》取舊説不改,而嚴氏之説如此,以《詩傳》及《春秋》考之,蓋然,録之以備質疑。”②

---

①李顯益《詩傳説》,《韓國經學資料集成》第71册,第254—255頁。

②林象德《詩傳》,《韓國經學資料集成》第71册,第281頁。林象德所云“舊説”指的是《鄭箋》。此詩,《詩序》云:“宋襄公母歸於衛,思而不止,故作是詩也。”《鄭箋》解釋《詩序》云:“宋桓公夫人,衛文公之妹,生襄公而出。襄公即位,夫人思宋,義不可往,故作詩以自止。”孔穎達《毛詩正義》,第239頁。《詩集傳》沿襲《詩序》與《鄭箋》的解釋云:“宣姜之女,爲宋桓公夫人,生襄公而出歸於衛。襄公即位,夫人思之,而義不可往。”朱熹《詩集傳》,第46頁。嚴粲《詩緝》根據《河廣》詩是“誰謂河廣”,認爲此詩是衛國未南遷渡河之詩,而此時宋桓公還在,宋襄公還是世子,非《鄭箋》《詩集傳》所云“襄公即位”。林象德贊同嚴粲的説法。

第三,《詩傳》具有文學批評的特徵。如"《野有死麕》"條,《詩傳》云:"此詩精神專在'舒而脱脱'一句上。"①"緑衣"條,《詩傳》云:"《緑衣》之詩,讀此二章令人無限感慨。"②"《載驅》"條,《詩傳》云:"漢魏間論文章,每稱齊氣爲舒緩,其人性情辭氣亦有如此者。"③

十六、尹東奎《詩・讀詩記疑・讀大雅記疑・詩追録》

尹東奎(1695—1773),字幼章,號邵南,坡平人,著作有《邵南遺稿》。尹東奎的《詩經》研究由"詩""讀詩記疑""讀大雅記疑""詩追録"組成,具有三個方面的特徵:

第一,懷疑朱熹《詩集傳》。尹東奎在《詩經》研究上不尊奉《詩集傳》,他從詩旨、訓詁、賦比興等方面懷疑《詩集傳》。

第二,善於思考,得出新見。如尹東奎認爲《大雅・崧高》《蒸民》是詩人對周王的勸諷。

第三,實證的研究態度。如尹東奎對《小雅》中出現的尹氏、皇父等人名作了考證,體現出徵實的研究態度。

十七、金元行《渼上經義——詩傳》

金元行(1702—1772),字伯春,號渼湖,著作有《渼湖集》。

《渼上經義——詩傳》收録的是金元行與宋焕德、憲柱、廷仁、漢禎、吴達海、柳輯等人討論《詩經》的言論。宋焕德等人圍繞《詩經》的詩旨、名物及《詩集傳》展開討論,金元行擔任討論的主持,對諸家的解釋加以評判。

①林象德《詩傳》,第271頁。
②林象德《詩傳》,第274頁。
③林象德《詩傳》,第287頁。

金元行的評判大多以朱熹《詩集傳》爲準繩。如《七月》詩"四之日舉趾"之"舉趾",《詩集傳》云:"于耟,言往修田器也。舉趾,舉足而耕也。"[①]討論者廷仁曰:"舉趾,疑如今種穀者,而《集注》謂舉趾而耕者,何也? 柳輯曰:不用牛,而但以耒耟耕者,豈不爲舉趾而耕歟?"[②]金元行回應云:"于耟,則但往修田器也。舉趾,則方舉足而耕耳。柳説非是。"[③]金元行的解釋完全是對朱熹《詩集傳》的復述。

此外,在一些詩篇中,金元行也贊同廷仁等人對朱熹《詩集傳》的懷疑。如《小雅・蓼蕭》首章之"燕笑語兮,是以有譽處兮",《詩集傳》云:"是以燕笑語而有譽處也。"[④]廷仁云:"《蓼蕭》章釋'是以有譽處兮'有可疑。蓋諸侯朝於天子,則天子輸寫其心,至於燕飲而喜笑和悦,以此之故,上下之間,情意相通,無所猜疑,以保其聲譽而安處也。由此言之,'是以'二字承上燕笑語之句而極有力。《集注》之以'是以'二字置於燕笑之上而爲解,何也?"[⑤]廷仁認爲朱熹《詩集傳》的解釋不妥并表示懷疑,金元行贊同廷仁的看法云:"果可疑。"[⑥]

《渼上經義——詩傳》體現出廷仁等人對《詩集傳》大膽的懷疑,同時呈現出金元行對《詩集傳》闡釋權威的維護。

十八、黄景源《經解——大雅問》

黄景源(1709—1773),字大卿,號江漢,長水人,官至吏曹

①朱熹《詩集傳》,第90頁。
②金元行《渼上經義——詩傳》,《韓國經學資料集成》第71册,第310頁。
③金元行《渼上經義——詩傳》,第310頁。
④朱熹《詩集傳》,第111頁。
⑤金元行《渼上經義——詩傳》,第319頁。
⑥金元行《渼上經義——詩傳》,第320頁。

判書，著作有《江漢集》。南有容（1698—1773），字德哉，號雷淵，宜寧人，官至大提學。《經解——大雅問》記載的是黄景源與南有容有關《詩經·大雅》的討論，由黄景源記録，保存於《江漢集》中。

《大雅問》以黄景源、南有容問答的方式對《大雅》中除《行葦》《鳧鷖》《泂酌》之外的二十八首詩作了討論，表現出兩個方面的研究特徵：

第一，以文本爲主的《詩經》研究。如《大明》，南有容根據《大明》和《思齊》對太妊的叙述，認爲太妊對文王的教導多於王季，他説："《大明》次章曰'摯仲氏妊，來嫁于周，乃及王季'，是歸重于太妊也。《思齊》則又專美太妊而王季不與焉，豈文王作聖，太妊之訓爲多而然歟？"[①]黄景源認爲這樣的叙述是爲了强調周室女性的作用，他説："文王性之者也，而劉向《列女傳》論太妊胎教甚當，雖謂之成文王之聖者，繇太妊之賢，可也。《大明》《思齊》叙女士與周室之業，則王季之或載或否，其體宜然也。"[②]

第二，懷疑與創造并行的研究。對於朱熹《詩集傳》，黄、南二人大都堅持，如南有容在《棫樸》篇中説："朱子説，當深味之。"[③]但他們對《詩集傳》也時有懷疑之處。如《卷阿》，南有容問："'俾爾彌爾性'，《集注》以爲使爾終其壽命。竊謂《卷阿》之游，既伴奂優游矣……蓋勸王修德以盡其性，似先君善始而善終也。"[④]黄景源答云："盡性之解，可謂善言《詩》矣。"[⑤]他們在《詩集傳》之外，提出新的理解。

---

①黄景源《經解——大雅問》，《韓國經學資料集成》第 71 册，第 342 頁。
②黄景源《經解——大雅問》，第 342 頁。
③黄景源《經解——大雅問》，第 347 頁。
④黄景源《經解——大雅問》，第 379 頁。
⑤黄景源《經解——大雅問》，第 379 頁。

十九、白鳳來《詩傳》

白鳳來(1717—1799),字來伯,號九龍齋,水原人,著作有《九龍齋集》。《詩傳》收録的白鳳來論《詩經》的四十七首七言絶句。《詩傳》具有以下兩個特徵:

第一,白鳳來以絶句來表達自己對《詩經》的見解。如《衛風·淇奥》是一首歌頌衛武公德行的詩①,白鳳來以"衛武精神"爲名,作詩云:"無中淇奥有中明,一脉貫通五運行。風雅精神調護際,公爲權道作平衡。"②

第二,白鳳來以《周易》解《詩經》。白鳳來認爲《詩經》與《周易》是相通的,他説:"周以繋經孔以傳,其爲經傳互相通。循環四始貫于一,六儀分明三體中。"③白鳳來認爲《周易》爲周文王與周公所作,孔子爲之作傳,而六經乃孔子所定,所以孔子所定的《詩經》與《周易》是相通的④。因此他在《詩傳》中運用《周易》的原理來解釋《詩經》。如《周南·關雎》,白鳳來以"關雎乾坤"爲名,作詩云:"巽震互根如月恒,澤山交感若雷層。雎鳩詠入乾坤上,千萬兒孫次第承。"⑤此詩可以用白鳳來《三經通義——詩傳》之《關雎如易之有乾坤圖》來解釋,白鳳來云:"《易》以乾坤爲父母,而《書》以君臣爲乾坤,《詩》以夫婦爲乾坤。則《書》之乾坤,體《易》之乾坤也;《詩》之乾坤,體《易》之《咸》《恒》也。何以明其然也?《書》以堯、舜

①《衛風·淇奥》,《詩序》云:"美武公之德也。有文章,又能聽其規諫,以禮自防,故能入相於周,美而作是詩也。"孔穎達《毛詩正義》,第214頁。

②白鳳來《詩傳》,《韓國經學資料集成》第71册,第422頁。

③白鳳來《詩傳》,第421頁。

④白鳳來《三經通義——詩傳》云:"《詩》《書》無非體《易》,則交易變通之謂《易》,典謨體用之謂《書》,正變相須之謂《詩》也。分而言之則三經,合而言之則一理也,互相經緯,互相體用。"《韓國經學資料集成》第71册,第438頁。

⑤白鳳來《詩傳》,第421頁。

爲乾坤,則君臣之義明矣;《詩》以文王、太姒爲乾坤,則夫婦之義亦明矣。《咸》爲夫婦,《恒》而不已。"[①]可知《關雎乾坤》旨在表明《詩經》以宣揚夫婦倫理爲主要目的。

二十、白鳳來《三經通義——詩傳》

白鳳來(1717—1799),字來伯,號九龍齋,水原人,著作有《九龍齋集》。《三經通義——詩傳》是白鳳來以《周易》圖解的方式來解釋《詩經》的著作。

白鳳來運用《周易》來解釋《詩經》,并以圖解的方式來解釋《詩經》[②],如《詩傳體易之圖》。白鳳來解釋此圖云:"《詩》《書》無非體《易》,則交易變通之謂《易》,典謨體用之謂《書》,正變相須之謂《詩》也。分而言之則三經,合而言之則一理也。互相經緯,互相體用。"[③]白鳳來認爲《詩》與《書》都是用來解釋《周易》的,如《詩大全體易之圖》,白鳳來解釋云:"體《易》之謂《詩》《書》。則《書》之六體,《詩》之六義,無非體《易》之六節者也……《易》之四德分爲六

① 白鳳來《三經通義——詩傳》,第 456—457 頁。

② 《三經通義——詩傳》中關於《詩經》的三十三幅圖:《詩傳體易之圖》《詩大全體易之圖》《正變相須體易之圖》《國風資始之圖》《周召南次第風化之圖》《關雎如易之有乾坤圖》《雎、麟、鵲、騶體應終始圖》《十三國變風之圖》《衛武之詩列於風雅之圖》《黍離降爲王風之圖》《秦穆爲閏漸之圖》《變風終於陳靈之圖》《匪風、下泉含生剥復之圖》《豳居風雅間之圖》《七月爲風雅頌精神之圖》《小雅流形之圖》《鹿鳴爲始小雅之圖》《天保仰答鹿鳴下五詩之圖》《南陔三詩爲有聲無辭圖》《車、吉爲宣王復會東都圖》《正十月爲陰陽失節之圖》《無正名篇爲雨無極之圖》《大雅各正性命之圖》《文王爲始大雅之圖》《思齊一篇爲文王太極圖》《靈台一詩寓辟雍教之圖》《生民爲祭天配稷肇祀姜嫄圖》《清廟爲頌始之圖》《明堂祀文王以配上帝圖》《駉篇思無邪爲詩三百大旨圖》《商頌爲追遠存本圖》《魯商頌爲二南顧本之圖》《詩大全體易爲大輪之圖》。

③ 白鳳來《三經通義——詩傳》,《韓國經學資料集成》第 71 册,第 438 頁。

節，六節分序六十四卦；則《書》之四書分爲六體，六體分爲五十八篇；而《詩》之四始分爲六義，六義分爲三百十一篇者……《書》之欽，《詩》之誠，此實《易》之時……時以串《易》，欽以貫《書》，則三百篇一貫者，思無邪也。”①以《詩經》之六義比附《周易》的六爻，以《詩經》之四始比附《周易》元亨利貞四德，以“思無邪”類之《周易》之“時”。

再如《詩大全體易爲大輪之圖》，白鳳來云：“《關雎》爲乾坤，則如《易》之有乾坤也；《鹿鳴》《天保》爲泰否，則如《易》之有《泰》《否》也；《匪風》《下泉》，爲思復之剥，則如《易》之有《剥》也；《魯》《商頌》，爲存剥之復，則如《易》之有《復》也。”②

白鳳來將《詩經》看作是解釋《周易》的書，因此他在《三經通義——詩傳》中表達的是他關於《周易》的哲學見解，但是過分比附，是其不足之處。

二十一、金鍾厚《詩傳劄録》

金鍾厚（？—1780），字伯厚，號本庵，清風人，官至諮議，著作有《本庵集》。

《詩傳劄録》收録的是金鍾厚關於朱熹《詩集傳》的研究劄記，表現出四個方面的研究特徵：

第一，漢宋兼采的研究態度。《詩傳劄録》雖然以《詩集傳》爲研究之主要内容，但是金鍾厚在《詩集傳》之外，大量引入并吸收《詩序》《毛傳》《鄭箋》等漢代《詩經》學的研究成果。

第二，獨立思考的研究精神。金鍾厚對《詩序》《詩集傳》等《詩經》研究之權威著作持懷疑思考的態度，如《周南·葛覃》，《詩序》

① 白鳳來《三經通義——詩傳》，第441—442頁。
② 白鳳來《三經通義——詩傳》，第607頁。

《詩集傳》均以后妃之事來解釋[①]，金鍾厚不贊同《詩序》等解釋，他認爲此詩非關后妃之事，乃是叙寫宫人之事，他説："惟此篇與《卷耳》在《樛木》之前，則難道是閭巷而當屬姬妾也，然則凡《詩》之非閭巷者，恐皆宫人而已。蓋歌謡正合於宫人事，而若后妃亦可爲之，則王何獨不可爲，而無一篇之作乎？至雅、頌而有成王、周公之作，則后妃有作，亦宜爲雅而不爲風也。舊説相承，類皆屬之后妃。恐却狹了，且生多少窒礙。此甚可疑，而朱子亦只沿襲爲説，則必有精義，而恨未易究也。下《卷耳》及《召南·采蘩》之類皆倣此。"[②]體現了獨立思考的研究精神。

第三，重視《詩經》之訓詁。如《周南·桃夭》首章末兩句"之子於歸，宜其室家"。《毛傳》《鄭箋》《詩集傳》在解釋上有細微的差異，金鍾厚細緻分析諸家之長短，尋求最恰當的釋義，如他説："(《詩集傳》)似謂自夫婦所居，至於一門之内，而要與三章'家人'同義。然'於'字訓，可疑。《毛傳》謂'宜'以有室家……《鄭箋》改以家人猶室家……愚意《毛》義室家之變稱家人固不害，惟解'宜'字不免各異者，殊不安。若'宜'字從《集傳》作和順解，而'室家'、'家室'、'家人'從《毛》訓，則恐好。"[③]

第四，重視《詩經》研究之文獻依據。如《邶風·凱風》末章"睍睆黄鳥，載好其音"之"睍睆"，《詩集傳》云："清和圓轉之意。"[④]金鍾厚懷疑《詩集傳》缺乏文獻依據，云："《毛》《鄭》皆已言好貌，若顔色悦矣。今傳(《詩集傳》)之并不從，未知何据也？"[⑤]

---

①《葛覃》，《詩序》云："后妃之本也。后妃在父母家，則志在於女功之事，躬儉節用，服澣濯之衣，尊敬師傅，則可以歸安父母，化天下以婦道也。"孔穎達《毛詩正義》，第30頁。《詩集傳》云："蓋后妃既成絺綌而賦其事，追叙初夏之時，葛葉方盛，而有黄鳥鳴於其上也。"朱熹《詩集傳》，第3頁。

②金鍾厚《詩傳劄録》，《韓國經學資料集成》第71册，第616—617頁。

③金鍾厚《首章劄録》，第618—619頁。

④朱熹《詩集傳》，第19頁。

⑤金鍾厚《詩傳劄録》，第623頁。

二十二、金鍾厚《詩傳》

金鍾厚(？—1780),字伯厚,號本庵,清風人。官至諮議,著作有《本庵集》。

《詩傳》是對《詩傳劄録》的補充,以朱熹《詩集傳》爲主要的研究内容,强調《詩經》之訓詁。如《周南·關雎》第二章之"輾轉反側",朱熹《詩集傳》云:"輾者,轉之半。轉者,輾之周。反者,輾之過。側者,轉之留。"①金鍾厚云:"此訓(《詩集傳》)不知何所本也。《鄭箋》只訓輾爲卧而不周,孔《疏》則以'輾轉'爲一義,'反側'爲一義。恐亦簡易。"②體現出參酌多家訓詁釋義的研究方法。

二十三、金鍾正《劄録——詩傳》

金鍾正(1722—1787),字伯剛,號雲溪,清風人,著作有《雲溪集》。《劄録——詩傳》收録的是金鍾正有關《詩經》的研究劄記。

《劄録——詩傳》以朱熹《詩集傳》爲主要的討論内容,呈現出商量探究《詩集傳》的詮釋特徵。如《王風·君子陽陽》,《詩序》云:"閔周也。君子遭亂,相招爲禄仕,全身遠害而已。"③《詩集傳》云:"此詩疑亦前篇婦人所作……或曰:《序》説亦通,宜更詳之。"④《詩集傳》對此詩持兩種不同的解釋。對此金鍾正録輔廣之説解釋云:"按:小注輔氏説以爲'序説亦通。宜更詳之'者,蓋欲仍舊也。蓋

---

①朱熹《詩集傳》,第 2 頁。
②金鍾厚《詩傳》,《韓國經學資料集成》第 71 册,第 643 頁。
③孔穎達《毛詩正義》,第 256 頁。
④朱熹《詩集傳》,第 43 頁。

以其爲前篇婦人之作者,未有明據,終涉可疑故耳。"[①]再如《商頌》,金鍾正云:"朱子曰:'《商頌》簡奥。'按以《書》觀之,《商書》多明白易直,《周書》多艱棘聱牙。《詩》則反是,《商頌》簡奥難曉,《周頌》較更平順,誠可異也。"[②]

此外,《劄録——詩傳》保存了朝鮮學者林泳、宋時烈、金昌翕等關於《詩經》《詩集傳》的見解。金鍾正也時有對林泳等《詩經》研究發表評論,且其評論均是從追求《詩經》之準確解釋的立場出發,不偏袒任何一家的解釋,呈現出客觀的研究態度。如《邶風·泉水》第二章之"問我諸姑,遂及伯姊",《劄録——詩傳》載金昌翕的解釋云:"三淵曰:'諸姬及諸姑伯姊,訓解欠詳。諸侯一娶九女,夫人與二媵各以姪娣從之,凡九人。《泉水》之女,恐是兩媵中一人爲姪者。唤兩媵爲諸姑,稱其同爲姪者曰伯姊也。'"[③]金鍾正評價云:"按:《傳》(《詩集傳》)以此爲夫人作,三淵媵姪之説於姑姊字,雖若委曲可通,然與《傳》不合。且味其詩,未見其爲妾媵之作,則其説恐近於鑿矣。大抵經文之不可通者,只當闕之而已,不可曲爲之説以强通之也。"[④]

二十四、朴世堂《詩思辨録》

朴世堂(1629——1703),字季肯,號西溪,潘南人,官至吏曹判書。著作有《四書思辨録》《南華經注解删補》《詩思辨録》等。

---

①金鍾正《劄録——詩傳》,《韓國經學資料集成》第71册,第694頁。按:此處輔廣云:"謂此詩疑亦前篇婦人所作者,蓋兩篇之首皆以'君子'爲言,而又相聯屬,此固不害於義。然亦安知其非偶然而然也。故又取或者之説,以爲'《序》説亦通,亦更詳之',蓋欲仍舊也。"胡廣《詩傳大全》,卷四。

②金鍾正《劄録——詩傳》,第736—737頁。

③金鍾正《劄録——詩傳》,第684—685頁。

④金鍾正《劄録——詩傳》,第685頁。

《詩思辨録》是朴世堂的《詩經》研究著作，該書具有四個方面的特徵：

第一，毛與三家，兼收并取。朴世堂在《毛詩》之外，還運用了三家詩中《韓詩》的文本，分析了《韓詩》與《毛詩》在文本上的差異。在一些詩句的訓釋上，朴世堂認爲《韓詩》優於《毛詩》，體現出較爲寬闊的學術胸懷。

第二，漢宋兼采，唯是之求。朴世堂的《詩經》研究，在汲取朱熹觀點的同時，對朱熹也有不少駁正，并以漢唐考據學的成果來補宋學的空疏處，也有以宋學糾正漢學的拘迂處，且朦朧地意識到《詩經》研究應該漢宋兼采，不能存在獨尊一家的偏見。如《邶風・擊鼓》《王風・君子陽陽》等詩篇，朴世堂采用《毛詩序》的解釋。《召南・草蟲》《王風・君子于役》，朴世堂取《詩集傳》而不從《毛詩序》。對於《鄭風・子衿》《山有扶蘇》這些暫時得不到確解，又認爲各家的解釋都有合理之處，他就采取了兼采共存的態度。對於漢學和宋學都無法解決的問題，朴世堂本人一時也難以找到答案者，則以"闕疑"等標識。

第三，涵詠本文，以情解詩。朴世堂從《詩經》文本出發，以情解《詩》，發揚了《詩經》研究的抒情性傳統。朴世堂把現實人生的感情投注於《詩經》訓釋中，品味詩人所傳達的感情。如他認爲《周南・汝墳》《召南・草蟲》叙寫的是夫婦離别的相思，認爲《小雅・小明》中藴涵着深厚的父母、兄弟之情。

第四，關注現實，嚮往聖治。朴世堂生於壬辰倭亂與丙子胡亂之後，這兩次外族入侵，給朝鮮王朝帶來了巨大的灾難。朴世堂將對現實社會的關注投注到《詩經》研究中，如他在《王風・丘中有麻》《鄭風・蘀兮》等詩的注釋中，都寄寓了憫世惜賢與憂慮社稷民生的感情。

《詩思辨録》之不足主要有三：一是不能脱離《毛詩序》之藩籬，對《詩經》的教化闡釋過多。二是對一些詩篇詩旨的訓釋流於情緒化,以意逆志法運用過當,以一己之情解詩,失之客觀。三是對朱熹的一些批評,有時也過於草率。但是瑕不掩瑜,《詩思辨録》有很大的學術價值,是朝鮮《詩經》學史上一部重要的著作,應該引起《詩經》研究者的重視。

二十五、李瀷《詩經疾書》

李瀷(1681—1763),字子新,號星湖,驪州人,朝鮮時代著名的實學思想家。

《詩經疾書》是李瀷的《詩經》學著作。該書不録詩篇全文,只標注詩篇篇名。重點探討詩旨,不逐一解釋字詞章句,只對其認爲有必要解釋的字詞作疏解。《詩經疾書》具有三個方面的特徵:

第一,懷疑與實證并行的《詩經》學態度。如李瀷反對朱熹"淫詩"説,他以君臣上下相求、警戒世風、憂慮社稷等層面來消解朱熹之"淫詩"説。又以實際觀察指出《詩集傳》的不妥之處,如《周南·螽斯》篇之"螽斯",《詩集傳》解釋爲螽斯"一生九十九子"①,李瀷否定《詩集傳》云:"余嘗驗之斯螽之類,以尾尖穴土種子,蟲成而出。余又掘而視之,非卵。伊蟲九十九子,俗之訛傳也,安得至此多乎?"②

第二,經世致用的《詩經》學特徵。《詩經疾書》表現出經世致用的《詩經》學特徵,向外表達了求賢治國的政治主張,向内指導士君子立身處世,安頓亂世中漂泊不遇的士君子靈魂。如李瀷將《周南·芣苢》《召南·草蟲》《邶風·静女》《鄭風·丰》《秦風·車鄰》《小雅·南山有臺》等詩解釋爲求賢之詩,表達了求賢治國的政治願望。李瀷還在《詩經疾書》中安慰處於困境中不遇的心靈。如

①朱熹《詩集傳》,第4頁。
②李瀷《詩經疾書》,《韓國經學資料集成》第73册,第20頁。

《邶風·緑衣》,李瀷贊同《詩序》解釋,以莊姜之不遇作爲解釋的基調,將關注的重心轉移到解釋莊姜如何疏導不遇的情緒,以第二章、三章之"我思古人"爲中心進行闡釋。他認爲莊姜思古人重在尋求精神支柱,即莊姜所思之"古人"是同樣處於不遇境地的古代聖賢君子。古之君子不易節操,以從容的態度堅守"窮"的狀態給莊姜以鼓勵與安慰。李瀷的解釋有想象與比附的成分,但不難看出其要旨是爲亂世中不遇的士人君子尋求戰勝困厄現實的强大精神支撑,是爲了安頓貧賤中的士人心靈。《詩經疾書》還具指導士君子之立身處世的用意。如《小雅·小明》詩,李瀷認爲此詩重在勸告處於禍福相乖反的社會里的君子應該以"自守"來保全自身。

第三,《詩經》訓詁新見。《詩經疾書》注重《詩經》訓詁的研究,并時有新見。如《召南·鵲巢》,李瀷與《毛傳》《詩集傳》相異。李瀷認爲鳩鳥能自作巢,非居鵲之巢。他否定《毛傳》與《詩集傳》的解釋,同時還以鳩"性淫媟"否定《詩序》以鳩鳥比喻夫人之德的解釋。李瀷根據蔡沈《尚書集注》[①]將《鵲巢》詩中的"鳩"釋爲"群類同居"之意。又從字形的角度分析《兔罝》中"好仇"之"仇"是"人"從"九","鳩"字是"九"從"鳥",得出"鳩"是鵲的好仇(逑)。李瀷從文字的形體結構出發,給《鵲巢》詩之"鳩"提供了一個新鮮的解釋,體現了富於想象的研究方式。但是需要指出的是李瀷的解釋與《鵲巢》詩中"鳩"鳥的屬性不符。

《詩經疾書》主要有三個方面的不足:

一是過分强調《詩經》之致用目的。李瀷懷抱經世致用的目的解釋《詩經》,過分强調《詩經》在政教治國上的作用與意義,導致曲解詩義以就己意的解釋傾向。如《陳風·澤陂》,是一首懷人的詩,"全篇寫此一美婦之憂思悲傷,始而涕泗滂沱,繼而中心悁悁,終乃

①"鳩",《尚書·堯典》:"共工方鳩僝功。"蔡沈《尚書集注》云:"鳩,聚。"錢宗武、錢忠弼整理《書集傳》,鳳凰出版社 2010 年版,第 5 頁。

輾轉伏枕。憂愈深而人轉静矣”[①]。李瀷以高潔之“蕳”與低賤之“蒲”共生澤中,以喻賢人處卑賤氓庶之間,表達的是對明君得賢人治國的期盼,其解釋過於迂曲牽强。

二是對詩篇章句的錯誤解釋。如《邶風·凱風》,此詩是“兒子頌母親并自責的詩”[②]。此詩末章云:“睍睆黄鳥,載好其音。有子七人,莫慰母心。”李瀷釋“睍睆”爲“明鮮貌”,并以《小雅·大東》篇“睆彼牽牛”之“睆”爲證,意在尋求《詩經》内證來作釋,但是并未對《大東》詩之“睆”[③]與《凱風》詩之“睆”二者均爲“明鮮貌”作出解釋,顯得證據不充分。其次,“睍睆黄鳥,載好其音”[④],李瀷以黄鳥有子之時毛羽明鮮釋前句,以幼鳥長大後則不再有動聽的聲音釋後句,并認爲此詩是母子相求之詩。其解釋分裂詩句,屬無據之談。

三是去背景化的《詩經》解釋。李瀷將實證與科學的研究精神投注到了《詩經疾書》中,在《詩經》研究上,具有打破權威提出新見的意義。但是李瀷在運用客觀知識解釋《詩經》時,存在去《詩經》所處之時代背景的情况,因此其得出的解釋與《詩經》存在距離。如《小雅·十月之交》,此詩通過叙述日食之異常以致自然界雷電、風雨、地震的發生,預示周王朝亂亡在即。李瀷運用科學知識否定日食與人事灾難之必然關係,他從科學的角度解釋日食,袪除了日食在詩中的神秘色彩,對正確認識日食有助益。但是李瀷將此詩中的日食單純定義爲天文現象,這與《詩經》本義存在巨大的距離,

---

①陳子展《詩經直解》,第 434 頁。

②程俊英《詩經譯注》,第 56 頁。陳子展云:“《凱風》,自是出於歌謡,言七子之母之心,七子之孝。”《詩經直解》,第 97 頁。

③《凱風》之“睍睆”,“睍睆”,《毛傳》云:“好貌。”《鄭箋》云:“睍睆以興顔色説也。”孔穎達《毛詩正義》,第 134 頁。《大東》詩之“睆”,《毛傳》與《詩集傳》均釋爲“明星貌”。孔穎達《毛詩正義》,第 788 頁。朱熹《詩集傳》,第 148 頁。

④孔穎達疏此二句云:“言黄鳥有睍睆之容貌,則又和好其音聲,以興孝子當和其顔色,順其辭令也。今有子七人,皆莫能慰母之心。”孔穎達《毛詩正義》,第 135 頁。

其解釋脱離了《詩經》的時代背景。《詩經》《國語》《左傳》等先秦典籍中有關日月星辰的記載無一不"認爲星辰日月的位置變動與地上人事的禍福相對應"[①],與君主道德、國運走向密切相關。所以《十月之交》之日食是作爲政治警戒的作用與背景出現的,李瀷以科學精神否定日食與人事的關係,其解釋與詩篇之本義不符。

二十六、《詩義》

《詩義》,著者未詳。

《詩義》以解釋詩篇部分章句爲主。其解釋不録有關此章句的舊有解釋,暗自融入朱熹《詩集傳》,新意甚少。如《周南·芣苢》,朱熹《詩集傳》云:"化行俗美,家室和平,婦人無事,相與采此芣苢,而賦其事以相樂也。采之未詳何用。或曰:其子治難産。"[②]《詩義》解釋"采采芣苢"云:"吁吁!室和平無事,而求事故草治産難,既采而又采。噫!三章之内,所言者,一采采也。六句之中,所言者,一芣苢也。則采而復采,言而又言者,可見其無事中求有事也。矧乎芣苢之用,宜於治産,則婦人無事之日,宜其采而貯之也。室家和平之時,可以采而藏之矣。春閨斜日,無所事,於婦人可采者不過乎芣苢。《桃夭》佳辰,既已宜其家人,而所采者只是芣苢。"[③]《詩義》完全是對《詩集傳》的發揮,獨立研究較少。

二十七、洪大容《三經問辨——詩傳辨疑》

洪大容(1731—1783),字德保,號湛軒,南陽人。官至榮川郡守,朝鮮時代後期的著名實學家。

①陳來《古代思想文化的世界》,第39—40頁。
②朱熹《詩集傳》,第6頁。
③無名氏《詩義》,《韓國經學資料集成》第73册,第592頁。

《三經問辨——詩傳辨疑》是洪大容關於《詩經》的文字。洪大容的《詩經》研究體現了客觀分析、不主一家的解釋態度，其《詩經》研究具有一定的功力。如《鄭風・揚之水》首章“終鮮兄弟”之“兄弟”，《詩集傳》云：“兄弟，婚姻之稱。”[①]洪大容云：“《揚之水》‘兄弟’之爲婚姻，果涉牽强。”[②]再如《鄭風・溱洧》，《詩集傳》云：“此詩淫奔者自叙之詞。”[③]洪大容云：“《溱洧》，刺冶遊之云，亦通。”[④]再如《魏風・園有桃》，《詩集傳》云：“興也。”[⑤]洪大容云：“園桃之興，恐不必疑。”[⑥]再如《小雅・十月之交》，洪大容云：“日月右行，此引曆家之言。故與書注不同。右行、左行其歸則一，然以理推之，左行者恐勝。”[⑦]

二十八、朴胤源《詩經劄略》

朴胤源(1734—1799)，字永叔，號近齋，潘南人，著作有《近齋集》。

《詩經劄略》記載的是朴胤源關於《詩經》的四則劄記[⑧]，涉及的詩篇與章句是：《豳風・七月》之“有鳴倉庚”、《衛風・干旄》之“干旄”、《小雅・雨無正》之“匪舌是出，維躬是瘁”、《大雅・大明》之“俔天之妹”。

《詩經劄略》之四則《詩經》劄記，無系統的解釋體例。如《豳風・七月》條，討論的是“有鳴倉庚”之文本出處，而《衛風・干旄》

①朱熹《詩集傳》，第55頁。
②洪大容《三經問辨——詩傳辨疑》，第6頁。
③朱熹《詩集傳》，第56頁。
④洪大容《三經問辨——詩傳辨疑》，第6頁。
⑤朱熹《詩集傳》，第64頁。
⑥洪大容《三經問辨——詩傳辨疑》，第5頁。
⑦洪大容《三經問辨——詩傳辨疑》，第6頁。
⑧朴胤源《詩經劄略》，《韓國經學資料集成》第74册。

條討論《漢書》注與《山海經》關於"干旄"之記載不同。《小雅・雨無正》條,討論的是朱熹《詩集傳》《毛傳》關於"匪舌是出,維躬是瘁"的解釋不如孔穎達《毛詩正義》的解釋。《詩經劄略》大體上呈現出比較諸家異同的特徵。

二十九、金龜柱《詩傳劄録》

金龜柱(1740—1786),字汝范,號可庵,官至左承旨,著作有《經書劄録》。《詩傳劄録》記載的是金龜柱關於胡廣《詩傳大全》的研究劄記。

《詩傳劄録》以懷疑朱熹《詩集傳》與《詩傳大全》中解釋《詩集傳》的小注爲主要内容。如《周南・關雎》,胡廣云:"朱子曰:'讀《關雎》詩,便使人有齊莊中正意思,所以冠乎三百篇……又曰《關雎》一詩,文理深奥,如《乾》《坤》卦一般,只可熟讀詳味,不可説。至如《葛覃》《卷耳》,其言迫切,主於一事,便不如此了。"[①]《詩傳劄録》云:"小注朱子説以爲《葛覃》《卷耳》,其言迫切。此恐是記録之未精也。夫彼二詩,雖其意味之深長,不及《關雎》,然其德厚意至,詞婉理得者亦皆有以合乎性情之正,未見其言之迫切也。"[②]再如《召南・騶虞》首章之"壹發五豝",《詩集傳》解釋云:"猶言中必叠雙也。"[③]《詩傳劄録》反對《詩集傳》云:"'一發五豝',《傳》以'中必叠雙'釋之者,蓋極言禽獸之衆也,然一矢中五豝,不近事情。《疏》[④]説以爲五豝,惟壹發,仁心如是,故有'于嗟乎'之嘆。此説近之,但意味狹少,無以見庶類之蕃殖耳,當更商。"[⑤]

①胡廣《詩傳大全》卷一。
②金龜柱《詩傳劄録》,《韓國經學資料集成》第 74 册,第 22 頁。
③朱熹《詩集傳》,第 14 頁。
④《疏》指的是《毛詩孔疏》,《毛詩孔疏》云:"獸五豝唯壹發者,不忍盡殺。仁心如是,故于嗟呼歎之,歎國君仁心如騶虞。"孔穎達《毛詩正義》,第 106 頁。
⑤金龜柱《詩傳劄録》,第 31 頁。

三十、高廷鳳《御製經書疑義條對——毛詩》

高廷鳳(1743—1822),號水村,長澤人。官至弘文館都正,著作有《水村集》。《御製經書疑義條對——毛詩》收録了六則正祖關於《詩經》的條問與高廷鳳的條對。

《御製經書疑義條對——毛詩》中的六則正祖條問是:第一,《詩經》有齊、魯、韓、毛四家,爲何《毛詩》獨傳?第二,正祖以程頤與朱熹關於《詩序》之尊廢意見相左爲題,問儒臣的看法?第三,正祖以《召南》中是否有周室東遷以後的詩提問。第四,《笙詩》是否有詞。第五《豳風·七月》是否包含風、雅、頌三體。第六,《詩集傳》關於《周頌·武》與《桓》的解釋是否合理。

高廷鳳認爲《毛詩》獨傳的原因在於"毛生之《詩》,獨襲子夏之緒餘,能傳孔子之正脉"[①]。關於《笙詩》之是否有詞,高廷鳳不贊同朱熹"有聲而無詞"[②]的説法,而認爲笙詩原本有詞,他説:"臣則以爲:曰《南陔》、曰《白華》、曰《華黍》、曰《崇丘》、曰《由庚》、曰《由儀》者,若本來有聲無詞,則當初名之者必曰'笙聲',必不曰'笙詩'。既曰詩也,則詩者言志也,豈有有聲無詞之詩乎?"[③]關於正祖的另外四則條問,高廷鳳都依據《詩集傳》作答。

三十一、《詩傳講義》

《詩傳講義》,四卷,著者未詳。

《詩傳講義》卷首解釋朱熹《詩集傳·序》,然後依次解釋《詩

①高廷鳳《御製經書疑義條對——毛詩》,《韓國經學資料集成》第74册,第128頁。

②朱熹《詩集傳》,第109頁。

③高廷鳳《御製經書疑義條對——毛詩》,第137—138頁。

經》三百零五篇，不解釋詩篇全文，只解釋詩篇中的部分章句。

《詩傳講義》包含有著者對詩句的理解，也有參酌融匯孔穎達《毛詩正義》、朱熹《詩集傳》的解釋。

《詩傳講義》時有自創新説。如《周南·芣苢》，《詩傳講義》解釋"采采芣苢"云："江之上，蘭杜正芳，采以結佩乎。山之南，薇蕨初長，采以盈筐乎。睠彼周道之旁，芣苢青青，謇誰須而采采，彼美人兮，聊與子同歸。"[①]其以采芣苢爲女子思歸之詩，與《詩序》《詩集傳》相異[②]。

《詩傳講義》引用《毛詩正義》解釋詩篇。如《陳風·墓門》，《詩序》云："刺陳佗也。陳陀無良師傅，以至於不義，惡加於萬民焉。"[③]《詩傳講義》解釋"知而不已，誰昔然矣"云："《疏》云：'此詩刺陳佗也。陳陀無良於師傅，以至於不義，惡加於萬民。'所由來者漸矣。是可忍也，孰不可忍也？"[④]此處《疏》的内容指的是孔穎達《毛詩注疏》中所録的《詩序》。

《詩傳講義》融合《詩集傳》以解《詩》。如《周南·關雎》，《詩傳講義》解釋"窈窕淑女，琴瑟友之"云："取其和平之意，故曰琴瑟。取其親愛之義，故曰友之。"[⑤]此詩，《詩集傳》云："樂則和平之極也……此窈窕之淑女，既得之，則當親愛而娱樂之矣。"[⑥]可見《詩傳講義》的解釋是參酌《詩集傳》而來的。

---

①無名氏《詩傳講義》，《韓國經學資料集成》第 74 册，第 157 頁。

②《周南·芣苢》，《詩序》云："后妃之美也。和平則婦人樂有子矣。"孔穎達《毛詩正義》，第 50 頁。《詩集傳》云："化行俗美，家室和平，婦人無事，相與采此芣苢，而賦其事以相樂也。"朱熹《詩集傳》，第 5—6 頁。

③孔穎達《毛詩正義》，第 447—448 頁。

④無名氏《詩傳講義》，第 247 頁。

⑤無名氏《詩傳講義》，第 152 頁。

⑥朱熹《詩集傳》，第 2 頁。

三十二、李書九《詩講義》

李書九(1754—1825),字洛瑞,號惕齋,全州人。文科及第,官至大司成,著作有《惕齋集》。

《詩講義》記載了正祖、金熹、李秉模關於《詩經》的四則問題與李書九的回答。《詩講義》主要以《小雅》《大雅》之部分詩篇爲討論對象,其所包含的四則問題是:第一,《小雅·斯干》首章"兄及弟矣,無相猶矣"之"猶",正祖以朱熹《詩集傳》爲何不用張載的解釋爲問。第二,《斯干》末章"無非無儀,唯酒食是議"之"儀",朱熹《詩集傳》解釋爲"善"[①],金熹對《詩集傳》的解釋不理解,以此爲問。第三,《小雅·北山》之什、《桑扈》之什、《都人士》之什,《詩序》定爲變雅之詩,是刺幽王之詩。《詩集傳》不從《詩序》之説,且《詩集傳》的解釋不是從政事的角度來解釋,正祖認爲依據《詩集傳》的解釋,那麽這些詩篇則不屬於《小雅》的範疇,正祖并以此提問[②]。第四,李秉模對《大雅·抑》首章之"抑抑威儀,維德之隅"表示不解,他認爲此詩强調外表的儀禮而忽視了内心的修養是本末倒置的作法[③]。

李書九主要依據朱熹《詩集傳》作答,他的作答呈現了對《詩

---

①朱熹《詩集傳》,第126頁。

②正祖問:"朱《傳》亦不明言其何時之詩,未知此等詩或作於宣王中興時耶?抑或作於成康盛時而錯簡在此耶?若《楚茨》《信南山》《甫田》等篇,朱《傳》以爲公卿有田禄者力於農事之作;若《頍弁》則以爲燕兄弟;若《采緑》則以爲婦人思君子。若然者皆無關於王政,而得厠於《小雅》者,何歟?若曰音節合於《小雅》云爾,則如《采緑》一篇最多此類,殊不見其音節之有别也,可以詳言其旨歟?"李書九《詩講義》,《韓國經學資料集成》第74册,第388—389頁。

③李秉模問云:"此章偏於威儀邊説去,何也?豈以其制外所以安内歟?此則有不然者,酒之爲害專在於迷其心,蕩其志,而非若視聽言動之知,誘物化則,區區於威儀之表者,亦末耳。豈武公之學未及於敬,以操存之工歟?何其一言不到於此歟?"李書九《詩講義》,第393頁。

經》及《詩集傳》深入細緻的理解。以李書九回答正祖第一則問題爲例。《斯干》"兄及弟矣，無相猶矣"之"猶"[①]，李書九答云："'猶'字訓釋，毛鄭以下，人各異説，而張子之言婉至，朱子之言直截。大抵人之相謀專由於物我之私，在他人猶不可，况於兄弟乎？方其天性渾全，真情發見，則孩提亦知敬兄，及夫物我形，而私意生，則於是乎私其身體，私其妻孥，各自爲謀，而終至有乖倫亂常之事。雖象之於舜，其漸不過如此。詩人之言，真可痛心，然朱子既以圖謀爲詩之正訓，又取張子之説以補之，豈非其義弘長，可以兼看歟！"[②]

三十三、金羲淳《講説——詩傳》

金羲淳(1757—1821)，字太初，號山木軒，安東人。文科及第，官至判義禁府事，著作有《山木軒集》。

《講説——詩傳》收録的是金羲淳課講《詩經》的内容，課講由正祖、儒臣提出問題，由金羲淳回答。《講説——詩傳》所記載的課講詩篇與時間有：庚戌十一月課講《周南・螽斯》，辛亥二月初五課講《鄭風・緇衣》，辛亥二月二十一日課講《齊風・盧令》《唐風・無衣》《葛生》《采苓》，辛亥三月十五日課講《豳風・七月》《小雅・南有嘉魚》，辛亥四月十六日課講《小雅・采芑》《白駒》，戊寅四月十九日課講《鄘風・蝃蝀》。

正祖與儒臣根據詩篇或朱熹《詩集傳》發問，金羲淳則主要根據朱熹《詩集傳》作答，也時以自己對詩篇的理解。如《唐風・葛

①《斯干》"兄及弟矣，無相猶矣"之"猶"，《詩集傳》云："謀也。"朱熹《詩集傳》，第145頁。《詩集傳》録張載的解釋并評價云："張子曰：'猶，似也。人情大抵施之不報則輟，故恩不能終。兄弟之間，各盡己之所宜施者，無學其不相報而廢恩也。君臣父子朋友之間，亦莫不用此道盡己而已。'愚按此於文義或未必然，然意則善矣。"朱熹《詩集傳》，第124—125頁。

②李書九《詩講義》，第385—386頁。

生》,朱熹《詩集傳》云:“夏日冬夜,獨居憂思,於是爲切。然君子之歸無期,亦可得而見矣,要死而相從耳……蘇氏曰:‘思之深而無異心,此唐風之厚也。”[①]李秉模問曰:“婦之思夫,人情之固,然則何足謂風俗厚耶?”[②]金羲淳答曰:“蘇氏之言曰思之深而無異心,其夫之從征已久,而爲婦者思深義至,以死爲期,此所謂風之厚也。”[③]

金羲淳在課講中除了探尋詩義之外,還將勸導國君重用賢臣的政治主張融匯其中,如《詩傳·鄘風·蝃蝀章》,金羲淳云:“人主之講學,有關於治道也,如是試以今番講章言之。《衛風》誠多淫奔之詩,而國之如是,由於人君之治亂得失賢邪用捨,衛雖如此之時,亦不患無賢者,而人君不能用。故《簡兮》之章,乃賢者不遇而降在伶官之作。《北風》之章,乃賢者不遇而思與同歸之語也。夫有如此之賢者,而國不能用,所用者皆不賢者,則國安得不危乎?賢者不用於世,故其所以憂世之意,溢於詞章,而爲譏諷,爲怨嘆,固其然矣。觀夫此篇諸作,雖多淫奔之詩,譏其淫奔者,必是賢者。故其詩也,婉轉委曲,可見憂世之意也。苟能用如此賢者,則豈不能救其國之將危,而反以爲治乎?文公之能撥亂興衰,其必用此等賢者而爲政也,用賢而去邪,反亂而爲治,即一轉移間事也。如此處,詳察玩味,則資君德制治道,此爲最緊要之工。伏願聖上深留聖意於此,以爲出治任賢之方,千萬幸甚!”[④]

三十四、金羲淳《講義——詩傳》

金羲淳(1757—1821),字太初,號山木軒,安東人。文科及第,官至判義禁府事,著作有《山木軒集》。金羲淳之《詩經》學著作有

①朱熹《詩集傳》,第 73 頁。
②金羲淳《講説——詩傳》,《韓國經學資料集成》第 74 册,第 407 頁。
③金羲淳《講説——詩傳》,第 407 頁。
④金羲淳《講説——詩傳》,第 415—416 頁。

《講義——詩傳》，此書收録的是《詩經》講義活動中正祖的部分條問及金羲淳的回答，金羲淳均依據朱熹《詩集傳》回答。

如正祖以《詩集傳》廢《詩序》是否妥當提問，金羲淳完全贊同《詩集傳》，他説："當以《集傳》爲是爲正，以《小序》爲非爲邪。"①再如《小雅·鶴鳴》，正祖條問曰："二章圈注載程子説，夫四者之事，《集傳》所釋獨詳於'他山之石'一語，何也？豈此詩即君子憂讒而作故歟？"②正祖問題中的"四者之事"指的是《鶴鳴》之"鶴鳴于九皋""魚潛在淵""樂彼之園""他山之石"，正祖以《詩集傳》爲何只詳細解釋"他山之石"提問。金羲淳條對云："此詩四物之取譬，莫非親切而最，其他山之石一端語，不但爲君子憂讒者切喻，於吾人爲己之學，引而伸之，觸類以長，則實亦有反躬自修之益。《集傳》之所以特取程子之説，而表出於别圈之下者，蓋有以也。"③金羲淳的回答深得《詩集傳》的旨意。

三十五、正祖《詩經講義》

正祖（1752—1800），名祘，字亨運，號弘齋，是朝鮮時代後期的賢明君主。由經筵講《詩》結集而成的《詩經講義》，系統地反映了正祖的《詩經》學成就，其成就主要集中在以下三個方面：

第一，正祖兼有帝王與經師之雙重身份，這種特殊的身份使他在《詩經》闡釋方法的選擇上，更爲宏通開明。既能擺脱經師家法師法的方法束縛，也能自覺地疏離帝王治經的過度功利化弊端，表現出融匯衆長而又緊密聯繫現實政治的特徵。如《王風·揚之水》，正祖問："蒲，毛詩以爲草，鄭氏以爲蒲柳，《集傳》取鄭不取毛，

①金羲淳《講義——詩傳》，《韓國經學資料集成》第 74 册，第 428—429 頁。
②金羲淳《講義——詩傳》，第 631 頁。
③金羲淳《講義——詩傳》，第 631—632 頁。

何歟？二説皆可通，則不爲并載者，又何歟?”①《揚之水》詩三章的前兩句分别爲："揚之水，不流束薪"；"揚之水，不留束楚"；"揚之水，不流束蒲"。《毛傳》釋第三章"揚之水，不流束蒲"之"蒲"云："蒲，草也。"②《鄭箋》云："蒲，蒲柳也。"③《鄭箋》改變《毛傳》的釋義，孔穎達疏云："以首章言薪，下言蒲、楚，則蒲、楚是薪之木名，不宜爲草，故易《傳》以蒲爲柳。"④朱熹也認爲"蒲"當爲木名，所以從《鄭箋》云："蒲，蒲柳。"⑤正祖認爲"蒲"的兩種解釋"二説皆可通"，亦可見他兼采各家釋義的《詩經》研究態度。正祖細心探求《詩集傳》與諸家的不同之處，啓發朝鮮抄啓文臣在《詩集傳》的釋義之外，關注更多的《詩經》解釋，打破了朝鮮時代《詩集傳》一家獨尊的學術態勢。

第二，作爲帝王的正祖雖然也强調漢宋兼采，但是在具體的《詩經》接受與闡釋過程中，正祖還是有意識地恢復漢代《詩經》學强調現實、重視教化的傳統。因此，在《詩序》的存廢問題，六義之興的釋讀問題等方面，正祖力圖打破朱熹《詩集傳》籠罩學壇的單一學術構型，重新接續發揚漢代經學傳統，一定程度上破除了朝鮮儒者對朱熹的迷信，拓展了朝鮮後期《詩經》學研究的格局。

第三，正祖還從《詩經》中抽取出日常人生的倫理法則。比如從《碩人》《燕燕》等關於莊姜的歌詠中萃取出夫婦之道，從《芣苢》中引申出婦女宜勤勞不宜嬉遊的婦功規訓等，借此實現移風易俗、化成天下的治國理念。

---

①正祖《詩經講義》，《韓國經學資料集成》第 75 册，第 387 頁。此條，金履喬回答云："上章之曰薪曰楚，皆是木屬，則不應於此章獨言柔弱之草，此《集傳》所以捨毛取鄭也。"正祖《詩經講義》，第 388 頁。

②孔穎達《毛詩正義》，第 259 頁。

③孔穎達《毛詩正義》，第 259 頁。

④孔穎達《毛詩正義》，第 259—260 頁。

⑤朱熹《詩集傳》，第 44 頁。

三十六、申綽《詩次故》

申綽(1760—1828),字在中,號石泉,海西平人。著作有《詩次故》《書次故》《易次故》等。

《詩次故》是節次排列《詩經》訓詁材料的著作,以"同異之端悉陳"的方式采擷《詩經》訓詁。共二十二卷,後附《詩經異文》《詩經外雜》各一卷。《詩次故》依據《詩經》的順序,以大字書《詩經》篇名、章句數及經文,以雙行小字録入相關的訓詁材料。《詩次故》重點在訓詁,也有對詩旨材料的輯録,即在詩篇章句數之下以雙排小字録詩旨材料。也有少數詩篇,只録經文,無輯録材料的情況①。申綽以"綽按""綽謂"按語的形式發表個人觀點。

《詩次故》之《詩經》學特徵主要體現在以下三個方面:

第一,排列訓詁以解《詩》。排列先秦至唐代(包括唐代)有關的《詩經》訓詁材料來解釋《詩經》。

第二,搴采衆家詩旨。《詩次故》雖"主於詁而略於義"②,也對包括笙詩在内的一百八十三首詩輯録了詩旨材料。《詩次故》節次列出有關詩旨的文獻,旨在展現各家釋義,摒棄一家學説的狹隘意向。

第三,重視《詩經》異文與逸詩研究。《詩次故》書末所附的"詩經異文"與"逸詩"是申綽所輯録的有關《詩經》異文與逸詩的材料。

《詩次故》之不足主要有兩點:

首先,重在輯録《詩經》研究文獻,却未能從義理層面將這些文獻加以整合,所以其輯録的文獻尚處於無序的狀態。

其次,静止的《詩經》發展觀。《詩次故》將所録文獻的範圍限定在唐及唐以前的《詩經》研究成果中,因此《詩次故》展現的只是《詩

---

①按:如《鄭風·狡童》《鄭風·揚之水》等詩,《詩次故》只録經文,無輯録文獻。
②申絢《詩次故·後叙》,《韓國經學資料集成》第77册,第612頁。

經》研究史中一個階段的研究材料，并没有呈現出《詩經》漫長的發展歷程。《詩次故》的文獻取捨態度也失去了諸多有價值的文獻。

三十七、成海應《詩説》

《詩説Ⅰ》

成海應(1760—1839)，字龍汝，號研經齋，昌寧人。曾任奎章閣檢書官，著作有《研經齋集》。

《詩説Ⅰ》由二十則劄記構成：詩周召分聖賢説、毛許異訓説、鄭箋注釋異義説、四家説、分陜説、笙詩説、柏舟説、匏有苦葉説、谷風説、彤管説、玄王解、毛傳用孟子説、楚無風説、太王剪商説、詩三緯説、頌一章説、貍首説、鴟鴞詩辨、燕燕詩解、廢徹説。

成海應比較《詩經》諸家訓釋，贊同其認爲較好的解釋，得出的結論大致不超出舊有的解釋範圍。此外，成海應於"詩周召分聖賢説""匏有苦葉説""素冠辨""燕燕詩解"中提出新的解釋，但由於缺乏證據，其新解大多流於臆想。

《詩説Ⅱ》

《詩説Ⅱ》由二十八則劄記組成，内容涉及"國風""頌"、三家詩及一些《詩經》的基本問題。

關於"國風"的八則劄記爲："風""十五國風""國風""二南爲正風""邶鄘衛風""唐風""豳風""秦風"。討論了"正風"具有化俗，"變風"具有諷諫的作用；認爲十五國風的順序并無深意；釋"二南"爲正風；邶、鄘、衛地的詩不總稱爲"衛詩"的原因是衛國私自兼併邶地與鄘地，未告知周天子，所以太史仍舊存邶、鄘之舊籍，將所采於邶、鄘之地的詩歸屬於所采地；"唐風"不稱"晋風"，是太史采詩取始封之號以名之的緣故；"豳風"居於國風之末是孔子調整的，"豳風"的内容以贊美周公爲主；《秦風》在國風中所處的位置是魏、唐之下，陳、檜之上，究其原因是秦國幫助平王擊退夷狄，并處岐豐之地的緣故。

這些《詩説》存在的問題是：論證是從説理到説理的過程，缺乏對具體詩篇的分析，并且其中的推斷亦有錯誤之處。如成海應以治世與亂世來作爲劃分風詩與雅詩的説法是不准確的。

關於雅的詩説有："南雅""風雅""小雅""十月之交""六月之序"。"南雅"條，成海應認爲《小雅・鼓鍾》"以雅以南"指的是"二南"之《關雎》《葛覃》《卷耳》《鵲巢》《采蘩》《采蘋》與"小雅"之《鹿鳴》《四牡》《皇皇者華》《魚麗》《南有嘉魚》《南山有臺》。"風雅"，成海應反對孔穎達以風詩順序見優劣差别，及《小雅》與《大雅》見積漸之義的説法。"小雅"，成海應通過季札對《小雅》"周德之衰"的評價，認爲現存既具周德之衰，亦具周德之盛的《小雅》是經過了孔子的整理。"十月之交"，《詩序》主刺幽王，《鄭箋》主刺厲王。成海應認爲《鄭箋》改《詩序》的理由并不充分。"六月之序"，成海應認爲《六月》詩"宣王北伐也"以下的《詩序》爲後出的序，非《詩序》原文。

成海應在"頌"類探討了"魯頌""商頌"。"魯頌"，成海應認爲孔子編詩本不取《魯頌》，今存《魯頌》是"子夏之徒以孔氏之典籍，相傳誦之，遂登于經也"。"商頌"，成海應認爲司馬遷等以《商頌》爲正考父贊美宋襄公修行仁義而作的説法不可信。

成海應討論了三家詩之"魯詩""齊詩"。成海應認爲《魯詩》與《毛詩》在師承上屬於同源異流，指出二者在詩旨、文字上的諸多相異之處。成海應關於"齊詩"詩説，認爲雖名爲"齊詩"，但内容是關於《齊詩》與《韓詩》。成海應指出《齊詩》《韓詩》不如《魯詩》精粹。

成海應討論《詩經》基本問題有："正變""删詩""四始""六義""詩樂""桑間""周公東征""陳靈後變風不作""孔門論詩"。"正變"，成海應認爲"'正變'之説，是後來經師之所定也"[①]。"删詩"，

①成海應《詩説Ⅱ》，第 79 頁。

成海應認爲孔子并未删詩。"四始",成海應對司馬遷、成伯璵關於"四始"的解釋進行補充,他説:"《關雎》即閨壼之正,而由於淑女始;《鹿鳴》即賓友之正,而由於嘉賓始;《文王》即基命之正,而由於緝敬而始;《清廟》即廟祀之正,而由於肅雝而始。"①并認爲"四始"在政教上具有重大意義。"六義",成海應在孔穎達將"賦、比、興"釋爲作詩之法,風、雅、頌釋爲詩之體的基礎上,提出賦、比、興不單獨構成詩篇,而是共同運用。"詩樂",成海應根據《周禮》《儀禮》《禮記》及《大戴禮記》等書中演奏詩篇的記載,從而確定《詩經》皆可入樂。"桑間",成海應根據《路史》的記載,認爲"桑間即桀樂,濮上即紂樂,故皆稱亡國之音,不比鄭、衛之只歸于亂而慢矣乎"②。"周公東征",成海應指摘《詩集傳》關於《豳風·東山》的解釋有誤,但是其提出的證據只是證明蔡沈《尚書集注》不確,不能證明《詩集傳》的不確。"陳靈後變風不作",成海應論述陳靈公以後,變風不作,他贊同歐陽修"霸者興,變風息"③的觀點,并進一步發揮説:"及陳靈以後,先王之化已遠,而人亦少發乎情而止乎禮義者,非無詩也,詩不足采耳。夫善不足以感發,惡不足以懲創,固不足取之。"④"孔門論詩",成海應指出孔子與其弟子論《詩經》注重用《詩》的特點。

《詩説Ⅲ》

《詩説Ⅲ》是對《詩經》各篇的解釋,體例上不著録詩篇原文,只列篇名,解釋内容不固定,或闡釋詩旨、或解釋章句字詞,或二者兼有。

《詩説Ⅲ》解釋《詩經》,主要是對《詩序》的再次闡述,雖然在一

①成海應《詩説Ⅱ》,第 84 頁。
②成海應《詩説Ⅱ》,第 92 頁。
③成海應《詩説Ⅱ》,第 99 頁。
④成海應《詩説Ⅱ》,第 99 頁。

些詩篇的解釋上也采用朱熹《詩集傳》、嚴粲《詩緝》等《詩經》學著作的觀點，并時有摒棄舊説，自立新説的情況，但總體上是屬於《詩序》派的《詩經》學。

三十八、成海應《詩類》

《詩類》中的“成伯璵四家詩説”“逸詩辨”“毛許異訓”“傳箋異字”“箋注同異”均是按照一定的類别彙集有關《詩經》學的資料。“《詩集傳》版本識誤”是對《詩集傳》的校勘。

《詩類》主要是資料彙集，缺乏文獻分析。成海應在資料的輯録上，存在兩個方面的問題：

第一，成海應對輯録《詩經》文獻，不注明出處，如“詩授受考”中對《詩地理考》之作者王應麟的介紹，全是抄襲自《四庫全書總目》，并未注明文獻來源。

第二，成海應的《詩類》劄記存在名稱與内容不相符的情況，如“詩授受考”，并没有體現出“考”的内容，只有文獻的排列。此外還有名稱不能統攝内容的情況，再以“詩授受考”爲例，本條在排列四家詩傳授者之余，又對《詩經》名物研究者陸璣、蔡卞、許謙，《詩經》地理研究者王應麟加以介紹，一定程度上遊離了主題。

三十九、丁若鏞《詩經講義》

丁若鏞（1762—1836），字美庸、頌甫，號茶山，廣州郡人，官至兵曹參議、刑曹參議。朝鮮時代著名的文學家、實學派思想家，著作有《與猶堂全書》。

《詩經講義》是正祖與丁若鏞關於《詩經》的問答，是君臣討論《詩經》的著作。丁若鏞參與了《詩經講義》條對的創作與構思，其條對表現出多個層面的《詩經》學特徵。

第一,不主一家的釋《詩》方法。正祖《詩經》條問涉及較多的是《詩序》、朱熹《詩》説與自己的見解。丁若鏞根據詩篇情況對各家釋義進行取捨,不拘泥於學術經典與正祖的君王權威,表現出不主一家一説,兼采諸家釋義的解《詩》特徵。丁若鏞釋詩也存在捨棄諸家解釋,自爲新説的情况。如《大雅·皇矣》"維此二國,其政不獲"之"二國",《毛傳》與《詩集傳》等皆釋爲夏、商,《鄭箋》釋爲殷紂與崇侯,正祖釋爲商、周,丁若鏞釋爲密與崇。丁若鏞的解釋邏輯縝密,可爲一家之言。

第二,考據的品格。丁若鏞《詩經》學具有考證的品格,其《詩經》研究包括考證古代名物、制度、地理方位等内容。

第三,《詩經》的文學研究。丁若鏞常常用"有味"與"無味"來考量釋義與詩篇是否契合。如《齊風·雞鳴》,丁若鏞以"有味"評價正祖的解釋,認爲正祖强調夏夜的時間背景對於詩篇詩旨并無嫌隙之處,倒是增添了更多的意蘊與想象。

第四,政治教化特徵。丁若鏞在探究《詩經》訓詁與經旨之外,還婉轉地向條對的預設讀者,即作爲君王的正祖表達出政治教化的期待,主要表現在以"美刺"論詩與關注國君德行上。

四十、丁若鏞《詩經講義補遺》

《詩經講義補遺》完成於純祖十年(1810),是對《詩經講義》的補充之作。

《詩經講義補遺》主要考證《詩經》之釋義,如《邶風·匏有苦葉》首章之"匏有苦葉",《鄭箋》云:"瓠業苦而渡處深,謂八月之時,陰陽交會,始可以爲昏禮、納采、問名。"[①]《詩經講義補遺》云:"《左傳》叔孫穆子賦《匏有苦葉》,叔向退而具舟。襄十四年,其在《國

①孔穎達《毛詩正義》,第138頁。

語》直云'叔向曰苦匏不材於人,供濟而已',見《魯語》,韋昭云:'佩匏可以渡水。'《鄭》以匏葉爲記時,可乎?"[①]丁若鏞根據《左傳》《國語》及韋昭《國語》注來辨析《鄭箋》,凸顯出考證的品格。

四十一、趙得永《詩傳講義》

趙得永(1762—1824),字德汝,號日谷,豐壤人,著作有《日谷集》《日谷稿》。《詩傳講義》是對正祖《詩經》條問的回答。

《詩傳講義》的主要特徵是以朱熹《詩集傳》作爲條對的準繩,惟《詩集傳》是從。他説:"朱子後孔子也,其正訛闡微之義與夫子删詩之功,前後同符也。"[②]如《周南·關雎》篇,正祖問曰:"'荇菜',先儒多言取其柔順潔净,比后妃之德。而《集傳》不言者,何耶?或左或右,言無方也。或寤或寐,言無時也。以無方興無時也,然左右流之,既言無一定之方,則亦以興淑女之求無一定之方也,此又一義,則二説當以何者爲主歟?"[③]趙得永答曰:"興體果有興中之比,如《關雎》《麟趾》是也。至若荇菜之以柔順爲言,亦非不成文義,而但必如此曲成義理,則何章不可,漢儒穿鑿之病,皆出於此。故朱子一併掃而不用,然後無繳繞支離之譏,而詩之本旨乃益明矣。此朱子所以嘉惠後人,恐當遵而勿失,未知如何。"[④]正祖之條問是對《詩集傳》的懷疑,趙得永竭力回護《詩集傳》,并將此處以柔順解釋"荇菜"的釋義定爲穿鑿。趙得永以《詩集傳》作爲《詩經》解釋的唯一標準,是對《詩集傳》的再度解釋與維護。

趙得永以《詩集傳》爲中心的《詩經》解釋,表現出對"義理"的追求,如他説:"天下之事,理而已矣。當於理,則雖愚夫之言,猶可

①丁若鏞《詩經講義補遺》,《韓國經學資料集成》第79册,第534頁。
②趙得永《詩傳講義》,《韓國經學資料集成》第80册,第8頁。
③趙得永《詩傳講義》,第25頁。
④趙得永《詩傳講義》,第25頁。

采.不當於理,則雖聖人之訓,亦有所不敢信。"[①]"至於理明而心定,則温柔之教可以立焉。"[②]趙得永《詩經》研究之不足是過分尊崇《詩集傳》,甚至以《詩集傳》爲《詩經》研究的唯一讀本[③],將《詩經》研究的範圍縮小,研究的視域不寬闊。

四十二、李崑秀《詩傳講義》

李崑秀(1762—1788),字星瑞,號壽齋,延安人,著作有《壽齋遺稿》。《詩傳講義》收録正祖、吴載純、徐有防關於《詩經》的提問,以及李崑秀的回答,這些問答涉及的詩篇有《豳風·七月》《小雅·鹿鳴》《伐木》《六月》《斯干》。

《詩傳講義》中的問題涉及《詩經》的注釋與《詩經》原文,李崑秀的回答體現出對《詩經》的深入理解。如《豳風·七月》末章之"二之日鑿冰冲冲",朱熹《詩集傳》云:"冲冲,鑿冰之意。"[④]正祖對此問曰:"此曰'二之日鑿冰冲冲',《注》(朱熹《詩集傳》)曰:'冲冲,鑿冰之意也。'小注孔氏説:'又以爲非貌非聲,故云意。''意'字,當作如何看耶?"[⑤]李崑秀答云:"夫鑿冰者,語其聲,則謂之椓之丁丁可也;語其貌,則謂之積之栗栗亦可也。而今此'冲冲'云者,非聲非貌,而實兼乎聲與貌,則'意'字之釋,可謂妙於形容矣。"[⑥]李崑秀對《詩集傳》的解釋合乎《詩集傳》的原意。再如《小雅·六月》,徐有防就《六月》詩的行文與古代兵制之間的矛盾提問云:"冬夏不興

①趙得永《詩傳講義》,第3頁。

②趙得永《詩傳講義》,第13頁。

③趙得永認爲《詩經》研究的主要内容是:"當熟讀經文與《集傳》,至於理明而心定,則温柔敦厚之教可以立焉,而詩人之旨見矣。夫然則彼《小序》零瑣之説,焉能爲有,焉能爲亡乎?"趙得永《詩傳講義》,第12—13頁。

④朱熹《詩集傳》,第93頁。

⑤李崑秀《詩傳講義》,《韓國經學資料集成》第81册,第3頁。

⑥李崑秀《詩傳講義》,第3頁。

師，乃是先王大經大法，而周宣之時，玁狁内侵，逼近京邑，至有六月出征之舉，故首章曰‘六月棲棲’，又曰‘我是用急’，其遑遑不安，無可容與可知。而第二章曰‘于三十里’，第四章曰‘薄伐玁狁’，反用古人師行之制，若無群醜廓掃之意，何歟？”①李崑秀答曰：“六月興師，由於玁狁孔熾，可謂急矣。然‘日行三十里’，可見其不失常度也。且‘薄伐’而已者，先王制夷之法如此，非如後世之君以廓清漠南爲期也。”②李崑秀的回答顯示了對《詩經》較高水平的理解。

四十三、崔壁《詩傳講義録》

崔壁（1762—1813），字仲藴，號質庵，慶州人，著作有《質庵文集》。《詩傳講義録》收録的是正祖與崔壁有關《詩經》的問答。崔壁依據朱熹《詩集傳》作答，他的回答體現了對《詩經》與《詩集傳》的理解。兹舉兩例以明之。

如《周南・關雎》“關關雎鳩”之“關關”，朱熹《詩集傳》云：“雌雄相應之和聲也。”③正祖問曰：“‘關關’，《集傳》曰：‘雌雄相應之和聲。’雌雄相應之和聲，何以謂之關關，其義可詳言歟？《關雎》一篇爲三百之首，‘關關’二字又爲此章之首，則最當明釋，而古來諸家於此却泛過，何歟？竊嘗思之，‘關’是關通之謂，蓋言聲音之相通也。夏書關石注，訓關爲通，此似可證。且‘關’是相關之‘關’，相關有相應之意，故重言‘關’以形容其相應之和聲也。石曼卿詩曰：‘樂意相關禽對語。’此未必指雌雄之相和，而以禽鳥之對語謂之相關，則《詩》所稱雎鳩之關關，豈非以樂意相關而言者耶？但未見古人道及此者，未知如何？”④崔壁答云：“‘關關’，禽聲之和也，與後世

---

①李崑秀《詩傳講義》，第 11 頁。

②李崑秀《詩傳講義》，第 11—12 頁。

③朱熹《詩集傳》，第 1 頁。

④崔壁《詩傳講義録》，《韓國經學資料集成》第 81 册，第 29—30 頁。

所稱'款款黄鸝'之音亦一類也。'關'字之義,似無深意,而朱子既曰相應之和聲,則聖教之以樂意相關證之者,固發未發矣。然'關關'二字,以今觀之,則雖是三百篇之最初頭,而以作者言之,不過爲一篇之頭,而與葛之采采等耳,何必到底深核,恐生穿鑿之病也。"[①]崔璧贊同《詩集傳》關於"關關"的解釋,不贊同正祖因"關關"是《詩經》之開始二字而作的穿鑿傅會的解釋。

再如《召南·鵲巢》,朱熹《詩集傳》云:"鵲善爲巢,其巢最爲完固。鳩性拙不能爲巢,或有居鵲之成巢者。之子,指夫人也……南國諸侯被文王之化,能正心修身以齊家,其女子亦被后妃之化,而有專静純一之德。"[②]正祖問此詩云:"此章只取鳩性之拙以比婦德之專静,似非有他義,而或謂以他國之子,而來享此國之成業,猶鳩之占鵲巢,此説何如,得無傷巧歟?"[③]崔璧答云:"以鳩性之拙而無巢,比婦德之專静而無成者,已極善喻,而又謂他國之子來享成業,亦似鳩之有鵲巢云,則後人看《詩》可謂到底無餘。然詩人用意,亦何曾若是巧也。臣於《書》之牝鷄,《大雅》之梟鴟,未嘗不有感於婦德,而始知維鳩之爲善形容賢婦矣。"[④]崔璧的回答是對《詩集傳》的正確理解。

四十四、姜必孝《詩傳》

姜必孝(1764—1848),字仲順,號海隱,晋州人,著作有《海隱遺稿》。《詩傳》是姜必孝關於《詩經》的六則劄記,這些劄記涉及的詩篇有《豳風·七月》《九罭》《小雅·蓼蕭》《車攻》《大東》《賓之初筵》。

---

①崔璧《詩傳講義録》,第 31 頁。
②朱熹《詩集傳》,第 8 頁。
③崔璧《詩傳講義録》,第 58—59 頁。
④崔璧《詩傳講義録》,第 59 頁。

《詩傳》記載的是姜必孝之讀《詩》劄記，并無固定的撰述體例與討論的對象。如《豳風・七月》，姜必孝録朱熹與張載關於此詩既稱“七月”“九月”，又輔之以“日”的不同解釋；在《九罭》中討論詩句之葉韻問題；在《蓼蕭》中談及《詩經》在春秋戰國時對於使臣外交的重要性。在《車攻》中贊揚宣王“内修政事，外攘夷狄，復文武之境土”[①]。在《大東》中討論《詩集傳》關於“東有啓明，西有長庚”的解釋。在《賓之初筵》中討論同爲武公之詩，爲何《賓之初筵》《抑》分屬於《小雅》與《大雅》，而《淇奥》則屬於《衛風》的問題。

這些劄記呈現了姜必孝對《詩經》的思考，如《七月》，他説：“《七月》一詩，其曰‘七月’、‘九月’者，夏正也。其曰‘一之日’、‘二之日’者，周正也一。章之中錯用夏、周二正者。朱子有曰：‘周歷夏、商，其未有天下之時，固用夏、商之正朔。然其國僻遠，無純臣之義，又有私記其時月。’其或稱月或稱日者，張子有曰：‘别無義例，只是文順其然耶。’”[②]雖然未作評價，但是排列兩種不同的釋義，足見他參考多家釋義的研究態度。再如《賓之初筵》詩，姜必孝云：“《賓之初筵》及《抑》詩，皆武公自儆之詩，而不列於《衛風・淇奥》之篇，乃并列於二雅王者之詩者。《淇奥》是衛人美武公之詩，故屬之《衛風》，《賓之初筵》及《抑》詩是武公自儆之詩，而又在入爲卿士之時，則列於朝廷之詩者以此歟？或謂以辭氣音節類附，亦通。”[③]姜必孝的解釋可爲一家之言，同時表現出較爲通達的學術態度。

四十五、李敦秀《詩經》

李敦秀(1767—1799)，號愚谷，著作有《愚谷遺稿》。李敦秀署

①姜必孝《詩傳》，《韓國經學資料集成》第81册，第309頁。
②姜必孝《詩傳》，第307頁。
③姜必孝《詩傳》，第310頁。

名爲《詩經》的著作是關於《大雅》之《文王》《皇矣》《生民》《既醉》詩的十二則劄記,這些劄記以懷疑朱熹《詩集傳》爲主,此外也對劉瑾《詩集傳通釋》、嚴粲《詩緝》等釋義表示懷疑。

李敦秀懷疑《詩集傳》,如《大雅·文王》首章之"周雖舊邦,其命維新",《詩集傳》解釋云:"是以周邦雖自后稷始封,千有餘年,而其受天命,則自今始也。"①李敦秀對此懷疑云:"'周雖舊邦,其命維新',《注》:'周邦雖舊,后稷始封,千有餘年,而其受天命則自今始也。''今'乃成王之時也,若以周之爲天子謂始也,則成王不創業之主,而其言如此,則文理不成,未曉?"②其疑問拘泥於《詩集傳》之個別字眼,非通達的《詩經》研究態度。

四十六、金學淳《講筵文義——詩傳》

金學淳(1767—1845),字而習,號華栖,安東人。官至工曹判書,著作有《華栖集》。

《講筵文義——詩傳》是金學淳向純祖大王講授《詩經》的講義。金學淳主要依據《毛傳》、朱熹《詩集傳》來解釋《詩經》。由於講筵的對象是國君,所以金學淳在《講筵文義——詩傳》中也滲透了勸諫國君如何爲賢君的道理。如《小雅·桑扈》,《詩集傳》云:"頌禱之詞也。"③金學淳云:"此章即頌禱之詞,亦關勉礪之意。第三章'彼交匪敖,萬福來求',其義甚好。夫天下萬事,莫不有交際之道,上而事天事神,下而接人接物,各當其道,盡其在我之誠敬,無有一毫傲慢,則天神悦而人物和。自致多福之來,是我不求福而福來求我也。蓋有德此有福,德在我者也,福在外者也。若或不修其德,而先有意於求福,則是在我者已不誠,在外者亦未必至矣。

---

①朱熹《詩集傳》,第175頁。

②李敦秀《詩經》,《韓國經學資料集成》第81册,第313頁。

③朱熹《詩集傳》,第160頁。

故《大雅·文王》章曰'永言配命,自求多福',《旱麓》章又曰'豈弟君子,求福不回',此皆謂文王非有意於求福,而盡其在我之道,故福自來求也。方今天佑宗祊,國有莫大之慶,此莫非聖德上攸致。伏願殿下益修誠敬,盡其在我之道,則天之降福,亦將'維日不足'矣!且第一章'君子樂胥'之'胥'字,雖是語詞,而《毛傳》則訓以'皆'字。然則樂胥者,與民同樂之意也。與民同樂者,必受上天之祜,此亦見諴小民爲祈天永命之本,并望留意焉。"①金學淳的《詩經》解釋不專守《詩集傳》一家,體現了融會貫通的解釋特徵,同時金學淳又將詩義與政治教化很好地融合,是廟堂《詩經》詮釋的典範。

四十七、金魯謙《龍園雜識——詩禮問:詩傳》

金魯謙(1781—1853),字元益,號性庵,慶州人,著作有《性庵集》。

《龍園雜識——詩禮問:詩傳》重視《詩序》《毛傳》《毛詩正義》等《詩經》漢學的研究成果,對以朱熹《詩集傳》爲主的《詩經》宋學持懷疑的態度。兹舉兩例,如《召南·摽有梅》,金魯謙云:"此篇之旨,孔氏穎達則以爲詩人之爲叙其情,朱子則以爲女子之自言其情。而後儒之論,亦有主孔氏者,蓋謂女子之自言,則不得爲風之正,而朱子亦謂視《桃夭》少貶矣。然則《召南》之有《摽梅》,如《周南》之有《桃夭》,均爲詩人之言,似合正義。至於《詩》所謂'我'亦有詩人之爲之言者,未必皆其人之自我也。《綢繆》之詩人叙其婦語夫之詞,則《摽梅》之詩人叙其女語士之詞,又何不可之有?而朱子之必以爲自言其情者,何也?"②

①金學淳《講筵文義——詩傳》,《韓國經學資料集成》第81册,第321—322頁。
②金魯謙《龍園雜識——詩禮問:詩傳》,《韓國經學資料集成》第81册,第353—354頁。

再如《齊風・敝笱》,《詩序》云:"刺文姜也。齊人惡魯桓公微弱,不能防閑文姜,使至淫亂,爲二國患焉。"[①]朱熹《詩集傳》云:"齊人以敝笱不能制大魚,比魯莊公不能防閑文姜,故歸齊而從之者衆也。"[②]金魯謙云:"案:《序》以此詩爲刺桓,朱子改以爲刺莊。然以《春秋傳》考之,桓公不聽申繻之諫,與姜氏如齊,一誦其失,遂致彭生之秉公,則桓公之微弱可知也,申繻之諫,豈無先見之兆?而姜氏之行,亦豈出於桓公之意哉!且此篇之譏刺,其辭直;《猗嗟》之譏刺,其辭婉。刺人之不能諫母,必如《猗嗟》之意在言外,然後乃不失詩人敦厚温柔之教。今以《敝笱》比子之微弱,魴鰥比母之難制,而責其不能防閑,則不幾於太迫切乎?"[③]金魯謙對《詩集傳》的懷疑言之有理,同時體現了他從《詩序》的態度。

四十八、丁學祥《詩名多識》

丁學祥,生平不詳。《詩名多識》是丁學祥有關《詩經》名物解釋的著作。《詩名多識》主要是摘録《詩集傳》《毛詩草木鳥獸蟲魚疏》《爾雅》《本草綱目》等諸家對於《詩經》名物的解釋,著者很少評價。如《周南・關雎》之"荇菜",《詩集傳》解釋云:"荇,接余也。根生水底,莖如釵股,上青下白,葉紫赤,圓徑寸餘,浮在水面。"[④]《詩名多識》云:"'荇菜',朱子曰:'荇,接余也。根生水底,莖如釵股,上青下白,葉紫赤,圓徑寸餘,浮在水面。'陸氏曰:'鬻其白莖,以苦酒浸之,脆美可案酒。'《本草》曰:'莕菜一名鳧葵,一名水葵,一名水鏡草,一名靨子菜,一名金蓮子。葉似蓴而微尖長者莕也,夏月

①孔穎達《毛詩正義》,第349頁。

②朱熹《詩集傳》,第61頁。

③金魯謙《龍園雜識——詩禮問:詩傳》,第364—365頁。

④朱熹《詩集傳》,第2頁。

開黄花，亦有白花者，結實大如棠黎，中有細子。’”[①]故《詩名多識》具有《詩經》名物資料收集的性質。

四十九、許傳《經筵講義——詩》

許傳（1797—1886），字以老，號性齋，抱川人。官至崇禄大夫，著作有《性齋文集》《宗堯録》等。

《經筵講義——詩》是許傳爲憲宗大王講《詩經》的講義。許傳在講義中寄寓了勸導國君德行的思想，將《詩經》作爲諫書。如《小雅·皇皇者華》，《詩序》云：“君遣使臣也。送之以禮樂，言遠而有光華也。”[②]朱熹《詩集傳》云：“此遣使臣之詩也。君之使臣，固欲其宣上德而達下情；而臣之受命，亦惟恐其無以副君之意也。”[③]許傳云：“此詩遣使勞使之義，《傳》注之間，無復餘藴，申覆玩味，言外之旨，亦自可見。愚臣何敢贅陳，而第伏念古聖王保國之道，必以保民爲本，每於保民之道汲汲焉，不自遑暇……臣又有愚見焉，三代用人，必先選而後試，故賢者在位，能者在職，官無瘝曠。雖以奉使一事言之，承君之命，忘己之勞，猶恐不及，使其在千萬里之外者，如在冕旒之下，黈纊之近。後世則吏道多端，爲官者未必皆賢人，私意勝而公義沮，不能舉職者踵相襲焉，雖遣御史，無益於治，而反有害。伏願殿下於擇賢之方，更加勉勵焉。”[④]許傳通過《皇皇者華》詩向國君陳述了運用賢才以治理國家的苦心。

---

①丁學祥《詩名多識》，《韓國經學資料集成》第 81 册，第 381 頁。

②孔穎達《毛詩正義》，第 564 頁。

③朱熹《詩集傳》，第 101 頁。

④許傳《經筵講義——詩》，《韓國經學資料集成》第 81 册，第 581—583 頁。

五十、奇正鎮《答問類編——詩》

奇正鎮(1798—1876),字大中,號蘆沙,幸州人。進士及第,官至户曹參判,是朝鮮時代著名性理學家,著作有《蘆沙集》《問答類編》。

《答問類編——詩》收録的是奇正鎮與弟子關於《詩經》的十九則問答。這些問題由奇正鎮的弟子柳漢新、禹宅禧、鄭時林等提出,再由奇正鎮作答或評價。柳漢新等人的提問主要以詩篇原文與朱熹《詩集傳》爲提問的對象。如《衛風·碩人》,鄭時林問:"婦人之疾不問瘦肥,是其微意,而《碩人》極言莊姜豐艷之態,何也?"[①]奇正鎮答曰:"極言莊公之昏惑。"[②]再如《大雅·抑》,柳漢新云:"'抑抑'字義本於戒懼,形於矯揉,且與揚對,可知其味,可以語對越上帝,《集傳》訓密之意甚善。"[③]奇正鎮評價云:"看得有意味。"[④]

五十一、金在洛《詩傳演義·詩傳清廟瑟圖》

金在洛(1798—1860),字大淑,號養蒙齋,月城人。其爲朝鮮時代著名性理學家,著作有《養蒙齋集》。

《詩傳演義·詩傳清廟瑟圖》由"詩傳演義"與"詩傳清廟瑟圖"組成。"詩傳演義"主要討論了胡廣《詩傳大全》中關於朱熹《詩集傳》的四則注釋,涉及的詩篇有《周南·關雎》《小雅·皇皇者華》《常棣》《賓之初筵》。其《詩經》學研究有傅會牽强之嫌。

"詩傳演義"對《詩傳大全》中的注釋作"演義"的功夫。如《賓

---

①奇正鎮《答問類編——詩》,《韓國經學資料集成》第82册,第4頁。
②奇正鎮《答問類編——詩》,第5頁。
③奇正鎮《答問類編——詩》,第8頁。
④奇正鎮《答問類編——詩》,第8頁。

之初筵》，劉瑾云："武公此詩，其有得於武王康叔之家法歟？"①金在洛根據劉瑾之言，將此詩與《邶風・柏舟》首章之"微我無酒，以敖以遊"相聯繫，他説："莊姜，康叔幾世孫世婦也，此是家法内美者。觀於此詩，家法外美者。"②認爲《柏舟》是衛國謹慎於酒之家法的内在表現，而《賓之初筵》則是此家法的外揚。

"詩傳清廟瑟圖"附瑟吹奏《周頌・清廟》的圖，并將瑟所吹奏的聲音與君道、臣道相聯繫。他説："瑟長六尺三寸六分，廣六寸，絃爲熟絲，其聲緩濁，濁者寬而不弛，君道也；廣孔瑟底，其聲廣而不亂，臣道也。一倡而三歎，貴其人，聲且爲不亂，欲在位者遍聞之，而貴其和也。"③

五十二、金岱鎮《詩十月之交章傳記疑》

金岱鎮（1800—1871），號訂窩，義城人，著作有《訂窩文集》。《詩十月之交章傳記疑》是金岱鎮對朱熹《詩集傳》關於《小雅・十月之交》之解釋的懷疑，全文三百餘字。

《十月之交》，《詩集傳》云："故日一歲而一周天，月二十九日有奇而一周天，又遂及於日而與之會。一歲凡十二會。方會，則月光都盡而爲晦。已會，則月光復蘇而爲朔。朔後晦前各十五日。日月相對，則月光正滿而爲望。晦朔而日月之合，東西同度，南北同道，則月掩日而日爲之食。"④金岱鎮對此有三個疑問，一是認爲"月二十九日有奇"之"九"應爲"七"，他説："但云月二十九日有奇，而一周天又逐及於日，而與之會，則月之與天會乃在二十七日有奇，而不待二十九日矣。其與日會正在二十九日有奇，而非纔會天而

①胡廣《詩傳大全》卷十四，文淵閣《四庫全書》本。
②金在洛《詩傳演義・詩傳清廟瑟圖》，《韓國經學資料集成》第 82 册，第 15 頁。
③金在洛《詩傳演義・詩傳清廟瑟圖》，第 16—17 頁。
④朱熹《詩集傳》，第 132 頁。

仍及日也，若以‘九’字爲‘七’之誤，則於天月之會，得矣。”[①]二是，關於《詩集傳》中的“又遂及於日而與之會”之“又遂及”，金岱鎮云：“‘又逐及’三字冒言之耶，此恐有闕誤。”[②]三是金岱鎮對《詩集傳》關於日月食發生之天文現象的解釋不滿，他説：“其論日月之食，則只以同度同道爲每月朔望之常者，亦有未盡。”[③]金岱鎮從天文學的角度指摘《詩集傳》，其結論正確與否尚需進一步證明。

五十三、金弘任《兩漢五經顓門譜——詩》

金弘任，生卒年未詳，純祖與憲宗年間人，漢陽人，著作有《三圓觀散稿》。《兩漢五經顓門譜——詩》是金弘任關於《詩經》的研究文字。

《兩漢五經顓門譜——詩》由兩部分組成，首先記載的是漢代《魯詩》《齊詩》《韓詩》《毛詩》之主要傳承者。二是對《漢書・藝文志》《史記・孔子世家》《隋書・經籍志》、朱熹、程頤之部分《詩經》學觀點進行發問。金弘任的發問呈現了懷疑思辨的研究精神。如他説：“《史記・孔子世家》曰：古者《詩》本三千餘篇，去其重，取其可施於禮義三百五篇。”[④]金弘任不同意司馬遷關於孔子删詩的説法，并對此進行發問，體現了懷疑與思辨并行的研究態度。

五十四、沈大允《詩經集傳辨正》

沈大允(1806—1872)，字晋卿，青松人。著作有《書經蔡傳辨正》《詩經集傳辨正》《中庸訓義》《春秋四傳續傳》《禮記正解》《象義

---

①金岱鎮《詩十月之交章傳記疑》，《韓國經學資料集成》第 82 册，第 21 頁。
②金岱鎮《詩十月之交章傳記疑》，第 21 頁。
③金岱鎮《詩十月之交章傳記疑》，第 21 頁。
④金弘任《兩漢五經顓門譜——詩》，《韓國經學資料集成》第 82 册，第 36 頁。

占法》《東史》等。

《詩經集傳辨正》是沈大允關於《詩經》的研究著作。該書對朱熹《詩集傳》作辨正的工作,沈大允論其著書目的云:"《集傳》之悖謬滅經,固無足誅也,輒爲辨正,使五經之義,炳然復明於世。"[①]《詩經集傳辨正》先録《詩集傳》語,再進行辨正。如《召南・鵲巢》,《詩集傳》云:"南國諸侯被文王之化,能正心修身以齊其家,其女子亦被后妃之化,而有專静純一之德。故嫁於諸侯,而其家人美之曰:維鵲有巢,則鳩來居之。是以之子于歸,而百輛迎之也。此詩之意,猶《周南》之有《關雎》也。"[②]《詩經集傳辨正》云:"《集傳》曰:'興也。鳩性拙,不善爲巢,或有居鵲之巢者。一車謂之兩。御,迎也。"[③]沈大允辨正云:"此托於女子之歸以言臣道也。妻從夫之家而家之,臣從君之國而國之。夫妻牉合,君臣一體,未有君利而臣害,夫利而妻害,善惡一致也,禍福一致也。妻懷有艄之志,臣有私家之心,則兩敗而俱傷矣。以鳩居鵲巢興之子於歸,以明臣妻之義也。"[④]

再如《召南・采蘩》,《詩集傳》云:"南國被文王之化,諸侯夫人能盡誠敬以奉祭祀,而其家人叙其事以美之也。或曰:蘩所以生蠶。蓋古者后夫人有親蠶之禮。此詩亦猶《周南》之有《葛覃》也。"[⑤]《詩經集傳辨正》云:"《集傳》曰:'賦也。蘩,白蒿也。事,祭事也。"沈大允辨正云:"托於采蘩於沼沚,而用之於公侯之祭,以言取士於鄉,而用於廊廟也。舉賢本於鄉,則無遺才,無濫選。于沼、

①沈大允《詩經集傳辨正》,《韓國經學資料集成》第 82 册,第 68 頁。

②朱熹《詩集傳》,第 8 頁。

③沈大允《詩經集傳辨正》,第 109 頁。此處《詩集傳》原文爲:"興也。鵲,鳩,皆鳥名。鵲善爲巢,其巢最爲完固。鳩性拙不能爲巢,或有居鵲之成巢者。之子,指夫人也。兩,一車也,一車兩輪,故謂之兩。御,迎也。諸侯之子嫁於諸侯,送御皆百兩也。"朱熹《詩集傳》,第 8 頁。

④沈大允《詩經集傳辨正》,第 109—110 頁。

⑤朱熹《詩集傳》,第 8 頁。

于沚、于澗,取於蘩之鄉也。"①

《詩經集傳辨正》呈現了諸多與《詩集傳》相異的觀點,但是其解釋也有傅會牽强之弊,其對《詩經》的理解大多不及《詩集傳》。

五十五、李埈《詩六義講説》

李埈(1821—1853),字伯欽,號槐園,碧珍人。華西先生李恒老之子,朱子學家,著作有《朱子大全劄疑輯補》《朱子大全集劄》《文槐集》。

《詩六義講説》是一篇關於《詩經》的文字,内容較少,僅九百餘字。《詩六義講説》探討的是《詩經》之六義,其解釋完全是對朱熹《詩集傳》的沿用。如關於"風",李埈云:"風者,里巷民俗所作,而謂之風者,以其被上之化以有言,而其言又足以感人者,有似乎物之因風而動以有聲,而其聲又足以動物也。"②

五十六、朴宗永《經旨蒙解——詩傳》

朴宗永(? —1875),字美汝,號松塢,潘南人,著作有《松塢遺稿》。《經旨蒙解——詩傳》是朴宗永關於《詩經》的研究,該書主要研究《衛風・淇奥》《小雅・鶴鳴》《小宛》《大雅・抑》《烝民》《周頌・敬之》《小雅・彤弓》《南山有臺》八首詩。

《經旨蒙解——詩傳》之《詩經》研究尊奉朱熹《詩集傳》,注重《詩經》義理層面的闡釋。如《鶴鳴》,《詩集傳》云:"此詩之作,不可

①沈大允《詩經集傳辨正》,第111頁。

②李埈《詩六義講説》,《韓國經學資料集成》第82册,第979頁。朱熹《詩集傳》云:"風者,民俗歌謠之詩也。謂之風者,以其被上之化以有言,而其言又足以感人,如物因風之動以有聲,而其聲又足以動物也。"朱熹《詩集傳》,第1頁。

知其所由，然必陳善納誨之詞也。蓋鶴鳴于九皋，而聲聞于野。言誠之不可掩也。魚潛在淵，而或在于渚，言理之無定也。園有樹檀，而其下維蘀，言愛當知其惡也。他山之石，而可以爲錯，言憎當知其善也。由是四者引而伸之，觸類而長之，天下之理其庶幾乎？”①《經旨蒙解——詩傳》贊同并解釋《詩集傳》云：“《鶴鳴》章，不知其何所指，然必陳善納誨之辭云者。詳其語意，固不出於風刺其上，袪私欲而明善，誠身之意也。其曰‘鶴鳴于九皋，聲聞于野，聲聞于天’，言誠之不可掩也。‘魚潛在淵，或在于渚’，言理之無定在也。‘園有樹檀，其下維蘀’，言愛當知其惡也。他山之石，可以爲錯，可以攻玉，言憎當知其善也……然則此詩之旨，雖若隱晦，而細究裏面，實則非隱非晦，朱子所謂鶴鳴做得巧者，誠得之矣。”②

五十七、申錫祜《詩——如日之升》

申錫祜（1816—1881），字德文，號可軒，鵝洲人，著作有《可軒文集》。《詩——如日之升》以《小雅・天保》“如日之升”作爲論述的對象，全篇約七百餘字。申錫祜認爲詩人以“如日之升”精確地形容了國君福禄之盛大永久，并且體現了詩人的智慧，他説：“周臣之頌祝其君，舉山岳而不足以言其高明，舉河海而不足以喻其盛大，特以‘如日之升’咏歌焉。則詩人之取義，豈不遠哉！蓋周王之德，如日中天，無幽不照，‘受天百禄’，‘維日不足’，‘降以遐福’，亦孔之昭，則其明也。與日升，同其明，其高也。如日升，同其高，其行也。如日升，同其運，行其久也。與日升，同其悠久，則周臣如日升之頌，不亦宜乎！”③

①朱熹《詩集傳》，第 121 頁。
②朴宗永《經旨蒙解——詩傳》，《韓國經學資料集成》第 82 册，第 988—990 頁。
③申錫祜《詩——如日之升》，《韓國經學資料集成》第 82 册，第 1003—1004 頁。

五十八、柳重教《詩講義發問》

柳重教(1821—1893),字穉程,號省齋,高興人,著作有《省齋文集》。《詩講義發問》記載的是柳重教在教授《詩經》中所産生的見解與疑問,這些見解與疑問主要涉及兩個方面的内容:

第一,抒發讀《詩》感受。如柳重教將自身的讀《詩》體驗與"聖人言人而不爲《周南》《召南》,其猶正墻面而立"[①]相結合。再如關於《魏風》《唐風》,柳重教云:"《蟋蟀》《山有樞》於貧儉之中有憂深慮遠之美,固可以見其所自者遠矣。《葛屨》《汾沮洳》儉至於嗇,而有褊迫急促之態,又奚足以擬議於聖人之遺風邪?"[②]

第二,質疑朱熹《詩集傳》。鄔國平對此問題有深入的研究,他指出柳重教作爲華西學統的重要傳人,雖然在學術思想方面信仰并維護朱子學説,但是他對朱熹《詩集傳》并不完全接受,時有質疑之處[③]。如《小雅·斯干》,柳重教云:"'無非無儀',《傳》(《詩集傳》)言:'有非,非婦人也;有善,非婦人也。'有非,固非善事;有善,亦不得爲善事,何也?周之太姒有大善,而得聖女之名,配至尊而爲王化之源,吉祥可願,孰有過於此者耶?"[④]

---

①柳重教《詩講義發問》,《韓國經學資料集成》第 82 册,第 1009 頁。

②柳重教《詩講義發問》,第 1012 頁。

③鄔國平《柳重教〈詩講義發問〉質疑朱熹〈詩〉説問題研究》,張伯偉編《域外漢籍研究集刊》第 1 輯,中華書局 2005 年版,第 197—207 頁。

④柳重教《詩講義發問》,第 1017 頁。關於此則,鄔國平分析云:"解説者的本意只是在於説明女子的司職和責任不同於男子而已,即使如此,這種解説實際上也并没有否認后妃個人品德的作用和意義。柳重教以上的異議與鄭玄、朱熹等人對詩義的理解并不完全相同,因此他的批評没有完全把焦點對準,或者説,其中含有某種誤解的成分。"鄔國平《柳重教〈詩講義發問〉質疑朱熹〈詩〉説問題研究》,《域外漢籍研究集刊》第 1 輯,第 205 頁。

五十九、李定稷《關關雎鳩在河之洲説》

李定稷(1841—1910),字馨五,號石亭,新平人。著作有《燕石山房藁》《石亭集》等。

《關關雎鳩在河之洲説》主要以《周南·關雎》首章之"關關雎鳩,在河之洲"爲論述的對象,全篇約八百餘字。《關關雎鳩在河之洲説》認爲《詩經》解釋的目的在於發掘詩篇中所藴含的勸善懲惡思想,李定稷云:"嗚呼!善説《詩》者,斷章取義,以爲勸善戒惡之地,惟其言之盡善而合於道而已,此聖人所以删正而垂教也。而不明言其始作之在於何時,其旨深矣!後人譊譊多辭,以爲考證之資,不亦謬乎!"①

六十、李炳憲《孔經大義考——詩經》

李炳憲(1870—1946),字子明,號真庵,陜州人,著作有《真庵全書》。李炳憲曾與康有爲交遊,并受康氏的影響,致力於今文經學的研究,他關於今文經學的著作有《孔經大義考》《書經傳注今文考》《尚書補義》《禮記附注今文説考》《易經今文考》等。

《孔經大義考——詩經》是李炳憲之《詩經》研究,該書以羅列齊、魯、韓、毛四家《詩》在經文與釋義上的異同爲主要特徵。《孔經大義考——詩經》總體上呈現出偏重於三家詩釋義的研究傾向,但是也重視《詩序》《鄭箋》等《毛詩》學派的《詩經》研究成果。

李炳憲列出三家詩與《毛詩》在經文上不同,如《周南·樛木》,李炳憲云:"南有樛木,'樛',《韓詩》作'朻'。"②舉出《韓詩》在經文

①李定稷《關關雎鳩在河之洲説》,《韓國經學資料集成》第82册,第1027—1028頁。

②李炳憲《孔經大義考——詩經》,《韓國經學資料集成》第82册,第1034頁。

上與《毛詩》之不同處。

李炳憲偏重三家詩的解釋，如《周南・芣苢》，《詩序》云："后妃之美也。和平則婦人樂有子矣。"①李炳憲不録《詩序》的解釋，録三家詩的解釋云："'芣苢'，薛君曰：'芣苢，澤瀉也，臭惡之草。'《列女傳》曰：'蔡人之妻者，宋人之女也，既嫁於蔡，夫有惡疾，母將改嫁之。女曰夫之不幸，女之不幸也。'夫采采芣苢之草，雖有惡臭，猶始於采捋之，終於懷擷之，浸以益親，況夫婦乎？乃作《芣苢》之詩，君子謂宋女之志，甚貞而一也。《魯》《韓》説同。"②

李炳憲對於三家詩與《毛詩》解釋相同的詩篇也加以注明，如《鄭風・子衿》，李炳憲云："《毛序》刺學校廢也。《韓詩》義同。"③此外，對於一些三家詩的解釋已亡佚的詩篇，李炳憲則録《詩序》的解釋，如《小雅・皇皇者華》，李炳憲云："《毛序》，遣使臣也。"④

《孔經大義考——詩經》是朝鮮綜合研究齊、魯、韓、毛四家《詩》的代表。

六十一、洪覲《詩傳——經書疑誤講解》

洪覲，生卒年未詳，字彦名，號海藏翁。《詩傳——經書疑誤講解》以校勘朝鮮所刊印的《詩傳大全》爲主要内容。

《詩傳——經書疑誤講解》校勘《詩傳大全》，如《召南・摽有梅》，《詩傳——經書疑誤講解》云："《摽有梅》章，章下小注朱子説第二條'見得人之情'處，唐本無'見得'二字。"⑤洪覲指出朝鮮本中的"見得"二字爲衍文，《詩傳大全》之文淵閣《四庫全書》本亦無"見

①孔穎達《毛詩正義》，第50頁。
②李炳憲《孔經大義考——詩經》，第1034頁。
③李炳憲《孔經大義考——詩經》，第1043頁。
④李炳憲《孔經大義考——詩經》，第1055頁。
⑤洪覲《詩傳——經書疑誤講解》，《韓國經學資料集成》第82册，第1075頁。

得"二字[①]。

《詩傳——經書疑誤講解》校勘存在不依據文獻,以己意校勘的情况,如《召南·行露》,《詩傳——經書疑誤講解》先録朝鮮本《詩傳大全》云:"《國風·召南·行露》章,章下小注安成劉氏説:'陰深不求於訟。'"[②]《詩傳——經書疑誤講解》校勘云:"'深'字分明是'柔'字之誤,然未見本文,不敢直改,姑爲疑辭,分注行外。"[③]《詩傳——經書疑誤講解》懷疑劉瑾注之"深"爲"柔",但是因爲缺乏證據,故以疑辭注明。文淵閣《四庫全書》本《詩傳大全》云:"陰深不永於訟。"[④]《詩傳——經書疑誤講解》對於"深"應爲"柔"的懷疑實屬無據,但是朝鮮本之"陰深不求於訟"之"求"乃"永"字之誤,《詩傳——經書疑誤講解》并未作出校勘。可見朝鮮本《詩傳大全》存在諸多的問題,《詩傳——經書疑誤講解》對《詩傳大全》的校勘促進了朝鮮善本《詩集傳》的形成。

六十二、尹廷琦《詩經講義續集》

尹廷琦(1814—1879),字奇玉,號舫山,海南人,著作有《舫山先生遺稿》。

《詩經講義續集》是尹廷琦之《詩經》學著作,本解題從以下四個方面略作介紹:

第一,《續集》是紹述丁若鏞《詩》説遺緒。《詩經講義續集》署名曰"外孫男尹廷琦謹述"[⑤],記載的是尹廷琦自幼年至青年時期受教於外祖父丁若鏞時所獲得的關於《詩經》的釋義。因爲丁若鏞著

①胡廣《詩傳大全》卷一,文淵閣《四庫全書》本。
②洪覩《詩傳——經書疑誤講解》,第1075頁。
③洪覩《詩傳——經書疑誤講解》,第1075頁。
④胡廣《詩傳大全》卷一,文淵閣《四庫全書》本。
⑤尹廷琦《詩經講義續集》,《韓國經學資料集成》第83册,第3頁。

有《詩經講義》,所以名爲《詩經講義續集》,包含承接前著的意思。《續集》前有總論、國風論;然後按照《詩經》的順序對需要解釋的詩篇進行解釋;解釋詩篇,只列篇名,不附詩篇原文;具體解釋詩篇,或探討詩旨、或分析詩篇章句字詞。

第二,《續集》是對《詩經講義》的補充。丁若鏞在《詩經講義》中對《詩經》的認識與看法只能通過回答正祖的問題得以展示,受正祖所提問題的局限,還受到正祖在問題中所透露的主觀感情與價值評判的引導,所以丁若鏞在《詩經講義》難以完整地傳達《詩經》見解。尹廷琦著《續集》旨在補充并構建丁若鏞的《詩經》學系統。

第三,《續集》之《詩經》學方法:一是立足《詩經》文本解《詩》,二是以《詩》解《詩》,三是以習語隱語解《詩》。

第四,《續集》之《詩經》學特色:一是,兼采衆家的釋《詩》特色。《續集》釋《詩》從文本出發,廣泛參考《詩序》《詩集傳》、三家詩、《左傳》《史記》《漢書》《後漢書》《爾雅》《國語》《戰國策》《吕氏春秋》《白虎通義》等著作。二是,敢於反對舊有解釋,自創新説。如《續集》否定《詩集傳》之"淫詩"説,并對一些被《詩集傳》定爲"淫詩"的詩篇另立他説。

六十三、朴文鎬《詩集傳》

朴文鎬(1846—1918),字景模,號壺山,又號楓山、老樵,寧海人,著作有《壺山集》。

《壺山集》中所收録的命名爲《詩集傳》的文字是朴文鎬所抄録的部分《詩集傳》及其解釋文字。其著録的體例是先頂格書寫詩篇篇名與解釋所涉及的詩句,然後以"集傳"引出《詩集傳》的解釋。朴文鎬對《詩集傳》的解釋以"按"字開始,并次格書寫。《壺山集》中所抄録的《詩集傳》涉及的詩篇有:《周南·關雎》《麟之趾》《召南・鵲巢》《邶風・凱風》《王風・兔爰》《唐風・鴇羽》《檜風・隰有萇楚》《小雅・常棣》《伐木》《無羊》《小宛》《角弓》《漸漸之石》《大雅・生民》《卷阿》《抑》《烝民》。

朴文鎬《詩集傳》以闡發義理爲主要特徵。如《小雅・角弓》，朴文鎬云:"按:凡物其不教而自能者,是本然一定之性也。其馴擾而可變者,是氣質不齊之性也。而升木非物物之所能,則物性之各異,不亦甚明乎。"①再如《小宛》篇,朴文鎬云:"按:人之取他子爲後,義之大者也。使土蜂真取桑蟲子爲其子,則此於五常,可謂得其義矣。"②

六十四、朴文鎬《詩集傳詳説》

《詩集傳詳説》是朴文鎬最主要的《詩經》學著作。該書是解釋《詩集傳》的著作,主要包括五個方面的内容:注音、釋義、指出《詩集傳》語句的出處、分析《詩集傳》的解《詩》文法、指出朝鮮《詩經》諺解的錯誤。

《詩集傳詳説》解釋《詩集傳》,其解釋只是從字句上解釋《詩集傳》,并未從義理上作闡釋。《詩集傳詳説》作爲朝鮮二十世紀初年的《詩經》著述,具有《詩經》普及教育的特徵。

六十五、朴文鎬《楓山記聞録——經説・毛詩》

《楓山記聞録》收録的是朴文鎬的論學言論,收集整理者爲朴文鎬之弟子與子孫,編撰完成於 1914 年。《楓山記聞録——經

①朴文鎬《詩集傳》,《韓國經學資料集成》第 84 册,第 11 頁。

②朴文鎬《詩集傳》,第 10 頁。《小宛》:"螟蛉有子,蜾蠃負之。教誨爾子,式穀似之。"朱熹《詩集傳》云:"蜾蠃,土蜂也,似蜂而小腰,取桑蟲負之於木空中,七日而化爲其子。"朱熹《詩集傳》,第 139 頁。

説·毛詩》的體例爲:篇首冠以《詩經》總論三十條,次則是朴文鎬論各詩的言論,按照《詩經》的順序逐次編排,不録詩篇原文、篇名,以朴文鎬之每條言語爲單位書寫,有些條目之末以雙行小字注明記録者的名字。

《記聞録·毛詩》與《詩集傳詳説》相較,尊《詩集傳》的程度較弱,對《詩經》自由把握的程度較高,是對《詩集傳詳説》的重要補充。其《詩經》學主要内容是:解釋朱熹《詩集傳》,關注《詩經》之語言藝術,講述《詩經》之研習,呈現出道學家的《詩經》氣息。

六十六、《讀詩記疑》

《讀詩記疑》,著者未詳。

《讀詩記疑》收録的是著者關於《詩經》的疑問,這些疑問大多圍繞朱熹《詩集傳》、胡廣《詩傳大全》而展開。

《讀詩記疑》以記疑的方式懷疑《詩集傳》的釋義。如《鄭風·風雨》,《讀詩記疑》云:"《序》謂:'亂世思君子,不改其度。'朱子辨説謂:'《序》意甚美,然考詩之詞,輕佻狎暱,非思賢之意。'愚意此章終合更商。"[1]《讀詩記疑》不同意《詩序》與《詩集傳》關於此詩的解釋,但是自己也提不出更好的解釋,以"更商"處之。此外,《讀詩記疑》還解釋《詩集傳》,如《周南·卷耳》末章之"云何吁矣",《詩集傳》云:"吁,憂歎也。《爾雅注》引此作'盱',張目望遠也。"[2]《詩集傳》只是録《爾雅注》的解釋,并未作出判斷,《讀詩記疑》對《詩集傳》中兩種詩義加以解釋,并表示自己贊同《爾雅注》的解釋,他説:"《卷耳》章'云何吁矣','吁'作歎,則云何乃自然發歎,不自覺其何故之意? 作'盱',則云何乃如何則可以遠望之意,其帖於上文。作

①無名氏《讀詩記疑》,《韓國經學資料集成》第86册,第18頁。
②朱熹《詩集傳》,第4頁。

'盱'恐長。"①

《讀詩記疑》對《詩傳大全》中解釋《詩集傳》的釋義作出懷疑，如《召南・殷其雷》，劉瑾云："此詩之念行役，猶《周南》之有《汝墳》也，然視《汝墳》獨無尊君親上之意者，蓋彼詩作於既見君子之時，故得慰其勞而勉以正。此詩作於君子未歸之日，故但念其行役之勞。"②《讀詩記疑》評價劉瑾的説法云："既主於私情而作，則所謂尊君親上之意説，亦得不説，亦得不必如此爲説。"③《讀詩記疑》還表達自己的《詩經》學見解，如《周南・兔罝》，《讀詩記疑》云："《兔罝》章，或謂此乃贊美在朝之武臣，其以兔罝説起，即所謂無義之興，恐可備一説。"④

六十七、《詩義》

《詩義》，著者未詳。

《詩義》以解釋《詩經》之部分章句爲主要内容，其解釋大多依據朱熹《詩集傳》。如《周南・關雎》首章"關關雎鳩"之"關關"，《詩集傳》云："雌雄相應之和聲也。"⑤《詩義》圍繞《詩集傳》的解釋云："吁！《葛覃》章不云乎有曰'喈'云，此言黄鳥之聲也；《螽斯》章不云乎有曰'詵詵'，此言螽斯之羽也。然而黄鳥之'喈喈'，但稱后妃勤儉之德也。《螽斯》之'詵詵'，只取后妃不妒之德也。若夫取其琴瑟和樂之音，則捨是'關關'而何以哉？然則'關關'，此何聲也？噫！此雎鳩之聲乎？夫是鳥也，兩兩交飛，雙雙併遊，雌和雄之聲，其聲也關關；雄和雌之聲，其聲也關關，則其所以關關者，非若鳳凰

①無名氏《讀詩記疑》，第 4 頁。
②胡廣《詩傳大全》卷一，文淵閣《四庫全書》本。
③無名氏《讀詩記疑》，第 5 頁。
④無名氏《讀詩記疑》，第 5 頁。
⑤朱熹《詩集傳》，第 1 頁。

之鏘鏘也，抑所以關關者，非如鴻鴈之嗈嗈也。今夫乾坤交合，以君子而得好逑；陰陽化醇，以淑女而配聖德。則其親愛之德音，無異於關關之聲也。其和樂之徽音，殆同乎關關之聲也。蓋關關，雌雄相應之聲也。”①

六十八、《詩傳》

《詩傳》，著者未詳。

《詩傳》以解釋《詩經》之部分章句爲主要内容，其解釋以圍繞朱熹《詩集傳》而展開。如《周南・螽斯》，《詩集傳》云：“螽斯，蝗屬，長而青，長角長股，能以股相切作聲，一生九十九子。詵詵，和集貌。爾，指螽斯也。振振，盛貌。比者，以彼物比此物也。后妃不妒忌而子孫衆多，故衆妾以螽斯之群處和集而子孫衆多比之。言其有是德而宜有是福也。”②《詩傳》根據《詩集傳》解釋“螽斯羽”云：“吁！亦有斯容，故特稱螽斯，何則？斯，蟲也。以言乎其子，則九十之多也；以言乎其夥，則千百之衆也。河鳩淑女，媒衆妾而和雝；麟趾厚德，産子孫而繁多。后妣有詵詵之慶，而螽斯之羽飛詵詵；子孫有振振之威，而螽斯之和祼振振。則何必有青股、長股，而後乃可謂螽斯耶？是以振振、和祼者，螽斯而取比於后妣子孫之衆。揖揖，會多者，螽斯而取喻於兄弟子孫之衆。”③《詩傳》是羽翼《詩集傳》之作。

①無名氏《詩義》，《韓國經學資料集成》第 86 册，第 81 頁。

②朱熹《詩集傳》，第 4 頁。

③無名氏《詩傳》，《韓國經學資料集成》第 86 册，第 610 頁。

參考文獻

一、古籍(傳統目録學四部分類)

(一)中國

阮元編《十三經注疏》,上海古籍出版社,2007 年版。
孔穎達《毛詩正義》,北京大學出版社,1999 年版。
朱熹《詩集傳》,上海古籍出版社,1958 年版。
朱熹《詩序辨説》,明崇禎毛氏汲古閣刻本。
胡廣等《詩傳大全》,文淵閣《四庫全書》本。
姚際恒《詩經通論》,中華書局,1958 年版。
馬瑞辰《毛詩傳箋通釋》,中華書局,1989 年版。
方玉潤《詩經原始》,中華書局,1986 年版。
陳奂《詩毛氏傳疏》,臺灣學生書局,1986 年版。
王先謙《詩三家義集疏》,中華書局,1987 年版。
賈公彦《周禮注疏》,北京大學出版社,1999 年版。
杜預《春秋左傳集解》,上海古籍出版社,1981 年版。
孔穎達《春秋左傳注疏》,北京大學出版社,1999 年版。
何休《春秋公羊傳注疏》,上海古籍出版社,1987 年版。
王引之《經義述聞》,江蘇古籍出版社,1985 年版。
司馬遷《史記》,中華書局,1982 年版。

班固《漢書》,中華書局,2009 年版。
徐元誥《國語集解》,中華書局,2002 年版。
朱熹《四書章句集注》,中華書局,2008 年版。
王先謙《荀子集解》,中華書局,1988 年版。
趙岐注,孫奭疏《孟子注疏》,北京大學出版社,1999 年版。
黎靖德《朱子語類》,中華書局,1986 年版。
蕭統編,李善注《文選》,上海古籍出版社,1986 年版。
洪興祖《楚辭補注》,中華書局,1983 年版。
章學誠《文史通義》,中華書局,1985 年版。

(二)韓國

權近《詩淺見録》,成均館大學校大東文化研究院編《韓國經學資料集成》第 71 册,成均館大學出版部,1995 年版。
李滉《詩釋義》,《韓國經學資料集成》第 71 册。
許穆《詩説》,《韓國經學資料集成》第 71 册。
尹鑴《古詩經考》,《韓國經學資料集成》第 71 册。
洪汝河《詩傳》,《韓國經學資料集成》第 71 册。
韓汝愈《詩經記疑》,《韓國經學資料集成》第 71 册。
林泳《讀書劄記——詩傳》,《韓國經學資料集成》第 71 册。
李喜朝《詩傳劄疑》,《韓國經學資料集成》第 71 册。
林象德《詩傳》,《韓國經學資料集成》第 71 册。
金元行《渼上經義——詩傳》,《韓國經學資料集成》第 71 册。
白鳳來《三經通義——詩傳》,《韓國經學資料集成》第 71 册。
朴世堂《思辨録——詩經》,《韓國經學資料集成》第 72 册。
李瀷《詩經疾書》,《韓國經學資料集成》第 73 册。
無名氏《詩義》,《韓國經學資料集成》第 73 册。
洪大容《三經問辨——詩傳辨疑》,《韓國經學資料集成》第 74 册。
朴胤源《詩經劄略》,《韓國經學資料集成》第 74 册。
金龜柱《詩傳劄録》,《韓國經學資料集成》第 74 册。

高廷鳳《御製經書疑義條對——毛詩》,《韓國經學資料集成》第 74 册。
無名氏《詩傳講義》,《韓國經學資料集成》第 74 册。
李書九《詩講義》,《韓國經學資料集成》第 74 册。
金羲淳《講説——詩傳》,《韓國經學資料集成》第 74 册。
正祖《經史講義》,《韓國經學資料集成》第 75 册。
申綽《詩次故Ⅰ》,《韓國經學資料集成》第 76 册。
申綽《詩次故Ⅱ》,《韓國經學資料集成》第 77 册。
申綽《詩經異文》,《韓國經學資料集成》第 77 册。
申綽《詩次故外雜》,《韓國經學資料集成》第 77 册。
成海應《詩説》,《韓國經學資料集成》第 78 册。
成海應《詩類》,《韓國經學資料集成》第 78 册。
丁若鏞《詩經講義》,《韓國經學資料集成》第 79 册。
丁若鏞《詩經講義補遺》,《韓國經學資料集成》第 79 册。
趙得永《詩傳講義》,《韓國經學資料集成》第 80 册。
李崑秀《詩傳講義》,《韓國經學資料集成》第 81 册。
崔壁《詩傳講義録》,《韓國經學資料集成》第 81 册。
姜必孝《詩傳》,《韓國經學資料集成》第 81 册。
李敦秀《詩經》,《韓國經學資料集成》第 81 册。
金魯謙《龍園雜識——詩禮問:詩傳》,《韓國經學資料集成》第 81 册。
金在洛《詩傳演義——詩傳清廟瑟圖》,《韓國經學資料集成》第 82 册。
朴宗永《經旨蒙解——詩傳》,《韓國經學資料集成》第 82 册。
柳重教《詩講義發問》,《韓國經學資料集成》第 82 册。
尹廷琦《詩經講義續集》,《韓國經學資料集成》第 83 册。
朴文鎬《詩集傳詳説》,《韓國經學資料集成》第 84 册。
朴文鎬《楓山記聞録——經説》,《韓國經學資料集成》第 85 册。
《詩經諺解》光海君本,弘文閣,1992 年版。
金富軾《三國史記》,景仁文化社,1997 年版。
鄭麟趾等《高麗史》,亞細亞出版社,1983 年版。

《朝鮮王朝實録》,韓國國史編纂委員會編纂兼發行,1955 年版。

《承政院日記》,大韓民國文教部、國史編纂委員會編纂兼發行,1970 年版。

權近《陽村集》,《韓國文集叢刊》第 7 册,景仁文化社,1996 年版。

李滉《退溪集》,《韓國文集叢刊》第 29—31 册,景仁文化社,1996 年版。

李珥《栗谷全書》,《韓國文集叢刊》第 44—45 册,景仁文化社,1996 年版。

許穆《記言》,《韓國文集叢刊》第 98 册,景仁文化社,1996 年版。

洪汝河《木齋集》,《韓國文集叢刊》第 124 册,景仁文化社,1996 年版。

朴世堂《西溪集》,《韓國文集叢刊》第 134 册,景仁文化社,1996 年版。

林泳《滄溪集》,《韓國文集叢刊》第 159 册,景仁文化社,1997 年版。

金昌翕《三淵集》,《韓國文集叢刊》第 165—167 册,景仁文化社,1997 年版。

李縡《陶庵集》,《韓國文集叢刊》第 194—195 册,景仁文化社,1999 年版。

李瀷《星湖全集》,《韓國文集叢刊》第 198—200 册,景仁文化社,1999 年版。

林象德《老村集》,《韓國文集叢刊》第 206 册,景仁文化社,2000 年版。

南有容《雷淵集》,《韓國文集叢刊》第 217—218 册,景仁文化社,2000 年版。

金元行《渼湖集》,《韓國文集叢刊》第 220 册,景仁文化社,2000 年版。

洪大容《湛軒集》,《韓國文集叢刊》第 248 册,景仁文化社,2001 年版。

李德懋《青莊館全書》,《韓國文集叢刊》第257—259册,景仁文化社,2001年版。
正祖《弘齋全書》,《韓國文集叢刊》第262—267册,景仁文化社,2001年版。
成海應《研經齋全集》,《韓國文集叢刊》第273—279,景仁文化社,2001年版。
申綽《石泉遺集》,《韓國文集叢刊》第279册,景仁文化社,2001年版。
丁若鏞《與猶堂全書》,《韓國文集叢刊》第281—286册,景仁文化社,2001年版。
朴趾源《燕岩集》,景仁文化社,1966年版。
宋時烈《宋子大全》,保景文化社,1985年版。
林基中主編《燕行録全集》,東國大學出版部,2001年版。

二、今人專書(以作者姓氏拼音爲序)

卞東波《域外稽古錄》,北京大學出版社,2019年版。
曹虹《中國辭賦源流綜論》,中華書局,2005年版。
陳來《近世東亞儒學研究》,北京大學出版社,2018年版。
陳温菊《詩經器物考釋》,臺灣文津出版社有限公司,2001年版。
陳致《從禮儀化到世俗化——〈詩經〉的形成》,上海古籍出版社,2009年版。
陳子展《詩經直解》,復旦大學出版社,1985年版。
程俊英《詩經譯注》,上海古籍出版社,1985年版。
馮浩菲《歷代詩經論説述評》,中華書局,2003年版。
傅道彬《詩可以觀》,中華書局,2010年版。
高亨《詩經今注》,上海古籍出版社,2009年版。
葛榮晋《韓國實學思想史》,首都師範大學出版社,1998年版。

葛兆光《宅兹中國》,中華書局,2011 年版。
郭沫若《中國古代社會研究》,河北教育出版社,2000 年版。
洪湛侯《詩經學史》,中華書局,2004 年版。
胡厚宣《殷商史》,上海人民出版社,2008 年版。
黃俊傑《德川日本〈論語〉詮釋史論》,臺灣大學出版中心,2006 年版。
黃俊傑《東亞儒學:經典與詮釋的辯證》,臺灣大學出版中心,2007 年版。
黃俊傑《東亞文化交流中的儒家經典與理念:互動、轉化與融合》,臺灣大學出版中心,2010 年版。
黃俊傑主編《東亞視域中的茶山學與朝鮮儒學》,臺灣大學出版中心,2006 年版。
黃俊傑主編《東亞朱子學的同調與異趣》,臺灣大學出版中心,2006 年版。
黃枝連《朝鮮的儒化情境構造》,中國人民大學出版社,1995 年版。
金柄珉主編《朝鮮—韓國的歷史傳説與人文精神》,延邊大學出版社,2004 年版。
寇淑慧《二十世紀詩經研究文獻目録》,學苑出版社,2001 年版。
李山《詩經的文化精神》,東方出版社,1997 年版。
李仙竹主編《北京大學圖書館館藏古代朝鮮文獻解題》,北京大學出版社,1997 年版。
李岩《朝鮮李朝實學派文學觀念研究》,北京大學出版社,1994 年版。
李澤厚《論語今讀》,中華書局,2015 年版。
李澤厚《中國古代思想史論》,人民出版社,1985 年版。
林慶彰編《詩經研究論集(一)》,臺灣學生書局,1983 年版。
林慶彰編《詩經研究論集(二)》,臺灣學生書局,1987 年版。
劉順利《朝鮮半島漢學史》,學苑出版社,2009 年版。
劉永智《中韓關係史研究》,中州古籍出版社,1994 年版。

劉玉建《中國古代龜卜文化》,廣西師範大學出版社,1992 年版。
劉毓慶、郭萬金《從文學到經學——先秦兩漢詩經學史論》,華東師範大學出版社,2009 年版。
劉毓慶《詩義稽考》,學苑出版社,2006 年版。
吕思勉《先秦史》,上海古籍出版社,2005 年版。
馬銀琴《周秦時代詩的傳播史》,社會科學文獻出版社,2011 年版。
莫礪鋒《朱熹文學研究》,南京大學出版社,2001 年版。
牟宗三《中國哲學的特質》,臺灣聯經出版事業股份有限公司,2003 年版。
彭林《中國禮學在古代朝鮮的播遷》,北京大學出版社,2005 年版。
皮錫瑞《經學歷史》,中華書局,2008 年版。
朴文一、金龜春主編《中國古代文化對朝鮮和日本的影響》,黑龍江民族出版社,2000 年版。
錢穆《中國學術思想史論叢》,生活・讀書・新知三聯書店,2009 年版。
孫作雲《詩經與周代社會研究》,中華書局,1979 年版。
譚德興《漢代〈詩〉學研究》,貴州人民出版社,2003 年版。
田以麟《朝鮮教育史》,吉林教育出版社,2000 年版。
童嶺《六朝隋唐漢籍舊鈔本研究》,中華書局,2017 年版。
童書業《春秋史》,上海世紀出版集團,2010 年版。
王國維《觀堂集林》,中華書局,1984 年版。
王曉平《日本詩經學史》,學苑出版社,2009 年版。
韋旭升《朝鮮文學史》,北京大學出版社,1986 年版。
夏傳才《詩經研究史概要》,清華大學出版社,2007 年版。
邢麗菊《韓國儒學思想史》,人民出版社,2015 年版。
徐復觀《徐復觀論經學史二種》,上海世紀出版集團,2006 年版。
徐毅《十八世紀中朝文人交流研究》,中華書局,2019 年版。
揚之水《詩經名物新證》,人民美術出版社,2016 年版。

楊寬《西周史》,上海人民出版社,2008 年版。

易聞曉《中國詩法學》,商務印書館,2017 年版。

于省吾《澤螺居詩經新證・澤螺居楚辭新證》,中華書局,2003 年版。

余英時《士與中國文化》,上海人民出版社,2003 年版。

余英時《現代危機與思想人物》,生活・讀書・新知三聯書店,2005 年版。

張寶三《東亞〈詩經〉學論集》,臺灣大學出版中心,2009 年版。

張伯偉《東亞漢文學研究的方法與實踐》,中華書局,2017 年版。

張伯偉《回向文學研究》,商務印書館,2022 年版。

張伯偉《清代詩話東傳略論稿》,中華書局,2007 年版。

張伯偉《域外漢籍研究論集》,北京大學出版社,2011 年版。

張伯偉《作爲方法的漢文化圈》,中華書局,2011 年版。

張伯偉編《朝鮮時代書目叢刊》,中華書局,2004 年版。

張啟成、付星星《〈詩經〉風雅頌研究論稿新編》,學苑出版社,2011 年版。

張啟成、付星星《〈詩經〉研究史論稿新編》,貴州人民出版社,2011 年版。

張宗友《〈經義考〉研究》,中華書局,2009 年版。

趙逵夫主編《先秦文學編年史》,商務印書館,2010 年版。

趙敏俐《周漢詩歌綜論》,學苑出版社,2002 年版。

左江《高麗朝鮮時代杜甫評論資料彙編》,上海古籍出版社,2019 年版。

中國實學研究會編《中韓實學史研究》,中國人民大學出版社,1998 年版。

[韓]白承錫《詩經疾書校注》,江蘇教育出版社,1999 年版。

[韓]崔根德《韓國儒學思想研究・元代儒學與高麗》,學苑出版社,2003 年版。

[韓]崔英辰撰、邢麗菊譯《韓國儒學思想研究》,東方出版社,2008年版。

[韓]韓國哲學會編、韓振乾譯《韓國哲學史》,社會科學文獻出版社,1996年版。

[韓]金臺俊撰、金性彦校注《校注朝鮮漢文學史》,太學社,1996年版。

[韓]金臺俊撰、張璉瑰譯《朝鮮漢文學史》,社會科學文獻出版社,1996年版。

[韓]金文植《朝鮮後期經學思想研究》,一潮閣,1996年版。

[韓]金興圭《朝鮮後期之詩經論與詩意識》,高麗大學校民族文化研究,1982年版。

[韓]金秀炅《韓國朝鮮時期詩經學研究》,萬卷樓圖書股份有限公司,2012年版。

[韓]金忠烈《高麗儒學思想史》,臺灣東大圖書公司,1992年版。

[韓]金周漢《韓國文學批評史論》,韓國學士院,1993年版。

[韓]李丙燾《韓國儒學史略》,亞細亞文化社,1986年版。

[韓]李炳燦《韓中詩經學研究》,保景文化社,2001年版。

[韓]林熒澤著、李學堂譯《韓國學:理論與方法》,山東大學出版社,2010年版。

[韓]琴章泰著、韓梅譯《韓國儒學思想史》,中國社會科學出版社,2011年版。

[韓]全海宗撰、全善姬譯《中韓關係史論集》,中國社會科學出版社,1997年版。

[韓]全寅初主編《韓國所藏中國漢籍總目》,學古房,2005年版。

[韓]沈慶昊《漢文學과詩經論》,一志社,1999年版。

[韓]尹絲淳著、邢麗菊譯《韓國儒學史》,人民出版社,2017年版。

[韓]趙鍾業《韓國詩話研究》,太學社,1991年版。

[日]白川静著,黄錚譯《詩經的世界》,四川人民出版社,2019年版。

[日]溝口雄三《作爲方法的中國》,生活・讀書・新知三聯書店,2011年版。

[日]家井真撰、陸越譯《〈詩經〉原意研究》,鳳凰出版社,2011年版。

[日]鈴木修次《中國文學と日本文學》,東京書籍,1978年版。

[日]松浦章《明清時代中國與朝鮮的交流》,樂學書局,2002年版。

[日]松浦章撰、鄭潔西譯《明清時代東亞海域的文化交流》,江蘇人民出版社,2009年版。

[美]喬・古爾迪、[英]大衛・阿米蒂奇著,孫岳譯《歷史學宣言》,格致出版社、上海人民出版社,2017年版。

[美]薩義德著、王宇根譯《東方學》,生活・讀書・新知三聯書店,2011年版。

[美]王靖宇著、謝謙譯《鐘與鼓》,四川人民出版社,1990年版。

[美]宇文所安著、田曉菲譯《他山的石頭記》,江蘇人民出版社,2006年版。

[英]彼得・伯克著、陳志宏譯《知識社會史》,浙江大學出版社,2017年版。

三、期刊論文

鄔國平《柳重教〈詩講義發問〉質疑朱熹〈詩〉説問題研究》,《域外漢籍研究集刊》,第1輯,中華書局,2005年版。

李竇龍《論古代中韓〈詩經〉研究比較的可行性》,《長春大學學報》,2005年第5期。

劉毓慶、張安琪《韓國李朝〈詩經〉學以〈禮〉解〈詩〉的文化意義》,《河北大學學報・哲學社會科學版》,2014年第3期。

劉毓慶、張安琪《韓國李朝〈詩經〉學以〈易〉解〈詩〉的詮釋模式及其意義》,《湖南社會科學》,2015年第4期。

李岩《朝鮮古代〈詩經〉接受史考論》,《文學評論》,2015年第5期。

張伯偉《漢字的魔力》,《中國社會科學》,2018 年第 3 期。

[韓]진재교《舫山尹廷琦의詩經論의豫備的檢討——〈詩經講義續集〉을중심으로》,《서지학보》,Vol. 14,1994 년.

[韓]崔錫起《星湖의詩經注釋에관한一考察》,《首善論集》,Vol. 13,1988 년.

[韓]이상보《한국에서시경을받아들인역사를살핌:서지학의방법을중심으로》,《시경연구》,Vol. 1,1999 년.

[韓]李炳燦《창계와삼연의시경설과정조시경강의의상관성》,《시화학》 ,Vol. 3,2001 년.

[韓]심경호《다산학의국제적지평정약용(丁若鏞)의시경론(詩經論)과청조학술》,《다산학》,Vol. 3,2002 년.

[韓]이병찬《成海應과申綽의考證的詩經學研究》,《韓國漢文學研究》,Vol. 30,2002 년.

[韓]전경원《다산(茶山)정약용의시경론(詩經論)및시의식(詩意識):〈관저(關雎)〉장(章)을중심으로》,《겨레어문학》,Vol. 30,2003 년.

[韓]이병찬《韓・中詩經論의問題點과再認識——楚簡本〈詩經〉關聯資料에根據하여》,《어문연구》,Vol. 42,2003 년.

[韓]양원석《성해응의시경학——문헌학적방법론을운용한〈시경〉연구》,《어문논집》,Vol. 48,2003 년.

[韓]金秀炅《朝鮮時代學者對〈詩經〉的諺解》,《域外漢籍研究集刊》,第 5 輯,中華書局,2009 年版。

[韓]김수경《〈시집전상설(詩集傳詳說)〉에보이는〈시경언해(詩經諺解)〉에대한번역학적고찰》,《어문논집》 ,Vol. 16,2011 년.

[韓]이영호《다산(茶山)과석천(石泉)의시경학(詩經學)과역경(易經學)에관한일고찰》,《東洋哲學研究》,Vol. 27,2013 년.

[韓]김수경《조선시대시경학속의주희시경학:수용과재해석양상을중심으로》 ,《漢文古典研究》,Vol. 27,2013 년.

[韓]김수경《퇴계(退溪)의〈시경(詩經)〉석의(釋義)고찰에대한번역학적탐색》,《韓國漢文學硏究》,Vol. 55,2014 년.

[韓]홍유빈 《다산시경학연구를위한예비적검토》, 《한국문학과예술》 ,Vol. 20,2016 년.

[韓]박순철《詩經에나타난中國思想의源流性硏究》,《中國學論叢》,Vol. 12,2016 년.

[韓]김수경《王祖朝왕실도서관〈詩經〉文獻目録및텍스트編輯에관한고찰》,《한국문화》,Vol. 73,2016 년.

[韓]홍유빈《茶山・舫山詩經説계승양상에대한예비적검토》,《한자한문연구》,Vol. 18,2017 년.

[韓]조규익《태종조"國王宴使臣樂"에수용된"시경"의양상과의미》,《국어국문학》,Vol. 36,2017 년.

[韓]정일남《양촌권근의문학과〈시경(詩經)〉》,《東方漢文學》,Vol. 74,2018 년.

[韓]윤재환《소남윤동규의〈시경〉이해의양상》,《東方漢文學》,Vol. 77,2018 년.

[韓]박순철《三宜堂金氏의〈詩經〉에대한硏究》,《中國學論叢》,Vol. 57,2018 년.

[韓]홍유빈《三淵詩經説에대한湛軒의評價와그意味——湛軒洪大容의〈詩傳辨疑〉를중심으로》,《大東漢文學》,Vol. 58,2019 년.

[韓]정기인《경전에서텍스트로——20 세기詩經에대한근대시인들의인식변화》,《민족문학사연구》,Vol. 2,2019 년.

[日]谷川道雄撰、李濟滄譯《中國古典時代的終結與東亞世界的成立》,《日本中國學史研究年刊・二〇〇七年度》,上海古籍出版社,2009 年版。

四、博士學位論文

[韓]심경호《李朝の漢文學と詩經學》,京都大學,博士學位論文,1989 년.

[韓]김기철《朝鮮正祖大王與丁若鏞問答詩經之研究》,臺灣師範大學,博士學位論文,1991 년.

[韓]최석기《星湖李瀷의詩經學》,成均館大學校大學院,博士學位論文,1993 년.

[韓]유영희《白湖尹鑴思想研究》,高麗大學校,博士學位論文,1993 년.

[韓]이병찬《韓國의詩經論研究:國風論을中心으로》,檀國大學校,博士學位論文,2001 년.

[韓]천기철《正祖朝詩經講義에서의毛奇齡說의비판과수용》,부산대학교,博士學位論文,2004 년.

[韓]이영희《茶山의現實中心의道德論的文學觀과詩文學》,서강대학교교육대학원,博士學位論文,2005 년.

[韓]홍유빈《舫山尹廷琦의〈詩經講義續集〉研究:茶山詩經學의轉變과創新의관점에서》,고려대학교대학원,博士學位論文,2018 년.

[韓]진예숙《陽村權近의〈詩淺見録〉研究》,公州大學校大學院,博士學位論文,2009 년.

後　記

《詩經》作爲儒家經典在朝鮮半島有源遠流長的傳播與接受的歷史。朝鮮知識人用漢字或韓漢相夾的方式撰寫了大量的《詩經》學著作,這些著作從文獻上屬於陳寅恪先生所謂的"異族之故書",它們承載了朝鮮半島對中國傳統文化吸收、繼承與創新的歷史,同時也承載了朝鮮知識人對於王朝盛衰、歷史際遇、政治理想、學術思潮與人生情感的多重感受。朝鮮時代《詩經》學既是《詩經》在朝鮮的流衍歷史,也是朝鮮知識人在歷史的沉浮中所書寫的接受史。《詩經》成了朝鮮知識人安頓心靈,追求理想之人生與理想之政治最爲貼切的憑藉,此是以學術研究的方式承載了古代朝鮮半島與中國相類似的知識結構、價值觀念、道德觀念與人生態度。

朝鮮時代《詩經》學是漢文化之林的獨特品種,是作爲中國《詩經》學對話者、比較者和批判者的"異域之眼"。對朝鮮時代《詩經》學史的研究,既是對朝鮮時代《詩經》學發展演變歷史與《詩經》接受和詮釋所呈現出來的朝鮮知識圖景發展脉絡的研究,也是對中國典籍建構并維持古代東亞文化與政治秩序的功能性研究,還是運用社會史與書籍史的方法研究人類如何溝通和交流學問的學術嘗試。

本書是我所主持的國家社科基金項目"朝鮮半島《詩經》學史研究"(編號 14BZW025)的成果(結項優秀),也是我跟隨導師張伯偉教授研習域外漢籍的成果。回想 2009 年,我有幸考入南京大學古代文學專業攻讀博士學位,蒙老師不棄,我得以忝列師門,跟隨老師學習。老師"學而不厭,誨人不倦",他傾盡心力於學術研究新領域的開拓與新方法的實踐,他勤心盡力地培養我們,讓我們在他的嚴苛與慈愛、幽默與豁達、執着與堅持中感受到學問與人生雙重的意義和美好。跟隨老師南大求學的日子,給了我們應對人生中任何風風雨雨的堅强和力量,他是我們心裏的精神支柱,督促我們在人生與學術的歷程中"敬業樂群,勤奮謙虛",催促我們不斷追求以今日之我超越昨日之我。

2011年,在伯偉師的大力支持下,我有幸以國家公派留學生的身份留學韓國高麗大學,在韓導師崔溶澈(최용철)教授給了我極大的關懷和鼓勵,讓我可以全面系統地了解韓國歷史與《詩經》學的受容關係。在韓留學的日子,成了人生中美好的學術記憶,尤記得在中國駐韓大使館看到五星紅旗時的激動和自豪,感謝駐韓大使館教育處的老師給予我們的期盼和關懷。"浮雲一别後,流水十年間",2018年再次赴韓參加學術研討會,全北大學的老師們帶領我們參觀海印寺高麗藏大藏經的經板,看着這些經歷了近八百年滄桑歲月,依舊保存完好的八萬塊漢字經板,我被深深地震撼了,被中華文明不爲語言、民族、區域所阻隔的力量所震撼,這正印證了伯偉師所言:"以漢字爲基礎,從漢代開始逐步形成的漢文化圈,直到十九世紀中葉,積累了大量的漢籍文獻,表現出大致相似的精神内核,也從根柢上形成了持久的聚合力。以漢字爲媒介和工具,在東亞長期存在着一個知識和文化的'文本共同體'或曰'文藝共和國'。儘管從表面構成來説,它似乎是一個鬆散的存在,但實際上是有一條强韌的精神紐帶將他們聯繫在一起。"(《東亞漢文學研究的方法與實踐》)我們在海印寺坐落的伽倻山中合影留念,山澗泉水記録了中韓學人對我們曾經所共享的漢字文化圈身份認同的深情體認,鐫刻了我們對於漢文化圈多元共存、寓多樣性於統一性之文明内涵的執着探求。充滿魔力的漢文化圈將我們緊緊地聯繫

在一起。

本書即將付梓,我的心裏充滿了感激。感謝導師張伯偉教授、師母曹虹教授在學業與人生之路的指引與教誨,“諄諄如父語,殷殷似友親”,跟隨老師讀書是生命中美好的人生緣分。感謝我的研究生導師梅桐生教授,他始終以莊子逍遥無待的人生境界滋養我對學術研究最真摯的追求。感謝張啓成教授將我帶入學術研究的領域,雖然他已經永遠地離開了我們,但是他將生命不止奮鬥不止之薪盡火傳的愛和力量留給了我們。感謝徐明德老師、王曉衛老師、楊軍老師、徐興無老師、武秀成老師、譚德興老師、張宗友老師在求學的人生旅程中未曾間斷的勉勵和支持。感謝求學路上卞東波師兄、周之江師兄、徐毅師兄如兄長般的關懷和鼓勵。感謝我的高中老師謝國富先生,感謝他將我帶入一個由文字傳達真善美的思想世界。感謝我的爺爺奶奶、爸爸媽媽,感謝他們讓我生活在一個充滿書香和愛的家庭。兒時在爺爺的指導下誦讀《古文觀止》的畫面時常在眼前浮現,如沐春風。感謝我的父母,他們的樂觀善良是我美好的情感依托,他們的鼓勵和支持是我研究的堅强後盾。感謝外子永剛,他是我“荷月帶鋤歸”的温暖陪伴。感謝小女思齊,她的天真可愛,是我研究的温暖動力。感謝中華書局,感謝責任編輯爲本書出版付出的辛勤努力。